艾米塔·葛旭——著
張家綺——譯

烽火劫

Ibis Trilogy 3

FLOOD OF FIRE

朱鷺號 三部曲之三

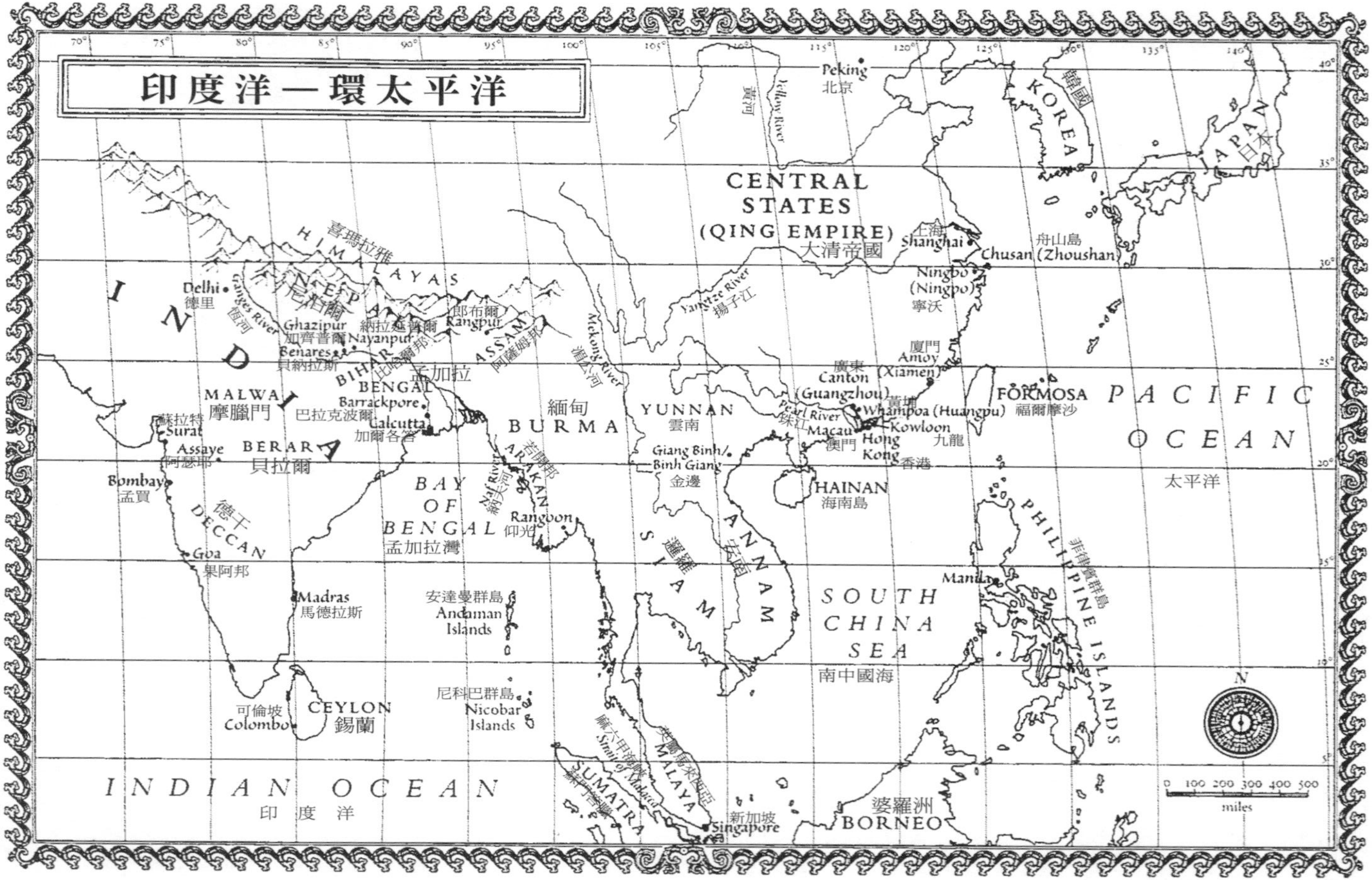
印度洋一環太平洋
CENTRAL STATES (QING EMPIRE)
大清帝國
Peking
北京
Yellow River
黃河
KOREA
韓國
JAPAN
日本
Shanghai
上海
Chusan (Zhoushan)
舟山島
Ningbo (Ningpo)
寧波
Yangtze River
揚子江
Amoy (Xiamen)
廈門
Canton (Guangzhou)
廣東
Pearl River
珠江
Whampoa (Huangpu)
Macau
澳門
Kowloon
九龍
Hong Kong
香港
FORMOSA
福爾摩沙
PACIFIC OCEAN
太平洋
HIMALAYAS
喜瑪拉雅
NEPAL
尼泊爾
INDIA
Delhi
德里
Ganges River
恆河
Ghazipur
加齊普爾
Nayanpur
納拉亞普爾
Rangpur
朗布爾
Benares
貝納拉斯
BIHAR
BENGAL
孟加拉
ASSAM
阿薩姆邦
Mekong River
湄公河
MALWA
摩臘門
Barrackpore
巴拉克波爾
Calcutta
加爾各答
BURMA
緬甸
YUNNAN
雲南
Surat
蘇拉特
Assaye
阿瑟耶
BERAR
貝拉爾
ARAKAN
Naf River
納夫河
Giang Binh/ Binh Giang
金邊
HAINAN
海南島
Bombay
孟買
DECCAN
德干
BAY OF BENGAL
孟加拉灣
Rangoon
仰光
SIAM
暹羅
ANNAM
安南
Goa
果阿邦
Madras
馬德拉斯
Andaman Islands
安達曼群島
SOUTH CHINA SEA
南中國海
Manila
PHILIPPINE ISLANDS
菲律賓群島
CEYLON
錫蘭
Colombo
可倫坡
Nicobar Islands
尼科巴群島
Straits of Malacca
MALAYA
SUMATRA
INDIAN OCEAN
印度洋
Singapore
新加坡
BORNEO
婆羅洲
N
0 100 200 300 400 500
miles

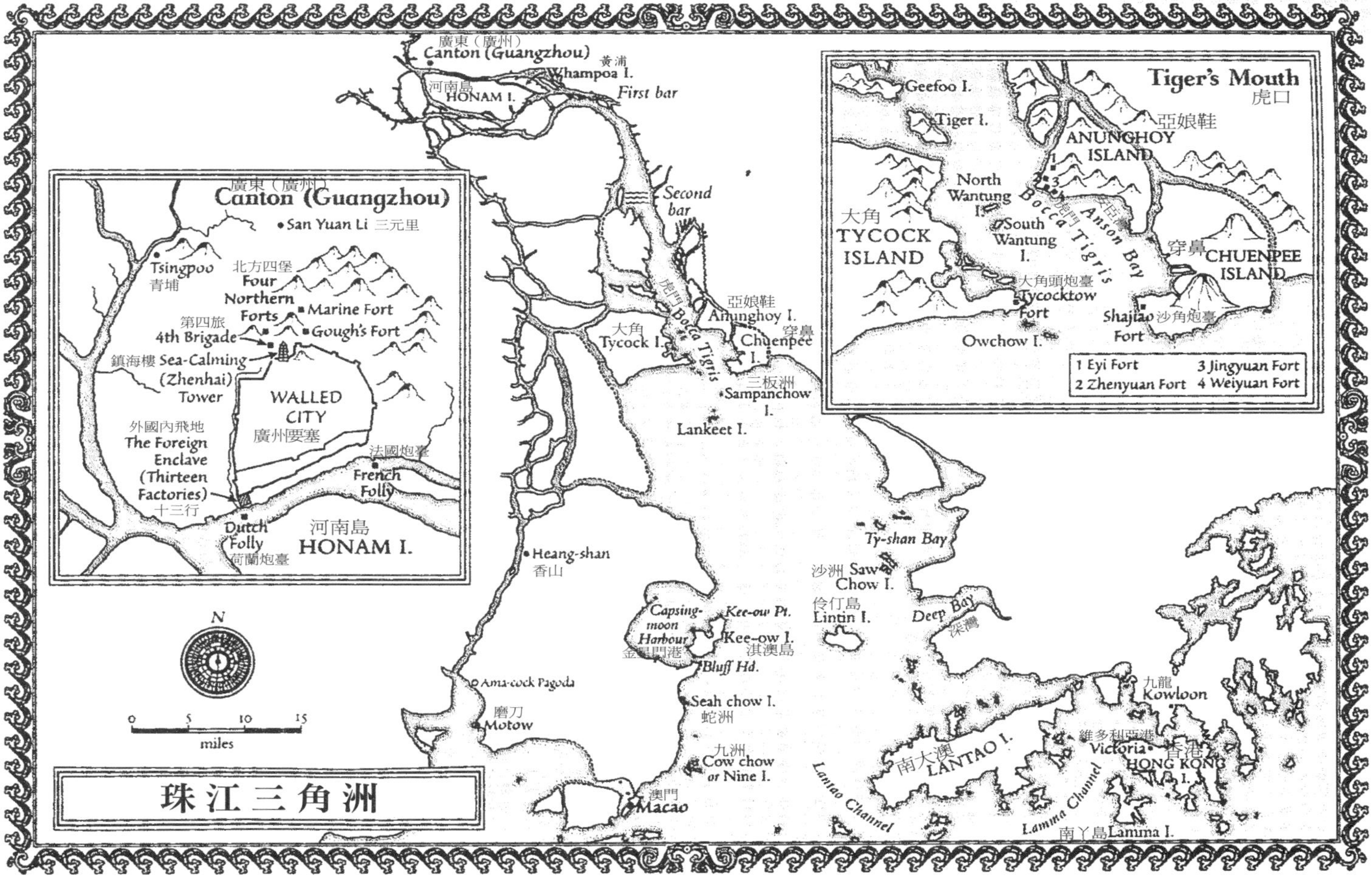
珠江三角洲
Canton (Guangzhou)
廣東（廣州）
San Yuan Li 三元里
Tsingpoo
青埔
北方四堡
Four
Northern
Forts
Marine Fort
Gough's Fort
第四旅
4th Brigade
鎮海樓 Sea-Calming
(Zhenhai)
Tower
WALLED
CITY
廣州要塞
外國內飛地
The Foreign
Enclave
(Thirteen
Factories)
十三行
法國炮臺
French
Folly
Dutch
Folly
荷蘭炮臺
河南島
HONAM I.
廣東（廣州）
Canton (Guangzhou)
黃浦
Whampoa I.
河南島
HONAM I.
First bar
Second
bar
大角
Tycock I.
虎門
Bocca Tigris
亞娘鞋
Anunghoy I.
穿鼻
Chuenpee
I.
三板洲
Sampanchow
I.
Lankeet I.
Heang-shan
香山
Capsing-
moon
Harbour
金星門港
Kee-ow Pt.
Kee-ow I.
淇澳島
Bluff Hd.
Ama-cock Pagoda
磨刀
Motow
Seah chow I.
蛇洲
九洲
Cow chow
or Nine I.
澳門
Macao
沙洲 Saw
Chow I.
伶仃島
Lintin I.
Ty-shan Bay
Deep Bay
深灣
南大澳
LANTAO I.
Lantao Channel
Lamma Channel
南丫島 Lamma I.
九龍
Kowloon
維多利亞港
Victoria
香港
HONG KONG
I.
N
0 5 10 15
miles
Tiger's Mouth
虎口
Geefoo I.
Tiger I.
亞娘鞋
ANUNGHOY
ISLAND
大角
TYCOCK
ISLAND
North
Wantung
I.
South
Wantung
I.
Bocca Tigris
虎門
Anson Bay
穿鼻
CHUENPEE
ISLAND
大角頭炮臺
Tycocktow
Fort
Shajiao 沙角炮臺
Fort
Owchow I.
1 Eyi Fort
2 Zhenyuan Fort
3 Jingyuan Fort
4 Weiyuan Fort

獻給黛比，二十五週年快樂

第一章

克斯里．辛是那種享受帶頭的士兵，特別是今天這種情況。他的營隊浩浩蕩蕩穿越攻陷地帶，而前鋒部隊唯一要做的就是揮舞警衛隊旗幟，擺出最適合遊街示眾的威風表情，好讓路邊看熱鬧的群眾一睹風采。

路邊列隊的村民全是普通老百姓，克斯里．辛看都不用看，就曉得他們全兩眼發直呆望著他。在偏遠荒涼的阿薩姆一帶，東印度公司的印度兵可謂奇觀壯舉：第二十五孟加拉本土步兵團的警衛，也就是大名鼎鼎的「十字棋軍隊」聲勢赫赫穿越稻田，八成是大多老百姓每年甚至是十年難得一見的盛典。

克斯里．辛光是直視正前方，就能看見滿坑滿谷的人潮，舉凡農夫、老嫗、牧牛人、孩童，無一不擠向路旁，爭相一睹軍隊英姿，深怕錯過這場盛會。然而他們有所不知，其實這場行軍奇觀將延續數小時之久。

徒步跟在克斯里正後方的是所謂的俄國軍隊「糧草徵收隊」，尾隨在後的則是隨營人員，這稱號不得當，畢竟他們走在軍隊正前方，人數更是超越軍隊。隨營人員多達兩千多名，印度兵區區六百人。隨營車隊猶如一座移動城市，漫長的閹牛車上滿滿載著學者、賣牛奶的婦人、店小二、游牧民族，甚至一團營妓。動物更是少不了，嘈嘈雜雜的綿羊、山羊、閹牛、兩頭載著軍官行囊和各式食堂家具的大象，綁在大象背部的桌椅四腳朝天，蠕動搖晃的模樣像極翻肚甲蟲。行進隊伍之中甚至可見一間出巡廟宇，架在推車頂端，順著輪子緩緩滾動。

隨營人員經過之後，才傳來節奏規律的隆隆鼓聲，塵土飄揚，鼓聲讓地面震動，第一列印度兵隨著鼓聲現身，十人走在最前方，後方則跟著一列蜿蜒冗長的黑色陽盔及爍亮刺刀。這個畫面令村民嚇得拔腿尋找掩護，躲在草叢樹木遮蔽處，觀賞印度兵前進，樂手沿途吹笛打鼓。

鮮少有慶典比得上孟加拉本土步兵團的列隊行軍，每一位警衛隊的成員都深知這點，就連男舞者、女舞者、腳伕、馬伕、廚房工、果伕、挑水伕也心知肚明，但沒人比克斯里・辛要來得清楚。騎在馬背上率領兵將的他臉孔儼然寫著營隊領袖。

克斯里深信配合上演一齣好戲也是從軍的一部分，他也不羞於承認，正因他的容貌使然，他才常得以站在行進隊伍最前端。南征北討這些年來，他的臉上東一個疤、西一個疤，因而造就他今日的威武雄姿。這絕非他個人的錯，畢竟他也不想受刀劍之吻，致使下唇微突，那道刻印在皮革般臉頰皮膚、猶如精美刺青的深沉傷疤，也絕非出於他個人意願。

在警衛隊之中，克斯里的面孔並不是最雄壯威武，當然要是他板起臉，光憑他那短彎刀般的鬍子和濃眉，模樣也夠嚇人了。隊伍裡有的是比他凶神惡煞的警衛，但若要說起一身軍裝扮相，絕對無人能與克斯里匹敵：緊緊貼腿的褲子彷彿第二層肌膚，讓他男性曲線畢露，他的胸膛寬敞厚實，肩頭上的「翅膀」不再只是飾物，而是儼如武器，警衛裡沒人穿上那身亮黃色鑲邊的猩紅色緊身短上衣，能像他這般盡顯優勢。至於那頂高如蜂窩的黑色陽盔，眾人皆異口同聲，戴在他頭上最合適不過。

克斯里心知肚明，他率領縱隊，而不是其他印度兵將領，這點讓軍隊裡的軍士很不服氣。但他們的怨聲載道對他不構成絲毫影響：他本來就不在意同儕意見，再說這些人大半是麻木愚笨之人，招來等閒之輩的嫉妒，他覺得情有可原。

警衛隊中唯有一個印度兵深得克斯里尊敬，那就是全隊軍階最高的尼爾巴海・辛士官長，照理說士官長地位低於最資淺的英國陸軍中尉，但是尼爾巴海・辛士官長的性格特質和家族背景使然，他在警衛隊間的地位，可是連軍隊司令官威爾森少校都惹不起。

在眾兵眼底，尼爾巴海・辛士官長不僅是資歷最深的軍士，也是他們的大家長，畢竟他是組織警衛核心的拉吉普家族的第三代後裔。他的祖父六十年前招兵買馬，組成第一批隊伍，之後第一任士官長遂將他的軍階傳承後代。而現任士官長是從數年前退役的哥哥比洛・辛手裡接下這個軍階。

他們是瓦拉納西周遭、加齊普爾近郊的地主家族。由於軍隊的印度兵多半是從這個地區召募而來，隸屬同樣種姓制度，於是許多人和士官長的宗親有所關聯，倒也在所難免，確實不少人都是曾為他父親及祖父效命的士兵後裔。

克斯里是少數不具備這等背景優勢的警衛。他出生的村莊納亞恩浦位處匯水盆地的遙遠軍隊邊疆，唯一能和士官長家族扯上關係的，就是克斯里家裡最年幼、嫁給他姪兒的妹妹狄蒂。正因為克斯里一手策畫這場聯姻，他順利晉階陸軍士官長。

現年三十五歲的克斯里已在警衛隊服務十九年，還有十至十五年得磨，他滿心寄望能夠在尼爾巴海・辛士官長的支持下，盡快晉升為印度兵軍官。屆時他大可成為軍隊士官長：據他所知，就才智、魄力、經驗值來說，沒有一個印度兵將領是他的對手，升官只是遲早的事。

＊

這幾個月來，賽克利・瑞德屋漏偏逢連夜雨，於是在讀到《加爾各答公報》報導澄清他名譽的調查時，他簡直不敢相信自己終於苦盡甘來。

一八三九年六月五日

……本週著名事件回顧，必不可漏提近期一起司法調查案件。來自馬里蘭州巴爾的摩的二十一歲水手賽克利．瑞德遭到指控，是去年九月涉及縱帆船朱鷺號不幸事件的始作俑者，而現在獲得無罪釋放。《加爾各答公報》的忠實讀者想必不陌生，朱鷺號原定計畫是航向模里西斯，船上人員包括兩名罪犯及一群苦工，後來船上爆發騷亂，移民指揮官比洛．辛慘遭謀害身亡。曾經擔任孟加拉本土步兵團的士官長比洛．辛，英勇表現備受讚揚。

謀殺事件發生之後，朱鷺號遭逢威力強大的暴風。暴風過境後，他們發現五人幫亦殺害了該船大副傑克．柯羅先生，事後搭乘一艘大艇逃跑。兇手是船組的水手長，一名來自阿拉干的惡徒，他的同夥包括船上兩名罪犯，其中一人是拉斯卡利的前任王侯尼珥．拉丹．霍德（去年該王侯經過審判，偽造罪定讞，在加爾各答當地所引發的轟動，想必多半加爾各答的歐洲民眾至今記憶猶新）。

幸運的是，暴風雨過境後，雙桅帆船安波那號攔截朱鷺號，在沒有更多傷亡的情況下陪伴它抵達路易港。這艘縱帆船一抵達，負責苦力的警衛立刻對瑞德先生提出控告，指控他參與共謀，協助五名惡徒逃跑，其中一名加齊普爾的苦力正是謀害士官長的元凶。由於遭控情事重大，於是決定轉交加爾各答單位處置，瑞德先生則遭到司法拘留，遣返印度。

抵達孟加拉之後，倒楣透頂的瑞德先生得等待數個月，主因是主要證人、擔任朱鷺號船長的齊林沃斯先生臥病在床。據聞齊林沃斯先生無法遠行，而這也正是調查不斷延宕的主因……

某次調查延宕後，賽克利曾經認真考慮放棄，偷偷潛逃。離開加爾各答並不困難：他沒有遭到禁錮，輕而易舉就能在港口搭上一艘船，爭取到一席臥鋪，在船上當起船員。很多船舶人手短缺，想必他們不會過問太多就雇用他。

可是賽克利已經簽訂合約，答應出席調查委員會，要是背信逃跑，不就等於間接承認自己有罪嗎？另一個原因是，他費盡千辛萬苦才拿到的大副執照目前遭到加爾各答的港口管理辦公室吊銷。放棄執照等於放棄離開巴爾的摩之後，他在朱鷺號上千辛萬苦爭取的一切——從木匠晉升二副職位的心血結晶。就算最後回到美國、取得全新證件，舊資料還是非常可能遭到起底，到時又會被蓋上黑章，日後也休想以大副身分在船上爭取到床位。

賽克利天生憑藉著勤奮不懈，磨練出他的野心和決心。他並未輕率行事，讓不耐煩牽著鼻子走，而是咬牙苦撐，到齊德埔造船廠打零工，落腳跳蚤肆虐的廉價旅社，耐心等候調查展開。努力精進自我的他，甚至利用閒暇時間閱讀領航和航海技術書籍。

朱鷺號事件的調查在市政廳的公聽會展開，公聽會主持人是高等法院法官，德高望重的康達布錫先生。第一位傳喚出庭的證人別無他者，正是齊林沃斯先生。他提供了紮實佐證，證實瑞德先生在這場航海意外中絕無過失，有錯的是已故大副柯羅先生。他指稱，柯羅先生的性情是眾所皆知的暴躁，隨時處於失控邊緣，由於他個人的失職，沒有處理好船務之故，苦力和船員之間才會產生嫌隙。

下一個證人是曾在孟加拉河領航服務處就職的竇提先生。竇提先生以深具說服力的說詞，證明了瑞德先生的純正品行，聲稱他是東方最迫切需要的白種年輕人：誠實勤勉、愉快爽朗，品格謙遜。

心地仁慈卻壞脾氣的竇提老頭！在加爾各答的漫長等待過程裡，竇提是賽克利唯一可以依靠的對象。他每週都會陪同賽克利來到港口管理辦公室，確認這起調查並未石沉大海。這時委員會收到兩份口供書，一份來自朱鷺號船主班哲明．勃南先生。想必《加爾各答公報》的讀者都熟知，勃南先生是本市最重要商人，也是自由貿易的熱血倡導人士。

宣讀口供書前，康達布錫先生得知勃南先生當時人在中國，否則理應親自出席公聽會。當年稍早，新官上任三把火的欽差大臣林則徐上位，突然爆發貿易危機，於是勃南先生滯留中國。由於危機尚未解除，勃南先生必得在天朝海岸停留多時，聽從女王陛下的全權大臣查理・義律提供的智慧建言。

勃南先生的口供書彷彿如山鐵證，證明了瑞德先生的良好品行，形容他是誠實員工，體魄強壯，潔身自愛，相貌堂堂，並遵從基督徒的德性操守。據聞康達布錫法官對委員會大聲朗讀口供書後，亦說勃南先生的證詞對委員會舉足輕重，他長久以來都是社會領袖，也是教會棟梁，人盡皆知他熱血鼓吹自由貿易，而他的慈善人本精神也聲名遠播。康達布錫法官也沒忘記提及勃南先生的夫人凱瑟琳・勃南女士，除了是加爾各答知名的女主人，她亦大力推動支持各種社會公益活動。

第二份口供書來自勃南先生的帳房：巴布・諾伯・開新。事發當下他也在朱鷺號擔任貨運管理員。他目前正和勃南先生一同留在中國。

巴布的證詞完整鞏固了齊林沃斯先生描述的來龍去脈。他的用字遣詞獨樹一格，充滿加爾各答巴布慣用的古怪用詞。勃南先生的帳房想像力豐富，無非證明了自己是貨真價實的瘋子，他形容瑞德先生是天竺神祇「光輝耀眼的特使」……

康達布錫先生朗讀到這句話時，賽克利記得他的臉頰發燙。彷彿謎樣的巴布・諾伯・開新本人正站在法庭，一身藏紅花色袍子，揪著他如同女人般的胸膛，搖頭晃腦。

賽克利結識他的這段期間，巴布歷經驚人改變，越來越像女人家，尤其是面對賽克利時，他簡直像是寵溺寶貝兒子的老母。雖然他的怪誕讓賽克利摸不著頭緒，他還是對巴布滿懷感激。巴布足智多謀，好幾度都是他前來解救賽克利。

以上就是關於這位年輕水手的證詞，讀者或許可以想像，眾人千呼萬喚，巴不得看見瑞德先生本尊。法官最後傳喚他上臺時，他完全沒教人失望：與其說他是天竺神祇，不妨說他是希臘男神，擁有象牙白膚、深色頭髮、潔白四肢、結實體格。面對冗長質問，他的回答不疾不徐，絲毫不帶猶豫之色，這也為調查委員會成員留下了良好印象。

許多針對瑞德先生的問題都不脫五名逃犯的命運。這五人在暴風雨之夜登上朱鷺號大艇，隨後逃之夭夭。被問及他們的存活機率時，瑞德先生回道，他可以肯定地說，他們已經罹難，又稱親眼看見他們的死亡鐵證，他在遙遠外海發現那艘傾覆的船，船底已見破洞。

齊林沃斯船長證實了這項說法，他斬釘截鐵地說，逃犯存活的機率微乎其微。這則消息在已故拉斯卡利王侯的親戚集合的會堂裡掀起騷動，包括他的小兒子在內……

公聽會舉行至此，賽克利總算明白為何法庭如此擁擠：已故王侯的親朋好友全湧進法庭，滿心企盼聽見他還活著的消息，無奈卻希望落空。對此賽克利無法安慰他們：畢竟他很篤定，王侯和其他四名逃犯在逃跑路上已經死亡。

質問到士官長比洛．辛的謀殺案時，瑞德先生證實他親眼目擊這場謀殺，在場亦有其他見證人。當時士官長遵照船長指示，對其中一名苦力執行六十大鞭刑罰，謀殺就是在那個當下發生的。這名苦力力大無窮，一掙脫綑綁遂以繩索勒斃士官長。瑞德先生說事情發生得令人措手不及，幾百隻眼睛皆可作證，這也是為何齊林沃斯船長不得不判他絞刑。但還來不及執行死刑，暴風雨便襲擊朱鷺號……

瑞德先生的這番證言引發另一陣騷動，原來是不少士官長的親戚也在場……

比洛．辛的親戚震怒不已，發出咆哮，包括賽克利在內的所有人目光都掃向他們。他們一共十二人，賽克利從他們的模樣猜得出不少都是退役印度兵，就像朱鷺號上擔任苦力警衛及監工的印度兵。

賽克利常常好奇，比洛．辛是怎麼讓這些人對他狂熱不已。要是當時他們也在朱鷺號上，而高級船員並未及時阻攔，他們肯定會將殺人兇手碎屍萬段。從他們當下的表情就看得出，他們依舊恨不得立刻要犯人血債血還。

公聽會尾聲，委員會退回前廳，經過一番討論，最後康達布錫法官先生回到法庭，宣布賽克利．瑞德先生無罪釋放。聽見這個裁決後，法庭裡響起此起彼落的掌聲。

事後詢問瑞德先生是否有未來計畫時，他表明想盡快出發，前往中國海岸……

公聽會就此落幕……

然而就在賽克利準備離場和竇提先生慶祝重生時，法庭記帳員遞給他一疊厚厚的帳單，最驚人的帳單是他從模里西斯前往印度的船費，而這筆費用近一百盧比。

「我根本付不起這筆錢！」賽克利哀嚎：「我口袋裡連五盧比都拿不出來。」

「啊，很抱歉通知你，」記帳員的聲音絲毫聽不出一絲歉意：「但除非你清償這幾筆帳，否則我們無法將大副執照歸還給你。」

於是本來的歡慶變成葬禮守靈：賽克利這輩子還沒喝過這麼苦澀的麥芽啤酒。

「竇提先生，我該怎麼辦才好？沒有執照的我要怎麼賺那一百盧比？將近五十銀元啊！我得在加爾各答打一年多零工才賺得到。」

竇提先生搔了搔他李子般的碩大鼻子，左思右想，啜了幾口麥芽啤酒後，他開口：「瑞德，就我所知你受過造船訓練，告訴我，我說對了嗎？」

「沒錯，我在全世界最優秀的造船廠之一，巴爾的摩嘉迪納造船廠當過學徒。」

「你的造船手藝寶刀未老嗎？」

「那是當然。」

「那我或許可以幫你介紹工作。」

竇提先生提起一份工作，這時賽克利豎起耳朵：勃南先生有一艘急欲整修的船屋，他們需要一位造船工人。船屋是前拉斯卡利王侯的遺產，最後法院裁定由勃南先生接管。船舶目前停靠在勃南先生的加爾各答宅邸附近。不過這艘平底帆船年久失修，慘不忍睹，急需整修。

「等等，」賽克利說：「是我們去年和王侯用餐的那艘船屋嗎？」

「正是，」竇提先生說：「但這艘船現在跟一艘失事船沒啥兩樣。需要經過一番大費周章，才能重回原來樣貌。勃南太太幾天前一直對我叨叨不休這回事兒，說她正在找神祕人。」

「神祕人？」賽克利說：「竇提先生，你在講什麼鬼？」

竇提先生不禁啞然失笑：「你還是那麼嫩啊，瑞德？我看是時候讓你學點印度話了。我們說的『神祕人』是指木匠、工匠，像你就是神祕人。你覺得你能勝任這份工作嗎？酬勞自然很高，應該夠你清償債務。」

賽克利鬆了一口氣：「竇提先生，那還用說！我當然願意，安心交給我吧！」

賽克利恨不得隔日清晨就開始工作，但勃南太太正忙著安排前往內地，醫生建議為了健康著想，她得離開加爾各答一趟，所以她準備帶女兒去山中避暑地哈扎里巴格，她父母在那裡有間莊園。她的社會工作和公益活動行程滿檔，來回奔波，竇提先生足足等上好幾天，最後總算逮到機會，在她為方才抵達的英國醫師安排的演講上和她說上一句話。

「喔，真是可怕，我的朋友，」竇提先生說，抹了下眉毛：「那個扁屁股的外科醫師喋喋不休某種可怕的流行病。我壓根沒聽過這種事兒——你聽了之後只會巴不得折斷你的桅杆。幸好我總算成功和勃南太太說上一句話，她要你明天去一趟她家裡。上午十點過去行嗎？」

「當然！謝謝你，竇提先生！」

*

對於孟買的詩凌百．摩迪而言，這天的開始無異於平常日：稍後她會察覺這事實在蹊蹺詭譎，消息竟在毫無預警與前兆的情況下降臨。她這一生總是對預兆和徵兆深信不疑，信到她的巴蘭吉老爺時常嘲笑她「迷信」，但儘管她再怎麼努力回想，都記不得當天上午有任何警告預兆。

當日稍後，詩凌百的兩個女兒佘娜茲和畢羅絲準備帶孩子回家吃飯，這是每週一次的老慣例。老爺在中國的時候，和女兒孫子共度晚餐就是她的主要消遣，除了偶爾去去街尾那間祆教廟，她的生活稱不上多采多姿。

詩凌百的公寓位於最喧囂熙攘的孟買大道阿波羅街，密斯垂家族宅邸的頂樓。長久以來這棟宅邸的主人都是她父親，聲望顯赫的造船商魯斯坦吉．密斯垂老爺。老爺死後，家族企業就由詩凌百的弟弟接手，弟弟和妻兒則住在底下樓層。詩凌百是唯一在出嫁後仍住在家裡的女兒，她的姊妹全按照習俗，搬去丈夫家裡住了。

密斯垂宅邸生氣勃勃、熱鬧滾滾，僕人、清潔女工、男僕、奶媽、巡守的聲音無時無刻不在樓梯井迴盪。這棟宅邸最安靜的地方，就是詩凌百和巴蘭吉結為連理後，魯斯坦吉老爺特地為他們準備的公寓：他強力堅持，這對夫妻婚後一定得住在他的屋簷下。當時巴蘭吉還是個身無分文的窮小子，在孟買並沒有顯赫家庭背景。護女心切的老爺想要確定女兒出嫁後，日子不至於難過，雖然他成功把女兒留在家裡，卻得付出代價，她和丈夫日後都得依賴密斯垂家族。

巴蘭吉常嚷著要搬出去住，但詩凌百說什麼都不答應，畢竟丈夫遠在中國時，她得獨力管理家務，光想到就夠她頭疼，再說父母仍健在時，她並不想離開自己成長的家。現在卻為時已晚，她的女兒都出嫁了，父母也離開人世，她才漸漸發覺自己像個局外人。倒也不是大家對她不好，恰好相反，他們都太客套，像對待客人般禮遇她。但其實大家心知肚明，她不像弟弟的妻子，並不是真正的密斯垂女主人，僕人更是看在眼底。需要決定花園或屋頂等空間分配時，從來沒人諮詢她的意見。她的馬車使用權限也很低，甚至遭到冷落怠慢。僕人間發生爭執時，她的僕人也一定是吃虧的那個。

生活在一棟僕人多過雇主的屋子，詩凌百不時感覺自己快要被寂寞吞噬。這也是為何她如此殷殷企盼每週女兒帶著孫子團聚晚餐的時刻：她可以花費數日構思菜色，甚至不惜翻出昔日食譜，囑咐男僕先試吃看看。

今日巡視廚房數趟之後，詩凌百決定再加一道菜：dar ni pori——扁豆、杏仁、開心果烘焙製成的糕餅。正午時分，她派出一位僕人去市場採買些材料。僕人此趟一去，過了許久才總算回來，回到家時一臉彆扭。發生什麼事了？她問。僕人閃爍其詞，唯唯諾諾地說看見她丈夫的乘務長維可正在樓下和她弟弟交談。

詩凌百心頭一驚。維可是巴蘭吉的左右手：他去年跟著巴蘭吉前往中國，那之後都一直守在他身旁。要是維可人回到孟買，那她丈夫現在人在哪裡？為何維可上前見她之前，會先找弟弟談話？就算維可是為了緊急公事被派回孟買，巴蘭吉肯定也會請他帶回給她的家書和禮物。

她面色凝重、滿腹狐疑地注視著僕人，他已經跟在她身邊好多年，也熟識維可，她知道他是不可能認錯人的，但還是想再三確認：你確定你看見的是維可？僕人頷首，他的表情讓她不禁恐懼得顫抖，於是唐突地打發他回到樓下。

叫維可立刻上來見我。我現在就要見他。

她低頭看了眼自己的衣著，發現目前的模樣並不適合見客，於是喚來一名女僕，迅速步入臥房。

拉開衣櫃，詩凌百的目光直接落在巴蘭吉出發中國那天她穿的紗麗。她雙手顫抖從衣架取下紗麗，抱在她纖瘦嶙峋的身前。濃郁飽滿的刺繡絲綢光澤散發著綠光，盈滿室內，照亮了她修長有角的臉龐、銅鈴大眼、發灰印堂。

她坐在床沿，回想去年九月巴蘭吉前往廣州的那一天，早晨出現的不祥預兆讓她心神不寧——她裝扮時不慎打破了紅色婚鐲，巴蘭吉的頭巾又在夜裡掉到地上。這些凶兆讓她擔憂不已，於是央求他別那天走。他卻說什麼都非走不可，至於原因她已經記不得了。

這時女僕闖入房裡——夫人？——她這下才想起為何她人在臥房。詩凌百拿出一件紗麗，披掛在自己身上，這時樓下天井傳來沸騰人聲：聽來並非什麼不尋常的聲音，她卻不由得憂心忡忡，於是吩咐女僕出去看看發生什麼事。幾分鐘後，女僕回房稟報，看見一組士著兵和信差拿著信件離開。

信件？給誰的？為什麼有信？

女僕當然一問三不知，接著詩凌百又問她維可上樓了沒。

夫人，還沒呢，女僕說。他還在樓下和您弟弟交談。他們正在其中一間辦公室，大門鎖得老緊。

哦？

女僕梳理她那光澤動人的及腰長髮時，詩凌百要自己強打直背脊。打理儀容完畢不久，她就聽見前門傳來聲響。詩凌百匆匆忙忙步出臥室，本來以為是和維可見面，但一踏入客廳，卻錯愕看見她那兩個彷彿快要窒息、滿臉寫著迷惘的女婿，她看得出他們剛從辦公室趕來。

提心吊膽的感受讓她忘光平時的客套禮俗：你們兩個大白天怎麼會來這裡？

他們難得不再客套，拉住她的手，牽她走到長沙發椅。

怎麼回事？她出聲抗議。你們這是在做什麼？

岳母，他們說，妳要堅強。有件事我們得跟妳說。

她其實內心早已有譜，卻不發一語，享受最後一、兩分鐘的疑惑，最後才深呼吸，說：說吧，我想知道發生什麼事。這跟你們岳父有關？

他們的眼神飄向他處，這已足以證實她內心的猜測。她的腦筋一片空白，接著想起寡婦該做的事，於是用幾乎機械式的動作用力敲擊兩隻手腕，粉碎玻璃鐲子。鐲子碎裂後在她皮膚上留下針孔般的細小血跡，她恍神想起那是好幾年前巴蘭吉在廣州買來送她的鐲子，但這個回憶並沒有讓她熱淚盈眶，那一刻她的內心波瀾不興。再次抬眼時，她看見維可已經佇立在門邊。那個當下，她只想擺脫兩個女婿。

她問他們，你們告訴佘娜茲和畢羅絲了嗎？

他們搖搖頭：岳母，我們直接先來這裡。一開始我們還不曉得發生什麼事，舅舅派信吩咐我們立刻前來，我們抵達後，他們說最好由我們通知您這則消息，於是我們就直接上來了。

詩凌百點頭：你們已經按照指示完成任務了。其他細節維可會向我補充，你們最好回家，陪在太太身邊，我女兒肯定會比我難受，你們要當她們的堅強後盾。

好的，岳母。

他們離開後，維可走進室內。挺著大肚腩、凸眼如金魚的他，一如往常穿著歐式服飾——淺色系休閒褲、夾克、高領衫、領帶。他手裡提著帽子，正打算含糊開口時，詩凌百卻打斷他，舉起一隻手打發女僕。讓我們獨處，她說，我想和他私下談談。

夫人，妳說獨處？

是的，不然妳以為我剛說了什麼？就是獨處。

女僕撤下後，她示意維可坐下，他卻搖頭婉拒。

維可，事情是怎麼發生的？她說，一五一十告訴我。

夫人，這是場意外，維可說。難過的是意外發生在老爺最寶貝的那艘船上，阿拿西塔號停泊在一座名叫香港的小島附近，這座島距離澳門並不遠。我們當天才剛從廣州抵達上岸，大家早早回房休息，唯獨老爺還醒著。他肯定是在甲板散步，那時天色昏暗，我猜他恐怕是不慎跌倒，失足落水。

她凝神聆聽，在維可說話時緊瞅著他。她從過去的喪親經驗中得知，現在的她只是暫時不在狀況內，但這狀態不會持續太久，情緒很快就會淹沒她，讓她數日混濁恍惚，於是她想趁現在還能冷靜思考，好好了解究竟發生何事。

他在阿拿西塔號上散步？

是的，夫人。

詩凌百不禁蹙眉，自從這艘船在她父親的造船廠裝上龍骨的那一天起，她就對阿拿西塔號瞭若指掌：為它命名的甚至就是她本人，用的是祆教水天使的名字，監督工匠雕刻艄飾像和內部裝飾工程的也是她。若老爺真想散步，他肯定是走到後甲板吧？

維可頷首。是的，夫人，肯定是在後甲板，他通常都在那裡散步。

但要是他真的從後甲板落水，詩凌百說，肯定有人聽見吧？沒有船工駐守？附近沒有其他船隻？

是有，夫人，附近是有不少船，但沒人聽見聲響。

那他是在哪裡被人尋獲？

在香港島，夫人。他的遺體被沖刷到沙灘上。

你們有舉行儀式嗎？喪禮呢？你是怎麼處理的？

維可把玩著帽子，回道：我們舉行了一場喪禮，夫人，當地有許多帕西人，其中一人是祆教祭司，於是告別式便由他主持。老爺的朋友查狄格．卡拉比典正好也在香港，他負責朗誦悼詞，最後我們將他葬在香港。

為何葬在香港？詩淩百尖銳地問。澳門沒有帕西墓園？你何不將他安葬在那？

夫人，澳門想都別想啊！維可說。當時內地發生動亂，英國代表大臣義律發布指令，要求所有英國人民不得登陸澳門，這也是阿拿西塔號停靠香港灣的主因。巴蘭吉老爺過世時，我們別無選擇，只好將他葬在香港。妳可以問卡拉比典先生，預計他很快就會抵達孟買，前來探望妳。

詩淩百感覺到悲痛逐漸湧上心頭。她坐了下來。

墓地是在哪裡找到的？她問。碑文都刻得好好的？

是的，夫人。香港島上人煙罕見，島上景色十分秀麗，墓地就座落在一座美麗山谷上，這地點是老爺的新祕書找到的。

詩淩百心不在焉地說：我都不知道我丈夫雇請了新祕書。

事情是這樣的，夫人，去年老祕書在前往廣州的途中過世了，於是巴蘭吉老爺雇請了新祕書，一個受過良好教育的孟加拉人。

他有跟著你回孟買嗎？詩淩百問。是否可以請你帶他過來見我一面？

沒有，夫人，他沒有跟著我們回來。他想留在中國，最後在廣州的美國行找到新工作，據我所知，他目前在廣州的外國內飛地落腳。

＊

一八三九年六月十日
外國內飛地
廣州

開始動筆寫這本日記時，最讓我悔不當初的，就是我沒更早想到要這麼做。去年找巴蘭吉老爺應徵工作時，就應該開始動筆了！要是記錄今年三月爆發鴉片危機前的事件時，現在手邊有參考資料，事情就簡單多了。

不管怎樣，都算是學到一次教訓了，日後不會再犯這種錯誤。我真的迫不及待開始這本日記，所以一踏上澳門出發往廣州的戎克船，就連忙掏出筆記本。但此舉實在大錯特錯，因為有太多人圍觀，好奇我在做什麼，所以我最後改變主意，另外我發現用英文書寫並非明智之舉，最好使用孟加拉文，這樣一來，就算被別有居心的人撿到，內容也比較不容易讀懂。

我現在正在廣州美國行的新住處振筆如飛，我的新老闆庫利茲先生在這裡找到一間公寓，他的生活不若巴蘭吉老爺奢華，員工都被發配到美國行後方的僕人宿舍。但我們住得還算適應，儘管住宿環境簡陋，我不得不承認，能夠再次回到廣州外國內飛地，也就是我們稱為番鬼城的特殊小型前哨站，簡直讓我開心到飛上天！

雖然這麼說很奇怪，畢竟這地方總是充斥「鬼佬！」、「黑鬼！」、「阿差！」的叫喊，在在提醒我們外邦人的身分，但儘管如此，踏上廣州對我而言就像回到老家。也許只是因為離開香港灣讓我鬆了一口氣吧！現在香港已經被英國商船占領。英國米字旗近來在當地旗海飄揚——我得承認，再也不用見到這畫面，我可說是卸下不少負擔：英國國旗向來讓我渾身不自在。隨著帆船帶領我漸漸深入中國內陸，我的呼吸似乎也變得更為暢通。等到下了渡輪，抵達外國內飛地，我這才感覺總算擺脫英國大不列顛無所不在的視線和掌控。

昨天下午我去拜訪過去經常出沒的番鬼城地點，儘管我離開的時間不長，但城裡氣氛已儼然不同，真的不可思議。所有外國人都跑光，獨剩美國人，空蕩蕩的行館窗戶緊閉，一再提醒我們情況已和鴉片危機前迥然不同。

英國行尤其荒涼冷清，這棟番鬼城裡曾幾何時最龐大熱鬧的建築，這會兒卻大門深鎖，窗扉緊閉，陽臺空無一人，畫面當真詭異。就連小教堂尖塔的時鐘指針都不再移動，全指向十二點鐘，姿態彷若一個正在祈禱的人。

孟買的帕西老爺最常居住的兩個行館——中和行與豐泰行——如今亦空空如也。我在豐泰行附近徘徊了一會兒——我怎麼可能不停留徘徊？這裡可是充滿了回憶啊！我以為這時巴蘭吉老爺的房子肯定早已出租了，可情況並非如此：他的辦公室窗子依舊緊閉，看門人在行館門口站崗。我塞給他幾枚硬幣，他便通融我偷溜進去瞧瞧。

室內跟離開前並沒太大差異，只是地板和家具表面多覆蓋上一層薄薄灰塵。聽著自己的腳步在空無一人的走廊迴盪，著實令人感到毛骨悚然——我印象中這棟房子裡總是人聲雜沓，廚房裡經常飄出香氣四溢的馬薩拉香料味。最重要的是這裡充滿巴蘭吉老爺的氣息，當下我卻充分感受到他的缺席不在，於是忍不住上了二樓，想再一瞥他的辦公室。我曾和他在那裡度過無數個鐘頭，幫他抄寫郵件、聽寫他交代的話語。辦公室也是沒變，還是我們離開前的老樣子：買辦送給老爺的大石頭還擱在原處，他那張雕工精美的辦公桌也尚在。就連他的扶手椅都寸步不移，位置仍跟老爺在廣州的最後幾週一樣，杵在窗邊。在昏黑幽暗的室內，他的人彷彿也在，半倚著牆邊抽鴉片，凝望著窗外廣場——套一句維可的話，他的模樣像是在尋覓鬼魂。

這念頭不由得莫名讓我想要轉身，火速俯衝下樓，回到陽光普照的室外。我衝下樓後，興起探訪康普頓印刷廠的念頭，於是一個拐彎，轉入老中國街。這條曾經人聲鼎沸的大街，如今亦蒙上濃濃哀愁與朦朧睡意，一直到與城鎮接壤的十三行街才恢復正常。這裡一如既往，人潮洶湧：排山倒海的人潮往左右兩個方向移動，川流不息。沒多久我就被人群擠到康普頓印刷廠的大門前。

我敲了門，聽見康普頓本人的回應。他穿著一襲暗褐色長袍，跟往常一模一樣，頭頂戴著黑色圓帽，髮辮在頸後紮成一個整齊髮髻。

他以爽朗笑容及英語向我打招呼：「阿尼珥！你好嗎？」

我用廣東話回覆他，喊出他的中文名字，令他大吃一驚：「早上好，梁先生！你好嗎？」

「哎呀！」他嚷嚷：「我這是聽見你說什麼啦？」

我告訴康普頓，我的廣東話進步不少，要他別再對我說英文。他開心拉著我走進印刷廠，大聲呼喊：**Hou leng! Hou leng!**（好靚！好靚！）

雖然才經過幾個月，印刷廠倒是變了不少。曾經塞滿無數令紙張及墨水桶的書架已空下來，空氣中油膩金屬的嗆鼻氣味亦已不復見，如今飄散著線香香氣。過去堆滿髒亂校樣的書桌也變得乾乾淨淨。

我詫異轉頭：乜嘢啊（發生什麼事）？

康普頓認命無奈地聳聳肩，解釋自從英國人被踢出廣州後，印刷廠生意清淡，城裡幾乎不再有英語印刷物的需求：既沒有期刊，沒有新聞快報，也沒有公告。

總而言之，康普頓說，我現在都忙些別的事。

什麼事？我問，他接著解釋，鴉片危機時我見過幾次的鍾老師給了他一份差（當時我還不懂廣東話，用英文稱呼他「張老師」）。顯然他現在「面大」了——成了大人物，意思是他身分不得了：林則徐總督，也就是欽差大臣指派他搜集外國人的情報，包括他們的國家、貿易活動等資訊。

為了方便執行這個任務，鍾老師創辦了翻譯事務局，康普頓說：他廣為聘用精通多國語言、通曉海外各地的長才，康普頓是他第一個招聘員工，他的工作主要是監督該地發行的英語書報——《廣州報》、《中國叢報》、《新加坡期刊》等刊物。鍾老師的翻譯事務局將這些刊物委託給他，請他查看是否有欽差大臣或鍾老師可能感興趣的文章。

康普頓最密切追蹤的主題當然就是「大煙」，而他最近正好在《中國叢報》讀到印度鴉片製造的文章。他運氣好，正巧碰見尼珥前來探訪，因為他正好有些讀不懂的內容。文章出現許多他不熟悉的用詞——arkati, maund, tola, seer, chittack, ryot, carcanna等。康普頓在英語辭典裡遍尋不著這些字，對於文章提及的不同地名也是一頭霧水——查普拉、巴特那、加齊普爾、蒙格埃爾、瓦拉納西等。他只聽過加爾各答，這裡人稱之為噶哩噶達。

我花了很長時間向他解釋詞彙地名，讓他萬分感激：唔該晒！唔該晒！我回他，樂意之至，我才要感謝他過去和家人的熱情款待，讓我那年稍早在印刷廠裡度過不少愉快時光，這只不過是我微不足道的報答。能夠回來實在太棒了——康普頓可能是我認識的人之中，唯一一個跟我一樣沉迷於文字的人吧！

＊

開始行軍前，有人告知克斯里前鋒部隊恐怕要五個鐘頭才會抵達下一個營地。他們已先派出偵察隊，在布拉瑪普特拉河岸邊揀選地點。克斯里心知肚明，等到他抵達時，營區一定已經準備就緒，區分成軍官營地、印度兵營區、茅坑、隨營人員的營隊集市。

上路五個鐘頭，約莫上午十點，克斯里的座騎鼻孔想當然耳開始擴張，彷彿嗅到河水氣息，接著道路拱成山脊狀，布拉瑪普特拉河在前方緩坡底端冒了出來：河水寬闊到幾乎看不見遙遠彼岸，只顯現一道淡淡的綠色汙痕。不遠的河岸邊，淡褐色沙子包圍著河水邊緣：營區的旗幟和標誌就立在那裡。

沙岸沿著河邊連綿至肉眼所及的遠方，克斯里瞭望對岸，發現有一團迅速蔓延的粉塵從反方向朝營區撲襲而來。領頭的是一小組騎手，三角旗已道出他們是daak-sowars，派遣騎手。

軍隊上一次收到郵件已過許久，克斯里幾乎一年沒有家人音訊，於是一直殷殷盼望著郵件，想到他將是第一個收到信的人，就不禁開懷。

怎料事與願違：瞥見軍隊旗子後沒幾分鐘，其中一名派遣騎手就直接調頭，轉向縱隊。身為唯一坐在馬背上的前鋒部隊，克斯里的責任就是攔下騎手。他把三角旗交給他身後的男人，小跑步趨馬前進。

看見克斯里接近時，騎手放慢馬速，解開臉部圍繞的披巾。克斯里這時才發現是熟人，一名隸屬戰役總部的印度騎兵團上尉。他一秒都沒浪費，單刀直入他最關心的事。

有沒有給警衛隊的郵件？

有的，我們送來三袋郵件，會放在營區等你們取件。

騎兵團上尉從肩膀甩下一袋郵件包，遞給克斯里。

不過這袋很緊急——必須即刻送達司令官老爺手裡。

克斯里頷首，立刻把馬調頭。

軍隊司令官威爾森少校通常和其他英國軍官悠哉騎著馬，跟在縱隊的後半部，意思是他恐怕還在後方至少一、二英里處。一天行軍結束之際，軍官通常會休息片刻，騎騎馬、打打獵，偶爾在樹蔭下乘涼閒聊，僕人負責泡茶或咖啡。如此一來，等到他們抵達營區，就能確定帳篷早已備好等著他們。

克斯里知道要找到軍官得花點時間，因為他得衝破整隊隨營人員，逆向而行。他的馬才一調頭，就撞上一組手持長柄大鐮刀的除草人，他們負責為隨著縱隊行軍的幾百頭牲畜提供飼料。緊跟在後則是準備營區的人馬：紮營僕人、掌旗人、搬運烹煮工具的苦力、肩頭上扛著杆柱的男舞者、當然還有清潔工、掃地工、拾荒者、腳伕。再來是軍隊洗衣工，一大批男女洗衣工，以及長長一列背著數捆待洗衣物的驢子。

通過洗衣工後，克斯里在逼近營妓的閹牛推車時刻意放慢速度。他和老闆娘葛拉比關係密切，他知道要是沒停下來和她說句話直接騎走，肯定會引起她的不悅。但他還來不及勒緊馬韁，一隻猶如爪子的手已先逮住他的靴子。

克斯里！Sunn!

原來是帕格拉巴巴，警衛隊的福神兼托缽僧：跟他的同類一樣，帕格拉巴巴能夠一眼就猜穿人們腦海盤算著什麼。

Ka bhaiyil? 帕格拉巴巴，有什麼事？

Hammaar baat sun，聽我說，克斯里——我預言你今天會收到家人的消息。

Bhagwaan banwale rahas! 克斯里感激大喊，神明保佑你！帕格拉巴巴的預言激起克斯里趕快回到營區的念頭，於是完全把葛拉比拋在腦後。他迅速策馬奔馳，座騎小跑步行經預留給隨營上流階級的旅行車——婆羅門學家、祕書、帶著帳本的市場商人頭頭、專為軍官翻譯的卡亞斯塔口譯員，還有管理警衛隊財務和負責放款的商人，他們平日的工作就是幫印度兵融資、安排家人的匯款。這些人搭乘同一輛馬車，一路上咀嚼著檳榔。

負責郵件的是祕書：他的任務是將郵件發送給印度兵。行經馬車時，克斯里停下來告訴祕書，他有充分的理由相信自己總算收到家人的信。

祕書，備好我的信，克斯里說。我一逮到機會就去營區找你。

這下行進隊伍總算不再擁擠，克斯里可以放慢步調，騎馬經過炮兵團、本土炮兵和炮彈手小分隊，以及運送警衛隊沉重武器的腳伕，這些武器包括尚未組裝的榴彈炮、迫擊炮、野戰炮。接在後頭的是俘虜，一組遭捕的緬甸兵，然後是廚房列車，整臺馬車都塞滿軍官廚房的糧食——裝著罐頭和瓶裝食品的大板條箱、啤酒桶、葡萄酒細頸大瓶、威士忌桶。緊跟在後的是軍醫院，載著傷兵患者、覆蓋帆布的兩輪板車隊伍漫長綿延。

經過這些人後，克斯里迎面撞上蜂擁而來的牲畜——軍官餐桌上的山羊、綿羊、閹牛。負責照顧牛羊的牧人想方設法幫他清出一條路，卻徒勞無功。這時克斯里並未呆坐在馬鞍上，等待牛羊通行，而是從小路上迴轉，騎上草木叢生的荒地。

幸好他很快就瞥見十來位軍隊裡的英國軍官：他們已經脫隊，正朝著黃沙滾滾、分隔河川和小路的山脈奔馳而去。

發現克斯里後，他們旋即勒馬，其他人在樹蔭下等待時，軍隊副官奈威爾．梅上尉騎馬奔向克斯里。

「中士，那一袋是郵件嗎？」

「是的，梅長官。」

「你可以交給我，中士，謝謝。」

副官取過那袋郵件，說：「你最好先別走，中士。我們可能還需要你。」

克斯里在原地等候，梅軍官的馬踩著小碎步回頭，將郵件遞給指揮官。威爾森少校打開那袋郵件，取出文件，然後拍了拍梅軍官的背恭賀他。幾分鐘不到，軍官全部使勁搖著梅軍官的手，嚷嚷：「梅，走狗運了你……」

這場面勾起克斯里的好奇心：會不會是梅軍官升職了？他確實等夠久了——距離上一次升官已近十年。

梅先生正好是克斯里的butcha——他的孩子，至少按照孟加拉本土步兵團的說法，他是他的小孩。梅先生十八歲從英格蘭阿迪斯昆比軍校畢業後，便以十八歲年輕少尉之姿加入軍隊，克斯里則是他第一個勤務兵。其實克斯里並沒大他多少歲，但是三年前就入伍的他已見識過不少戰役，足以自詡老鳥。自那刻起，克斯里就一手「拉拔」梅先生，指導他營隊慣例，傳授他印度式kushti摔角，生病時照顧他，當梅先生在軍官俱樂部徹夜賭博飲酒狂歡後，還為他清理善後。

許多印度兵為他們的butcha賣命，然而這些軍官升職後卻將恩情忘個一乾二淨。可是克斯里和梅先生的關係匪淺：經過這幾年，他們的情誼反而更加堅定親密。

梅先生個子高眺，肩膀寬闊，下顎方正，皮膚黝黑，髮線撤退。雖然說話毒舌、性格急驚風，事實上卻是性情中人。身為一名年輕軍官，他的好鬥不服輸時常替自己招來不少麻煩，大夥兒開始尊稱他「Kaptan Marpeet」——好鬥上尉。光陰並未磨鈍他的尖角，反而讓他變本加厲，更加有稜有角，愈顯粗暴。

話雖如此，梅上尉其實是獨樹一格的傑出軍官，驍勇善戰，對於印度兵也公正不阿。克斯里對他更是萬分感激：他們剛認識不久，梅上尉就發現克斯里雖然嘴上不說，其實具有學習英語的企圖心，於是鼓勵指導他，最後克斯里說得一口流利英語，其他士兵望塵莫及，就連口譯員都甘拜下風。後來克斯里和上尉發展成相知相惜的關係，好交情更是擴展至軍隊以外。需要歡場女子時，梅先生相信克斯里的判斷，哪個女孩蹩腳，哪個值得他掏出的每一盧比。梅先生缺錢時，也不是找帕爾馬公司的銀行員或商人貸款，而是直接找克斯里借錢。他自己也承認，因為他老是花天酒地，於是三天兩頭就缺錢，需要用錢。

軍官欠債並非罕見，誰教他們老愛賭博喝酒。但梅上尉債臺高築，無人可及：光是克斯里，他就積欠一百五十盧比。換作其他軍官，可能早就挪用軍團備用金或找一個輕鬆好賺的職缺，但梅先生不是這種人，雖然性情豪放無度，他卻是品格正直的人。

即使克斯里和梅上尉私交甚篤，但兩人其實都清楚這層關係的堅穩，有賴於那層不可跨越的界線。克斯里絕不可能踰矩，主動探聽同袍都恭喜了副官什麼。反而是梅上尉騎馬上前讓克斯里回營時，主動提及此事。

「可以借一步說話嗎，中士？這件事是機密，所以要請你守口如瓶，行嗎？」

「行，長官。」

「你剛帶來的那袋郵件是給我的，下令要我前往加爾各答的威廉堡。統帥部正在組織一批出任海外任務的遠征軍——得知這消息後我毛遂自薦，自願指揮率領一連印度志願軍，他們要我自行挑一名軍士，所以我現在告訴你，你是我唯一挑中的人選，中士。你意下如何？想不想參加？」

這天海外遠征的念頭壓根不曾浮現於克斯里的腦袋：八個月在阿薩姆和緬甸接壤的偏僻前哨基地，執行駐防任務，他已經身心俱疲，現在只想稍作喘息。但他還是挨不住好奇：遠征軍會去哪裡？

「目的地尚未公開，」副官說：「仍在規畫階段，但我聽說酬金很高。」

那一瞬間，克斯里險些禁不住報名加入志願軍的誘惑：「此話當真，長官？」

「Ekdum（當然）！」梅先生笑答：「保安官的薪資早就不夠我花：這可能是我最後一次償清債務的機會了。有了額外薪餉和帳篷設備，我能淨賺四百一十五盧比！只要這筆薪資和賞金入袋，償付我積欠的所有債務恐怕都不成問題，包括欠你的在內。你意下如何，中士？有意思移步海外嗎？」

克斯里倏然下了決定，「還是不了，長官，我現在累壞了，抱歉。」

上尉不悅地噘起嘴脣，「太可惜了，中士——我還指望你加入呢！不過還有時間，你可以慢慢考慮。」

*

和勃南太太會面這天，賽克利決定謹慎行事，提早赴約。

勃南家的貝塔宅邸座落於芳園洲，偏遠的加爾各答郊區，位居齊德埔船塢的南方，俯瞰胡格利河的悠長海岸。城裡不少英國富商都選在這裡建蓋猶如宮廷的氣派宅邸。

勃南家是芳園洲規模最龐大的宅邸之一：房屋占地遼闊，周遭圍繞的院落蔓延至河濱兩英畝。賽克利曾二度以宴會賓客的身分造訪這棟宅邸，兩次都是由制服光鮮筆挺的帶位員領進前門入口，他踏進勃南家明光錚亮的廳堂（sheesh-mull）那一刻，響亮嗓門宣布他的名字。

可是當時他的運勢看漲：甫被指派為朱鷺號二副，擁有一卡車華服飾物。自那刻起，他的人生就緩緩走下坡，方才在勃南宅邸大門前說明來意時，今非昔比的感受更是強烈。他這次被領進僕人專用通道，轉交給兩位蒙著面紗的女僕，她們再帶領他穿過數不清的狹長走廊和階梯，最後來到勃南太太的縫紉室——採光明亮的小廳房，幾張桌面上堆疊著縫紉箱，牆壁則掛著刺繡作品。

勃南太太正坐在其中一張桌前，身穿莊嚴典雅的白色棉布裝，頭戴一頂蕾絲帽。她手裡托著一個刺繡裱框，賽克利被領進門時，她頭抬也沒抬。

「喔，是神祕人嗎？讓他進來。」

勃南太太是個身材高䠷、氣質高貴的女士，一頭紅棕髮，神情沉著冷然。兩人先前在其他場合見面時，她幾乎沒和賽克利說上一句話，但賽克利並不在意，因為她的態度淡漠疏離、不感興趣，要是她開口，他反倒擔心回不出一個字。

她繼續坐在桌前，眼睛絲毫沒有瞄過來，開口就道：「早安，請問如何稱呼？」

「早安，太太，我叫瑞德。」

賽克利朝她的方向往前跨出一步，伸出一半手，但勃南太太的眼睛並沒有離開刺繡活兒的意思，於是他窘迫收回手。這下他總算明白為何勃南太太會選擇在縫紉室接見他，而不是一樓會客室：她想要讓他清楚明瞭，他目前在這棟宅邸的身分是僕人，不是客人，應該恪守本分。

「瑞德先生，我想你應該是技術純熟的神祕人？」

「是的，太太。我曾在巴爾的摩的嘉迪納造船廠當過學徒。」

勃南太太的眼睛半寸不離她的刺繡活兒。「想必竇提先生已經向你解釋過工作內容，你認為你可以一如我們所願，修好平底帆船嗎？」

「可以的，太太。我一定全力以赴。」

這下她總算抬起眼，蹙著眉打量他：「瑞德先生，你看起來年紀輕輕，不像是經驗老到的神祕人。但竇提先生對你讚譽有加，所以我相信他的判斷。他還告訴我，你面臨財務困境，說服我你值得我們的接濟。」

「竇提先生是大好人，太太。」

勃南太太彷彿沒聽到他說話似的繼續道：「我丈夫和我向來不遺餘力救助國內的窮苦白人。印度實在有太多諸如此類的白人——大老遠從西半球跑來，圖的是致富，最後卻一敗塗地。勃南先生認為我們有義務幫忙，不讓這些可憐人淪入落魄絕境，變成英國統治種族的名望大害。我們向來盡量對這些人慷慨伸出援手，所以我願意提供你這份工作。」

「太太，太感謝您了，」賽克利說：「您不會後悔的。」

她深鎖的眉頭這下蹙得更緊了，彷彿表示他感謝說得太早。

「那我問你，瑞德先生，」她說：「我雇用你後，你打算住在哪？」

賽克利始料未及會有這一題，於是結結巴巴起來，「這個嘛，太太……我在齊德埔租了房間——」

「我很抱歉，」她唐突地打斷他：「那可不行，人盡皆知齊德埔的宿舍可是疾病、罪惡、墮落的溫床。要是容許你住下去，只怕我問心有愧。再者平底帆船夜裡需要巡邏看守，我手邊可沒多餘巡守。」

這下賽克利才驚覺，她是在暗示希望他能住在平底帆船。他簡直不敢相信自己的好運：能夠逃離長期落腳、跳蚤肆虐的廉價旅社，他簡直求之不得。

「太太，我很樂意搬到平底帆船，」他說，努力壓抑自己，不顯得太猴急，「當然前提是您不反對。」

這下她總算擱下刺繡活兒，以審視目光打量他，令賽克利不禁皺起額頭、滿頭大汗。

「瑞德先生，我說的話你可要聽清楚了，」她的聲音變得尖銳：「這棟房子重視的是信譽，所以有幾項你不得不遵守的規矩。住在這棟宅邸的期間，你務必時時刻刻保持端正行為。無論是什麼情況，皆不容許男女訪客，聽懂了嗎？」

「是的，太太，我聽懂了。」

她的蹙眉鎖得更深了：「這個月我會離開一陣子，」她說，「我得帶女兒回一趟我父母在哈扎里巴格的鄉間宅邸。我應該可以信任你，不會趁我不在時偷懶吧？」

「我絕對不會偷懶，太太。」

「要是你膽敢偷懶，風聲必定會傳到我耳裡。我知道你長期擔任水手，我承認這點讓我很是困擾。我相信你也曉得，對於端莊體面的人而言，水手的名聲有多不堪入耳。」

「我曉得，太太。」

「瑞德先生，容我先警告你一聲，你無時無刻不受到監控。雖然平底帆船停泊的位置與房子之間有段距離，但你可別妄想這段距離可以掩人耳目，任你胡作非為。」

「我知道，太太。」

一陣靜默後，她凝神瞪著他的眼神宛若手裡的針般尖銳：彷彿直接穿透他的衣服、刺進他的皮膚。「很好，」她說，他的雙腳在鞋裡不安蠕動。「那就請挑你方便的時候開始。」

＊

帕格拉巴巴的預言讓克斯里信心大增，他很篤定一定會收到家書，於是快馬加鞭回到營地。

只差幾分鐘的路程就抵達營地時，他看見僕人迪魯朝他飛奔而來。

中士大爺！尼爾巴海士官長要您去帳篷見他，現在立刻去。

克斯里勒住馬匹，說：士官長有什麼要事，你可知道？

他收到他老家送來的信，迪魯說。我想八九不離十是壞消息，中士大爺，你最好動作快。

克斯里朝他點頭，踢了下馬疾馳狂奔起來。

克斯里進入軍營時，幾十個男人正湧入士官長的帳篷。大多都是士官長的至親，克斯里從他們的神態看得出，他們的親人過世了，受邀讓他略感榮幸。

克斯里在帳篷附近下馬，正好迎面撞見警衛隊的祕書。

發生什麼事了，祕書？這是什麼情況？

你還沒聽說嗎？祕書說。士官長家裡傳來壞消息，他的哥哥比洛．辛死了。

克斯里震驚不已，畢竟比洛．辛的生命力向來比同輩的人強。

Bhyro Singhji mar goel? 比洛．辛死了？怎麼死的？

幾個月前他在海上遭人謀殺。他接下一份運送移民契約工的工作，在前往模里西斯的船上發生慘劇，但消息不僅如此。士官長派人找你，你最好趕快進去。

克斯里的手搭在祕書肩頭：好，祕書，但請先告訴我一件事——派遣騎手有沒有送來我的信？

祕書搖搖頭：沒有，不好意思，中士大爺，沒有你的郵件。

克斯里失望地咬住嘴脣。你確定？一封都沒有？

我確定。你現在最好先去見士官長。

克斯里踏進帳篷，發現士官長坐在軟墊上：他是氣宇非凡的男人，臉孔厚實寬闊，鬍鬚濃密灰白。

士官長大人，克斯里說，你有事找我？

士官長抬頭望向他，他的眼眶泛紅。是的，中士，我有壞消息。

我聽說你哥哥比洛．辛的事了，太令人難過——

士官長打斷他，是沒錯，但不只如此。我收到的信件還報告其他壞消息，關於你妹夫胡康．辛。

Wohke kuchh bhael ba? 他怎麼了？

Hukam Singh mar goel. 他也死了。

這消息彷如晴天霹靂。死了？怎麼死的？發生什麼事？

信裡沒有說明原委，士官長說。但我的親戚正在前往阿薩姆的路上，他們應該很快就會抵達朗布爾的基地，到時會交代來龍去脈。那你呢？家人有捎來任何關於你妹妹的消息嗎？

不，士官長大人，沒有。我本來期待這批派遣騎士送來家書，但祕書說沒有我的信。

克斯里低垂下臉，他不敢相信家人居然沒寫信告訴他狄蒂守寡的事，緘口不說只怕是事有蹊蹺：這可能象徵著什麼嗎？

回帳篷的途中，克斯里刻意去找帕格拉巴巴，出這一口氣：你為什麼說有給我的信？根本一封都沒有——kuchho nahin!

帕格拉巴巴合不攏嘴地笑了：我可沒說你會收到信，中士大人。我是說你會收到來自家人的消息，你確實收到消息了，可不是？

第二章

賽克利肩上扛著帆布包踏上平底帆船時，已經暮日西沉。船上積滿淤泥，枯萎樹葉、落枝、遺棄索具堵塞艙梯。沾滿油脂泥濘的繫繩栓在木板上四處滾動，他走過去將帆布包掛上桅杆圓材時，差點沒被這只繫繩栓給絆倒。

距離賽克利上次看到這艘平底帆船，時間還不到一年，沒想到這艘船屋居然一轉眼變得如此慘不忍睹，他不禁猜想，她是否就像慘遭遺棄的小狗和馬兒，正在哀悼她逝去的主人：船身顏色刷白，變成死氣沉沉的藍灰，而拉斯卡利的象徵，就是非寫實風格的虎頭也已經褪色，輪廓模糊不清。確實，即便已經打入冷宮，仍不難看出這艘平底帆船是艘具有精緻寬梁的船，設計風格完全符合富人品味。

快速檢查了下船，果然符合賽克利的料想：他主要該做的不外乎是清理、修整、拋光、更換幾個全新零件。這艘平底帆船的船體架構基本上完好如初，不需要重建骨架。不少甲板木板需要換新，船頭和船艄則得修整調正。雕刀精細的船艄頰柱已經腐朽，需要全新更換。許多船艄斜桅鬆脫，要徹底檢修一番才行。但大致來說情況不若表面上來得嚴重，要是運氣好，他只消六至八個月就能修好這艘船。好消息是他估測大部分工程可以由他自己一手包辦。

賽克利決定先打掃甲板。他邊脫下上衣，邊沿著右舷側邊清理，來到一扇進入主要接待廳的門前。他扭動門把，房門嘎吱打開：室內充斥著潮濕霉味，水晶燈上覆蓋一層蜘蛛網，家具表面籠罩著厚厚灰塵。

這就是賽克利首次碰到前任拉斯卡利王侯尼珥・拉丹・霍德的地點。對此他記憶猶新，得知主人竟然如此年輕的當下他詫異不已。王侯一臉病容，眼皮懶洋洋半垂著，姿態慵懶。環顧發霉的接待廳時，賽克利心頭猛然一陣刺痛：大夥兒在這裡啜飲香檳的那天，誰料到王侯只剩下幾週的自由，不消多久就會被丟下深海餵鯊魚？

踏出接待廳後，賽克利開始清掃通往樓上開放式甲板的階梯。他慢條斯理，一階階清理，然後慢慢走進逐漸黯淡的日光，美好河濱景致在眼前豁然開朗。勃南宅邸位處河水下流幾百碼處，同一片海灘的遙遠岸邊上，正是加爾各答植物園樹木一隅。

周遭的風光萬象讓賽克利不由得浸潤在回憶裡，絕大多數是關於勃南家昔日養女、寶麗・蘭柏的回憶：她就是在植物園長大的，賽克利與她初次見面時，她住在勃南宅邸。而今他視線掃向暮色籠罩的宅邸，想起他和寶麗並肩而坐的那場晚宴：他當時真想不到她會裝扮成苦力婦女，混進朱鷺號逃走，也沒料到她某晚會進入他的艙房，而他則緊緊摟著她。猶新記憶令渴望猶如一股刺痛，流竄他的全身，他快步走下艙室扶梯，回到下甲板，隨便打開幾間艙房的門。

最後一間艙房的門說什麼都打不開，他得運用肩膀的力量，才勉強撞開門。門一開，鑲著上好木材、黃銅壁式燭臺的富麗艙房映入眼簾。這間房間逃過船體其他部位遭遇的蹂躪：床墊依舊鋪著床罩，撐著一張布滿灰塵的蚊帳。他揭開蚊帳，仰躺著跳上床，床墊太柔軟，讓他全身跟著上下彈跳，賽克利得意地笑了出來。

奢侈啊！歷劫歸來後的他怎麼可能想像得到這等享受，光是這張床就比他在朱鷺號的艙房大——就是那間他緊緊擁抱寶麗、輕啄她嘴唇的房間。

在模里西斯和加爾各答的無數個月，寶麗一直陪伴在賽克利身旁，只要遭遇煎熬困難的苦境，他都想像著寶麗的身影，並在腦海中與她拌嘴。「寶麗小姐，瞧瞧妳把我害得多慘！妳可曾想過？要不是因為妳，我又怎麼會鋃鐺入獄？」

然後她高眺纖細的身影會步出陰影，踏出他所落腳的破爛角落，還是一如既往的笨手笨腳，差點被自己的雙腳絆倒。她走上前坐在他身邊，正如他們最後一次在朱鷺號上的激烈爭執：她乞求他那晚切勿阻止預謀逃難的五個人。

「寶麗小姐，妳央求我放那五人走，我照做了——可是妳瞧我現在變成什麼模樣？」

但有時爭吵會慢慢降溫，變成與當晚吵架如出一轍的情況，他雙臂環抱著她，唇瓣壓住她的。她的身影偶爾會變得真實，即便是在破舊不堪的旅社，他都得努力將她逐出腦海，免得惹來周遭室友竊笑，就像暗笑某個被偷聽到正打著唧筒的男人。

但這是他數個月來周遭首次沒有旁人，獨自躺在富有彈性的柔軟床鋪，無須再壓抑對她的思念：他的身體從漫長沉睡中緩緩甦醒，幾乎塵封的欲望搔癢著他，長久不曾感受的感官上身——要想像那隻徐徐鑽進他褲襠的手不是自己，而是寶麗的，是件何其容易的事。

事後他昏昏沉沉墜入夢鄉，他心想，這簡直是造物者對男人的詛咒，先是賜予他們任性又難以控制的器官，卻又好心提供他們方便解決的方法，這不是運氣好是什麼？

他舒舒服服地一覺好眠，清晨醒來後又和寶麗來了一場短暫激情，接著才神清氣爽跳下床。泡好茶、煮好麥片粥後，他開始做正事，刷起前甲板。

這艘船打入冷宮已久，打掃進度緩慢。約正午時分，僕人無預警端來一個托盤，是勃南家大廚的剩菜，他滿懷感激地端了進門：托盤上有米飯、一大碗「印度鄉村」咖哩雞、各式開胃菜，足以打點他午晚兩餐。

肚皮撐飽後，美食佳餚讓他昏昏欲睡，於是他又回到艙房，雖然沒有刻意想著寶麗，但賽克利才一躺下，她又自動出現，而他也無意推開她。

但事後瞥見床罩上黏稠汙漬時，罪惡感不由得襲上心頭。他連忙穿好褲子，又回到前甲板繼續刷地。

這部分的船沒有屋頂或遮光物，他一下就熱得狼狽不堪。即使卸除鞋子、襪子、襯衫的負擔也起不了太大作用：全身上下的衣物馬上就汗濕透頂，本來就黏糊糊的馬褲這下似乎全貼在他的皮膚上。儘管河水渾濁，當下看來卻十分誘人。他若有所思地瞄向勃南宅邸，好奇他要是扒光衣服只剩底褲，跳進河裡，是否會有人看見。

勃南宅邸距離遙遠，中間隔了一片遼闊草坪，現在是午休時間，房屋和草坪四下不見人影，於是他決定冒險一試：河岸邊布滿茂密的燈心草，他篤定自己絕對能藏得很好。

他脫掉寬鬆外套和馬褲，全身只剩下及膝四角褲，從船側邊縱身一躍。河水不深，清新暢快：短短幾分鐘已經讓他感到清涼。

正準備爬回船上，他看見橫在平底帆船甲板上、沾滿泥土的繫繩栓，靈感大發，想到正好可趁此機會拋光繫繩栓。繫繩栓的位置一伸手就能摸到，賽克利一把捉起繫繩拴，然後撲通跳回河裡。他朝河岸邁出幾步，河水已降到腰部高度，他拔下幾株燈心草，開始用力搓洗繫繩栓，手肘來來回回，劇烈拍打著河水。

繫繩栓的形狀如保齡球，約一隻手的長度，油脂和泥土讓它格外滑溜，他只好一手將它壓在肚皮上，另一手奮力搓洗。

使勁搓了幾分鐘，硬化的泥土總算開始崩落。繫繩栓快要乾淨溜溜時，驟然冒出一個孩子的聲音：「喂！那邊那個人！」

背對著草坪的賽克利被逮個正著，旋過身，他看見一個身著無袖連身裙的金髮小女孩，他猜應該是勃南家的女兒。

他猛然想起自己胸前光溜溜，而她正盯著他猛瞧。賽克利尷尬臉紅地迅速回頭，走進較深的水裡，來到只露出頸部的高度，才轉過身面對她：「哈囉！」

「哈囉。」

她一臉沉重注視著他，像隻小鳥般歪著頭：「你最好從水裡出來，」她說：「媽媽說河水很髒，只有可怕的異教徒和印度教徒才會在裡面洗澡。」

「她是這麼說的嗎？」他驚恐地說。「妳千萬不能跟她說妳看見我在河裡！」

「喔，這她早就知道了。她從臥房窗戶用望遠鏡看見你了，我有看到。」

這會兒對面的草坪迴盪著另一個聲音：「安娜蓓！安娜蓓！喔，妳這個壞孩子，還有沒有羞恥心？」

賽克利抬頭看見戴著繫帶女帽的勃南太太氣呼呼穿過草坪，蕾絲和飛舞的絲帶隨風鼓脹。他再次往後撤退，潛入更深的水裡，只差沒淹沒他的下巴。

「喔，安娜蓓！妳這壞孩子，大熱天跑出來晒太陽。沒被烤焦是妳運氣好！」

勃南太太小跑步起來，女帽從頭頂吹落，要不是有條綁在頸部的粉紅繫帶，帽子恐怕早已吹飛。她的長捲髮在臉龐四周飛舞，兩頰上冒出緋紅色塊。

雖然當下深感羞愧，賽克利並未遺漏漲紅臉龐和紛飛秀髮讓勃南太太的模樣動人許多，而她高貴嫵媚的胸線也沒逃過他的眼睛。

「喔，安娜蓓！」勃南太太的眼睛謹慎迴避賽克利，用女帽蓋住女兒的臉龐，「妳這小壞蛋就是不聽話！親愛的，跟我回去。Jaldee!」

賽克利心想他別無選擇，只得厚著臉皮，盡可能佯裝出輕鬆語調，說：「哈囉，勃南太太——今天可真是熱得教人受不了，是吧？我跳到水裡清涼一下。」

勃南太太的體內流竄著憤怒，身體輕顫，卻始終沒有轉頭看他，只是跨過肩頭，咬著牙說：「瑞德先生，平底帆船裡難道沒有盥洗設施嗎？若是如此，我們必會想辦法提供——因為說什麼我們也不能讓你像隻水牛，在大太陽下的汙泥裡打滾。」

「我很抱歉，勃南太太，我不知道——」

她陡然打斷他：「請你務必謹記在心，瑞德先生，我們是基督徒，所以希望你行為舉止莊重……」說到這裡她似乎詞窮，遂把女兒轉到身體正前方，加快步伐離去。

賽克利朝她快步離去的背影喊道：「衣不蔽體是我不對，我道歉，勃南太太。以後不會再發生這種事了，我向妳保證。」

勃南太太和女兒已經走到抵達房子的半途，沒有搭理他。

*

兩週已過去，無人提及巴蘭吉的財務狀況。這段期間，沒人和詩凌百提起丈夫過世時的生意狀況。最初詩凌百傷痛欲絕，根本無心過問，但隨著喪夫的震驚逐漸淡去，她開始好奇為何無人和她談及此事。

像他們這樣的家族，人人關切生意，因此刻意迴避這個話題並不單純，尤其大家都知道巴蘭吉遠赴中國，曾發下豪語要奪取詩凌百家族傳承數代的公司密斯垂船運部門。

詩凌百的至親裡，最有可能獲知巴蘭吉生意進度的，莫過於幾年前父親辭世後接手公司的兩個弟弟。詩凌百幾乎可以篤定地說，他們絕對清楚她丈夫的財務狀況，然而即便他們一天前來查看她數次，卻無人開口談論這個話題。

自從父親突如其來地離世後，丈夫和弟弟便陷入爭奪家族企業的纏鬥，這件事並非祕密。鬥爭早在意料之內：她的弟弟從不認為巴蘭吉有本事接管密斯垂家族事業，對此巴蘭吉也不客氣反擊。打從詩凌百結婚那天起，弟弟和丈夫之間的緊張氣氛便一觸即發，猶如斷裂後兜著絞盤打轉的繩索，在她周圍颼颼不休。但是婚後詩凌百只曉得家族之間的衝突：生意方面全靠她父親一人維持兩方表面的和平。唯獨大家長辭世之後，詩凌百才成為家族鬥爭圍繞的核心人物。

沒人比詩凌百清楚，弟弟試圖利用養老金，要求巴蘭吉提前退休，好讓他們可以處置巴蘭吉一手打造的公司部門，也就是利潤驚人的船運和出口部門，為此巴蘭吉受盡虧待和背叛。然而奪產不符合巴蘭吉的性格，他決定出資獨占出口部門。為了這一天，他大刀闊斧投資中國託售貨物，盼望賺進足以買下該部門的資金。巴蘭吉不是一個行事馬虎的人，於是決定託售貨物之中，少不了史上最大宗來自孟買的鴉片貨運。為了籌措這筆資金，他無所不用其極四處借款：舉凡生意夥伴、社區領袖、親戚，他都登門拜訪了，最後依然缺錢的他轉而投靠詩凌百，請求她典當珠寶首飾、抵押父親過繼給她的阿利巴格和班德拉土地。

長久以來，許多方面詩凌百和巴蘭吉時常意見不和，最主要的問題就是兩人膝下無子。她經常央求他尋求祕方，但巴蘭吉從不認真看待這回事，令她痛苦悔恨不堪。但凡是有關生意的事，她都相信巴蘭吉的直覺精準——面對不看好的人，他總有本事證明自己的能耐。而天性悲觀消極的她，也跟不看好他的人一樣只等著他生意失敗，但他卻不曾失敗，於是她漸漸接受，相信丈夫對生意的判斷力準沒錯。後來她順著他的懇求，將遺產全權交給他處理。

那筆錢後來上哪兒去了？為何都沒人向她提起？有那麼一陣子，她很堅信不移，家人一定不希望在大庭廣眾下提出這個話題，所以才避談此事。她周遭確實總有女兒、姊妹、孫子、眾多清潔工和僕人，很少有獨處的機會。就連晚上也不是她個人的時間，身邊總有人確定她睡前服用鴉片酊。

詩凌百並非不懂得對家人的支持知恩圖報，只不過日積月累下來，她察覺他們的同情有詭。親人似乎只關心她——對她的亡夫不聞不問。她試圖扭轉這個情況，宣布想在拜火廟為巴蘭吉舉行一場盛大的「Farvandin roj」儀式，下場卻是無人理睬。家人反而沒事先經過詩凌百同意，就逕自舉辦僅邀少數近親的小型追思會。

她質問女兒，她們卻以經費的理由隨便搪塞她。這時她已心裡有底，她肯定是被瞞在鼓裡，她得主動出擊。隔天她捎出訊息，要弟弟盡早來見她。

隔日清晨，他們一如往常的一絲不苟，穿了清爽的排釦開襟衫，綁著整齊潔白頭巾同時現身。閒話家常兩句後，詩凌百說：我很高興你們來了，有些事我一直想問你們。

什麼事？

有關我丈夫的生意。我知道他為了最後一趟中國行投入不少資金，很好奇他目前的投資進展。兩人陷入一陣沉默，詩凌百看見他們交換眼神，像在催促對方先開口。於是詩凌百率先破題，好方便他們回話：你們不能瞞著我，這件事我有權知道。

這句開場白令他們鬆了一口氣。

情況不順遂，他們說。巴蘭吉大哥犯下無法挽回的錯誤，他對冒險的熱愛演變成一場災難，押下滔天賭注，最後只有慘烈收場。

詩凌百的手指在她的白色紗麗褶子間來回穿梭，從綁在腰上的卡斯堤毛線尋求慰藉。

發生什麼事了？她說。全部告訴我。

幾經猶豫後，他們款款道出：其實不完全是巴蘭吉的錯，他們說。近來中國的發展風雲突變，抵達廣州不久，中國指派新任總督，一個名為林則徐的官員，說穿了他就是個爭權攘利的瘋子。這總督扣留所有外國商人，逼迫他們繳交當季運送至中國的鴉片，並且親自監督銷毀，那可是價值數百萬西班牙銀元的貨物啊！巴蘭吉是利益受損最嚴重的商人之一，他的鴉片全數遭到扣押銷毀——多半都是他用貸款採購的貨品，結果導致他積欠孟買債權人的債務無法償清，就算他回來了也無法如期償還，只能宣告破產，這結局或許不教人意外，畢竟他跟他祖父一個樣，都喜歡投機打賭。

詩凌百茫然聽著他們說的話，雙手緊緊扣在膝上。他們話一說完，她說：難道真的一毛錢也沒剩？完全沒剩？

他們搖頭：當真一毛都不剩，除了一屁股債，巴蘭吉什麼都沒留下。好比他那艘船阿拿西塔號，肯定已在香港出售，以遠低於船舶價值的售價賣給一個名叫班哲明．勃南的英國商人，就連巴蘭吉為女兒蓋的房子都不得不出售。幸好詩凌百還有地方住——她還有娘家這間公寓，至少不必擔憂在外風吹雨淋。也幸好她的女婿爭氣，決定集資提供她每月生活零用。當然她得節制開銷，不過稍微謹慎留意些，日子還是過得去。

就在這時，發生一件詭異的事。有隻蝴蝶從敞開的窗戶鑽了進來，在他們頭頂盤旋了一會兒，接著短暫停在巴蘭吉的肖像相框。詩凌百倒抽一口氣，取下面紗。這張照片是巴蘭吉多年前從廣州帶回來的，照片裡的他穿著一襲深藍色喬加長袍，雙膝微微分開，臉龐方正英挺，鬍子刮得乾淨整齊，笑彎了嘴唇，模樣煞是俊俏。

詩凌百一直相信，即便是再小的事情都可能具有意義，對她而言，事情接二連三發生，必定有因，這些關聯並非毫無意義。即使蝴蝶已經飛走，她的目光仍無法從肖像抽離。巴蘭吉似乎正瞅著她，彷彿想告訴她什麼。

詩凌百深吸一口氣，轉頭問弟弟：告訴我，我丈夫的投資是否可能失而復得？

他們面面相覷，開始懊悔著低聲耳語，似乎為了摧毀她的希望而道歉。

確實是有機會，他們說，部分經費或許可以失而復得。巴蘭吉並非唯一貨物遭扣留的外國商人，包括幾個重要英國商人在內，不少人也將貨物繳交給林欽差大臣。倫敦政府絕不會輕易縱容中國沒收他們的貨物：他們不像印度統治者，對商人的利益漠不關心，反而十分清楚商業貿易的重要性。目前謠言四起，他們已在策畫派遣一組遠征軍，前往中國，索求賠償。要是爆發戰爭、中國戰敗，再說戰敗機率不小，那麼巴蘭吉投資的錢，一部分就可能失而復得。

不過……

不過怎樣？詩凌百問。

不過等到失而復得的資金發放時，沒有人能代表巴蘭吉，到時想必會是一場爭奪，其他商人會親自出席，準備率先搶回屬於自己的資金。

詩凌百左思右想，腦袋突然清醒。能不能派出人手代表我們出席？她問。維可呢？

他們搖搖頭。維可已經婉拒了，他們說。畢竟他不過是巴蘭吉的船務長，也不具備與廣州公行商會或英國政府協調的資格。廣州外商組成一個關係甚為緊密的小圈子，不是外人說進就進的。巴蘭吉本身是這個圈子的一分子，所以要是來的是血親，他們可能會對家人表示同情——但不巧的是沒有能夠代表巴蘭吉出席的人選。

詩凌百知道他們意有所指，要是情況不同，她和巴蘭吉膝下有子，就能代表他們爭取權利。這個念頭已經折磨她夠久，而現在她可沒那心思去想這件事。如果是我呢？她腦海第一個念頭衝口而出：要是我親自出馬呢？

他們詫異盯著她：妳？

對。

妳？去中國？妳就連出這條街都要人陪！

我憑什麼不去？詩凌百反脣相譏。畢竟你們的太太和女兒都拋頭露面，不是嗎？你們不是到處去和英國佬朋友炫耀，自己家族的思想有多「進步」，我們不來獨守深閨這套？

詩凌百姊姊，妳在說什麼？我們的妻子確實不嚴格遵守深閨制度，但我們在社會上多少有身分地位，不可能讓姊妹女兒獨自在世界各地遊蕩。想想別人會怎麼閒言閒語，把話說得多難聽？

寡婦去探望自己亡夫的墳墓有什麼好閒言閒語？

當下他們似乎決定先遷就她，於是放柔聲音。

妳應該和妳的女兒討論，詩凌百，由她們解釋會更清楚。

＊

一八三九年八月十一日
廣州

昨天我在十三行街走著走著，碰巧遇上康普頓。阿尼珥！他大喊。鍾老師想見你呢！

我問他為什麼，康普頓解釋，他幫鍾老師翻譯孟加拉文的鴉片製作報告，讓鍾老師刮目相看，他聽說這工作我也參與幫忙，便說想和我 yum-chah（飲茶）。

我怎麼好意思拒絕呢！

於是我們約好，隔日我會在酉時準點（下午五點）抵達康普頓的印刷廠。

才剛到幾分鐘，鍾老師的轎子亦來到門前。他的模樣比我記憶裡還來得蒼老，佝僂瘦弱，一小把白鬍子貼在下巴，猶如一叢蜘蛛網。但他的眼睛並沒有年老昏花，頻對我眨著他那雙雪亮眼睛。

阿尼珥！我聽說你正在學廣東話？

Haih Lou-si（是啊，老師）！

鍾老師不是廣東人，但他在廣東待久了，所以廣東話自然說得無懈可擊。我的廣東話講得零零落落，他還是耐著性子聽。我自認學得不差，只是偶爾需要用英文向康普頓求救。

原來鍾老師想見我另有目的：他正在編撰一份關於英屬印度的備忘錄，他用的字彙是Gangjiao，也就是該領地的常用字，所以有幾個問題希望我能為他解惑。

一定，一定，我說，鍾老師說謠言已傳到廣州，據說英國人打算派遣武裝戰艦來中國，對此我是否知情？

我發現這個問題過於籠統簡化，可能刻意隱瞞鍾老師聽聞的情報全貌，所以我知道用字遣詞要格外小心。

在外國人之間，我說，長久以來都傳言英國人很快會派遠征軍打來中國。

Haih me（是咩）？此話當真？這是從哪兒聽來的？是誰告訴我的？

我解釋很多孟加拉同鄉（這裡的人稱孟加拉為Ban-gala）以抄寫員和「文書」的身分受英商雇用，我告訴他，有些孟加拉抄寫員甚至是英國駐華商務總監義律的員工。義律今年四月去信加爾各答的英國總督，要求組成一批遠赴中國的武裝軍隊，這點人盡皆知。我還告訴他，最近我偷聽到庫利茲先生和朋友閒聊，他們相信位在加爾各答的英國軍事總部已經悄然展開遠征隊計畫，但除非獲得倫敦授權首肯，否則消息尚不公開。

這是什麼意思？鍾老師問，他們在印度展開部署，所以軍隊是英軍還是印度軍？

我告訴他，要是過去經驗值得作為參考，那非常可能包括英軍和印度軍：這是近年來英國人在海外征戰慣用的操作模式，緬甸、爪哇、馬來西亞就是這樣。

鍾老師絲毫未顯露吃驚神色，他告訴我，早在嘉慶帝年代，英國人就將好幾艘滿是印度兵的船

（他們稱之為xubo兵）運至澳門。不過北京奮力反擊，於是這批軍隊最終無法上岸。這已經是三十年前的事了，十年後的道光二年，英國人又帶著另一組印度兵部隊歸來。這一次他們短暫占領澳門，不過最終依然被迫離開。

接著鍾老師說出教我大吃一驚的話：當時中國官員下了結論，印度兵全是奴隸，英國人並不相信他們的戰鬥實力，這也是為何他們沒有絲毫掙扎，便乖乖離開澳門。

可是印度兵並不是奴隸！我抗議。他們跟英國兵一樣受領薪俸。

他們與紅髮英軍同酬？

不，這我得承認，他們領的錢少多了，僅約一半。

他們接受的待遇相同？印度兵和英國兵一同吃飯睡覺？

不，我說，他們住不同地方，待遇也有差別。

有印度兵升到司令官的位置嗎？部隊裡可有印度軍官？

沒有，我回答。只有英國人當得上司令官。

鍾老師若有所思啜茶時，四下鴉雀無聲。然後他抬頭看我：所以印度人拿較低薪俸參戰，也知道自己無法晉升司令官？是這個意思嗎？

我百口莫辯，Jauh haih lo（就是囉）！我說：你說的沒錯。

但是他們為何願意替英國人出征？

我不曉得如何回答這個問題，要是連自己都不了解一件事，而這件事也沒人了解，該如何解釋？

我只能這麼回答：因為這是他們的職責，他們是靠參戰賺錢的。

所以說他們都是來自窮苦家庭？

他們來自農耕家庭，我解釋。他們並不窮，很多人甚至社會階級高，不少都擁有土地。

鍾老師愈發不理解：既然沒有這等必要，他們何必冒生命危險？

聽著，我說，這件事很難解釋，但主要因為他們都是氏族的人——我想不出「種姓」該怎麼用廣東話說——長期以來都是靠打仗維生，並且對領袖忠誠奉獻，義不容辭出戰。他們的領袖曾經是印度國王，但幾年前英國成為主要強權，自那時起，印度兵就轉為他們出戰，好比他們往昔也曾為王侯和王公賣命，對他們而言，對象是誰差別並不大。

那他們幫英國人出戰時，也是卯足全力、全心全意的嗎？

聽到這個問題，我又得停下來好好思考。

這問題很不好回答，我說。印度兵是出類拔萃的士兵，他們幾乎幫英國人征服了整個印度，但他們偶爾也會叛變，尤其是出征海外時。我記得約莫十五年前，印度兵軍隊接受前往緬甸的指令，在巴勒克波爾發生一場大叛亂，一般而言孟加拉管轄區的印度兵不喜歡遠征海外，所以英國人到海外征戰時通常都用馬德拉斯的印度兵。

鍾老師若有所思地邊頷首邊捻著他的白髭鬍，感謝我的幫忙，還說希望很快再見到我。

*

克斯里和妹妹狄蒂相差八歲，兩人之間還有五個兄弟姊妹：其中兩人活了下來，另外三人已歿。雖然克斯里和狄蒂相差歲數最多，卻比其他兄弟姊妹更相像。

他們有一個共同點，那就是眼珠都是淺灰色。對狄蒂而言，這簡直形同肢體殘缺，因為很多迷信的村民相信淺色眼珠的女性擁有特殊能力。但是這項特徵對克斯里卻不如狄蒂來得致命，就男孩來說，擁有淺色眼珠只是一種比較不尋常的特色，稱不上是令人感到不安的異類。儘管如此，他們還是因此變得親密，要是狄蒂被其他孩子欺負，克斯里總是第一個跳出來維護她的人。

他們的另一個共同點，就是兩人自小就相信命運與他們作對。對狄蒂來說，是因為她的星座命盤顯示她出生的時間深受天庭走位不祥的影響。克斯里的理由跟她截然不同：因為他是父親的長子。

對多數家庭來說，身為長子都是很幸運的事。倘若克斯里不是今天的克斯里，恐怕也會認為在一個遵從傳統習俗的家庭裡當長子很幸運，可以留在家裡、照料家人的農地。但克斯里不甘一輩子留在納亞恩浦這般的小村莊，過著耕犁、跟在公牛屁股後頭叫嚷的日子。自小開始，克斯里就喜歡聽叔叔伯伯、父親、古魯、祖父、村裡其他男人講他們擔任貨真價實的jawan（戰士），年輕氣盛之年出兵打仗的故事。除了出征打仗，他從來不抱任何野心：克斯里只想去印度斯坦或德干當印度兵。

由於他們是農耕家庭，所有男孩從小就被當作戰士訓練。當時強盜幫派和武裝士兵肆虐，常常悄然出沒，因此即使只是去趟田地，除了帶上犁頭和長柄大鐮刀，還要隨身攜帶盾劍。要是連自己的田地都保衛不了，要怎麼耕田？

克斯里和弟弟從很小就開始摔角。村莊不遠處有間出名的akhara——磨練各種身心技巧的修道場，而這間修道場隸屬天體苦行僧開設的靜修處。天體苦行僧是衣不蔽體、全身塗抹灰燼的苦行修道者，最為人所知的就是他們的驍勇善戰跟清心寡欲。天體苦行僧並不重視出身階級，遵從種姓和宗派差異的修道場只是盲從空洞傳統，在這裡他們不承認這類傳統：來到修道場的人不分背景，都要共同沐浴淨身、一同吃飯摔角，至於在外界怎樣他們不在乎。

克斯里的父親嚴格固守種姓傳統，因而不大滿意修道場的做法。克斯里倒是覺得在這種環境很怡然自得，一點也不在意回到家還得淨身沐浴。他喜歡修道場的同志情感，也喜歡肢體挑戰。克斯里體格強健，性情活潑，格外享受嚴謹的鍛鍊課程。他喜歡耍用naal和短橛等沉重器械。跟其他男孩與眾不同，他從不會故意找藉口，耍賴不做「耕犁摔角場」特訓，也就是先讓一個男孩坐在木頭棟梁上，另一人額頭套上帶子，再拖曳著他繞場。

但克斯里最喜歡的還是搏鬥：頭腦和身體面臨高壓時，他的五感會瞬間變得清晰敏銳。這種情況下，其他男孩往往會驚慌失措，克斯里卻反而能保持頭腦冷靜。要是有自己的時間，絕大多數時間他都會用來學習拋甩和鎖喉固技等花招。苦行僧格外強調呼吸、腸子、排洩的掌控就和摔角的格鬥技一樣重要，這點有時讓他覺得厭煩，但他還是乖乖接受他們的建議，他深知這是特訓必須付出的代價。每天早上他都會盡責地研究他的排便，要是發現顏色黯淡或沒有呈現「捲曲、準備攻擊」的模樣，他必會向教練稟報，並根據他們的配方調整飲食。

克斯里認真勤學，不論以年齡還是體格來講，十歲的他已稱得上全修道場最優秀的摔角手之一。沒多久他的特訓課程就多出武器應用，主要是lath，一種沉甸甸、猶如粗短棍的棍棒，以及別稱彎劍的talwar。至於火槍則是父親在家傳授他的武器，他偶爾會教家裡兒子使用火繩槍。

未滿十五歲，也就是男孩開始被徵召成為戰士的年紀，克斯里對武器的熟練就已經不輸摔角場上的表現，他是村裡最令人聞風喪膽的戰士，但看在父親眼裡，這不過是另一個非將他留在家裡不可的理由：克斯里比弟弟更有守護家族田地的能耐。

克斯里的弟弟名叫比姆，肌肉發達，只是反應遲鈍，缺乏個人主見，樣樣聽從父親的意見，從不提出質疑。

他們的父親拉姆．辛之前當過士兵，性格頑固，不開心就動粗，頂撞他等於是討一頓打，但是克斯里並沒有因此退縮，違抗父親的他時常挨上好幾頓揍。最後他才明白，和父親爭辯只是浪費時間：拉姆．辛是那種吃軟不吃硬的老兵。克斯里知道，如果他真想從軍，只剩違背父親意願，自己暗地裡偷來這個選項。但是他該怎麼做？受人敬重的徵兵人員絕不可能在家人反對的情況下收他，畢竟要是家人不同意，就等於無人擔保他的行為表現。再說要是家人不肯幫忙，他就買不起士兵的自備行頭，更別說是一匹馬。至於其他選擇——例如加入乞丐戰士或幫派——就連耕田都比較好。

克斯里別無選擇，軍人前來詢問拉姆．辛兒子時，他只能裝聾作啞，父親滔滔不絕討論著二兒子比姆參戰的可能時，克斯里只能像啞巴吃黃蓮，有苦說不出。講到大兒子時，拉姆卻總是無言：他的將來已成定局，克斯里要待在家種田。

更讓克斯里雪上加霜的是，媒妁之約不斷找上跟他年紀最相仿的妹妹。她八成很快就會離家，除了他之外，彷彿所有兄弟姊妹的人生都敞開機會的大門。

狄蒂時常和克斯里在田裡耕作，所以是全家最了解他心境的人。其他女兒都盡可能躲在屋內躲避烈陽荼毒，但狄蒂的命運乖舛，嫁給好人家的機率微乎其微，於是家人決定教她下田耕作。克斯里教她使用撬開成熟罌粟球莖的八爪器具nukha時，狄蒂的身高只到克斯里的膝蓋。他們在一排排剝裸花朵間走著，手裡各持一把nukha，腫脹球莖囊撬開爆裂，汁液噴濺到他們身上。流淌的鴉片乳汁散發出令人暈眩的氣味，昏昏欲睡時，他們會一起坐在樹蔭下。

即便狄蒂比克斯里年幼許多，兩人感情卻比其他兄弟姊妹深厚，無話不談。狄蒂具同理心又體貼，成熟超齡，克斯里有時納悶，狄蒂是否真的擁有超乎常人的能力。有時他恨不得離開納亞恩浦，但每每都是這個未經世事的小女孩安撫他。她知道其他兄弟姊妹的人生正要起飛，克斯里才會悶悶不樂，於是經常這樣勸哥哥：Wu saare baat na socho. 別想太多，想想別的事。

但要克斯里視而不見根本不可能。他們家裡從未一口氣出現這麼多陌生人，也從未有過一下子來這麼多追求者和徵兵者的盛況。他們常在耕作一整天後，回到家發現父親正在前門的芒果樹下和募兵官交談，抑或看見母親在中庭和媒人深談。

正如他母親對婚姻媒妁市場見多識廣，拉姆．辛對軍隊狀況亦瞭若指掌。多年來他服務貝拉爾王國軍隊，結識不少在該區各地遊走、尋覓年輕有為士兵的專業募兵官。恆河平原向來是北印度軍隊的人員補給站，許多戰士都來自跟他們一樣的家族，至少十來組軍隊都有他們的親戚。拉姆・辛早在有人前來探問兒子狀況前，就謹慎介紹給其他人，於是他很清楚要和哪種募兵官打交道，也清楚不需理會哪種募兵官，甚至不惜六親不認。

率先找上他們的是達爾邦加王爺的仲介，跟他們有親戚關係的大地主。礙於親戚身分，他畢恭畢敬、洗耳恭聽，但對方前腳才一離開，他立刻斷然拒絕。

達爾邦加王爺現在不過是個無足輕重的領主，拉姆・辛說，無法與我父親年代的全盛期相比。他們現在是白人老爺的奴隸，幫他們打仗簡直比加入英國軍營還不如。

對於這檔事，拉姆・辛的意見強硬，很久以前他們的地區遭到東印度公司併吞，初期改變不大，一切按照老樣子。但漸漸地，東印度公司開始干涉前任統治者不會插手的事，例如莊稼和收成。近年來位在加齊普爾的東印度公司鴉片工廠開始派遣幾百個官員——arkati和sadar mattu，對農民徵收貸款，逼他們秋季種植罌粟。還說徵收貸款的用意是為了支付莊稼費用，並不斷承諾收成後會有豐沃利潤，最後鴉片工廠卻依據當年作物優劣擅自改價。除了賣給工廠，嚴禁其他販售通路，最後農夫往往利益虧損，債務纏身。拉姆・辛認識好幾個人就是這樣走上窮途末路的絕境。

東印度公司最近甚至想要干預工作市場，無所不用其極讓男人只加入他們的軍隊。對拉姆・辛來說，這甚至比干涉莊稼可惡。所有人只得加入他們的軍隊，何其荒唐：誰給的條件好就幫誰工作，對他們來說這就是最重要的權益。兄弟表親加入不同軍隊也是時而有之的事，要是他們恰巧在沙場上碰頭，照理說還是應該盡個人義務，為自己的領袖忠誠效命，因為「吃人嘴軟，拿人手短」。這就是拉姆・辛和他父親那年代的情況，這也是另一個他不想讓兒子參加東印度公司警衛隊的理由。

拉姆・辛曾在阿瑟耶戰役對上東印度公司軍隊，所以十分熟悉他們的戰略。貝拉爾軍隊曾聯合瓜廖爾軍隊出兵，差一點就讓英國人嘗到史上最慘烈的敗果。拉姆・辛總愛老調重彈，常說英軍之所以勝利全有賴於將軍阿瑟・韋爾斯利的陰險狡詐，他成功利用賄賂和欺騙，讓對手變節。

要說拉姆・辛有哪件事最有把握，那就是他兒子絕對不會進東印度公司軍隊。他老愛講英國人打仗的方式無法讓人熱血沸騰，毫無英雄氣概。東印度公司的士兵沒一個敢站出來單打獨鬥，沒有戰士敢跳出來，攻敵人一個猝不及防。他們的戰略就像螞蟻部隊，總是肩並肩列隊，躲在前面的士兵背後，每個小兵做出如出一轍的動作，進行如出一轍的操練動作。就連外觀都很類似螞蟻，人人穿著同樣制服，沒人敢佩戴自己的徽章或帶有個人特色的頭巾。跟在背後的旅行縱隊破敗單調，跟具有歌舞女郎和集市的瓜廖爾軍隊旅行隊一比簡直大異其趣。

軍旅生活要是毫無樂子、不多采多姿，那麼加入軍隊又有何意義？若是不知道下了戰場可以和同袍放鬆、上門光顧自己喜歡的女子、飲酒作樂一番，男人又何苦參戰？當個牧牛人，飼養牲畜，都比當兵來得強。這樣的軍旅生活沒有榮譽可言，沒有izzat。完全與他們的種姓習俗背道而馳，有違印度斯坦傳統。

很多印度王國和親王國開始仿效英國軍隊，這點令拉姆・辛十分失望。但幸好有些王國依舊固守傳統戰爭模式，例如阿瓦德、齊浦爾、久德浦爾、捷辛。另外亦有依舊強大的蒙兀兒軍隊——他們承襲了無數世紀的聲望，即便是古老帝國領土迅速縮小的今日，仍可拍胸脯說，在該軍團當兵的男人必能贏得村莊尊重。

對所有諸如此類的軍隊而言，納亞恩浦是徵兵重鎮，因此拉姆・辛知道他兒子比姆絕對不缺選擇。當然其他募兵官很快就會上門。有些是跟好幾個王國和親王國有聯繫的專業戰士「召集人」，人稱jamadar和dafadar。募兵官通常都是年長的男人，有些是拉姆・辛當兵時就認識的人。這些人登門拜訪時，他們會將便床擺在門外的芒果樹蔭底下，備好水煙、美食、水。

克斯里往往是那個招呼訪客的人，替他們準備水煙。沒人在意他在旁逗留，聽他們說話——既然不考慮徵召他，他在場也無關緊要。倒是比姆絕對不許靠近募兵官，這就好比女孩厚顏無恥出現在未來公婆面前，既不得體又不明智。

拉姆．辛會刻不容緩先向募兵官問起軍隊薪俸、多久可以收到薪俸，如何瓜分戰利品、他們提供哪種 batta ——津貼：是否提供治裝津貼？有沒有行軍津貼？離開常駐基地是否提供出征獎金？軍營糧食由誰供應？隨營人員的集市規模多大？提供哪些服務？常駐基地是否供應住宿？

答案非要夠令人心滿意足，比姆才可以出現在募兵官面前。正如母親總能夠找到方法，挑對時機，將精心打扮的女兒推到未來親家面前，父親也會等待將兒子推出門的良機。待時機一成熟，他就會吩咐克斯里帶弟弟出來。這時比姆肩頭扛著鋤頭現身，全身上下僅著背心和丁字褲，健美體魄在募兵官面前一覽無遺。接著拉姆．辛會請他梳理清洗募兵官的馬，而他也會遵照旨意，證明他是個有教養又聽話的孩子，可以恭敬接受指令。

不只有專職募兵官會前來探詢身強體壯的年輕人，有些募兵官是正在服役、返鄉休假的戰士。由於帶回新兵是賺取佣金的做法，所以招兵買馬，帶幾個年輕人回去是他們賺外快的好法子。

比姆和克斯里有志一同認為，年輕士兵比不時登門造訪、雞皮鶴髮的老人有意思多了。有些年輕戰士是鄰近村莊的朋友或熟人，面對這些人，他們大可不用畢恭畢敬，有些甚至會留在家裡過夜，兩兄弟徹夜清醒躺著，聆聽他們的故事直到天明。

有天，一位隔壁村的表哥正好來家裡作客。他只比克斯里稍長幾歲，卻已在德里的蒙兀兒軍隊待了幾年。這是他首度來訪，他們當然說什麼也要留他過夜。兩兄弟搬出便床，拖到中庭，不多久就沉浸在表哥侃侃而談的故事裡。他描述德里的寺廟、清真寺、堡壘、皇宮。軍隊行軍時，隨營人員的數量遠遠超過軍隊單位。跟在他們身後的集市形同一座小鎮，只是更顯多元豐富。其中一區完全是歌舞女子，個個都是傾國傾城的美人，來自阿富汗、尼泊爾、衣索比亞、土克曼斯坦。他說，單純如比姆和克斯里的男孩想像不到這些女子能用身體辦到什麼事，而他們也絕對想像不到要怎麼用舌頭剝香蕉皮。

當然他們不可能只是靜靜聆聽，也拿問題窮追猛打。經過幾句「沒有啦」、「我不知道」等虛情假意的答覆後，只要是他們想要知道的，表哥一概不藏私，全盤托出，甚至加碼分享乳頭輕輕拂過臉龐的感覺，以及能夠吸吮擠壓、甚至猶如樂手指頭輕盈滑過的肌肉包覆住小兄弟是何等感受。

對克斯里來說，這一塊領域非常危險，因為摔角手特訓課程最重要的一環，就是控制身體內部的運作，尤其是欲望和表現。為此他定期進行五花八門的鍛鍊，想方設法避免有意無意遺失重要體液的情況。但那一夜卻說明他的修練明顯還不夠：他突然驚醒，發現他抵不過swapnadosha——「意外之夢」。

至於弟弟比姆，他立即知道這種軍旅生活再適合他不過。在克斯里的鼓勵下，他隔日清晨特別找父親談，說他想跟著表哥前往德里。拉姆・辛樂意祝福他，並且答應會幫他妥當安排所有事宜。

比姆離家前的準備刻不容緩，動員全家大小，製作制服、預備床罩被毯、各式器具——軍火袋的燧石、火藥、火槍子彈，長短不一的刃物武器。

所有人將注意力全放在比姆身上時，克斯里則到罌粟田裡耕種。他盡自己所能不去思考弟弟即將騎上馬背、身後掛著各式武器、頭上繞綁著精美全新頭巾前往德里的畫面。他光裸著軀體，腰間綁著沾滿汗泥的丁字褲，蒼蠅停靠在堆積汗水上，這些在在提醒著他眼前的人生，就是永無止境、步履維艱走在耕畜背後，牠們走到一半拉屎時，還得跳到一旁閃躲糞屎攻擊。春去秋來，看著作物生長收割，午後能在樹蔭底下補眠一個鐘頭已是不得了的奢侈，然後在揮汗如雨一天之後，費盡千辛萬苦沖洗掉嵌在趾間、猶如第二層皮膚的泥巴。與此同時，比姆卻造訪不同城市，袋子裡裝著滿滿戰利品，嘗遍山珍海味、沉醉在美女懷中。

克斯里拋下站在罌粟田中央的公牛，逕自走到樹下坐著。他獨自坐在那裡，雙手環抱膝蓋，淚水情不自禁滑落臉頰。狄蒂中午帶來烤餅和醃菜時，正巧撞見他這副模樣，她不用問就立刻明白是怎麼回事，於是整個下午都陪他完成耕種。

那天工作完畢，兩人走路回家時，她說：你別擔心，那一天會降臨的，你有一天也會離家。

但是狄蒂，我何時可以走？Batavela妳告訴我啊——那會是何時？

*

不幸撞見勃南太太和她女兒後的那幾天，賽克利每分每秒都活在恐懼之中，擔心會被踢出平底帆船的舒適新家，他總覺得遲早會有僕人送來一封信，通知他因為舉止輕浮而遭到免職。

但隨著一天天過去，他沒有收到革職信，於是內心暗忖是勃南太太決定再給他一次機會。但他很清楚切莫沾沾自喜，宅邸窗戶偶爾閃現光線，說明她仍然會觀察他的動態，於是他竭盡所能遵守所有衣著舉止等禮儀，在沒有遮蔽物的區域工作時，無論天氣多麼炎熱，他都從頸部到腳趾將自己包得密不通風。

除了這一點小麻煩，賽克利對於可以住在平底帆船感到心滿意足。日子風平浪靜，卻仍有所獲：他晨起認真工作至日落時分，需要人手就呼叫宅邸的僕人，但絕大多數他喜歡自己工作。賽克利沉默老實的模樣似乎引來宅邸員工的同情，於是他們不斷為他送來剩菜剩飯——事實上，他還真想不起自己哪時像現在這樣，吃得好又睡得舒服。

最棒的就是夜間時刻，他的床鋪就像一個柔軟富彈性的懷抱，無人打擾的靜謐更是一大奢侈享受。有了精緻美食和幽靜環境的滋潤，他的想像力變得豐富旺盛，毫不費力就能從陰影召喚寶麗爬上他的床——兩人的幽會是如此愉悅甜美，這美好滋味他時常一夜品嘗若干回。

某天上午，賽克利在前甲板工作時，聽見海邊傳來安娜蓓的聲音：「哈囉！」

他一隻指頭擺在帽子上緣：「哈囉，安娜蓓小姐。」

「我是來道別的——我今天要去哈扎里巴格。」

「這樣啊，那我祝妳旅途平安順利，安娜蓓小姐。」

「謝謝。」

她往前跨了一步：「神祕人先生，你可不可以告訴我一件事？」她說：「你認識寶麗，對吧？」

「對，我認識她。」

「你覺得你很快就能再見到她嗎？」

「我也不知道，」他說：「但我也希望早日見到她。」

「那你見到她的時候，可以幫我向她問聲好嗎？我很想她。」

「我也想她，安娜蓓小姐。」

她點點頭：「我最好趕快離開，媽媽不喜歡我和你講話。」

「為什麼？」

「她說女孩和神祕人說話很不得體。」

他啞然失笑：「這樣啊，那妳還是快點回去吧！再見了。」

「再見。」

安娜蓓和勃南太太當日稍晚離開，勃南宅邸整整兩週靜謐漆黑。等到燈光再度亮起，賽克利便知道勃南太太已經回來。一週後，房屋四周熱鬧非凡，僕人、小廝、園丁、除草工都在空地上忙進忙出，張燈結綵、擺設椅子。其中一位小廝告訴賽克利，這天宅邸要舉辦大型宴會，慶祝太太生日。

晚上許多大小馬車駛進車道，人聲與笑聲穿越草坪，傳了過來，直到星移漏轉。這段期間賽克利都刻意躲在房間裡，避人耳目。

翌日晚餐時間，僕人帶來豐盛剩菜及幾瓶啤酒。除了美食美酒，他們還送來一個小包裹，隨著包裹還有一只寫著賽克利名字的信封袋，上頭的字體歪斜潦草。

這是賽克利上一次見到勃南太太後首次獲得她的消息：他惶恐不安拆開信封，不知道裡面會是什麼。出乎意料，信裡的口氣愉快，甚至稱得上真摯：

一八三九年八月三十日

親愛的瑞德先生：

想必你在這裡住得還算舒適，修繕作業也穩定進行。若需要任何協助，我希望你切勿遲疑，直接告知僕人即可。

既然人不能單靠麵包而活，你勢必需要一些排遣寂寞的學習書籍。故在此自作主張送上兩本書，希望你會有興趣。

誠摯的C. B.敬上

這下很清楚了，他確實獲得緩刑！賽克利放鬆地咕噥一聲，然後把信件和包裹擺在床畔的三腳小桌上，扭開了一瓶啤酒慶祝重生，開始大快朵頤。事後他爬回上方的甲板，想像著繁星點點下寶麗坐在他身旁的畫面。這感受真實到彷彿他觸摸得到她，讓他忍不住想要回到床上溫存一番。他急急忙忙回到房間、輕解羅衫，一秒都不浪費地掀開蚊帳、溜進被毯，只稍微停下來，取過隨意丟在床上、沾有黏糊東西的一塊破布。

他正準備吹熄蠟燭時，眼睛正巧瞄見勃南太太給他的包裹，於是一手越過三腳小桌，撕開外包裝紙，裡頭有兩本書，完全是他想像得到勃南太太會送的那種書。其中一本是某位過世已久的傳道士自傳，另一本則是某某牧師的布道選集。

兩本書看來都沉悶無趣，再說賽克利當下也沒心情讀。正當他準備把書擱在一旁時，一本小冊子從其中一本書裡滑了出來，墜落於他的胸前。賽克利拾起小冊子，瞟了眼封面。上面印著驚悚的粗體字：

自慰：或稱自我行穢的可憎罪惡。

標題讓他彈跳坐直，他不太確定字面意思是什麼，但聽起來已經夠嚇人了。

他隨機翻開小冊子的頁紙，讀到一個粗體字段落。

自我行穢是一種不自然行為，男女皆可能藉由這種行為，在不借助他人之力的情況下，玷汙自我身體，放縱淫穢想像，努力透過自我行為獲得親密感受。但這其實應該是上帝命令、為了延續人類物種、兩性進行的肉體交流。

他像是遭到催眠，眼睛回到「淫穢想像」四個字，羞恥地全身打了個寒顫，他快速翻頁，這時另一段粗體字又躍入眼簾：

……這個罪惡野蠻而不自然，是汙穢又骯髒至極的行為，罪惡天地不容，後果更別具毀滅性，可能破壞夫妻感情、扭曲人類自然傾向、消滅延續後代的希望。

他瘋狂翻到下一頁：

成年和未成年男子第一次嘗試時，往往會引起包莖，有些人則發生嵌頓性包莖。在此就不多作名詞解釋，您只需要知道情況一旦發生，恐怕就會極度疼痛擾人，痛苦可能延續多時，若非發生潰爛，就是引發其他更可怕的症狀。經常進行此汙穢行為者，亦可能出現痛性尿淋、陰莖異常勃起、其他陰莖睪丸失調等症狀，尤其是淋病，在此情況下會比經由女性傳染的淋病更難治癒……

賽克利雙手開始顫抖，小冊子從指間滑落。他的手往下一探，揭開底褲查看，尋覓潰爛、痛性尿淋、包莖等徵兆。他不確定這些詞彙是什麼意思，但在他的捲曲陰毛和下方陰囊皺摺間，他確實看見惱人跡象——之前他從沒注意過的痘痘、白頭、摺縫、浮腫血管。

它們是何時出現的？暗示著什麼？他無法思考，只是由衷感激沒看見初期陰莖異常勃起症狀。他常聽水手討論這種病症：他們稱這叫「葫蘆型滑車卡住」，他還聽說這可能造成嚴重損壞，有時甚至造成龜頭癬子或膿疱等破裂。他想像不到比這更可怕的病痛折磨。

接著他冒出一個想法，甚至比疾病的根源更可怕：要是這本小冊子不是意外呢？而是勃南太太知道小冊子會落入他手中、刻意塞進書裡的呢？

不，這當然是不可能的吧？他無法想像她會知道這種書的存在，更別說對於內文描述的事情瞭若指掌。像她這樣的女人，性格敏感的英國老爺夫人，溫室花朵般的女士，想當然不會放縱自己閱讀這種冊子吧？就算她讀了，想當然——想當然？——她不會想要把這種小冊子送給她幾乎一無所知的男人吧？

這個舉動背後的用意是什麼？她是憑藉什麼以為他會自慰——實際上是在指控他自慰？要知道這麼私密的事情，她就得探入他的靈魂。深層探入一個人的身體與腦袋，等於必須占領他的身心靈，才能完全掌控他。話說他可能已經是她的鬼魂，畢竟今後他已經無法看著她的眼睛。最糟糕的是，他永遠無法曉得她究竟是否知情，神祕人和太太絕不可能談論諸如此類的話題。

驚悚的恐懼感爬上他心頭，所有與寶麗幽會的想法已經煙消雲散。現在他對自己嫌惡不已，簡直無法想像這般齷齪的誘惑還能再度點燃。就算重新點燃，他勢必力抗到底，他要證明自己不會自慰——他已經下定決心，他的自由、自我靈魂的掌控全要看它了。

他的目光落在床上的泛黃破布，不禁渾身輕顫。他現在知道這種疾病後，破布這會兒看來格外邪惡，猶如罪惡與傳染病的源頭。他的雙手東摸西摸，最後不慎摸到他帶上床的那塊破布，發現後他一臉嫌棄，雙手輕顫著扔了出去。又拾起小冊子從頭到尾讀一遍。

接下來幾天賽克利幾乎要把「自慰」小冊子翻爛，他一直反覆重讀。對他影響最深的就是描述疾病的段落：每讀一次，他就更擔憂體內醞釀的感染病。

直到現在，他都以為淋病是青樓女子的報復。他以為只要沒把貨品丟進艙口，無論是前艙或後艙，都不會染病，他從沒想過只憑自己的手抽動下體也能造成相同效果。

他在朱鷺號上見識過其他水手得了淋病的下場：他聽過患疹的男人想要小解時發出的痛苦哀號，他也好奇又驚恐地見過得病的部位開花結果的模樣，那結實累累的腫包癤子，流淌的膿皰。他也聽過利用水銀甚至水蛭治療的故事，聽說疼痛程度不輸病痛本身。永不拆封似乎還好過治療時遭遇的皮肉苦。

他怎麼樣都料不到深夜與寶麗的幽會居然會發展成這步田地。他以為男人的彈袋無異於膀胱或腸子，偶爾也需要清空。他甚至聽說，讓雞巴不時咳出黏液，其實跟擤鼻子一樣必要。當然凡是曾在艄樓睡過一覺的人，都很難不注意到偶爾導致吊床東搖西晃的連發。他不只一次被頭頂上的吊床激烈衝撞的火槍撞得一鼻子，就像他偶爾會被人喝斥，而這時他也吼了回去：「你可不可以別在上面猛擦槍？快點發射了事。」

但他現在內心一沉，想起往往是動輒開槍的槍手才會得到淋病。他從來不是這種人——至少被寶麗的幽靈附體前不是。現在他努力抵擋，不讓自己陷入她的懷抱，就連「ㄅ」這個音都讓他受不了，跟「寶麗」押韻的「菲力」和「紗麗」等字亦然。

最慘的是他每天都出現從來不曾有過的隱憂症狀——異常勃起。這真是諷刺到了極點，就在他發誓戒除後，這場病卻自動找上門，更諷刺的是他越是潔身自愛，症狀就越演越烈。有幾個夜晚，簡直就像熱鍋裡燉煮的馬鈴薯：蓋上鍋蓋後，鍋蓋底下的壓力沸騰，雖然得咬牙硬撐，但他還是堅持下去了，要是自動放棄等於投降，直接承認他生來色欲薰心。

白天他還能把持得很好，將體力全部宣洩在體力活兒上。但即使是大白天，他的玩意兒也很少能夠整整一個鐘頭都乖乖待在工具室裡。光是雲朵形狀就讓他想起乳房豐臀，還來不及反應，他的褲襠已經如同微風中的後檣縱帆，鼓脹充滿。河面上划著舢舨或四槳小船的船女也夠讓他連忙衝回室內，找一塊圍裙包覆下體。有天他瞥見遠方一隻山羊正懶洋洋吃著草，居然也能想起女人飽滿的大腿曲線，於是鋼纜不知不覺就穿過褲襠，鑽出錨鏈孔。

當晚他啜泣著，想到光是一隻動物——山羊！居然就能對他產生如此影響，他還能變得多麼不堪？

當僕人端著托盤上前，他一臉陰沉盯著他們，好奇他們是否也去過自慰島，並且上下察看他們的臉上是否出現小冊子的症狀：痘痘、發炎、快速眨眼、黑眼袋、不自然的蒼白臉色。沒有人的徵狀跟他一樣明顯，他猜想，他們八成已婚，不需要個人尋求罪惡的解決之道。

然而即便是無傷大雅的沉思都可能暗藏危機。一個想法會牽引至下一個，接著他腦海會閃過僕人與老婆纏綿的畫面，那端著托盤的毛茸茸的手則令他想起渾圓乳房的形狀，遞給他燉菜的長繭指關節亦變成鼓脹暗色的乳頭，剎那間他的艏斜帆桁就在褲襠內豎直，而他則不得不將椅子更往桌底下挪。

他的情況使他覺得，大概沒什麼比不小心撞見勃南太太還可怕的情況。為了迴避她，他幾乎只待在平底帆船上，鮮少踏上河岸。但有天上午，他心灰意冷地決定，一直關在室內只會讓情況惡化，於是逼自己外出散步。

他沿著河岸漫步，感覺到腦袋好幾天都不曾這般輕盈。大腿內側的扭動開始緩和，但以防萬一，他依然目光僵硬地死盯著地面。隨著他這樣繼續散步下去，信心也跟著大增，於是開始自由環顧四周。出乎意料的是，昨天以前光是看到紗麗底下的鼓脹乳房、街上扭動的女人腳踝等畫面就能讓旗子升起，但今天這些卻絲毫勾不起他的欲望。

這下他漸漸有了把握，眼光開始隨便張望起來，漫無目的地恣意停留在飽滿雲朵和具有性暗示的聳立樹木上。他發現自己沒必要再窮緊張後，試圖大膽唸出他禁止自己說的字：菲力、紗麗等，最後從喉嚨深處大聲喊出「寶麗！」一時，他的前甲板依舊保持船形原貌，而他的小兄弟也乖乖留守原位。

他停下腳步深吸一口氣，空氣心滿意足地灌滿他的身體，他簡直猶如獲得緩刑，不藥而癒了！賽克利轉過身，興高采烈散步回到平底帆船。彷彿再度證實他獲得無罪釋放般，他發現有名訪客正在等他。

是竇提先生，他帶著港口管理局的舞會邀請函來了，這場正裝出席的舞會是加爾各答水手代表團的募款晚會：發送入場票券給值得支持的貧窮年輕水手是一貫的習俗。

賽克利知道竇提先生是費盡千辛萬苦，才幫他弄來一張入場票券，於是再三感謝他。「但我有個問題，竇提先生，我沒有正式服裝。」

沒想到竇提先生早有先見之明。「喔，這你就不用擔心了，孩子。我早就幫你打點好了，你那天跟我穿同一款服裝。乾脆提前過來和我們晚餐吧？我來幫你打扮打扮，一毛錢都不用花，而且保證你會玩得開心。」

第三章

每年邁入初冬正好是歡度蛇節慶典的時令，活動舉辦地點是克斯里受訓的修道場。除了普通常見的遊園設施，場地亦特別準備了一座高升摔角臺，各地摔角手會特地前來大展身手。

慶祝活動通常延續數日之久，吸引眾多印度兵、戰士、軍人前來湊熱鬧，成千上萬人聚集在神廟，來自印度次大陸各地的天體苦行僧亦前來共襄盛舉。慶典對新兵來說是格外吉利的場合，為此克斯里的弟弟比姆特別留下，慶典結束再與表哥出發前往德里。

那年是克斯里首度參加公開賽，大家對他寄予厚望。但弟弟離家在即，加上想到他永遠都離不開這座村子，克斯里說什麼也提不起勁，比賽開始不久就輸了，讓他的老師失望透頂。比賽失利對克斯里更是雪上加霜，隔日他幾乎下不了床。父親難得對克斯里展現憐憫之心，這天就不再逼他去田裡。比姆即將前往德里，於是家人沒錯過這個機會，在家門前的庭院團聚，母親頻頻端出點心、甜食、果子露，其他人則在芒果樹蔭下的便床上歇腿。

上午十點左右，全家人正在享用點心時，倏然瞥見遠方有一輛滾動著輪子的馬車，朝他們茅草屋的小路駛來。不多久他們便察覺車裡的乘客是陌生人，於是連忙撤掉食物、吩咐女兒入門。拉姆．辛親自上前和陌生人打招呼，克斯里和比姆則像是左右護法，站在父親兩側。

第一個踏出馬車的男人威風凜凜，甚至算得上懾人。他的胸膛深如戰鼓，寬闊雙手足以包覆一面銅盤。上翹的鬍髭打蠟發亮，成熟小麥色澤的肌膚閃耀著發亮的芥子油光澤。結實隆起的肚腩、耳垂上懸掛的沉重金環、肩頭披垂的織工繁瑣精緻的披肩——他的外貌和姿態道盡主人不凡的豪華品味和貪得無厭的胃口。他自我介紹名叫比洛·辛，他的村莊鄰近加齊普爾，約在該城西邊六十英里處。

聽到這段自我介紹，拉姆·辛不免警惕起來。眾所周知，加齊普爾周遭一帶的百姓與英國人關係匪淺，不少人都受雇於東印度公司的鴉片工廠。但比洛·辛的樣貌不像是工廠員工，即使並非一身軍服，拉姆·辛猜測他應該是東印度公司的軍人。結果證實他猜得一點也沒錯：訪客很快就解釋，他是第二十五孟加拉本土步兵團第一營的中士，也就是鼎鼎大名的「十字棋軍隊」。三個與他同行的是他營隊裡的印度兵，他們正準備回去警衛隊，中途決定去一趟天體苦行僧的慶祝大會，稍作停留休息，接著再繼續前往加爾各答附近的巴勒克波爾軍團基地。他說明，這次前來是有要事想和他們討論。

原來比洛·辛是名募兵官，聽聞了克斯里的摔角實力後，便希望說服他加入東印度公司軍隊。當拉姆·辛說克斯里不當兵時，比洛·辛大驚失色。聽到他弟弟比姆正準備前往德里，加入蒙兀兒君王的部隊時更是訝異不已。

為何呢，拉姆·辛大爺？比洛·辛抗議道。這男孩年紀輕輕，你是他父親，應該向他解釋德里今非昔比，想要在這世界大放異彩的士兵，必得去東印度公司的重鎮大城加爾各答。印度斯坦軍隊開出的條件絕對不比英國人來得優渥。

此話怎講？

聞言，比洛·辛開始細說起加入孟加拉本土步兵團的好處：我們的底薪雖然不比其他軍隊優渥，每月僅有六盧比，但重點是薪水每月準時入袋，一毛不差。再者，我們也會依軍階固定加薪：下士底薪為八盧比，中士十盧比，上士十五盧比，士官長三十盧比。最重要的是薪水絕對按時發放——比洛·辛聲稱他在東印度公司服役多年，一次拖欠款項的事都沒遇過。

告訴我，拉姆·辛大爺，哪個印度斯坦的軍隊敢發下豪語，能讓士兵準時收到薪資？你我心知肚明，王侯和王公會故意拖欠士兵酬勞，好讓他們不敢輕易退役，然而諸如此類的事在東印度公司可是前所未聞。

再來是津貼！

東印度公司的補貼要比其他軍隊大方，比洛．辛說：可能與底薪同酬。行軍和參戰配給皆有特別津貼，軍服也有。至於戰役贏得的戰利品分配也是光明磊落，公平公正。邁索爾的大型戰役結束後，英國將軍自個兒只留一半戰利品啊，不可思議！其他全公平分送給各階軍官和印度兵。

這還不是最棒的，中士說。東印度公司大人是全印度斯坦唯一懂得照顧退役員工的東家。退休後士兵可獲「撫卹金」，餘生每月至少收到三盧比。此外若是有意願，他們亦可爭取撥贈土地。傷者只要需要，隨時皆可享受免費醫療保健。

你知道哪個印度斯坦的老闆給得了這一切嗎，拉姆．辛老爺？說實在話。

拉姆．辛瞪大眼睛，卻刻意避而不答，反問：那住宿呢？人家德里可是願意提供士兵營房，東印度公司可有？

比洛．辛坦承他的軍團基地確實沒有提供營房，但每個印度兵都會獲得建房補貼，可建蓋自己的小木屋。

但相信我，拉姆．辛大爺，沒人介意自己蓋房子，因為這樣一來就能按照自己喜好蓋房子，跟自己人一塊兒生活。

拉姆．辛腦海中迸出第一顆質疑的種子，吐露他對東印度公司效命的反對意見。

隨你怎麼說，比洛．辛大爺，他說。但這些說英語的外國佬全是吃牛肉的基督徒。要是我們幫他們做事，只會為拉吉普家族帶來恥辱。是不是每個加入東印度公司警衛隊的人都得吃不潔淨的禁忌食物？還逼不得已要和各種階級的人生活，最低階的人也包括在內？

中士爆笑出聲。

拉姆．辛大爺，他說，你真是大錯特錯，英國人比我們印度王侯和王公還要在乎種姓規矩。我們軍團裡的印度兵各個都是上層人士和拉吉普戰士，不是想要洗白身分、矇混過去的冒牌貨——就跟身體一樣，每個印度兵的種姓背景都得經過嚴格檢查。你也知道，往昔的印度斯坦軍隊就像叢林——男人進軍隊躲藏，藉此改變自己的出身背景。經過幾年的戰爭洗禮，原本只是朱哈拉穆斯林，各個都自詡阿富汗上流社會人士，有一半自稱拉吉普戰士的男人其實都是叢林或山區居民。可是軍隊迫不得已需要新兵，於是我們的大人和大君才會睜一隻眼閉一隻眼，這也是印度斯坦百年來的常態：世界墮落，人們已忘卻種姓的傳統價值，只挑自己方便的事兒做。但至少現在白人帶領的東印度公司矯正回來，對於這些事，白人老爺比王侯和王公還嚴格。他們從自己老家帶來學者專家，研究我們的古書，這幫白人學者比我們自個兒還熟悉印度經文。他們重新矯正風氣，跟古老賢人聖者的年代一樣純淨。在白人老爺的領導下，每個種姓又像堅不可破的鐵籠——沒人能左右移動一寸。比對幾百年來的印度國王，白人老爺更是盡心盡力讓低階種姓民眾適得其所。除非來自高階種姓，否則不是隨隨便便的人都進得了騎士警衛隊，身分不明的可疑人士幾天都沒辦法撐下去。再者，所有飲食都是由我們自個兒料理，不然就是雇請高階種姓僕人代勞，要是我們質疑任何一位印度兵的身分，軍官便會立即集合調查，要是這人的種姓身分有一絲可疑，就會刻不容緩送回村莊。就連東印度公司提供的軍妓「青樓」女子都絕對來自高階種姓。

比洛．辛刻意停頓，讓主人反芻他剛說的話。

我告訴你，拉姆．辛大爺，他繼續道，東印度公司重視種姓規矩的程度超越我們。至於原因，我現在就告訴你：不久前英國軍官制定新規矩，每隔幾個鐘頭軍營就得鳴一次鐘，想當然耳沒人想接多餘差事，於是我們抗議，說讓高階種姓的男性敲鐘，有違我們的習俗。結果你猜怎麼著？他們立刻雇請鳴鐘人！你覺得我們的王侯和王公會在乎這點小事嗎？要是我們抗議說我們不能敲鐘，他們八成只會哄堂大笑，再朝我們屁股補踹一腳。

比洛．辛的論點顯然深得拉姆．辛的心，但他還是持續抗議：但是比洛．辛大爺，為講英語吃牛肉的白人效命毫無榮譽可言。

穆斯林也吃牛，不是？比洛．辛反駁。而你並沒有因為這點反對兒子前往德里的蒙兀兒軍隊，不是嗎？對我們的父親和祖父來說，為伊斯蘭大人效命向來是榮譽，但其實幫東印度公司效命更值得驕傲，因為英國人正在幫我們淨化印度斯坦。幾千年來，這塊土地不斷墮落衰退，人們混種嚴重，你現在根本分不出誰是誰。可是在英國人的率領下，所有人都得依照種姓分類，白人和白人一起，我們則自成一區。他們才是貨真價實捍衛種姓的戰士啊，拉姆．辛大爺！要是你真在乎兒子的種姓規矩，絕對就得讓他加入我們。

但規矩不只是規矩，拉姆．辛駁斥。我們是拉吉普戰士，我們的價值，我們的 maryada 取決於我們所展現的勇氣。騎士警衛隊絕對不是鐵錚錚的戰士，對他們來說，英勇的戰鬥技巧不算什麼。阿瑟耶戰役時，我們軍隊最優秀的幾名戰士上前挑戰敵人，請他們的大人出來單挑。結果你猜怎麼著？沒有一個人敢從東印度公司的縱隊站出來！整組軍隊裡沒有人具備這等膽量，敢扛下真正的軍官大人名號！即使他們的印度兵跟我們一樣，多半來自印度斯坦，加入東印度公司後卻喪失榮耀與勇氣，izzat 和 himmat。就連我們都忍不住替他們感到可恥。

比洛．辛的臉上浮現笑意。他的語氣猶如絲綢般滑順：但是拉姆．辛大爺，阿瑟耶戰役的最後贏家是誰？

拉姆．辛想不到反脣相譏的話語，為之氣結沮喪。

比洛．辛露出得意的笑容：拉姆．辛大爺，往昔的戰鬥或許可以造就英雄和大人，卻不見得贏得了戰爭。這就是英國人的戰爭手法，他們不把勝算壓在創造英雄。東印度公司軍隊不是由數個軍官大人組成，而是整組深具向心力的軍隊，軍隊的集體攻擊姿態猶如一位勇猛英雄，這就是為何一組軍隊就是「東印度公司大人」，因為整組軍隊就等於一個人、一副軀體，聽從一名司令官的指令。每個東印度公司的印度兵都得操演學習，人人都得聽命直屬上級，一路往上至最高階司令官。沒人能違抗指令，否則就會遭到槍擊刑罰。這點跟士兵收賄、只替付錢的指揮官效命的印度斯坦軍隊不同，要是司令官收賄，士兵也會跟著他行動。我們的英國軍官非常清楚這一點，於是每場戰役前都會派商人對敵軍司令官行賄。幾乎總會有三、四個指揮官接受賄款，最後指揮官不是逃之夭夭，就是戰爭打得如火如荼時刻意不插手。阿瑟耶戰役不就是這樣？

確實，拉姆．辛說。這點我無法反駁，但這不是外國佬戰勝的唯一原因。他們的大炮比我們強大，用槍也比我們好。

正是！比洛．辛說。跟我們印度斯坦王侯和王公不同，英國人不斷研究改良。他們的大炮逐年精良，他們也一直設法改良武器，絕對不讓他人阻撓武器的進步。

這時，比洛．辛打斷自己的話，跳了起來：來，我讓你瞧一樣東西。

他走回綁在不遠處的馬車，帶著兩把套在劍鞘裡的劍回來，其中一把是彎劍，另一把是直劍，他把這兩把劍擺放在便床上，一屁股往旁邊坐下。

看看這把彎劍！他說，從刀鞘中拔出彎劍，閃亮劍刃面朝上擱於膝蓋之上。

看見這把劍製作多麼精美嗎？有沒有看見刀刃有多鋒利？

他拾起一片掉落於地的芒果葉，高舉在劍緣上，刀刃幾乎輕輕一碰就劃破葉片。

這是我父親和祖父使用的武器，比洛．辛繼續說。這也是我最早學會使用的武器，至今我還是很喜歡彎劍。跟彎劍一比，英國人發給我們的劍平凡無奇。

他從刀鞘抽出另一把直劍，擱在膝蓋上的彎劍旁。這把劍的顏色是沉悶的灰色，劍頭尖而銳利，劍身直長，刀刃並無雕刻圖騰，似乎未經工匠之手。

英國劍都很類似，比洛．辛說。他們製作了數千把劍，每一把都一模一樣。跟我們的彎劍相比，這些劍又鈍又難看。

他將葉子拋向刀刃，卻只輕微挫傷葉片。

可是一說到戰鬥，比洛．辛說，又是另一碼子事。他站起來，在自己身前揮舞著光裸的彎劍。

你瞧瞧這把彎劍，比洛．辛說。這種武器是以刀刃攻擊，若是在戰場上運用這種武器，士兵必須在周遭預留空間，否則會傷及自己人。

他示意其他人後退，比劃揮舞，彎劍的刀鋒在空中勾勒出交叉弧線，先從一側肩膀到腰部揮出一條弧線，接著換另一側。

使用這把劍時，比洛．辛說，隊友不能太靠近我，我們之間至少得騰出兩把劍的距離。

他放下彎劍，舉起英國劍，於胸前握緊。

這武器也是劍，他說，不過運作方式迥異。這把劍並非以刀刃攻擊，而是以劍頭刺穿對手，這也就是這把劍的用意。若是使用這種武器，佩劍及刺刀的縱列士兵便可肩並肩進攻，而且不會傷及彼此。即使軍力寡少，縱隊還是十分紮實，因為他們排列緊密。當我們的士兵碰到一列佩有彎劍的人，對方最後總會分散。無論佩彎劍的戰士有多麼勇猛、技巧有多麼純熟，都無法逼退我們。若他們想要聚集，使用彎劍的時候就會傷及自己，而不是我們。彎劍不能像直劍或刺刀——彎曲刀刃並不容許這麼使用。若真要搏鬥，無論對手人數多寡，他們都需要空間，而這就成了他們的弱點，也是為何他們總在我們面前做鳥獸散。

中士將兩把劍交給士兵，重新套進劍鞘。接著轉過身面對拉姆．辛。

你瞧，拉姆．辛大爺，他說，為何沒有一組印度斯坦軍隊抵擋得了東印度公司大人的軍隊，理由很明顯了。有些軍隊光是瞧見我們就像看到鬼見愁般潰逃，如果你希望兒子替勝利隊伍出征打仗，如果你希望他活著回來，口袋裡滿滿賞金，還是把他交給我吧！我會把他訓練成東印度公司的印度兵。

這時比姆突然插嘴，以清晰可聞的竊竊私語對他父親說，他已經下定決心，除了德里，他哪裡都不想去。

這句話終結了辯論。比洛．辛不置可否地聳聳肩，彷彿示意他已經盡力：好吧！那我告辭了，拉姆．辛大爺。該說的我都說了，如果你們改變心意，明天我會出席慶祝大會。

語畢他便領著士兵走回馬車，揚長而去。

*

詩凌百剛從每天必去的拜火廟回到家，就被一位僕人攔下。有個訪客來家裡悼念巴蘭吉老爺，他說。這位先生正跟她弟弟一起，他們在一樓的接待室等她。

Kaun hai? 詩凌百說。你知道他的名字嗎？

除了訪客是topeewala-sahib——戴著帽子的白人男性，男僕一問三不知。

詩凌百將白色紗麗下襬罩住臉部，來到弟弟的接待室門口。和弟弟坐在室內的是一位高眺男子，臉孔猶如強風侵蝕的懸崖：面頰爬滿深刻皺紋，面部骨頭彷若峭壁、在太陽穴隆起。他的鬍子刮得乾淨整潔，臉色宛若飽經風霜的夕陽粉霞，一身符合喪禮禮儀的黑色夾克和長褲，袖口亦佩戴黑臂紗。

這名訪客的臉孔和衣著一樣，都是十足的白人老爺，儀態卻不怎麼像純正歐洲人。就連問候她的姿態也完全不像西方人——他行的是額手禮，彎起一手朝她深鞠躬。

「詩凌百，這位是查狄格．卡拉比典先生。我敢說這名字妳肯定聽到耳朵長繭了——他是巴蘭吉大哥的好友，專程過來致意的。」

詩凌百沒有揭開面紗，直接朝他鞠躬。巴蘭吉常常和她提及「查狄格大哥」，她還記得他們大約是三十年前在前往英國的路上認識的。巴蘭吉曾告訴她，查狄格大哥在埃及長大，他是亞美尼亞基督徒，身為鐘表師傅的他常為了工作南征北討。

夫人，訪客以流利的印度斯坦語說，請原諒我這麼晚來，但我有點事耽誤了，所以現在才能來孟買。我跟妳一樣經歷了喪親之痛。

哦？

他指了指自己的臂紗：幾個月前我結髮多年的妻子因消耗熱走了。

我很遺憾聽到這個壞消息，查狄格大哥。事情是在哪裡發生的？

可倫坡，但是我運氣已經算好，至少能見上她最後一面，上帝連最後一面都沒能允諾妳。

面紗背後，詩凌百的眼睛瞬間婆娑充淚：是啊，祂確實沒有……

夫人，我無法告訴妳，妳先生走了我有多難過，巴蘭吉大哥是我最要好的朋友。

突然聽見丈夫的名字，詩凌百的眼睛掃向弟弟面無表情的臉孔。過去幾週來，巴蘭吉的名字在密斯垂宅邸幾乎成為一種禁忌。大家彷彿都不願被提醒他破產的恥辱，以及他使家人親戚蒙羞的事，所以竭盡所能避談他的名字。

詩凌百現在幾乎不和人談及巴蘭吉，除非是和自己女兒，但是即使是女兒，講到父親時，也一副談論外人的口吻——彷彿他的死亡以及生前的慘敗生意讓他經歷一場重生，讓他改頭換面，變成女兒不認識的陌生人。現在他只是打從一開始事業就注定失敗的男人，每一場成功都是他為家人帶來災難的前兆。

女兒本來一直深愛父親，如今卻絕口不提他，真要提起就非得羞辱譴責一番——詩凌百怪不了她們，畢竟巴蘭吉破產奪走的不僅是她們繼承遺產的盼望，還有夫家對她們的尊重。

對詩凌百個人來說，巴蘭吉的名字成了一道赤裸傷口，安撫、修復、遮掩她都試過了——然而，現在聽見有人用真摯純粹的語氣呼喊他的名字，卻教她格外心痛。

我丈夫時常講起你，她輕聲說。

巴蘭吉大哥真的是全世界最善良慷慨的人，查狄格說。他離開的方式教人太難過了。

詩凌百瞄了眼弟弟，發現他在座位上坐立難安。她知道聽見有人誇讚巴蘭吉，他大概覺得非常反感，要不是留她單獨跟陌生人相處有失禮節，他肯定會心甘情願離場。為了讓他不再繼續難受下去，她傾身用古吉拉特語對弟弟說，要是想要，他可以開溜——她的女僕就在門外，他可以派她進來，只消把門打開就妥了，反正她現在戴著面紗——沒什麼好操心的。

他刻不容緩彈跳起來。那好，他說。我就讓你們私下聊幾分鐘吧！

女僕進門，然後坐在敞開的門邊，拉起布幔。接著詩凌百將她蓋著面紗的臉轉向查狄格大哥。

請問你最後一次看見我先生是什麼時候的事？

大約是意外發生前兩個月。危機爆發後我火速離開廣州，而他是留守當地的其中一人。

他為何要留下？她問。你可以告訴我具體情況嗎？

Zarror Bibiji!（當然可以，夫人。）

查狄格開始解釋當年三月，中國政府發布全面禁令，終止鴉片流入中國。當時皇帝派一位新任總督前往廣州，也就是林則徐欽差大臣。抵達廣州不久，他就對廣州外商下達最後通牒，立即繳交所有鴉片船貨。外商拒絕，於是欽差大臣派出士兵船隻，駐守外國內飛地，並完全斷絕他們與外界的往來。雖然商人獲得充足糧食，也沒有遭受不良對待，但最終依舊不敵龐大壓力，同意繳煙。事後林欽差大臣允許外商離開，最主要的商人則不得離去——巴蘭吉就是被迫留在廣州的其中一人，於是他和隨從留在廣州外國內飛地的租屋處。

夫人，妳或許已經知道，查狄格說。廣州的外國內飛地共有十三間「工廠」，當地人稱之為「行」。其實稱不上是真正的工廠，比較類似大型旅店。每間行館都設有數間公寓和宿舍，並且根據商人財力出租。巴蘭吉向來和員工住在豐泰行的同一棟房子，我就是去那兒見他的。

他當時好嗎？

查狄格停頓下來清嗓，再次開口時，語氣很像不太情願公開壞消息。

夫人，老實講我不曉得這件事是否應該告訴妳，但我最後一次見到巴蘭吉大哥時，他萎靡不振，看起來像是病了。我詢問他的祕書，他說巴蘭吉大哥鮮少走出辦公室，顯然每天都只坐在窗前的一張椅子上，眺望窗外廣場。

詩凌百悲從中來，她的手指開始捏起紗麗裙襬。

這番話要我相信很難，查狄格大哥。我先生天生是個坐不住的人。

夫人，當時他有太多煩惱，提不起精神，其實我一點也不意外，畢竟他損失一大筆財產，想當然會很擔心他所背負的債務。

查狄格朝拳頭咳嗽。

夫人，我相信對此妳是知道的，對他來說，沒有比家庭更重要的事。這就是他的信仰，或者應該說是第二信仰。

詩凌百手伸進面紗底下拭淚：是的，這我知道。

查狄格繼續道：巴蘭吉大哥的健康出狀況並不意外，我上次見到他時，他已經相當虛弱，但是後來聽聞他是從阿拿西塔號的甲板跌落，簡直讓人不敢相信。妳絕對想不到一個航海經驗豐富的男人會出這種事。最可惜的是，要是他活久一點，就會知道他損失的鴉片有機會失而復得。

詩凌百瞬間提起精神：你是說先前的損失能夠要求補償？

查狄格頷首：他說，外商建立基金會，對英國政府施壓，要求他們對中國展開行動。林欽差大臣每沒收一箱鴉片，商人就為基金會捐出一美元。目前已經募到一筆龐大款項，交由人在倫敦的威廉．渣甸處理。身為中國貿易巨擘的渣甸善用這筆經費，支付許多國會議員和新聞記者。這種情況可說是前所未見——商人和老爺自掏腰包，買通政府！目前已經舉行過多場公開演講，出版諸多文章，許多英國人都信了這個林欽差大臣是豬狗不如的禽獸。據傳英國政府採納渣甸的建議，正準備派出一組遠征部隊前往中國，鴉片收繳是他們宣戰的理由，所以可以確定的是，他們絕對會索討這筆賠償金。

這時查狄格在沙發上微微欠身：夫人，分配賠償金的時候，他說，妳一定要確定有人在場，取回巴蘭吉大哥的份。

詩凌百停止啜泣，她解釋這正是目前的問題所在：沒人能代表他，她的弟弟和女婿各忙各的，無法抽出一年空檔遠赴中國。

查狄格大哥，沒人可頂替我先生的位置——我們膝下無子，沒有繼承人，這件事一部分都得怪他。

此話怎講，夫人？

詩凌百心煩意亂，查狄格的出現就像溫暖的慰藉，她無意間就講起過去從未向他人傾訴的心事。

查狄格大哥，這事只怕你有所不知，我先生有些身體障礙，致使他遲遲無法得子。這是一位治好類似病症的苦行修士告訴我的，他提議我先生接受治療，無奈巴蘭吉卻只是笑笑打發。要是他當初認真看待這事，今日局面就會截然不同了。

查狄格仔細聆聽詩凌百的字字句句，不發一語地默想起來，再開口時，他講的是英文：「夫人，我可以問妳一個問題嗎？」

詩淩百驚訝地瞥了他一眼，他比劃一個要她小心提防的手勢，頭朝女僕的方向一撇：「方便讓我問一個問題嗎？」

「可以，」她說：「請儘管問。」

「夫人平時可有機會出家門？」

這問題令詩淩百始料未及，「為何這麼問？」

「請容我換個方式問：是否能遠離家人和僕人的耳目，借一步私下跟妳說句話？」

她馬上想到：「週四是我英語教師歐布萊恩太太的忌日，我會去諾莎格洛莉亞聖母教堂為她點蠟燭祈福。」

「位在馬扎岡的天主教堂？」

「是的。」

「幾點？」

她聽見走廊響起弟弟的腳步聲，刻意壓低音量：「上午十一點。」

他點頭，音量降至輕聲細語：「我會去那裡找妳。」

＊

年輕的克斯里望著比洛．辛的馬車緩緩駛遠，淚水不禁湧上眼眶，彷彿他的希望全被車輪輾壓成塵土。

沒人比克斯里更聚精會神聆聽中士的一言一語，他個人並不在乎種姓和宗教，可是比洛．辛對武器和戰術的觀察，卻令克斯里佩服不已，重塑了他的從軍抱負。他再也不想只是單純當個士兵，而是想加入東印度公司軍隊，替中士服役的軍團效命。陳舊的作戰方針已從他腦海煙消雲散，對他來說，嶄新型態的戰爭更誘人。真正的從軍不就是這樣：征戰勝利、隨機應變、智取敵人，並且靠這一切掙到錢。

弟弟比姆拒絕這大好機會，簡直讓克斯里不敢相信。事後父親不在周遭時，克斯里對比姆說：Batavo——告訴我，你為何不和比洛·辛中士走？你怕父親大人嗎？

不，比姆搖搖頭說，我怕的是比洛·辛。我寧可跟惡魔走，也不要跟他走。

你為什麼這麼說？難道你看不出來東印度公司開的條件有多優渥？

比姆只是聳聳肩，來回磨蹭著腳。

如果我是你，克斯里悲痛地說，如果我是你，不知道該有多好。

為什麼？比姆問。你會怎麼做？你會跟比洛·辛走嗎？

克斯里點頭，努力眨回在眼底沸騰打轉的眼淚。如果我是你，克斯里說，絕不會浪費一分一秒，現在早已跳上那輛馬車，跟著他們走了……

若先前離家的念頭只是一股隱隱作痛，這下已變成克斯里腹部裡的滾燙高燒。熱度凝結了他當早下嚥的豐盛食物，讓他最後在全家人面前嘔吐。

一方面也算因禍得福，讓他有獨處的藉口。他這一整天都躺在蓆子上，後來提早上床睡覺。隔日清早，應該前往苦行修士慶祝大會時，由於無法承受眼睜睜看著比姆出發去德里前接受眾人祝福的景象，克斯里選擇裝病留在家裡。

家人都出門後，克斯里搜出父親的鴉片，塞一小撮在臉頰內，沒兩下子便墜入夢鄉。大家回來時他稍微甦醒，卻在蓆子上一動也不動。這時已經夜幕低垂，於是沒人上前搖醒他，他很快又沉沉睡著。

下一次醒來時，已經夜闌人靜，弟弟正在他耳邊喃喃：Uthelu kesri-bhaiya（快點醒醒）——出來外面！

服了鴉片而昏昏沉沉的克斯里扶著弟弟手肘，跟著他步出睡房，來到芒果樹下的便床。

聽好，克斯里哥哥，比姆輕聲道。你動作要快——比洛．辛大爺正在等你。

Ka kahrelba? 克斯里的指關節揉了揉惺忪睡眼，你在說什麼？

沒錯，比姆說，這是真的。我今天在慶祝大會上和比洛．辛大爺講了，我告訴他你有意加入東印度公司軍隊，但父親大人不希望你走，他不准你去。比洛．辛大爺說他不在乎是否有父親大人的祝福，因為父親大人不是他的親戚，所以他並不在意他的觀點。再說加爾各答遙遠，父親大人也無能為力。

克斯里頓時清醒：那你怎麼回他？

我告訴他，要是你在父親大人不准許的情況下離家，就沒有錢買裝備，也沒錢買馬。他說這些都不重要——由於他們是搭船前往加爾各答，所以座騎並非必需品。至於其他必需品，他願意先借你一筆錢，你日後再償還即可。

還有呢？

他還說，要是你確定加入，請在破曉時分到河階與他和他的士兵會合，他們的船在天亮出發，他們會在那裡等你。**Der na hoi**——千萬別遲到。

這可是真的？克斯里大喊：你確定？

是的，克斯里哥哥。天色已經快要破曉，要是你現在就走，就能及時和他們會合。

儘管克斯里迫不及待離家，卻不忍讓弟弟獨自面對震怒的父親。可是比姆反過來安慰他，說他會沒事的，他安排克斯里離家的事父親並不知情，所以下場不會太難看。這樣對他反倒有好處，克斯里離開後，父親很可能要求他留在家，待在家比較適合他。無論如何，等到克斯里開始寄錢回家，父親或許就會原諒他。

克斯里從不知道弟弟竟然如此心思縝密，瞻前顧後。這是你獨自構思的計謀嗎？他問。全是你一個人想出來的？

比姆搖搖頭。我？當然不，是狄蒂，這全是她一手策畫的。是她要求我去找比洛·辛，要我按照她的說法與他交涉。一切都是她想出來的，就連這個也是。

他遞給克斯里一個布包裹：裡面有一件腰布和麵團球，你只需要這些。現在趕快出發吧！

*

一八三九年九月二日

廣州

昨天我又再度造訪康普頓的印刷廠，和鍾老師見面。

這天下午天氣和煦，於是我們到戶外庭院，在櫻桃樹下坐著納涼。起初大家只是東南西北聊著無關緊要的話題，接著話鋒一轉，又講回英國向中國宣戰的事。比起上次，鍾老師今天終於較能打開胸襟，他告訴我，這則傳聞他已聽說一陣子。

過了一下，他清了清喉嚨，嗓音極其輕柔，彷彿示意他正要開門見山，提某個不好說的敏感話題。

阿尼珥，告訴我，他說。你來自孟加拉，對吧？

是的，老師。

阿尼珥，他繼續道。我們聽說不少孟加拉人不滿Yinglizi（英國人）的統治，有人說當地人想要起義反抗，當真屬實？

我花了點時間整理思緒。

老師，我說。這問題其實不好回答。確實很多孟加拉人不滿外國統治，但也有不少孟加拉人靠著為英國人效命致富，這些人不惜赴湯蹈火，穩住英國的統治地位。也有人滿意英國統治，純粹是因為英國統治替孟加拉帶來國泰民安的祥和之氣。很多人對動盪不安的日子記憶猶新，也不希望再重蹈覆轍。

鍾老師兩手交疊放在膝上，略微俯身，定睛望著我的雙眼。

那麼你呢，阿尼珥？你覺得英國人怎樣？

這問題來得猝不及防。

該怎麼說呢？我回答。我父親支持東印度公司，而我是在英國統治下長大的，但是最後家道中落，我不得不離家到海外謀生。所以你可以說，對於我和家人而言，英國統治是自找的災難。

康普頓和鍾老師聚精會神聽著，我說完時他們交換眼神，接著康普頓像是早就備好演講稿般，開始發表意見。

阿尼珥，鍾老師要我告訴你，他對你之前的協助銘記在心，感激萬分。今年稍早，外商爆發危機事件，那段期間你提供了許多有用資訊和忠告。他認為我們有很多值得向你學習的地方——正如我先前對你說的，他目前負責翻譯和資料搜查局。

他頓了頓，讓這段話慢慢沉澱，又繼續說：鍾老師想問你，願不願意跟我們合作。未來幾個月我們可能需要印度方言專家，當然會有酬勞，不過這樣一來，你就得在廣州住上一陣子，並且必須在合作期間中斷與印度和外國人的往來。你意下如何？

震驚還不足以表達我當下十分之一的感受：那一瞬間我明白，回答康普頓的問題，等於要我選邊站，而這實在有違我的本性。我向來驕傲於自己的超然精神——印度語法家帕尼尼不是也說了？超然是文字、語言、文法研究的必要精神，而這也是我一開始就對康普頓具有好感的主因，因為我在他身上看見同胞精神，對於事物及文字的單純迷戀。然而這會兒我才驚覺，我現在面對的抉擇，不只是對於朋友的忠誠，還有廣大人民的忠誠：一個與我不太有連繫的國家，全國上下。

面對如此景況，我的人生猶如跑馬燈在腦海中閃逝而過。我想起當初指導鼓勵我閱讀的英文老師畢司禮先生；我想到閱讀丹尼爾．笛福[1]及強納森．史威夫特[2]的著作時，那股由衷單純的興奮和享受；我想起當初花了無數個鐘頭背誦莎士比亞的時光。然而，我也記得當初被送進阿里埔監獄時，我試著跟當班的英國中士說英語，但是對他而言，我的話語根本無異於烏鴉的嘎嘎叫聲。我憑什麼天真幻想，只不過會說某種語言、讀過幾本書，就能鞏固人與人之間的忠誠，這種想法實在太傻。若真要說，思想、書籍、點子、文字只讓人更感孤單，因為它們會摧毀任何你曾經直覺擁有的忠誠。至於我虧欠誰？我必須對誰忠誠？當然不可能是孟加拉的領主，想當初我被送進監獄時，可沒有領主為我出口氣。我也不欠我的種姓，在他們眼底，我不過是個活該糟蹋的墮落賤民。我是否虧欠我那個揮霍無度、害我跌落人生低谷的父親？還是虧欠倘若知道我還活著，必定會追捕我到天涯海角的英國人？

雖然我反對選邊站，但是康普頓和鍾老師要求我做的，其實只是分享我個人擁有的東西：對世界的知識。好幾年來，我的腦袋裝滿了毫無用途的事物，極少時候有人覺得我的腦袋裝著具有貢獻的內容，但幸好這個時機現在降臨了。我在人生路上累積的資訊寶庫，對於康普頓和鍾老師或許有幫助。

最後左右天秤的不是忠誠、不是歸屬感、不是友誼，而是想到像我這樣毫無用武之地的人，其實也幫得上忙。

我沉默許久，久到康普頓忍不住開口：Ah Neel, neih jouh mh jouh aa（阿尼珥，你做不做啊）？

究竟是接還是不接？還是你需要更多時間思考？

我放下茶杯，搖搖頭：不，康普頓，我不用再思考了，我要接受鍾老師的工作邀約，我很樂意留在廣州，反正我也沒有趕著要去哪裡。

他露出微笑：Dihm saai（定晒）！——那就這麼說定囉？

Jauh haih lo（就是囉）！我說。沒錯——就這麼說定了。

*

竇提先生為港口管理局舞會挑選的服飾十分簡約：以幾個大頭針和胸針固定的兩塊垂墜布料。

「托加袍啊，我的孩子！這可是羅馬人最優秀的發明！納爾區舞要是沒有托加袍還真會黯然失色呢！」

竇提先生在更衣內間陳列出布料和其他配備，賽克利遵照主人指示，脫到只剩內褲和汗衫，然後全身裹上布料。

「現在把衣角折成一個小褶子，再用大頭針固定——對，就是這樣。好極啦！」

磨蹭了一個鐘頭，他們才好不容易固定折好的托加袍，踏入接待室，來一杯餐前的白蘭地加水。

賽克利和竇提先生打扮得一模一樣，以大頭針和胸針別起固定衣袍，並且不搭軋地配上襪子、吊襪帶、拋光磨亮的鞋。

---

1 Daniel Defoe（1660-1731），英國作家，代表作《魯賓遜漂流記》。

2 Jonathan Swift（1667-1745）英國愛爾蘭作家，代表作《格理弗遊記》。

他們晚餐和竇提太太一起享用，她穿了一襲特洛伊城海倫的服裝，飄逸白袍搭配金屬箔頭飾。賽克利讚美她今晚的扮相時，她謙遜地紅了臉：「喔，跟其他太太一比，我簡直黯淡無光啊！」她說：「我想勃南太太今晚應該會盛裝打扮成瑪麗．安東妮！」

說到這兒，竇提先生對賽克利眨了下眼：「我敢說光是那件緊身褡就價值一托拉，或者是兩塊純金金塊！」

晚餐後，他們下樓坐上竇提先生當晚承租的馬車，馬車帶他們穿越喬林基區的濱海大道，前往舉辦舞會的市政廳。

這可是全加爾各答最富麗堂皇的建築之一，市政廳正前方矗立著碩大圓柱及宏偉壯闊的階梯。馬車停在臺階底端、讓乘客下車時，音樂已流瀉出市政廳四面環立的廣闊門道。他們加入蜂擁而至的賓客時，竇提先生在賽克利耳邊竊竊私語，一一指出顯赫名人：「那位是英軍陸軍元帥臥烏古，那個是喬斯林子爵[3]，他正在逢迎討好埃米莉．艾登[4]，也正是拉特老爺的妹妹。」

市政廳的會場已為了舞會騰出空間：室內張燈結綵，煤燈熠熠生輝，天花板掛滿彩旗和色彩奪目的絲帶。其中一面牆上有一整排掛有布幔的凹室，方便跳舞跳累的人找張椅子或躺椅稍事休息。會場對面有一組穿戴蘇格蘭短裙和毛皮袋的高地軍團。

抵達入口時，竇提先生停下腳步，朝旋轉舞者、閃閃發亮的樂隊、豪華裝飾、耀眼燈光爽朗比劃道：「瑞德，你仔細瞧瞧，這般豪華場面可不是想見就見得到啊！」賽克利承認，這當真是他見過最輝煌璀璨的畫面。

他還來不及飽覽眼前景致，竇提太太就拉起他裹著托加袍的手肘：「快跟我來——我想介紹幾個年輕先生小姐給你認識。」

「喔，可是竇提太太，」賽克利抗議：「我正想邀妳跳第一支舞呢！」

竇提太太笑著打發他的提議：「你可以晚點找咱們太太跳舞，要是我們打一開始就霸占著你不放，小姐可不會原諒我們。」

賽克利自我介紹幾回後，發現舞會上有不少小姐都曾在《加爾各答公報》讀過他的新聞，興致勃勃想挖掘更多有關這趟航行的故事。他身旁從不缺伴，幾杯潘趣酒下肚後，他隨著音樂翩然起舞，很快就陶醉其中。

即便如此，勃南太太一踏入舞廳那刻，賽克利還是立刻注意到她：她的打扮獨特又引人側目——搭配一件窄腰緊身馬甲的絲質寬裙，奢華上粉的秀髮高高盤在頭頂，猶如一個巨大白色蜂窩。

康達布錫法官立刻邀請勃南太太共舞，那之後賽克利僅在舞步旋轉的人群間偶然瞥見她的身影，雖然她似乎沒發現他的存在，但他的目光仍不住飄往她的方向。然而要不是竇提先生提議，他不敢貿然向她邀舞：「你有報名勃南太太的共舞名單嗎？我有沒有告訴過你，港口管理局舞會的傳統就是要像你這樣的年輕水手去邀請女主人共舞？帥氣的年輕小廝，你最好別怠慢了。」

直到午夜時分，他的機會才總算降臨：音樂暫停時，他發現自己正站在勃南太太身旁，這時賽克利鞠躬：「不知道我是否有這個榮幸邀您跳支舞，勃南太太？」

她蹙眉望著他，有那麼一會兒他以為她會斷然拒絕，但她接著卻以一貫的傲慢姿態，聳聳肩：「有何不可？畢竟今晚是港口管理局舞會，不該太挑剔舞伴。」

樂團正在演奏一首波蘭舞曲，他們開始伴隨旋律悠悠起舞。雖然樂曲節奏緩慢，賽克利卻注意到勃南太太的呼吸似乎不太順暢，很快他就聽到奇怪的咯吱聲，彷彿骨頭摩擦的聲響。他至今都努力不

---

3 Lord Jocelyn，英國士兵，亦是保守派政治家。
4 Emily Eden，英國詩人兼小說家。

去仔細瞧勃南太太，但他迅速掃了一眼，發現她的胸線比以往豐腴，這時他才發現是她的緊身褡拉得太緊，在緊繃張力拉扯之下發出咯吱聲響。

他迴避目光，速速說了句：「這裡還真擁擠，是吧？」

「可不是！擠得嚇人了，」她表示贊同：「而且熱得不得了！我都快不能呼吸了。」

這時樂團切換成華爾滋舞曲，逼他們不得不加快舞步。活力充沛跳了幾分鐘後，勃南太太的臉開始漲紅，讓賽克利不由得擔心起來。他正想提議稍作休息時，她的手已經抽離他身上，一隻手掌壓在胸口。

「喔，瑞德先生！我快要窒息了！」

「勃南太太，我帶妳找張椅子坐下，好嗎？」

「麻煩你了。」

賽克利左顧右盼，遍尋不著一張空椅，於是轉身查看背後是否有椅子，這時他發現一間懸掛布幔的凹室僅隔一步之遙，他拉開布幔，發現裡頭蠟燭檯燈閃耀，還有一張空著的躺椅。

「這裡有張沙發椅，勃南太太。」

「喔，謝天謝地……」她趕緊奔向躺椅，靠在上頭歇息。「瑞德先生，拜託你——可不可以好心幫我拉起布幔？我不想被人看見我這副模樣。」

「當然可以。」

賽克利邊拉起入口處的布簾，邊轉頭觀察勃南太太的臉色：她的臉頰冒出猩紅色塊，仍艱辛地喘息。

「要不要我去找人幫忙？我去找竇提太太好嗎？」賽克利提議，「或許她幫得上忙？」

「喔，不，瑞德先生！」勃南太太呼喊：「我怕沒時間了。要是你不在的時候我發作了，可怎麼辦才好？」

「情況這麼嚴重嗎？」賽克利憂心地說。

「是的，我怕沒時間耗了。」她拍拍身旁的躺椅：「你可以稍微過來一下嗎，瑞德先生？」

「當然。」

他坐定後，她將背轉過去面對他：「瑞德先生，如果你可以幫我解開禮服最上面那顆釦子，我感激不盡。等到看見皮革帶扣的末端，你只需要輕輕一拉就好。」

賽克利這下感到緊張不已，卻只得硬生生吞下憂慮：「我盡力而為。」

幸好凹室內燭火通明，他沒三兩下就找到藏得好好的禮服鈕釦。正如她所言，釦子一扭、綳出絲綢釦眼後，料子乍然分開，露出一條像是皮革帶子的東西。他拉了下帶扣，發出一個響亮的咯吱聲，倏地鬆開勃南太太束得緊綳的身形。

「喔，謝謝你，瑞德先生！你救了我一命——我感激不盡！」

這時勃南太太的胸部開始規律地上下起伏，賽克利的眼光被帶到她的肩膀，然後移到躺在胸口中央的珠寶垂飾。一顆閃爍鑽石懸掛在禮服胸線正上方的垂飾尖端，鑽石指向夾在她乳房中央幽谷的黑暗絲滑三角地帶。她呼氣時，小陰影似乎放大，賽克利的目光被深深吸引，整個人不自覺地往前靠近。

與此同時，勃南太太正準備再進行一次更深層的呼吸，她挺直肩膀，忽地展開雙臂，像是一隻張開羽翼的鳥。這動作害她的右手不小心揮向賽克利，指尖輕輕掠過他的大腿。

她的碰觸輕如羽毛，但此舉卻讓勃南太太的喉嚨發出無聲的尖叫：「喔！」

賽克利還來不及反應，她已經雙眼圓睜地旋過身。他隨著她的目光，低頭俯視自己的下半身，接著驚恐發現他的托加袍已經岔開，露出底褲，底褲布料穿過白色布料褶子隆起，直挺挺暴露於外，猶如已經搭好帳桿的帳篷。

他連忙用手攫起布料，匆匆忙忙擋住重要部位，但為時已晚。勃南太太已經跌坐在躺椅扶手上，緊閉雙眼，兩手緊緊抱在胸前。

「喔！喔！喔！……我真是始料未及……怎樣也沒想到……喔，我的眼睛！……這下該怎麼清洗乾淨……」

賽克利的臉色已經不是緋紅，而是漲成青紫色，他羞愧到啞口無言，只能發出呢喃：「喔，不好意思，勃南太太，不好意思——我真的很抱歉。」

「抱歉？除了抱歉你沒別的好說了？」

賽克利的喉嚨乾涸，要是可以突然羞愧昏厥，他樂意之至——偏偏他變化莫測的身體才不容許他輕鬆逃過一劫。

「聽著，勃南太太，」他喃喃：「這只是因為我最近病了。」

她發出一個猶如馬嘶叫的聲音，他努力搜尋字句：「妳要了解，這種事偶爾會發生，就像寵物總難免會掙脫鏈條。」

「是這樣嗎？」勃南太太說：「所以你那個是寵物？」

賽克利羞愧到語無倫次，「我很抱歉……」他站起身，手伸向布幔。「我只能向妳道歉，勃南太太——真的很對不起。我想我應該先走一步。」

他本來以為她會巴不得他趕快離開，沒想到他錯了。她充滿同理心地攔下他：「想都別想！我不許你走！瑞德先生，我不能讓你以現在這個狀態回到舞池，我會良心不安的！要是連我這把年紀的女人都能讓你的……你的寵物……不聽話，我不敢想像其他迷人年輕的小姐會遇到怎樣的滑稽景象。你想像得到嗎，瑞德先生？要是哪個溫柔的小姑娘撞見你的……寵物，會發生什麼事？如果她嚇得花容失色，尖叫跑出會場，我也不驚訝！想像一下，要是別人發現你就住在我家空地，這會是多嚴重的醜聞！我們名譽掃地也是意料中的事！」

她停頓喘氣。「不，瑞德先生，我不能縱容這種情況發生：就你現在的狀況來看，我放你回舞池等於是縱放犯人逍遙法外。你說你病了，確實沒錯——而且你病得不輕，那是一種病。真是幸虧我見過大風大浪，也不是年輕小姑娘了。幸好我的血液裡流著悠久的軍人家族血統。我告訴你，瑞德先生，我的祖父曾參與文狄瓦西戰役，我父親則曾站上阿瑟耶戰役的沙場。我是個堅強的女性，絕不會規避我的職責任務。所以只要你在我的監控底下，就休想傷害別人。將你安全送離這種場合是我的公民義務，所以我要親自送你回平底帆船，現在立刻就走！」

賽克利徹底被擊潰，他像個愧疚的小學生，垂頭喪氣地咕噥：「好吧——我們走。」

勃南太太轉過背，厲聲命令道：「瑞德先生，可以請你好心幫我扣回釦子嗎？我是說我的。」

「好的，勃南太太。」

「謝謝你，那是必然的。」她站起來時小心翼翼迴避目光：「瑞德先生，請問你現在的狀態適合走出去嗎？你的寵物是否好好待著？」

「是的，太太。」

「那麼我們走吧！不要愁眉苦臉的，慢慢走到馬車。」

她昂起頭，拉開布幔闖進人海。賽克利目光低垂，順從地跟在她背後、步出市政廳，走到外面的大馬路時，發現一輛輕便馬車早已恭候大駕。

兩人坐上馬車後，分頭各據遙遠的左右兩端，馬兒踩著輕快步伐出發，有那麼半晌他們默不作聲，各自眺望窗外。接著勃南太太以輕柔卻堅定的聲音說：「瑞德先生，你是知道的吧？這場病是你自找的。」

「我不懂妳的意思，太太。」他回道。

「喔，你真的不懂？」她忽然轉向他，雙眼閃著光芒。「如果你以為無人知曉你這種疾病，你就大錯特錯了，瑞德先生。有幾個勇敢醫師向全天下昭告這個天譴，你可要知道，其中一名醫師目前就在加爾各答，努力對抗這種病。我去聽過他的演講，所以清楚得很，你也應該清楚，你的……寵物……會不自然地興奮，是某種行為……某種獸性行為……所造成的直接後果，請原諒我說不出那個字。但也無需多說，而那行為引發了整個大陸的黑暗墮落。我實在沒必要說出那個字，弄髒自己嘴巴，況且我相信你對那種行為也不陌生吧，瑞德先生？」

一股憤怒突然湧上賽克利心頭，他說：「我不知道妳憑什麼指控我。太太，請問妳有憑有據嗎？妳有哪些證據？」

「瑞德先生，我明明親眼目睹！」她斷言：「也可以說是我透過小望遠鏡看到的。那天我分明看見你——你剛來那天，因為興奮變態得一時興起，脫光衣服跳進河裡。你可能以為發病時沒人看見你宣洩的行為，但你怎麼會有這種想法，我實在難以理解，畢竟那可是光天化日之下啊！」

他震驚抗議：「可是我沒有……太太，妳搞錯了，我敢向妳擔保，我那天不是在……做妳現在誤會的那件事。」

「不然你是在做什麼？」她挑釁。

「勃南太太，我大可告訴妳，」他說：「當時我只是在拋光繫繩栓。」

「哈！」她發出不敢苟同的譏笑：「那只是你為這動作取的暗號吧？你怎麼不乾脆說你是在剝雪貂皮？襲擊主教？」

「不，不，」他抗議：「妳有所不知，那真的就是一把繫繩栓。」

「你使勁上油的繫繩栓，是吧？」她又笑了：「瑞德先生，你可別誤以為我是一介愚婦，或是什麼食古不化的老人。我可以告訴你，我既不蠢也不老。我比你虛長多年，不會那麼容易被愚弄。我可以向你擔保，我懂『監禁耶穌會士』和『檢查小小軍官』的意思，甚至聽過『幫印度兵抹肥皂』和『跟士官長打招呼』的說法。但無所謂，你也知道這些指的全是同一件事。瑞德先生，你刻意掩飾不幸疾病的真實成因，實在沒有意義。這不過是種病，而治療的第一步，就是接受自己有病的事實，承認你是疾病的受害者。」

這時她伸出手，同情地拍了拍他的胳膊：「瑞德先生，你需要協助。」她的聲音放得輕柔：「我決心幫忙到底。我知道你在這個國家人生地不熟的，孤家寡人一個——但我要你知道，只要有我在，你就有依靠。為了解救你跳脫罪惡和疾病，我絕不會因為稍微犧牲自己的端莊就哀聲連連。比起傳教士每天冒著可能被野人和暴徒丟進熱鍋的危險，這不過是微不足道的小小犧牲。好幾年來，我先生都致力解救叛逆女孩，讓她們不至於誤入歧途，我為你做這點小事也是應該的。我會尋求專家意見，再私下跟你約談，好將他的治療忠告轉達給你。」

這時他們已經到達勃南宅邸的院落，馬車在一條岔路上停下，車道從這裡分出一條通往平底帆船停泊岸邊的小路。

賽克利跳下車，含糊倉促地道了聲晚安，接著匆匆離去，勃南太太探出窗子：「瑞德先生，要記得——雙手是用來禱告的，你一定要堅強。我們可以攜手擊敗你體內蟄伏的黑暗大陸。你無須害怕！」

第四章

克斯里沿著恆河邁向巴勒克波爾訓練營地的旅途猶如牛步，他們搭乘一艘三桅無龍骨小艇，途經小河港每站必停，然而這卻是他年輕人生中最豐富精彩的旅程，多年後這段回憶依舊縈繞心頭。

他就是在這場旅途結識未來妹婿胡康・辛，狄蒂的丈夫。他是比洛・辛的姪兒，儘管跟克斯里同齡，胡康・辛卻已在十字棋軍隊服務多年，負責掌管克斯里在內的六名新兵。

胡康・辛個頭高大、體格魁梧，他喜歡利用體型欺凌威嚇比他瘦小的人，但無論是體型或力氣，克斯里都不輸他，也不會像其他新兵一樣逆來順受。胡康・辛看不慣態度強硬的克斯里，因為他早已習慣對新兵頤指氣使。但他很快就發現克斯里不像其他人屈服於他的淫威，於是採取其他手段，怒罵刁難樣樣來，包括嘲笑他的黑皮膚，並且不斷提醒克斯里，他口袋連一毛錢都沒有就離家，還要向人借錢。克斯里不是每每都是遭到他直接羞辱：有人告訴他，胡康・辛私下懷疑他的身世背景，意有所指他是被逐出家門。

面對如此挑釁，第一週克斯里咬牙強忍，當作沒聽到。怎料有天胡康・辛太過火，他把骯髒的丁字褲和汗衫扔在甲板上，命令克斯里撿起來洗乾淨。

克斯里別無選擇，只能堅守立場：他聳聳肩，轉身離去。此舉激怒了胡康・辛。你沒聽見嗎？快啊，去給我撿起來！

不然你要怎樣？克斯里說。

不然我去告訴我叔叔，比洛·辛中士。

你有種就去啊，克斯里說。

你看我敢不敢……

胡康·辛青筋暴跳地去找叔叔，沒多久所有新兵都被召來無龍骨小艇的前甲板。這裡是比洛·辛每天享受微風的地方，他正躺在一張便床上，小船徐徐顛簸前進時，悠哉抽著水煙。他朝克斯里勾了一下指頭，要克斯里在他面前半蹲，然後繼續默不出聲抽著水煙，直到克斯里的膝蓋劇痛不堪。

E ham ka suna tani? 比洛·辛最後總算開口：我聽到什麼了？你現在好像自以為了不起了？

克斯里沒有回嘴，比洛·辛也不期望他回答。

我早該知道的，中士說。一個不聽父親話、跟陌生人遠走高飛的小孩，怎麼可能成得了材，注定是沒用的娘兒們孬種。

他突然揮出一隻手，揍向克斯里的臉頰。

比洛·辛的體型和重量遠超越克斯里，畢竟克斯里還是年紀輕輕的小伙子。這一記拳頭打得克斯里的頭猛然側向一邊，整個人跌伏在甲板上。他的耳朵發出嗡嗚，鼻子哽塞，充滿鮮血味。他用手抹了一下臉，驚見血跡，這才發現比洛·辛並不是徒手打他，而是操著水煙吸嘴痛扁他，他的臉頰被吸嘴割破了。過去摔角特訓時，克斯里從沒遇過這種狀況，他頓時不知所措。

接著他又聽見比洛·辛的聲音：是時候讓你學習當兵的第一法則就是服從。

克斯里整個人仍趴伏在甲板上，他頭一抬，發現比洛·辛站在他頭頂，接著中士舉起一隻腿，猛然踹向克斯里的臀部，讓他整個人在甲板木板上打滑。克斯里滑到另一端，中士也跟著走上前，接著兩手提起他的腰布，一腳接著一腳踹向克斯里，最後一腳還故意將腳趾甲瞄準克斯里的臀縫，狠狠踢了上去，撕裂了輕薄的腰布和丁字褲布料。

克斯里又抹了下眼睛，慢慢爬起來，呈蹲伏姿勢跪著。他看見其他新兵在背後抖縮著，驚懼眼神在他和中士之間來來回回。比洛．辛這下子已經站到克斯里頭頂，一手握著沾有血痕的水煙吸嘴，另一手伸進腰布搔著胯下。

克斯里這下才恍然大悟，這場痛毆的用意已經扭曲，這是一場表演，不是處罰他，而是給所有新兵觀賞的一場表演。他也明白比洛．辛要他們所有人知道，對他而言，虐待羞辱人帶給他一股野蠻快感。

接著比洛．辛將水煙吸嘴丟向克斯里：拿去洗乾淨——洗掉你的髒血。Yaad rakhika——記得這只是你要吞下的第一口苦藥。要是還治不好你，日後你還有得瞧。

一陣痛毆之後，克斯里渾身上下瘀青，但人人看在眼底，忍氣吞聲也為克斯里贏來一場小小的勝利：到頭來比洛．辛並沒有命令他去洗姪子的底褲。胡康．辛也沒有那個狗膽，提醒叔叔他的控訴。這次事件讓克斯里明白，比洛．辛其實不器重姪子，他亦得出一個結論，那就是胡康．辛既害怕中士，也無所不用其極仿效他，這正是揠苗助長這名年輕印度兵趾高氣揚、惡意刁難的有毒土壤。

這件事之後，胡康．辛對克斯里的態度有了微妙轉變，較不會對他口出惡言，也似乎接受了克斯里無法容忍自己被當僕人對待。有時他甚至能夠承認新兵之中，克斯里最具士兵氣概。

旅途即將邁入尾聲，新兵對眼前的人生越來越迫不及待。其中一件他們最感興趣的事，就是未來的wardi——軍裝制服。整趟旅途中，他們軍團的印度兵都穿一般服裝，一次都不曾從行囊裡取出軍裝，令他們大失所望。

旅途結束前，胡康．辛終於拗不過新兵的乞求，遂答應讓他們看看軍服，但他也說了，休想要他把自己當成洋娃娃換裝打扮，想看示範的話，就派出一個人，當裁縫師的假人模特兒。

儘管剛剛氣氛喧鬧沸騰，這時卻沒有新兵肯主動站出來。克斯里是唯一身材跟胡康．辛相近的人，但由於他們之間有心結，他不便主動站出來。

最後是胡康·辛主動向克斯里招手，吩咐他脫掉腰布和內衣。克斯里褪去衣物後，胡康·辛指著他的繫帶腰布，解釋諸如此類的丁字褲目前尚可通融，但等到開始穿軍服後就不得再穿。執勤以外可以穿戴腰布和一種叫作ungah的普通長袍，但穿軍服的時候，裡頭得穿一種叫作jangiah的內衣。這是英國軍官的規定，要是服裝儀容檢查時發現丁字褲，你們就完蛋了。

為什麼？新兵問。

誰曉得？他們開心吧！

接著胡康·辛取來他的行囊，男孩們看見上頭綁著一只近似球形的水壺。胡康·辛告訴他們，按照規定，這個器皿要剛好裝滿一希爾[5]的水，而且非要綁上繩子不可，必要時刻才能將水壺降下水井，水壺要無時無刻綁在行囊上，即便是在沙場上亦然，要是沒綁好很可能引來麻煩。地勤軍官最喜歡閱兵時看見一串發亮水壺，整齊劃一排列，在太陽底下光芒閃耀。裝備檢查時，水壺是頭一個檢查項目，要是沒有擦得錚亮，軍官可自行決定懲罰。

接下來幾分鐘，男孩們全貪婪地注視著胡康·辛從行李袋一一掏出令人目不暇給的物品：一只製作烤餅的平底鍋、當床鋪用的六比三英尺手織毛毯、塗抹上皮革腰帶和鞋子的製管黏土、夜裡當作毯子使用的頭巾布。完整的行囊總重量，胡康·辛說，是半孟德[6]，約是五十磅，需要花上不少時間才能適應重量。

接著是一件折疊衣物。

長褲——這要穿在jangiah外。

5 Seer，體積單位，一希爾等於兩百五十公克。
6 Maund，印度的重量單位，一孟德約為三十七公斤。

新兵看得一頭霧水，褲子模樣狀似睡衣，卻不見繫帶。克斯里也無法理解他要怎麼套進窄腰褲頭。

胡康．辛示範怎麼解開褲頭——但即使如此，克斯里也困難重重地扭進褲子裡。他從未穿過如此緊貼皮膚的東西，低頭一看，他差點認不出自己的腿，雙腿看起來比穿腰布時修長許多，因為布料緊緊包覆著肌肉，腿部也更顯得強壯。

新兵全看得目瞪口呆，其中一人問：但穿上這東西後要怎麼撒尿啊？整件脫下嗎？不。

胡康．辛示範只要解開幾顆鈕釦，就能打開長褲褲襠。

克斯里還是不覺得這樣可以小解，他彎曲膝蓋，說：可是我蹲不太下去。

穿長褲時，胡康．辛說，你不能蹲著撒尿。

新兵全瞪大眼睛：你是說要站著尿？

胡康．辛點頭。一開始是很困難，他說，但你們會漸漸適應的。

這會兒胡康．辛的手又伸進行李袋，掏出下一樣法寶：綁有繫帶的無袖背心，跟克斯里平常穿的腰布繫帶沒有兩樣。然後冒出一抹鮮豔色彩：一件猩紅色緊身短上衣。

這東西叫「koortee」，胡康．辛解釋。這和英國裝甲兵的紅色外套很類似，只不過他們稱之為「raggy」。他教克斯里穿上外套，手先往後伸，讓手臂穿進袖子。

緊身短上衣的前襟由皮革帶綁起，一拉緊克斯里立刻覺得呼吸困難。他俯首看向外套，發現幾排橫條瞬間有了生命，猶如鳥類胸前的羽毛般延展，中間點綴著閃閃發亮的金屬鈕釦。

這些是金子做的嗎？

不是，胡康．辛說。是黃銅做的，但還是很昂貴。要是你掉了顆釦子，他們會從你薪資扣除八安那。

八安那！克斯里沒有一件衣服要價八安那。不過這價格似乎不過分——似乎很合理——如果鈕釦是用真金製成，絕對更耀眼好看。

緊身短上衣的頸部還有一排繫帶，綁上繫帶前，胡康．辛取出一條珠飾項鍊，為克斯里戴上，如此一來，緊身短上衣的僵直金邊領就框出閃耀珠子。

珠飾也是東印度公司付錢買的，胡康．辛解釋。軍官堅持要印度兵戴上，要是遺失，就得從你的薪水扣除兩週酬勞。

頸部周圍的繫帶一拉緊，領子就猶如牛軛。腰部的腰鍊綁緊時，他簡直就像一隻遭到綑綁的雞隻。克斯里幾乎無法轉頭，下巴遭到擠壓，就連說話喉嚨都疼痛。

被綁成這副德性要怎麼打仗？

胡康．辛教他怎麼挺直背脊站好，頭部往後傾斜。

穿緊身短上衣時，你不能垂下頭，他說。你得抬高眼睛，肩膀要打直。

克斯里挺直背部時，瞄到有個延長上翹的黃色東西在緊身短上衣肩頭，模樣彷若老鷹翅膀的尖端，克斯里感覺自己的肩膀從未如此寬闊健壯。

這時胡康．辛伸手解開克斯里的頭巾，任髮絲自由散落肩頭。你們頭髮都要剪短，他說。軍官不會讓你們把頭髮盤繞成結，藏在陽盔底下的。

接著他的手探進另一只袋子，抽出一個裹著亮澤黑布、兩英尺高的圓筒。

陽盔一戴上克斯里頭頂，他的下巴就陷下撞到領口尖頭，害他險些嗆到。陽盔的重量簡直猶如一堆磚塊。

見到克斯里的表情，胡康．辛忍俊不住笑了出來。他從克斯里頭頂取下陽盔，讓新兵瞧瞧裡面的構造：包覆布料下藏著黃銅框。

行軍時是很重沒錯，他說，但上戰場時你們會慶幸有它的，這頂帽子能保護頭部。

新兵輪流接過，試戴陽盔，然後陷入一陣靜默：陽盔的重量比任何他們曾經聽說的故事都要來得真實，像在告訴他們，未來將跟過往人生截然不同。

*

詩凌百英語老師的忌日越逼近，跟查狄格・卡拉比典的約會就越讓她忐忑不安。現在一經回想，她不懂當初怎會草率答應跟他見面，竟然連對方的用意都一無所知，就一口答應。

她從沒打算要瞞著家人和陌生人見面，若親戚、甚至是女兒知道他們私下碰面，她知道自己可能會被說得很難聽。然而她也沒忘記巴蘭吉講到老友查狄格的熱情。而他就像是一個由巴蘭吉本人派出的使者，出現在家門前——彷彿他爬出墳裡派人來安慰她。

諾莎格洛莉亞聖母教堂距離密斯垂宅邸僅有咫尺之遙，但即使在丫鬟和僕人的陪同下走到教堂，都可能引人閒言閒語，於是詩凌百決定向弟弟借輕便馬車。那天上午，她很慶幸已先預借馬車，因為天空烏雲密布，即將變天。

馬車在教堂院落大門戛然止步，這時第一場陣雨傾盆落下。幸好馬伕有備而來，其中一人撐著傘，陪同詩凌百走上通道。她請馬伕在柱廳等待，逕自買了幾根蠟燭後，便走向教堂大門。教堂內一片漆黑：大雨瓢潑，高窗緊閉，唯一的光線來源是幾盞搖曳燭光。

詩凌百在臉上覆蓋她離開宅邸院落時當作面紗使用的寬織披肩，而她透過披肩的孔隙看到一個高䠷人影，正坐在入口和祭壇中間的靠背長椅上。她緩步走向教堂中殿，用牙齒固定住面紗，走到可以確定對方是查狄格的位置後便止步。接著她朝他做了一個手勢，讓他曉得來者是她，並且示意他往更後面走，一個被柱子遮擋視線的陰暗角落。他頷首表示收到後，她又繼續走向祭壇。

她手裡的蠟燭開始顫抖，點燃蠟燭時努力讓自己冷靜下來，然後插上蠟燭，接著轉身慢慢走到查狄格高眺身影躲藏的陰暗處。她謹慎判斷，隔了一段安全距離坐下，透過面紗低語：「早安，卡拉比典先生。」

「早安，夫人。」

大雨開始猛烈敲擊教堂的金屬屋頂，詩凌百深感他們運氣好，如此一來就更不容易被偷聽到談話內容。

「拜託，查狄格大哥，」她低聲說：「我時間不多，我弟弟的馬車正在外頭等我——要是我被發現和你在這裡私會，你可以想見會被傳成什麼樣的醜聞。現在請你告訴我，你為何想私下見我。」

「好的，夫人……當然好。」

她聽得出他聲音裡的猶疑不定，他啞然無言時，她又催了一次：「所以是什麼事？」

「請原諒我，夫人，」他含糊地說，「這件事難以啟齒，是很隱私的事，所以現在這樣格外困難……」

「格外困難？」

「我不知道我在對誰說話。」

「什麼意思？」她訝異地說：「我不懂你在說什麼。」

「這麼說吧，夫人。在廣州時，我曾在巴蘭吉大哥的房裡看過妳的照片——但我覺得就算我在街上碰到妳，恐怕還是認不出妳。而要是我連對方眼睛長怎樣，有些事很難啟齒。」

詩凌百感到她的臉色開始漲紅，她摸索著披肩，腦海中浮現某段對陌生人揭開面紗的鮮明回憶：她結婚當日。坐在臺上的她羞怯到抬不起頭，彷彿有股沉甸甸的重量壓上來。無論她多麼努力，都無法直視這個即將與她共度餘生的男人眼睛，最後她母親不得不上前擺正她的頭。數年後，詩凌百也為兩個女兒做過相同的事——而現在她彷彿又回到少女時代，首次為一個男人露出面孔。

這樣的聯想很不得體，於是她努力打消這個想法。她揭開面紗，回望查狄格的凝視，看見他雙眼吃驚發直，就立刻撇開頭，那瞬間她聽見他驚呼：Ya salaam（不是吧）！

「怎麼了，查狄格大哥？」

「請原諒我——我很抱歉，因為我沒料到……」

「什麼？」

「妳的容貌如此青春。」

她渾身一僵：「哦？」

他對著拳頭咳嗽：「我在巴蘭吉大哥房裡看見的照片——沒拍出妳的優點。」

她訝異地掃視他一眼，又將披肩繞回臉部：「別這樣，查狄格大哥。」

「我很抱歉，」他說：「我太不得體——maaf keejiye——請原諒我。」

「這不重要，不過拜託你，請別再拖延，我們來此會面究竟有何用意——為何你想私下和我交談？」

「當然。」

他兩手交疊在大腿上，彷彿陷入苦思，最後清了清嗓子。「夫人，我不知道我是否做得對——我接下來要說的話，其實很難說出口。」

「請說。」

「夫人，妳還記得上次我們交談時，妳提到巴蘭吉大哥沒有可替補他空缺的子嗣？」

「是的，我還記得。」

「我覺得有件事妳得知道，這就是我請妳出來的目的。」

「我洗耳恭聽。」

她聽見他吞嚥口水的聲音，瞥見他的喉結在細長粗糙的頸部突起。

「是這樣的，夫人——我想告訴妳，巴蘭吉大哥其實有個兒子。」

她沒有立刻聽懂這段宣言：雨勢滂沱，音量大到她以為是自己聽錯。

「查狄格大哥，你說什麼，我沒聽清楚。」

他在座椅上不安蠕動著：「是真的，夫人。我說的是實話，巴蘭吉大哥有個兒子。」

詩凌百搖頭，不假思索吐出她腦袋裡頭一個想法：「不，查狄格大哥，你不懂。你剛剛說的事不可能是真的，我可以向你保證，因為我們曾去看過生子專家，一個很知名的大師，他解釋，我先生要是不接受長期治療，我是不可能懷上兒子的……」

她忽地喘不過氣，啞口無言。

查狄格以極其輕柔的語氣再度嘗試告訴她：「夫人，原諒我，要是沒把握，我是不可能這麼說的。巴蘭吉大哥的兒子現在已經成年，過去幾年碰上不少困難，這就是我認為妳應該知道此事的原因之一。」

「這不是真的！我知道這不是真的。」

詩凌百在披肩下將手指插入耳朵，她感覺耳朵受到玷汙而不潔淨，她痛恨自己答應私下見這個男人——而這男人居然敢在上帝的殿堂裡大言不慚，說出如此令人髮指的話。她感覺要是她繼續坐在這裡，跟他只距離一臂之隔，只怕自己禁不住作嘔。她蹣跚艱難地站起來，故作堅強地說：「我很抱歉，先生，但你是個大騙子——骯髒齷齪的騙子。你居然敢對我撒這種謊，我先生還視你為知己，你可不可恥！」

查狄格不發一語，頭部低垂，整個人僵在長椅上，當她穿越他身邊時，她聽見他低聲說：「夫人，要是妳信不過我，可以去問維可，他全部知情，他會告訴妳來龍去脈。」

「得了吧！」她回道：「我跟你之間已無話可說。」
她突然想到他可能跟上前，要是被密斯垂家的馬伕撞見，最後消息會傳回家人耳中。
「如果你還有絲毫尊嚴，」她說：「請等我走了再離開座位。」
「好，夫人。」
幸好他留在原位不動，她匆匆步上中殿，衝出教堂大門。

*

一八三九年九月三十日
湖南島

接受了鍾老師的工作邀約後，我才開始擔心現實面：我應該住哪裡？吃什麼？幫庫利茲先生做事是挺無趣，但至少供餐供住，現在我該如何是好？

我決定去找廣州唯一的阿差餐館老闆娘阿沙蒂蒂求救：當地人口中的「阿姊」，也就是什麼都由她一手包辦的人物。雖然阿沙蒂蒂來自加爾各答的中國社群，但是她的原籍是廣州，所以廣州的人脈很廣。她丈夫巴布羅（我試著用中文名字稱呼他們，但實在困難，因為他們平時和我說孟加拉語）在廣州船員間也有廣闊人脈，所以我猜想，他們肯定知道哪裡有出租空房。我猜的一點也沒錯，我一提出這個問題，阿沙蒂蒂馬上告訴我家裡有間空房——也就是她和巴布羅及兒孫共住的船屋。船屋就停在珠江對岸的湖南島，阿沙蒂蒂警告在先，這間房間一直被當儲藏室使用，需要大肆清掃一番，但我回答她，我完全不介意。

結果這間房不僅被當作儲藏室使用，同時也是雞舍。房間一開，雞羽毛和雞屎猶如暴風雪般飛揚，我毫無心理準備。暴風過境後，我看見雞隻棲息在層層堆疊的槳、搖櫓、板條、第一斜桅、掃把、好幾捲竹繩上，不禁暗忖：這是人住的地方嗎？連一張床都沒有。

我的表情害阿沙蒂蒂忍不住笑出來。Bhoi peyo na，別擔心，她用孟加拉語對我說——對於這個窈窕活潑、裝束舉止皆無異於廣州船女的女人，居然會對我說孟加拉語，而且是加爾各答方言，至今我還是很難不吃驚。實在是不可思議，雖然我很清楚，她加爾各答的老家其實離我家僅隔幾條街。

然而，在某些方面阿沙蒂蒂卻是道道地地的廣州人：她不喜歡浪費時間，惜字如金。帶我去看過房間後，沒幾分鐘她已經開始打掃整修房間。養雞人將雞腳綁成一捆，猶如幾把東敲西撞的椰子提了出門。接著她六個兒孫媳婦分頭鏟起甲板上的雞毛和雞屎，擦洗舷牆、搬運木材和設備。不消多久，家具一一出現：椅子、凳子、甚至一路從加爾各答運來廣州的便床。

等到家具都安置妥善，阿沙蒂蒂打開遠端另一扇房門，我才發現房裡還有一個小隔間。這裡有一間小baranda（陽臺），阿沙蒂蒂說，快過來看看啊！

「陽臺」堆疊著腐朽木梁、圓材、繩索，我輕手輕腳踏出陽臺，期待另一個不請自來的驚喜——可能是鵝或鴨，怎料廣州的全景猶如破浪般朝我奔湧而來。

這天天空清朗，我遠眺俯視廣州的越秀山山脊，甚至瞥得見山峰頂端的龐大五層建築：鎮海樓。河水另一端的前景是外國內飛地，五花八門的船隻擠得兩岸航道水泄不通，米船和渡輪之間汕頭貿易戎克船筆直矗立，無論望向哪個方向，皆可看見在河岸之間往來旋轉的小圓舟（我每天就是搭這種船渡河，搭一次只需要一文銅元）。

我又夫復何求呢！只要踏出陽臺，眼前就是川流不息的美景盛況！

夜幕時分，燈光將河水照耀得生氣勃勃。許多廣州著名的「花船」彩燈高掛，飄過我的陽臺，留下歡騰音樂和笑聲。有些花船的露臺和涼亭屬於開放式，所以看得見煙花女子歌舞昇平，娛樂佳賓。盯著這些船，我能明白為何有人說「青年來到廣州，無法健全離開」。

船屋地點也好到無可挑剔，就停泊在湖南島岸邊，比起高樓四起、廣州市區的北側安靜許多。兩岸對比是天差地遠：北岸人口稠密，擁有密密麻麻、前所未見的各式建物；南岸多半是樹林與農地，只有幾間小木屋、僧院、大片空地，環境清幽，步行一小段距離就能走到康普頓的印刷廠。

船屋本身就帶給我從不間斷的消遣娛樂。阿沙蒂蒂的兒子偶爾會找我閒話家常，話題常常繞到加爾各答，她的兒子大多在年幼之時就跟著家人離開孟加拉，回到廣東，卻對加爾各答存有些許印象。他們全記得一些孟加拉語和印度斯坦語，對綜合香料情有獨鍾。最小的孩子，也就是巴布羅和阿沙蒂蒂的孫子也會向我問起加爾各答和孟加拉的事。他們跟印度的緊密羈絆，讓我煞是意外，我猜是跟他們祖父母葬在胡格利河畔、布德蓋的中國墓園有關，於是他們與土地產生了真實羈絆，對於我這種祖先骨灰總是灑入恆河的人來說，可說是相當費解。

阿沙蒂蒂的孩子當中，在加爾各答待得最久的是長女，大家都叫她阿瑪。阿瑪大概比我稍長一、兩歲，從未出閣。就如同孟加拉的未婚Aiburo姑姑，她也幫忙照顧孩子，負責管理家務。阿瑪一刻都閒不下來，卻總是散發一股淡淡的憂鬱氣息。我剛到時，她似乎是全家最不歡迎我的人，從不肯跟我說話，甚至不願正眼看我，直接別過臉，跟孟加拉女人碰到陌生人時的反應一模一樣。這一點讓我覺得奇怪，畢竟廣州船女不守深閨，也不裹小腳，更不遵從其他中國人的禮俗規矩，再說面對其他陌生人時，也不見阿瑪面露羞怯。

我猜可能是看見我讓她觸景傷情。就猶如一道無法完全視而不見的舊疤，她似乎也無法不理睬我。有時她會為我送上阿沙蒂蒂廚船的食物，默不出聲遞上來，我看得出我肯定是哪裡惹她不快，卻始終想不透原因。

不過就在兩天前，她開始用不流利的孟加拉語對我說話，彷彿在記憶洪流裡撈出幾顆卵石。她告訴我，她的「加爾各答名字」是「米舒」，接著和我分享她的故事：少女時代的她在加爾各答遇到一個孟加拉男孩，對方是她的鄰居。無奈兩家人都反對他們交往，她父母曾試著說服她，要她嫁給加爾各答的中國男孩，但固執的她拒絕了這門婚事。

就這樣，歲歲年年過去，直到她過了可以出嫁的年齡。

*

旅途告終的前夕，新兵熬夜不睡，這時的他們已經培養出深厚感情。新兵年齡相仿，落在十五至十七歲之間，每個人都是第一次離家遠行。

其中幾個男孩來自偏遠內陸村莊，見識比克斯里還淺，最單純的是一個名叫席圖的瘦弱男孩，也是眾人的開心果。

那晚他們講到未來前景，討論在英國軍官麾下服役會是什麼情況，席圖最顯憂心忡忡。他說他有個親戚最近造訪某個許多英國白人落腳的城鎮，回來後與他們分享了sahib-log——白人老爺的祕密，還說這件事說什麼都不能到處張揚。

什麼祕密？

Kasam kho! 答應我，你們絕對不說出去？

他們發誓打死不說後，席圖告訴他們，他的親戚說：白人女人都是精靈——她們都有一對翅膀。

眾人全對他這番話嗤之以鼻，席圖卻信誓旦旦地說，他的親戚確實親眼目睹了。他看到一個白人老爺和小姐搭乘馬車經過，她的衣著不僅跟仙子翅膀一樣色彩繽紛，馬車接近時大家還親眼見證白人老爺把手壓在她肩頭，以防她飛走。她無庸置疑是精靈——pari。

克斯里和其他新兵都取笑席圖太過天真純樸，可是他們事實上也很擔心和白人老爺見面。他們在自己老家的村莊聽過不少有關他們的傳聞。

隔日，當他們抵達巴勒克波爾，全然陌生的景象卻讓看見白人老爺的新鮮感相形失色。船靠岸前，他們已先瞥見一棟這輩子前所未見的建築——俯視河水的皇宮，屋頂上有孔雀，屋前還有一座種滿奇花異草、爭奇鬥豔的偌大庭園。

他們露出敬畏神色，胡康．辛不屑譏笑，巴勒克波爾的小平房不過是Burra Laat——英國總督——的週末小屋，他說，跟加爾各答的總督大爺皇宮相比，這不過是平凡無奇的小屋。

一上岸，新兵不曉得該望向何處——眼前的一切新鮮奇妙，目不暇給。行經一堵高牆時，他們聽見令人血液結凍的聲音：老虎、獅子、美洲豹的咆哮怒吼。還在村莊時，他們只聽過遠方傳來的動物咆哮。但在這裡，這些動物似乎就近在咫尺，隨時準備撲上來。他們之所以還沒有拔腿逃跑，單純是不知道該逃向何處。

胡康．辛忍不住嘲笑他們驚恐萬分的神色，說這群蠢蛋窮緊張一場——這些動物只是Burra Laat的寵物，全好端端關在牆內那側的籠子。

接著他們走到訓練營地，眼前畫面令他們更難以呼吸。眼睛所到之處皆是棚屋、帳篷、低矮的長型木造建築，中間則是廣大的閱兵場，成千上萬名士兵正在進行操演。到處都是進行操演、踢著正步、歇息納涼、身穿色彩亮麗軍服的白人軍官。但最不得了、令新兵瞠目結舌的，就是沒人蓄落腮鬍或山羊鬍。他們的臉龐光滑乾淨，跟小男孩和女人一樣，臉頰清潔溜溜，嘴上無毛。

新兵旅途就在一頂空蕩帳篷落幕，他們收到指令，必須在那裡等候。

這時席圖鬼鬼祟祟溜走了，大家都忙著討論當天上午看見的景象，根本沒人留意到他消失不見。

接著周遭頓然傳出一陣咆哮怒吼和驚聲尖叫，他們才隱約察覺他不在，連忙跑出去看發生什麼事——結果看見席圖被哨兵拖了回來。

後來他們才知道，原來席圖鬧肚子，急著解放，卻不知道該去哪上廁所，於是決定按照村莊的做法：帶著一整壺水，溜去找隱密地點。搜尋一陣後，他在濃密草叢間找到可以方便的空隙。他先是小心查看，眼見四下無人，便拉起腰布，正要蹲下時，他不慎往後掉進空隙，跌個四腳朝天。

倒楣的席圖找到的其實正是上校庭園，屋漏偏逢連夜雨，他的大號正好打擾到女士野餐。胡康．辛得扛下挨罵的責任，因為他個人疏失，新兵才不知道廁所的位置。之後他會讓席圖為自己犯下的過錯付出慘痛代價，但現在最打緊的是遵照哨兵指令，先帶他們去pakhana——而這也是一個驚心動魄的畫面，讓他們懷疑今後是否還能正常排便。

幾條悠長水溝上方有好幾排挖有坑洞的平臺。他們看見一票男人正蹲在平臺上，整齊排成一列，模樣猶如棲息於繩索上的烏鴉。從水溝深處悠悠飄上來的沖天臭氣和節奏規律的撲通聲，不時提醒蹲在上頭的人，要是一個閃神站不穩，就會發生什麼慘事。

在老家村莊時，蹲在空曠野外如廁，讓微風吹拂著臉，新兵倒也已習以為常。再說即使他們常三三兩兩結伴，為了彼此安全著想，通常會挑多少有隱私的草叢。

光想到要像這樣排排蹲著解便，就令人侷促不安，不過一、兩天後他們就適應了，很快就學會如廁的不成文規定，例如早晨忙碌的時刻只有資深軍官可使用某幾排廁所，新兵的優先權則是最低。

到達兵營的第三天，比洛．辛親自出現在他們的木屋門前。這是新兵頭一遭看他穿上軍服，頭盔讓他更顯高眺，肩飾則讓他的肩膀變得寬闊，比洛．辛整個人似乎足足高大了兩倍。

他們跟隨他的腳步，來到一棟外觀狀似辦公大樓的建築。比洛．辛命令新兵在陽臺等他，然後逕自走進大樓。出來時，他惱怒發現新兵全坐在陰影下，於是大聲痛斥他們不准沒有允許就擅自坐下，並誓言要是下回再發生，他們就等著挨一頓打——除非明確指示他們坐下，否則東印度公司的印度兵不許坐下。

他們驚恐地跳了起來，肩並肩僵直站好，不敢亂動。

過了一會兒後，出現一名手裡握著粗棍的英國軍官，嚇得新兵臉色慘白，他們以為要為了剛才擅自坐下付出代價。但其實那只是一把有刻度的量尺，軍官沿著隊伍移動，確定他們在刻度前站得直挺挺。

克斯里無法抑制好奇心，猛盯著軍官那張毫無鬍髭的光滑臉龐。打從克斯里嘴脣上方長出鬍子的那天起，他就小心翼翼維護鬍子，所以很難相信有人選擇刮除這麼珍貴的東西。但是量到克斯里時，他才發現真的是軍官自行選擇剃鬍，而不是天生長不出來——他發現軍官臉頰上有明顯鬍渣，無庸置疑是定期刮鬍子的痕跡。

測量完身高後，軍官在一張桌前坐下，拾起一枝筆，開始寫起那格利字體，克斯里跟大多新兵一樣能讀寫那格利字體，只是他每次寫字都得放慢速度，一筆一畫地寫。但眼前這位軍官卻在紙上振筆如飛，教他看得目瞪口呆。

後來軍官將這張紙交給比洛・辛後，比洛・辛又帶他們前往另一間辦公室。克斯里正好站在隊伍最前面，於是到達辦公室時，他是頭一個被挑中的人。比洛・辛招手要他往前站，其他人留在原地等候。比洛・辛帶克斯里踏進瀰漫著藥水味的房間，一位英國醫師和兩名穿白袍的白人女士正在室內等候。克斯里後腳一踏進去，比洛・辛立即關上門，將他和醫師及兩個女人單獨留在室內。

這時醫師用印度斯坦話請克斯里脫光衣物——不只是外衣，腰布和丁字褲也要脫。

起初克斯里以為他誤會醫師的意思，他簡直不敢想像會有人要求他在陌生人面前脫到一絲不掛，更何況其中兩個還是女人！但接著醫師以強硬語氣，大嗓門重複同樣的話，其中一個女人也開口，大聲威脅克斯里，要他乖乖聽醫師的話，脫光衣服。

克斯里在剎那間想起，父親警告過他，凡是加入東印度公司軍隊的人，皆會失去種姓地位。他這才頓時發現父親說得對，不聽父親勸告的懊悔突然湧上心頭。

這時種種念頭閃過他的腦海，醫師朝他邁出一步。克斯里以為醫師準備痛毆他，撕裂他的衣服，於是他下定決心，轉頭直接奔向門口。克斯里拉開門，頭也不回地奔過比洛．辛和其他新兵身邊，往訓練兵營的集市拔腿狂奔。

他心想，要是能混進人群，他就能成功逃跑。無論之後發生什麼事都聽天由命，大不了他可以回家。他以這輩子從來不曾有過的速度狂奔，聽見背後傳來比洛．辛的聲音，但他知道自己遠遠快過中士。就在他即將抵達集市時，想也知道，胡康．辛和其他印度兵出現在他面前。克斯里發現時已經太遲，他們將他撂倒，壓制在地。

雖然克斯里腦袋的血液陣陣搏動，他仍聽得見比洛．辛的沉重腳步聲。

Haramzada! Bahenchod!

比洛．辛出言咒罵時仍氣喘吁吁：渾球，你以為你逃得出我的手掌心？你這蠢貨，我是不是借你錢、供你吃住一個月？你這娘兒們以為可以對我偷拐搶騙，然後拍拍屁股走人……？

克斯里感覺得到中士的寬大手掌拎起他的後頸，將他整個人吊起懸空，接著另一手攫住克斯里的腰布和丁字褲，一個勁兒地猛扯下來。

這下不少人上前圍觀，比洛．辛高高舉起克斯里掙扎扭動的身軀，左右示眾，讓圍觀者看清他的下體。

各位看倌請瞧瞧——這狗娘養的死命想遮的就是這個部位。

接著他把克斯里摔到地面，再補踹他一腳。

你不過是隻落跑小狗，比洛．辛朝他吐口水。別以為你可以像騙你爸一樣騙倒我，現在的你無依無靠，無處可去。這裡就是你的監獄，而我就是你的典獄長——你最好趁早覺悟。

克斯里撈回衣物遮住身體，這下他總算痛悟中士吐露的殘酷真相——現在的他已經沒有可以依靠的親人朋友，他已成了流浪漢，也是囚犯。克斯里這下明白，選擇跟比洛．辛逃家，他遺棄的不只有家人村莊，還有他的自我——可以說是過去的自我，以及他過去對尊嚴、獨立、道德抱持的觀念。

即使後來克斯里發現，遭逢相同遭遇的不只有他，其他人甚至更慘絕，被軍士嚴重羞辱，但是對克斯里而言，這件事對他的打擊絲毫沒有減少。他從這件事學到一個教訓，那就是每個士兵都有兩場仗要打：一個是戰場上的敵軍，另一個是軍營裡的敵人。第一種要拿出兵器體力去搏鬥，第二種則需要靠機智、耐心、狡詐戰勝。

接下來幾個月，新兵接受嚴格操練，痛毆、威脅、無眠無止境輪迴。要不是清楚記起自己無處可去、無人依靠，克斯里好幾次都險些逃跑，但最後總算讓他等到前四條逃兵戰爭條款宣讀的那天，克斯里和他的新兵部隊在軍團旗幟前宣示忠誠。自那刻起，即使還有一個月的無薪試用期，他們的情況也略見好轉，因為這群新兵已臻成熟，被視為十字棋軍團的一分子。

克斯里繼續以無酬新兵的身分，過著身無分文的那一個月，每日僅能以分配到的兩安那度日，但除了飽受比洛．辛羞辱，克斯里這段記憶裡亦出現一堂甜美教訓：他發現有時在挫折破敗的瓦礫斷垣中，偶爾也尋找得到出乎意料的獎賞。

有天，他行經訓練兵營的「紅燈區」——「紅集市」時，聽見有個聲音向他呼喊：喂，那邊那位先生，喂！

聲音來自稱作 lal kotha ——破舊的「紅樓」樓上窗戶。窗子微微敞開，他一靠近房子，窗戶就拉得更開了點，露出一張胭脂點綴的年輕女孩臉孔，她微笑著招手要他上來。

他爬上狹窄樓梯，發現她正在樓梯頂端等候。

你叫什麼名字？

克斯里．辛，妳呢？

葛拉比。你就是那天想從比洛．辛中士身邊開溜的人？

他滿臉通紅，憤憤不平回嘴：怎樣，有意見嗎？

沒有意見。

她微笑著帶他踏進一間房，房間角落擺著一張便床。

一走進室內，他不禁驚惶失色，多年來的自制特訓在那一瞬間陷入天人交戰，前所未有的欲望朝他襲來。有個聲音不斷在腦海中警告他，若他現在放棄摔角時培養的自我紀律，日後必損失慘重，未來他會為了一時的歡愉付出慘痛代價。

可是當下的他卻力不從心。他的背平貼在門上，說：Samajhi nu? 我沒有錢，這妳是知道的吧？

他半盼望著她叫他滾蛋，豈料她露出笑容，躺上床。沒關係，她說。改天再付我錢不就好了？反正你我哪兒都去不了，我們都是fauj-ke-ghulam——軍隊奴隸。

她的臉蛋精緻，圓形弧度與鼻環相襯，嘴巴有嚼過檳榔的嫣紅痕跡，使她的豔脣顯得豐滿，似乎正嘟著嘴。

你呆立在那幹麼？她從床上爬起來，走向他，主動解開他的褲襠，拉開內衣抽繩。

雖然她年紀輕輕，卻似乎跟他一樣熟悉這身軍服：他低頭一瞧，發現腹部以下到大腿中段已完全赤裸。

她似乎覺得脫到這種程度已經足夠，於是又躺了回去——他卻更迷茫，繼續杵在原處，兩手覆蓋下體。

她的臉上浮現蹙眉，彷彿說明她不懂他為何動也不動站在門邊。她伸手捉住他的手，一把拉向她。由於褲子全擠在膝蓋附近，他只能小碎步前進，最後腳步不穩，直接跌上床。

她困惑地笑了，彷彿她從沒碰過如此不知所措的男人，難以相信這種人竟然真實存在。

她幫他解開腿上糾結成一團的褲子時，板起認真的臉孔。Pahli baar? 這是你的第一次？

克斯里本來想要撒謊，卻發現她的語氣並無輕貶之意，只是從沒想過一個男人，像他這樣的印度兵，居然對這種事如此手足無措。

她開始幫他，牽起他的手伸進自己的加格拉裙底，但他的手指卻迷失在裙底裡——他從沒想過一件服飾會用上這麼多布料，這麼多褶子，在他夢裡這事簡單多了。

即使雙手最後總算摸索到她的腿，還是跟想像不同：女人沐浴以及在田裡上廁所時，他曾經瞥見的那個部位，這會兒似乎截然不同，彷彿全聚集在同一個人身上。

後來，他們明白今後再也無法重溫當下的美妙激情。即使是早已習慣男人碰觸的她，他對探索的飢渴仍然教她意外，讓她用不同以往的角度看待自己的身體，而且赫然驚覺自己一絲不掛。後來她向他坦承，她從不曾和男人這樣袒裎相見，要是其他女人得知，肯定會瞧不起她，但那天她卸下所有枷鎖，而這也成了他們之間的羈絆，因為他們知道了彼此的祕密。

自那天起，克斯里好幾週來時時刻刻都念著葛拉比，常常去找她，次數多到他在紅集市的信用歸零。席圖和其他新兵忍不住笑他：Piyaar me paagil ho gayilba? 你是不是被愛沖昏頭啦？他也沒有否認。

有陣子光是想到其他男人去找葛拉比，對他來說都是一種折磨。但後來他漸漸習慣，甚至想到其他客人都被蒙在鼓裡，沒有人能享受到她給他的特殊待遇，就讓他內心產生扭曲的滿足。

幾年後她才告訴他，他們相遇那天，為何她探出窗子向他招手。

克斯里，你還記得那次你被比洛．辛剝光衣服嗎？你不是那天唯一挨他揍的人。

還有誰也挨揍了？

他修理完你之後就來找我——帶我到一間空房，完事後狠狠掌摑我、痛毆我。為什麼？

她做出誰知道的手勢。Kya pata? 我怎麼知道？不過他也曾對其他女孩下過手，施暴似乎能帶給他莫名快感。

克斯里陷入片刻沉思，不禁打了個寒顫。

我發誓，葛拉比，他說。比洛．辛死去那天——即使不是我先動手殺了他，我也絕對會發放一盂德的糖果請大家吃。

她笑了出來：別忘了留一些給我，我已經等不及嘗嘗糖果的滋味了。

*

幾天下來，賽克利既沒看見勃南太太，也毫無她的音訊。萬籟俱寂，彷彿她早就忘光與他私下約見的事。但就在他正以為不會發生時，一位僕人送來一個包裹，一只信封就擺在厚書上頭。

一八三九年十月十日

親愛的瑞德先生：

我要為了我的銷聲匿跡向您致上誠摯的道歉。近來中國的消息紛擾不安，我們不得不為此忙碌奔波，但請你切勿以為世界要聞已讓我忘卻我對你許下的承諾。事實絕非如此，其實我一直惦記著你和你遭遇的問題：你甚至可以說，你一直縈繞在我心頭。

你還記得我提過有位醫師特別研究你的病症嗎？他的名字是歐古德醫師，他從英格蘭外派至這裡，照顧本地及歐洲人精神病院裡的精神病患（沒錯，你所面臨的疾病要是病情加重，主要症狀就是精神失常）。歐古德醫師不僅是其中一名研究該疾病的世界頂尖權威，亦畢生致力根除此病。正因為他展開這場聖戰，本市居民才清楚該流行病的擴散。

我正好幫忙歐古德醫師安排過幾場演講，因此與他熟識。我希望他可以傳授個人智慧，於是安排與他面談，無奈醫師忙於研究，很難排到面談時間。儘管醫師手上有許多要事，但昨日他還是好心為我挪出一點時間，而我現在轉告他的忠告，於是拾起羽毛筆致信給你。

無庸置疑，想必你希望聽聞，你的病症是現代醫學的首要研究領域之一：目前已經認定是人類神經衰弱的主因之一。無論是健康或經濟上，這種疾病的病患需要付出的代價龐大，可想而知，首個成功根除該病的國家必能保住世界第一強權的地位。你可以想見我們有多迫切需要研究出該病療法——儘管許多醫師和科學家都使出渾身解數，目前的進度卻相當有限。歐古德醫師向我保證，我們大可相信醫學界很快就能找到療法，甚至是疫苗，只是截至目前尚無發現。當然我聽到這消息時失望不已，本來我還期盼他能開給我一些緩解的藥水、口服藥物、膏藥，可以對抗你的病情發作，但目前最有用的解藥還是教育病患，讓他們徹底察知該病的恐怖後果。

由於這是醫師推薦的療法，於是我會竭盡所能，替你取得書籍和其他素材。除了這封信，您會在包裹裡發現第一本醫師推薦的研究書籍。我特別在你需要認真鑽研的章節放了書籤，請你務必記下內容。醫師說學習過程中最要緊的，莫過於不時對病人進行測驗與檢查，以確認病患完全吸收課程內容，因此我將安排私下會面，測試你的進度。

信末我還是要請你切勿絕望：眼前道路必定崎嶇難行，但是我有信心，只要堅持下去、擁有信仰決心，你必能找到療法。請務必記住你並不孤單——我會盡自己所能，協助你早日擺脫病魔。

真誠的C．勃南敬上

備註：你我之間的合作務必保密，所以建議你即刻銷毀本信。

隨信送來的書名為《生理學元素》，作者為巴黎大學的安瑟爾姆．巴爾薩沙．西薛宏德醫學教授。這本書十分厚重，但幸好賽克利需要閱讀的部分算短，也以書籤清楚標示。

第一章是一名十五歲法國牧羊男孩鉅細靡遺的研究：

男孩自慰成癮，嚴重到每天需要自慰七、八次。最後射精變得極其困難，需要耗時一個鐘頭，最後卻僅排出幾滴血。到了二十六歲，他的手已經無用武之地，僅能任陰莖維持異常勃起狀態。後來他自己發想，利用六英寸長的木頭搔癢尿道內部，利用這個方法解決，並在幽靜山間照顧羊群時，維持這個狀態數個鐘頭。持續搔癢十六年後，他的尿道管變得僵硬長繭，感覺遲鈍……

賽克利閱讀著研究結論，渾身不禁打了個恐懼驚惶的寒顫，可憐牧羊人過度操用的器官最後猶如烤壞的香腸，裂成兩半。不管納博訥醫院的醫師怎麼努力搶救，牧羊人還是撐不了多久就死了。

賽克利尚未從這段文字帶來的惡夢醒來，另一個包裹又隨著另一封信送來：

一八三九年十月十四日

親愛的瑞德先生：

我剛剛聽完歐古德醫師的演講，方才返家，主講內容是你不幸罹患的疾病，而這八成是我目前聽過最感人的一場演講。歐古德醫師說，駕馭該疾病可分成遠古人和現代人兩種。他說所有現代哲學家都同意這個說法，他更大篇幅引述某位康德先生的話，據說他是本世紀最有名的啟蒙思想家。我認為你需要啟發，便筆記抄下這段話。

「這對健康造成的後果固然慘烈，」該哲學家說：「然而道德蒙受的下場卻更慘痛。一個人踰越了大自然法則，欲望永遠得不到實際滿足，只得無止境沸騰。」

之後歐古德醫師好心借給我另一本書，史維史特．葛漢的《年輕人貞潔講座》，也就是你隨信收到的這本書。幸虧我們運氣好，歐古德醫師願意出借此書，這本書最近才在美國出版，已經銷售幾千冊。歐古德醫師信誓旦旦向我保證，要是你的疾病真有療法，那肯定就在這本書裡。所以我要你今明兩天好好研究這本書，吸收內容，而口試應該安排在你記憶猶新的時候，所以我們應該約在後天見面。

至於場地，我承認有點難決定——討論這種事情需要絕對的隱私，無奈我們屋裡的僕人眾多。經過思索，我想到一個或許可以執行任務的好策略。我已經通知僕人縫紉間的幾個架子損壞，而我也已請神祕人來屋裡修繕。

今天是週二，所以我建議你在週四上午十一時到房屋前門，女僕會帶你來我的縫紉室。當然請你千萬別忘記攜帶工具箱，也切記要帶上歐古德醫師好心出借的書籍——已經有好幾百人吵著要借，可想而知這疾病有多猖狂。

真誠的C・勃南敬上

備註一：隨信附上餅乾，這是按照《年輕人貞潔講座》的作者附錄食譜製成的餅乾，據說是解除該疾病的良藥，在美國廣為傳用，他們稱之為「葛漢脆餅」。

備註二：不用我多說吧，讀完請立刻摧毀此信。

第五章

克斯里沒多久就發現十字棋軍團是比洛・辛和他氏族的封地。軍團階級背後藏著一層看不見的權力架構，並且具備該架構獨有的階級和忠誠。英國軍官不但通融該架構的存在，甚至鼓勵他們，因為英國軍官全要靠該兄弟會為他們招募新兵、蒐集人資情報。

克斯里不是該氏族的人，所以若想探聽十字棋內部運作的消息，就得尋求外人。而他求助的對象是天賦異稟卻意想不到的線人：別無他者，正是隨著軍團東征西討的天體苦行僧帕格拉巴巴。

帕格拉巴巴身材瘦高，四肢像是燒得焦黑的竹竿，關節粗大多節，從頭頂到腳趾的皮膚全以灰燼塗抹包覆，以頭巾包裹、盤繞頭頂的纏結頭髮亦然。每次軍團出征，他都將一條長繩甩在背後，背著他的家當，跟隨隊伍行軍。他的行囊裡包括捲地鋪、三張鋒利圓盤、軍隊發放的標準黃銅水壺，水壺跟印度兵繫在行李上方的同樣款式。有時他實在捱不住軍團英國軍官的要求，便在腰間圍上一塊布，但往往他們前腳一離開，帕格拉巴巴就將那塊布塞在腰間，下體毫無遮掩。他常說灰燼就是他的衣裳，跟身體其他部位相比，他塗抹於生殖器和陰毛的灰燼更是隨興。

英國軍官嫌惡帕格拉巴巴，不只因為他喜歡炫耀他雄偉的男性特徵，常令他們尷尬臉紅，他們也討厭帕格拉巴巴掌控士兵，想不透為何他深具感染力。他們不厭其煩地提醒印度兵，每個警衛隊都有擔任宗教導師的隨團學者和教長。這一類公務員皆屬軍隊員工，就像是為軍官服務的英國國教牧師，以及照顧軍團鼓手、橫笛手、樂手的天主教神父（樂隊多半是歐亞混血基督徒，從孤兒院和救濟院加入軍隊）。

明明不缺值得尊崇的宗教導師，印度兵為何非得向一個裸體渾球尋求指引，軍官百思不得其解，他連條遮羞圍裙都不肯穿，走路時任由他的大炮在前方大搖大擺，彷彿隨時準備開火。

可是他們有所不知，對多數印度兵來說，雖然軍隊隨團學者和教長執行正式儀式，可是一牽扯到內心的冀盼、恐懼、憂愁、信念，印度兵卻需要一個能夠傳遞訊息的靈媒。諸如帕格拉巴巴的苦行僧不僅是宗教導師，也是士兵，由於過去曾任職軍隊和戰士組織，因此能夠與印度兵感同身受，而這是學者和教長做不到的。苦行僧既能提供實際忠告，也能給予宗教指引。與學者和伊瑪目給他們的祝福相比，站上沙場時，印度兵更相信法基爾和苦行修士餽贈的護身符，相信它們的保護作用。

苦行僧通常長目飛耳，對軍隊幫助也很大：他們的網絡遍及各地，情報往往比軍隊間諜靈通。基於這些理由，幾乎所有孟加拉軍團的營隊都備有一名苦行僧——無論自稱信奉哪門宗教，抑或是否自詡是托缽僧或蘇菲教派苦行僧，全都不重要。而這一點也讓英國白人軍官相當困擾，因為他們喜歡背景清楚又恪守本分的人，像是不踰矩的印度教徒和伊斯蘭教徒。

無須花費半點功夫，就被吸收納入帕格拉巴巴的圈子，可以說是克斯里運氣好。帕格拉巴巴曾多次參加納亞恩浦周遭的年度大會，他記憶人名和臉孔的能力驚人，所以正好記得幾年前曾在年度大會上見過克斯里，出於這個因緣際會的巧合，克斯里一加入警衛隊，帕格拉巴巴就時時關心他適應得好不好，再加上帕格拉巴巴喜歡嘲諷死守禮俗規矩的古板學者和家庭教師，克斯里對他亦有種一見如故的感覺。

也是帕格拉巴巴傳授克斯里小技巧，教他怎麼不靠比洛・辛和氏族影響力，就能在警衛隊升官：自願派遣海外服役。他說，因為孟加拉本土軍團志願軍幾乎都不願意搭船，所以要是有印度兵自願到海外服役，就會特別引起軍官注意。大多孟加拉軍隊的印度兵都來自比哈爾和阿瓦德等內陸地區，不喜歡渡海——有些人擔心出海有損種姓階級，有些人則不願承擔額外支出、不便及危險。這也是為何孟加拉軍隊的海外服役都是自願制，因為過去強制調派海外部署，常引來不滿情緒，所以每當要執行海外任務，提供人馬的都是馬德拉斯軍隊。

Yeh jaati-paati ki baat sab bakwaas haelba ——有關種姓制度的說法當然全是胡說八道，帕格拉巴巴聲音沙啞急促地說。每次供應外派津貼時，比哈爾印度兵還不是像兔子般蹦蹦跳跳，衝上前報名。只要有賞金，哪次不是這樣？事後只要他們再付一筆錢，舉行一場小型儀式，洗刷跨越黑水的汙點，看到白花花的銀兩黃金，哪個印度兵不肯自願？所以你要在沒有獎金誘惑的前提下主動報名，英國白人軍官才會注意到你。

若是可以，克斯里早就自願參戰，但他盼啊盼，好不容易才等到機會。有天，一位上校軍官宣布孟加拉和緬甸前線需要志願軍，為英國駐防地增援兵力。駐防地點是一座名為薩浦里的小島，東印度公司孟加拉領地及緬甸阿拉干省交界的納夫河口。島嶼距離加爾各答幾百英里，因此增援部隊需要搭船前往：而這只是暫時的駐防地任務，沒有特殊外派津貼，也沒有賞金或其他酬金的可能。

克斯里毫不猶豫，立刻報名志願軍——由於不提供津貼獎勵，他以為不會有人自願報名。但是等到軍隊張貼出完整的志願軍名單，他發現胡康．辛居然也報名了，原來是因為他們准他擔任臨時下士——更慘的是克斯里又分配到他那排軍隊。

抵達小島之後，幾乎沒有一人不後悔自願參加。所謂的營地只是圍繞著沙坑的防禦柵欄，四周僅有叢林沼澤、河川海洋。一批人數可觀的緬甸軍隊已聚集在遙遠的納夫河岸，散發著濃烈敵意。

克斯里沒等上太久就初嘗戰鬥滋味，他的隊友在某天巡邏時遭遇一組緬甸突襲隊埋伏。敵方步步逼近前，印度兵只成功發出一次掃射，接下來大家各自攻防，運用刺刀對付緬甸兵的長矛與短彎刀。

克斯里發現有個滿臉恐怖黥面的男人舉著爍亮碩大的短彎刀，朝他俯衝而來。他使用操演練習的單膝下跪，刺刀往身後一送，猛力刺向對方。這一擊出手完美，敵方對於刺刀長度毫無心理準備，步伐才跨出一半就被刺個正著，刺刀不偏不倚穿過他的肋骨、戳進心臟。

這是克斯里第一次殺人。敵人的黥面臉孔近在他眼前，他看得見生命之光在他眼底逐漸消逝——卻驚恐發現，雖然死人眼睛已經空洞無神，卻朝他倒下。他企圖奮力拔出步槍，想從死人肋骨抽回刺刀，反而導致屍體震動，頭部前後擺動：死人嘴裡流出一條黏糊唾液，滴在克斯里的臉上，他心慌意亂地發現刺刀卡在對方肋骨裡。

克斯里從眼角餘光瞥見另一個男人正拿著短彎刀衝向他，於是再接再厲，努力想辦法抽出他的步槍，但步槍說什麼都拔不出，屍體頑固地在刺刀上傾斜著，兩眼直直瞪著克斯里的臉。

另一個敵人腳步越來越近，克斯里已經沒時間將屍體扔在地上，耐著性子慢慢抽出刺刀，現在的他別無選擇，索性拿起死人當擋箭牌。敵人的短彎刀砍下那瞬間，克斯里利用他在摔角場上習得的技巧，一個側身旋轉，舉起屍體擋下那一擊。

對方的第一刀刺向屍體背部，死人的黥面臉孔猛然撞上克斯里的臉，害他整個人重心不穩，摔倒在地。雖然這一擊威力稍微減緩，卻未完全擋掉。克斯里看見自己的血噴濺在屍體臉上，所以心裡有數自己中了一刀。

接著敵人從另一個方向進攻，如今屍體重壓在克斯里身上，他等待對方出手，然後舉起他的步槍槍托，利用屍體阻擋對方砍下的短彎刀。

這一擊照樣只能稍微減緩力道，最後刺中克斯里的胳膊，輕輕劃過帕格拉巴巴給他的護身符，不過這卻讓他的刺刀莫名鬆脫了，克斯里依然拿屍體當擋箭牌，他抽出刺刀，小心翼翼藏在對方察覺不了的位置，等待敵人接近，時機成熟時出手。克斯里的刺刀穿過屍體的手臂和側腹空隙，猛然刺向對方，他瞄準敵軍肚子，運氣不錯的他正中紅心。接著第二個敵人倒在第一人身上，這一倒害得克斯里險些喘不過氣，如今兩具遺體壓在他身上，克斯里開始感到一陣天旋地轉，最後只記得聽見胡康・辛叫他要快點起身的吶喊。

負傷之故，克斯里馬上就被送回印度。在醫院療傷時，他承諾自己，未來輪到他指導新兵的刺刀演練時，一定要教他們瞄準腹部：這是人類最柔軟的部位，而且也不用怕刺刀卡在骨頭之間。

克斯里仍在巴勒克波爾復原時，收到一封來自村裡的信，是他弟弟比姆口述，請人代筆寫的家書。

這幾年來，克斯里固定請託休假返鄉的印度兵帶錢回家，也透過這些印度兵得知家人的消息：他知道自己離開後，比姆留在家幫忙種田。

比姆來信告訴克斯里，現在他可以回村裡探望家人了。父親已經原諒他，出於諸多理由，他迫不及待想見到克斯里。其中一個是為了土地訴訟，據說克斯里若能穿著東印度公司軍隊制服出庭，英國籍地方法官就可能判他父親勝訴。另一個理由是克斯里有媒妁之邀：對方是家世富裕的地主王侯家族，女孩的兄長也是東印度公司的印度兵，所以各方面條件都很匹配。

比姆最後的結論是，他希望早日看見克斯里成婚，這樣他也能開始考慮自己的婚事。

其實克斯里不急著找老婆，他本來打算跟其他印度兵一樣，等到退伍再來考慮人生大事，不過他急於和父母言歸於好，於是請了四個月的長假返鄉。

他抵達納亞恩浦時驚動全村，令他煞是感到不可思議。原來離家後克斯里成了村裡的大人物，他寄回家的錢讓家人過上安穩舒適的生活，可在當地寺廟舉辦儀式，全納亞恩浦的村民都跑來參加家人為他舉行的懺悔儀式（Prayashchitta），洗刷漂泊海外的汙點。他陪同父親出庭時，英國籍地方法官確實也特別注意到他的身分，於是判了父親勝訴。

家人很快就打發掉克斯里對婚姻的疑慮。對方準備一牛車嫁妝，他們壓根沒考慮推辭這場聯姻，即使他想拒絕也沒辦法，不過克斯里倒沒這麼想，畢竟他沒有拒絕的理由：新娘珠圓玉潤，貌美如花，性情溫婉，和母親及妹妹相處融洽，尤其狄蒂對她喜愛有加。克斯里一眼就看出家人幫他挑了好對象，至於他，也已經準備好當個盡責的丈夫。婚禮場面浩大，數百人共襄盛舉，他的岳父母擁有廣大人脈，該區所有地主及鄰近村莊的村長都出席了。

由於在家一切順遂，克斯里一度考慮退伍，搬回來和家人同住。但當了數個月的戶主後，他的猶疑也跟著煙消雲散。他意外發現自己非常懷念十字棋軍隊秩序井然的生活，想念可以在固定時間吃飯、睡覺、沐浴，想念愉快溫暖的同志情誼，想念物品伸手可及、擺在哪裡也清清楚楚的小木屋。他想念一塵不染的筆直街道和兵營小巷——如今一瞧，他長大的村莊街道顯得骯髒混亂。

過了好幾個月的家庭生活後，就連專制的軍階階級都沒那麼難以忍受，至少他曉得怎麼跟身邊的每個人應對進退——而且和心胸狹窄的暴虐下士及中士相處，其實不會比和他父親相處困難。相較於婚姻生活的紛爭，與葛拉比的親密關係也讓人輕鬆滿意多了。

然而即使克斯里真想留下，他也知道根本不可能。家人已經習慣他固定寄錢回家，多少享受跟一個越來越可敬可畏、身穿威嚴軍服的男人有瓜葛的禮遇。此外，克斯里的假期邁入尾聲時，他能看出除了狄蒂之外，所有家人都厭倦他成日待在家。他很清楚自己離家後，人生洪流填補了家人的空虛生活。雖然他剛返家時備受熱烈歡迎，卻日漸擾亂了原本流暢的生活節奏。

弔詭的是，這一切反而讓他的離家變得更為沉痛：彷彿家人不只為了他即將離開的事實難過，也已經接受了他們別無選擇的命運。

幾個月過後，家人來信通知他妻子懷有身孕，等到孩子出生又捎來一封信，宣布他有了兒子，克斯里的父親為他取名為桑卡．辛。

當時克斯里正駐紮於內陸的蘭契，他闊氣浪擲一週薪資，買甜點糖果請全兵營的人吃。

＊

週四上午，賽克利一手拎著工具箱，一手抱著勃南太太借給他、如今以紙張整齊包裝的兩本書，準時跨過草坪。

賽克利走到宅邸前門時，遇到一個頭戴面紗、身穿紗麗的丫鬟，她帶領賽克利穿越樓梯和走廊的層層迷宮，最終抵達勃南太太光線充足的縫紉室。

勃南太太已經在室內等候，一身端莊典雅的白棉布裝束，頭抬也不抬，就向賽克利隨便打招呼：「喔，是神祕人先生嗎？讓他進來吧！」

賽克利踏進室內時，勃南太太目光掃向杵在門邊的丫鬟，「快啊！妳走吧！」她輕快揮著手說：「妳可以先離開了。」

丫鬟離開後，勃南太太走到門前上鎖。「來吧，瑞德先生。我們時間不多，每分每秒都不能浪費。」

縫紉室中央擺了一張中國製的精緻縫紉桌，黑亮漆背景上襯著彎彎曲曲的金漆圖樣，桌子兩端各擱放一張彼此相望的椅子，一本薄巧小冊擺在桌面上。

勃南太太朝賽克利比劃了下，指向她對面那張椅子：「瑞德先生，我想你應該沒忘記帶工具箱來吧？」

「我有帶。」

賽克利舉起木製工具箱，放在桌面上。

「那好，我建議你不時就拿起鐵鎚，敲一下箱子，讓別人以為你正在工作，這麼一來，就算有人躲在門外偷聽，也不至於起疑。你也曉得本地人多愛探聽八卦，按捺不住好奇心，所以凡事還是謹慎為上。」

「那是當然，太太，」賽克利取出鐵鎚，開始輕輕敲打蓋子。

「瑞德先生，想必你已經讀完西薛宏德醫師描寫可憐牧羊人的章節了吧？」

「是的，太太，」賽克利目光專注盯著工具箱，滿懷感激有個低頭的好藉口。

「我可以問問這對你造成任何影響嗎？」

賽克利吞嚥了一下口水：「我覺得非常不舒服，太太。」

她逮到機會，伺機進攻：「啊哈！是因為你覺得自己有危險，可能遭遇相同際遇嗎？」

「不是的，太太。」賽克利連忙接口：「我可以向妳擔保，我的情況絕對沒有牧羊人來得嚴重。」

「哦？」她的驚呼不免透出些許失望：「那麼《講座》呢？瑞德先生，你是否已經悉心研讀？」

「讀過了，太太。」

話語至此，她摸進手提袋，掏出一條手帕，輕輕朝兩頰拍點起來。這個動作讓賽克利從工具箱稍微抬眼，瞟向勃南太太的頸部，但他旋即收回視線，繼續敲打箱子。

「那麼瑞德先生，你可以告訴我，你的情況可能出現哪些症狀嗎？相信你都已經背下來了吧？」

「我想是的，太太。」賽克利說：「我記得有頭痛、情緒低落、臆想、歇斯底里、虛弱、視力受損、失明、肺弱、心因性咳嗽、肺癆、癲癇、失憶、精神錯亂、中風、肝腎失調——」

她忽然大聲打斷：「啊哈！你漏提腸胃毛病！」

「是沒有，太太，」賽克利連忙回道：「我不想太……低俗。」

勃南太太發出一聲嬌笑，賽克利不得不從桌面抬眼瞄向她，他發現她臉頰出現兩抹嫣紅。

「喔，瑞德先生！」她嚷嚷：「要是我這麼弱不禁風，一聽到陰戶和陰莖就臉紅，怎麼一肩扛起幫你找尋解藥的重責大任呢！」

嘴巴上是這麼說，但看得出她口是心非，她臉頰的緋紅越擴越大。彷彿想分散自己的注意力，她趕緊拾起繡框，拿起一根針。

「千萬別客氣，儘管說給我聽，」她說，手裡的針開始穿梭飛舞：「我們的傳教士姊妹為了拯救異教徒誤入歧途，要忍受的可不只如此。如果你有如廁的困擾，不妨大方承認。」

賽克利眼睛再次掃回工具箱：「不，太太，我沒有這種困擾。」

「哦？」口氣亦略微透出失望，又拿起手帕輕拍，這次壓在更低的位置，接近喉嚨底部。賽克利眼神再次游移，從工具箱抬起，眼光落在勃南太太的胸脯，他用盡全身吃奶力氣，才將目光移回桌面。

與此同時，勃南太太伸手取過桌上的小冊子。她翻開小冊子，指向其中一段用鉛筆畫線的段落。「歐古德醫師借給我他近期的論文，」她說：「內容是關於本病衍生的心理問題和精神失常的治療。可以請你唸出畫線的部分嗎？」

賽克利深吸一口氣，朗讀起來：「自慰引發的精神失常症，可藉由以下明智療法延後發生：將水蛭放在鼠蹊和直腸部位、以微量石炭酸灌腸。某些情況下，可能需要更進階的治療，例如將水蛭放在陰囊和會陰部、以導管往尿道施打小劑量的甘汞、燒灼皮脂腺和尿道膜、手術切除該器官的懸韌帶——」

這時「喔！」的驚呼打斷了賽克利。

他抬起眼睛，繡框正好從勃南太太手裡墜落，他看見她食指指尖浮出一小滴鮮血。勃南太太哀嚎著，另一手以拳頭圈繞起指頭：「喔，天啊！我好像扎傷自己了。」

賽克利微微傾身，視線從她出血的指尖游移至她變得通紅的喉嚨，接著又垂到她的胸脯，她的胸部上覆蓋著樸素的白色網狀布料。他看見蕾絲開始顫動起伏，只要她一吐氣，那道微小的三角形陰影就在底下若隱若現，指向上次害他身敗名裂的那道裂縫開口。

桌子對面的勃南太太正沮喪凝視著她的指頭：「我母親總是說，」她心不在焉地喃喃：「用針的時候千萬要小心。」

賽克利的眼睛仍停在她胸口那若隱若現的小三角地帶——蕾絲底下的小陰影剎時充滿誘惑，他得把雙腿驟然往桌底下縮。

雖然這個動作只是一瞬間的事，卻沒逃過勃南太太的眼睛。她本來凝視著指頭的眼光，這時挪向他的通紅臉龐，發現他不自然地打直背脊，腹部緊貼著縫紉桌邊緣。

那一刻她馬上懂了，唇瓣發出無法呼吸的驚叫：「老天爺！我真不敢相信！」

勃南太太跳了起來，不可置信的目光移向賽克利羞愧垂下的頭頂，「又來了嗎，瑞德先生？回答我！」

賽克利垂頭喪氣，羞愧到說不出話。

她露出憐憫的目光，同情地輕拍他的肩膀：「你這可憐不幸的男人！可能連自己都不曉得病況嚴重。但切勿喪氣——我不會拋下你的！我們會堅持到最後，或許可以幫你逃過眼前正等候著你的劫數。」

她緩步走到門前，扭開門鎖，然後轉頭再次凝望他：「我現在得先去處理我的針……我的傷口。我讓你在這裡慢慢恢復，我應該很快就會寄教材給你，讀完後我們再碰面。不過瑞德先生，現在我請你務必留在原處，等到發作消退，不會嚇到別人再走出去，可以嗎？」

*

過去幾天，詩凌百無所不用其極，想方設法磨滅她跟查狄格碰面的記憶。她差一步就成功了，無奈查狄格的話語偶爾猶如從水池沉澱物裡冉冉升起的氣泡，猝不及防浮出她的意識表面：「這是真的，夫人……巴蘭吉確實有個兒子……妳可以去問維可……」

這幾句話總是讓她急著想找事情讓自己忙碌：她從丫鬟手中奪過撣子，開始打掃架子上的紀念品，多半是巴蘭吉從中國帶回來的東西——頭部上下擺動的洋娃娃、畫扇、精雕細琢的象牙臺球等，通常她最後面對裝著巴蘭吉照片的光亮玻璃方框——有時在那熟悉的方形線條裡，瞥見某種模糊不清的形體，就好像凝望著他人一目瞭然、唯獨自己看不出形狀的一朵雲。

然而她卻曉得追根究柢不會有好處。人都死了，還從墳裡掘出逝去的生命，對誰有好處？不管巴蘭吉有何祕密，知道了只會讓自己和女兒蒙羞——難道她們所承受的羞辱還不夠？

有天早晨，一位僕人出乎意料地前來通知，維可正在門口，想和她說上幾句話。

維可？她內心一涼，整個人跌坐在最靠近的座椅。

維可有什麼事嗎？

男僕詫異望著她：夫人，我怎麼知道呢？他怎麼可能告訴我？

你說得對，當然不會。請他進來吧。

她深吸一口氣，要自己鎮定下來。維可步入室內時，她已經調整好心情，可以面帶微笑接待他。

他跟平時一模一樣，深色肌膚的龐大身軀裹在完美的淺米色歐式西裝裡。

Khem chho Vico? 她用古吉拉特語打招呼：別來無恙？

Khem chho Bibiji? 他骨碌碌的突眼閃著熠熠光彩。

他的爽朗笑容和慈祥和藹的神情讓她安心不少。來，維可，坐呀！她指向長沙發。

他向來不在她面前坐下，於是搖搖頭婉拒：不了，夫人，沒必要坐。我只是來問妳一個問題——不會花妳太久時間。

有什麼事？

夫人，我想舉行一場小型追思會，紀念妳的亡夫。雖然發生過風風雨雨，但孟買還是有不少人想向老爺致敬。

哦？她的目光掃過室內，最後停在巴蘭吉的肖像上。你打算在哪裡舉辦？

我的村莊勃生，場地就在我家。當然我們都希望妳也能來——少了妳意義就不同了。

你想要什麼時候舉辦？

下週，夫人。

為何這麼趕？

夫人，因為我想邀請老爺的朋友卡拉比典先生。他可能就快回可倫坡了。

她大為吃驚：卡拉比典先生！你打算邀請他？

維可拱起眉毛。夫人，那還用說，他可是老爺最親近的好友。

詩凌百轉過臉，努力想要擠出幾個字，一陣撕裂聲卻劃破室內。她俯首望向自己的手，發現她不小心撕破紗麗尾端一角。

維可也注意到了。

夫人，妳怎麼了？我是不是說了什麼讓妳傷心的話？

她的激動不安就擺在眼前，她明白這下已經沒有理由再故作鎮定。「聽著，維可，」她的聲音發抖：「有件事我得問你……」

她的眼光飄向牆上的肖像，低聲含糊說：老天請原諒我接下來要說出口的話。

夫人，請說。

維可，有謠言傳到我耳裡，是關於我丈夫的事。

哦？這下維可的聲音充滿戒備，神色提防。

正是，維可。謠傳我丈夫有個非婚生的孩子，一個兒子。

她說話時刻意牢牢瞅著他，維可雙手旋轉著帽子，眼睛凝視地板。

當然這不可能是真的吧，維可？

他沒有半點猶豫，接口就道，夫人，妳說得對，絕無此事。

儘管維可的聲音堅定，他的閃爍眼神卻告訴詩凌百，他正在隱瞞什麼。她也明白要是不趁現在打破砂鍋問到底，日後絕對挖不出真相。這念頭讓她先前的猶豫不決全部煙消雲散。

維可，說實話，我必須知道。

他繼續凝視地板，於是她起身，朝他走了過去。

維可，她說，我知道你是信仰虔誠的人，你是個很好的天主教徒。所以我要你對你脖子上掛著的十字架立誓，若你說的是實話，我要你對十字架發誓我先生真的沒有私生子。

維可雙手高舉擺在十字架上，深吸一口氣，但他的嘴脣才分開就退縮了，雙手喪氣地在身側滑落。

夫人，妳不能這麼要求，我不想讓妳經歷不必要的痛苦。但要我發誓，我做不到。

她內心有個東西碎裂成片，一隻手不自覺揮了出去，將一張裝有亡夫肖像的相框拍落於地。

成群僕人聞聲後倉促趕來：夫人？夫人？發生什麼事了？

詩凌百無法面對他們，幸好維可站出來，用他一貫好整以暇的態度應對。

只是小意外，他以輕快隨興的語氣對僕人說。夫人突然頭暈眼花，快幫我送上她的嗅鹽——她馬上就沒事了。

詩凌百蹣跚倒在長沙發椅，正好讓這說法更具可信度。聞了幾下嗅鹽後，她總算可以坐直。地板一清掃乾淨，她就趕走僕人，並吩咐他們關上門。

好了，維可，她說。現在請告訴我：孩子的母親是誰？

一個名叫芝美的廣東女子。

她是——高級妓女嗎？還是類似舞女？街頭娼妓？

不是的，絕對不是，夫人，完全不是那麼一回事。她只是一個平凡人，是船女。妳也可以說她是洗衣工——她曾幫外國人洗衣，老爺就是這麼跟她結識的。

那男孩幾歲了？叫什麼名字？

現在他已經成年，二十五歲了：老爺都叫他福瑞迪，真名是福蘭吉。但他也有中國名字，綽號是阿發。

那他現在人在哪裡？他在哪裡長大？維可，一五一十告訴我，既然現在我知道他的存在，就得知道有關他的事。

夫人，他是由他母親在廣州帶大的。老爺對他們出手闊綽，買了艘大船送她，她把那艘船改裝成廚船，我想應該生意不錯吧，至少有陣子如此。但幾年前她過世了。

那她的孩子福瑞迪呢？他也在廚船上工作嗎？

本來是的，他小時候在廚船上工作，但老爺希望他接受良好教育，就幫他找了家教，要他好好學英語，但這孩子發展還是不大順利。在廣州，普通的船上人家都被當成外人對待，而他連船民都算不上。

詩凌百再也坐不住，她走到窗邊眺望大海。

維可，我要你幫我一個忙。

什麼忙，夫人？

我想私下和卡拉比典先生見一面。我家人不得知道這件事，就連我女兒也不能，你覺得可以幫我安排嗎？

有何不可，夫人。

該怎麼安排？

沉思半晌後，維可說：夫人，我們這麼辦吧！妳知會家人，我老婆邀妳下週來我們家作客，我們會用私人船隻送妳到勃生。這樣他們想必不會反對吧？

不會。

其他的妳可以放心交給我處理。

*

一八三九年十月二十日

湖南島

儘管湖南島風平浪靜，卻處處是驚喜。這裡附近有座佛教寺院，據說這可是全省最大規模的寺院。這間佛教寺院名為海幢寺，意思是「海洋旗幟」——維可曾提過這座寺院，還說那裡住著許多西藏僧侶。

抵達湖南島後，我很快就逮到機會一探海幢寺，寺院簡直形同龐大蜂巢，佇立著紀念雕像、古樹、鍍金寺廟，大到可能在這裡迷路數天還走不出去。

偶爾我會撞見成群結隊的西藏僧侶，他們認出我是「阿差」，對我微笑點頭。我很想和他們聊天，偏偏我們無法溝通，僧侶會說的廣東話很有限。

但有天，就在我信步穿過寺院中庭時，我結識了一名年長喇嘛。他的面孔猶如古老河床，深溝勾勒出交錯影線，少許幾綹白髮宛若頑強植物般，緊貼在皺折裂紋上。那天他坐在榕樹樹蔭下，招手要我上前。我接近時，他的嘴脣微張，露出幾顆彷如卵石的牙齒，然後兩手合十問候——Ka halba?

旁遮普語？在廣州？西藏喇嘛居然會說旁遮普語？

起先我只是發愣驚呆，說不出一句話。

喇嘛告訴我，他曾待在比哈爾的佛教聖地好幾年，像是迦耶和鹿野苑等地。他就是在鹿野苑學會旁遮普語的，他甚至還有旁遮普名：塔拉納西吉。

我問他還去過哪些地方，這個問題一出，他的話匣子再也關不上。

塔拉納西吉現年近耄耋之年，上至天涯，下至海角，無所不去。清朝爆發廓爾喀戰爭時，他曾為中國滿州將軍福康安當過翻譯，亦曾多年擔任上一任班禪喇嘛的隨扈，英國人派苦行修士普倫吉爾以特使身分來到西藏時，他也擔任口譯。他曾和俄羅斯東正教司鐸辯論理論，並在北蒙古的喇嘛寺布道。對他而言，分布在這片遼闊大陸上的高山、荒漠、平原，都像是百川大洋：他已經橫渡無數回，曾隨著班禪喇嘛去過北京，甚至班禪喇嘛晉見乾隆皇帝時，他也在場。

他告訴我一件令我詫異不已的事：他問我知不知道清朝最偉大的統治者乾隆皇帝曾寫過一本有關印度斯坦的著作？

我盯著他，驚愕地承認我不曉得。

塔拉納西吉的雙眼閃閃發亮。沒錯，他說，這本書的確存在。乾隆皇帝在世最後幾年可說是相當關切印度，也就是滿州人口中的「enektek」。這是因為清朝擴張中國版圖至西藏，一路來到印度邊疆地帶，結果自尋不少前所未見的麻煩。最麻煩的恐怕就是尼泊爾以及對西藏虎視眈眈的廓爾喀國王。幾番挑釁下來，乾隆皇帝派兵前往尼泊爾，廓爾喀人徹底遭到擊潰。廓爾喀人還一度嘗試尋求英國人協助，最後未果，因為東印度公司反對，擔心會破壞他們與中國有利可圖的貿易關係。廓爾喀人就這麼戰敗，成為中國的進貢國，此後好幾年他們都是北京主要的孟加拉及印度斯坦情報渠道。

塔拉納西吉還告訴我，多年來廓爾喀人頻頻警告清朝，英國人的貪念欲望將不斷擴張。他們說，要是中國不盡快採取行動，英國人有天也會成為他們的巨大威脅，甚至提議廓爾喀和清朝組成遠征隊，聯手攻打孟加拉的東印度公司領土。要是當初北京聽進他們的諫言，要是當代皇帝採取明智行動，那麼中國的現況就會不一樣了。但由於清朝並不真正信任廓爾喀人，因此將他們的勸告當耳邊風。他們也不相信尼泊爾人口中的菲林基人[7]就是在廣州從商的Yinglizi（英國人）。

這些知識全是我前所未聞的。聽了一陣子，我再也掩藏不住而感到嘆為觀止，我告訴塔拉納西吉，他簡直就是活生生的寶藏，他應該見見鍾老師。

塔拉納西吉說他認識鍾老師，也常和他及其他高官促膝長談，不只有廣州官員，也有北京官員。他們詢問他的諸多遊歷，欲從中取經，他也竭盡所能與他們分享他所認識的世界，至於對方聽進多少，他不得而知。

他說，阻撓中國官員前進的不是缺乏好奇心，他們真正的問題在於方法與程序。他們下意識地不信賴口傳知識，而且過度仰賴文字記載。每每聽聞新事物，除非符合他們在古書裡找到的證據，否則他們不會輕易相信。天真輕信絕不是他們的問題所在，猜忌懷疑才是。除非確定知道一件事，否則他們不可能輕易接受。

此後我曾多次探望塔拉納西吉，他分享的故事每每都教我為之驚艷。我決定搬到巴布羅的船屋時，壓根想像不到距離我咫尺之遙的所在，居然有那麼多值得我學習的事物。

*

賽克利沒有料到下一個自宅邸寄出的包裹會來得這麼早。他誠惶誠恐拆開包裹，以為勃南太太會長篇大論斥責他在縫紉室的行為，卻意外地發現她隻字未提。

一八三九年十月二十五日

親愛的瑞德先生：

隨信附上另一本書——醫學界大名鼎鼎的提索特醫師的專著：歐古德醫師形容他如同自慰科學界的牛頓。關於你所患疾病，我猜想這本書是當前最包羅萬象、日新月異的研究，我花了兩天讀完這本書，不得不坦承讀完後很不舒服。我想像著你要奮力抵抗這可怕病魔時，便愈發同情你的處境。

我懇請你認真閱讀這本書，讀完後我會再安排一次會面。在此之前，我要請求你留意作者的警惕——希望現在行動還不太遲。

誠摯的
C. B. 敬上

這封信讓賽克利的手指恐懼顫抖，他撕開包裹的包裝紙。書名《自慰引發的病態論述：私人性欲旺盛的危險效應》也並未減輕他的恐懼。他開始閱讀，擔憂迅速演變成恐懼想像，他翻頁的手停不下來。提索特醫師提供充足佐證，顯示自慰不僅本身就是一種病態，甚至是眾多疾病的溫床：癱瘓、癲

7 Firingee，殖民時代孟加拉高階種姓族群對孟加拉的葡萄牙人及印葡混血的稱呼。

痼、弱智、性無能、五花八門的腎臟、睪丸、膀胱、腸胃疾病。

這些警告讓賽克利連續兩天忐忑難眠，茶不思飯不想。勃南太太送來下一封信時，他鬆了一口氣。

一八三九年十月三十日

親愛的瑞德先生：

我相信你應該已經讀完提索特醫師的專著，迫不及待想要討論內容。我也希望盡早展開你的治療，我很開心通知你，某個想像不到的情況讓我現在更清楚該怎麼提供協助。

昨日我又前去見歐古德醫師，也成功獲得與他訪談的機會，但我才踏進他的書房，他就立刻接獲通知，必須立即查看一位病發的本地病患。這位年輕人占用了他不少時間，於是我趁他不在時，查看了他書桌上的筆記本——這本正好是醫師用來記錄病患面談內容的筆記，讀完後我更清楚該如何執行你的治療。

歐古德醫師的筆記詳盡說明，有效的治療課程必須從調查細微本質開始。無須贅述，這類訪談需要絕對隱私，而你的情況更尤其如此（從上回我們的會面可以判知），畢竟我們無法排除變化多端的詭譎情況。

這令我十分為難，我絞盡腦汁思考診療地點。衡量斟酌所有可能之後，唯一安全的地點明顯就是我最不願考慮的場地——我的閨房。但既然療程已經展開，我也想不到更好的診療方式，加上歐古德醫師以革命烈士之姿樹立榜樣，讓我信心滿滿，我願意為了我倆的醫療合作，暫時將個人存疑拋諸腦後。

想必我已無須對你再三強調潛在風險，你也清楚這棟房子時常人滿為患，亦不缺好事人士的窺探。但幸好本地人不只好管閒事，也很反覆無常，會為了異教信仰狂熱，在某些白晝黑夜，完全不見人影，跑去參加某種詭異儀式，而諸如此類的盛會往往都在週五舉行。我相信屆時房子就算沒有完全空蕩，少說也走了一大半人。

雖然這或許可以降低風險，我還是不打算輕忽大意，所以我們仍須採取其他預防措施。我的閨房面向河水，位於二樓：座落在距離平底帆船最遙遠的房屋角落。下方有一段狹小出入口，是僕人的專用通道，主要供我的Goozle-connuh（盥洗室）清潔女工進出。我建議你最好走這個通道進門，通道夜間一般會上鎖，但我當天會確定不鎖門，你打開門後，就會看到一段階梯——我會幫你點燃一枝蠟燭。爬上樓梯後，可以到達我的盥洗室，並且直通我的閨房。

晚間十一點僕人已經離開，這棟房子將鴉雀無聲，你那時來最適合不過。當然切勿忘記帶上那本專著，歐古德醫師急著要回那本書。

誠摯的 C. B. 敬上

*

第一次遇上海外突襲後經過兩年，克斯里又重回緬甸。

這次出征的前景黯淡。軍隊還在巴勒克波爾集合時，他們就發現需要自行負擔不少行軍支出——甚至得自個兒出資幫旅行隊買閹牛，此外不會收到額外津貼，無法打平這筆開銷。

軍團埋怨不滿的情緒爆發，尤其是英國軍官眼裡最懶散無能的軍團。不滿情緒日益高張，情況惡化到有天早晨該軍團不聽指令，不配合列隊行進。

隔日 Jangi Laat（大家都稱統帥為「督軍」）帶著兩組英國軍團和一組大炮分遣隊，無預警出現在巴勒克波爾。不肯排隊的印度兵一一被叫出列隊，繳交槍械，還在猶豫不決時，督軍便下令大炮分遣隊朝他們開火，印度兵死的死，逃的逃，不然就是被抓去當俘虜。最後總共判決十一人絞死，還有一大批士兵遭判勞動或送至偏遠島嶼。該軍團最終解散，旗幟銷毀，從軍隊除名。

其他士兵將軍官的殘暴看在眼底，不敢吭聲，然而士氣低迷，抵達緬甸時更是一蹶不振。這條路線帶領他們穿越茂密森林、連綿不絕的沼澤地。緬甸人的叢林戰經驗豐富，英軍擅長的布局作戰在這裡派不上用場，再說這種地勢亦不利英軍發揮大炮優勢。由於這條路徑缺乏農耕，供糧不易。再說大多村莊也已經荒廢，不可能種植當地食材。

屋漏偏逢連夜雨，高燒及胃痛讓他們陷入慘痛絕境，嚴重到克斯里的連二度更換連長，第二次由胡康・辛代職。

有天，克斯里的連率先被派去勘查某座村莊，這座村莊異常靜謐，只有座落於椰子樹蔭下、三三兩兩的小木屋。印度兵行軍數個鐘頭，抵達時累得苦不堪言，暗忖過去曾行經不少諸如此類的村子，最後都相安無事，於是卸下戒備，怎料會遭遇正面的近距離突襲。

帶隊的胡康・辛頭一個遇襲，大腿和鼠蹊部多道傷口。克斯里正好在他身邊，幫忙擊退了襲擊的敵人，最後他們重整隊形，趕跑緬甸軍。

雖然胡康・辛尚有氣息，卻大量失血。士兵為他緊急包紮傷口，製作擔架，並輪流扛他回去。一路上胡康・辛似乎精神錯亂，時而感謝克斯里救他一命，時而為了自己過去的行徑道歉。最後他們將胡康・辛交給軍隊醫療勤務兵時，他緊緊捉住克斯里的手，說：你救了我——我這條命現在是你的了，我絕不會忘記這份恩情。

克斯里以為他只是胡言亂語，沒有太認真聽進這番話。可是幾天過後，已是總督軍官的比洛・辛傳喚克斯里，說胡康・辛大力推薦他，軍隊軍官決定升他為下士。

克斯里樂不可支，到了面談尾聲才想到要詢問胡康・辛的狀況。

Hukam Singh kaisan baadan? 胡康・辛現在怎麼樣了？

比洛・辛毫不拐彎抹角：胡康・辛的軍旅生涯畫下句點了，他說。他得回到村裡休養療傷。

克斯里再次見到胡康・辛已是幾個月以後的事。在此之前，十字棋軍團出征阿拉干及緬甸南部，克斯里也在仰光附近的征戰再度負傷，幸好傷口讓他「因禍得福」，也不算嚴重。

這次受傷讓他享盡意外之福，激起同儕的羨慕之情，席圖甚至對他說：Kesri, tu ne to hagte me bater maar diya! ——克斯里，你不過拉了坨屎，就殺死一隻鷓鴣！

意外之福就是他得以搭乘東方史上第一艘汽船「企業號」回到加爾各答。

回到巴勒克波爾後，克斯里去兵營醫院探視胡康・辛。他發現胡康・辛的態度三百六十度轉變，簡直成了另一個人。他現在可以走路了，但明顯看得出跛腳，身形也消瘦單薄不少，豐腴的臉頰似乎已經消失不見。但最大的轉變不是他的外貌，而是他的語氣和態度，先前眼底流轉的惡毒已經不復存在，取而代之的是認命憂傷的眼神。他的模樣幾近溫馴，像是達到內心平靜超脫。

接著幾年十字棋軍團士兵幾乎都待在阿薩姆、特里普拉邦、馬哈爾叢林的沙場。印度兵偶爾告假返鄉，由於不少人都是胡康・辛的親戚，所以克斯里偶爾會耳聞他的消息。據說胡康・辛已經回到鄰近加齊普爾的老家，在比洛・辛牽線之下，他在鴉片工廠找到一份好工作。

緬甸戰役結束後好幾年，某天比洛・辛找來克斯里，比洛・辛現在已經晉升至最高的印度兵軍階——士官長，而他目前擔任總督軍官的弟弟尼爾巴海・辛也在一旁。

據傳克斯里有個尚未出閣的妹妹，他們想知道這是否屬實？

克斯里對這個問題毫無防備，不過仍冷靜應答，是的，他最小的妹妹狄蒂尚未嫁人。

他們向克斯里解釋，胡康．辛來信：他和弟弟強丹參加鄰近納亞恩浦的慶祝大會，從苦行修士那兒得知狄蒂的事。胡康．辛有意娶她，希望克斯里去向父母說情。

但是胡康．辛現在的健康狀態適合結婚嗎？克斯里問。上次我們見面時他似乎不太好。

比洛．辛頷首：胡康．辛已經完全康復，唯一的問題是瘸腳。他現在只有一個心願，那就是成家。

眼見克斯里不太買帳，比洛．辛補充道：你們有什麼損失？我聽說你妹妹的命盤不利，她現在年紀也老大不小的，找老公不容易。胡康．辛有份正當工作，又有幾個比格哈[8]的土地，成全這婚約不也挺好？

事實擺在眼前，讓他百口莫辯：克斯里知道他父母擔心狄蒂嫁不出去，所以無庸置疑，婚約肯定會讓父母喜出望外。以胡康．辛目前的狀態來看，也找不到反對理由——現在的他已經洗心革命，不再是克斯里過去認識的那個殘暴惡霸。

然而要把最心愛的妹妹拱手交給比洛．辛的家人，還是令克斯里猶豫不已。

比洛．辛看得出克斯里臉上的不情願，他說：你聽好，克斯里．辛下士，有件事供你參考：這場聯姻可以讓你我兩家族結合，你會成為我的親屬。如果你是我的家人，我們一定保證你馬上升為中士。你意下如何？何不現在就下決定？我很快就要返鄉，到時希望親眼看見胡康．辛結婚成家。

當下那一刻克斯里明白了，這不只是提議，也是威脅。他早就該升職了，據他所知，唯一阻擋他升官的就是身為軍團士官長的比洛．辛。要是他現在婉拒聯姻要求，只怕他日後永遠別想升官。

他深吸一口氣。

Hokhe di jaisann kahtani，他說。就照你說的辦吧！我會捎一封信回家。

幾個月不到，婚禮安排妥當，克斯里無法親自參加婚禮，但他從比洛・辛那裡聽說婚禮完全按照計畫走，兩人當天也完成洞房花燭夜，狄蒂是個貞潔的女人，婚前一直維持處女之身。

那年年底，他從家人那兒得知狄蒂誕下一個女兒，取名為凱普翠。

隔年克斯里再度返鄉，這是他十二年服役生涯中第三度返鄉，如今他已是兩個孩子的爸，擁有一子一女。上次回家之後女兒誕生，而他還沒見過她。

克斯里在納亞恩浦的那段期間，狄蒂也帶著女兒探望他。她的面容略微憂慮憔悴，只在娘家留了幾個晚上，但克斯里看得出她對自己的命運心滿意足。四年後，克斯里再次返鄉，又再見到她一次，當時的她依舊毫無怨言。回夫家前，她還畫了張凱普翠的畫像餽贈克斯里，如今他還好好收著。

克斯里一想到妹妹年紀輕輕就守寡，內心沉痛不已。他想不通為何家人音訊全無，無人來信通知他這件事。

8　一比格哈（bigha）約三分之一至一英畝。

第六章

一八三九年十一月四日

湖南島

兩天前，目前正在另一郡縣擔任林總督地陪的鍾老師捎來一封緊急郵件，信中要求我和康普頓即刻動身前往黃埔，搭客船到虎門，也就是船隻進入廣東時必須取得許可證的海關所在地。

看來是從爪哇出發的英國船隻皇家薩克遜號抵達港口，英國船長說明他想帶船和貨物進入廣州的原意，甚至願意簽署契約，說明發誓放棄鴉片貿易，否則判無期徒刑。這對我們來說可是好消息，因為義律上將不希望英國商人簽署契約，所以過去幾個月來不讓他們進廣州。但跡象在在顯示，仍可能有英國商人不惜違抗全權大使的意思——這下正中林欽差大臣下懷，而之前已有一艘英國船隻違抗義律上將的禁運規定：這麼一來，要是皇家薩克遜號接著前進廣州，其他船隻想必跟進——對林欽差大臣來說，可謂一大勝利！

我們接到的指令，就是在海關官員跟船長船員交涉時負責翻譯，確保溝通精準無誤會。水手主要都是船工，所以我必須到場。然而由於我的身分是「夷」，所以鍾老師隨信附上一張特殊許可，確保我不會遭到海關刁難。

虎門俯瞰著歐洲人所謂Bogue或Bocca Tigris——「虎口」——的海峽，距離廣州大約一百八十里，也就是六十英里，這趟船程通常為期一天半。

我們沒時間磨蹭了，廣州潮水已經漲到最高點，康普頓說一等到退潮，客船就會離岸。我回家簡單打包行囊，再到外國內飛地的屁眼岬與康普頓碰頭，有艘渡輪會從那裡出發前往黃埔，接著再從黃埔搭客船到虎門。

這類船的身形如毛毛蟲般修長，滿載乘客、家畜、貨物、小販。官方許可證幫上大忙，我們成功找到某個幽靜角落，當晚就窩在那兒歇息。

抵達虎門已是翌日傍晚時分，城鎮規模不大，卻緊鄰珠江最大規模的防禦堡壘。堡壘擺放著大陣仗的炮陣，形同海峽守門人——外國人稱它為亞娘鞋堡壘。堡壘後方的海岸陡峭而上，形成一高聳山脊，山脊巔峰另設一座威力強大的防禦炮臺。

虎門港口由海關局管理，而這也正是我們獲令前往的所在地。來到虎門後，我們聽說皇家薩克遜號已經在周遭停泊，船長收到指令，次日上午會前往海關局簽署契約。與此同時，一組英國分遣艦隊也跟著義律上將自香港出發，無庸置疑是為了防堵皇家薩克遜號進入虎門。大家侷促不安，好奇著隔天的發展。

康普頓以為我們能在虎門海關局或附近的衙門過夜，但一問之下才發現，海關局和衙門皆無空房，對方要我們自個兒找地方落腳。雖然康普頓難掩失望，我倒是鬆了一口氣——儘管我有官方證明，仍感覺到海關局官員對我疑神疑鬼，所以我並不想久留此地。

最後我們進虎門尋找客棧，無奈客棧也人滿為患，原來是為了增強防禦，虎門要塞正在進行大工程，該城湧進大批勞工和工頭。

幸好康普頓在附近有親人，這麼說倒也合理，畢竟他是本地人。他的親戚住在鄰近小島沙角（外國人稱之為穿鼻）的小村莊，我們搭船過去，康普頓親人熱情迎接。

傍晚，親戚小男孩帶我們好整以暇地散步。這座小島資源豐沛、草木繁盛，具有兩座錐形小丘。可是美景是騙人的——跟虎門一樣，穿鼻布滿密密麻麻的大炮。水面上方有一座巨大炮臺，跨越虎口，眺望海峽遙遠端頭的大角頭。對岸也有另一組巨炮，穿鼻最高山峰又有一座小型堡壘。這座山四面風光環繞，盡收眼底，景色美得教人屏息，彷彿一幅卷軸山水畫呈現在我眼前。東邊是猶如漏斗擴大的河口，香港及澳門各據一角；西邊則見珠江蜿蜒流經綠意盎然的平原，挺進廣州。河口水色是熠熠閃耀，一片蔚藍，偶然矗立著一座座草木叢生的小島。嶙峋高山在遙遠河岸上巍然佇立，山峰霧氣瀰漫繚繞。

康普頓帶了一副望遠鏡，我們輪流舉起望遠鏡、察看腳下船隻。中國船艦集中停泊在海峽對岸的大角頭：包括十六艘前後都設有雉堞牆的戰船，黯淡風帆高掛在桅杆上，向上傾斜突出，猶如飛蛾翅膀；三角旗和旗幟飄揚，妝點船身；船頭則有碩大彩繪眼睛。不用多說，花花綠綠，鮮豔斑斕，可惜規模不大，長度不及一百英尺，恐怕跟朱鷺號相差不遠，甚至更小。就連一般的貿易船都比它們來得大艘，至於歐洲船舶，即使只是六級英國戰艦，也比它們龐大沉重得多。

諸多小船及十幾艘黑旗飄蕩的木筏在戰船之間穿梭：康普頓說這些是「火船」，在敵船之間放火，當作易燃武器使用。其中一些火船也備有「臭彈」，亦即散發臭氣和煙霧的化學武器。

英國船艦停靠在東邊數英里處，也就是逐漸開闊的河口位置。這組船規模不大，只是幾艘船艦的小船和兩艘軍艦。就英國標準來看，這些只能算是貌不驚人的小船。我想其中一艘應該是小型風帆戰船，另一艘是小巡防艦。我猜測根據皇家海軍的標準，這兩艘稱得上是四級或五級軍艦。

而在這兩組船艦之間，有一艘船猶如被兩群掠奪者包夾的肥魚，也就是停泊在小島的皇家薩克遜號。我用望遠鏡掃視甲板，赫然驚見許多包著頭巾的人頭——都是印度船工！我不禁好奇要是換作是我，遭到英國和中國軍艦包圍，不知道是什麼感受？

回到小村莊的路上，康普頓說他認為英國軍艦會先去「避風頭」——避開麻煩。畢竟他們只有兩艘船，面對十六艘船，毫無招架之力。

我覺得最好別多嘴回話。

次日清晨我們回到虎門海關局時，官員卻告知我們不用來了：皇家薩克遜號已經取得許可證，即將穿越虎門、挺進黃埔。

眼見留著也無用武之地，於是我們決定折返穿鼻，打包行囊。即將回到小村莊時，我們看見男孩往山頂拔腿狂奔，於是跟著跑了上去，不一會兒就追上康普頓其中一個姪兒。我們一起攀登山頂，然後看見皇家薩克遜號已經揚起船帆，前往虎門的中國海關局。此舉讓後面兩艘英國軍艦也跟著前進，它們約在皇家薩克遜號後面兩英里處，一根根桅杆和桁端均已撐起帆。

事發突然，中國艦隊措手不及，它們之前渾然不覺，戰艇甚至小船都靜靜停靠在停泊處，沒有一艘船有任何動靜。

兩艘英國軍艦迅速跟上皇家薩克遜號，起先巡防艦打出信號旗當作警告，接著冒出一小團煙霧，發出洪亮聲響，一顆小型炮彈飛越皇家薩克遜號的船頭。

佇立在我身旁的康普頓簡直不敢相信他的眼睛：他們打算攻擊英國船艦嗎？

我告訴他，他們並非真的攻擊皇家薩克遜號，只是警告它切勿無視禁運規定、進入廣州。

皇家薩克遜號已收到警告，也準備調頭。現在這艘船換搶航道，硬生生往右舷轉了過去。同時中國船艦也動了起來，最龐大的一艘戰艇率領眾船調頭，開始朝英國船艦的方向前進。

這時兩艘英國軍艦已經放慢速度，但它們發現中國戰艇正準備上前攔截，小型風帆戰船遂排在巡防艦背後，組成戰鬥隊形。

中國戰船並排成列，火船和木筏在它們之間移動。軍艦移向前方時，其中一艘火船燃起火光，駛向步步逼近的巡防艦。兩艘英國軍艦沒有偏離航道，但火船移動的速度慢到無法對它們造成任何傷害。英國軍艦穩健逼近，距離不及一百英尺、中國艦隊的龍骨與它們成直角時，巡防艦發射信號，兩艘軍艦發出第一記齊射舷炮。

煙霧沿著兩艘英國軍艦的右舷橫梁噴發，可是聲響跨越水面，濃密白色雲霧已瀰漫籠罩中國艦隊，我們什麼都看不見。片刻之後，另一個不同的聲響跨越水面而來——那是令人內心一沉的破裂與連續的爆裂聲，接著傳來刺耳的尖叫呼喊聲。

當煙霧消散，中國艦隊停泊的水面已經全然不同：彷彿閃電從天空而降，航道陷入一片火海，數十根桅杆被炸得粉碎，其中幾根炸裂後沉入水底，有些則坍倒在戰船甲板，壓在甲板人員身上，造成無數死傷。幾艘戰船陡峭傾斜，船艄高高抬起，河水灌進滿是彈孔瘡痍的船身。至於放火的火船，除了幾塊仍在燃燒的木頭，什麼都不剩。遇難船隻殘骸漂浮的水面上，淨是胡亂拍打的四肢和載浮載沉的人頭。

我不得不閉上雙眼。等到再次睜開眼，我看見最大艘的戰船又動了起來，顯然那是中國艦隊唯一還沒陣亡的船，雖然兩根桅杆已不見蹤影，仍頑固地緩緩調過船艄，齊發炮彈，無奈攻勢枉然。那兩艘英國軍艦早已走遠，硬生生調過頭，準備下一發攻擊。

康普頓告訴我，那艘大型戰船的司令官是關上將，然後將望遠鏡遞給我。我將望遠鏡擺在眼前，瞥見一個老人拚命為他血流如注、腳步踉蹌的船員加油打氣。這時兩艘英國軍艦已經轉過船身，回頭發射第二輪齊射舷炮。等到兩船並列，海軍上將轉頭正面迎向兩艘船，目光直視炮彈——但這只是徒然無用的挑釁蔑視。

兩艘英國軍艦的側面再次升起冉冉煙幕，戰船又消失在他們的視野，這次，更大巨響在連續齊發的聲響之後爆出：一陣爆炸噴發出熊熊火焰，將碎片殘骸送往天際。爆炸聲響傳至山頂時，我們腳下的地面跟著震顫，高聳烈焰從水面竄起，很明顯是擊中了彈藥庫。

等到煙霧消散，我們看見其中一艘中國戰船猶如粉碎蛋殼般炸裂，這場引爆導致船隻碎裂，殘骸四射擊中周遭船隻，船身千瘡百孔。

只見遠方，兩艘英國軍艦悠然自得駛回停泊處。除了著火殘骸造成的小灼傷，兩艘船皆毫髮無損。

身旁傳來許多人的哭嚎，包括康普頓的姪兒。

完了，他啜泣著說，一切都結束了。

康普頓一手環抱他的肩膀。不，還沒結束呢，我聽他這麼說。戰爭才剛開始。

*

對詩凌百而言，不忠不貞是一個未知世界。每當她聽親戚說起其他人踰矩越界的故事——例如有個遠房表姊被發現跟妹婿有染，她的反應往往是困惑，而不是震驚。這種事是怎麼發生的？他們是用哪種話提出私通的想法？又是怎麼迴避這麼多雙男女僕人的眼睛？

她想不通怎麼會有人讓自己陷入這麼錯綜複雜的關係，正常婚姻不是簡單多了嗎？不是也比較幸福快樂？

而今她想到自己的丈夫過去三十年來也過著兩種人生，一個她渾然不察的人生，而想到他居然同時過著兩種平行人生，她不禁懷疑這是否真是她所認識的他。最令她內心不舒坦的，就是巴蘭吉彷佛從墳墓裡爬出來，將她一把拽入靈界，這個淨是謊言欺瞞的奇異空間。更可怕的是，她居然安排再次跟查狄格見面，所以讓她陷進去的人不是別人，而是她自己。她打算道歉，但另外也想知道更多巴蘭吉兒子的事。她也不曉得這麼做究竟有何好處——但既然這扇窗已經推開，她無能為力，無法轉身逃跑。要她從腦海中抹煞掉丈夫有個私生子這件事，就跟要她當作自己沒有女兒一樣，是絕對不可能的。

前往勃生的日子逐漸接近，她忍不住為了可能出亂子的芝麻小事心煩意亂。她知道當早載她前往碼頭的馬伕會遵照命令、陪她上船，並且確定她妥當坐上船。詩凌百也知道回到家後馬伕會遭到質問，到時他們會如何稟報弟弟和弟媳？要是他們正巧撞見查狄格，會說這場會面是事前安排好的嗎？前往碼頭的路上，她焦慮到啃咬指頭，不慎啃斷一片指甲。然而一抵達碼頭，她卻立刻知道自己的擔心是多餘的：維可行事向來謹慎，他清楚該怎麼做，想必也已經預想每個可能發生的狀況。

她搭上一艘精美的兩桅小船，共有六名船員，中央有一間掛有帷幕的客艙——那是一艘極為體面的船。詩凌百舉目不見查狄格，只有一個模樣彬彬有禮的女伴。她的名字是蘿莎，衣著跟儀態都令人不禁想起修女：她穿了一套剪裁樸實無華的純黑洋裝，長袖高領，全身上下的唯一飾品是金黃色十字架。

維可解釋，蘿莎是他的表姊，他的阿姨嫁給了果阿人。蘿莎的丈夫去年過世，讓她三十歲就守寡。守寡這回事似乎讓兩個女人一見如故，兩人挽著手，蘿莎悠悠說起她在果阿的童年故事，又講起她嫁給一名炮兵，隨他搬到澳門，之後他在澳門過世。孤家寡人又膝下無子的她最後選擇回到印度，將他的財產遺物歸還他的家人。

等到小船揚帆、駛進海灣時，查狄格才露臉，進門的模樣也不令人尷尬。維可事前已經預告詩凌百，讓她有時間用紗麗蓋住臉孔。

接著四人一起坐著喝茶、吃薄餅。查狄格開始說起鐘表製造的事，氣氛融洽，詩凌百覺得自己死守深閨規定很無聊，尤其是年幼她許多的蘿莎坐在一旁，連面紗都省下沒戴，於是她最後也任由紗麗滑下臉龐，不多作他想。

等到詩凌百完全鬆懈，維可和蘿莎這才藉故開溜，讓她和查狄格獨處。查狄格繼續聊著鐘表，這讓詩凌百鬆了口氣，兩人之間絲毫沒有尷尬難熬的沉默。他的圓滑與敏感深得她心，她鼓起勇氣說出早已預備好的臺詞。

「查狄格大哥——我欠你一句抱歉。」

「抱歉？」

「我要為我那天在教堂對你說的話道歉，我真的非常抱歉，居然如此不信任你。」

「夫人，請別自責。坦白說，妳對丈夫的忠誠打動了我。」

「即使只是我白費力氣也打動了你？」

「夫人，我可以向妳保證——他非常愛妳和女兒，他所做的一切都是為了妳們。」

詩凌百感覺得到淚水湧上眼眶，但她不想浪費時間哭哭啼啼。「請告訴我這男孩的事，查狄格大哥，我老公的兒子是怎樣的人？」

「福瑞迪？我能怎麼說？福瑞迪的人生向來不順遂。巴蘭吉盡自己所能給了他一切——偏偏就是給不起福瑞迪最想要的東西。」

「是什麼？」

查狄格微笑：「是妳，夫人。福瑞迪想見妳，他想認識妳，希望妳接納他，希望這個大家庭接受他。妳要了解一件事，福瑞迪是在花城的『船民』堆裡長大，在許多中國人眼中，船民都是社會的棄兒——他甚至稱不上是真正的船民。他知道父親富裕，入贅顯赫家族，於是急著想要奪回長子繼承權，他央求巴蘭吉大哥帶他離開廣州、前往孟買，可是巴蘭吉大哥知道妳、妳的家人或當地帕西人是不可能接納他的，他知道這只會讓自己惹禍上身。」

詩凌百的喉頭一緊，接著頓了頓，清了一下喉嚨。

「查狄格大哥，其實我也無法否定：我丈夫可能沒錯，這件事會演變成天大的醜聞，我弟弟是不會讓這孩子踏進家門的，或許連我也會拒他於門外。但如今我丈夫走了，意義已經全然不同。既然我已經曉得他的存在，說什麼都得見上他一面。你覺得他現在還想見我嗎？」

查狄格點頭如搗蒜：「那當然，夫人。巴蘭吉大哥死後，他就成了一個四處漂泊的孤兒，在這世上孑然一身，只剩下一名同母異父的姊姊，他現在很需要妳。」

「但是，查狄格大哥，我們該如何安排見面？」

查狄格搭起兩手指尖：「夫人，我聽說福瑞迪目前人在新加坡，如果妳遠行至中國，中間就得先停靠新加坡，到時要安排見面就不難了。」

「你覺得你找得到他嗎？」

「可以的，夫人，我敢說我追蹤得到他。如果妳動身前往中國，一定見得到他。所以現在就看妳個人的意願了。」

*

為了預備和勃南太太那個晚上的會面，賽克利好幾個鐘頭都在貝塔大院兜繞，偵察地形、規畫路線。平底帆船和房屋遙遠角落之間有好幾叢樹木，他知道自己絕對不缺掩護。唯一想像得到的危險就是宅邸四周的碎石邊緣——跨越時最好輕手輕腳，免得發出聲音，引人側目。

但會面來臨那天，天氣卻證明他的用心良苦全是多餘的：正打算踏出平底帆船的那一刻，暴風雨襲擊。

賽克利找到一塊防水布裹好專著，指針即將走到十一點的前幾分鐘，他將包裹塞在腋下，戴上帽子，肩膀再披上一件油布雨衣，然後躡手躡腳走上被雨水淋得濕滑的跳板，一鼓作氣衝過空地。幸好雷電交加照亮眼前方向，他很快就找到正對著勃南太太臥房的那棵樹。

現在房子已是一片漆黑，但他隱約可見燭光流瀉，滲出勃南太太的窗簾下襬。他環顧四方，確認周遭沒人，旋即朝房子俯衝而去，腳步一個跳躍、奔過碎石邊緣。他輕輕一推，僕人專用通道的大門隨即敞開，他迅速溜進去，並且順手上鎖。

正如勃南太太承諾，眼前狹窄樓梯的第一梯階上果真擺了一枝蠟燭。他的鞋沾裹著泥土，於是他踢掉鞋，連同涔涔滴水的帽子和油布雨衣，暫擱在樓梯底端，然後拾起蠟燭衝上樓梯，走到踏足平臺。遠遠那端的相通門底下透出微弱火光，他開始小心翼翼繞過衣櫥、洗臉臺、盥洗架，走向那扇門。

眼前就是臥房，閃耀燈光照亮這間裝潢舒適的偌大房間，屋內微風流動，吹得燭光輕盈搖曳。房間中央有一張覆蓋著薄紗蚊帳的四柱大床，床腳另一端則是兩張扶手椅：勃南太太正坐在其中一張椅子上，賽克利出現在門口時，她立刻起身，優雅尊貴的高䠷身形筆直而立。

在這之前，賽克利逕自想像這場會面的場地異常親密，或許能讓勃南太太稍微卸下冷漠僵硬的防備。可是他的希望很快就落空了：佇立在他眼前的貝塔太太化身，甚至比其他時候見到的貝塔太太令人畏懼——她交叉交疊在胸前的手裡握著一把閃閃發光的圓頭手槍。身上的衣著亦猶如戰服：頭上包著天鵝絨頭巾，微光閃爍的裝束宛如盾牌，她渾身包得密不通風，從喉嚨下方一路包到腳趾頭。定睛一瞧，賽克利才發現原來那是件絲質袍子——刺繡繁複的寬鬆長罩袍，以一條流蘇繩固定在腰部。

勃南太太一刻都不浪費，隨即打趣起來：她晃了晃手上的槍，對賽克利打招呼，示意他進門。但當她看見他擔憂地盯著她手中的武器時，她不禁露出淺笑。

「瑞德先生，我希望這把小槍沒有妨礙到你，」她略微帶著好笑的語氣說：「我覺得夜裡還是謹慎一點好，以確定進入我房間的是你，而不是其他不請自來的登徒子。既然我已經確定來者是你，現在可以放心卸除武器了。」

她轉過身，把手槍擱在一旁的三腳茶几，雖然武器已不在她手裡，賽克利還是注意到那把槍僅離她咫尺之遙。她隨興補充道：「順道一提，我可是神槍手——我父親是孟加拉本土步兵團的准將，他老愛說一個女士有沒有貞操，全要看她的槍法準不準。」賽克利也沒忽略她聲音裡的警告。

「了解，太太。」

賽克利很開心他事先想到要用防水布包好那本專著，要是這本書毀損或浸濕，他不想去思考她可能怎麼責備他。他往前踏出一步，將包裹遞給她。「太太，書在這裡——我很高興通知妳，書沒有被雨淋濕。」

「謝謝。」

她頷首接過書，指了指矮桌另一側正對著她的扶手椅：「坐吧，瑞德先生，請自便。」

「謝謝。」賽克利很高興看到茶几上有個托盤，上面擺了一瓶頸細井玻璃酒瓶和兩只玻璃杯。

勃南太太隨著他的目光瞄了眼桌上，說：「我認為像這樣風雨交加的夜晚，準備一些白蘭地是明智之舉。瑞德先生，請為自己倒一些吧——也幫我倒一點酒。」

賽克利倒了一杯酒交給她，他注意到她現在拘起一本筆記簿和一枝筆。

「時間緊迫，」她以解釋原由的語氣說：「我不希望浪費時間，所以已先準備好一份問題清單。請問可以開始了嗎？」

賽克利意興闌珊，想辦法延遲：「呃，這我不知道……」

「你當然不知道，」勃南太太語氣嚴苛地說：「我都還沒提問題，你怎麼可能知道答案？瑞德先生，你必須明白，你疾病的嚴重性會依起始時間和其他早期症狀而異，所以查明早期發病的確切時間非常重要，我們必須找出最早的發病期。你還記得最早是幾歲出現症狀嗎？」

賽克利臉紅垂下眼睛：「妳想知道我何時……開始……那個？」

「沒錯，確定感染的途徑也很重要。症狀是自然而然發生的？或是與其他受害者接觸傳染？」

聞言後，賽克利發出憤慨的怒吼：「老天爺，太太！妳不會認為我會回答這種問題吧？」

勃南太太的臉色一凜：「是的，我當然認為你該回答，瑞德先生。」

「太太，那妳恐怕要失望了，」賽克利頂嘴：「因為這件事不關妳的事，要是我真的回答，未免太可怕了。」

面對憤慨的賽克利，勃南太太完全不為所動：「瑞德先生，容我再提醒你一次，」她用毫不留情的冷酷語氣說：「這問題——以及問題的答案——是聽在我的耳裡比較可怕，還是你？你可別忘了，要我對你提出這些問題、面臨如此惡劣的情況，絕非我本人之過。我也搞不懂為何你現在要裝無辜清純，明明是你不請自來在我眼前……展現……你的症狀……而且還不只一次，是兩次。」

「太太，那只是意外，」賽克利說，「並不足以讓妳拿來當作質問我的藉口。」

「我敢向你保證，瑞德先生，」勃南太太的威脅語氣愈發強硬：「要是歐古德醫師知道你的狀況，他提的問題絕對不會像我這麼輕描淡寫。」

賽克利臉上的血色褪去，說話聲音轉變成低語：「但是妳絕對不可能，」他乞求：「絕對不可能告訴他吧？」

「這點還尚待評估，」勃南太太語調輕快地說：「但你可要知道，倘若你今天遇到的是歐古德醫師，無論如何他絕對不可能只要你回答問題。」

「什麼意思？」賽克利說，整個人恐懼地縮進扶手椅：「他還會要我做什麼？」

「他八成會覺得有必要檢查……病況發生的部位。」

「什麼？」賽克利驚駭望著她：「妳不是指……」

她堅定點頭：「沒錯，瑞德先生。歐古德醫師相信病患必須接受檢查。我可以臉不紅氣不喘告訴你，他的日記裡鉅細靡遺記錄了不少測量數字及男性器官的解剖圖。」她略微嗤之以鼻，扶正她的頭巾：「他甚至可能會要求你坐著讓他畫下來，如果你懂我的意思。」

「老天，我的眼睛！」賽克利倒抽一口氣：「這男人沒有羞恥心嗎？」

「瑞德先生，拜託，」她說：「你不會以為醫師不檢查患部，就能治好疾病吧？如果光是想到為了後代、讓醫師素描或測量，你就這麼不知所措，那麼你可要知道，這還不算是醫師採用的侵入式診療。」

賽克利全身打了冷顫：「不然還有什麼？」

「若有必要，醫師會進行切除手術，杜絕未來後患。」

「不！」

「這是真的，」她繼續說：「遇到某些極端病例，他甚至會拿針插入包皮。他說許多精神錯亂的病人都是用這方法治好的。」

「媽媽咪呀！」賽克利在椅子上蠕動扭曲，兩腿交叉，打成一個保護重點部位的結。「這男人沒有憐憫之心嗎？」

勃南太太露出陰險微笑：「瑞德先生，所以你瞧，今天面談你的人是我，不是歐古德先生，你應該心懷感激才是。你應該要能理解，坦白從寬就是上策，還是好好誠實地回答我的問題吧。」

她蠻橫專斷的態度搧動賽克利內心騷動的叛逆之火。他跳了起來，大喊：「不，太太！這場質問邪惡不正，我是不會乖乖屈服的。晚安。」

他跨大步走到門前，正準備打開門時，勃南太太的聲音令他腳舉到一半倏然止步：「你應該知道一件事，瑞德先生，」她的尖銳語氣迴盪室內，說：「要是你現在拒絕治療，我就不得不通報歐古德醫師你的病況。要是他聽說舞會上發生的事，我毫不懷疑他會覺得有必要通報相關單位。」

賽克利旋過身子：「妳的意思是妳要去報警？」

「有必要的話，我會去報警。」

「可是這麼做太殘忍了，太太！」

「正好相反，」勃南太太說：「在舞會和縫紉室，我的貞節飽受威脅，這才是真正的殘忍。瑞德先生，你可別忘了我才是受害者啊！要是我現在不堅持，確保其他女性不會遭遇同等暴行，那我就沒盡到我對其他女性應盡的責任，不是嗎？難道這不算是公共安全議題嗎？」

賽克利兩腳交替，轉移重心，舉起袖子抹掉他爬滿汗珠的臉。

勃南太太趁勝追擊，利用他的猶豫不決再次進攻：「瑞德先生，要是你夠聰明，就會知道你應該重新考慮，」又繼續說：「要是你認真思考現在可行的療法，就會發現回答我的問題就是最好的選擇。畢竟這一切都是為了你好，不是嗎？」

賽克利的肩膀像洩了氣的皮球，胸膛裡的空氣彷彿瞬間被抽空。他徐徐拖著腳走過地毯，回到扶手椅，為自己多倒了些白蘭地。

「妳還想知道什麼，勃南太太？」

＊

十字棋軍團的行軍總算在回到阿薩姆基地所在的朗布爾後畫下句點。那天克斯里不是擔綱前鋒，他和他的連被分配到後衛，意思是必須等到帳篷紮好、彈藥庫銜接上貨運車和騾子，他們才能上路——還不只如此，上路後他們還得放慢速度，和運送病痛傷兵的兩輪板車等速前進。無奈兩輪板車得不時停下，讓護理人員照顧患者。每次一停下，克斯里和他的連就得站崗，確保他們不受搶匪和盜賊騷擾。

行軍時間往往算得恰到好處，這樣就能在火傘高張的時刻降臨前結束。可是只有前頭的縱隊享受到好處——一天最炎熱的時刻，後衛通常還在趕路。午後烈陽燒烤，印度兵頭上的陽盔鐵製邊框被晒得格外炙熱，彷彿頭上頂著一具滾燙大釜。

對克斯里來說行軍格外辛苦，因為整個連上就屬他年紀最大——有些年輕人甚至不及他的一半歲數，亦沒人背負舊傷疤痕的重擔。為了自己著想，他在午餐後讓大家好好午休，等高溫漸漸消退再上路。讓大家重新出發比他預期的還耗時，等到兩輪板車再次上路，時間已近黃昏。他們瞥見朗布爾營地的光線時天色已黑，克斯里的緊身短上衣已被汗水浸得濕漉漉，濕布料上沾著一層厚塵土，彷如黏在衣服表面的灰泥。

距離基地一英里時，帕格拉巴巴倏然從黑暗中冒了出來。克斯里！他嚷嚷，拉住他胳膊。你動作要快——士官長找你，事不宜遲！

怎麼了？

我不知道，但你得馬上去他的帳篷。他跟不少長官在一起——中尉、中士、下士都在。

共有多少人？

九個、十個吧！

這數字讓克斯里大吃一驚。這麼多印度軍官齊聚一堂可是難得的場面，無論是訓練兵營或營地，都很罕見——英國軍官嚴禁諸如此類的集會，深信這類集會可能是印度軍官策畫謀叛或嘩變的場合。唯獨副官首肯，他們才能舉辦集會，而且極少通過，通常是家族和種姓相關的情況才能舉辦集會，他更是幾乎沒聽過集會在這麼夜深人靜的時刻舉行。

帕格拉巴巴很清楚現在克斯里腦袋在想什麼。

士官長已經獲得副官大人的許可，他說。肯定是家族事件，唯有士官長老爺的至親受邀出席。他們正和從加齊普爾鄰近村莊大老遠趕來的訪客會面。

你知道訪客有誰嗎？

我只認識其中一人，帕格拉巴巴說。這人與你有親戚關係——是胡康．辛的弟弟。

強丹．辛？

是的，他不是你妹妹狄蒂的小叔嗎？

沒錯，但他在這裡做什麼？

我不知道，克斯里——不過事不宜遲，快去吧！

＊

勃南太太瞄了眼她的筆記：「瑞德先生，你記得我剛問你的問題吧！請問你是否想得起初次發作時的症狀。」

賽克利一口乾掉白蘭地，又倒了一杯：「我想大概是十二、十三歲的時候吧！」

「症狀是自然而然發生的？還是由其他受害者傳染？」

賽克利嚥下一大口白蘭地：「是我朋友湯米教我的。」

勃南太太在筆記簿上振筆如飛。停下筆時，她清了清嗓子：「瑞德先生，我是否可請教你，對於……上帝要人類繁衍下一代的事，你是否陌生？」

賽克利清了清喉嚨：「如果妳是想問我是否曾和女人發生過親密關係，答案是有的。」

「可以請問你第一次和女人發生親密關係是幾歲嗎？」

他一口仰盡白蘭地，繼續替他們倆倒酒。「大概是十六吧！」

「請問對方的身分是？」

「如果妳非知道不可，對方是妓女。」

「你是說……站街娼妓？」

他付之一笑，哼聲道：「比較類似青樓女子——我的意思是妓院。」

「瑞德先生，你經常造訪這種場所嗎？」

「四、五次吧——我不太確定。」

「我懂了，」她停下來深呼吸：「她們是唯一曾和你……私通的女性？」

「是的。」

「瑞德先生，」她清喉嚨，啜了口白蘭地。「瑞德先生——我要說，你的坦白對我來說真的非常重要。」

他拱起眉毛：「我不懂妳的意思，勃南太太，我已經盡可能對妳坦白了。」

她譴責似的皺眉：「瑞德先生——我知道你在騙我。」

他雙眼怒瞪，回道：「妳怎麼能夠妄下論斷？妳對我根本一無所知。」

「拜託，瑞德先生，」她死咬不放：「請你努力回想，誠實回答。要是我問你是否曾引誘脅迫一名年輕純真的女孩，你膽敢昧著良心否認？」

「敢，我天殺的敢否認。」賽克利反擊：「我這輩子沒做過這種虧心事。」

「瑞德先生，可是我知道的情況跟你的說法相反。就我所知，你至少侵犯過一名可憐的年輕女子。」

這句話激怒賽克利：「勃南太太，這並非事實，因為根本不是真的！我從未侵犯過任何人。」

「但是瑞德先生，要是我告訴你，這是受害者本人親口告訴我的呢？而且還是在這間房裡說的。」

「我已經告訴妳，根本沒有受害者！」賽克利大吼：「我不知道妳心裡想的是誰。」

勃南太太定定望入他的雙眼：「寶麗．蘭柏。你膽敢否認你曾引誘並侵犯那個無辜可愛的女孩？」

賽克利的嘴巴大張，不可置信地瞅著她，一時無言以對。「不可能的，」最後他總算擠出幾個字：「寶麗不可能說出這種話，絕對不可能。」

「但是她就是這麼說的。我親耳聽到她這麼告訴我，就在這間房裡。」

「她究竟對妳說了什麼？」

「我就告訴你吧，瑞德先生：事情發生在去年，當時寶麗還跟我們住在一起。我叫她來我房間，通知她康達布錫法官有意追求她，娶她為妻。這事我就不對你隱瞞了，當時我迫不及待希望她接受這樁婚事，雖然我們相處時間不長，但我非常喜歡寶麗這個女孩，我知道要是她接受法官追求，日後就會留下來，我們就能繼續陪在彼此身邊，友誼長存。偏偏事與願違，我怎麼苦勸都沒用，寶麗抵擋的決心堅定──堅定到我不免起疑。我問她是否愛上了誰，她沒有否認。我又問她，那個年輕小伙子是不是你──她一樣沒有否認。我的疑心越來越強烈，所以我問她是否委身於你，她沒有否認，反而向我證實她當時……確定已懷有身孕！」

「不可能的，」賽克利抗議：「勃南太太，我對傳宗接代這檔事並不陌生，正如我所言，我可以向妳保證，寶麗和我之間從沒發生過那樣的事。」

「我很抱歉，瑞德先生，」她反脣相譏：「不過你得承認，我實在無法相信你這種人說的話，你可是猥褻下流的年輕人，竟然覺得光天化日之下在濱河裡『拋光繫纜栓』沒什麼大不了，毫無自制能力，還在大庭廣眾下被老到可以當阿姨的女人激起性欲！」

「喔，拜託，勃南太太，」他氣若游絲地說：「妳沒妳自己說的那麼老吧？」

「就算我跟你奶奶一樣老，對你這種行為偏差的流氓真的會造成什麼差別嗎？我深表懷疑！」勃南太太抬高音量：「容我告訴你，瑞德先生，自寶麗從這屋子逃跑的那天起，我就知道她的消失全是你造成的。我絲毫不懷疑她是為了生下你的私生子才逃走。有一個人傾聽我的內心恐懼，也完全贊成我的說法，這人就是巴布．諾伯．開新。除了他，這事我誰也沒講過。就連我丈夫都不知情，因為我不想讓寶麗更覺羞慚。但你要明白，我並不打算當作沒事發生那樣輕饒你。自你抵達的那天起，我就下定決心要讓你了解自己鑄下大錯，並且為你對寶麗做的事付出代價。」

勃南太太說話時，臉頰浮現兩團嫣紅，情緒略微起伏，她鎮定沉著的惱怒對賽克利有種奇特的鎮靜效果。她說完後，他陷入苦思，思索著該怎麼說服她，這番臆測毫無根據可言。

「有一件事妳倒是說對了，勃南太太，」最後他用不帶感情的平淡口氣說：「自從去年我在朱鷺號上和寶麗相遇那刻起，我就深受寶麗吸引，但我們只有獨處過幾次，每次的收尾都很難堪，不是吵架就是爭執。沒錯，有次我們確實接吻了，不過就點到為止。我有次甚至向她求婚，但她壓根聽不進去。至於妳說我勾引或脅迫她獻身，就算這說法稱不上冒犯，也很好笑。我跟她在一起時，她從來沒有這種危險，即使她懷有身孕，我也敢拍胸脯保證孩子不是我的……」

話說到此，一個想法油然而生，讓他蠕動的嘴唇頓時凝止。

他往後一坐，抬頭仰望天花板，手指輕撫下巴，五花八門的想法和可能性飛馳過他的腦海。

「瑞德先生，怎麼了？」

他的眼光往下移，發現她已經將筆記簿擱置一旁，整個人在椅子上微微傾身，凝視著他的好奇表情，只差沒殺死一隻貓。這表情令他內心感到一陣滿足，兩人的角色似乎瞬間互換，就好比船上的站崗輪替，由一名軍官將掌控權移轉給下一人。

「喔，沒什麼大不了的，勃南太太，」他裝出不在意的神色說：「我只是突然想到一件事。」

「什麼事？告訴我啊！」

他頓了下，細細品嘗她聲音裡的苦苦哀求。「我不確定這事是否應該說出口，勃南太太。」他說。

「為什麼？」

「勃南太太，這就是原因了：因為這件事並非攸關我和寶麗，而是與妳有關，我怕妳傷心。」

勃南太太的眼神一垂：「瑞德先生，」她的嗓音乾涸緊繃：「告訴我……」——現在輪到她停下動作，抹了一下臉——「告訴我，這事是否與我……我丈夫有關？」

他頷首：「正是。」

她兩手緊握，壓在胸前：「瑞德先生，你必須告訴我，我得知道發生了什麼事。」

她的語氣充滿懇求，先前的囂張跋扈頓時了無痕，不久前用鋼鐵般的口吻下達冰冷命令、語帶威脅的，彷彿不是同一個女人。

「妳確定，勃南太太？」賽克利說：「妳曉得，一旦知道真相就無法回頭了。」

「是的，我確定。」

「那好。」

周遭響起一聲雷鳴，賽克利等候隆隆聲響貫穿屋內。

「勃南太太——我希望妳聽到後別後悔。事實如下。有天夜裡，寶麗衝出妳屋子不久，就安排與我碰面。她告訴我，她不想再回到貝塔宅邸，求我幫她弄一張前往模里西斯的朱鷺號船票。我問她為何那麼急著走，她說她願意不計代價、逃離加爾各答，主要是因為她很怕……」

「勃南先生？」

「是的，於是我問她，她和妳先生之間是否發生過什麼不得體的事，結果她告訴我一個奇怪的故事。」

「請繼續，我在聽。」

「她說還住在這裡時，勃南先生常常要她去他的書房上私人講經課。」

「繼續，瑞德先生。」

「她說隨著講經課程進行，勃南先生慢慢要求她……做某些事。」

「哪些事？」

「這我就不拐彎抹角了：他要求寶麗鞭打他——我猜他喜歡女孩玉手碰到臀部的觸感。這點當然我是不懂，但世上無奇不有。」

「那她照做了嗎？」

賽克利點頭：「由於他對她很好，於是她答應了，她不希望自己變成不懂得知恩圖報的人。可是某天她突然發現自己做的事很危險，於是決定逃走。」

「請老實回答我，瑞德先生——她之所以逃走，是因為受到引誘或是侵犯嗎？」

「現在就我看來，恐怕是這麼一回事，」賽克利說：「不過她當時並不是這樣說的。她只告訴我，她決定在情況失控前逃走。當時我毫不懷疑她的說法，但剛才聽到妳的描述後，我認為寶麗隱瞞實情——她說謊，刻意不明確交代某些事。」

勃南太太再次蒙著臉，對著手心輕輕啜泣。

「可是勃南太太，」賽克利連忙接口：「無論妳丈夫和寶麗之間發生什麼事，我都可以告訴妳：寶麗絕對沒有身孕。也許她只是想告訴妳，她害怕自己懷孕。」

「你怎麼知道？」

「幾個月後，我們又在朱鷺號上碰面。要是她身懷六甲，當時肯定看得出端倪。偏偏我絲毫不見任何跡象，希望這能帶給妳些許安慰。」

「安慰？」勃南太太掩面啜泣。「喔，瑞德先生，你怎麼可以對我提安慰……你剛剛才證實了我內心最大的疑懼。」

她的肩膀上下起伏，外袍繫帶鬆脫，翻領滑落，賽克利瞥到一眼她外袍下的睡衣：他看見輕薄棉布包覆著她隆起的豐滿胸部，充滿罪惡感地移開視線，說：「所以妳先前已有疑慮？」

她頷首。「過去是的，我一直懷疑丈夫是否和我們收留的年輕女孩有染。可是我從不懷疑寶麗，她在我眼裡就像是純潔無瑕的天使，這也是為何我對她疼愛有加。現在我不知道是誰的背叛讓我比較心寒，是她還是我丈夫。」

她整張臉埋在手心裡哭了起來，猶如雕像的身體徐徐癱軟，頭部只差沒垂至膝蓋。

賽克利從椅子上站起來，跪在她身旁：「勃南太太，」他輕聲細語說：「妳知道嗎？妳不是唯一遭到背叛的人，寶麗也對我撒謊、背叛了我，而我還把她當成畢生所愛。」

他看不出她是否聽見他說的話，於是一手搭上她的肩膀：「勃南太太？」

這一個輕觸，讓勃南太太仰起臉，瞇著眼。「哎呀，瑞德先生……」她低聲喃喃，雙眼在他髮絲上來回游移：「喔，瞧瞧你——怎麼頭髮還濕漉漉的……應該是被雨淋濕的吧！」

她伸出一隻手，輕輕用指關節觸摸他的黑髮，接著鬆開手指，手掌立即纏繞於他的捲髮之中，一股腦兒將他的臉托向她的唇。

他回應的動作猛烈，導致她的扶手椅緩緩向後傾斜，最後以側邊著地，兩人亦隨著椅子跌落地板，她的頭巾隨之鬆脫。賽克利的嘴脣仍緊扣住她的脣，兩手開始忙著拉開她的外袍翻領。賽克利試圖解開外袍時，兩人又翻滾了兩圈，接著他的手指摸到睡衣領口，試圖扯下棉布睡衣。眼見怎樣都無法成功卸下睡衣，賽克利頓時失去耐心，遂一把撕扯柔軟棉布，露出她的乳房。

接下來換她胡亂抓扯著他的襯衫，瞬間一陣撕裂聲，襯衫應聲扯開。他同時試著踢掉內褲和外褲，手忙腳亂之間，兩人又絆倒跌在彼此身上，不慎撞倒某樣東西，發出木頭裂開及玻璃粉碎的巨響。

賽克利驚慌地抬起頭，她卻一把拉回他的臉。「只是白蘭地和茶几罷了，」她在他耳邊低聲道：「沒事的，風雨交加，不會有人聽見的。」

她撕裂的睡衣這會兒在肩膀擠成一團，他褪到一半的內褲和外褲則卡在膝蓋處，他們試著移動時，又滾向另一邊，撞上某樣東西。

賽克利的嘴脣正忙著親吻她的乳房，根本無暇抬頭，卻聽到她的呢喃：「只是我的槍。」

她的手臂環繞著他，雙腿纏繞著他的臀部，彷彿在暴風雨中死命抱著一根樹枝，然後從微開脣間發出一聲呻吟，慢慢演變成悠長激情的叫聲，直到最後身體劇烈拱起，剎那間癱倒在賽克利的臂彎裡，而他也不再動——彷彿體內深處的保險絲點燃，火花螺旋打轉下降，一路沿著保險絲降落至深長豎井底部。保險絲降到底時引爆炸裂，一股震顫擴散至中心，震盪著他的骨頭，導致他的肌肉抽搐。爆炸擴散至頭頂時，他的眼前出現一片烈焰火光般的亮黃，最後光線漸漸淡去，陷入一片漆黑。

事後恢復知覺時，賽克利體會到前所未有的感受，不像是從黑暗走向光明的悠悠上升，反而像從雲端陡直墜落。他不知道時間過了多久，只知道他仍躺在地板，四肢與勃南太太交纏著，難分難解。

他稍微一動，想要起身時，她在他耳邊低聲說：「先別走，再等一下。等我們明天清醒後再來面對罪惡感和懊悔。我們只有這一晚，不妨好好享受這罪有應得的一刻。」

賽克利詫異地往後仰頭：「勃南太太，這是什麼意思？妳是說不會有下一次？」

她的脣瓣溫柔拂過他的臉龐：「是的，親愛的——我很抱歉我別無選擇。這是最後一次，也是唯一一次。你難道看不出這要冒多大風險嗎——要是稍有風吹草動，傳到勃南先生耳中，他會殺了我們的，這風險太大了。」

「但要是不傳到他耳中呢？我們可以謹慎行事，不是嗎？屋子還會有空無一人的時候吧？」

她搖搖頭，對他露出淒涼笑容：「這樣又有什麼好處？會有什麼結果？你只是個身無分文的孩子，而我已為人妻母，年紀比你大多了。」

「妳究竟幾歲？」

「三十三，你呢？」

「二十一，快滿二十二了。」

她親吻他的額頭，說：「你瞧，我老到都能當你阿姨了。你很快就會厭倦我，我們還是別去思考將來吧！好好享受這所剩無幾的春宵。」

*

士官長的帳篷位在印度兵營區的最前端，正對著閱兵場。英國軍官的帳篷則位在另一端：其中一個帳篷放大了梅長官的頭部輪廓，映照在煤燈煌煌的帆布上。

士官長的帳篷也燈火通明，擺滿蠟燭和油燈，裡頭大約聚集十五個人，其中不乏克斯里的同袍——十字棋軍團的軍士。這票人全是士官長的血親：與軍服沾滿泥濘的克斯里相左，他們全穿著執勤時間外的便服、腰布和長袍。

克斯里只認得出其中一名訪客：狄蒂的小叔強丹・辛——這個骨瘦如柴、眼神飄忽的年輕人。克斯里曾在巴勒克波爾的訓練兵營見過他一次，當時他特地來接提前退伍的胡康・辛返回村裡。那次他還特別去找克斯里，為他救了胡康・辛一命的事致謝。

按照慣例，已知他哥哥死訊的克斯里準備向強丹・辛表達哀悼之意，可是強丹・辛轉過頭望向他時，他的表情教克斯里詫異不已，於是硬生生吞下到了嘴邊的話語——這年輕人的臉猙獰、憤怒蹙眉、雙眼布滿血絲、怒火中燒。

這下克斯里明白肯定發生什麼不該發生的事，他也注意到自己是唯一站著的人，儘管室內所有人都坐著，包括幾個比他資淺的士兵，士官長卻沒有要他坐下的意思。克斯里剎那間恍然大悟，這不是刻意公然汙辱他而已，他像是被法庭傳喚，來到介於軍事法庭審判和村民大會的場合，士官長則是最高法官。

克斯里像在閱兵般背部僵直，轉面向尼爾巴海．辛。

士官長大人，他說。你找我？

是的，克斯里．辛中士，士官長說。我派人找你是因為今天我們獲知一則可怕的壞消息。

士官長的語氣從容不迫，嚴肅仔細地吐出一字一句。克斯里認得這個語氣，因為他看過他在好幾場軍事法庭上作證的樣子：他現在的姿態就跟那時一模一樣，表情沉重，不帶一絲笑意，說話速度比平時緩慢，字字句句發音清楚，聲調平穩，想要強調某件事時不是提高音量，只是撫著他的鬍子。

不久前，士官長直勾勾望入克斯里的眼睛，說：我告訴你我收到家人的死訊，也告訴你我哥哥比洛．辛過世了，娶了你妹妹的姪子胡康．辛也是。今天強丹．辛和其他村民來稟報他們死亡遭遇的細節。他們遠行數月，為的就是捎來這則消息。我們聽說的真相比當初想的來得複雜。

士官長頓了頓：我們也得知你跟他們的死脫不了關係。

我？克斯里大喊。怎麼可能？我人就和你們在這裡，毫不知悉這些事，怎麼可能跟他們的死有關？

是你的妹妹。

這時士官長的聲音輕微顫抖，他停下來輕撫鬍子，試圖讓自己冷靜下來，穩住聲音後，他又繼續說下去。

中士，顯然你妹妹和某個野男人有染——某個種姓地位低等的牧人。

室內傳來眾人驚愕反感的咕噥聲，克斯里不可置信地盯著士官長半晌，囔囔：不可能！我知道我妹妹的為人——我很清楚她絕不會幹出這種事。

原本臉色緊繃、蹲在角落的強丹．辛登時失控咆哮。如果你真清楚那賤婦的為人，他尖聲叫喊，那你就會曉得她其實是個 randi——蕩婦！而且還是個殺人犯，她毒殺了我母親……還有我哥哥……

Chup rah! 士官長舉手要他住嘴：這裡沒有你說話的餘地。

接著他又轉過頭面對克斯里。

中士，我們今天收到消息，聽說胡康．辛一死，你妹妹就跟著那個牧人跑了。看來她早就預謀私奔，事情發生之前已經先讓女兒躲起來。這就是為何我們強烈懷疑她就是毒死胡康．辛的兇手，但這件事就先當作沒發生，畢竟我們沒有掌握任何實際證據。無論如何，可以確定的是這兩人早就精心策畫、預謀私奔，他們以契約勞工的身分逃到印度洋另一端的模里西斯島。但我哥哥比洛．辛在船上認出他們，他就是這樣死的。你妹妹協助她的情夫，親手謀殺了比洛．辛。

克斯里從沒聽過這麼荒誕的故事。E na ho sake—這不可能是真的。他不可置信地搖頭：士官長大人，你明白我對你敬重萬分，但這番話你要我怎麼相信？我妹妹連我們的村莊都不曾踏出一步，怎麼可能飄洋過海？根本說不過去。

但這就是如假包換的事實，士官長說。幾個月前，加爾各答展開官方調查，由於我們人在叢林，所以不清楚狀況，但現在結論和判決結果都以英語和印度斯坦語公開發布了。

他高舉兩份報紙。

這就是判決結果。我們已經仔細詳讀過每字每句，犯罪情節如假包換，不容置疑。強丹．辛和其他人特別前往加爾各答參加公聽會，想要聽見犯人遭到繩之以法。但上帝已先代替我們祭出懲罰：殺了比洛・辛的人，也就是你妹的情夫已經死了，他在跳船時落海淹死，至於你妹妹則還活著，只要她還活著的一天，我和家人就不得安寧，我們無法忘卻她對我們造成的百般屈辱，讓我們的家族蒙羞，更別說她帶給你的屈辱，克斯里・辛，畢竟你是她哥哥。

克斯里又搖了搖頭。士官長大人，其中肯定有誤，一定是其他女人，我很清楚我妹妹的為人……

Aur ham tohra se achha se jaana taani! 我比你清楚她的為人！

強丹・辛跳了起來，揮舞拳頭朝克斯里踏出幾步。你妹妹是個蕩婦賤種，他嘶喊。過去這七年她住我家隔壁，所以我可以向你報告。日復一日，她都在田裡對我主動獻身。她央求我跟她相好，再賜一個孩子給她。每次我都罵她恬不知恥，提醒她她可是我哥哥的妻子，可是蕩婦哪知道羞恥心為何物？她找不到男人，最後只好和那個齷齪骯髒的牧人相好。我們每天早上都看見那男人離開我們家，你上我們村裡問問就知道，我們可是親眼見證，有憑有據……

克斯里雙腳驀然動了起來，還沒反應過來，一隻手已經緊緊掐住強丹・辛的脖子，另一手則往後拉，猛然揮向他的臉，全身力量都施在這一拳上。挨打的強丹・辛被拋飛過親人身邊，最後撞上對面的帳篷帆布。

克斯里本來想要跳上他的身體，但還來不及這麼做，四個男人已經飛奔上去，縛住他的雙臂，使勁將他轉過頭面對士官長。

士官長依舊保持沉著冷靜。

聽我說，克斯里・辛，他沉重堅定地說。我們家的人為了你做盡一切，即便你不是我們的一分子，我們仍接受你加入警衛隊，我們天生慷慨，平等待你，並鼓勵你把這裡當自己家，提拔你爬到現在的位置。即使你妹妹樣貌不潔，已過適婚年齡，嫁妝連乞丐都不如，我們家族還是接納她了。我們為你做了這麼多，你卻不懂感激，也不感念在心，反而在背後藐視我們、嘲笑我們。我們曉得你認為警衛隊沒有你就撐不下去，這一切我們都看在眼裡。我們早就知道你的想法，可是我們從不計較，每次都選擇原諒你。前幾天我聽說你得知我哥哥的死訊後，甚至在軍營集市裡，對娼妓和舞女發放甜食糖果！但我還是忍氣吞聲，我知道老天會代我懲罰你，現在懲罰降臨了——畢竟現在發生這種事，要我怎麼再縱容你。這對我家族的榮譽是一大汙點，這下子你的臉也休想保持乾淨了。克斯里．辛，你若想拯救聲譽，唯一能做的就是帶你妹回來，讓她親自回應她的所作所為。而在那天來臨之前，不論是軍官或士兵，警衛隊裡都不會有人和你一同吃飯、喝你帶來的水，並視你為空氣。從現在起，你不再是警衛隊的人，就算你選擇留下，我們也會視你如鬼魂。我明早會跟英國軍官解釋這一切，如你所知，他們尊重我們對於家族和種姓制度所做出的決定，我會清楚告訴他們，你現在已經不是我們的一分子，你已經被逐出這個部隊。在我們眼裡，你跟條流浪狗沒有兩樣，比糞土還要可憎。我無法忍受你在這帳篷再待一秒，這對我們的血族只是一種汙辱。你再也不准踏進我們的帳篷，我要說的話到此為止，今後對你再也無話可說。

士官長從喉嚨咳出痰，朝地上猛力一吐。

Abh hamra aankhi se dur ho ja! 現在立刻滾出我的視線，克斯里．辛！我再也不想看到你。

第七章

走回帳篷的這段路是克斯里這輩子走過最漫長的一段路。儘管漏盡更闌，不少人還醒著，站在帳篷外竊竊私語。克斯里行經幾個連上的印度兵，卻沒人向他打招呼，連看他一眼都懶——很明顯，他被正式逐出軍隊了。克斯里折返帳篷的路上，發現眾人全往後退，似乎想和他保持一段安全距離，彷彿他是某種會移動的髒東西。

克斯里感覺得到背後有好幾雙灼熱目光，也聽見他們的竊笑耳語，他真希望誰直接上前當面挑釁他——他現在恨不得找個人打場架，但他心知肚明沒有人會這麼做。沒人肯讓他稱心如意，他們太害怕他，不敢找他單挑。

克斯里的帳篷躍入眼簾，他發現周遭有群野狗，爭搶著某人趁他不在時傾倒的骨頭內臟。他知道許多雙眼睛正盯著他瞧，所以絲毫未放慢腳步，刻意繞開野狗。他說什麼都不讓這些人得逞，不讓他們有幸災樂禍的機會，大肆嘲諷他的覆滅敗亡。

他踏進帳篷，發現個人物品散落一地，僕人已經不見蹤影：看來僕人趁機偷走他的東西，並且逃跑。

克斯里點了根蠟燭，收拾散落一地的物品，然後在一堆散落物品之中發現一塊布料，那是一張用鮮艷色彩作畫的小圖畫，運用大膽單純的線條，勾勒出一個小女孩的輪廓。他一眼就認出這幅畫：這是狄蒂的手繪作品，畫中的主角是她的女兒凱普翠。這是上次克斯里告假返鄉，狄蒂到納亞恩浦和他見面時送他的禮物。

克斯里往便床邊一坐，手肘撐著膝蓋，凝視這幅圖畫。

凱普翠現在好嗎？狄蒂又在何方？

她和情人私奔、登上船前往胡椒之島的故事聽來像是胡言亂語，根本不值得採信。但故事細節卻絕對可信：胡康・辛的死並非毫無來由，他的健康日漸衰退，死了也不令人意外。一旦他不在人世，狄蒂想方設法脫離夫家掌控，也並非不可能的事。

很明顯，狄蒂遭遇了問題，即便克斯里不曉得發生什麼事，卻有預感這就是家人長久以來音訊全無的主因：事情太過敏感，不適合說給經常代筆寫家書的人聽。若克斯里想要知道真相，只能等下一趟回家——而他還得等上一段時間。

克斯里倒回便床，動也不動躺在那兒，聽著營地熟悉的聲響：巡夜人敲打鐘聲、男人喝得醉醺醺從軍營集市回來的嬉鬧、馬廄裡的馬兒嘶聲。不知何處，有個年輕印度兵正哼著返回老家村莊的曲調。

十九年來，警衛隊一直都是他的家與家人，現在他卻血淋淋發現，他其實從來都不屬於這裡。他知道升為士官長的美夢永遠不可能成真了，目前的士官長和他的親戚絕對不會允許這種事發生。在他們眼底他一直都是外人，並且找盡藉口踢他走。最難過的是，其實他早就知道：他一直以來都心知肚明，只是沒勇氣承認、採取行動。

他總算恍然大悟，一股厭惡湧上心頭，不僅是厭惡自己，也厭惡那些他視為患難之交的人。他還記得葛拉比時常警告他要多留意敵人，他卻不以為意。如今就連她也要切斷與他的連繫：如果不這麼做，她在軍營集市的地位就會一落千丈，士官長肯定會百般刁難她。

為了葛拉比好，也為了自己好，克斯里明白他得離開軍團。一旦公布放逐刑罰，克斯里就休想繼續照常待在警衛隊。他曾見證這種情況，所以很清楚士官長會無所不用其極，讓他無法履行職務——就算他明天現身閱兵場，也不會有人聽從他的指令。

無庸置疑，他必須離開。但問題是他能上哪兒去？就他目前的生涯發展來看，轉調其他單位不易，但若要他現在退休，等於要他自動放棄再過幾年就能享有的退休金。可是停職期間他能做什麼？最殘忍的是，問題盡挑在他疲憊不堪、無法冷靜思索的時候找上門。他在便床上伸直身子，打起盹兒。醒來後，克斯里發現帕格拉巴巴正坐在他身旁。

克斯里，你怎麼還在睡覺？動作快啊，你難道沒聽說？梅軍官明天要前往加爾各答。

克斯里警戒地坐了起來。你在說什麼，帕格拉巴巴？

梅軍官上次不是問過你一件事嗎？

克斯里猛然想起副官的提議。

你的意思是我應該自願加入遠征隊？

是啊，克斯里，不然你還有什麼打算？

克斯里跳了起來，揭開帳篷帆布。時間已過午夜，然而閱兵場對面的副官帳篷裡，油燈未盡，火光通明。

去吧，克斯里——快去。

克斯里捉住帕格拉巴巴的手。我會的，他說，不過你先聽我說——請你通知葛拉比今晚過來，我得見她最後一面。

Theek hai（沒問題）。

一會兒後，就像他輕輕地來，帕格拉巴巴悄然溜出帳篷。克斯里踏出帳篷，挺直肩膀走向軍官帳篷區。

若這名副官不是梅軍官，克斯里絕對不會興起子夜時分叨擾的想法。但是他和梅軍官交情匪淺，關係可不像一般的印度兵和英國軍官：他凝望著副官帳篷的明耀火光，隱約感覺梅軍官正在等他。

「長官？梅軍官？」

「是誰？」帳篷入口簾布掀了開來，露出梅軍官的臉孔。

「喔，是你啊！中士，進來吧！」

克斯里步入帳篷，發現梅軍官正在為離開做準備。滿溢出來的行李箱杵在他的小床邊，書桌上則擺了一大疊文件。

「我明天一早就要走了，」梅軍官唐突地直言道，「出發前往加爾各答。」

「我知道，長官，」克斯里說：「這就是我來找你的目的。」

「懂了，中士，請說。」

「我也想去，長官。跟你一起去。」

「真的？」

「是的，我想以自願兵的身分加入。」

梅軍官臉龐瞬間洋溢著爽朗笑容，他伸出手，朝克斯里踏出一步：「這才像話嘛，中士！我就知道你會回心轉意。雖然不知道你為何改變主意，但我高興到飛上天了！」

克斯里才不信副官的打趣語氣，也不信他真不知情。身為一名盡責的副官，軍團裡發生的事，很少是他不知道的：亂鬥幹架、偷竊爭執——沒什麼逃得過他的法眼。身為梅軍官最信賴的首要情報來源，他知道梅軍官在每個連和排皆設有眼線，克斯里並非不知情。士官長帳篷大會結束沒多久，想必就馬上傳到他耳裡，他也立刻明白這件事對克斯里可能造成什麼影響。先前警衛隊就曾見過逐出部隊的嚴懲，而且案主不只有印度兵，軍官也照樣。一旦軍官發生這種狀況，他們會說這人被「送到考文垂[9]」，

9 Send to Coventry，意指遭到杯葛排擠。

也等同於宣判驅逐。

克斯里明白梅軍官隻字未提他的窘境，並非是真不知情，而是他體貼圓滑，這讓克斯里內心深受感動：「謝謝，上尉大人。」

梅軍官不當一回事地說：「那就這麼說定了，」他說。「軍官照理說不會反對，但我還是先請你簽一下文件，他明早一起床就可批准。」

整場面談下來，梅先生的態度爽快，就事論事，可是到了尾聲，文件全部簽好後，他的態度卻劇烈轉變：他步出野戰桌後方，一手搭在克斯里肩膀上。

「中士，我很開心你決定要來，」他的語調分外嚴肅：「之前我就一直希望你加入，我想不到軍團裡有誰比你和我更了解彼此。」

梅軍官的直言不諱令克斯里大吃一驚。克斯里絕不會用這種方式表達自己的感受，但現在他忽然深有感觸，副官說得沒錯。在警衛隊待了二十載，沒有哪位印度兵曾對他說過一句溫暖話語。唯一願意將友善的手搭在他肩上的人，竟不是和他來自同樣種姓、同樣膚色的人，而是一個與他毫無瓜葛的英國白人。這念頭令克斯里的眼睛瞬間不自覺刺痛，他驚訝發現淚水已在潰堤邊緣。

幸好面談即將進入尾聲。

「那麼，中士，」梅上尉說：「我就請你明天早餐過後到軍官食堂報到。」

Ji aj'ten-sahib. 克斯里敬禮，步出帳篷。

這時已是夜幕低垂，營地空無一人，回到帳篷後，克斯里在睡前打包了幾樣個人物品。有那麼一下他仔細聆聽腳步聲，暗忖可能是葛拉比，但其實他內心相當清楚她不會來了。就算她刻意保持距離，克斯里也不會怪她，要是被發現了，士官長必會對她祭出嚴懲。而這只是有勇無謀的行為，不但害了她的生計，也拖累其他女孩。

即便他懂得她的處境，想到今後再也見不到她，克斯里依舊忍不住感傷。沒人比她了解他的傷痛，她的觸摸靈巧，就連敏感的舊疤邊緣都能感受到萬分悸動，她手指的魔力似乎奇蹟似的讓舊傷變成感受愉悅的器官，而現在，他的傷疤彷彿為失去她的撫觸哀悼。

他還記得還是新兵菜鳥時，初次跟葛拉比親密的情況，也記得某個聲音在腦海中警告他，有天他會為了一時歡愉付出代價。這天總算到來，他決心要回到加入十字棋軍團前的禁欲生活：重拾摔角手的心不離道（brahmacharya），彌補擔任印度兵這些年來的荒唐歲月。

克斯里想到他在十字棋軍團的生涯，戰役、前哨戰、他對警衛隊的自豪，嘴裡頓時充滿猶如灰燼的苦澀滋味。他還記得當初是狄蒂一手策畫，幫助他加入軍團，他不禁好奇他倆的命運共同體，是否亦寫著她也是他離開軍團的主因。儘管如此，克斯里對狄蒂並不懷恨在心。他知道真要怪只能怪自己，他不只做了一場白日夢，甚至為了自我野心犧牲狄蒂，明知道比洛．辛的家族形同禽獸，仍一手將她推入火坑。

就算狄蒂是故意報復，他也怪不了她。

*

對賽克利而言，與勃南太太纏綿繾綣、共度春宵，下場比她預想的還可怕：他不只得面對沉重堆砌的罪惡感和悔恨，還有她丈夫日後可能報復的刺骨恐懼，眼睛所到之處都在在提醒賽克利勃南先生的權勢。要是他聽說太太不忠會怎麼做？這想法讓賽克利不禁打了個寒顫，咒罵自己居然只為一夜風流，貿然冒此風險。

然而，奇怪的是痛悔並沒有磨滅那晚和勃南太太的記憶。即使他憂慮到頭痛欲裂，身體其他部位卻挖掘出記憶深處的激情快感，而克制不住心癢難耐。然後自責的他又悔恨不已，咒罵自己沒有延長那一夜，不能自己地發現他竟然渴望再度來場溫存。

但這當然是不可能的事。她不是斬釘截鐵地說了嗎？「這是最後一次也是唯一一次。」他常對自己複述這句話，當罪惡感和恐懼的重量壓得他喘不過氣，這句話都能讓賽克利安神定心。但有時這句話的意義驟變，即使在腦海中迴盪，他仍不禁好奇這句話的意思是否跟他想像的一樣絕對。有時想法會如潮水般湧來，他幻想著另一封宣告下一次幽會、再次得以衝過庭園，前往閨房赴約的邀請信函。

但這封令他既期待又怕受傷害的郵件從未送達。一週週過去，不僅杳無音訊，他也不曾再看見勃南太太——只瞄見輕便馬車嘎嘎通過車道，前往碼頭、演講或餐宴時，映照在窗簾的勃南太太影子。

隨著她的沉默延長，他也越來越惶恐不安。他能想像她對偷情悔不當初，甚至編造關於他的故事，使自己脫罪。他在巴爾的摩時曾聽說有錢夫人主動引誘奴隸，卻指控他們做出見不得人的事。

有天夜裡，一個念頭閃過他腦海，害得賽克利全身驚恐顫抖。她一直迴避他，會不會是他們那一夜激情，讓她最後懷了身孕？

這個可能性撕裂他腦海中最後的平靜。他那天一直都在船艄中央工作，這會兒他放下工具，開始沉思，思索該如何設計勃南太太與他私下見面。他想到撬開僕人樓梯的門鎖，闖入閨房，卻始終提不起勇氣——他發燙的腦袋不斷回想她的手槍，想到各種她可能朝他開槍的理由。

有天，賽克利正煩惱著不知下一步該怎麼做時，竇提先生上門了。他特別前來邀請賽克利參加下週的午宴。

就賽克利目前的狀況來說，他沒有半點去竇提家參加下午茶的心思，偏偏他情緒紊亂，想不出任何值得採信的回絕說詞。「喔，謝謝，竇提先生，」他結結巴巴：「可是我沒有正式服裝……」

聞言後，竇提先生爽朗大笑。「這樣的話，親愛的年輕小伙子，你大可再穿上那件托加袍，我敢說勃南太太會樂不可支——你上回的裝束老讓她喋喋不休個沒完，她說你看起來就像她見過最遜的怪人。」

聽到勃南太太的名字，賽克利的腦筋立刻動了起來。他搔了搔下巴，裝出輕鬆自若的神色：「喔？所以勃南太太也會去？」

「是啊，還有其他幾位太太小姐、年輕姑娘，但我們少了幾個年輕小伙子，所以竇提太太派我來約你。」

「我會出席的，」賽克利說：「謝謝你的邀約，竇提先生。」

「很好，如果服裝的預算不高，週日去一趟拍賣是最好的選擇。他們經常販賣近期過世人士的物件，只消你一、兩枚銅幣就能買齊一身行頭。」

賽克利決定聽取竇提先生的提點，週日那天來臨時，他把手探入床墊底下，撈出他的錢包。錢包裡的硬幣少得可憐。賽克利數著錢幣，心想若非他窮到這步田地，辛苦工作倒也值得。

他的眼睛飄向平底帆船牆壁的鍍金燭臺，想著在市場賣出幾個，何其容易，沒有人會發現的。他起身仔細鑽研，撬開燭臺輕鬆簡單，只消取下幾個螺絲釘就行。

他取來一把尖錐，正要鑽進木頭時，內疚卻讓他抽回手。他瞥見鍍金燭臺後有一條隧道，通往某個神祕不知名的所在——偷竊，而他始終踏不進這條隧道。他放下尖錐，將僅有的硬幣塞進外褲口袋。

賽克利走了一大段路，來到加爾各答市中心，不斷詢問之下才找到位於羅素街的二手店大門。為了買下一套西裝，他差點沒掏空積蓄，而這套西裝的主人是過世不久、名叫基恩的藥劑師。

直到竇提家午宴到來的那個上午，賽克利才發現西裝飄散一股怪味——霉味、汗味夾雜著藥味，但為時已晚，於是他只好套上西裝，暗中希望不會有人注意到。怎料他希望落空。賽克利抵達竇提家後，僕人一拉開門，立即認出這套西裝，並像是活見鬼似的驚聲怪叫：Quinn-sahib? Arre dekho--

Quinn-sah'b ka bhoot aa giya!（基恩老爺?快點來啊——基恩老爺的鬼魂在門口！）

這陣騷動將竇提先生引來門前，他也忍不住怪叫起來：「我的老天爺，瑞德！你這身西裝不是基恩的衣服嗎？你知道他只有這套西裝，而且他的店鋪就在轉角，所以我們每天都看見他穿這套西裝。竇提太太和城裡其他太太的鴉片酊都是向他買的。」

賽克利氣急敗壞地抗議：「竇提先生，我是聽從你建議才去二手拍賣店，我怎麼可能知道？」

「喔，不管了，總不能要你現在脫下吧！進來屋裡，屁股坐下歇會兒。」

賽克利才剛踏進接待室幾步就看見勃南太太。她坐在室內另一頭的靠背長椅，穿著一襲粉色飄逸、濃郁酒紅鑲邊的薄紗長袍。在那由心形女帽邊緣勾勒出的臉旁，一團捲髮紛落。頭頂旋轉的吊扇攪打著悶熱空氣，女帽頂端的羽毛隨之輕輕搖曳。

儘管賽克利人就站在勃南太太的視線範圍，她卻似乎對他的存在毫無所察：只是以她一貫慵懶的冷冷姿態，與兩個模樣嚴肅的太太聊天。

賽克利的眼睛幾乎立刻爬到她的上腹部。那晚之後已經過了七週，要是當真如他恐懼的那樣——懷孕，可想而知現在已看得出跡象。他發現她腹部平坦，證實了先前的恐懼是多餘的，但是目光卻始終無法從她身上抽離。接著眼睛對他開了一個殘酷的玩笑：他的目光剝開她洋裝的粉色布料，露出衣服底下的東西。他再次凝望著她的腹部斜坡，陡峭朝下彎曲，化為一座捲曲柔軟絨毛的森林。他記得當時他多麼輕鬆溜過那綢緞般的頂蓬，他受到熱情接待，而這鼓舞著他朝更深處去，直到不可能抵達的盡頭。他清楚記得那避風港是多麼愉悅地接納他，這讓他產生幻覺，以為一個他從不認為自己歸屬的帝國當真接納了他。等到這場美夢一消逝，他的鼻子又嗅到破爛西裝的霉味。他納悶著，一個人要是連他穿著衣服的身體都不肯相認，怎麼可能會熱情歡迎他最私密的部位。

不平衡心理燃起了他內心的反叛鬥志，推動賽克利朝靠背長椅的方向移動。他自圓其說，主動向她致以額手禮才是自然，畢竟他是她丈夫的員工，其實差不多也算是僕人，況且這件事並非祕密，更別說舞會上他不是也在眾目睽睽下與她共舞？

勃南太太輕鬆自若地繼續和女伴閒聊，絲毫沒有發現他的存在。賽克利接近靠背長椅時，聽見她如同長笛般的悠揚嗓音：「喔，親愛的奧古絲塔，我敢向妳擔保，中國的麻煩事兒全起於一位林總督——勃南先生說他是禽獸，簡直就是頭惡龍……」

她專心地滔滔不絕，對賽克利的存在似乎絲毫未察，直到他出現在她面前鞠躬，她這時才略微驚嚇，抬眼道：「哎喲喂呀！喔，是你啊……什麼……什麼先生？隨便都好了……」

她稍微低下頭，敷衍地對賽克利點了下頭：這動作較類似打發，而不是打招呼。接著她又轉過肩膀，繼續交談。

她潑出的冷水令賽克利震驚不已：他迅速旋過腳跟，想要埋藏他的發燙臉頰，腳步搖搖晃晃往另一個方向走去。正準備離開時，他聽見她用刺耳的竊竊私語說道：「親愛的奧古絲塔，我很抱歉沒向妳介紹剛剛那人，只是我真的想不起他的名字。但倒也不打緊，畢竟他不是什麼顯要人物，只是勃南先生的神祕人。」

「他是神祕人？他身上散發的氣味害我以為是藥師呢！」

「誰曉得竇提怎會想到要約他呢？」

「說真的，我得好好警告他——不然下次他們可能連園丁和皮件師傅都請來了。」

賽克利盡量不用手摀住耳朵：要是這時有人拿皮鞭抽打他的背，都不比這些話來得刺痛。他無法忍受在接待室多待一分鐘，於是沒有通知竇提先生一聲就不告而別，直接走向大門。他拿起帽子當下，視線瞟過肩頭——勃南太太正好這時也望向他。

儘管兩人四目相接僅短短一秒，她的凝視卻足如錨爪，停泊在他的腦海。

＊

詩凌百前往勃生已過了數週，這段期間查狄格音訊全無。她知道他即將返回可倫坡，於是開始好奇他啟程前是否兩人能再見上一面。

隨著一天天過去，這個問題越來越困擾詩凌百：這件事不斷在她腦海裡盤旋，對她而言似乎是一件可恥的事。她試著自圓其說，因為他和巴蘭吉的關係，所以他才不斷出現在她腦海。有時她會告訴自己，他進入她的人生即是一大徵兆。巴蘭吉派來他的朋友，在她人生最痛苦煎熬的時刻為她開啟一扇窗，讓清新空氣流進她寂寞漆黑的生命。

要是她想得到直接聯絡查狄格的方法，詩凌百早就這麼做了。偏偏她只能透過維可聯繫他，而她又不願和維可提起這回事。

一個月過去了，仍無查狄格的音訊，詩凌百暗自認定他已經離開。所以後來當維可前來通知她，查狄格要求啟程前見她一面時，她簡直又驚又喜。

維可當中間人，幫他倆安排在馬扎岡的天主教堂碰面。會面那天，詩凌百提前出發，比約好的時間早了幾分鐘抵達。出乎她意料的是查狄格已經到了，就坐在上次他們見面時的位置。

她走近時，他站起身，擺出正式姿態鞠躬：「早安，夫人。」

「早安，查狄格大哥。」

她往他身旁的長椅坐下，揭下面紗。「你要離開孟買了嗎，查狄格大哥？」

「是的，夫人，」他略顯尷尬地說：「聖誕節即將來臨，所以我得回可倫坡陪兒孫過節，但離開前我要通知妳一個消息。」

「好，查狄格大哥——什麼消息？」

「有人私下通報我，」查狄格說：「倫敦外交大臣巴麥尊子爵已經拍板定案，確定會派遣遠征隊前往中國。遠征軍將從印度發動：部隊軍力有一半是印度兵，大部分資金和支援也來自印度。顯然他們正在加爾各答祕密備戰，幾個月前已經展開規畫，但是唯獨萬事具備，他們才會公開宣布消息。」

「你是從哪裡得知消息的？」詩凌百問。

「夫人，想必妳是知道威廉．渣甸的吧？他是中國的大貿易商，也是帕西商人詹姆斯．杰吉伯伊勛爵的主要合作對象。」

「當然，我知道他。」

「是這樣的，威廉．渣甸一直都在協助巴麥尊子爵規畫遠征隊。我聽說他去信詹姆斯老爺，尋求孟買商人的支持，所以渣甸清楚遠征隊的主要目標之一，就是收回林欽差大臣銷煙的賠償金——而提供協助的人當然會率先取得賠償金。」

「哦？」詩凌百說。「所以你認為最後我們可以申請到賠償金？」

「我很確定，」查狄格說：「身為巴蘭吉的朋友，我必須說實話，夫人。未來幾個月妳得好好維護自身利益，這點非常重要。由於妳沒有派往中國的人選，所以得由妳親自去一趟，而且我敢說巴蘭吉大哥肯定希望由妳親自去爭取。」

詩凌百嘆氣。「查狄格大哥，你得理解身為一個女人，而且還是寡婦，這趟旅途不易成行。」

「夫人！歐洲女人動輒搭船遠行，妳受過良好教育、具備英語能力，又是魯斯坦吉．密斯垂老爺的女兒，他可是建造了飄洋渡海的上等好船，這對妳怎會不容易呢？」

「要是我真去了中國，應該待在哪裡？」

「我澳門有朋友，我可以寫信給他們，請他們幫妳找個租屋處。」

詩凌百搖頭：「可是還有很多實際問題，查狄格大哥。一趟旅程需要經費，我要上哪兒找？我該怎麼買船票？我只剩下個人私藏的珠寶首飾，你也曉得巴蘭吉除了債務，什麼都沒留給我們。」

查狄格不贊同地搖了搖手指，「這並非事實，夫人——巴蘭吉大哥待朋友十分大方，他留下不少東西，例如他就留給我很多財產。」

「什麼意思？他留什麼給你？」

「這麼多年來，他送了我不少禮物，幫了我許多大忙。隨著人生起伏更迭，這些禮物就成了貸款，由於妳是他的遺孀，我應該利用這些貸款幫妳支付船票費用，這樣做才合理。」

詩凌百詫異到臉頰不禁緋紅：「查狄格大哥，我不是這個意思，我怎能收你的錢。」

「有何不可？」查狄格堅持：「這只是償還我虧欠巴蘭吉大哥的錢，不只如此，這也可以說是某種投資。等到妳取回巴蘭吉大哥的賠償金，可以再把錢還我。如果妳願意，甚至能支付我百分之十的利息。」

詩凌百搖頭：「我知道你用心良苦，查狄格大哥——可是我要怎麼對家人開口？他們會詢問金錢來源。」

「告訴他們實話，說妳一直都有私藏珠寶首飾，現在決定變賣，他們只需要知道這些。」

詩凌百開始把玩起紗麗褶邊。「查狄格大哥，你有所不知。金錢事小，我還得考慮家人的名譽聲望。要是別人知道我考慮去中國，絕對成為一大醜聞——一名寡婦居然獨自遠渡重洋！帕西村民大會可能將我逐出帕西人的圈子，再說我得考量女兒的立場，她們會擔心我的安危。」

查狄格若有所思地搔著下巴：「夫人——其實這問題我也有想過，最後我想到一個辦法。妳知道維可的表姊蘿莎曾待過澳門，她在慈悲天主教慈善機構工作，該機構設有醫院和孤兒院，修女一直想請她回去，她也一直有此意願，偏偏付不起船費。要是船票安排妥當，想必她一定會樂意陪妳去的，我也已和她提及此事。如果有伴，相信妳家人就不會反對妳去了吧？」

這番話非但沒有安撫詩凌百，反而讓她深感絕望：「替蘿莎出船票費用！」她的手拍向額頭：「可是查狄格大哥，我怎麼可能安排這一切？太困難了——我自已做不來。」

查狄格大哥以極輕力道，用手指撫摸她的手背：「夫人，妳別太擔心，請盡量冷靜下來，好好思考。維可會協助安排這些事宜，我也會幫忙。我明年正好也要去一趟中國，我會安排和妳及蘿莎搭同一班船，妳的船會停靠可倫坡，而我會在那裡與妳們會合。維可事後會通知我是哪班船，我就訂那班船票。」

「你！」血液一股腦兒衝上詩凌百臉龐，她的臉頰彷彿燙傷般赤紅。「可是，查狄格大哥……要是別人發現我們搭同一班船，他們會怎麼說？你也知道人們最喜歡閒言閒語。」

「他們沒理由發現，」查狄格說：「就算發現了，我們也可以說搭同一班船純屬巧合。」他說到一半停下來，摸了摸下巴：「就我個人來說，我倒覺得能和妳搭同一艘船是件值得開心的事——」

接著他打斷自己的話，朝拳頭咳了下。查狄格像是想要糾正自己剛才太主動，趕緊改口說下去：「我的意思是，能在這趟旅程幫忙妳是我的榮幸。我尤其很樂意安排妳和福瑞迪在新加坡見面。」

詩凌百兩手拍向臉頰：「拜託別再說了，查狄格大哥，請別說了！」她喊著：「我不能眼睛眨都不眨就做這種決定。」她站起來，面紗蓋回臉部：「請給我一點時間。」

查狄格也站起來。「夫人，」她的面紗遮蓋住臉時，他低聲說：「請別擔心枝微末節的小事，困難全是妳自己幻想出來的，等到妳下定決心，一切自會水到渠成。」

即使查狄格已經完全令她信服，詩凌百仍舊無法鼓起勇氣下決定。

「請讓我思考一下，查狄格大哥。等我準備好了，會請維可告訴你答覆，現在就先告辭了。」

*

一八三九年十一月十八日
湖南島

虎門慘劇重創林欽差大臣和他的官員——但光從城鎮表面來看，實在難看出戰敗跡象。在廣州等地日子照常過下去，康普頓說這正是當局希望的發展：百姓繼續日常生活。即使是官方公文，都只是輕描淡寫帶過這場戰役：北京當局聽說這只是一場小衝突，英方亦遭遇嚴重傷亡。康普頓說，刻意壓下戰役的嚴重性，是不希望引起民眾恐慌，但我不禁好奇這是否是為了顧及顏面、避免皇帝震怒？

除去粉飾太平不說，這場戰役倒是為不少人開了眼界。例如那天的虎門慘劇，就深深震懾了康普頓。自那刻起，他本來潛藏在嬉皮笑臉下的那一面就浮出表面：康普頓焦慮擔憂的傾向。對於這個習性，他絲毫不感歉意：遭人取笑時，他引述孟子一句頭頭是道的名言：「生於憂患而死於安樂也。」

現在康普頓的憂患之心時常像泡泡般浮出表面。過去他面對翻譯總是不慍不火，但現在語言儼然成了戰場，文字則是武器。有時他閱讀中國官方文件的英語翻譯，會義憤填膺，火山爆發：你瞧，阿尼珥，快看看！看看他們是怎麼扭曲我們說的話！

他凡事皆可爭辯，就連英國人所說的「中國」也是。他說，中文裡沒有對應的用詞，那是英國人從梵語和巴利語借來的，中國人使用的詞彙不同，英語誤稱他們是「中央王國」，他說最好的翻譯是「中原」——我想這和印度話的 Madhyadesha 應該是同一個字。

最讓康普頓氣不過的，就是中國字「夷」被誤譯為「野蠻人」。他說這個字原本指稱中原以外的民族：換句話說，夷的意思是「外邦人」。但這個詞彙是到了近期才備受爭議——原先英美人士安於將「夷」翻譯成「外國人」，不過近來有些英美譯者開始堅稱夷的意思是「野蠻人」。雖然有人不斷提醒他們，這種用法將許多備受敬重的中國名人拖下水——就連當代統治的王朝亦然——但英國譯者卻認為自己的譯法才正確。有些譯者是惡名昭彰的鴉片走私犯，這麼做顯然是想刻意扭曲中文，煽風點火。由於義律上將和他的上級不懂中文，於是翻譯說什麼他們都信，甚至相信「夷」這個字其實是種汙衊用詞，而這現在引起他們的嚴重不滿。

這件事讓康普頓十分沮喪：他們怎能說自己真的懂，阿尼珥？他們怎能說他們看見的那個文字是「野蠻人」，是我們口中的「夷」？

Mat dou gaa（乜都假）——全是一派胡言！

要是立場對換，要是梵語或孟加拉語的「yavana」或「joban」被翻譯成「蠻夷」，我必定也會抗議。康普頓說英國人之所以翻成野蠻人，是因為在他們眼裡，我們真的就是「野蠻人」，為了挑起戰爭，他們找盡理由，就連一個字都可以成為理由，我覺得他說得可真沒錯。

但虎門之役也為康普頓帶來好處。例如林欽差大臣現在比較留意翻譯和情報等事宜，鍾老師在官員圈子裡身分也變得更重要。對康普頓而言，這攸關自尊，他覺得至少他良師益友的努力有了回報。

根據康普頓的說法，在官員界裡，鍾老師的海外研究一直被貶為無足輕重，甚至聲名狼籍。他的同儕認為他尋求水手、船東、商人、移民等人提供情報，是一種不得體的行為，畢竟這些人在傳統中國官僚眼中都屬於不值得信任的階級。

出於以上種種理由，鍾老師的研究向來備受冷落。康普頓說他之所以能夠繼續研究，單純是因為前廣東省長對外國商人及他們的國家感興趣，而鍾老師贏得他的信賴。他給了鐘老師一份頗具名望的廣州學院要職，這就是康普頓進入他圈子的契機。

康普頓的家庭並非書香或官僚世家，他的父親是船具商，他從小在珠江河畔長大，身邊都是外國水手和商人，所以他的英文都是向他們學的，也從這些人口中認識到海外世界，甚至連自己的英文名字都是他們取的。

康普頓並不是唯一用這種方式認識世界的人：珠江河畔有成千上萬人是靠貿易餬口，他們經常和外國人廝混，其中幾百萬人的親屬定居海外，於是通曉他國動態情報。可是他們的知識卻鮮少傳到掌握國家事務的學者和官員耳中，再說一般中國民眾也不希望官員注意到他們，畢竟官員對世界認識與否，和他們又有何關係？康普頓說，好幾個世紀以來「山高皇帝遠」這個想法，都讓廣東人寬心。明知灑出熱水會燙傷自己，又何苦燒那一鍋水？

我猜想孟加拉和印度斯坦在歐洲占領時期之前，勢必也大同小異。位高權重的學者和官員幾乎不關注外界，直到有天外強突然崛起，吞噬他們。

*

賽克利在竇提午宴上飽受冷落，唯一慰藉就是離去前勃南太太投以注目的記憶——要不是那匆匆一瞥，他真會以為那晚在她房裡的溫存只是他個人的想像，而他說到底「不是顯要人物，只是個神祕人」。

這個回憶使然，幾天後一位僕人帶著盛有淡黃色甜食的托盤，前來平底帆船時，他瞬間提高警覺。這是做什麼的？

幾個問題下來，他已經摸清正在舉行某個重大慶典。而為了慶祝，太太特地讓宅邸員工放一天假。當然賽克利無法拒收托盤，於是他收下，拿進屋內。他將托盤擱在餐桌上，盯著覆蓋著一層銀色錫箔紙的甜食。

禮物有何用意？難不成是某種訊息？僕人並沒有明講這是勃南太太送來的——不過賽克利心裡有數，宅邸裡沒有她不知道的事。

他回到床上躺著，闔上雙眼，不讓眼睛飄往她的閨房——無論如何，他絕對不能允許自己的思緒飄往那個方向。他不敢想像再次陷入前幾週的痛苦折磨，也知道自己絕對撐不過來。

他仰躺在床上，努力對宅邸員工魚貫湧出院落的聲響充耳不聞。

很快空地就會空無一人……

這個念頭一出現，他馬上將它踢出腦海。偏偏他發現自己辦不到，只好決定不待在平底帆船，進城比較安全。他將僅存幾枚硬幣塞進口袋，一路漫步到齊德埔，走進碼頭附近的水手酒館，用一安那點了一盤小菜、一杯攙水淡酒。為了拖延時間，他開始和陌生人閒聊，請他們喝淡酒，直到口袋裡一毛也不剩。本來他大可留到天亮，但他運氣不好，慶典之故酒館提早打烊，於是午夜前他已經回到平底帆船。

宅邸一片漆黑，除了幾個在大門打盹兒的守門人，員工似乎早已消失無蹤。賽克利正要登上平底帆船的梯板時，遠處某個微弱光線閃爍，照射他的眼睛。他再瞥了一眼，卻什麼都沒看見。他心想可能是哪個匪徒闖入勃南家院落，他最好去查看一下。還沒反應過來，雙腳已經帶著他走向宅邸，他承諾自己只是稍微看一眼，確認沒人闖入就走。

他對監視路線記憶猶新，他動作熟練、鬼鬼祟祟溜過陰影，躡手躡腳走到面向勃南太太閨房的樹前——微弱光線自覆蓋布簾的窗子下緣流瀉。

賽克利並未看見入侵跡象，但他心想既然已經走到這裡，最好確認屋子側邊僕人通道的門安穩關好。他躡手躡腳踩過碎石邊緣，摸了摸門把——手才這麼一碰，門就咯吱敞開。跟上次一樣，裡頭擺著一根蠟燭。他關上門，拾起蠟燭。

現在停下腳步為時已晚，他輕手輕腳走上樓梯，然後停在盥洗室，吸了一口芬芳氣息，再走向閨房傾瀉而出的濃郁金黃微光。

她正站在床邊，穿了件簡單的白色睡袍，秀髮傾瀉而下，栗色捲髮垂落肩頭，手臂交疊在胸前。

他們凝望著彼此，接著她低聲說了聲：「瑞德先生……晚安。」

「晚安，勃南太太，」他說，迅速補了句：「我只是來查看妳是否安然無恙。」

「你真是太貼心了。」

她繞過床，朝他走了過去。「你的襯衫破了，瑞德先生。」

他低頭一瞧，發現她的手指已經消失在他的襯衫破洞裡。下一秒他感覺到一隻指甲輕輕刮過他的肌膚——接著他們的身體疊在一起，雙雙滾入綢緞床罩及羽毛枕頭的輕擁當中。

不消多久，他夜夜思念的畫面彷彿成真，真實到像是假的：愉悅感受是如此強烈，他幾乎忘卻過去幾週折磨著他的恐懼。但憂慮並無止息，反而毫無預警降臨心頭，措手不及到賽克利忽然聽見她的聲音在耳邊響起，驚慌喊道：「喔，你怎麼了？為何停下來？你不是已經結束了吧？」

「不是，」賽克利嘶啞地說：「我不能繼續下去，不行——太危險了，風險太過巨大，經過上次後，妳懷孕的可怕想法縈繞不去。」

她拉下他的頭親吻他：「你不該擔心的，」她輕聲細語在他耳邊說：「上次完全沒事。」

「妳怎麼知道？」

「因為我有來月事。」

「喔，謝天謝地！」他卸下心中的大石頭。

「而且這次我們恰巧也很安全，你想要什麼時候、在哪裡獲得滿足都可以。」

「不行，」他露出笑容搖搖頭：「得先讓妳滿足。」

完事後，他們喘得說不出話，直到她事後依偎著他，在他耳畔呢喃愛意時，他才想起過去幾週他承受的尖酸苦澀。

「我們躺在這裡時，妳可以說出甜言蜜語，勃南太太，」他唐突地說：「可是上次在竇提先生家時，妳卻裝作不認識我——妳說他只是神祕人，不是什麼顯要人物。」

她的頭從枕頭上猛然一抬，抗議著嚷嚷：「喔，瑞德先生，你太殘忍了！竟然這麼指責我？你不曉得要我說出那些話有多困難。你看不出我多怕被自己出賣嗎？要是承認我認識你，下場會很可怕。坐在我旁邊的奧古絲塔．史溫荷是城裡惡名昭著的山貓，什麼都逃不過她那雙銳利的山貓眼。可憐的艾蜜莉亞．密德頓就是被她害慘的：太太和僕人不過在餐桌上不經意地眉目傳情，奧古絲塔立刻就察覺事有蹊蹺。兩週不到，可憐的艾蜜莉亞就被丈夫休了，打道回府，返回英格蘭。我聽說她最後下場淒涼，在黑池市的妓女戶謀生。」

賽克利內心一涼。「所以我們永遠都只能是這種關係？太太和僕人？夫人和神祕人？」

「喔，不，親愛的，」她笑逐顏開：「我們很快能讓你成為大老爺。但代價是誰都不得知道這件事，否則我倆都會遭殃。」

他這下在枕頭上轉過頭，面對她：「所以妳想要到時再擺脫我？」

她沒有移開她的凝望：「喔，親愛的，我想我倆都很清楚，我們都不夠堅強，擺脫不了彼此，不是嗎？你把我變成一個軟弱任性的傻瓜，瑞德先生。唯一的安慰就是我至少幫你治好你的病。」

「那麼何不花一輩子治癒我？何不跟我私奔？」

她笑了。「喔，瑞德先生！現在換你變傻瓜了。你曉得我不適合當神祕人的太太、住在潮濕茅舍裡吧？而且要是我無時無刻不在你身邊，你很快就會嫌棄厭倦我。一、兩週後就跟同年齡的年輕小姐跑了，到時我該如何是好？我只能賣春，在暗巷拉客。」

她的指頭輕輕撫過他的臉龐：「不，親愛的——不久的將來我們將永遠分開。到時我們還會再見最後一面，享受最後一夜激情，然後好好道別，分道揚鑣。」

「妳答應我？」

「當然。」

兩人四肢再度交纏，再次鬆開時已近黎明。

賽克利穿上外褲時，勃南太太爬下床，等到他套上襯衫後，她拉起他的手，朝他手心裡塞了某樣東西。他張開手掌，發現三枚碩大金幣。

「天啊！」他手指一鬆，硬幣紛落在潮濕紊亂的床單上。「我不能收這筆錢。」

「有何不可？」她從床上拾起錢幣，繞到他背後，雙臂環繞他的腰，腹部緊貼在他的背上：「如果你要當大老爺，當然就得給自己買幾套像樣的衣服，不是嗎？」

「是這樣沒錯，但我不該用這種方式獲得這筆錢。」

「那這樣呢？」她一隻手滑入他外褲口袋，手指一陣胡亂摸索，硬幣紛紛掉入口袋。

「不——停下來！」他想拔出她的手，她的手指卻已經停在他的胯下，說什麼都不願鬆手。

「就把這當作是我借你的，」她對著他的耳朵彈舌低語，「等到你變富有老爺那天，再還給我不就得了。」

「我會成為富有老爺？」

「當然會。我們會想辦法讓你變成世上最神祕富有的大老爺。」

她的手在他口袋裡忙著，讓他一時忘了錢幣的存在。他轉過身，兩手抱起她步向床。

「不！」她大喊：「你得走了，我們沒時間了。」

「妳說得對，」他說：「我們沒時間了。」

但他等到好幾分鐘後才離去，回到平底帆船後，聽見金屬碰撞的叮噹聲他才想起，金幣還在他口袋裡。他將其中兩枚基尼收好，次日帶著另一枚到城裡，訂製了幾套高檔新衣。

第八章

克斯里和梅上尉從朗布爾前往加爾各答的旅途耗時近兩週，大多時間都在租來的布拉馬普特拉河船上度過。

對克斯里而言，這趟旅途就是一趟療癒之旅，船伕一肩扛下所有職責，所以他可以好整以暇休息。菜餚美味無比，廚子完全不負布拉馬普特拉船伕的烹飪高手美名：他們沿途購買新鮮漁獲，在他的巧手烹調下變出不可思議的美妙滋味。

梅上尉帶來一般軍官的外出軍糧，包括醃肉、餅乾，通常都是僕人為他準備。但他很快就吃膩伙食，加上他向來喜歡印度菜，於是暗示克斯里，他並不介意偶爾來一頓印度餐點。要是其他軍官也同船，上尉恐怕吃不到克斯里的食物——然而這卻是藐視種姓制度的大好機會，克斯里不僅和上尉分享美食，甚至美酒：夜裡船隻靠岸後，船員都在甲板下休息，上尉就和克斯里分享他軍糧配到的啤酒。

「中士，這只是因為我們現在不在軍中——當心哪，別告訴任何人！」

「不會的，長官！」

兩人的對話從未出現克斯里被趕出警衛隊的話題，但克斯里有時可以感覺出上尉似乎對他的處境表示同情，只是較為婉轉。

有天夜裡他們聊到倫敦，那是梅上尉長大的地點，可是派遣至印度後，他只回去過一次。上尉掉進回憶漩渦，向克斯里揭露一件令他驚訝的事：他透露已不在人世的父親曾是一名「banyan」——店小二，他略顯尷尬地笑說。

克斯里立刻明白為何他從未提過此事：其實英國軍官和印度兵一樣，十分挑剔他們徵召入伍的士兵種姓階級。大多軍官來自專業的士紳及軍人世家，克斯里知道他們要透過家族人脈獲得背書，靠推薦信成為委任軍官。至於一個店主的兒子是怎麼爬到這個軍階，克斯里也摸不著頭緒，但他這番揭露讓克斯里釐清他始終想不透的有關長官的某件事。

他記得好多年前的某個晚上，梅軍官在軍官交誼廳喝得爛醉，當時他是十八歲的海軍少尉，克斯里則是他的勤務兵。克斯里經要求到交誼廳帶長官回房，梅軍官醉得一塌糊塗，一路上胡言亂語，說起他想加入某間加爾各答俱樂部的事：其他海軍少尉和陸軍少尉都獲准加入，唯獨他被擋在門外。這時克斯里才明瞭，他的長官遭遇不公平待遇——也許是跟父母或種姓有關。

對克斯里來說，他的長官遭拒加入俱樂部是一種針對性的侮辱：他從未對任何人提及此事，每當大家講起梅先生，克斯里總會故意說他「來自好人家」——khandaani aadmi，因為他曉得這會影響印度兵對軍官的評價，一如印度兵對彼此的看法。

後來警衛隊和其他軍團駐守蘭契。蘭契是一個如詩如畫的小鎮，被列為「家庭駐守站」，許多英國軍官和文職官員都帶著妻小住在這裡。當地舉辦了諸多派對、打獵、餐宴，當然也不乏耗盡軍團體力的舞會。

身為年輕健康、熱愛交際的海軍少尉，梅先生將所有精力投入社交活動，克斯里知道他長官的作為，因為有關軍官醜態的消息總會傳回印度兵耳中，不是軍團俱樂部和交誼廳的站崗士兵，就是在軍官住處工作的廚子、服務生、搧風侍者傳出去的。有時這類消息甚至會引發印度兵之間的問題：有些人和自己的長官關係要好密切，兩名少尉的爭吵很可能點燃勤務兵的怒火激戰。

克斯里就是幸運兒，因為梅先生而遭到其他勤務兵打趣嘲弄。

「喂，克斯里，你知道你的長官最近忙啥嗎？」

「他還真是個色胚，老是在把妹。」

Wu sawdhan na rahi to dikkat hoe——要是他不檢點，恐怕會惹禍上身。

克斯里從諸如此類的暗示得知，梅先生正和駐守站裡最受歡迎的小姐眉來眼去：她美得傾國傾城，腿長高䠷、胸部豐滿、一頭紅棕髮，她的父親是一名准將，來自最高種姓階級的軍人世家。

梅先生和她的糾葛讓克斯里陷入尷尬狀況，畢竟他正好和這位小姐很熟。還是新兵的他曾參加這位小姐的父親、也就是准將籌畫的狩獵派對，後來他獲派擔任小姐的上膛手。她的槍法精準，那天破了個人紀錄，共獵了十二隻鴨。小姐心血來潮，認為這全託克斯里的福，是他帶來好運，於是後來只要警衛隊在家庭駐守站，小姐打獵時就會堅持請克斯里當上膛手。

獵捕鴨子時，克斯里會坐在她身後的窗簾內，兩人就這樣你一言我一語，談天說地。小姐是由伊斯蘭奶媽帶大的，所以可以說流利的印度斯坦語。她常關心克斯里老家村莊和家人等事，好奇他當初是怎麼加入十字棋軍團。除了她，沒人知道當初是狄蒂幫他逃離納亞恩浦的。

幫克斯里和梅先生牽線的人也是她。梅先生加入軍團不久，她便問克斯里有沒有興趣當新進海軍少尉的勤務兵，他答應之後，小姐便說會幫他和梅先生談。

克斯里對小姐心懷感激，卻沒想過除了副官和高級軍官子女之間常見的要好，她和梅先生之間亦存在一絲情愫。但流言蜚語開始在蘭契流竄，克斯里發現情況愈發棘手複雜。他知道他的長官可說是完全沒有抱得美人歸的機會——梅先生身無分文，也不適合結婚，克斯里已經借了好幾次錢給他，所以十分清楚這點。反觀小姐追求者眾，其中一些還是令人滿意的如意人選。若是真要找結婚對象，克斯里毫不懷疑，她家人絕對會逼她為將來做出正確決定。

當他偷聽到其他人說長道短，談論梅先生和小姐的事，克斯里只是不屑譏笑，聲稱他們只是普通朋友，就是很常見的白人先生與小姐關係，沒有曖昧之情。可是之後情況卻愈見失控：派對和舞會之後，克斯里聽聞小姐和梅先生共舞的時間最長，小姐甚至婉拒了某些高階軍官的邀舞。然後有天，一位服務生對克斯里竊竊耳語，前一晚餐會上，他端湯上桌時，親眼目睹梅長官和准將的女兒在桌底下偷偷牽手。

有天，梅先生發高燒病倒，無法出席社交活動。當週尾聲，准將召喚克斯里前來宅邸，陪伴賓客和家人狩獵。一如既往，他被指派為小姐的上膛手。那天賓客眾多，小姐周圍總是不缺伴，克斯里跟她只有幾分鐘獨處時間，她趁這個機會心急詢問梅先生的狀況：他好不好？有沒有人照顧他？接著交給他一只厚重的粉紅色信封袋，低聲說：克斯里・辛，麻煩你把這轉交給他，mehrbani kar ke（拜託你了）！

克斯里別無選擇，只好遵從指示：他將信封袋擱在梅先生床頭的三腳茶几上，沒有留下任何解釋，兩人也從沒談過這件事。有天，打掃梅先生臥房的清潔工專程去問克斯里，他在梅先生書桌上發現一撮頭髮，是否應該扔掉。克斯里前去探個究竟，發現信封袋上方，擺著一綹整齊繫綁著緞帶的紅棕色頭髮。

光是看一眼，克斯里就立刻知道不會有好下場。他冒著遭受嚴責的風險，拾起信封和隨信送來的紅髮，交給梅先生，告訴他這些東西不收好的話恐怕危險，再說現在已經流言四起。可想而知梅先生震怒不已，他朝克斯里大聲咆哮，罵他是無賴，要他管好自個兒的臭事就好，別亂碰他的私人物品。

克斯里當時很清楚他的長官已經著魔，majnoon，為愛痴狂。他真希望梅先生像他一樣，遇到一個像葛拉比這樣的對象，選擇一個他可以擁有的女人，如此一來他就明白，這麼做只會惹禍上身。

不消多久，情況進展到嚴重關頭。那年，軍官和他們的太太開始流行某種新穎古怪的娛樂，很明顯是仿效故鄉的流行風潮。他們會帶著裝滿食物飲料的籃子，騎馬來到叢林，然後攤開布巾和毯子，坐下來吃東西——就在空曠開闊的地方，大剌剌地吃起來。對勤務兵來說這著實惱人，因為他們得花大把時間驅趕蛇，還得注意是否有老虎和大象出沒。這對他們來說根本說不通，怎會有人想在自己可能被野獸吃掉的地方悠哉坐著吃東西？但命令就是命令，他們沒得選擇，只好遵照指令做事。

最討厭的莫過於照顧馬，因為馬擺明是花豹的完美誘餌，老是急躁不安。那天克斯里正在照顧一匹馬，瞥見梅先生和小姐漫步走進叢林，兩人就這樣消失一段時間，直到小姐的父母開始擔心起來，甚至派出一組搜查隊尋人。由於克斯里知道他們往哪個方向去，便早其他人一步，逕自溜走，沿路大喊「梅先生！梅先生！」

一會兒後他聽見回應，然後看見梅先生和小姐，兩人面紅耳赤、衣冠不整朝他走來，起先克斯里以為他們迷失方向，才會蹣跚狼狽。可是後來他注意到小姐臉龐仍帶著某種光暈，梅先生的衣領凌亂，立刻明白他們之間出事。他盡可能不帶表情，在梅先生耳邊低聲警告他，趕緊整理領口。

這對愛侶回到派對時已經整理好衣冠儀容，說服大家只是走失迷路。那天就這麼風平浪靜地結束了——但克斯里知道事情不會這麼簡單就落幕。一、兩天後，他不意外地發現，小姐已經隨著母親離開蘭契，前往加爾各答。

雖然他和梅先生從未提到她的事，但克斯里心知肚明，她的離去帶給長官莫大打擊。整理他床鋪的僕人常在他枕頭下發現她的信封，克斯里有時會看見梅先生一臉落寞寂寥，獨自坐在房裡，在書桌前垂頭喪氣。

克斯里很開心收到撤軍返回巴勒克波爾的命令，他覺得換個環境對梅先生有好處。但他們才剛抵達補給站，就聽說准將千金即將成婚的消息，對方是一名加爾各答的英國富商。

婚禮當天，軍官營地不見人影，大家都去觀禮了，唯獨梅先生留下來，據說只有他沒有受邀參加婚禮。

翌日，克斯里發現鋪床工將梅先生的枕頭拿去晒太陽，他摸了下，枕頭是濕透的。巴勒克波爾訓練兵營規模龐大，擁有一所軍隊管理的「性病醫院」，確保為白人士兵和軍官服務的軍妓安全無病。克斯里知道過去梅先生偶爾會造訪兵營紅燈區「僅收歐洲客人」的妓院，那晚他逮到機會，報告梅先生，他聽說有個新來的年輕姑娘不錯，一般來說，梅先生會很感激他提供這類情報，但這次他卻對克斯里失控咆哮，要他管好自己的破事就好。

克斯里知道梅先生內心醞釀沸騰的情緒將要一觸即發，不只是因為他失去了小姐，更因為同袍戰友都恥笑他。克斯里明白，他的長官性格魯莽，情緒爆發在所難免——沒多久果真就爆發了。有天夜裡，一名服務員衝來告訴克斯里，梅先生在軍官交誼廳喝酒和人吵架：梅先生偷聽到某位軍官閒言閒語，而且措辭不堪入耳，於是挑戰對方來場決鬥。

克斯里可以感同身受，被戲謔稱呼為「雜種」和「豬玀」是一回事，可是每個士兵都很清楚，要是認真說出haramzada和soowar-ka-baccha等字眼，免不了是一場腥風血雨——只有懦夫才不站出來捍衛自己的榮耀。如此一來爭執就會有結果，無論結局如何，都比為了一個無法得到的女人暗自垂淚來得好。

唯一讓克斯里可惜的是決鬥將以手槍進行：若武器是劍，他深信不疑梅先生絕對贏定了。倒不是梅先生的槍法不準，而是使用手槍有賴運氣，尤其梅先生情緒激動，只是有害無益。

梅先生回到房間後感到焦躁暴烈不已，克斯里已經料想到這個情況，也做足準備。他遞給梅先生一只玻璃杯，要他喝下杯裡的飲料，當晚便能睡得安穩，醒來後手感穩定。

「裡面裝了什麼？」梅先生問。

「果露——有添加鴉片。」

當晚兩人並未提及決鬥，也沒有必要。梅先生灌下果露後，克斯里便取走他的手槍，以絲絨布包裏好，帶回自己的小木屋，花了好幾個鐘頭清槍上油。接著他按照戰鬥前夕的習俗，將手槍帶去軍隊寺廟，擱在神明腳邊，請家祭祈福禱告。清晨他將手槍歸還梅先生，並用小指指尖沾了下硃砂盆，然後往長官的太陽穴上點了蒂卡。梅先生並未出聲抗議，只是刻意以頭髮蓋住蒂卡。

決鬥的時刻到了，梅先生的助手帶他上場。克斯里欣慰發現長官不僅心平氣和，甚至一副樂呵呵的樣子。反而是克斯里害怕起來，遠比自己上場還要來得緊張。克斯里加入保持一段距離的觀戰群眾時，兩手不住發抖。

儘管統帥部不苟同這種決鬥，兩名軍官展開決鬥卻並非罕見。雖然克斯里之前觀看過決鬥，但這次一發出開火信號，他卻緊張到連忙閉起眼。等到周遭的人開始拍打他的背，他才知道他的長官贏了——而且還是最好的結局，不是趕盡殺絕，而是讓對手受了點皮肉傷後戰敗倒地。

這場決鬥緩解了梅先生的情緒，也讓他重新找回尊嚴，多少釋放了內心的憤慨悲痛。但接踵而來的幾年，那件事依舊對他影響至深，儘管他深具軍官潛質，官階升等卻宛如牛步。

梅先生與准將女兒牽扯的事，對他個人生活也造成深遠影響：克斯里從不質疑這就是長官一直未婚的主因。克斯里本來以為一旦准將女兒離開，梅先生就會去追求其他小姐或姑娘，但他卻沒這麼做。出兵行軍時，梅先生偶爾會去找葛拉比旗下的女孩，在訓練兵營時，他也不時造訪軍隊妓院，展現他所謂的男子氣概，卻完全看不出他有找老婆的意願。雖然這也沒什麼大不了，畢竟不少英國軍官都是到了不惑之年才成家，但克斯里深知梅先生保持單身的理由沒這麼單純，失去小姐的傷痛仍然縈繞不去。克斯里之所以知情，是因為有次他和梅先生一起出戰時，梅先生在前哨戰傷及胸口，軍醫勤務兵試圖脫下他的外套時，一小包東西從外套內袋掉了出來。克斯里看了一眼，就知道裡頭裝的是當年小姐給他的信。顯然梅先生一直帶著它上戰場，收在最靠近胸口的位置。

自那之後，久久不散的苦澀心酸緩緩鑽進梅上尉的人生，年輕人該有的無憂無慮、熱情洋溢日益發酵，演變成認命怨恨。唯一讓他支撐下去的，大概就是他跟印度兵的關係。

克斯里想到，若非這段不幸的情感糾葛，梅長官今日的人生樣貌肯定截然不同，但他倆從未談及此事。從朗布爾前往加爾各答的漫長旅途，他們不像一般的軍官與印度兵，反而像是兩個無話不談的好友。儘管如此，對於此事他們仍舊隻字不提。當然梅上尉並未忘記問起克斯里的妻兒，要是梅上尉已婚，克斯里也必定會詢問他的家人，偏偏事與願違：對已婚男人來說，家庭是安全話題，對未婚男人卻不是這麼一回事。

旅途最後一天，梅上尉問：「中士，遠征結束後你有什麼打算？申請退休金、回到家人身邊嗎？」

「正有此意，長官。」

語畢，梅上尉說出不太意外的真心話：「中士，要是我到時想申請退休金，我也不太吃驚，」他說：「畢竟十字棋軍團對我並沒有比對你好。」

*

繼上次與勃南太太私會後，賽克利的悔恨不再如此強烈，倒不是他已感覺不到罪惡感，而是他急著回到勃南太太閨房的心讓他顧不得罪惡感。

但下一次會面比他預期來得慢：他等待勃南太太再次捎來隻字片語，等到天荒地老。下一封信過了兩週才送達，藏在一本沉甸甸的經書裡：一小張紙片上寫著神祕數字——十二。數字明顯是日期，也就是兩天後。

賽克利為了幽會準備，用心研究了看守空地的巡守和門衛，聆聽他們的腳步聲、追蹤燈籠的光線。十二號那晚到來，他輕而易舉避開看門人的耳目——他告訴勃南太太這不會很難，他已經找到通過空地的方法，而且不會被看門人發現。

他的信心滿滿讓勃南太太更有把握，於是兩人更常私會了。與其魚雁往返，他們現在都趁每次分開前約好下次的幽會時間。兩人也不再管僕人是否在家，反正賽克利通常都在半夜三更偷偷溜到宅邸，那時空地已不見人影。他對空地越來越熟悉，也不放過任何可能利用的掩護，包括夜裡常從河面襲捲而來的冬季迷霧。

雖然兩人越來越常見面，賽克利依舊樂此不疲：每次約會都是一場新鮮冒險，每次造訪都喚醒一個不同女人——要是他們的關係沒有意想不到的急轉直下，他絕對想像不到勃南太太內心存在著這個南轅北轍的女人。然而他也曉得，他們之間的發展並非意想不到：因為他的身體感應得到某樣理智無法解釋的東西——貝塔太太鋼鐵般的冷酷外殼下，藏著另一個不可思議、難以預料的生物，一個創意源源不絕的女人，不僅是身體，她的語言亦然。

有天夜裡，他正巧碰上陣雨，抵達樓梯頂端時渾身已經濕透。勃南太太正在盥洗室等候他。「喔，瞧瞧你，親愛的，滴得到處都是水。讓我幫你脫下長褲和長袍，你先別動。」

脫下他的外衣後，她要他坐在浴缸邊緣，然後跪在他張開的雙腿之間。她拉高她的襯裙，襯裙邊緣垂蓋在他大腿上，然後將身體壓著他腹部。她溫柔呢喃耳語，用一條浴巾擦乾他的頭髮和肩膀，欠身擦拭他的背部時，身體緊緊貼著他。她在俯首的剎那間，瞥向胸前未繫綁的襯裙內，輕聲呼喊：「喔，你看！我看見一頂安全帽！有個英勇的小中士已經爬上我胸前，在壑谷上方抬頭挺胸，想要好好俯瞰美景！喔，不過你瞧！即使戴著陽盔，他還是全身濕透！」

她樂用新穎話語和令人費解的稱呼撩撥他，但無論他們多麼親密探索彼此的身體，無論他們多麼沉迷彼此的渴望，他們之間仍存在著她絕不讓步的禮節：即使她暱稱為「雄赳赳的印度兵」的器官深深進入她體內，它的主子和指揮官仍是工匠瑞德先生，而她則只是勃南太太，貝塔太太。

有次正如她的形容，當「電流快要竄流全身」，他感覺到她的震顫，於是鼓勵她釋放自我，大喊著：「喔，高潮吧，凱西，高潮吧！千萬別有所保留！」

這幾個字一溜出他的嘴，她立刻凝止不動，連電流都忘得一乾二淨。

「什麼？你剛才叫我什麼？」

「凱西。」

「不，親愛的，不行！」她嚷嚷，扭動臀部，唐突抖出他的印度兵。

「對你而言我還是勃南太太，不能有其他稱謂——你對我而言也只能是瑞德先生。要是我們開始在私下喊『賽賽』和『凱西』，有天我們的舌頭必會在大庭廣眾下背叛我們。可憐的茱莉亞．斐爾里就是這樣被捉到和她的馬伕廝混的——有天那蠢蛋協助她上馬背時，正好被人聽見他叫她「茱莉」。有誰聽過馬伕這麼稱呼太太的？他們說要騎馬外出和裝馬鞍時，也常常不見馬兒蹤跡，沒多久可憐的茱莉亞就打道回府，回到德奧拉利——全是因為她放任那個馬伕用兩個字親暱稱呼她。不行，親愛的，不，這種事絕對不能發生，我們的關係是『勃南太太』和『瑞德先生』，以後也只能這樣稱呼彼此。」

賽克利贊成她的提議，不只是因為他接受她的理論，更是因為電流竄流她全身之後，可以聽見她發出這般滿足的呻吟：「喔，瑞德先生，瑞德先生！你這壞蛋讓可憐的勃南太太達到高峰了！」而這種稱謂總令他感到格外興奮。

而呼喊她婚後的稱謂也提醒他，他們的歡愉是一種偷情，克制毫無意義，壓抑荒謬不已：他們的罪加一等，唯有輕薄舉止可以抹煞——就如她調皮一扯，嚷嚷：「換我來敲你的鐘了。」

她運用高級釣手的如珠妙語當作誘餌，挑逗、嘲弄、煽動他，昇華她欲擒故縱的藝術。

「喔，瑞德先生，我不懷疑你這年紀的小伙子，無時無刻不處於揮棒出擊狀態，是件多開心的事——慢火燉砂鍋自然是好吃，不需要譴責。但你知道，我親愛的工匠，偶爾來一點甜酸醬，一向是替乏味的傳統燉菜添加美味的祕訣。」

「勃南太太，我聽不懂妳的意思。」他懵懂含糊地說。

「喔？那你沒聽過包租嗎？」

「妳是指包租一艘船嗎？」

「不，你個稚嫩青澀的小子！」她大笑：「在印度，包租是指用這個器官做出的動作」——說到這裡，她的手探向他的嘴脣，輕掐他的舌尖——「你的舌頭。」

於是他們又展開嶄新的探索，他很快就被一眼看穿是個貨真價實的菜鳥，笨手笨腳，展現出土狼資質。「喔，不，親愛的，不是這樣！你不是在嚼chichky，也不是豎起東西調角度！親愛的，製作甜酸醬不是流血的野蠻運動。」

她的多變讓他想要取悅她，她對待他的軟硬兼施，遠比任何甜言蜜語來得教人興奮。包租實驗那晚，他總算成功讓她輕顫，她說：「親愛的，你竟然這麼快就掌握口交絕活，實在是奇蹟！」聽見這番讚美他不禁滿心驕傲。

她的嘲弄令他著魔，即使她不認真看待他常讓他困惑不解，他還是為她深深著迷。他毫不質疑她擁有高深無邊的情愛藝術造詣，認為她將他視為生手也不為過。然而她還是有純真的一面，她在探索他的身體時，偶爾會不小心流露出令人詫異的真我。

有天夜晚，她正在把玩「睡夢中的勇士」，驚叫著它的溫馴魅力，他漸漸失去耐心：「喔，拜託妳，勃南太太！妳已經結婚生子，想必這不是妳頭一遭面對雞——」

她伸手摀住他的嘴，不讓他說完這個詞。

「不，親愛的，不，」她說：「我們這裡不說粗鄙的話語，女人可以對女人下流，男人也可以對男人猥褻，男女在一起就是不行。」

「為什麼不？」他追問：「我們為何不能使用對方使用的詞彙？為何不該像大家一樣用熟悉的名字稱呼那玩意兒？」

她的應答靈敏，萬無一失：「這就是原因了，瑞德先生。因為大家都這樣，而我們可不是『大家』。我們是你和我，沒人像我們，我們也不像他們。如果我們能用自己的表達方式，何必借用大家習慣的用語？」

「勃南太太，不公平啊！」他抗議：「我向來不擅長玩文字遊戲——要我怎麼跟上妳的腳步？」

「喔，胡說[10]！」她說，邊說邊彈著手指強調：「你是水手！承認自己詞窮真是羞愧！」

「那好，勃南太太，」他說：「我就用水手術語問妳吧！妳是已婚婦女，擁有多年大副執照，想必妳對男人桅杆和艙口的位置不陌生吧？」

「喔，拜託，瑞德先生！」她大笑怪叫：「你以為端莊的已婚婦女會這麼肆無忌憚，像你我一樣，衣服脫個精光，兩手任意游移？若是如此，你大錯特錯了。我可以向你保證，大多夫妻結合只是為了把信件投遞郵局：熄燈之後掀起睡袍速戰速決。」

「可是妳剛結婚時肯定曾經……？」

「不，瑞德先生，你又誤會了，」她嘆了口氣：「我的婚姻跟你想的不一樣，我和勃南先生結婚的理由眾多，但歡愉絕對不是其中之一。我當時才十八歲，而他比我年長十五歲，他想要成為體面人士，參與不得其門而入的社交圈。我曾告訴你，我父親是孟加拉本土步兵團的准將吧，所以他有敲開門戶的威勢。我親愛的爸爸跟許多士兵一樣，並非節儉成性的人，總是負債累累，於是他和媽媽將所有希望寄託在我身上，打算幫我找個好對象嫁了——雖然和勃南先生的媒妁之緣也說不上是好姻緣，

10 Fiddlestick，也有提琴弓的意思，故勃南太太做出拉琴手勢。

但他們都認為他前途無量，而且已是大人物，況且他向我父母開出相當慷慨的條件。」

她的聲音帶著賽克利不曾聽過的信賴，彷彿他獲准進入一個他曾探索過的密室，只是現在可以探入更親密的深處。他急著了解她的事，問：「妳和勃南先生當時對彼此沒感覺嗎？完全沒有愛意？」

她對他投以嘲弄笑容，彷彿他是孩子般逗弄他下巴，說：「瑞德先生，不是吧，我該拿你怎麼辦？你不曉得太太不准讓小情小愛阻礙自己的生涯嗎？感情是洗衣工和娼妓才談的東西，不適合我們這種身分的女人：這是我母親教我的，我日後應該也要把這觀念傳授給女兒。而且你知道嗎，這麼說也並非不對。畢竟愛情無法填飽肚子，再說我的婚姻也不是那麼不幸福。勃南先生對我要求不多，只要我參與正確的社交圈，盡一個成熟白種太太應盡的職責，幫忙顧家。至於其他事情，他全權交給我決定——所以我憑什麼不多幫他一些？」

「所以妳知道，」賽克利繼續追問：「他和其他女孩間發生的事，例如寶麗？」

「不！」她尖銳回答：「雖然我早懷疑事有蹊蹺，但我沒有問得太仔細，如果你想知道原因，我可以告訴你。」

「什麼原因？」

「原因是我並不是什麼好太太。」

他側過身子，望著她的臉，雙眼迷惘地回問：「什麼意思？」

「好吧，如果你真想知道，我可以告訴你。」她說：「這件事可以追溯回我們的新婚之夜。勃南先生來到我床邊時，我害怕到昏厥過去，不省人事。而且那並非唯一一次：每次他想抱我時，我都會暈厥。由於事發頻繁，後來他們決定帶我去看醫生。我被帶去看城裡最優秀的英國醫師，他說我這是歇斯底里和精神紊亂引發的性冷淡。後來我花了好幾年治療疾病，最後才成功受孕——甭多說，自那次起，勃南先生就接受了我有病的事實，對此他一直都很諒解。至於我呢，我長久以來都相信他跟一般男人一樣，應該有其他發洩管道，只是我沒料想到會是寶麗向你描述的情況。」

「所以妳覺得真相是什麼……？」

這時她的心情已經調整回來，笑鬧著掄起拳頭，打斷他的話：「你今天是好奇的小工匠，是吧，瑞德先生？坦白說我寧可回答你的小印度兵，而不是你的問題。」

她的斷然拒絕刺傷了他，彷彿她朝他的臉甩上門。他唐突地掙脫她的手，伸手取回外褲：「哦，勃南太太，妳大可不必回應我倆——因為我們得先走一步，晚安了。」

他走出門時，她試著像之前一樣往他的口袋塞錢，他卻猛然推開她的手。「不了，太太，」他說：「要是妳以為我寧可要白花花的銀幣，而不是幾句實話，等於是在侮辱我的人格。」

語畢，他沒有等她回答就奔下階梯。

＊

好幾週來，查狄格提議的遠行占滿詩凌百的腦袋。她想去中國的念頭是如此強烈，害她不禁懷疑起自己的意圖。她是因為希望逃離這個家才想去嗎？還是認識丈夫私生子的庸俗好奇心驅使？抑或因為她想再次見到查狄格？

這些問題不斷在她腦海盤旋，衍生更多質疑聲音。她家人的反對聲浪是否會真如她想像，難以克服？或者正如查狄格說的，困難都是自己想像出來的？

唯一知道真相的方法，就是放手一搏。

十二月初某天，維可前來拜訪。兩人交談時，詩凌百突然下定決心。

維可，她說。我已經下定決心了，我要去中國。

妳說真的，夫人？

維可毫不隱藏他的狐疑：妳弟弟會怎麼說？

這問題令她像刺蝟般豎起毛。聽著，維可，她說。我不是小孩，如果這是我想做的事，我弟弟憑什麼阻攔我？一名寡婦去亡夫的墳墓並不是什麼醜聞，再說要是跟他們解釋此行目的是為了討回巴蘭吉的財產，我相信他們會理解的——就算可能不認同，但他們都是懂得金錢價值的人。

那妳女兒呢？

她們當然會擔心我的安危，詩凌百說。但是如果我告訴她們，會有人陪我去，她們應該會安心的。難道不是嗎？蘿莎不是有意陪我一起去？

是的，夫人，但妳得支付她的船票和開銷，不便宜啊！

這我也想過了，維可，你等等。

詩凌百走進房間，然後又拿著珠寶盒回來。

維可，你瞧——這些是我一直收藏著的珠寶首飾，你覺得付得出這趟旅費嗎？

維可手探向盒子，在手心掂了掂幾條詩凌百的項鍊。

夫人，這些能典當不少錢，他說。絕對足夠購買妳和蘿莎的船票，但妳可要想清楚——妳真的打算把這些全部押在這一趟嗎？

是的，維可，要是進展順利，一切都會值得的。

詩凌百感覺維可還是不太信服，於是她換了話題：現在還是先別談這件事吧，維可。你先讓我處理。

那是當然，夫人，這可是一個天大的決定。

詩凌百當晚輾轉難眠，滿腦子都在思索該怎麼告訴家人。

如果她想去中國，至少需要弟弟的首肯，這點她心裡有數：以他們在孟買的社交圈和商界地位來看，要是信譽優良的船主得知弟弟反對，不會有人願意賣她船票的。唯一辦法就是偷溜上船，但這是她不敢想像的做法。她真要去的話，就得公開大方，但這說到底只是為了讓孟買那些好管閒事的人和管家婆閉上嘴，她知道事情不會太簡單，因為要是得知密斯垂家的守寡女兒計畫隻身前往中國，勁風必會不得安寧襲捲孟買宅邸的深閨內部。

經過一番深思熟慮，詩凌百決定醜聞是必不可避的——但要是她家人能團結起來，齊心抵擋醜聞的力道，後果就不至於太嚴重，他們或許可以安然挺過這場風暴，甚至可能帶來好處，向世界展示業界先鋒密斯垂家族在其他方面也比同儕先進。

但她該怎麼說服女兒和弟弟？她能夠達成目的，卻不至於家庭破裂嗎？

詩凌百看得出眼前障礙重重，她想起已逝父親的座右銘：要擊沉一艘船，你不用完全破壞船底，只需要依序拆解幾塊木板。

她心想，這艘船最主要的木板莫過於她那兩個女兒。要是她可以獲得女兒的支持，說服弟弟就沒那麼困難了。可是她也清楚兩個女兒正是最難說服的對象，她們可能擔憂她的安危，出言反對，另一方面也因為父親破產的醜聞，已夠讓她們戰戰兢兢。

詩凌百還在思考該如何提出話題時，命運為她帶來想像不到的契機。有天夜晚，她女兒和女婿來家裡晚餐，對話自然轉到中國，其中一個女婿提到孟買的主要船東剛舉辦了一場祕密會議。結果另一個女婿正好清楚掌握未來的發展：孟買最富有的商人都爭相為派遣中國的英國遠征隊提供支援船舶，目前已經投入幾十萬盧比的資金，開出優渥條件，許多船東更為殖民政府提供優秀船艦，當作部隊的運輸工具。當然他們都知道，一旦從中國政府手裡討回銷煙賠償金，第一個收到這筆錢的人，絕對是對英國貢獻最多的人。

雖然詩凌百沒有加入對話，卻要女兒停止忙孩子的事，仔細聽女婿說話。稍後，終於等到與兩個女兒獨處的機會時，她問：妳們有聽到妳們丈夫在晚餐時講的話題嗎？

女兒漫不經心地點頭：不就是向中國索賠的事？

對，詩凌百說。維可告訴我，要是我們主動索討賠償金，就能爭取到高達二十萬西班牙銀元。

這滔天數字令她們錯愕不已，詩凌百刻意停頓幾分鐘，讓這句話沉澱，才繼續補充：不過維可說我們可能一毛都收不到，除非……

除非什麼？

詩凌百深吸一口氣，脫口而出：除非我自己去中國索討賠償金！

女兒倒抽一口氣。妳？為何是妳？

Kain ke，詩凌百說。因為妳們父親上一批鴉片貨物的投資金額絕大多數是我的資金，是我繼承的遺產。但要向機關首府證明這一點，我就得親自走一趟。維可說義律上將認識妳們父親，還說要是我去中國請求他幫忙，他就會同情我的遭遇——再說妳們父親在廣州商會的朋友也會支持我。

可是為何非要妳親自走一趟？這筆錢不會自動退給我們嗎？

她解釋她交給巴蘭吉的這筆錢被視為共同資產，因此也屬於巴蘭吉的財產。照正常程序來看，這筆財產列為最後賠償分發。但要是給付賠償金時詩凌百親自到場，那麼巴蘭吉的商會朋友肯定會確保她以投資人的身分出席，她甚至可能是第一個獲賠的人。

女兒咬著嘴唇，來回思忖這件事，過了冗長的幾分鐘後，她們才提出其他反對理由。

但往返中國恐怕要花上一年半載吧？

Ne ahenu bhav su? 那開銷呢？

詩凌百走到衣櫃，打開她收藏珠寶首飾的鐵製保險箱鎖頭。

妳們看，她對女兒說。我還有一些sun-nu，這些是我結婚時收到的金飾。本來我是打算留給妳們，但要是我現在變賣，將這筆錢用在這趟遠行，豈不是更好？如此一來，我們就能回收十倍以上的金額。

女兒面面相覷，輕咬著指關節。

但人們會把妳說成怎樣……？

像妳這把年紀的女人……還是寡婦……居然獨自旅行？

詩凌百低垂著眼，靜靜聽她們說，等她們說完，她說：妳們也知道，這不只是為了錢，我也想在死前去一趟妳們父親的墓。如果我這麼告訴大家，誰有意見？

她在女兒心底撒下種子，讓這想法慢慢萌芽，當晚便不再提及此事。

幾天後，維可前來通知他收到查狄格大哥的信：他已經安排好中國遠行的事宜，他會搭乘一艘名為「印度號」的船，這是勃南先生的船。

勃南先生？詩凌百說。不就是他買下阿拿西塔號嗎？

正是他，太太，維可說。勃南先生也是巴蘭吉的廣州特別委員會同事。查狄格大哥說他確定要是勃南先生清楚妳的境遇，絕對可以好價格提供妳一間好艙房。其他事查狄格大哥會安頓好，他現在只需要妳一句話。

詩凌百早就告訴維可她決定要去，這下子已經沒有退路。好吧，維可，她說。你可以回信給查狄格大哥，勃南家的人來孟買時我曾見過他們一次，我想他們對我應該還有印象。請告訴查狄格大哥儘管放手安排，我會想辦法讓家人答應的。

鼓起勇氣的話語一脫口而出，她的決心變得更加堅定。她知道還有一大段路要走，但眼前的障礙已經不若先前想的那麼難以克服。擁有明確目標也讓她精力充沛，詩凌百已經好幾年不曾有過這種感受。彷彿她周遭世界的觸感色調正在改變，而過去她不太關心的事，例如經商、財務、政治登時變得趣味盎然。

彷彿一陣強風吹開了她世界裡的深閨窗簾，也吹散了數十載的塵埃和蜘蛛網。

＊

一八三九年十二月十六日

湖南島

今早我一抵達印刷廠，康普頓便露出燦爛笑容：Naah 阿尼珥！你聽我說，你要和朝廷命官本人見面囉！

起先我以為他只是說笑。Gaai choi（芥菜），我說。你給我一堆芥菜。

他大笑：Leih jaan（嚟真）——我是說真的：你今天要見林欽差大臣啦！Faai di laa（快啲喇）——快啊！動作快！

這次機會真要多虧不久前在海南海岸沉沒的英國船隻桑妲號，十五名倖存者多半是英國人民，其中一個是小男孩，林欽差大臣下令不得虧待他們，所以他們的待遇不差，由一艘官方護航艦從海南護送他們到廣州，抵達後安置在美國行館，不久後就會動身返回英國。

數日前，林欽差大臣要求和生還者見面，於是安排在寨城一間寺廟會面，我獲准以鍾老師的特別嘉賓身分出席！

要是今早起床時，有人告訴我很快就有踏進寨城的機會，我絕對不會相信他的話：多半外國人是不能進城的，我一直都心心念念著哪天能走進城門。要是有人告訴我，我將和林欽差大臣面對面，想必我也不會相信。我曾從大老遠看過他，所以想到現在可以近距離看見他，就不禁頭暈目眩。

我和康普頓一起前往寨城西南門，發現已經聚集一大群人。外國人之中，共有十多名是桑妲號的生還者，另外幾名則是美國商人，包括德拉諾先生和庫利茲先生。中國人的陣仗之中，則約有六名官員，還有幾位公行商人。

對我來說，在場最有趣的就是林欽差大臣的私人翻譯官：我從康普頓口中聽過不少關於他們的事蹟，卻從未見過他們本人，因為這群翻譯官平時都在寨城內工作生活。

其中最傑出的翻譯官就是袁騰飛：一個安靜和藹的男人，就讀馬六甲的英華書院，曾在英格蘭待過幾年。現在他在北京擔任資深要職，接到欽差大臣十萬火急的徵召，來到廣州。接著是一臉勤奮好學的林阿適，他的「英文」名字是威廉・波特爾（William Botelho）：也是第一個赴美進修的中國人，曾在康乃狄克州和費城求學。另一個翻譯官則是剛成年的年輕人梁進德：他是早期改信新教的基督徒之子。最後是父親是中國人、母親是孟加拉人的亞孟：佝僂年邁，曾在加爾各答附近的塞蘭坡傳道學院任職數年。

亞孟至今仍會講一些孟加拉語，我有很多想要問他的問題。但我們才客套幾句，就傳來敲銅打鑼、鼓聲隆隆的聲響，示意城門即將開放。接著城門豁然敞開，寬廣筆直大道映入眼簾，兩側士兵列隊，大街上一排拱門等距聳立，左右兩側的房屋皆為兩、三層樓高，屋頂鋪有綠色磁磚、屋簷飛翹，窗子裡擠滿圍觀群眾的好奇臉孔。

我失望發現這段路並不長，只夠匆匆一瞥寨城——選為會面地點的寺廟僅距離城門三百碼。雖然士兵阻擋在建築入口，但為數眾多的嘈雜觀眾佇立於士兵身後，爭相推擠，只為搶看一眼外國人。

會面場地就在寺廟建築後方。跨越幾個天井後，我們來到一間猶如圖書館的大廳堂，陳列著令人目不暇給的書籍卷宗。對面有個高升的凹室，擺了幾張供欽差大臣和幾個高官就座的椅子。

樂手敲鑼打鼓，宣布欽差大臣駕到，他步入廳堂時，所有人都呈跪姿迎接，但外國商人只有行鞠躬禮，沒有跪下。欽差大臣體格結實健壯，跟隨行人員相比，裝束十分樸實。他正值中年，行動矯健，態度隨和活潑，聲音悅耳動聽，神色輕鬆愉快，眼睛明亮銳利，蓄著一縷鬍髭。

我興奮得不得了，但我必須承認，見到欽差大臣後，情緒反而從興奮跌落谷底。我聽過不少關於他的傳聞，想像中他是個身分不凡的大人物。然而在所有中國官員之中，他恐怕是最不顯眼的一位，至少以外貌來講。其他高官大費周章營造出顯赫華麗的形象，欽差大臣卻反向操作——而這恐怕就是他最不平凡的一面。他的舉止簡直像個爺爺，甚至拍了拍英國小男孩的頭，和他交談幾分鐘。

可惜會面不怎麼有意思。看來林欽差大臣之所以想要見他們，是因為他希望說服英國人接受他禁止鴉片貿易的理由。他還為此帶來幾本關於鴉片的書籍及小冊子，藉此說明鴉片對中國的危害（其中一些是康普頓和我經手、引起欽差大臣注意的翻譯）。欽差大臣命人從研究國際法律的歐洲專著節出一個段落朗讀，表示禁止鴉片貿易完全符合國際法律原則。

英國人禮貌地聆聽，欽差大臣的高聲呼籲卻讓他們一頭霧水：畢竟他們對大英帝國的領導人並不具備舉足輕重的影響力。

康普頓也覺得這場會面毫無意義，只是浪費時間。

事後我們回到印刷廠，康普頓說林欽差大臣最失敗的一點，就是他太相信理性。他以為只要英國平民聽得懂政策背後的道理，就不會有爭端。他內心相信明智的人不可能為了鴉片這種小事開戰。這也是他想要與英國生還者見面的主因：現在他只能寄望英國老百姓，畢竟他已經對義律上將和其他英國官員失去信心，認為他們只是追逐私利的腐敗官員，矇騙他們理應服務的人民。

我懷疑他當真以為英國老百姓相信桑妲號沉船的倖存者會像中國人一樣，可以向他們的政府陳情請願。他有所不知，英國與中國迥異，英國人民並無法向政府請願，也無法左右官方政策。

我想大家都覺得他國的專制政府難以理解吧！

＊

賽克利倉促離開勃南太太的閨房，才驚覺他們沒約好下次的幽會時間。賽克利為了一時的魯莽離去，在內心咒罵自己，再說想到永遠進不得她閨房，他也不理解為何他會這麼驚惶失措。畢竟他心知肚明無論兩人的關係算什麼，很快就得結束。但他仍舊無能為力，無法讓嚷嚷著「還不行！還不行！」的自己閉上嘴。

幸好他沒等上多久，幾天不到就收到藏在另一本厚重巨著裡的訊息。

他再次來到勃南太太的盥洗室時，光從她的熱情招呼就看得出她的歉意。

「我親愛的、親愛的瑞德先生，」勃南太太的雙臂勾著他：「我好高興你來了——人家還以為你不來了呢！」

「為什麼？」

「我以為上次見面時我說錯話，我一直都是這麼口無遮攔、胡說八道，老是管不住我那自由的舌頭——竇提先生都說我這是奔放的舌頭——你大人有大量，可不可以原諒我？拜託你嘛！」

他露出微笑：「是的，我親愛的太太——我原諒妳了。」

「謝謝你！」她將唇壓上他的，接著發出歡喜驚呼：「喔，太好了，看來咱們印度兵也原諒我了——我敢保證等到它看見我特別為它買的禮物，肯定會更雄赳赳氣昂昂。」

她剝光賽克利的衣服，拉他來到鋪滿毛巾的床上。他將頭擱在枕頭堆中，仰躺下來，她轉向她的床頭櫃，拿起一只小碗，把碗端放在他胸前，說：「瑞德先生，可當心囉——別亂動，否則會灑得到處都是。」

賽克利看見半滿碗裡盛裝琥珀色調的香精油，還有個狀似兒童長筒襪的東西浸泡在碗中，只是並非布料，而是某種透明材質，開口端頭繫著紅色絲帶，絲帶巧妙懸空在碗緣上，沒沾到精油。

勃南太太以兩指指尖捏起絲帶，將襪子撈出碗，高舉著讓油順沿錐形尾端，猶如涓流般滴落，在賽克利下腹部肋骨處堆成一小灘。

「你知道這是什麼嗎，瑞德先生？」

他的眼睛圓瞠。「這是……？會不會是……？那個法文字？」

她作勢調皮打他一記耳光：「喔，瑞德先生，你真俗氣！我們就稱它作連帽斗篷[11]吧，當作咱們勇猛印度兵的小外套，這樣它就不用再受屈辱，只能朝半空中發射子彈。」

她屈身給賽克利一個悠長緩慢的吻。「親愛的，我知道你通常無法好好發洩，忍得很辛苦。看到你的犧牲奉獻，我心情沉重，你無法想見，我知道你不必再忍受時有多開心。」

她的溫柔聲音及好意讓賽克利深受感動。「勃南太太，妳實在太貼心了。連帽斗篷很難入手嗎？」

「可難了，因為我要謹慎行事。更遑論自由校街上住了一位美國助產士，現在可有錢了。」

「很貴嗎？」

「連帽斗篷在英格蘭要價一先令，可是在這兒售價翻倍——等於一個就要一盧比。我買了幾十個，夠我們用上一陣子。你之前用過嗎？」

他搖搖頭：「我只是個工匠，負擔不起這種奢侈品，勃南太太。我當然有聽說過，但從未親眼見過。」

「我也沒用過，」她說：「但我會盡自己所能正確套上的——麻煩你仰躺著，扶正印度兵，讓它稍息站好。」

她徐徐爬上床，跨過他的兩腿，端坐在他大腿中央。

「我聽說連帽斗篷是羊腸製成的，」她手指沾入碗裡的精油，說：「瑞德先生，沒想到晚餐時候填飽我們肚皮的羊肉咖哩，到了深夜竟然也有其他作用，一想到就覺得有趣，對吧？」

她拎起長長的羊腸，慢慢揭開開口，放在他的腹部和鼠蹊滴入涓涓精油，試著將襪子套上去時摸索了幾分鐘。

「這真的好滑，瑞德先生，我們的印度兵不斷抖動抽搐，更是難上加難。可不可以叫它乖乖待著，別挑這種時間進行刺刀操演？」

這下她的臉深埋在他的兩腿間，他只看得見她的眉毛。正在全神貫注繫好絲帶時，勃南太太突然皺起眉頭：「喔，我綁得七零八落，這下要用牙齒解開了。瑞德先生，穩住別動！」

他感覺得到她牙齒的輕咬及鼻息，猶如一陣吹拂旗杆的和煦微風。他的頭往後一仰，哀嚎：「喔，勃南太太，請快一點，不然我很快就棄械投降了。」

「喔，不准你這樣！守住炮彈！」

他又感覺到她的指尖跳躍，接著開懷尖叫：「喔，瑞德先生！我真希望你能看看我幫你綁好的蝴蝶結有多麼漂亮！我想拿面鏡子讓你好好欣賞一番。」

「不！拜託不要——夠了！」

「哎唷，我跟你保證，這世上沒有哪頂女帽的絲帶比我綁的還好：這停在你睪丸上的蝴蝶結就像桅杆下方的花冠！就算是為英女王升的國旗，相信她也沒看過比這更漂亮的國旗。」

現在他已經忍無可忍。他移開擺在腹部上的碗，捉住她的手臂，一把拉向自己。「而妳，勃南太

11 Capote，連戴頭巾的長外衣，法文裡是「保險套」的意思。

太，妳贏得了皇家禮炮！」

她輕笑著吻了下他的鼻尖：「你瞧，瑞德先生——你也沒有自己想得那麼沒創意嘛！」

事後，變得濡濕的絲帶一解開，甫填滿的羊腸又丟回碗中，他說：「勃南太太，妳真是性愛技巧專家——我忍不住好奇妳有多熟練。」

她從枕頭抬起頭，對他蹙眉：「才沒有！」她嚷嚷：「我從沒做過這種事，瑞德先生。」

「但在我之前妳肯定有過其他人吧，勃南太太？背著丈夫私會的情人？」

她奮力搖頭。「不，從來沒有！瑞德先生，我可以向你發誓，在你踏進我的閨房前，我從來不曾對丈夫不忠，沒有對不起我老公。我敢說我很潔身自愛。」

「但勃南太太，妳告訴過我妳幾乎沒有跟他同床共枕。可是我見識過妳的熱情，想必妳也有……需求？」

她微笑，拱起眉毛：「親愛的，『需求』為何非要與丈夫和忠誠扯上關係？」她說：「一次悠閒漫長的沐浴就能滿足太太的需求，有女僕和服務小姐伺候——甚至還可能有另一位太太。瑞德先生，你可以信我一句。太太最開心的莫過於老爺出遠門的時候，不過這倒也剛好，因為他們老是不在家，征戰旅行。」

賽克利不可置信地合不攏嘴。「妳不是認真的吧！妳的意思是服務小姐在妳泡澡時讓妳產生電流？勃南先生知情嗎？」

「欸，這早就不是祕密了，親愛的。為了治癒我的歇斯底里，醫師安排護士幫我進行親密按摩。你知道，這可是那種病的標準療程，所以我長期雇用一、兩個執行療法的女僕。勃南先生很清楚，也沒有出言反對——畢竟連醫師都這麼說了，他憑什麼反對？恐怕能讓他安心吧，不必擔心我對他不忠。他這麼想也對，畢竟直到某位工匠進入我的生命之前，我壓根沒想過和哪個男人激情，現在一想，真是不可思議，想當初你剛來時我可是把你當敵人，不是愛人。」

「勃南太太，我聽糊塗了——什麼敵人？」

她壞心眼地嬌笑，搔著他的下巴：「親愛的，你可要知道，當初你剛來時我對你滿懷怨對，是因為我認為你擾亂了我精心策畫的寶麗計畫。我心想要不是你，她早就聽取我的建言、嫁給康達布錫法官，之後我倆就能好好享受泡澡樂趣。都怪你粉碎了我的希望，所以說什麼我都得懲罰身為程咬金的你，無奈命運捉弄人，現在在我房裡的反而是你，有天要是你跟寶麗私奔，我真不曉得我會比較忌妒誰——是你還是她。」

這個異想天開的想法令賽克利的腦袋暈頭轉向：跟勃南太太在一起時，他常有種沉沒水底的感覺，沉入到他不曾到過、更深沉洶湧的水底。然而，奇怪的是他非但沒有漂得越來越遠，反而更渴望她。

她完全看得出他在想什麼，發出輕笑：「啊，雖然幾分鐘前才剛打完一場仗，但我看咱們的印度兵聽見起床號了，準備再次武裝出戰了。」

他不情不願地微笑：「勃南太太，有件事我倒是很敢說，那就是妳確實很懂撩撥男人的索具。」

第九章

雖然在軍旅生涯中，克斯里曾在加爾各答待過一段時間，卻從沒想過在威廉堡城牆內駐紮。這座堡壘瞭望著舉目不見樹木的廣場空地，堡壘內主要都是白人兵的駐防地，印度兵很少分派到這裡。印度部隊通常駐紮在遼闊空地的對側，與堡壘有一段距離的印度兵區。

之前克斯里在加爾各答布崗時也待在印度兵區，印度兵區的生活條件與其他基地和訓練兵營大同小異，印度兵要自己負責住宿伙食——軍隊既不提供營房，也沒有餐飲交誼廳。基層戰士不是自己蓋個臨時營房，就是集資租房，糧食皆由共同僕人準備。中士和其他資深軍士往往會租用私人臨時營房，並由私人助理打點生活起居。

可是加爾各答的印度兵營地有一個與眾不同的特點：營地比其他營地要來得大。緊鄰在旁的集市是占地遼闊的永久建築，本身自成一座小鎮——供應豐富多樣的服務，年輕戰士可以好幾個月都待在營地，不外出探索。

要是可以選，克斯里寧可回到印度兵區的集市，但這次想都別想，嚴格指令不准他踏出威廉堡一步。遠征隊的組織目前仍是不能說的祕密，因為倫敦尚未下達正式命令——為防消息走漏，他們下令志願軍不得離開堡壘場地半步。

克斯里一開始獲知不能離開威廉堡時忍不住怨聲載道，然而一入住新房，他發現禁閉沒有想像中讓人怒火中燒。住進營房對他來說算是全新體驗，由於他是第一個入住的人，可以任選最好的房間。

他挑的房間位處營房建築的角落，兩面皆有偌大窗戶。入住三樓的房間也是另一種新奇體驗，克斯里從未住過如此高樓層的房間，可以眺望四周美景。

然而另一方面不停歇的當值令他苦不堪言。在大多基地和訓練兵營，執行軍隊義務的空檔可以有娛樂消遣，住宿安排也還算舒適，辛苦一整天後，印度兵可以回到房間，換上腰布和背心。可是在威廉堡，印度兵要和所有英國兵一樣，必須無時無刻不穿著制服，所以需要花點時間適應。不過這些安排也有好處：不用考量僕人和居家空間的問題和開銷，倒也不賴。

分派給孟加拉志願軍的營房就在堡壘的隱蔽角落。之所以僅分給他們一小角，是因為他們的分隊名義上是「營」，實質上整體人數遠遠不及排的一半：僅有兩個連，每個連分別約一百人。

分隊規模小，對克斯里倒是好消息：他本來以為上有中尉，甚至是對他指手畫腳的上尉，後來卻開心發現他是B連裡最高階的軍士。同樣令人欣慰的是，他發現軍營的總司令柏頓少校可能會被指派為遠征隊的指揮官，而他的身分地位無足輕重，意思是軍營兩連將以獨立分隊的身分運作，也就是說他和梅上尉可以自行處置管理他們的人手。當然還有六個副官的芝麻綠豆小事要考量，但克斯里絲毫不質疑梅上尉能讓這些年輕英國軍官不上前煩擾。

後來他發現梅上尉的同級，也就是A連的總司令並不是精力充沛或具有魄力的軍官。挑選低階軍士時，這點優勢格外明顯：在梅上尉的協助下，克斯里爭取到他想要的下士和準下士人選。

頭幾組基層印度兵開始湧入，結果超乎克斯里的預期。他從經驗得知，獲准「自願」參與海外服務的士兵，往往都是不受歡迎的人選——問題無非是適應不良、規避義務、遊手好閒、喝酒滋事等，可說是任何分隊都樂於擺脫的麻煩人物。但這些志願軍並不若克斯里想得那麼糟糕：許多都是企圖心強烈的年輕戰士，他們想見識世界、晉級升官，無異於年輕時代的他。

然而志願軍都是年輕稚嫩的新兵，來自標準參差不齊的軍團，這是鐵一般的事實。克斯里知道凝結這一群散沙塑造成團結一致的戰鬥分隊，並非簡單任務。

然而操練正式展開，克斯里卻發現率領這群形形色色的志願軍大有好處：這些人不像一般的印度軍營，這個營隊裡沒有親戚，所以不用顧慮會有愛管事的表哥叔伯。你可以隨心所欲騷擾、威嚇、懲罰他們，都不必擔心有親戚上門找碴。嘗到權力滋味令他精神為之一振，彷彿克斯里一口氣升為領主和士官長。

過去歐洲軍團的「鐵的紀律」時常令克斯里又敬又畏，他好奇他們的軍士是怎麼將士兵鍛鍊成戰爭機器。現在他明白了，想要打造出這樣的分隊，第一步就是剝奪士兵和外界的連繫，但這對一般的孟加拉本土步兵團是不可能的，人際關係以及他們與團體間的羈絆過於濃烈。

另外，生活在不熟悉的環境條件也有助益。印度兵在此之前從未在營房駐紮，其中差異令克斯里詫異不已。他和四名下士同住一間房，不到一週克斯里對他們的認識已超越過去的下屬。他們全來自不同城鎮——阿瓦德、彌薩羅、博杰普爾、山區，種姓階級也天南地北：有婆羅門、拉吉普、阿西爾、庫爾米[12]等其他種姓階級。一開始有的人對於一同吃飯怨聲連連，但克斯里很快就讓他們乖乖閉上嘴。他們難道不曉得大家將要搭同一艘船嗎？他們難道不了解在船上的日子不可能按照過去村裡的習慣？利用諸如此類的問題提醒印度兵。不多久他們早就忘光要抱怨，而這也對戰士產生正面效益，戰士看見軍士的榜樣，後來也較能和大家打成一片。

有陣子情況比克斯里預想的來得好，但他知道好景不常——結果他真的猜中了。不消多久，強制孤立的壓力逐漸壓垮他們。這群人不適應禁閉在欠缺兵營隨行集市設施的環境，和陌生人同住營房房間，還得無時無刻不穿著制服，以上皆令他們渾身不自在。

當第二批增援志願軍抵達，情況急轉直下。幾乎所有人都是「拖油瓶」，之所以自願入伍，是因為母分隊想要擺脫他們，可能是體力適應不良，也可能他們是無可救藥的麻煩製造者。

沒多久士兵情緒開始煩躁，由於沒有表哥叔伯介入，鬥嘴吵架常常一不小心就失控，原本只是芝麻綠豆的爭吵，最後也可能升溫演變成肢體衝突。連續兩週都有人遭到刺殺身亡，所以連上一口氣失去九人，因為殺人犯的幫兇也得一併開除。

隨著一週週過去，克斯里發現士氣萎靡的跡象越來越明顯：儀容凌亂不整、操練七零八落，許多士兵固執寡言的不服從再也無法靠一般的懲罰解決。士兵越來越難控管——嚴重到克斯里的軍旅生涯中，首度懊悔孟加拉本土步兵團已經廢除鞭笞。

後來克斯里想到一個蓋摔角場的主意，軍隊補給站的印度兵區及訓練兵營有個共同特色，都會固定在軍營內部舉辦錦標賽，甚至跨軍營舉行。軍旅生涯中，克斯里從未中斷摔角，有幾年甚至坐上十字棋的冠軍寶座。他知道摔角可以加深分隊士兵的感情，小時候的修道場回憶告訴他，要是參賽者彼此不熟，效果甚至更好。他不認為梅上尉會反對——他本身也是偶爾會踏上摔角場的少數英國軍官之一——結果果真讓克斯里料中了，上尉直稱這個主意很天才，並在一週內幫他弄到必要的許可。

掘出一個算得上滿意的坑只需要一、兩天，接著克斯里親自擔當第一批志願軍的指導師。效果正如他所料：士兵樂見這場活動，熱血沸騰地加入，瞬間士氣大增。不久摔角風氣襲捲連上，每個排都派自己的隊伍出賽。

雖說這些跡象令人為之振奮，但有個基本問題依舊存在，那就是志願軍仍然渾然不知他們要被派往何方，謠言騷動四起：他們要對抗的是野蠻食人族；他們會被派到一滴水都沒有的沙漠等。為了應付諸多揣測雜音，克斯里開始和軍士討論可能目的地有哪些：斯里蘭卡、爪哇、新加坡、英屬明古

12 印度種姓，職業分別為祭師、戰士、牧人、農夫。

連、馬來西亞的威爾斯親王島[13]。過去印度兵曾派至這些海外戰場，克斯里也聽過資深軍官訴說數之不盡的征戰故事。然而當答案之間冒出一個大清國——中國時，克斯里卻忍不住訕笑：有誰聽過印度兵遠征中國？那可是印度兵部署範圍之外的國度。光是大清國的稱號就足以說明，這個王國迢迢千里。他唯一聽過關於該國的傳聞，來自流浪各地的精神導師和苦行修士，聽他們闡述當初是如何跨越白雪皚皚的山頭、冰寒刺骨的沙漠。出海討伐這樣一個國度，實在是荒謬無比的奇想。

*

十二月是加爾各答的應酬旺季，多虧竇提夫婦，賽克利獲邀參與了不少場聖誕慶祝大會，甚至參加了更多場新年慶祝活動，迎接一八四〇年。勃南太太也出席其中幾場活動，每當他倆碰巧面對面，兩人皆只是敷衍打個招呼，連對方的名諱都沒提起。

但她的出現每每都教賽克利提心吊膽：他知道她會暗中觀察他，事後對他進行詳細剖析，要是他的衣著打扮、言行舉止不符合白人老爺的格調，他就等著承受嚴厲非難。有時她難得誇獎他兩句，他也殷殷接受美言。每一句讚賞都讓他渴望更多，即使他分不出她是在戲弄他，還是發自真心，仍舊無損他的渴望。

新年那天，他們在午餐會上不期而遇，當晚約在她的閨房相會時，勃南太太嬌笑道：「喔，瑞德先生！你真是越來越有白人老爺的風範了，可不是？你很快就會像塊磚頭般成熟穩重了，瞧瞧你那領巾！還有那表鍊！」

「西裝呢？」他迫切地問：「妳覺得如何？」

他懊喪地發現她居然咯咯輕笑起來：「喔，我親愛的、親愛的工匠先生，」她用手心捧著他的臉，說：「沒有哪套西裝能比得上你與生俱來的那一套。既然它現在落入我手裡，我想要好好鑽進去……。」

身為聲望顯赫的女主人，勃南太太經常在家招待客人，可是她卻清楚告訴賽克利，他休想受邀，而且最好是別出現。事前收到警告的他通常會進城或另做安排，但有時他會工作忙到忘記這麼一回事：有天他正在甲板鋪木板時，正好就遇上這個情況。發現一長串馬車和雙輪輕便馬車徐徐開上宅邸車道時，賽克利才赫然記起勃南太太當日午後要舉辦宴會。

賽克利正在施工的平底帆船部分，恰巧是從房屋那端瞥不見的角落，於是他覺得沒必要像之前勃南太太招待客人那樣，偶爾需要躲進船內。最後他留在原處，彎著雙膝，手裡握著鐵鎚繼續幹活。

賽克利背對著船艄，認真埋首工作時，忽然聽見背後傳來一聲呼喊：「哈囉！」

賽克利嚇得跳腳，旋過身發現面前站著一個亞麻髮色、年方十七、八的女孩。

「你還記得我嗎，瑞德先生？」她露出靦腆微笑：「我是珍妮·曼德維爾，我們之前曾經在港口管理員舞會上共舞，我還記得是方舞舞曲，你要我叫你賽克利就好。」

「噢，對，當然記得，」他瞄了眼自己髒兮兮的工作服——長褲磨損、汗水浸濕上衣，然後尷尬地比了一下自己：「抱歉，我這身打扮不太適合見客。」

她發出銀鈴似的笑聲：「喔，我不介意！你正在做的事看起來好好玩喔，可以讓我試試看嗎？」

「當然，有何不可。來吧！」

他遞給她鐵鎚時，她發出雀躍驚叫：「喔！好重！」

「其實不會，」他說：「捉握正確就不重了。來——我示範給妳看。」

他托住她的手掌，包握繞起鐵鎚的木頭握柄，合起她的手指頭。

13 現為「檳島」。

他們的手還來不及分開，另一聲呼喊打斷他們：「啊！妳在這裡啊，珍妮！總算解開小姑娘的失蹤謎團了！」

他們望向前甲板，發現雙眼怒瞪的勃南太太站在那兒，兩手握成拳頭叉在腰際，儘管她害怕晒黑，卻難得沒戴上帽子，也沒撐陽傘。

女孩一臉罪惡感地抽回手：「喔，勃南太太！」她解釋：「我只是在看……」

「對，親愛的，」勃南太太語氣刻薄地說：「我看得出妳在看什麼。不過現在妳得走了——妳父母已經在馬車上等妳。」

兩個女人沒再對賽克利多說一個字，留下他傻愣愣握著鐵鎚、站在梯板上。

當晚賽克利本來和勃南太太約好去她的閨房，她喜歡在招待客人的夜晚和他碰面，但她那天的突兀舉止讓他心生不滿，於是決定當晚不去見她。他提早上床，在蚊帳的包圍庇護下睡得正香甜時，艙房的門驟然敞開。他驚嚇醒來，赫然發現勃南太太手裡提著油燈，站在門邊——他從未見過她這號表情——臉孔悲憤扭曲，雙眼冒火。

「你好個無賴！」她咬牙切齒對他說：「你這壞心邪惡的豺狼虎豹！你好大膽子！好大膽子！」

賽克利跳下床，連忙關上門。他從油燈光線看見她沒換下宴客的服裝，還穿著他稍早看見的那套洋裝。

「你這劈腿齷齪的ganderoo……！」

「勃南太太——請先冷靜。」他從她手裡接過油燈，扶著她走向床：「還有拜託妳！別這樣大吼大叫的。」

「喔，你好大膽子，」她嘶吼：「先是和輕浮女子打情罵俏，之後又讓我白白等你？你吃了熊心豹子膽？」

他從沒見過她如此震怒，為了不煽動她的怒火，賽克利刻意壓低說話音量。「我沒有跟她打情罵俏，」他說：「是她主動來找我的。」

「你騙人！」她說：「你肯定背著我和她私會。我知道你有！」

「沒有這種事，勃南太太，」他說：「這是港口管理員舞會之後我第一次和她交談。」

「那她怎麼老是追問你的事？每次我見到她，她都賽克利東、賽克利西的？」

「我怎麼知道，」賽克利說：「真的冤枉啊！」

這個回覆似乎讓她稍微冷靜下來，賽克利托著她的手肘，帶她走向床，他掀開蚊帳說：「妳最好進去，勃南太太，不然會被蚊子生吞活剝。」

她憤然甩掉他的手，卻仍任由他帶她進入蚊帳。他吹熄油燈，爬上床坐在她身旁，這下發現她的震怒轉為潰堤淚水。

「你為何不來？」她抽泣著說：「我等了你一整夜。」

「勃南太太，」他低聲說：「我不知道妳有沒有想過，妳知道嗎？我不只是一名工匠，我也是一個人。妳今天下午對待我的方式，簡直跟對待流浪犬沒兩樣，我很受傷。」

「你在說什麼鬼話？」她回嘴：「難不成你希望我在外人面前和你卿卿我我？你明明很清楚我不能在人前表現出跟你熟識的樣子。」

「聽我說，勃南太太，」賽克利耐著性子解釋：「我明白妳的身分是太太，而我是工匠，我們的行為舉止必須維持這種表象，但妳有必要每次在人前都那麼無禮待我嗎？家中哪個僕人曾受妳如此冷酷對待？就連妳看著我的眼神都是——彷彿我是一隻跳蚤害蟲。」

她兩手摀住臉，痙攣似的左右搖晃腦袋。「喔，瑞德先生，你這大笨蛋！」她吞下啜泣：「你不是工匠——你是不折不扣、無以復加的蠢蛋。」

「此話怎講？」

「喔，瑞德先生，」她說：「你真的不懂嗎？我之所以無法在眾目睽睽下凝視你，是因為我被嚇得半死。」

「為什麼？」

「我太害怕我的表情會洩露我內心澎湃的複雜情緒！」

賽克利在黑暗之中摸尋她的手，發現她的手在發抖。「可是妳不只有在人前對我殘忍，妳曉得嗎？」他說：「即使只有我們兩人，妳只會讚美妳口中的『小小印度兵』。」

她憤而從他手裡抽回自己的手：「瑞德先生，你聽好了——如果你想要年輕小姐的驚呼輕嘆、心醉神迷的眼神、愛慕的告白，那我想你還是去找那個珍妮．曼德維爾。你從我這裡絕對得不到這些，我早就過了小姑娘崇拜迷戀的時期。」

「但妳也曾是個小姑娘，勃南太太——妳難道不曾陷入愛河？」

聽見她尖銳的吸氣聲時，賽克利做好被臭罵的心理準備，但等她再度開口，卻是顫抖低語：「我是曾經陷入愛河。」

「告訴我當時的情況。」

「那已經是好久以前的事了，當時我和愚蠢輕佻的珍妮差不多歲數，他則是我父親軍團的副官，剛從英格蘭抵達印度——他只長我一歲，跟其他年輕軍人一樣性格狂放，深色頭髮，相貌十分俊俏。我對他幾乎是一見鍾情，完全瘋狂迷失自我，深陷愛河，就像一個普通的十七歲少女。你的曼德維爾小姐蠢蠢欲動的熱度還不及我的十分之一。」

「那他呢？」

「他也是，我們為彼此瘋狂著迷。」

「那妳怎麼沒嫁給他？」

「想都別想，我父母不會准這門婚事的——在他們眼底，他跟我不門當戶對。他父親是富勒姆的菜販，他母親則是來自黎凡特的猶太人。傳言他是透過要脅勒索才當上軍官：他母親是東印度公司董事會員的情婦，而她逼愛人動用勢力讓兒子入伍。總之他八成也養不起老婆，他從來不是那種會為了三級賽馬賭牌的人——他的名字連四便士都不值。」

「那他現在怎樣了？」

「我也沒辦法告訴你——十七年前自從我們被硬生生拆散後，我就再也沒見過他，音訊全無。」她的聲音再次顫抖，等到冷靜下來後才又開口：「那年夏天，我父親的軍團駐紮在山間小鎮蘭契。冬季時基地舒爽美好，舉辦了不少派對、野餐、表演。有天我們在森林野餐，山間林地很迷人，於是我倆偷溜出去散步，不小心迷路了，他的手環抱住我時，我並沒有反抗，他吻我的嘴脣時，我也沒有反抗，就算他繼續下去我也不會——我們熱烈渴望著彼此。」

「但他沒有這麼做嗎？」

「沒有，因為我們聽見他勤務兵的呼喊，他正在找我們，於是我們匆忙趕回去，我告訴父母，我們只是迷了路。但我的表情肯定是出賣了我，令我母親狐疑，因為回到平底帆船後她和我父親深談，為了避免醜聞散播，翌日我立刻被送往加爾各答。我母親擔心別人誤以為我已經失身，於是決定要盡可能早日將我嫁出去。當時勃南先生趨奉於我父親，期望可以搶到為派遣軍隊供應補給品的合約。有天我聽說勃南先生有意娶我，我母親告訴我，沒有比他適合的人選了。」

「那位少尉呢？他後來怎樣了？」

「我想應該仍在軍團裡效命吧！肯定早就結婚，一打孩子在他腳邊蹦蹦跳跳。」

「妳現在還會想起他嗎？」

「喔，別問了！……這太殘忍。」她別過臉，但他看得出她試圖擋下更多淚水。

勃南太太從不曾在賽克利面前流露如此豐沛的感情：他看得出那名少尉吹皺她的心湖，漣漪四起，日後不復見。這等震盪強度遠遠超過她對他的感情，她絕對不曾對他表露過如此熱情，但他也不期望他在她心底有這等地位。惱怒火光在他體內閃逝而過，嫉妒灰燼在他胸膛內散發微光：這個男人、這名少尉是何許人也？關於他的記憶居然可以穿越漫長的時光隧道，再次觸碰她，讓躺在他床上的她，變成一個全然的陌生人？

「我不會再追問，」他說：「但妳要再回答我最後一個問題。」

話一出口，他反而結巴起來，因為這問題很難脫口而出，最後他總算虛弱地問：「告訴我：那個少尉——他是不是……？我是不是……？我們之間……有任何相似之處嗎？」

聽到這問題後，她對他露出疲憊的淺笑：「喔，不，親愛的。你們兩人天壤之別——一個是工匠，一個是戰士；一個是愛神，一個是戰神。」

賽克利眉頭一皺，他不知道她分別是指誰，但他有股感覺，不管怎樣都不是褒獎。好似她換句話說地告訴他，她永遠不會像深愛這名失去的少尉般去愛他或任何一個人，而他永遠都是攻占她心房的少尉。

*

在蘿莎和維可的鼎力協助下，詩凌百總算成功說服佘娜茲和畢羅絲，這趟中國行的危險性並不大，而且怎麼說也是為了她們好。下一步就是向弟弟提出這個決定，為了打贏這場仗，詩凌百動用女兒的力量，安排她們和舅舅見面，希望先替她試試水溫。

這場會面進展不順遂，兩個女兒最後哭著回來，向母親告狀舅舅責罵她們居然順著詩凌百的計畫走。他們說如果她真去了中國，不堪入耳的醜聞肯定會傳開來，全家人的名譽都會遭殃，這兩位老爺責怪兩名外甥女對母親和親戚竟是如此無感、無恥、無責任感。

聽著佘娜茲和畢羅絲的哭訴，五味雜陳的陌生情緒湧上詩凌百心頭。憤怒往往令她感到衰弱、疲倦無力，但這次怒氣卻激得她情緒沸騰。女兒離開後，她發現自己無法坐視不顧：彷彿準備上戰場般，她換上一件全新的薩德拉背心和一套素淨白紗麗。然後昂首闊步下樓，不顧總務和祕書的抗議，直接衝進兩位弟弟的辦公室。她兩手叉在腰際，站在他們面前，咄咄逼人問他們真以為自己有本事擋得了她，不讓她去中國探望亡夫的墳墓？

詩凌百的弟弟年紀較輕，小時候一直都有點懼怕姊姊。隨著物換星移，這幾年他們角色互換，而他們童年時期對她的恐懼亦隨之沖淡，但現在一絲殘渣又浮至表面。除了幾句含糊不清的推託之詞，他們提不出更好的答案。

詩凌百捉住他們迷惘茫然的把柄，振振有詞地說這件事不是他們說了算，全看她個人決定，而她也已下定決心——弟弟和他們的妻子休想改變她的心意，就算是她自個兒的女兒都無法說服她放棄計畫。他們唯一能選擇的，就是他們想要哪種醜聞：想要家庭不和睦的傳聞？還是按照他們爸媽的期望，挺她到底？告訴全世界他們的姊姊只是善盡所有遺孀的職責，悼念逝去的丈夫。難道他們看不出對家族大有好處？他們難道不懂，要是全家團結、面對外界的流言蜚語，那麼密斯垂家族的聲望就會擺盪回到平衡狀態，外人也會改變立場？

他們開始坐立難安，詩凌百感覺到他們態度動搖了，便撲通一聲往椅子坐下，直接望進他們的眼睛。

你們告訴我啊，她逼問。我們要怎麼處理這事？要怎麼告訴其他人？

他們沒有正面回答她，只有微弱地嘗試跟她講理。香港千里之遙，他們說，想要到那裡得先搭數週的船，而她的健康堪慮，長時間在海上漂泊可能是一大折磨。

詩凌百大笑。她說，她跟他們一樣強壯，為此她提出證據，提醒弟弟她「海上的腳」向來站得比他們穩健。他們小時候和父母出海時，她是手足之中唯一不會暈船的人，而這兩個弟弟踏上甲板，胃部就開始翻攪不適。

他們的臉色漲紅，迅速轉換攻勢。開銷怎麼辦？這趟旅途不便宜——這筆錢要從哪裡來？

遠行計畫中，最令詩凌百焦心的就是財務，於是早就將數字背得滾瓜爛熟：她伸手攫起一枝羽毛筆，迅速在紙上寫下幾個數字，然後推過桌面。

Leh，她說。喏——你們自己看。

兩位老爺掃描數字時，不禁皺起臉，他們特別不認可某個數字，在上面畫線後又推回給她。

船票價格估得太低，他們提醒她。這趟旅程遠遠超過她所能負擔。

這正是詩凌百一直在等待的契機。

我爭取到了特別價格，她以勝利之姿宣布。班哲明．勃南先生是我先生在廣州特殊委員會的同僚。他會提供我印度號的上好艙房，而這艘船很快就會抵達孟買。印度號三月底出航，從孟買出發，途經可倫坡，然後前往加爾各答，接應東方遠征隊的士兵。

她停頓半晌：所以你們瞧——這趟旅程經濟實惠又安全無虞。

弟弟面面相覷，最後聳肩，用不著開口，臉上的表情已足以說明她贏了：tho pachi theek che. 那好吧，就隨妳的意。

＊

一八四〇年一月十四日
湖南島

我運氣實在太好，碰巧住進巴布羅的船屋。我敢打包票全廣州沒人享受得到我這等廣角美景。兩週前，美國行住戶在外國內飛地施放煙火，慶祝西元一八四〇年的到來。我有幸從陽臺觀賞這場煙火秀，彷彿煙火是專為我一人施放。其他人只能從天空看見煙火，我卻能同時看見煙火映照在珠江和白鵝湖水面的倒影。

之後鍾老師向我詢問許多關於年曆的事，好奇印度使用哪種年曆、原因為何。他每次發問都讓我想起小時候的導師，老師都是學識淵博的學者，教我正理論哲學、邏輯、梵語文法。跟他們一樣，鍾老師總有源源不絕的耐心、過目不忘的記憶、一絲不苟捉出前後不一及矛盾之處的鷹眼。跟他說話時，我一樣得小心措辭——因為我說的每句話都得經過他的檢視，要是誇大其詞，我曉得接下來就等著挨罵。

鍾老師的脾氣也讓我想起往日的老師：時而沒來由地憂心忡忡，時而豎起鬃毛似的發怒。但他有一點卻跟其他老師有著天壤之別：鍾老師不像我童年時期的導師，他對於抽象或哲學推論不感興趣，只對「實用知識」——chih hsueh——興致勃勃，也就是包羅萬象的事物，主要是有關外界的事。過去幾個月他坐在我旁邊，對我提出各種主題的問題，拷問我數個鐘頭：西藏人和廓爾喀人指涉的「波吉亞」家族是否正是「馬拉塔」家族？阿瑟耶戰役發生在中國年曆的哪個時期？阿瑟·韋爾斯利公爵跟威靈頓公爵可是同一人？我敢說鍾老師知道大多問題的答案——他只是想再三確認抑或測試我的可信度。他以批判眼光看待所有說法，對他而言，說法的出處跟內容一樣重要：我是怎麼知道一八二五年時，攻打緬甸的英國遠征隊差點敗北？這只是傳說嗎？我的情報來源是誰？

但自從悲慘的虎門海戰後，他的問題出現三百六十度大轉變。他似乎不再對歷史地理感興趣：現在提的多半是軍事和海軍的問題。

有天，他追問我有關槳輪蒸汽船的事。我告訴他，十四年前，一艘名為企業號的船艦從倫敦出發，蒸氣騰騰地抵達加爾各答，我記得一清二楚：這是首艘出現於印度洋的蒸汽船，它的創舉獲得兩萬英鎊的獎金。當時年幼的我很期待企業號是艘高大竦然的龐然大物，所以當我發現它只是艘貌不驚人的小船時相當詫異。但一旦企業號動起來，我的失望變成驚喜——它未激起一丁點風，在加爾各答的濱水區穿梭自如，於大小船隻間動作敏捷地來來回回。

我告訴鍾老師，企業號為加爾各答的船東揭開戰局序幕。幾年不到，新豪拉船廠已經造出富比士號，這艘柚木製的槳輪蒸汽船設置六十馬力引擎，我父親也深受啟發，加入了這場戰局：他在加爾各答最有威望的一間公司身上投資了五千盧比，這間公司正是孟加拉企業家德瓦爾卡納斯・塔葛爾創辦的「加爾各答蒸氣拖輪公會」，並且馬上就購置兩艘汽船。我告訴鍾老師，現在胡格利河上隨處可見汽船和拖輪，人們已習慣在河面上看見這一類船，堅定地攪打著水，吐出拖得長長的煙霧、煤灰、灰燼。

鍾老師說，要是加爾各答可以造出汽船，廣州當然也可以，**maa aa**（對嗎）？

Gang hai Lou-si（咁係，老師）！那是當然啦！

我對他說，有何不可呢？全視引擎而定。我記得加爾各答汽船的引擎來自英國，但我也聽說帕西船商在孟買製出類似引擎。如果孟買做得出來，我想不通為何廣州不行。

從這些問題的走向，我發現目前中國有引進汽船的計畫。事後康普頓告訴我，幾年前一艘汽船已經來過廣州——他向我透露，有間當地船廠正在實驗製造汽船原型。

從這段對話以及我們執行的任務來看，很明顯，虎門海戰悲劇的教訓對於林欽差大臣和他的隨扈並非不痛不癢：他們驚覺中國戰船老舊過時，正想方設法得到西方模型的現代航艦。

前陣子鍾老師要我們留意西方造船的出售消息。結果好運當頭，我不久就發現一艘。這則廣告就刊登在鍾老師的翻譯人員所訂閱的雜誌——《廣州週報》。

這篇廣告要出脫的是一艘名為劍橋號的船，英國人道格拉斯船長有意出售這艘船。廣告說它是一千〇八十噸的商船，於利物浦的佛西特建造，共設置三十六支大炮——從鍾老師的觀點出發，我左看右看都覺得完美。但道格拉斯先生願意將船賣給中國買家嗎？義律上將會允許嗎？

我深表懷疑，但我仍把廣告拿給康普頓瞧，他發出勝利般的呼喊——Dak jo（嘚咗）！——然後衝去找鍾老師。我也是今天才聽到消息，康普頓發出勝利宣言：阿尼珥！我們買到那艘船啦——劍橋號！

事情的來龍去脈是這樣的：顯然這艘劍橋號的船主道格拉斯船長在廣東省官員之間是一號赫赫有名的人物，他惡名昭著，惹事生非，連月來都干擾珠江水運交通，在河口來回航行，恣意對漁夫和貿易船隻開火。當局甚至開出一千銀元的高價，懸賞他的人頭。

勢態使然，鍾老師心想道格拉斯船長必然不會願意將劍橋號賣給中國買家。於是夥同一名富裕公行商，攜手解決這個難題，這名商人說服他的美國合作夥伴德拉諾先生購入這艘船。最後以德拉諾先生喊出的拍賣金額成交，劍橋號也按時送交他手上。過了幾天後，德拉諾先生再將船賣給他的中國合作夥伴，而這人則將船轉送給林欽差大臣當作大禮！劍橋號目前已是中國政府的財產，政府有意多增設幾組大炮。

善用巧智購置劍橋號一事，可說是鍾老師的全面大勝，康普頓說，而我的小小參與也有回報。鍾老師送了我一瓶上好茅臺酒，感激我通知他劍橋號的拍賣公告。

眼見一位年事已高的高官能如此思慮靈敏、高瞻遠矚，實在振奮人心——甚至可說令人驚喜！

＊

某天上午，賽克利正在平底帆船辛勤工作時，聽見一位僕人的叫喊：「Mistri-sahb! Chitthi!（工匠先生！有你的信！）」

這男人帶來一封賽克利一眼就認出來自勃南太太的信封袋。

一八四〇年一月三十日

親愛的瑞德先生：

我現在就得見你。請即刻前往我的縫紉室。我已知會僕人，我需要你幫忙出窗簾箱的意見，所以請你務必帶上量尺。

C. B.

幾分鐘不到，賽克利已經來到縫紉室。「太太？勃南太太？」

他聽見門後傳來她對女僕說話的鎮定聲音：「喔，工匠先生來了嗎？讓他進來。快點！」

女僕打開門，之後便匆匆離去。賽克利進門後，發現勃南太太坐在縫紉桌前，手裡托著針線活兒，一派冷靜自持。

但門一關上，刺繡旋即從她手裡滑落。

「喔，瑞德先生！」她大喊著跳腳：「世界都顛倒了！」

「什麼意思，勃南太太？」

「瑞德先生，他回來了！我丈夫——勃南先生！他帶著兩艘船從中國回來了，一艘是朱鷺號，還有另一艘是他近期購置的阿拿西塔號。目前船隻停泊在海峽，距離這裡大約二十英里。他派一名騎兵捎回消息——今晚他就會回到家。」

賽克利驚愕地直瞪著她：「妳知道他會回來嗎？」

「我不知道！我根本沒有心理準備！」她手慌亂扣在喉頭：「喔，瑞德先生——我話還沒說完。」

「還沒完？」

「你不會相信的——我丈夫決定要我一起搬到中國！」

「中國！」賽克利驚呼：「為什麼？」

「他說中國海岸馬上就會全新開放一個自由港口，倫敦方面已經下了決定，他說那裡會有更多經商機會，所以為了掌握良機，他必須住在那裡。」

「那妳女兒怎麼辦？」

「她暫時先跟祖父母住。」

賽克利一陣頭昏目眩。「所以這對妳我來說，是什麼意思？從現在起，我們就不能再見面了？」

「絕對不行！」她大喊：「我們不能再像之前那樣碰面，你也不能再懷抱這種期待。勃南先生聰明絕頂，一旦他在這裡，你我是絕對瞞不過他的眼睛。」

「所以就這樣？再見不聯絡了？」

「瑞德先生，我們不是早就知道終有結束的一天嗎？很明顯這天已經降臨，除了默默接受，別無他法。」

賽克利的喉嚨哽咽。「可是勃南太太，妳答應過我，等到那天來臨，我們會好好道別。」

「可是現在根本不可能啊，你不明白嗎？他今晚就會回來。」

她一手搭在他胳膊上：「聽著，瑞德先生——我跟你一樣也很難回到過去。不，老實說，我會比你難熬。我只能回到原本的日子——繼續宴客、上教會、參加慈善活動，晚上靠鴉片酊入眠。可是你還年輕，還有大好前程。你會找到屬於自己的幸福，寶麗也好，其他女孩也好。」

「去他的寶麗！」賽克利厲聲喝斥。

這幾個月隨著他和勃南太太的關係越來越親密，賽克利對寶麗也越來越懷恨在心：最讓他厭煩的是她居然對外放話，說是他勾引她，但事實上他除了對她尊重，根本毫無過錯。他甚至曾向她求婚，最後卻遭到狠心回絕！如果這就是當正人君子的下場，那他偷情也不為過。

「去他的寶麗，我才不管！」

「不！你快別這麼說！寶麗或許做過錯事，但她是個好女孩——這點我敢保證。她會是個好太太的。」

賽克利努力壓抑下他想像個任性孩子般跺腳的衝動。

「我不想娶她！我誰都不想娶！」

勃南太太的臉上浮現擔憂神色。「喔，瑞德先生，你當然要結婚，而且事不宜遲，否則舊病又會復發。若說我們的關係造就了什麼好事，至少你已不再疾病纏身，可不是？既然已經痊癒，無論如何都不得讓舊疾復發。凡是開明的人都會同意，尋花問柳都比沉浸於獨自解決好。」

「勃南太太，妳這話，」賽克利說：「不是鼓勵我上妓女戶和青樓吧？」

「不是，」勃南太太說：「我是鼓勵你克服蟄伏在體內的原始欲望。生在這進步文明的時代，若想活下去，你就得摧毀讓你退化的事物。我深信只要你肯下定決心，就絕對無難事。只要勤奮工作、真心禱告、按時運動、採取溫和飲食、洗冷水澡，你絕對可以戰勝病魔。你一定要成為跟得上時代的男人，瑞德先生——你一定要改變自己。如果你成功的話，全世界都在你的腳底下！這就是我對你的期望，你值得這一切的。」

「勃南太太，妳這樣說真的很好心，」賽克利說：「但我真正值得的，就是請妳履行之前對我許下的承諾——依約結束這段關係。」

「夠了，瑞德先生，」她的語氣變回他許久不曾聽過的命令式。「你已經不是孩子了，不能再這樣鬧脾氣。」

她揮了下手帕，帶他走向門口：「你必須趕在盥洗女僕回來前離開。」

有那麼半刻，賽克利堅守立場，不肯讓步，於是她微微欠身，在他耳邊喃喃：「瑞德先生，請別忘了——我丈夫要是有一絲一毫的懷疑，我們兩人就死定了。所以拜託了，請你克制自己。」

賽克利緩緩挪動雙腳，走到門前，然後轉頭面對她：「再見了，勃南太太。」

她用手帕輕拭眼睛。

「再見了，瑞德先生。」

他拉開門，走了出去。

*

一月底，克斯里才得知孟加拉志願軍真實的目的地。梅上尉是消息來源：「中士，我有重要消息。」

總督奧克蘭伯爵，以及軍官臥烏古子爵已授權公布倫敦的正式指令。我們的軍隊要前往中國南方。」

這句話令克斯里震懾不已。他一直以為中國是最不可能的目的地，不斷消除這個傳言。但梅上尉問他想不想重新考慮退出志願軍時，他毫不猶豫：「不，梅長官，我已經答應在先，所以一定會去。但其他人怎麼想我就不確定了。」

「你覺得我們會喪失大量兵力嗎？」

「長官，這尚待釐清。」克斯里說：「有些人不在也罷。」

克斯里次日召集連上，梅上尉以一貫就事論事的作風，透過口譯員宣布消息。宣布完畢前他通知印度兵，要是改變心意，他們有三天的緩衝期。接著輪到克斯里發言時，他更詳細說明，解釋要是有人想要退出分隊，就得歸還旅費薪餉和其他擔任志願軍的酬金，緩衝期一樣是三天，三天後恕不受理：事後反悔者會被當作規避責任的逃兵處理。

克斯里知道，對大多志願軍來說，必須歸還旅費和酬金是退出軍隊的一大阻力，所以他本來料想不會有許多人選擇退出——但是他大錯特錯。共有九個人來找他，要求送回原本的分隊，等於幾近連上十分之一的人數。他立刻放他們走，並在護衛隊的陪同下離開，以確保他們和連上不再有任何瓜葛：與其留下他們，任由遺毒繼續散播，還不如趁現在擺脫他們。

第三天結束後，克斯里提醒全連士兵不能再退出。自那刻起他就緊迫盯人，他並不懼怕叛亂和不滿情緒——威廉堡四面為牆，若有不服從的跡象，一眼就能識破並可即刻壓制。他比較擔心的是另一種可能：逃兵。由於現在東方遠征隊的目的地已經不是祕密，所以志願軍可以申請暫離堡壘。克斯里知道就目前連上的士氣來看，出現幾個逃兵在所難免。而要是這種情況當真發生，他也只得聽天由命。

然而遠征隊目的地的消息一釋出，確實帶來一個好結果：克斯里總算可以隨心所欲去集市和印度兵區，並開始著手延宕多時的要事：組織兵營隨行人員——而最後應徵到職的洗衣工、裁縫、鞋匠、水伕、總務、腳伕、行李工等人數將會超越士兵。除此之外，他還得考慮助理和辦公員，這又會是一大批人手，包括醫療人員、書記、口譯員、會計、本土炮兵、炮彈手、横笛手、鼓手等人。

召募隨營人員的職責雖然索然乏味，卻有獎賞可拿。通常供應隨營人員的都是工頭、水手仲介、其他勞工承包商，不少都從軍隊合約獲得豐富利潤，而為了保住豐沃利潤，他們不惜付出漂亮回扣。軍官一般會將這件事交由資深軍士和文書人員處理，而他們通常會從承包商那獲得為數可觀的金額。這是符合規定的額外補貼，克斯里清楚他可以從中獲得一小筆漂亮賞金。

挑選助理就沒這等好處可拿，他們都是軍隊機關的職員。但說到這方面，在梅上尉協助下，克斯里也能自由挑選他的人馬。鼓手和横笛手更是需要精挑細選，這些都是軍隊青少年機構提供的人選。有的年幼孩子年僅十、十一歲，大多是歐亞混血。有些是從孤兒院送來的英國士兵私生子，有些人的父母則是傳奇的「黃玉」兵團——替早期占領印度的英國人效命的果阿和葡萄牙炮兵。

雖然人稱樂隊男孩的他們人數寡少，克斯里卻非常清楚，他們是維持士氣的重要關鍵。樂隊男孩通常是各分隊的吉祥物，有些印度兵甚至對他們疼愛有加，視如己出。

克斯里堅持要親自面試徵選這批男孩，在集合檢查時唱名，請他們一一站出隊伍。面試過程中，有個男孩不慎掉了横笛，雖然才十一、十二歲，以年齡來說卻算高䠷。他有著琥珀眼珠、棕髮、塌鼻，拾起横笛後又鼓起勇氣繼續吹下去，表演到結束。結束後，他的下唇微微輕顫，克斯里知道他擔心自己不會被選上，於是招手要他上前。

Naam kya hai tera? 你叫什麼名字？

迪奇．米勒，中士大人。

你知道遠征隊要去哪裡嗎？

Ji（知道），長官，要去中國。

你不怕嗎？

男孩的琥珀色眼睛瞬間為之一亮。不，長官！他連忙挺起胸膛回道：Main to koi bhai cheez se nahin darta! 我天不怕地不怕！

他的熱切渴望逗樂克斯里，他開懷大笑，最後選了男孩加入連上的橫笛手和鼓手陣容。當橫笛手初次登上閱兵場時，他知道自己選得好：眼神熠熠發亮、步伐輕快活潑的迪奇．米勒，絕對是可以鼓舞分隊士氣的孩子。

*

無預警地被趕出勃南太太的縫紉室後，賽克利思緒紊亂地走回平底帆船，茫然若失，不知自己在做什麼。當然他一直都曉得香閨密會遲早會畫下句點，但他以為至少他還有她當初承諾的最後一夜。

事實上，儘管勃南太太頻頻警告，他還是一廂情願，以為可以繼續暗通款曲：他從沒想過自己有朝一日會像是用壞就拋下船的桅杆滑輪。雖然憤怒、苦澀、悲傷、嫉妒的情緒五味雜陳，令他百感交集，他還是萬分感激勃南太太賜予他的這一切，錢財只是微不足道的其中之一，雖然無預警遭到拋棄，他對她的愛慕絲毫不減。

可是這反而加深他的困惑，他不禁納悶他們究竟是何種關係：他們之間存在的感情到底算是什麼？想當然不是愛，因為他倆皆不曾說出那個字。但也不是單純的情欲，因為對他而言，她的聲音、她的文字、她的話語都跟她的身體一樣令他銷魂。她為他開啟了一扇通往奢華財富的窗，一享最奢侈精緻的愉悅偷情——正因為是偷情，這段關係才甘甜美味，心醉神迷。彷彿她帶領他，雙腳站在世界的門檻前方：現在只待他自己踏進去，而他也下定決心要踏進這個世界，彷彿他要向她證明，他辦得到。

可是他該怎麼做？

這問題打敗他了。最後賽克利前往齊德埔的酒吧買醉，待到深夜才回家。隔日醒來後，他發現自己有必要前去宅邸，向大老爺打聲招呼，卻不斷刻意拖延，因為就連他都不確定在他面前是否可以保持正常，唯恐不小心說溜嘴或做出某些背叛自己的舉動。

但隨著一分一秒過去，他知道要是故意不去見老爺，反而啟人疑竇，於是傍晚時分他鼓起勇氣，走到宅邸去見勃南先生。

一位僕人帶領他進入客廳時，大老爺正在和一位貌似大人物的紳士商談。賽克利手拎著帽子，靜靜佇立等待。這名大亨的容貌儀態彷彿對他施了咒語般：勃南先生威風凜凜的身材、具有主人派頭的寬闊胸襟、絲滑閃耀的鬍髭、甚至鼓起的腹部，全都散發一股氛圍，彷彿勃南先生的好言忠告是值得努力爭取的大獎。

賽克利詫異發現，先前擔憂的罪惡感或嫉妒苦楚並未爬上他的心頭。反倒是一想到無論是他抑或勃南先生，都無法完全贏得他妻子的芳心，她的心已經永遠遺留初戀，賽克利便感受到同類般的惺惺相惜，甚至某種投契。

最後勃南先生總算轉頭面對他時，賽克利以真摯的熱情和他握手。

「真高興見到你，先生。」

「我也很高興見到你，瑞德。你已經修好平底帆船了嗎？」

「還沒，先生，但不用太久就會修好。」

「太好了！這可真是好消息。準備就緒時記得通知一聲，我再親自過去巡視。」

語畢，勃南先生旋過身，遁入辦公室。

雖然交談簡短扼要，卻為賽克利的內心注滿充沛動力，他比之前更努力工作，拋光、錘打、雕刻、磨砂。有時停下休息時，他的腦袋會不自覺飄到遠方，過去這幾個月彷彿只是一場譫妄臆想，除了深夜裡他和勃南太太的激情感官體驗，一切感覺都很不真實。無論是否在一起，她的聲音總在他腦海中迴盪，即使是在他凌亂邋遢的床上，他都感覺到綢緞床單包裹全身的觸感。

倘若激情夜晚的回憶只存在於腦海中，賽克利還能輕而易舉面對，問題是他的身體珍藏諸多回憶，也習慣了閨房裡的肉體享樂。他的身體忍不住躁動，希望釋放解脫，但他絕對不能讓步。勃南太太說的話言猶在耳，他按照她的建議，開始注意飲食養生，吃起薄脆餅乾、清淡無調味的食物；也開始積極運動，舉啞鈴、舉重；當身體燥熱難耐，他會好整以暇泡冷水澡，讓自己冷靜下來。夜裡恐懼疾病復發時，他會遵從提索特醫師的建議，將兩手綁在床架，以防兩手胡亂游移。有天晚上賽克利甚至去參加市區的禱告會，他頭一遭明白牧師說人類本性墮落、每個人內心都窩藏罪惡時，究竟所指何物，最後他和其他信徒一樣，抱著珍貴的戒慎恐懼回家。

當然正如勃南太太預測，他節節攀升的焦慮趨於穩定，並出現改變，他開始明白為何守成比浪擲重要，也明白了為何積蓄比花費重要，並慢慢對他過往的人生感到反胃——放蕩貧苦的人生；為了毫無意義的追求浪費氣力心思；為了不切實際的想像揮霍身心的精華。他渴望將這種荒誕生活拋諸身後，卻又遇到同樣的惱人問題：究竟該怎麼做？

有天，賽克利看見勃南家的馬車徐徐經過，老爺和太太坐在車上，他忽然渴望向他們證明他「不只是工匠」，他也有當上大老爺的能耐，坐擁宅邸、馬車、以自己名字命名的船舶。

問題是該怎麼做？

他腦袋都快想破，卻始終沒有答案。徒勞苦思了無數個鐘頭後，他前往齊德埔，買了瓶蘭姆酒。

自從志願軍知道目的地後，開口閉口不離中國。他們談論越多，謠言就傳得越快：彷彿光是大清國這名號就足以激起內心的惶恐。他們對中國一無所知，只知道中國人和他們天南地北，光是外貌就很不同——有人說他們長得像廓爾喀人，而這令他們焦慮不安。廓爾喀戰士擁有教人聞風喪膽的名聲，印度兵再清楚不過，二十二年前，很多印度兵的親戚為東印度公司出戰，對抗廓爾喀帝國。B連其中一名下士的父親就是戰死於納拉帕尼戰役，當時廓爾喀人狠狠擊潰英國人。跟所有專業士兵一樣，這些印度兵的記憶也很好：他們知道幾十年前，戰鬥力為人稱道的廓爾喀人徹底敗北，降服於大清國法厄福爾[14]——也就是中國皇帝——的軍隊。

各方說法讓士兵憂心忡忡，臆測和謠言甚囂塵上：有些印度兵謠傳中國人擁有超能力，善於掌控超自然力量，有的人則說他們有祕密武器，善於欺敵。

克斯里並非對這些謠言無動於衷，他個人也曾在沙場上見識過不少怪異現象，毫不懷疑可能有未知力量介入戰爭。否則士兵為何要在開戰前禱告？又何必掛著護身符、把武器拿去廟裡加持？英國軍官說這只是「運氣」和「機率」，克斯里認為都是遁辭：除了命運介入，還有其他說法嗎？要是英國白人當真相信超自然和神力不會介入戰爭，那他們又何必在出戰前夕上教堂祈禱？為何讓勤務兵把武

14 Faghfoor，源於古波斯文bagh-pur，意指「天子」或「神的兒子」，是中世紀波斯—阿拉伯典籍對中國皇帝的專稱。

器帶到寺廟祈福？

但當然這些想法絕對不能對任何人說出口，尤其是下士和準下士。克斯里反倒和他們分享當初在緬甸的戰爭經驗，緬甸人也很接近中國人和廓爾喀人。他說，緬甸人是強悍又技巧純熟的戰士，擅長運用各種欺敵技巧和計謀，話雖如此，曾經擊敗中國皇帝軍隊的緬甸人，最後同樣被印度軍隊擊潰——所以中國兵其實並沒那麼可怕，克斯里說，跟所有人一樣，他們也可能戰敗。

這時克斯里的身分已夠有權威，他的話語深具安定軍心的效果：克斯里親自蓋摔角場，和許多印度兵培養出親密的同袍感情，現在印度兵都信任他。此外得知率領自己的中士曾有海外出戰經驗，也令人寬慰不少。隨著一天天過去，他們在閱兵場的表現大幅躍進，甚至讓梅上尉不情不願擠出讚嘆之詞：「這些傢伙現在總算有模有樣了，中士，幹得好。」

二月下旬，梅上尉找來克斯里和其他軍士舉行匯報。他攤開一張大地圖，透過兩名口譯員，解釋他們的連將受指派搭乘民間運輸船印度號，先抵達新加坡，再前往南中國。視氣候而定，但第一段航程大致是十五至二十天，第二段則較短，出航時間尚無法明確預測，可以預期會在北方雨季停止、夏季降雨開始前出海——可能是三、四月，這意思是他們還有幾週就要出發了。

就連克斯里都覺得旅程漫長得難以置信。他不曾航海超過一週——光是想到要在海上漂泊一個月，就教人望之卻步。他擔心的不是旅途引起的不適，真正教他擔憂的是該如何維持志願軍的士氣，等到他們抵達後還能以最佳狀態應戰。沒幾個人出過海，大家內心都藏著家鄉對 kalapani ——黑水——的普遍恐懼。

克斯里知道梅上尉的匯報恐怕讓志願軍忐忑不安，他猜的沒錯。有天一位醫護勤務兵來告訴他，他連上有位印度兵受了刺刀重傷。克斯里前去病房查看時，士兵辯稱他是不小心刺傷自己的。但克斯里一眼就看穿他在說謊——患部是最豐腴、傷害最低的大腿部位。他猜測這人是故意刺傷自己，好推託退伍，以保住完美無瑕的服役紀錄及薪餉，甚至獲得一筆撫卹金。

梅上尉贊成克斯里的處理方法，若想避免連上爆發這種自殘退伍的情況，他們得殺雞儆猴——最後軍事法庭很快開庭審理，這名士兵被判流放威爾斯親王島，服七年苦力徒刑。

*

巴布·諾伯·開新向來兢兢業業，像頭隨時留意飢腸轆轆掠奪者的反芻動物。但是往往賽克利一出現，他就會變成另一個人。現在巴布推開艙房門，一想到即將看見他最疼愛的人，不禁眼眶濕潤。

自從巴布·諾伯·開新上一次見到賽克利，已經過了一年又好幾個月，這段期間他大多都和勃南先生待在中國，最近才隨著他搭乘阿拿西塔號回到加爾各答。若是情況允許，他鐵定會立刻去關心賽克利，可惜勃南先生另有規畫。他們返抵當日，勃南先生就派巴布·諾伯·開新前往巴特那和加齊普爾，巡察當季罌粟的作物。總算大功告成的巴布·諾伯·開新，如今猶如心急如焚的朝聖者，急匆匆趕到平底帆船——當他緩慢推開艙房門，他震驚發現賽克利只穿著一件內褲癱在床上，手指仍緊握著幾乎全空的蘭姆酒瓶頸。

要是換作另一種情況，聞到汗味夾雜酒味，只會讓巴布·諾伯·開新噁心反胃，但既然對象是賽克利，他認為賽克利之所以喝個爛醉，肯定意味著發生某件他有所不知、預料之外的事情，一個能帶來啟迪的難解謎團。巴布躡手躡腳走進室內，刻意放輕腳步，好好利用這意外罕見的機會打量賽克利：他思忖著這鼾聲雷動、渾身汗臭的人形，內心溢滿著賽克利偶爾在他心底激起、無法抑制的情感，這又讓他回想起在朱鷺號上初次頓悟的情景。

那天巴布·諾伯·開新走在船尾，正要前往高級船員的艙房時，聽見一陣悠揚笛聲，那笛聲正是愛神兼戰神溫達文的神聖長笛手吹奏的樂器。笛聲在他體內倏然激起騷動，剛開始的驚慌一消退，他冷靜發現這陣隆隆聲響並非來自腸子——而是已逝老師塔拉蒙尼媽在他體內甦醒。導師卸下凡人軀殼後，藉由轉生進入了巴布的身體，而這陣騷動暗示她宛如子宮裡的胚胎，在他體內壯大成長。巴布知道，要等到塔拉蒙尼媽完全占據他的身體，把他的外貌當作一具破碎軀殼般拋棄時，過程才算結束。那時他正好在賽克利的艙房門口雙膝一軟，剎時門一敞開，吹笛者本尊現身——那是一個身材結實、穿著襯衫長褲的年輕人，臉上點綴著些許雀斑、一頭深色捲髮。

眼前的畫面實在太完美，完全符合秀麗的溫達文班克畢哈利廟的使者形象：只有一點教人失望，那就是他的膚色，象牙白色調的膚色與黑神的黑藍膚色截然不同。但牛油偷兒精靈向來調皮搗蛋，所以巴布．諾伯．開新知道，顯現神蹟者為了測試他的眼睛是否銳利刻意變裝，他知道真相全藏在意想不到的所在——當然他早在翻閱朱鷺號船員名單時發現了：在「種族」的欄位下，「賽克利．瑞德」這名字旁寫著「黑人」。

巴布．諾伯．開新不需要其他證明，他斬釘截鐵，信心滿滿：使者外貌只是遮掩內在的神性，意味著輪迴物質世界的瞬息萬變，他撕下這頁航海日記，好好保守著這個祕密：而這也成了他和賽克利的羈絆，一頁象徵巴布自我轉變的殘片。

打從那天起，巴布．諾伯．開新精神和物質生命的界線就開始瓦解。直到那一刻，他總是謹慎區分他的內心奮鬥及世俗外在，將那個為老闆勃南先生爭取利益、狡詐無情耍手段而感到自傲的人擋在門外。賽克利的出現觸發了巴布的轉變，拆卸了分隔巴布．諾伯．開新兩條河水的堤岸，彷如激盪拍打著堤岸的洶湧潮水，內在世界的愛與憐憫奔騰湧入帳房的水道，兩條河川逐漸融為一條愛與憐憫的湍急大水。

巴布．諾伯．開新心知肚明，要不是賽克利走入他的生命，這些是不可能發生的：而這正是這位特使的天賦，賽克利擁有一股力量，讓走進他周遭的心靈啟動強大情感——愛欲、怨懟妒忌、憐憫慷慨。然而這名年輕使者卻絲毫不察自己的影響力，這也正是透露他身分的跡象。

賽克利睜開眼，暴躁厲聲道：「喂，巴布，我怎麼沒聽見你敲門？你幹麼這副目瞪口呆的樣子？」這才打斷巴布的冥想。

「哪副樣子？」帳房問道。

「一隻豬死盯著蟾蜍的模樣。」

巴布．諾伯．開新並非不知道他的摯愛如此口無遮攔，實際上他內心期待、甚至渴望他說出這些話語，並把這當作是提醒他眼前道路艱難重重。但他還是假意裝出怒氣沖沖，不服氣地挺出胸膛，把寬闊長袍撐得鼓脹：「Arre（少來）！你說誰死盯著瞧了？我只不過稍微看了一眼，沒出聲罷了。我幹麼要盯？心靈也有眼睛，可不是？對於看得見潛藏意義的人，世俗的外表並不重要。」

每次這名帳房開口，字裡行間都能讓賽克利聽得一頭霧水。「要是你事先通知我要來就好了，巴布，」他發牢騷：「你實在不該突襲我——這樣出其不意，簡直嚇壞我了。」

「我能怎麼通知？太忙了嘛！我跟勃南老爺從中國回來後就被派到加齊普爾視察鴉片收成，一逮到機會開溜，我不就馬不停蹄來找你了。」

「那你去中國的旅途怎樣？」

「總的來說，沒得抱怨。而且我要通知你一個好消息。」

賽克利坐直身子，套上襯衫：「什麼好消息？」

「我去見了寶麗小姐。」

這句話讓賽克利立刻站了起來：「什麼？你剛說什麼？」

「寶麗小姐呀，」帳房笑盈盈地說：「我在一座名為香港的小島和她碰面，她找到一份工作，現在擔任某位英國植物學家的助理。他們在島上蓋了一座苗圃，種植花草樹木。」

賽克利轉身背對巴布．諾伯．開新，又倒回床上。他已經好一陣子沒再想起寶麗，現在又想起和她吵嘴的夜晚，她步出陰影尋找他的模樣，惆悵不禁刺痛著他。他卻突然想起，這個寶麗只是幻覺，全是他個人捏造出的想像，真實的寶麗對他滿口謊言，他還得從勃南太太那兒得知真相。

他兩腿站起，轉過頭面對巴布．諾伯．開新：「寶麗有問起我的事嗎？」

「那還用說。她正巧拿到一份《加爾各答公報》，讀了有關你的報導。她讀到你的指控已經撤回，也知道你預計前往中國，一直問你何時會來，心急如焚地等了又等，所以我告訴她，你八成會報名上船，出發中國，畢竟你是水手，可不是？」

賽克利毫不猶豫回答：「不，巴布。我厭倦那些破事了——每天在海上載浮載沉、冒著生命危險，口袋裡一毛錢都沒有。我再也不想當可憐窮人了。」他嘆氣：「巴布，我想要變有錢人，我想要享受絲綢床罩、軟呼呼的枕頭、高檔美食，我想住在那樣的房子裡。」他指著勃南宅邸：「我想要當船主，而不是在船上工作。這就是我想要的，巴布，我想要活在勃南先生的世界裡。」

賽克利彷彿唸咒般重複說著「我想要」，這幾個字為巴布．諾伯．開新灑下一道曙光：他記得塔拉蒙尼媽總說現世——鬥爭時宇迦，亦即世界末日降臨的世代——是欲望旺盛、貪得無厭的時代，貪婪及欲求的惡魔宰制人類。唯獨毗濕奴的化身毀滅之神黑天下凡，並為全新時代，也就是真理的時代——圓滿時宇迦揭開序曲，才能畫下句點。塔拉蒙尼媽還說了，為了催促黑天迅速下凡，一窩蜂鬼神將會降臨凡間，加快貪婪欲望的腳步。

巴布．諾伯．開新剎那間發現，賽克利可能正是塔拉蒙尼媽預測成真的化身。現在一切都說得通了，他明白幫助賽克利擺脫蟄伏於人心的貪婪之惡枷鎖，就是他的職責所在。

至於該怎麼實踐任務，巴布．諾伯．開新十分清楚有種能將脆弱人性化為黃金的神奇物質。

「鴉片就是你在找的答案，」他對賽克利說：「這就是人們最渴望的東西。鴉片能平息所有欲望：你得像勃南先生那樣學會買賣鴉片，這一行最適合你。」

賽克利不是很有把握地皺起臉孔：「我可不確定，巴布。我向來沒有生意頭腦——我不知道自己在不在行。」

巴布．諾伯．開新兩掌一拍，做出祈禱手勢：「切莫擔心，西克利馬浪——只要你轉移心思、投入所有精力，奮發圖強，假以時日必可在這一行有所作為，甚至超越勃南先生！我當了三十年的帳房，掌握了大大小小的竅門，我絕不會藏私，必將傾囊相授。只要你日以繼夜鑽研我傳授的知識技巧，必定成功在望。想獲勝就得全力以赴，可不是？」

「但我該從哪裡開始，巴布？我該怎麼做？」

巴布．諾伯．開新搔了搔下巴，「你有多少積蓄？」

「我看看，」賽克利的手探入床墊下，抽出錢包，裡頭裝有過去數個月來勃南太太給他的錢。其中一些已經拿去繳交港口管理局的債務，剩下的數字還是很可觀：他鬆開繩帶，往床上倒出錢，錢幣宛如銀色流水般傾瀉而下。

「哎唷！」巴布．諾伯．開新眼珠骨碌碌，望著閃爍光芒的銀幣小山。「這裡少說也有一千盧比，你哪來這麼多錢？」

「喔，都是靠打零工賺來的，」賽克利馬上接口：「加上平時省吃儉用。」

「很好。這筆錢已足以展開事業——利潤收益很快就會滾滾而來。」

「那我接下來該怎麼做？」

「我們明天開始。你傍晚五點帶著錢包到海濱見我，千萬別遲到——我會準時在那裡等你。」

*

一八四〇年二月十八日
湖南島

昨日是元宵節，繼中國新年慶典展開，這兩週以來城市搖身一變，成為一座大型遊樂場。人人都不用工作，不少人返鄉探親。夜裡大街小巷人聲鼎沸，煙花打亮天空，水路擠滿了火樹銀花的小船。

接連好幾天，所到之處都遭逢不絕於耳的「Gong Hai Fatt Choy（恭喜發財）！」疲勞轟炸。我偶爾和康普頓及他家人慶祝，有時則在船屋和阿沙蒂蒂、巴布羅及他們的兒孫慶祝。每天米舒都從廚房送來開運年菜：包括切斷唯恐折壽的長麵條、連帶葉梗的黃金柑橘、令人想起金錠的炸春捲。這麼連續幾天下來，坦白講真的有點疲乏，所以今天能夠一如往常、恢復平靜開工，著實讓人鬆了口氣。

豈料工作完全不平靜。上午過了一半，我和康普頓收到鍾老師的傳喚，即刻動身前往洋行公所。

我猜這次傳喚應該不脫我和康普頓熱切追蹤的劍橋號後續發展。船員短缺之故，這艘船已經停駛好一陣子——這發展可說是讓人跌破眼鏡，畢竟廣東省專出水手，甚至有名到出了這麼一句諺語：「七個兒子出海，三個兒子犁田」。但是儘管長期招工，劍橋號卻始終招不到十二個有意願且有能力導航英式船舶的人。

絕對不是廣東省欠缺具備導航英式船舶經歷的船員，而是大多人不願透露他們曾經出海的紀錄，畢竟在沒有通報政府機關的情況下航行外海，等同觸法，過去飽受政府虧待欺壓的船家更是戒慎恐懼。加上廣東水手主要來自船民，這就成了最大阻力——政府機關招募人手時，沒幾個人主動報名，事態嚴峻到劍橋號可能永遠無法揚帆。

康普頓已暗示好一陣子，鍾老師想出了幾種不尋常手段。今天我在洋行公所總算明白他打的如意算盤。

洋行公所——也就是「市政廳」——位處十三行街的外國商行後方，就在老中國街入口的斜對角，嚴峻的灰牆環繞四周，模樣像極中國官員的衙門，屋裡有好幾間大型廳堂及涼亭，頭頂皆是屋檐飛翹的雅緻屋頂。

我們沿著院落小徑，被領進位於建物深處的涼亭。這天空氣冷冽，窗扉緊閉，儘管如此我仍透過結滿露水的玻璃，瞧見幾個男人的輪廓，像是開會般坐著。

我們穿過側門、走進屋內，加入一群貼著牆、lo-lo-si-si（老老實實）低聲交談的祕書和出席人士。屋內中央幾張莊嚴肅穆的扶手椅上，六名正式裝束的官員正襟危坐，他們穿著鑲邊有鈕的長袍馬褂，露出顯要徽章。身為身分最資深的議會成員，鍾老師就坐在中央位置。

接著鑼鼓喧天，宣布會議正式開始，樂鐘此起彼落響起，慢慢淹沒於建築的隱蔽處。在一陣鴉雀無聲之中，冒出許多雙腳拖著步伐走上走廊的聲音。五個上了手鐐腳銬的人現身，身旁陪同一組人高馬大的滿州兵。

皮膚黝黑、衣冠不整的囚犯走進來時，廳堂內響起haak-gwai（黑鬼）！和gwai-lo（鬼佬）！的低聲細語。他們不修邊幅的潦倒模樣就連我也為之驚嚇，簡直像從地牢裡直接拖了出來：頭髮和鬍子久未修剪，眼窩和臉頰深深凹陷，似乎為了出席會議特地換上這一身接近普通廣東船伕的服裝——寬鬆束腰外衣及寬褲，但我一眼就看出他們是印度船工。他們的頭上和腰際綁著破布和殘布塊，像極船工習慣穿戴的腹帶和方巾。

警衛將囚犯身體轉過去面向官員，我和康普頓則站到他們身邊。向囚犯提出幾個問題後，確認他們想用印度斯坦語作答，於是決定先由我翻譯成英語，再由康普頓對官員翻譯成正統中文。

鍾老師提出第一道問題：請問他們被監禁的原由是什麼？

我對這五名囚犯提問時，他們明顯已經私下指派其中一位代為發言：這傢伙貌不驚人，身材瘦弱，中等身高，然而眼神機敏、舉手投足充滿信心，讓他在這群人之中顯得格外顯眼。捲鬍勾勒出他的臉孔，若非中間幾道深深疤痕，銳利雙眼上方的眉毛便連成一條粗眉。

他往前跨出一步靠近我，這時我發現他比我想得還要年輕：古銅色臉龐上一條皺紋都沒有，蓄著剛長出來的年輕鬍子，尚未被剃刀刮得粗糙。

當所有人都注視著他，年輕人出其不意做出一個動作。他將右手擺在胸前，閉上眼，用一種幾近戲劇化的激昂語調說：Bimillah ar-Rahman ar-Rahim……

他這是在做什麼？康普頓低聲問我。

我答道：他在唸伊斯蘭教禱詞。

祈禱結束後，這年輕小伙子對錯愕觀眾說話，我翻譯他說的話：「你問我們為何被監禁的理由，事件發生在一年前，地點就在廣州。當時我們受英國商人兼船主詹姆斯．因義士雇請，事發前已在他某艘船上擔任幾個月的船工。」

年輕人的印度斯坦語相當流利，但我發現仍帶有孟加拉口音。

「有天我們的船停靠在黃埔，因義士老爺吩咐我們將幾個箱子搬上兩艘小船，並要我們次日將小船划到他在廣州的商行。雖然我們不知道箱子裡裝什麼，但大略可以猜到是鴉片，於是婉拒送件，可是因義士先生卻威脅逼迫我們按照他的指令做事。於是隔天，我們將這幾口箱子裝上小船，划到外國內飛地，才剛抵達因義士先生的房屋，立刻碰上海關官員突襲。他們打開箱子後，發現裡面是鴉片，於是立刻逮捕我們，並且將我們送到地方法官面前，我們就是這樣遭到判刑，鋃鐺入獄。」

他抬高音量：「我們沒有犯罪，我們沒有違法——整起事件都是因義士先生的所作所為，卻要由我們承擔後果，世上還有比這更不公不義的事嗎！」

我對康普頓翻譯完這段話，轉頭看向年輕船工時，發現他正直勾勾瞅著我：他瞇起眼睛的模樣像是瞥進一間漆黑房間，接著他的表情瞬變，我頓時倉皇失措，害怕自己的身分被他認出。

我驚恐望向他處，思緒飛快轉動。過了一會兒，我再次瞄了一眼這名船工，這次赫然認出他：我發現這名年輕人不是別人，正是和我聯手逃離朱鷺號的逃犯喬都，我們在大尼可巴島訣別後，就沒再見過彼此。

我真沒想過兩雙眼睛彼此凝望，居然能形成如此不可思議的效果：彷彿閃電電流劈過我全身上下。意識到在場有許多雙眼睛正盯著我們時，我們迅速別過臉，與此同時，康普頓亦開始翻譯議會的回覆：我聽完後轉頭面對喬都。

聽著，以下是他們要我轉告你們的話：議會願意對你們提出特殊提案。最近廣東省購置一艘歐式船艦，需要經驗老到、熟悉歐式船艦的水手，要是你們答應在這艘船上工作一年，刑罰即可減輕，一年後重獲自由。請問你們是否願意接受條件？

喬都先是對我頷首，接著往後一退與其他水手商討，幾分鐘後又回來了。

你去告訴官員，他對我說，他們要我們做的事情很危險，工作亦不輕鬆，只要他們願意支付一般出海的合理薪資，也就是每月十西卡盧比，等同於兩枚西班牙銀元，我們就答應。

就我看來，他並沒有提出要求的立場，於是我小聲問他：你確定要我這麼轉達？

喬都斬釘截鐵地點頭，於是我將他的話逐字翻譯。我不覺得他的要求會有回應：我很清楚中國官員的習性，完全料想得到喬都和他的朋友會吃閉門羹。

有那麼一會兒，我的恐懼幾乎就要獲得印證，但在一陣激烈討論後，鍾老師插話提議，情況急轉直下。

他說出代為轉告的內容後，我向喬都解釋：中國官員願意配合你們開出的條件，不過他們也有條件。他們會等一年結束再一口氣支付薪資，而這段期間內，你們會靠配糧和補給品度日，還會得到一小筆花費開銷。等到這一年結束，要是工作表現令人滿意，除了每月薪資外還會得到一筆獎金，要是這艘船成功擊沉敵船，你們會得到等同於兩個月薪資的獎金，要是成功圍捕敵船，亦會得到你們應得的戰利品。但你們必須為個人行為擔起集體責任：倘若試圖棄船逃跑或是做出任何反叛行為，協議將會失效，你們也收不到一毛薪資，而且會為犯下叛國罪受審，刑罰是死刑。如果你們接受所有條件，那這份協議即可生效。

船工仔細聽著一字一句，他們只花了幾分鐘時間決定。

你告訴他們，喬都對我說，我們有個條件。你去告訴他們，我們都是伊斯蘭教徒，飲食必須符合清真驗證，而且必須是由當地伊斯蘭教商人供應，按照監獄裡為穆斯林囚犯準備的規格。若我們距離廣州不遠，每個月最後一個週五都要獲准進城，前往懷聖清真寺參拜。你告訴他們，我們從經驗得知中國人並不信任外國人，所以希望他們提供適當保護，這樣我們才能安然在船上竭盡全力工作。

說到這裡，喬都稍作暫停。

你再告訴他們，他繼續道，要是以上條件他們都答應，絕對不用擔心我們的忠誠。我們都是守信用的人，絕對不會背叛自己的衣食父母。

這段話翻譯完畢，鍾老師遂和其他官員起身，退到另一間房私下討論。我本來盼望有機會和喬都說上兩句話，但官員前腳才剛走，船工們就被帶回公所正中央。

然而我和喬都的友好關係並沒逃過康普頓的法眼，他問我是否認識他，我說我們曾搭同一艘船，還告訴他，要是可能，我想私下和他說說話。

康普頓不覺得這個要求過分，他要我觀察喬都和其他船工是否誠實可靠，並答應安排帶喬都來我家見面。

我回到船屋後，腦袋一片混亂：在洋行公所時，我和喬都四目相接的那一刻，彷彿兩人的人生出現改變，認出彼此居然是如此詭異強烈的事！

*

詩凌百連續好幾晚都在凌晨時分驚醒，神經衰弱不穩，心跳加速。所有在她腦海出現的重重障礙已經消失無蹤，這種感覺很不可思議，現在她真的可以去中國了——她，詩凌百，畢羅絲和佘娜茲的母親，一輩子都住在同一個家，從未踏出蘇拉特一步的外婆！她不敢相信她想努力推倒的牆竟然真的應聲倒塌，這面牆倒了，她覺得自己也跟著搖搖欲墜。

就在她的自信開始搖搖欲墜的關鍵時刻，蘿莎將她的注意力拉回實際的準備事宜，穩住她的重心——好比旅行皮箱和行李。她問詩凌百有幾個行李箱、是否足夠裝她的個人用品。

詩凌百記得她將巴蘭吉的某些航海行李和旅行皮箱收在置物閣樓。取下行李箱後，她哀怨發現箱子狀態淒慘：行李箱的木頭外框被白蟻蛀成一條條，皮革外裝也飽受黴菌侵襲。不過其中兩只箱子還有得救——詩凌百心想這樣應該就夠了：她沒想過還需要更多箱子。

蘿莎聞言後笑了：不，夫人，妳至少還需要三只行李箱和幾個鋪蓋捲。我們應該上中國市集直接向他們訂製。

於是詩凌百要來一輛馬車，兩人穿越城鎮、來到中國市集的皮製商店。訂好行李箱後，蘿莎又丟出一個驚喜：既然輕便馬車整個上午都是她們的，不妨去找店面位在濱海大道的裁縫師達葛瑪先生。

詩凌百計畫為這趟旅途添購幾條白色披巾和幾套紗麗，卻從沒想過要去找達葛瑪先生，他的專業是製作歐洲人穿戴的大衣和毛皮大氅。

為何要找達葛瑪先生？詩凌百問。蘿莎解釋，南中國海岸的冬季有時冰寒刺骨，因此詩凌百不只需要披巾和圍巾，還需要毛皮大氅、大衣外套、帽子、洋裝……

洋裝！詩凌百一手摀住嘴。自從得知巴蘭吉的死訊，她就一直嚴格遵從守寡規則，其中一項就是只能穿白色紗麗：穿洋裝等於違反好幾世紀以來的傳統。

詩凌百不安恐懼地抖瑟，說：妳該不會認為我會穿洋裝吧，蘿莎？

有何不可，夫人？蘿莎露出她頑皮爽朗的笑容說，在海上穿洋裝會比紗麗輕鬆。

可是別人會怎麼想？家人會怎麼說？

他們又不在場，夫人。

詩凌百納悶著該怎麼向她解釋，光是想到自己穿禮服的樣子，不只覺得太不像話，甚至荒謬。

蘿莎，我辦不到！我會感覺大家都在笑我。

蘿莎露出微笑，輕拍詩凌百的手安撫她。

不會有人笑妳的，太太，她說。妳長得又高又瘦——洋裝非常適合妳。

真的？

詩凌百試著想像自己穿洋裝的模樣，她發現眼前的旅程不只是換了一個地點：為了抵達終點，她還得變成另一個人。

接踵而來的幾週，裁縫、皮匠、補衣工、帽商等人陸續造訪她的公寓，詩凌百也漸漸瞥見自己的全新化身。

她迴避目光，不敢望向鏡子裡的自己，丈量尺寸和試衣時，除了蘿莎以外誰都不准進門，她默默藏起新衣，即便是女兒也不公開，每次她們帶孩子來家裡時，新衣都好好鎖在衣櫃裡。

她的新衣藏得好好的，直到出發前一週都沒被人發現。然而有天上午，宗娜茲和畢羅絲帶孩子來幫詩凌百整理行李，其中一名孫女無意間發現詩凌百新衣的衣櫃鑰匙。

這時公寓迴盪著一聲尖叫，詩凌百的臥房驟然變成阿拉丁的洞穴：所有人皆衝向衣櫃，難以置信地佇立在那，注視著掛在衣櫃裡的帽子、鞋子、大衣。

之後詩凌百無法婉拒女兒和孫女，拗不過她們的苦苦哀求，只好換上一整身洋人太太裝束——洋裝、大衣、帽子，然後在臥室內昂首闊步走起臺步，不服輸地等著她們嘲笑。

怎料她們看得目瞪口呆，嫉妒得不得了。

「喔，媽媽！」宗娜茲喊道，她從未這麼叫過詩凌百。

「妳叫媽媽是什麼意思？」詩凌百說：「妳何時喊過我媽媽？」

宗娜茲一臉吃驚：「我剛叫妳媽媽？」

「對。」

「那是因為妳完全不像我們的母親了。」

「不然我像什麼？」

「我也說不上來，就是看起來不一樣——變年輕了。」

宗娜茲說著說著落淚了，讓在場的人嚇了好大一跳，所有人的眼眶也跟著濕了。

印度號出航的前兩天，宗娜茲和畢羅絲帶著孩子入住詩凌百的公寓，口頭上說是要幫忙詩凌百，卻完全沒幫上忙。不過即使讓詩凌百變得更忙，詩凌百還是很歡迎她們，至少讓她沒空獨自胡思亂想。

詩凌百出發的前一晚，弟弟幫她張羅了一場慶祝大會，為她的航海祈福，祝福她一路順風。詩凌百對於慶祝大會相當緊張，不過進展很順利，城裡地位顯赫的帕西家族全派出代表出席大會，包括雷迪蒙尼家和達迪瑟斯家。就連吉吉霍伊太太都短暫停留幾分鐘，最不得了的是好幾名帕西村民大會的成員也來了——看到這個場面，詩凌百無疑鬆了口氣，她本來很擔心帕西團體的最高領導機構會對她下驅逐令，但現在既然連他們都出席了，等於是批准了她的遠行。

翌日，詩凌百和女兒家人抵達碼頭時，已經有不少旅客集合。不少親戚亦來為蘿莎送行，維可特別請來一組樂隊演奏激昂的歡送樂曲。

印度號船長接獲指令，手裡端著捧花等候詩凌百抵達。船長高大挺拔、皮膚晒得黝黑，蓄著猶如一塊羊排的小鬍子，親自帶領詩凌百前往她位在甲板室、右舷那側的艙房。這其實是兩廳套房，其中一廳是小寢室，另一間略大廳房則是起居空間，旁邊則緊連著蘿莎的鋪位和食品室。

「太太，希望套房還符合您的期望？」

詩凌百非常滿意，說：「房間很完美！」

船長離開後，詩凌百的女兒和孫子幫她搬行李，不消多久就安頓妥當，只不過詩凌百總覺得哪裡不大對勁——怎麼樣都擺脫不了缺少某樣東西的感覺，直到親友下船前一刻，她才想起少了什麼，於是翻箱倒櫃搜出一條門掛（toran）——也就是所有帕西家庭門前都會掛的繡花掛毯。

宗娜茲、畢羅絲和她們的孩子幫她在艙房門前掛上掛毯，然後簇擁至舷梯上仔細端詳打量。

Edkum gher javu che，宗娜茲嘆氣道。這下總算有家的感覺了吧？

沒錯，詩凌百說。總算有家的感覺了。

*

賽克利的鴉片貿易之路始於繁忙熱鬧的胡格利河旁，也就是加爾各答海濱路。巴布・諾伯・開新的手指向六艘附近停泊的帆船，解釋這幾艘是剛從比哈爾抵達的鴉片船，而這是該年第一批從巴特那和加齊普爾工廠運來的東印度公司委託貨物。儘管近來中國問題頻傳，今年的作物收成依舊打破往年紀錄，該公司領地亦仍持續馬不停蹄製造鴉片。

「鴉片就像雨季洪水般洶湧奔流入市場。」巴布·諾伯·開新說。

他們駐足觀望鴉片卸貨，每艘貨運船都備有一小組舢舨、四槳小船、駁船，模樣像極了吸吮著母親乳房的乳兒。在武裝戒備的監工虎視眈眈下，好幾組苦力正從貨運船搬下好幾箱鴉片，再搬送至河岸邊的紅磚貨棧。

每口箱子分別裝著兩孟德鴉片——約莫一百六十磅，巴布·諾伯·開新說。東印度公司的開銷是每箱介於一百三十至一百五十盧比，要是運氣好，農夫可以從中抽取三分之一收益：但由於過程經手太多中間人——主工頭、領班、掮客、帳房，所以付完費用後，農夫收入往往低於鴉片作物的成本。東印度公司在拍賣會上出售鴉片時，卻會入手成本價的八至十倍，大約落在一千至一千五百盧比之間，也就是五百至八百西班牙幣。

接下來箱子會運往東方，送至中國等地，但在落槌定價前貨物還得先經過一個市場，一個非正式市場，這個不尋常的市集正是賽克利踏進鴉片貿易的開端。

巴布·諾伯·開新一頭栽入後街，帶領賽克利來到距離海濱咫尺之遙的水池廣場，這裡是加爾各答公家機關的心臟：廣場正中央有一方形乾淨的「水池」，東印度公司總部在上頭俯視著這座水池，而東印度公司的大樓是一大群建築，有著密密麻麻的柱子拱門、精緻繁複的鑄鐵皇冠。

水池另一側是鴉片交易所：貌不驚人的偌大建物，模樣像是聲譽良好的可靠銀行。這就是東印度公司舉辦鴉片拍賣的場所，巴布·諾伯·開新說明：下一場拍賣會將於明早舉辦——而當下建物空無一人，厚重木門緊閉，重重警力看守。

他們前進的市集位於鴉片交易所後方的潮濕骯髒小巷。走向小巷時，他們穿梭經過從容漫步的牛、遊手好閒的小販，泥巴和汙垢在腳底下叭唧作響。市場裡有幾個點著油燈的小攤位：綁戴頭巾的男人坐在覆蓋著布料的檯面上，帳簿在他們交叉的兩腿之間打開。

賽克利詫異發現，現場並無貨物展示：他不明白買賣的到底是什麼。巴布・諾伯・開新解釋這裡不是買賣鴉片的市集時，賽克利仍舊一頭霧水。這是人們交易無形未知物品的場所：鴉片未來的售價，可以是近期，也可是遙遠未來的售價。市集裡僅有兩種貨品，兩種皆是紙：便條或信件。一種叫作tazi-chitty或「新信」，另一種是mandi-chitty——「市集信」。打賭下場拍賣價格會上漲的買家會購買新信，認為下跌的則買市集信。但是類似信件皆有一段效期——可能是一個月、一年、五年。巴布・諾伯・開新說每天這個市集流通著十萬、百萬、千萬盧比，這裡的金錢交易比亞洲任何市場都來得多。

「你看！大大小小的角落都熱鬧非凡。」

巴布・諾伯・開新描繪的財富讓賽克利對市場產生煥新看法：一想到人居然能在這個骯髒巷弄裡賺入或損失大筆財富，他的脈搏就止不住快速跳動。塵土糞泥的臭氣讓他想起勃南太太閨房的芬芳香氣。所有奢侈品都來自這灘汙泥？這念頭教人興奮異常。

「你有看見坐在那裡的男人嗎？」巴布・諾伯・開新指向攤位：「他們是兌換商——來自印度各地的掮客。不少都來自遙遠城鎮——巴羅達、焦特布爾、馬圖拉、均均烏恩，沒有一人的身價不及幾十萬盧比，有的是百萬富翁，甚至千萬富翁。他們有錢到足以買下二十艘朱鷺號。」

賽克利以嶄新的興致打量兌換商：他們的衣著都是樸實無華的棉料，全身上下不見奢侈品，只有零星幾個黃金珠寶飾品，多半是耳釘、頸鍊。走在城市其他角落時，他們幾乎引不起旁人側目。但在這裡，他們臉色肅穆、不帶笑意地凌駕於櫃檯之上，渾身散發著高深莫測的權威氣息。

不一會兒，他發現巴布．諾伯．開新對這些賣家和買賣程序瞭若指掌。賽克利仔細觀察他走向其中一個攤位，向業主打招呼。

接著展開一段詭異的比手畫腳：兩人不發一語，雙手及手指迅速比劃起來。巴布頓時往垂放掮客腿部的披巾底下甩出雙手，藏在底下的手指扭動纏繞，披巾舞動跳躍，兩人的手就像正在跳著一支祕密舞蹈般旋轉跳躍。隨著動作逐漸加快，比劃達到高潮，震動的節奏像是彼此總算讀出共識，最後兩人披肩下的手不再有動靜，笑而不語。

過程中雙方幾乎毫無交談，但等到巴布．諾伯．開新往後一退，掮客便迅速在帳簿上彎身，一枝鉛筆振筆如飛。

巴布．諾伯．開新解釋，市場裡大多交易都是靠手語完成，如此一來別人就不知道你葫蘆裡賣的是什麼藥、售價多少。

賽克利詫異發現，原來巴布．諾伯．開新將他的錢押在新信上：品質最上等的瓦拉納西鴉片售價在上一場拍賣會已跌至每箱九百盧比，市場普遍認為中國問題之故，售價還會繼續下跌，巴布．諾伯．開新卻打賭售價將小幅回漲。

賽克利發現他的積蓄全都被押在微乎其微的賭運時，不禁驚慌失措。他抗議：「可是巴布，你不是告訴我市場裡滿坑滿谷都是鴉片，這意思難道不是售價會下跌嗎？」

巴布．諾伯．開新一隻指頭擺在脣上。「親愛的，別在意——那只是無稽之談，無需緊張，相信我就對了。」

那晚賽克利彷彿和勃南太太私會前一樣期待得小鹿亂撞。彷彿她給他的小費瞬間孕育出新生命：她的錢幣在世界闖蕩，形塑出自我命運，私下幽會，與其他錢幣碰撞摩擦——誘惑、收買、宣洩、孕育、繁殖。

隔天賽克利和巴布・諾伯・開新提早抵達鴉片交易所，卻發現執行官正在門口鎮壓一大群嘈雜的男人。巴布・諾伯・開新對這群人除了輕視，毫無好感——「一群不三不四的三教九流！」他說這些是跑腿的傳話人，準備將拍賣會結果傳送至全國各地的投機商。他率領賽克利穿過人龍，走到入口處，正在站崗、臉色嚴肅的執行官認出他，便揮揮手讓他通行，巴布匆匆步入寬闊大廳，賽克利緊跟在後。

拍賣室位在二樓，巴布・諾伯・開新解釋，只有持有門票的人方得進場。這可不是隨隨便便的人可以拿到的票：一張加爾各答鴉片拍賣會的門票是全球貿易商夢寐以求的高價資產，許多國家的商人為了這張票搶破頭。

雖然巴布・諾伯・開新沒有門票，但他是勃南先生的帳房，所以得以進門，從上方的小樓座觀看拍賣會——而這也是他帶賽克利前往的地點。

樓座就像戲院的小包廂：在拍賣室上方突出，並以黃銅欄杆圍起。賽克利倚在欄杆邊，俯視底下的拍賣廳，所謂的拍賣廳僅是一間偌大廳堂，一排排座椅面對著拍賣官講臺整齊排列，講臺旁擺放了一張正式扶手椅——這是主持拍賣程序的主席座位，背後牆上則掛著一塊印有東印度公司商標的巨大天鵝絨幕簾。

拍賣會中一眼就能捕捉到勃南先生威風凜凜的身影：他就坐在前排，穿了一套暗色系西裝，滑順鬍鬚披在胸前。後排包括幾個城裡最赫赫有名的人物，例如孟加拉最大宗族後代——塔戈爾、穆里克、達特等家族，亦有孟買的帕西人、來自拉吉普特和古吉拉特邦的偏鄉村落及集市城鎮的馬瓦里和簡恩家族。其他則是猶如越洋船舶員工般、背景五花八門的族群：希臘人、土耳其人、亞美尼亞人、波斯人、猶太人、印度阿富汗人、博拉人、什葉派伊斯蘭教徒、門蒙人。從上頭俯視，賽克利從未見過如此眼花繚亂的頭飾：頭巾和羔羊毛帽、黑氈帽、各式祈禱帽——穆斯林帽、猶太教帽，有繡花的、有蕾絲的，有五彩繽紛的、也有樸素單色的。

主席和拍賣官莊嚴步上走道，於最前面的講臺就座時，室內一片靜默。簡短為維多利亞女王祈禱後，拍賣正式揭開序幕。拍賣官舉起一面寫著一個數字的板子，好幾隻手旋即舉起，打著賽克利看不懂的信號。

巴布．諾伯．開新解釋，鴉片會一般以五箱拍賣，拍賣人不需看見貨品才下標，一箱東印度公司的鴉片就跟任何紙鈔一樣安全無虞，不需要特別檢查。拍賣人只需先支付一成費用，並有三十天的充裕時間可以支付剩餘款項。

隨著拍賣會進展，拍賣人也越來越熱血沸騰，即使賽克利不太明白發生什麼事，卻發現自己跟著興奮起來。拍賣過程瘋狂激動，拍賣人跳上跳下，搖手吶喊：讓他想起小酒館的混戰，就連空氣中瀰漫的氣味也相似，交雜著汗水、恐懼和企圖心的腐臭味。

最狂熱的拍賣人非勃南先生莫屬：每隔幾分鐘就見他跳腳、咆哮、揮手、高舉手指。這畫面讓賽克利又妒又敬，他願意不計一切代價站在下面，像勃南先生一樣喊價，從其他競爭對手手中搶走一批批他想要的貨物。

這是賽克利見識過最刺激的一個場景，想到自己不過是在小樓座觀賞的觀眾，就更激起他的激昂鬥志：他在內心立誓，有天他也要成為持有門票的大人物，這就是他的歸屬，加入這些買家、揮霍飽滿精力、追求財富，這就是他最大的企圖。

等到最後一批鴉片售出，賽克利已經滿身是汗：他瞄了一眼手表，不敢相信拍賣居然只維持了四十五分鐘。他覺得自己緊張到一身汗，精疲力盡的程度不輸一場激烈性愛。他只有和勃南太太在床上時，才感覺得到這股熱情奔騰，彷彿他蘊藏的精華最後總算找到發洩欲望的管道。

底下許多拍賣人環繞著勃南先生，拍向他的背致上恭喜。

巴布．諾伯．開新臉上堆滿笑意解釋，勃南先生是當日最大買家，他以三百萬盧比的售價購入三千箱鴉片，等同於將近一百五十萬西班牙幣。他單槍匹馬將售價抬高至每箱一千盧比，跌破眾人眼鏡，這意思是賽克利也賺入一筆意外之財。巴布．諾伯．開新幫他下的賭注回收豐碩——目前賽克利的存款已是昨日的兩倍。

賽克利瞠目結舌：「我的老天爺！那我什麼時候可以拿到這筆錢？」

這句話逗笑了巴布．諾伯．開新：他帶著慈祥和藹的微笑向賽克利解釋，他的錢已經花掉了，拿來購買展開新事業的貨物——二十箱生鴉片，目前他擁有一成，而他有三十天還款期。

「可是巴布，」賽克利驚愕大喊：「這三十天內我要上哪兒掙到這筆錢？」

「親愛的，別擔心，」巴布．諾伯．開新說：「我已經為了將來做好打算——交給我安排就好，你現在要做的就是前往新加坡和中國，出售脫手貨物。」

「可是巴布，」賽克利說：「你花光我所有積蓄，我要怎麼買船票？」

「這一點我也早就料到了，」巴布．諾伯．開新說。「我已經賄賂頭家——他會做好該做的事，你不需要掏出一毛錢就去得成。」

巴布並未多作解釋，但當他們正準備離開、穿越人滿為患的大廳時，有個聲音嚷嚷：「瑞德！等等！」

是勃南先生。賽克利看見好幾個人轉過頭望向他，無疑好奇著這從沒見過的年輕新人憑什麼獲得當日最大買家的關注。

賽克利不禁受寵若驚，面紅耳赤。「真高興見到你，先生！」他活力充沛地拍了拍勃南先生的手。

「我也很高興見到你，瑞德。尤其是這種場合，聽說你有意加入貿易行列，這可是真的？」

「如假包換，先生。」賽克利回道。

「很好，很好！」勃南先生拍著他的背說：「我們需要更多自由貿易商，尤其是像你這種精力充沛的年輕白人。我很快就會去平底帆船找你——我有個提議，你應該會感興趣。」

「我期待你的造訪，先生。」

勃南先生頷首離去，留下措手不及、無法相信自己好運的賽克利。

＊

到了二月底，部分遠征隊的英國兵才漸漸抵達威廉堡：一是名叫蘇格蘭步兵團的第二十六營，另一營則是英女王陛下第四十九團。這兩營士兵加入兩連孟加拉志願軍後，目前集合於加爾各答的總軍力突破一千人。對克斯里來說，想靠這個人數侵略諸如中國這種國家，絕對是小巫見大巫。於是他很慶幸梅上尉告訴他，目前駐守錫蘭的第十八皇家愛爾蘭軍團，以及一組皇家海軍分遣隊將會加入他們，擴增兵力。但最大規模的分遣隊將由第三十七馬德拉斯本土步兵軍團提供——超過一千名的印度兵和為數可觀的坑道工兵、礦工、工程師，到時軍隊整數將逼近四千人。

蘇格蘭步兵團是第一批抵達的營隊，他們風塵僕僕自巴特那行軍前來，過去幾年他們在次大陸征戰，看得出來在印度的磨練讓他們對印度人的態度相當強硬：他們從不錯放任何羞辱印度兵的機會。有位名為歐爾的掌旗軍士更為過分，毫無來由滔滔不絕罵個不停：「沒膽的黑種」、「骯髒黑鬼」、「黑雜種」等。克斯里好幾次和他硬碰硬，幾次下來兩人差點上演全武行。

幸虧蘇格蘭步兵團的駐紮營地距離B連遙遠，可以保持一段安全距離。克斯里光想到要是他們搬進比鄰孟加拉志願軍營房的空曠建物，就得操心可能發生的事。

印度兵運氣好，隔壁建物分配給第四十九團，雖然他們喧鬧無賴，至少還算好相處。住在他們隔壁對印度兵來說是件新鮮事：即使他們常和英國分隊出征，營區卻很少與他們為鄰。

第四十九團的喧譁嘈雜、神氣活現馬上就讓原本靜謐的堡壘角落變得熱鬧活絡。他們夜夜笙歌，外出喝酒，不管是列兵或軍士，人人都待在福利社，一路喝到堡壘周圍宣布福利社打烊的深夜炮聲響起，但他們的尋歡作樂並不會隨著炮聲結束。第四十九團和其他英國兵一樣，對於非法購買酒精很有一套。在他們營房服務的掃地工和水伕會幫忙非法走私酒精，並藉此賺入大筆外快。而盛裝酒精的容器則是五花八門——空心竹管、山羊膀胱，然後再藏在腰布下，偷渡進營房。每夜必會聽見諸如此類的叫喊，屢試不爽：「那個該死的禽獸在哪裡？我發誓要是沒有立刻拿到酒，我就揍得他變小狗！」

這些滑稽行徑讓B連士兵感到好奇又好笑。印度兵之間謠傳酒精就是白人士兵的祕密武器：他們就是藉酒精壯膽，成為英勇無畏的戰士。他們相信就是這樣，英國分隊才經常被派打頭陣，在沙場上帶頭衝鋒陷陣——因為他們在戰前獲得的固體酒精讓他們英勇無敵，幾乎無懼死亡。

印度兵在上戰場前麻醉自我也是時而有之的事——印度斯坦士兵一直都會這麼做，只是印度兵偏好大麻麻醉劑、大麻煙、印度大麻、某種名為麻炯的大麻。這些藥物都可對神經起作用，具有鎮定功能，讓身體較難感到戰鬥的費勁與疲憊。酒精則不一樣，酒精是催化侵略力的燃料，正是為了培養「戰鬥力」，英國指揮官才致力提供酒精給士兵。

有位富有智慧的年長士官長曾對克斯里說：賦予白人力量的正是酒精，這就是為何他們從早喝到晚——要是他們停止喝酒，就會變得弱不禁風、萎靡不振。要是他們跟我們一樣，吸食大麻煙的日子降臨，那他們的帝國就等著滅亡。

克斯里現在漸漸明白了。他絕對不反對酒精——他特別喜歡琴酒，啤酒和蘭姆酒也不錯。但對印度兵來說，不管是哪種歐洲酒精都不易取得，因為他們不得進入白人兵福利社。除了特殊場合發給他們特殊烈酒「津貼」，印度兵只能在供應難喝劣等酒的本土酒精商店買酒。另一種較好卻昂貴的做法，則是向英國兵買酒——他們每天都有兩打配額，有些人不介意偶爾變現。另一個選擇是付錢給他們，請他們從白人兵福利社幫忙採購酒精。自從第四十九團加入後，克斯里就找到一個樂意幫忙的朋友，那就是魁梧結實、古銅黝黑的中士傑克・瑪格斯：他本是露天馬戲團的拳擊手，抵達幾天不到，他就堅持跳上摔角場，和克斯里來場搏鬥。結果這場較量難分高下，最後是瑪格斯中士不熟悉印度摔角規則，克斯里才成功得勝。但中士對自己輸掉比賽並不見怪，很快就和克斯里分享起琴酒。

某次換克斯里得幫瑪格斯中士一個小忙，有位紅集市妓女向中士喊出不合乎軍隊費率的天價，於是克斯里威脅她，他會請土著警察帶她上軍營醫院檢驗性病，這才讓她閉上嘴，終結了這場鬧劇。

那件事之後，中士對他就變得特別熱絡，克斯里也是從他那裡得知遠征隊的英國兵正接受某種新武器訓練——某種擊發式滑膛槍。瑪格斯中士不斷頌揚這種武器的美妙之處，他說這是燧發槍的一大進展。

克斯里當時非常喜歡他的燧發槍，一種「印度型」棕管槍，不算上刺刀的話，這種滑膛槍近六英尺長，具有圓柱型子彈，最遠射程約兩百碼，不過要控制在一百碼左右才能精準射擊。但在一百碼以內的距離，每四十三秒可發出三連發射擊，仍讓棕管槍所向無敵。在又長又粗的槍管上安裝刺刀後，也很適合用於小規模戰鬥和近身搏鬥，而這也是克斯里喜歡這把槍的理由。

然而，儘管克斯里珍惜他最喜愛的手槍，仍然非常希望能試試看全新的擊發式滑膛槍，但瑪格斯中士告訴他目前暫無機會，他們還在測試階段。

克斯里以為印度兵接受全新武器的訓練只是遲早的事，但幾週過去了，仍舊毫無動靜跡象，於是他決定謹慎發問：他正面詢問梅上尉，是否知情新手槍的事，究竟會不會發給印度兵。

梅上尉起初閃爍其詞，但經過幾番刺探，克斯里發現上尉其實也感到忿忿不平：他說事實上他不斷施壓，要他們也把槍分配給孟加拉志願軍，卻聽說英格蘭發放的手槍數量不足。此外新型滑膛槍是近期發明的全新武器，仍在測試階段，這也是高級指揮官決定只將新槍發給英國軍團的主因。

「中士，你覺得這情況是否似曾相識？」上尉莫可奈何的口氣酸溜溜。「他們發舊設備讓我們上戰場，卻抱怨印度兵的作戰實力不如白人兵。」

有天，克斯里在瑪格斯中士的協助下，在教學棚觀看一場實彈演習特訓。他注意到全新滑膛槍開火時不會冒出煙霧，不像他的燧發槍會在子彈發射前冒煙。之後更仔細觀察手槍，他發現有個更事關重大的差別——新型手槍的火藥盆跟棕管槍不同，他馬上就看出這個差異：燧發槍在潮濕情況下不易開火，新型擊發式槍枝是任何氣候皆適用。

當晚他問梅上尉：「長官，中國常年下雨嗎？」

梅上尉清楚他想說什麼。「中士，我們只能祈禱上戰場時天候乾燥——除此之外我們一籌莫展。」

克斯里刻意不對士兵提起此事，他知道要是印度兵得知自己被派到海外征戰，卻只拿到劣等武器，恐怕只會打擊士氣。但這種事情瞞得了一時，卻瞞不了一世。印度兵很快就發現真相，克斯里擔心的事果真發生了，連上士氣大損。

第十一章

在鴉片拍賣會上和勃南先生短暫打過照面後，賽克利就迫不及待完成加爾各答的工作。他已經還清港口管理局的債務，取回大副執照。平底帆船的工作也將近尾聲：他已經完成甲板木塊和其他需要更換的部分，船頭和上艄柱已徹底檢修，艙房打掃乾淨、重新打磨，現在只剩下船艄兩側雕刻及最終修潤。

經過幾天的勤奮不懈，整修邁入尾聲。一完成，賽克利一刻也不能等，立刻發信給大老爺，通知他船已修繕完畢，隨時可來檢查。

勃南先生次日一早來到平底帆船，花了一個小時徹頭徹尾檢查，最後一掌拍拍賽克利的背——「幹得好，瑞德！非常好！」——讓賽克利臉上露出驕傲神情。

賽克利迫不及待想聽勃南先生在拍賣會上說的提議，卻得按捺下他的不耐：眼見大老爺好整以暇，不疾不徐找了一張大扶手椅坐下，一手撫順他的豐盈鬍子。

「瑞德，我聽說你體內的企業家精神正蠢蠢欲動，」勃南先生若有所思地說：「真的非常欣慰。你也知道嶄新世代即將來臨，這是自由貿易的年代，像你我這種白手起家的自由貿易商將會成為當代英雄。若說哪個年代令人興奮不已，可見到白種青年遠赴東方尋覓個人命運，必定就是現在了。我相信你已經聽說一組遠征軍隊將派遣中國的事？」

「是的，先生。」

「很好，就我看來，只消幾個月，目前在加爾各答整合兵力的部隊，就會撬開世界最大市場的門戶。等到那天來臨，世界自由通行的最終阻礙，中國滿州暴君會被掃到一旁。一旦垮臺，我們便可見證上帝計畫昭然若揭的時代誕生。命中注定榮華富貴的人將會適得其所，世界財富都在他們腳下。你真的格外幸運，可要知道本世紀最難能可貴的商業機會就擺在眼前：你是否亦是上帝的選民，答案馬上就會揭曉。」

「是嗎，先生？」賽克利聽得一愣一愣：「我不確定我聽懂你的意思。」

「瑞德，我在說中國遠征隊的事啊……」

勃南先生繼續解說，這場冒險是千載難逢的好機會，不僅是中國市場對外開放帶來的龐大收益，這場遠征也將打造某種新型態戰爭，商人會參與事業的各個層面，從擬定策略到與國會打交道、知會大眾、後勤運籌，這場戰爭不會是浪費資源又具毀滅性的舊型態戰役，我們將善用得來不易的商業教訓，整體重點是降低英國損失，金錢也好，人命也罷。

勃南先生說，從船隻包租乃至部隊採購供應鏈等層面，這場遠征隊將史無前例仰賴私人企業的支援，光是這點就能開啟數之不盡的收益利潤。再者，遠征隊會沿著中國東海岸挺進北方，為許多尚待開發的市場提供通路。在英國海軍戰艦的庇護下，英國商船將能在近海販賣商品，由於近期鴉片供應遭到中斷，可想而知在人口稠密地帶，鴉片需求勢必龐大，每箱都能賣到出色價錢。

「瑞德，你可別搞錯了：這次遠征規模微不足道，卻將會掀起一場革命。務必記住我說的：這一次將會改變亞洲大陸的地圖！」

改變之大，勃南先生預測商業重鎮將移往東方。遠征隊的主要目標之一，就是脅迫中國人割讓中國海岸的某座島嶼：一座體現所有自由貿易理想的新港將於焉誕生。他的老友兼同事胡夏米，也是前任廣州商館大班，多年來不遺餘力倡導這場運動，特別是地理位置完美的小島香港。多虧勢力強大的渣甸先生，政府總算採用胡夏米先生的寶貴建言。無論如何，最後中國將會誕生一座不受滿州暴政箝制的新港。暴君再也無法在勃南先生等誠實鴉片商身上烙印「走私販」標籤：人類商品和上帝旨意將從這座嶄新的自由堡壘，活力充沛地送達世界人口最稠密的大國。

勃南先生繼續道，無庸置疑，這座新港將攔截目前送往廣州的貿易，這就是為何顛地和詹姆士．馬地臣先生等大老早有計策，等這座小島一淪陷，就第一個衝出大門。而這也正是勃南先生決定將生意移往東方，落腳中國海岸的用意。

「瑞德，見證並參與歷史這一刻的上帝選民，當真是幸運兒！試想哥倫布、科特茲[15]、克萊武[16]！青年不但能拓展個人財富，甚至可以擴展上帝領地，還有哪個比這更具有成就感的豐功偉業？」

「沒有，先生！」

勃南先生說，但是這種機會出現時，不是每個人都能洞察先機。許多膽小怕事的男人還是會被戰爭的不確定性給嚇跑——這就是為何慣性生物注定失敗，勇敢選民則將坐享獎賞。

至於他自己，勃南先生說，他從不質疑，凡是深具遠見與勇氣、好好把握先機的人，煥新的商業帝國必將會為他們打開大門。堅信不移的他立刻派出朱鷺號，將大批鴉片運往中國，齊林沃斯擔任這艘縱帆船的船長，巴布．諾伯．開新是貨物管理員，他自己則會先處理好印度事宜，該年稍晚再抵達中國。除了其他大量託賣品，他自己的船阿拿西塔號也將運送鴉片。

還不只如此，勃南先生解釋，他已將他的船——印度號——借給遠征隊，目前這艘船正在孟買接收大量麻窪鴉片和幾名乘客，回到加爾各答後，這艘船將於竇提先生的率領下，運送一組士兵和設備，

15 Hernan Cortes，十六世紀的西班牙殖民者，摧毀阿茲提克文化、在墨西哥建立西班牙殖民地。
16 Robert Clive，十八世紀英國軍人兼政治家，為東印度公司在孟加拉建立軍事政治霸權

並且隨著其餘遠征隊船艦出海。

這時勃南先生才說出他的提議。

「我需要的，」勃南先生說：「是一個優秀又值得信賴的人，並由他擔任印度號的貨物管理員，這個人將看管我的麻窪鴉片貨物，要是能在沿途海港爭取到好價格，也可以依照個人判斷銷售商品。這個職務配有舒適艙房，並且跟所有貨物管理員一樣，有權挪用部分商品作為個人銷售。除了可能獲得的豐富利潤，亦受領薪資。最後要是這趟出航表現出眾，他日後可以投靠我，我會協助發展他的貿易生涯。」

勃南先生說到一半停下，撫摸他那滑順光澤的鬍髭，全神貫注盯著賽克利。「我就不拐彎抹角了，瑞德，」他說：「你一直都認為我的意見很受用，這件事你我皆知。而我也從你身上看見初來乍到東方的自己。我上次在鴉片拍賣會上看見你時，就覺得你現在可能正處於探索人生志業的邊緣。如你所知，巴布．諾伯．開新對你評價相當高。他相信你是這份職缺的完美人選。無須多說，他確實是個可怕的老異教徒，然而他也是看人眼光精準的男人，他告訴我，你需要足以負擔二十箱鴉片的價格。」

「是的，先生。」

「這樣吧，瑞德，這筆錢我先借你，就當作預支薪資。」他再次頓了頓，彷彿給賽克利一點冷靜時間。「瑞德，現在我只要你一句話：你是否準備就緒？」

就像他曾洗耳恭聽勃南太太的話，現在賽克利也仔細聆聽勃南先生說話：從某個詭異的層面來看，勃南先生說的話對他造成類似效果。預感讓他全身抖了一下，接著他打直背脊，一手放在心臟上方。

「我已經準備就緒，勃南先生，」他說。「我願順應天意。」

＊

出發日在即，志願軍的表現持續進步：他們與第四十九團的共同操演超出眾人期望，除了幾個小缺失之外，連同參謀參與在內的多次視察都幾近完美，亦沒出現克斯里最擔心的逃兵。

這似乎是好預兆，但克斯里曉得真正的測試接著才要降臨——灑紅節。

傳統來說，孟加拉本土步兵團會大肆慶祝這個節日，克斯里知道B連士兵那天會希望到印度兵區狂歡。印度大麻會大肆傳用，人人身上都灑上繽紛色彩，朝半空開槍慶祝，舞男會興高采烈熱舞，紅集市淪陷。這天將是眾人狂歡的慶典，克斯里猜想，若是真有士兵有意逃兵，必定就會在這一天趁亂逃跑。他向梅上尉道出他的擔憂，最後兩人的結論都認為禁止士兵參加等於自找麻煩，最好還是將他們分成不同小組，分頭外出參加，並每個小組都加派一名軍士陪同。再者，他們必須遵照指令，天黑後立刻歸隊，在營房前方點數人頭。為了加緊提防，梅上尉決定通知堡壘的情報官員。

過去克斯里自己也會賣力歡慶灑紅節，但今年他毫無興致。灑紅節這天，他親自率領士兵來到印度兵區，傾注全力監督他們，幾乎連一杯印度大麻都沒喝到。然而一雙眼睛監看這麼多人是不可能的任務：慶典熱鬧滾滾，人潮洶湧，夜裡晚點名的號角響起，一數之下才發現少了六個人。追問之下，克斯里發現其中四名失蹤的印度兵只是嗑大麻嗑到不省人事，所以真正失蹤的只有兩人。梅上尉將此事稟報情報局，幾分鐘不到，他們已經派出人手去搜索城市的交叉路口和路端。

克斯里懷疑這兩名逃兵有預謀逃跑的本事，畢竟他們年紀輕輕、不滿二十，想當然，在登船時遭到逮補。

克斯里和梅上尉討論後決定，這兩位逃兵需要上軍事法庭，為了殺雞儆猴，可能會對兩人祭出最高嚴懲——死刑。但他們也同意要先問出逃兵原因、軍營裡是否有其他人協助。為了偵辦此案，梅上尉將審問的任務交付克斯里。

克斯里分頭偵訊囚犯，兩人的答覆大同小異，他們的抱怨並非罕見：最主要還是不滿薪資。遠征隊印度部隊的薪俸少於英國兵是眾所皆知的事，而不少印度兵對此相當不滿，其實克斯里本身也不滿意。

印度兵忿忿不平，他們的薪俸長期低於白人士兵，軍方說詞是英國兵在海外征戰，因此需要較高酬勞，但這說法沒人買帳，甚至暴露了真相，證明這只是推託之詞：對印度兵和私兵而言，中國都是海外，為何唯獨遠征隊的白人士兵收入較高？然而除了怨聲載道，印度兵無計可施：真要鬧大這件事，就會鬧到軍事法庭上。

兩名逃兵的另一個怨言是劣等武器：他們說軍隊拒絕提供新型槍枝，等於是汙辱他們身為戰士的榮譽，而這事也醞釀其他懷疑：他們聽說就連他們搭乘的運輸船也和武器一樣，等級品質較低劣，遇到壞天候可能沉船。他們還聽說要是軍糧配給不足，就會以白人兵為優先——他們則只能吃馬鈴薯和其他難吃糧食，不然就等著挨餓生病。

這些怨言克斯里早有耳聞，但逃兵也提及某些他意想不到的謠言：他們說，軍營裡散布不祥預示和徵兆，據傳有位占星師預言災難正等著遠征隊，有位家庭祭師甚至聲稱孟加拉志願軍受到詛咒。

沒人告訴克斯里這些謠傳，令他憂心不已，畢竟這代表謠言本身對士兵造成強大影響。

要是B連有類似帕格拉巴巴的人物，克斯里就會得知印度兵的所有動態資訊。再說帕格拉巴巴知道如何消災解厄，從中發現另一種解讀，安撫士兵情緒。這也是為何一般印度兵軍營往往都有托缽僧——他們在諸如此類的情況下不可或缺。

但當然，孟加拉志願軍不是一般的印度兵：士兵來自不同背景，目的是拼湊組成一支遠征隊，而由於這種分隊不長久，所以並不需要苦行僧或修士等身分的人。

至於其他——例如教唆煽動的幫兇和共謀，克斯里無法從他們口中套出實情。他們不願告訴他，是否連上弟兄鼓吹他們棄營離去，也不肯透露是否有其他人討論逃兵。暴力痛毆也沒用，他們不說就是不說，他們的守口如瓶象徵軍營裡蔓延著這股惡性風氣。

其中一名逃兵來自距離納亞恩浦不遠的村莊：他和克斯里其實是遠房姻親。偵訊尾聲，在一陣狠毒痛打後，倒地不起的男孩滿手是血地捉著克斯里的腳，乞求他別痛下毒手，並提醒克斯里他們的關係。

這提醒了克斯里，要是換作是他，他可能也會選擇當逃兵，但至少他知道不該採取有勇無謀的計畫，這個想法讓他內心興起邪念，憤而踹開男孩的手。

Darpok aur murakh de ka raham? 他說。懦夫和笨蛋哪裡值得憐憫？不論你最終結局如何，都要記住這些全是你自找的。

正如預期，兩名男孩最後被宣判由行刑隊處以死刑。梅上尉決定行刑的劊子手得是自己連上的人，並且要求克斯里親手揀選。問了幾個人下來，克斯里刻意挑選了這兩人的好友或親戚，甚至決定親自擔任劊子手的執行官：雖然這個決定令人震撼，但他別無選擇。

*

一八四〇年三月十八日

湖南島

喬都出現在我們前時，我才意識到這場重逢為我帶來的衝擊力。畢竟我和他並不是朋友，也沒有血緣關係，年齡宗教上亦無共通點，喬都少說比我年輕了九、十來歲。唯一產生共鳴的，就是我們都是朱鷺號的逃犯。然而儘管我們都是逃犯，卻幾乎從未單獨相處：唯有逃離朱鷺號、小船被沖刷上岸後那幾天，受困於大尼可巴島時，我們才攜手覓食求生。但那之後我們分道揚鑣，我和阿發選擇前往新加坡，喬都、卡魯瓦、阿里水手長則搭船前往丹那沙林海岸的丹老。

可是喬都一踏進我的住處，我們兩人內心瞬間融化，彷彿失散多年、再度重逢的兄弟般痛哭流涕。逃離朱鷺號的祕密成為今昔的自我、過去與現在的橋梁，而這羈絆甚至強過家人和友誼。

我猜喬都肯定餓壞肚子，於是請阿沙蒂蒂送來一整桌美食菜餚——米飯、豆子、酸瓜、魚肉咖哩。米舒也做了油炸大餅。

所有菜餚都經過清真驗證，這點我特別確認過了，喬都心懷感激……

盤腿席地坐定後，喬都開始用手指扒飯，狼吞虎嚥的模樣簡直猶如不停為火爐添柴。他偶爾會停下來喘口氣，這時我就利用機會，問他是怎麼到廣州的。

喬都告訴我，一抵達丹老，阿里水手長就決定大夥兒應該分道揚鑣：他建議喬都和卡魯瓦往東，卡魯瓦遂簽了船工合約，搭上一艘前往東印度的鴉片船。喬都則加入一艘英國雙桅橫帆船船組，船長別無他人，正是詹姆斯．因義士，他的陰謀害慘不少人，當然巴蘭吉老爺也是受害者！

我問他目前阿里水手長的下落，喬都不知道，分開時他曾說要去一個位於中國邊境、名叫江平的港口。

當然他也很好奇自從上次見面後我發生什麼事。我告訴他，阿發在新加坡和他父親巴蘭吉老爺重逢，老爺派給我一份祕書工作。喬都聽聞我在鴉片危機期間和巴蘭吉老爺待在廣州時，感到十分詫異——想到去年喬都被送往牢獄時，我們可能在外國內飛地巧遇，就覺不可思議。

喬都沒三兩下就吃飽喝足——就算是飢腸轆轆的餓虎也別想吃得比他快。但飽餐一頓後，他完全沒露出一絲懶散遲鈍：反倒更清醒有神，精神奕奕。我本來還在遲疑該不該問他坐牢的事，他倒是主動開口，一個勁兒說個沒完。

他待的監獄位在廣東南海區。意外的是，喬都說監獄的條件比他們之前監禁在中國衙門的籠子好多了。據他描述，那時他們像動物般被關在衙門籠子裡示眾，前來觀看他們的人會用棍子戳他們，大喊：黑鬼！鬼佬！

他說，那種日子形同地獄，Jahannum, narak.

判刑後被送往南海監獄後情況好轉，至少不用示眾，伙食也比較好。在衙門時，他們只有米飯配鹽巴、泡水白飯，但在獄中至少吃得到幾葉蔬菜。有天他們餐盤裡還出現一小塊肉，喬都懷疑是豬肉，最後不吃。獄卒問他怎不動筷，水手們便向他解釋這有違穆斯林傳統。那時他們才詫異發現誤會大了，他們並非獄裡唯一的穆斯林。獄中有許多相同信仰的教徒——而且絕大多數是中國人！其中一些是「回族」，而廣東這個區域回族為數眾多。不過也有來自其他地區的穆斯林，包括中國各地及外邦，像是土耳其人、烏茲別克人、馬來人、阿拉伯人，這些人皆如同親兄弟般熱情接納船工。由於有不少穆斯林，政府機構特別安排，分開烹煮他們的伙食，彼此照應之下，亦沒人敢找穆斯林麻煩。

沒多久，喬都開始熱血沸騰說個不停：說話同時在房裡來回踱步，偶爾別過頭凝視著我。

我告訴你，尼珥達，他說，唯獨在南海，我才發現身為穆斯林有多好命。無論你走到哪裡，四海皆兄弟，就連中國監獄也是！只要有穆斯林的所在，就有羈絆。

繼續說吧，我說，多告訴我一些……

現在回想起來，我覺得是命運將我推入監獄，喬都說，容我解釋一下。有個獄友是後臺勢力龐大的穆斯林。每逢古爾邦節和其他特殊節日，他偶爾會賄賂監獄官員，讓他們請當地清真寺的伊瑪目導師進來。我不知道你知不知道，廣州有座十分著名的清真寺和墓園——先知的叔叔兼聖伴賽義德·

本．阿比．瓦卡斯的墳就在那片墓地。願平安與福報降賜於他。

說到這，喬都停下來指向遠方一座高塔，塔尖稍微矗立在城牆之上。

你有看見那座燈塔嗎？他說。那是阿比．瓦卡斯蓋的清真寺懷聖光塔寺，有人說那是世上最古老的清真寺之一，來自世界各地、不分遠近的朝聖者會來這座清真寺和墓園，甚至連開羅和麥地那的朝聖者也不遠千里。有時懷聖寺的伊瑪目會帶領我們禱告，齋戒月某天，他帶著一個外國朝聖者來看我們。這名朝聖者是來自哈德拉毛、亞丁附近的教長。身形矮小，相貌平凡，名叫穆沙．阿爾肯迪，後來我們才聽說他是旅行各地的商人，常旅行至阿拉伯、非洲、波斯、印度斯坦經商。他去過孟買、馬德拉斯、德里，並曾在加爾各答住過兩年。但我對這些一無所知，所以當他用孟加拉語對我說話，還說他認識我，甚至是為了我來到這座監獄時，你可以想見我有多驚訝！我又驚又喜地說：不可能，我從沒見過你，也不認識你，更別說是聽過你的名號。接下來這名教長告訴我，他是在夢裡見到我的，他夢見一名來自孟加拉的年輕船工，雖然本來就是穆斯林，但卻要日後才會頓悟古蘭經真理。這句話激怒了我，我大吼：你這是什麼意思？憑什麼汙衊我？他帶著笑意問我，難道我說的不是真的？我七竅生煙，告訴他，他對我一無所知，無權對我鬼話連篇。他面帶微笑告訴我，我很快就會明白他話中含意。

幾天後，我和一名獄卒發生爭執，他無故指控我偷竊，並衝上前毆打我。我腳步往旁邊一閃，獄卒自己失足受傷，卻控告是我攻擊。事態惡化嚴重，我被送往專關死刑犯的囚房。獄卒說我會被判死刑，我信了——沒理由不信他。

喬都停止踱步，手擺在我頸部。

尼珥達，他說，你知道他們怎麼處決犯人嗎？他們將囚犯綑綁在椅子上，掐死他們。我曾看過二、三十個男人是這麼死的，以為我也會那樣死，你可以想見我當時的心理狀態，我簡直怕得不得了。可是後來發生一件怪事。事情發生在古爾邦節的隔天，一位穆斯林獄卒把我拉到一旁，告訴我他前一天到阿比·瓦卡斯墓前，收到一份穆沙教長要他轉交給我的禮物——那是他從自己手臂取下的tabeez[17]。

喬都捲起他的長袍袖子，讓我看他的護身符：那是一塊固定於右手肘的黃銅。

我綁上護身符，喬都繼續說道。當晚睡覺時，我做了一個夢，夢到審判日那天我為自己答辯，倏然驚覺我的恐懼無關乎死亡，而是死後必須面對的審判。我躺在墊子上發抖，頭一遭對真主產生敬畏。我發現即便我盡了身為穆斯林該盡的責任，心靈卻骯髒汙穢，我這輩子做盡顏面盡失的壞事，還在充滿罪惡的家庭環境中長大，蘭柏先生不具宗教信仰，我母親是他的情婦，他女兒寶麗和我像野孩子般四處東奔西跑，我們兩人終日不思宗教，彼此亦無意隱藏羞恥行徑。

喬都說這段話的語氣像是在朗讀證詞，彷彿他脫離自我軀殼，從遠處旁觀自我。

我在某些方面就像動物，他說。任由欲望擺布心靈，腦袋瓜只想著通姦和勾引女人，不思進取，這就是我在朱鷺號上自尋的苦果。當下我感覺一切豁然開朗，頓悟之後，死亡的恐懼煙消雲散——不，你甚至可以說我渴望死亡，因為我覺得無論是哪種懲罰，全是我應得的。

這時喬都聲調變得低沉。

他說，就是在那時，我服從先知穆罕默德的教誨，全心全意成為穆斯林，我已經做好受死的心理準備——不再懼怕死亡。但奇怪的是，我開始改信過後沒幾天，就被送離死刑犯牢房，移監後又和其他船工會合。確實可以說我這是「改信」。

喬都說到這裡，停下來深吸一口氣，他的聲音逐漸冷靜：彷彿經過一番滔滔不絕，如今已經高燒

17 印度傳統中，祈求平安財富隨身攜帶的項鍊。

不再。我感覺他之所以傾吐心聲，不只是需要找人說話，更是為了說服我：喬都想要讓我看見他的轉變是多麼重大的事，唯獨之前認識他的人才看得出他變了多少。

你提到寶麗，我低聲說。你知道現在她人也在這一帶嗎？

喬都轉過臉望向我，面容的血色褪去：寶格麗？你說她在這一帶是什麼意思？

我告訴他寶麗人在香港，與一名英國植物搜集家同住——她父親的朋友算是收了她當養女。

喬都聽說她的好運時不禁為她開心。我很為她感到開心，他說。被無信仰者拉拔長大並非她的錯……

這句話令我莞爾一笑。我說：你知道嗎，我也是無信仰者。

喬都笑了：對，我知道你本來就不信神，但你不必一輩子都當無信仰者。

聽到這句話，我只有哈哈大笑。

我現在沒有信仰，我說，未來也不會有。不過容我問你一個問題，中國人也是無信仰者，你知道他們馬上就要和英國開戰，所以他們正在裝備那艘你即將服務的劍橋號。如果你接受了，就會發現你是在為中國無信仰者出戰。我的朋友，請問你真的能全心全意、全力以赴嗎？

喬都的笑意如漣漪般蕩漾：有何不可？他說。兩邊都是無信仰者：一個跟印度人一樣崇拜偶像動物，一個崇拜旗幟槍械。真要我選邊站，我寧可幫中國人出戰。

真的嗎？為什麼？我問。

喬都和他的穆斯林朋友曾在南海監獄裡大肆討論過這件事。柔佛、亞齊、爪哇等穆斯林國度的囚犯告訴其他人，歐洲人已經占領掌控他們的國家，目前依舊野心勃勃地想要擴增版圖。

唯獨中國人抵擋得了佛郎機人[18]，喬都說。教長告訴我們，中國人和歐洲人要是發生衝突，穆斯林的職責是站在中國人這邊。

喬都眼底的熱血沸騰抹去了我對他真誠與否的質疑。我坦白告訴他，中國人對他的忠誠度感到懷疑，他們認為喬都和他的船工朋友可能會去投靠英國人。

他笑了出來，並說他們大可放心。要是他們希望，他願意和其他船工前往阿比・瓦卡斯的墳墓，在墓前立誓。

*

朱鷺號起錨前往中國的前兩天，巴布・諾伯・開新將賽克利的二十箱鴉片運到平底帆船。前腳正準備離開時，他說：「西克利少爺，我抵達香港後，蘭柏小姐可能會詢問你的狀況。也許你可以寫封信給她？由於她對你喜愛有加，我覺得這麼做比較妥——你可以報告你所有的動態細節，我保障郵件安全送達。」

這讓賽克利進入警戒狀態，他好奇寶麗想知道他什麼事：她以為他們已有婚約在身嗎？若是如此，也許趁此機會釐清誤會不是正好？

「好吧，巴布，」賽克利臉色陰沉地說：「我會將蘭柏小姐的信交給你。」

「那我明早過來收信。」

18 佛郎機為*Firinghee*之音譯，原指法蘭克人（Franks，第五世紀入侵西羅馬帝國，占據今法國北部、比利時和德國西部等地，並且建立中世紀早期最強大的西歐基督教王國），但在亞洲經常狹義用指葡萄牙人，較廣義亦可指歐洲人或被歐洲人同化的印度人。此詞波斯人作*farangi*或*firingi*，阿拉伯人作*al-faranj, ifranji, firanji*，南印度之人作*p'arangi*，錫蘭人作*parangi*。

賽克利以為只消幾分鐘就能交差了事，於是等到餐後才動筆。怎料他兩個鐘頭內已經揉掉了好幾張信紙，卻不曉得該怎麼表達他不滿寶麗向勃南太太散布謠言的事。精疲力竭的他上床睡覺，隔日清晨醒來，他決定長話短說，不必加油添醋。

一八四〇年四月十六日

加爾各答

親愛的蘭柏小姐：

展信悅，久未通信，別來無恙。來信起因是我們的共同舊識巴布・諾伯・開新・班達，提及曾在中國與妳碰面一事，似乎妳對我倆的關係有所誤解。

妳想必記得清清楚楚，妳逃出勃南家後不久，請我幫妳弄到一張前往模里西斯島的船票。妳應該記得當初我強烈反對，並且向妳求婚，卻遭到妳斷然拒絕。

雖然當時我並無強烈感受，但事後回想，我覺得我欠妳一個答謝，感謝妳拒絕我誠摯卻魯莽的求婚舉動。如今我十分清楚，我倆並不適合，我應該慶幸妳當下斷然拒絕，讓我日後不必為個人莽撞的行徑付出代價。坦白說，我們不過是在災難道路上結識的兩人，沒有必要迎合對方的期許。

由於我即將啟程前往中國，因此覺得有必要向妳解釋清楚，畢竟我們可能再次在中國海岸碰面。等到我們再次相會，我相信我們的關係只是熟人。在此之前，我將很榮幸繼續當妳的忠實僕人。

賽克利・瑞德敬上

正在簽名時，賽克利聽見外頭傳來吱吱嘎嘎的輪子聲響。他瞥出窗外，發現巴布．諾伯．開新已經搭乘兩輪板車抵達。

「西克利少爺！」帳房嚷嚷：「我帶了份禮物給你。」

賽克利步上甲板，想要端詳清楚。「什麼禮物？」

「一個僕人！」巴布．諾伯．開新笑容堆滿面。「這段旅途就由他來照應你了，你可得立刻收下這份豐厚大禮。」

巴布．諾伯．開新的頭朝兩輪板車點了下，拍掌：「就在那裡——快瞧！」

賽克利轉過頭，望向馬車，錯愕見到一個小男孩爬下車，滿臉期待地盯著他。他穿著寬鬆長褲、拖鞋、腰際繫有腹帶的長白袍，這是常見的僕人裝束。然而小男孩怎麼看都不足十歲，年幼到連頭巾都綁不牢，只在額頭周圍繫了條固定油黑長髮的綁帶。

「香蕉你個芭樂，巴布！」賽克利義憤喊道：「他要怎麼當僕人？根本是個乳臭未乾的小鬼頭。應該反過來是我要餵他，給他把屎把尿吧？」

「Arre（快別這麼說），親愛的，他或許年紀小，」巴布．諾伯．開新放輕語調：「但這孩子細心得很，手腳勤快，愛乾淨又身體健康——口齒清晰，行動正常。吃喝拉撒都不多，你提出什麼要求他都會乖乖配合——整理床鋪、放洗澡水、按摩兩腳。你只要當個大爺、好好享受就行，他會聽話配合的，肯定是拔尖家僕。」

「要命，巴布！我才不需要拔什麼僕。」

巴布．諾伯．開新解釋男孩的困境，表情轉變為誠懇乞求：「他的父親過世了，在加爾各答的處境黯淡無光，母親身無分文，要是他繼續留著，恐怕會被壞人拐騙，這也是為何他想去澳門——他父親的連襟在那裡工作，由於是我朋友的請託，所以我才義不容辭幫忙的。」

賽克利的直覺告訴他事有蹊蹺。「那我就不懂了，巴布，」他說：「要是這男孩的姨丈是你朋友，何不讓他和你搭朱鷺號過去？」

「你覺得齊林沃斯先生可能點頭嗎？」帳房說：「我只能拜託你了，西克利少爺，不會太麻煩的。抵達中國後你就可以拍拍屁股，把他交給他姨丈，在那之前他很樂意當你的家僕——你也不用付他錢，何況這孩子可勤快了，驢子會做的事他都做得來，英語也很流利。」

賽克利還是不買帳，繼續抱怨：「可是，巴布——他要上哪兒打呼流口水？我艙房裡可沒有多擺張床的空間。」

「沒問題的，」帳房說：「你直接讓他睡在你的床上便可，不必拘謹。」

「去你個香蕉！」賽克利氣急敗壞：「我才不要讓那小鬼上我的床！」

巴布．諾伯．開新不疾不徐地說：「Arre，親愛的，他就是個小傢伙而已，不是嗎？就算讓他睡地板都不成問題。要是他不乖，你可以舉起鞋子修理他。我幫了你這麼多忙，就當作是回報我吧。」

這個說法令他啞口無言。「好吧，既然你都這麼說了……」

賽克利朝小男孩招手，他輕快矯健地越過梯板，彷彿自呱呱墜地就習慣了，賽克利鬆了口氣：至少他身手靈活，不是那種笨手笨腳、礙手礙腳的水手。他看起來性格活潑，神采奕奕，除了他的人，賽克利也欣賞他的穿著打扮。

「你叫什麼名字？」

「拉吉．拉丹，」他嗓門清亮地說：「大家都叫我拉袞。」

「你確定你想要大老遠跑到中國？」

「確定，先生！」小男孩喊道，他雙眼發亮，閃著殷殷盼望：「拜託帶我去，先生！」

「喔，好吧！」賽克利說：「我姑且一試，看看我們合不合得來。去拿你的東西吧！」

小男孩跑回去，跳回馬車，車門微微敞開，賽克利瞥見裡頭有個女人：她的頭臉蓋著紗麗，因此看不清臉孔。

「那是誰？」他問巴布・諾伯・開新。

「只是小男孩的母親。她來送他離開。」

婦人緊緊抱著小男孩一、兩分鐘，從她臉部的角度，明顯看得出她正無可抑制地嚎啕大哭。小男孩在她耳邊喃喃細語，這時她鬆開手。小男孩跳出馬車，肩上扛著一小袋行李、衝回平底帆船。走到梯板上層時，他轉頭望向馬車，從窗戶縫隙看見母親紗麗的微光。

「會一路順利的，」巴布・諾伯・開新對賽克利擔保：「別擔心，他是個好孩子。」

「我希望，」賽克利怒吼：「否則我馬上好好教訓他一頓。」

突發狀況讓賽克利都忘了寶麗的信，還是巴布・諾伯・開新提醒他：「要給蘭柏小姐的信呢？我明早就啟航，所以最好現在就交給我。」

「在這裡，」賽克利把信遞給他：「請轉交給蘭柏小姐，並且代我問好。」

「別擔心，親愛的，這封信會帶著祝福送到她手裡的。」

「一路平安，巴布。」

「你也是，西克利少爺——印度號很快就會抵達加爾各答，我們不久就能在中國相逢。」

「是吧！再見了，巴布。」

馬車緩緩駛離之後，賽克利轉過頭，面對小男孩。他抬起一邊眉毛：「我該拿你如何是好，家噗？」

小男孩興高采烈地說：「別擔心，先生，不會有問題的。」

他流暢的英語讓賽克利大吃一驚：「我說家噗——你的英文是上哪兒學的？」

小男孩毫不遲疑答道：「我父親曾在英國人家裡當過小廝，先生，英文是他們教的。」

「幹得好。你最好把東西全帶上船。」

這會兒小男孩又讓賽克利大為吃驚，他似乎很清楚該往哪兒走。

「嘿，家僕——你之前上過這艘船？」

「沒有，先生，」拉裘反應快速地回道：「從沒來過，但我上過其他平底帆船。」

賽克利很慶幸聽他這麼說。「很好，那你曉得該怎麼照顧自己囉？」

「知道，我會照顧自己的，先生。請不用擔心，我會自己料理的。」

小男孩一諾千金，賽克利隔天早上走到平底帆船的上甲板，觀看朱鷺號起錨往中國出發，由拖輪拖著它前往下游時，這才又再見到他。

拉裘已經站在上甲板，兩人在朱鷺號航行經過時揮手告別。

之後賽克利發現拉裘手裡握著一面紙風箏。

「嘿，這是上哪兒找到的，家僕？」

「在我艙房，先生。」小男孩說：「有人把它藏在我的床鋪底下。」

＊

離開孟買不到一天，印度號就碰到驚濤駭浪。許多乘客都不敵暈船，唯獨詩凌百不受影響。她聽取蘿莎的建議，含了一片生薑，並無絲毫不適。翌日她又聽從蘿莎的忠告，換上「英式」服飾。實際差異並沒有她想像得那麼明顯，不過她不得不承認，穿著這身剪裁簡單的黑色洋裝，確實比她的紗麗輕鬆自在。她可以在甲板上散步，而空氣是如此清新、振奮人心，讓她捨不得走進船內。之後只要太陽高掛，船身不激烈晃動，她都會走出艙房，到上甲板透氣漫步。她喜歡微風吹拂頭髮、海浪飛沫噴打臉上的感受。

在海上漂泊五天後，錫蘭北方海岸逐漸浮現在印度號的左舷船頭。島嶼一現形，詩凌百內心油然升起一種奇異的恐懼感：她好奇查狄格是否真會依約在這一站上船。這個擔憂毫無根據——明明維可再三安撫她，查狄格這人一言九鼎，詩凌百卻忍不住懷疑事情可能會出紕漏，而他也不會出現。

可倫坡赫然矗立眼前時，她快步跑上後甲板，期望能瞥上一眼，最後卻掩不了她的失落：可倫坡雖然貴為一座知名海港，卻不名副其實，並不是卓越先進的海港，船隻必須停靠在港外停泊處，那也是諸多小販船、港口船、駁船裝卸的場所。

眼前的可倫坡只是一片模糊的遙遙黑影，加深了詩凌百的焦慮。她佇立在甲板上，掃視水面，檢視著一艘艘逼近他們的港口船——直到她看見查狄格坐在一艘駁船船頭，恐懼才消退。

但這時詩凌百又開始焦慮起來，會不會有人以為她和查狄格是事前安排好見面？她迅速撤退，回到艙房，當天稍晚才又出現。撞見查狄格時，她刻意裝出驚訝，幸好他也善意配合：「夫人，是妳嗎？這下可太好了，真巧啊！」

事後他們繞過主甲板時，她特地感謝他先前配合演出，查狄格卻一笑置之。「說真的，夫人——我可不是裝出來的，我是真的驚訝。」

「為什麼？」她問：「你明明知道我會上這艘船，不是嗎？」

「坦白告訴妳吧，夫人，其實我不確定妳最後是否真會登船。」查狄格說：「再說我壓根沒料到妳在船上這麼怡然自得——不戴面紗四處走動，打扮得像個白人太太，對每個路人面露微笑。」

她兩頰緋紅，趕緊換了話題，問他是否有來自中國的消息。

「有的，夫人，」查狄格帶著笑意說：「我寫信給一位澳門朋友，請他幫妳找租屋處，前幾天我收到回音，妳聽到絕對會很開心的，他幫妳在市中心找到一棟不錯的房子。」

「真的？請問你朋友的大名是？」

「他的名字是羅賓．錢納利，夫人。」

「他住在澳門嗎？」

「曾經，但近來他在香港協助幾位植物學家朋友蓋苗圃。」

印度號再度啟航，詩凌百和查狄格開始養成甲板散步的習慣。有天查狄格說：「妳知道嗎，夫人？我就是這樣和妳已故的丈夫變成朋友的，我們曾像這樣在喀夫內爾號的甲板上散步。巴蘭吉大哥很喜歡在甲板上散步。」

詩凌百對此全無所聞。她覺得查狄格知道這麼多她丈夫和她家人的事，而她卻對他一無所知，著實不公平。

「查狄格大哥，跟我說說可倫坡的事吧！」她問：「你的孩子也在那裡嗎？」

查狄格的腳步稍微落後，在她身後慢半步，雙手交握在背後。「是的，夫人。我兒女都住在可倫坡。兩個孩子皆已結婚生子——他們是我唯一的親人。」

再走了幾步，他們來到右舷的甲板欄杆，停下腳步凝望海平面。接著查狄格尷尬地清了清嗓子：「事實上，夫人……我剛說的並非真話。我在我的出生地埃及還有一個家庭……也有其他孩子。」

在那一時半刻，詩凌百以為自己聽錯了：「還有一個家庭？我不明白。你意思是你更早以前結過婚？」

「是的，夫人——但是事情沒那麼簡單。」

「這是什麼意思？」

「夫人——事情是這樣的。我年紀很輕就和表妹結婚，但這場婚姻是家人安排的，主要是為了生意。雖然我和妻子育有兩子一女，感情卻不太和睦。我總是為了工作在外東奔西跑——後來行經可倫坡時，我遇見了身為天主教徒的西爾妲，她也是寡婦。我後來更常逗留可倫坡，接著我們的兒子誕生了。」

詩凌百倒抽一口氣，手摀住嘴：「所以可倫坡的女人……其實不是你的妻子？」

「她是我的同居妻子，但隨著時間的推移，她反而變得像是我真正的結髮妻子。」

「那你真正的元配呢？她後來怎麼了？是否……遭到拋棄？」

「不，夫人！」查狄格抗議：「這是絕對沒有的事。我們在開羅和許多親戚同住一棟家庭宅院，很類似你們孟買的宅邸，所以我的妻子並非無依無靠，再說我把所有家產都記在她和孩子的名下，她的日子無虞。」

詩凌百的耳朵開始灼熱：「所以你拋家棄子，去和……同居？」

她說不出「情婦」兩個字。

「夫人，我和西爾妲生下的孩子也是我的親生骨肉，正因為法律不承認他們，他們才更需要我。可倫坡沒有能照顧他們的親人，當然我不可能讓他們自生自滅吧？」

詩凌百感覺咽喉哽住，她得扶著舷牆。

「怎麼了，夫人？妳還好嗎？」

詩凌百背對著他，衝回艙房。幸好蘿莎不在，詩凌百倒回床，閉上眼。

接下來幾天，詩凌百都不再踏上甲板。查狄格的妻子不斷在她的腦海縈繞，詩凌百忍不住思索她的命運：一個遭到遺棄的糟糠妻，全得靠一己之力拉拔孩子，合法丈夫卻在另一個國度和其他女人同居。她試著換位思考，要是她遭到背棄，在密斯垂宅邸度過漫漫長日，人生會是什麼模樣。當然她的家人肯定同情她，她卻清楚恥辱絕對會壓垮她。

這時詩凌百才明白，這本來可能是她的命運：巴蘭吉肯定也想過拋家棄子，去和中國情婦及私生子同居。他和查狄格一定討論過這事，肯定也想過效法朋友。

這個想法令詩凌百反感，讓她再也不想和查狄格有任何瓜葛：這男人是個浪子，放蕩不羈，著著實實的無恥之徒。

她後來又重回甲板散步時，絕對會拉著蘿莎一起去。一旦巧遇查狄格，她都只是禮貌性點頭，回應他的招呼，此外不再回話。

她的冷漠令蘿莎大吃一驚，她說：夫人，妳不和卡拉比典先生說話嗎？發生什麼事？

這樣不妥，詩凌百簡短扼要回答，我怕流言傳回孟買。

蘿莎覺得事有蹊蹺，瞄了她一眼，沒再爭辯。

印度號即將抵達加爾各答之際，詩凌百有一天又碰巧和查狄格獨處。他越過甲板，直接朝她邁步而來。

「夫人，要是我那天說話得罪妳，我很抱歉。我不該口無遮攔。」

她咬著嘴脣，努力不顫抖，過去幾天在腦海裡盤旋的問題頓時衝口而出。

「查狄格大哥，請你老實告訴我：我丈夫是否也曾考慮過這件事？他是否曾經想過拋下我和女兒，去和他的……他的情婦同居？」

查狄格斬釘截鐵搖頭：「不，夫人！我敢向妳保證，妳和妳的女兒對他太重要了，他絕對不會做出我這種事，他跟我是截然不同的兩個人。」

雖然這番話讓詩凌百寬心不少，但她對查狄格的疑慮卻未完全消退。對於他，她仍是避之唯恐不及，這情況維持到印度號抵達加爾各答。

但待船舶一停，就沒那麼容易與他保持距離了。他們各自的團體都帶領他們到加爾各答觀光，而加爾各答的帕西和亞美尼亞家族關係密切。再加上他們住在同一個地區，詩凌百每天都去伊思拉街的拜火寺禱告，這間寺廟就在老中國街亞美尼亞教堂的周遭。由於查狄格常上教堂，她很難避開他。巧遇時自然表現總比渾身僵硬不自然又陌生來得簡單。

不消多久，兩人又沒事般的在印度號的後甲板上散起步來。

＊

印度號在加爾各答下錨停泊的這四天，梅上尉率領克斯里和一組隨營人員登船，準備連上的出發事宜。

統艙有兩間大艙房和幾間艙房是給孟加拉志願軍的，其中一間大艙房特別預留給印度兵，另一間則是專屬隨營人員，兩間都深邃廣大，長寬幾乎占滿整艘船。但即便空蕩蕩，艙房仍給人一股擁擠狹窄的感受，部分是因為天花板過於低矮，成人打直腰桿必會撞到頭。再說還有好幾列漫長分隔出大房間的筆直橫梁，上下鋪吊床都吊在橫梁上。

克斯里不喜歡吊床，於是馬上爭先搶到艙房。艙房不只有鋪位，甚至有小窗，統艙船底的汙水臭氣沖天，就克斯里的經驗，等到印度號一出航，海水不住攪拌船底內部，臭味會更嚇人，到時新鮮空氣就成了最難能可貴的奢侈品。

志願軍出發前的最後一個上午，主要都耗在駐防地醫院裡：按照規定，印度兵要在登船前接受詳細完善的健康檢查。之後B連在閱兵場上集合，梅上尉透過口譯員進行簡單扼要的演說。他告訴印度兵，他們就要出一項歷史意義遠大的任務，為自己爭取榮耀。他們在中國有榮譽加身的大好機會，他說，他們帶回的戰利品將永遠都是家中寶物。

這段歷史榮耀的演說對印度兵起不了太大作用，他們無動於衷地聽著，臉色變得比往常僵硬。上尉宣布預支軍俸，並已經安排發薪一事，印度兵才活絡起來。連上辦公室的會計已經在場等待，士兵立即到辦公桌前排隊。收帳員也在場，幫忙他們用哈瓦拉制度安排匯款，將薪資寄到比爾哈。一如既往，印度兵將大部分的錢寄回老家，自己只留下一小筆錢。對他們而言，戰爭無關乎歷史，無關乎榮耀，老家村莊的家庭生計才是最要緊的事。

當日稍晚他們舉辦了一場摔角比賽，這是克斯里主辦的錦標賽，用意是分散印度兵的注意力，讓他們不要煩惱迫在眉睫的出發。克斯里親自擔任裁判，儘管活動風平浪靜，克斯里仍看得出參賽者心不在焉：較量比武比較像是練習，場邊的加油吶喊聲稀稀落落。

之後，隨營前往中國的學者朗誦了哈努曼讚美詩，緊接著帶領禮拜。

克斯里希望熟悉的禮拜儀式能讓他們忘卻過去幾週發生的不幸事件——逃兵、處刑、惡運兆頭等。但禮拜反而加深不祥噩耗的預示，就連他們禱告的模樣都讓克斯里感受到他們的憂慮不安。

當晚稍後，連上的辦公人員派出六名以上的祕書，負責抄寫印度兵出發前的最後一封家書。祕書在營房前擺好辦公桌，印度兵形成小團體，繞著祕書唸出書信內容。克斯里第一個上場，由於知道眾人都在旁偷聽，他小心保持樂觀口吻，在寫給弟弟比姆的信中說：

明日我們將啟程前往大清國，很快就會帶著豐富賞金和海外服役獎金回來。榮譽東印度戰士已經為我們預備充分存糧，將我們照顧得好好的，所以你切勿擔心。返鄉後我預計利用這筆獎金再為家人添購土地。我希望今年的罌粟收成斐然，東印度公司仲介的債務是否已經付清？下一次罌粟種植季前，你們可在田裡種植稻米、芥末、蔬菜。請轉告我的孩子和孩子的媽，我很快就會帶著一堆禮物回家。

雖然旁人留神聆聽，卻幾乎沒人展現出克斯里的樂觀。等輪到他們唸出內容時，大多人都顯得自暴自棄。

明天警衛隊要動身前往大清國，為榮耀東印度戰士出征。至於何時返家，我們尚無答案，請轉告巴布和阿媽切勿勞神費心。雖然上個月發燒住院，但我現在健康無虞。要是我過世了，請別難過——想想我是穿著戰士裝、雙手持劍離世就好。我要是不在了，就要麻煩你多多照顧孩子和孩子的媽。若是遲遲沒收到撫卹金，請盡快派人去請求巴特那的地區官員幫忙。除了撫卹金之外，尚有拖欠未領的薪俸和獎金，切勿漏掉任何一筆錢。這些錢應該足以拉拔我的孩子長大成人。

不然就是：

我們即將出發去一個一無所知的遙遠國度，如果我回不了家，請務必將芒果樹田讓給弟弟法特·辛。一想到無法盡養育家庭的義務，我就心情沉重，只有這點讓我覺得死去是件痛心疾首的事。不過為了種姓榮耀犧牲小我，是每個拉吉普人應盡的義務，而我也已經做好準備。

眾人士氣低落，這讓克斯里不免擔憂起隔日的狀況。他明白出發本身就是一場表演，軍隊的白人長官會仔細觀摩，所以啟航時印度兵的出色表現很重要，可是以他們目前的心理狀態來看，克斯里只怕他們做不到。

然而等到正式登船，B連的滿分表現卻令他驕傲不已。鼓聲大作，橫笛樂音宣揚著「部隊」旋律，他們踩著正步，以兩縱隊隊形步出堡壘西門，抵達指定的演出場地，然後排成一直線，井然有序地展現武器，事後波頓上校宣讀戰爭條款。結束後一班班士兵原地解散，登上印度號的駁船。最後一名印度兵上船後，駁船便開始運送該連的榴彈炮、迫擊炮、野戰炮。

隨營人員已率先登船，等到印度兵上船時，一切已準備就緒，等待著他們。儘管經過縝密規畫與準備，還是難免兵荒馬亂。幾乎沒幾個印度兵搭船出海過，踏上甲板下方時，有些人失去方向感。印度兵一發脾氣，隨營人員便首當其衝、深受其害，一陣拳打腳踢是躲不掉的。

暫時對混亂局面視而不見後，克斯里怒吼咆哮，整頓秩序，音量足以震盪肋材：Khabardar! 這一聲令下，士兵全在吊床旁稍息站好，克斯里痛批斥責他們，讓士兵差點沒停止呼吸。最後他警告接下來的慘澹光景：暈船、淹水、天候不佳時東倒西歪等。但他最主要的譴責焦點卻是截然不同的災難——船工。他告訴印度兵，船工是世上最可惡的惡霸。對正常人來說，船工等於小偷、醉漢、登徒子、打架鬧事的混混，頭骨跟炮彈一樣厚。他們是印度兵的天敵，一有機會就偷拐搶騙：因此必須每分每秒留意他們，尤其是猶如猴子吊在繩索上的時候。

士兵滿懷愧疚地安靜下來，準備起錨時，克斯里不打算將他們關在甲板下方，於是讓他們登上甲板，最後再看一眼加爾各答。

克斯里帶頭步上甲板：等到印度號開始移動，他率先踏上主甲板，在那個當下，威廉堡的炮臺亦開始發射信號炮致敬。

賽克利也站在甲板上：炮聲連連響起，他腳底下的木板似乎跟著輕顫。他還記得上次他搭乘朱鷺號離開這座城市的景況，整船都是苦力和工頭。想到時間才過了十六個月，他就深感不可思議。畢竟這次離開和上次的情況是天壤之別，正如當時的他和現在的他，亦是判若兩人。

克斯里立在主甲板另一端，飽覽逐漸消逝的城市樣貌——寺廟、房舍、樹木，彷彿這是他最後一眼看見這座城市。

當加爾各答在眼前緩緩消逝，一股奇異冰冷的感覺爬上他的心頭，這時他才震驚發現，原來他內心深處也相信，這是他最後一次看到家鄉了。

第十二章

印度號才順沿下游行駛了幾英里，拉裘就急匆匆來找賽克利，當時賽克利正在貨艙清點勃南先生的麻窪鴉片存貨。

「瑞德大老爺！」男孩嚷嚷：「你最好快點上去。」

「去哪裡，家噗？」

「艙房，先生。」

賽克利的艙房就位處船尾樓甲板，勃南先生信守承諾，確實給了他一間舒適寬敞的艙房。可是天意使然，印度號滿載孟加拉志願軍的軍備武器、設備、行李，所以貨艙塞得半寸不剩。由於儲藏空間短缺，賽克利沒得選擇，只好把五箱鴉片放在他的艙房裡，他則將此重責大任交託拉裘，要他妥當堆疊好這五箱鴉片，並以防水布覆蓋保護。

「箱子都堆好了嗎，家噗？」

「不，先生，我辦不到。」

他的聲音略帶恐慌，這讓賽克利仔細打量他。「發生什麼事了嗎，家噗？」他放柔語調問：「遇到什麼狀況？」

「你最好親自過來看看，先生。」

「好吧！」

拉裘跟在背後，賽克利穿梭過船身內的五臟六腑，行經壅塞嘈雜的統艙，走上主甲板，再穿過餐廳。抵達通往艙房的舷梯時，他看見一個驚人畫面：包括五箱鴉片在內，他的行李全被推了出來。

與其說憤慨不滿，賽克利更是詫異，他轉過頭問拉裘：「怎麼搞的，家噗？這是誰幹的好事？」

拉裘不發一語，默默指向前方的艙房。「我試過阻止他們，先生……」

踏進艙房後，賽克利驚愕發現兩名全副軍裝的年輕中尉斜倚在鋪位上，脫下軍帽，劍還繫在身側，套著靴子的腳抵在艙壁上。

他們輕慢的霸占舉止教賽克利震懾不已，他無法冷靜壓低音量：「你們在我的艙房裡做什麼？」

「你的艙房？」

其中一名中尉靴子一晃，下了鋪位直接走上前，與賽克利面對面。他是個滿臉面皰的瘦弱年輕人，體格不夠魁梧的他，只得靠裝腔作勢和輕蔑態度撐場面。

「你搞錯了吧，先生，」中尉的鼻子近到僅距離賽克利幾寸。「這不是你的艙房，現在已經重新分配了。」

「是誰下的指令？」

此時赫然冒出另一個聲音：「是我下的令，先生。」

賽克利旋過腳跟，發現他面對著另一名軍官。

「我是孟加拉志願軍的梅上尉，負責指揮這艘船的士兵。艙房是我重新指派的。」

這名上尉是個體格高壯威武的男人：即使沒戴上那頂鑲有金邊的軍帽，仍至少足足高過賽克利一顆頭。他寬闊深沉的胸膛上斜掛著一條黃色肩帶，從右肩章一路懸掛至腰部。鼻子的彎曲散發著天生的傲氣，寬大下顎有稜有角，彷彿道盡他的脾氣火爆：他對賽克利回以不帶笑的冷酷凝望，幾乎已快爆發。

「你無權重新指派我的艙房，長官，」賽克利抗議道：「只有這艘船艦的船長能享有這等職權。」

「你搞錯了，先生，」梅上尉說：「這艘船目前是艘軍艦，軍隊人員有權管理決定一切事宜。」

「長官，這個艙房是船主本人指派給我的，」賽克利試著講理，耐心解釋：「我是他的代表，也是這艘船的貨物管理員。」

「哦，你是嗎？」上尉雙眼低垂，望向五箱標記著加齊普爾鴉片工廠字樣的鴉片，一隻腳往後拉，踹向其中一只箱子：「先生，你不說我還以為你肯定只是普通的鴉片小販呢！」

上尉噘起嘴唇，眼底閃著輕蔑神情，此舉令賽克利臉部灼燒。他努力控制自己的音量，說：「先生，我有權運送這批貨物，根據印度法律，這是合法行為，無論目的地為何，我都有這個權利。」

「至於我呢，先生，」上尉反脣相譏：「則有權告訴你，我不怎麼喜歡毒品小販。」

「那麼長官，如果你想要找人吵架，」賽克利語氣尖銳地說：「請不要找我，去找你制服上印著的榮耀東印度公司理論——你有長眼睛，自己看看每只箱子上清楚印著東印度公司工廠的圖章。」

聽到這番話，上尉的眉頭蹙得更深了，他兩手滑向劍柄。「你少跟我耍嘴皮子，先生，」他咆哮：「你這是在汙辱我的制服，休想要我隱忍。」

「我說的只是事實，長官。」賽克利說。

「那麼以下就是你想要聽的事實，」梅上尉說：「現在請你帶著你的貨物離開我的視線範圍。要是我聽說你對我的印度兵推銷商品，我敢向你保證，我會親眼看著你的貨物投入大海。你可以把這當作合理警告。」

賽克利氣憤到腦部充血，他管不著上尉有劍，掄起拳頭，便朝他邁出一步——「你憑什麼……」——說時遲那時快，有人及時拉住他的手肘，把他拉回來。

「瑞德！冷靜下來！」

是竇提先生。「我們別把事情鬧大，瑞德。無論如何，軍人總會得逞。你別擔心，我們再想想辦法。統艙那裡有間不錯的小艙房，你應該會喜歡。來吧！我們去呼吸新鮮空氣。」

賽克利遲疑片刻，之後才讓竇提帶離現場，但離開時還是忍不住出言抗議：「竇提先生，明明是他不對在先，我敢保證那間艙房是我的……！」

賽克利回過頭，看見三名軍官志得意滿的表情充滿戲謔，打量著賽克利離開的身影。被竇提先生拉走時，他正巧聽見他們的對話。

「……走狗屎運的被虐狂，沒有掃到颱風尾就走了……」

「……再慢一分鐘他就等著被揍飛……」

「……要說誰的臉需要賞一巴掌，絕對是那弱不禁風的娘兒們……」

除了咬牙切齒，賽克利無計可施。

*

印度號開始在遼闊海洋上航行，朝新加坡的方向前進，這時詩凌百的腦袋亦不斷思索著和丈夫的私生子見面會是什麼情況。

「多告訴我一些福瑞迪的事吧，查狄格大哥。你肯定知道他不少事吧，他小時候是怎樣的孩子？」

查狄格的手撫摸下巴。小時候的福瑞迪，他說，性格溫和、不多疑，卻有些迷惘。要是可以自己作主，他恐怕不介意當船伕或漁夫的學徒，就像一般廣州船家的孩子。可是巴蘭吉反對，他為兒子設想一個不平凡的未來：希望兒子成年後可在紳士之間獨當一面，不管那些紳士是歐洲人、中國人，還是印度斯坦人。他想像福瑞迪應該成為飽讀詩書、出口成章的人，同時也成為擊劍、拳擊、馬術等紳士運動的佼佼者。他雇請家教，讓福瑞迪學習英語、古典中文、其他學科——但這可不是那麼容易的事，因為哪些人能夠學什麼、跟誰學習，中國都設下嚴格規定。可是在買辦的協助下，巴蘭吉成功讓福瑞迪接受良好教育，反倒是孩子本身意興闌珊。

巴蘭吉是一片好意，查狄格說，卻反而讓這孩子過得更辛苦。想當然，福瑞迪的同儕都知道他父親是「阿差」——這是廣州人對印度斯坦人的稱呼——他們也知道他是富有商人，屬於「白帽」人（他們都這樣稱呼帕西人）。光是這點就讓福瑞迪很難融入環境，再加上家裡請了家教、福瑞迪常常收到貴重禮物，這些都讓他要融入環境變得難上加難。有時他非常寂寞，甚至曾說出想逃到印度的話。他一直夢想著認識同父異母的姊姊和大媽，渴望和富裕的繼養家庭住在孟買。在漂流城市廣州廚船上長大的他，想到能夠擁有宅邸、家僕、馬伕，印度無庸置疑非常吸引人。

但唯獨這件事巴蘭吉堅不退讓：雖然他對福瑞迪溺愛有加，卻讓他清楚知道，無論如何他都不能帶福瑞迪去印度。巴蘭吉深信，這男孩的出現肯定會引起難堪醜聞，而他則身敗名裂，不管是父親、丈夫、商人的身分，他都很難自保。

福瑞迪別無選擇，只好盡自己所能適應廣州，意思就是他只能和同類打交道——擁有一半中國血統的外國水手、商人等人的孩子。到了某個年齡，福瑞迪搬出母親的廚船，自力更生：雖然福瑞迪偶爾會去看芝美，但每當她問起福瑞迪從事什麼工作時，他總是閃爍其詞，於是芝美也隱隱感覺得到他加入廣州濱水區的兄弟幫派。

最後一次見面時，芝美對查狄格傾吐心事，她擔憂兒子的性命安危。

不久後，福瑞迪人間蒸發。查狄格下次再回到廣州時，聽說福瑞迪消失後不久，芝美就慘遭闖空門的盜賊謀殺身亡。當時巴蘭吉已經回到孟買，還是查狄格寫信通知他芝美的死訊及福瑞迪不見蹤影的消息。

那件事之後，有一段時間福瑞迪銷聲匿跡，巴蘭吉和查狄格不由得擔心他可能死了——但後來卻發現福瑞迪人在新加坡。

巴蘭吉當時正在前往廣州的路上，那也是他最後一趟旅程。查狄格在新加坡，正準備前往同一個目的地，兩人見面後，巴蘭吉在船上為查狄格留了一席床位。

查狄格在阿拿西塔號時，某天維可上岸，到新加坡郊外每週舉辦一次的市集買衣服，在那裡意外撞見福瑞迪。他正和一個孟加拉朋友在一起，這朋友不是別人，正是阿尼珥．庫瑪祕書，阿尼珥後來則當上巴蘭吉的祕書。

巴蘭吉和兒子重逢後可樂了，他邀請福瑞迪和他的朋友搬到阿拿西塔號，在船上度過數日歡樂的父子時光。當時福瑞迪已經改頭換面，性情變得較為溫順，也較能諒解父親。但是對於自己的事依舊三緘其口：被問到過去幾年去了哪裡，他只交代在東印度群島漂泊。

阿拿西塔號修繕完工，巴蘭吉要離開新加坡時，他曾要求福瑞迪跟他一起去廣州，但福瑞迪卻婉拒了，說他想去馬六甲找同母異父的姊姊。

「那次是我先生最後一次見到他嗎？」

「是的，夫人。那也是我最後一次見到他——如今這一晃眼已經超過一年半。」

「經過這麼長的時間，你覺得還能在新加坡找到他嗎？」

「沒問題的，夫人。只要他還在那裡，我就追得到他的蛛絲馬跡。」

*

賽克利離開艙房後入住的小隔間就位在統艙：原本小隔間是製帆工的衣櫃，被夾在船工睡覺的艄樓以及隨營人員的大艙房之間，沒有窗子，擁擠到連一張吊床都很難掛得起來，乍看絕對不可能裝得下一個成年男人和一個小男孩，更別說是五箱鴉片，但最後賽克利將吊床繩索拉緊，幾乎跟天花板齊平，成功把所有東西都塞進小隔間。他的箱子和行李就堆在吊床下，充當拉裘睡床，讓他蹤伏著身子躺在箱子上。

小男孩沒有半句怨言，甚至還巒喜歡睡在箱子上：他可以好幾個鐘頭都躺在那裡，一隻耳朵貼著分隔艙房的艙壁。

所謂的艙壁不過是幾片木板拼湊而成的輕薄分隔板，只要船身傾斜抑或劇烈搖晃，木板縫隙就會擴大，讓他一瞥隔壁艙房。有時木板隆起，分隔板中間的縫隙會變大，拉裘只要瞄向縫隙，就會看見一組跟他同齡的橫笛手和鼓手，正睡在小隔間旁邊的床鋪上。

這群樂隊男孩精神抖擻，對拉裘來說，他們就連鬥嘴都很有意思，不只是他們說話的方式有趣，拉裘還是頭一遭發現「肏你妹」、「幹你娘」、「畜生」、「臭娘兒們」等髒話，居然可以毫無障礙地脫口而出，也想像不到簡單如「欸」的字居然妙用無窮。

有時船身上下起伏，小隔間和艙房間的分隔板會脫離甲板木地板，小東西就這麼趁勢滾了過來。有天夜裡，拉裘獨自在小隔間時，低頭看見身旁出現一枝發亮的銀色橫笛。那枝橫笛就卡在賽克利行李底下，所處位置危險，很可能一個不小心就壓碎。

拉裘趕緊衝上前解救橫笛，剛救起橫笛那刻，他就聽見舷牆另一側傳來騷動。拉裘把耳朵貼上木板縫隙，發現原來是有人正在瘋狂搜尋他手裡拿著的橫笛。

該怎麼讓這個小男孩知道他的橫笛安然無恙？拉裘想到一個好點子：他曾上過音樂課，所以對於長笛和直笛並不陌生。於是他把橫笛放在兩脣間，吹奏出幾個音符。

效果正如他預期，一陣沉默後有人喃喃發問：那是橫笛聲嗎？

是的，拉袞說，它滾到我這裡了。

另一陣沉默後，傳來一聲懇求：你可不可以到外面和我碰頭？

拉袞爬上通過小隔間的狹窄舷梯，一會兒後，有個塌鼻棕髮的小男孩衝向他。

舷梯只有一盞火光閃爍的油燈，昏暗光線下，拉袞發現橫笛手身高跟他差不多，然而一身帶有滾邊肩飾的制服卻讓他的模樣更顯成熟。

橫笛手滿心感激地接過笛子後，伸出一隻手：**Tera naam kya hai yaar?** 你叫什麼名字？

拉袞，**Aur tera**（你呢）？

迪奇。

橫笛手指向隨營人員的艙房，補充道：我現在得趕回去練習，但我們明天可以聊天。

次日，兩個男孩在主甲板上稍微閒聊，後來又繼續在甲板下方，透過分隔板縫隙閒聊。

拉袞得知這群樂隊男孩跟著印度兵一起行軍，內心詫異不已。他們的工作非常神聖，迪奇告訴他，鼓手必須敲打出行軍的踏步節奏，橫笛手則是吹奏部隊調動的信號。沒了他們，印度兵就會手忙腳亂，不知何時該從縱隊切換成直線隊形，也無法順利組成進攻梯隊。橫笛這種樂器的音高高亢無比，即使戰爭如火如荼，士兵仍聽得見笛聲。

更教人驚訝的是迪奇本身也上過戰場。迪奇用沒什麼大不了的口氣說：「我們和強盜騎兵[19]打過仗，那群畜生聽見第一發炮彈聲就轉身逃跑。混帳東西，欸——他們長了滿臉鬍子，就是沒長蛋蛋。」

那之後，每當拉袞單獨在小隔間時，都經常透過舷牆縫隙與迪奇聊天，很快兩人就像交到莫逆之交，天南地北聊天。

19 Pindaree，十八世紀受雇於印度封建制度，為土邦王公服務的雇傭兵。

迪奇的故事讓拉裘心馳神往：橫笛手和鼓手的生活似乎不可思議、光彩奪目，他很難相信與他同齡的男孩居然已經擁有這麼精彩刺激的職業生涯。相較之下，他的人生平淡無奇，不值一提。倒是迪奇對他過往人生的細節展現出殷切興致，使他相當詫異：拉裘以前上過學嗎？他有沒有母親？父親？他們都上館子吃飯，還是他母親會下廚？他是在哪裡學會英文的？

有時拉裘會卸下防備，不自覺展露出自己的真面目，例如有次他向迪奇借了橫笛，興高采烈吹奏出一支曲子。

「欸，你是去哪裡學會吹橫笛的？」

「音樂課啊，不然呢？直笛課。」

迪奇瞪著眼睛望向他：「Arre（少來），欸！哪門子的家僕會上音樂課？」

拉裘馬上糾正，隨興編出一個故事，說他曾在樂隊指揮的家裡當家僕。

次日，其中一名橫笛手生病，迪奇向橫笛總隊長建議讓拉裘代班幾天。橫笛總隊長是個矮小多毛、無時無刻不繃著臉的男人：私底下男孩們都稱他碎嘴鮑伯，因為他總是驚叫連連、口出髒話。

拉裘成功獲得試奏機會，事後碎嘴鮑伯告訴他，要是這就是他的水準，那他當真是霹哩啪拉挫屎，這說法令拉裘氣餒失望。迪奇見他一副垂頭喪氣的模樣，忍不住大笑出來：那其實是盛讚耶！意思是：「畜生，你吹奏的音符很流暢，程度不輸我們了，欸！」

＊

印度號駛進新加坡的外港時，眼前景象令克斯里和其他年輕印度兵瞠目結舌。六架軍艦正巍然停泊在港口，其中一艘是英姿勃發、具有三層甲板的風帆戰艦。

運輸補給船艦就停靠在軍艦不遠處，數量不下十二艘，甲板上滿是身穿紅色外衣的英國士兵和印度兵，印度號在運送兄弟軍隊的部隊運輸艦旁下錨，這艘船上載著另一組孟加拉志願軍。印度兵聚集在甲板上，高聲對彼此打招呼。

克斯里環顧海港，發現皇家愛爾蘭軍團已經抵達，第四十九團和蘇格蘭步兵團的左翼也到了，唯獨第三十七馬德拉斯兵團尚未抵達。

當天稍晚，梅上尉傳喚克斯里上後甲板，報告當日甲板下方的狀況。報告一下子就結束，接著上尉如數家珍唸出每艘船艦的名字，向克斯里介紹每艘軍艦：那艘是十八門炮彈的巡洋艦，那艘則是十門炮彈的阿爾吉林號，在它旁邊的是二十八門炮彈的巡防艦康威號和鱷魚號，高高聳立於上的則是風帆戰艦韋爾斯利號，它可是戰列艦，梅上尉說，裝備不少於七十四門炮彈。

韋爾斯利號是克斯里這輩子看過最巍然高聳的帆船，他猜測即使它算不上全皇家海軍最強大威猛的船，絕對也在名單之列。但是梅上尉又解釋，以皇家海軍的標準來看，韋爾斯利號不過是中級船艦，屬於三級戰列艦。至於艦隊本身也一樣，上尉補充——雖然對亞洲海域來說算是大規模，不過若要以戰艦艦隊動輒五十艘以上的皇家海軍標準來說，真的算小的。

這段解說讓克斯里長知識了，又猶如一顆定心丸。他從上尉的口吻得知，從英方角度來看，這批遠征隊只算小規模戰爭，他們有絕對信心可以達成目標。對克斯里來說這樣剛好，他對英雄事蹟並不感興趣——他身上的傷疤已足以說明他的軍旅戰績，目前他關心的只有讓自己和隊友平安返回老家。

當日稍晚，梅上尉和他的副官搭乘大艇，參加韋爾斯利號的會議，數個鐘頭後折返，梅上尉便呼叫克斯里到他的艙房，聽取匯報。

遠征隊的指揮系統出現重大改變，上尉告訴他。本來負責指揮遠征隊的馬他倫上將病倒了，於是將由另一名軍官替補空缺，那就是海軍少將喬治·懿律，他正好是英國駐華商務總監查理·義律上將的堂兄。

懿律少將正在從開普敦趕來的路上，之後會和遠征隊碰頭，在那之前海軍准將伯麥爵士會負責指揮，布爾利上校則負責作戰細節。上校已經做出停泊新加坡期間的軍隊決定，其中一項就是英國士兵和印度兵自始至終不得下船。

聞言後克斯里難掩失望，他一直殷殷期盼著能在乾燥平地上待個幾天。「為何，長官？」

「新加坡只是小殖民地，中士，發展還不及二十年，」梅上尉說：「島上森林相當茂密，所以駐紮營地容納不下所有人，再說那裡有老虎——這週有兩個男人在小鎮邊陲遭到老虎攻擊身亡。」

「所以我們要在船上待多久，長官？」

「目前還說不準，」上尉說：「第三、四組軍力尚未抵達，依我看來至少還需要兩週時間。」

「我們會有自由時間嗎，長官？例如上岸的時間？」

上尉瞟了克斯里一眼：「中士，上岸也沒意義，」他帶著譏諷笑意，說：「要是你想上妓院，大可忘了這回事兒。新加坡女人跟鑽石一樣稀有——妓院裡找得到的全是劣質品，最後爬上你床的可能是人妖。要是你不喜歡走後花園，唯一消遣就是去找不男不女的。」

「那這兩週士兵應該做什麼，長官？」

上尉哈哈大笑：「操練啊！中士，操練！船艦演習，攻擊演習，刺刀演習，飛彈演習。別擔心——事情多到你忙不完。」

*

詩凌百一聽見海港巍然而立的七十四門炮戰列艦的名號，頓時恍然大悟，驚呼：「韋爾斯利號！

我認得那艘船——那是我們孟買的朋友韋特瓦造的船，船艦首航我也在場，他們以阿瑟·韋爾斯利的名字為它命名。」

「妳是說威靈頓公爵？」

「正是，」詩凌百說：「你知道嗎？我曾見過他本人一次。當時他打贏阿瑟耶戰役，在孟買受到盛情款待，韋特瓦家族在瑪扎岡的宅邸塔拉拉內為他舉辦盛宴，我們也受邀出席。小女孩和成年女人可以待在樓上陽臺觀看，阿瑟公爵還真是我這輩子見過表情最莊嚴穆肅的男人。」

查狄格爆笑出聲，「夫人，對一個大多時候都嚴守深閨制度的女人來說，妳的見聞可真廣泛！」

詩凌百也忍俊不住笑了出來，但多屬緊張的笑，而不是真的覺得好笑。查狄格清楚她當下在想什麼。「夫人，妳在擔心福瑞迪的事，對吧？」

詩凌百咬了咬下脣，頷首：「實不相瞞，查狄格大哥——我腦袋裡淨想著他。」

「我明天去找他時，妳想要跟我一起來嗎？」

這個問題讓詩凌百手足無措，一想到她毫無準備，要在陌生環境與亡夫的兒子見面，她就忍不住操心。「不了，查狄格大哥，」她說：「還是別這麼倉促吧！你得給我一點時間和警告，讓我做好心理準備。」

「好吧，夫人，就聽妳的意思。」

隔天上午查狄格準備上岸時，詩凌百站在甲板上目送他。整個上午她都和蘿莎輪流查看他回來了沒。

約正午時分，詩凌百的艙房門傳來一陣興奮的敲門聲。

夫人！蘿莎的頭探了進來。查狄格先生回來了——他在後甲板上等妳呢！

詩凌百匆匆步出房間，發現搭起遮蔽天篷的甲板上，查狄格正好端端坐在長椅，看見她後，他面帶微笑起身。

「夫人——我有好消息！找到福瑞迪了！」

「在哪裡找到的，查狄格大哥？快點一五一十告訴我。」

「找到他實在太容易了，夫人。我在船艇碼頭走著走著，就被他發現了。他衝上前跟我打招呼，是我運氣不錯，否則換作在人群之中，我肯定認不出他。」

「認不出他？」

「夫人，他現在變得截然不同，許多方面都變得不一樣了——就連說英文的語氣都不同了。他的樣貌也變了：變得十分削瘦，還蓄了鬍子，坦白說氣色不太好。」

「此話怎講？」

查狄格清了清嗓子，說：「有件事我還沒有告訴妳，夫人。」

「什麼事？跟我說吧。」

「夫人，妳要知道一件事，那就是福瑞迪會抽鴉片。這其實很尋常，不少中國人偶爾都會哈一管，可是福瑞迪有癮頭。我本來以為他已經戒除，不過我猜他可能又開始抽了。這段時間對他而言無疑格外艱辛——巴蘭吉大哥的死肯定讓他難以承受。」

這下詩凌百才驚覺，她丈夫的死對她的人生影響深遠，對他兒子肯定亦是莫大衝擊。

「你覺得他思念父親嗎？」

「是的，夫人。儘管他們之間的關係緊張，巴蘭吉大哥卻像是一顆堅強磐石，可任福瑞迪自由發洩，亦可供他遮風蔽雨。現在父親走了，母親不在人世，他非常孤單寂寞，對他來說是莫大打擊。父母過世，他卻不能送終，對他來說打擊更大。妳知道，他內心其實是很中國人的，不能讓父親的靈魂安息，讓福瑞迪心情低落沉重。他看起來，」——他仰頭望向天空，似乎努力搜尋字詞——「似乎深受糾纏。」

「深受糾纏？」詩凌百渾身一顫。「誰糾纏他？我不懂你的意思，查狄格大哥，請你解釋。」

「夫人，我也不知該如何告訴妳。但福瑞迪說他有時會聽見巴蘭吉大哥的聲音、感覺到他的存在，這就是他從馬六甲搬到新加坡的原因，他說他知道我會來——他一直都在等我。」

「你有寫信給他嗎？」

「沒有，夫人——我不知道他是怎麼知道我要來的。這真的很詭異——我們明天可以親自問他，他明天會來探望我們。」

「他明天就要來了？」詩凌百嚷嚷：「這麼快？」

「是的，夫人，」查狄格的語氣帶著決斷，「他明早會過來，當然要是妳不想見他，不用勉強自己。」

詩凌百徹夜輾轉難眠，早晨在後甲板見到查狄格時，遮掩不了內心的疑慮：「查狄格大哥，我不曉得跟福瑞迪見面是否為壞主意，見他能有什麼幫助？我開始懷疑自己是否鑄下大錯，不該為了滿足好奇心來找他。」

查狄格搖頭：「不，夫人，這不是妳來找他的原因——妳之所以來，是因為妳能夠安撫這個孩子。唯有妳才能讓他在屬於他父親的世界裡找到立足點。幾乎沒有女人擁有妳這般勇氣，願意去見亡夫的私生子，夫人。妳千萬不能在最後一刻退縮。」

詩凌百兩手摸上她慌亂的心。「喔，可是我很害怕，查狄格大哥！」

「夫人，如果妳真的不想，不必強迫自己，」查狄格說：「再不然看情況決定？除非妳給我明確暗示，否則我不會向他提到妳的。」

他們就這麼說定了，查狄格迎接福瑞迪登船時，詩凌百站在遠處觀察。

福瑞迪的駁船一接近，查狄格便步上主甲板，詩凌百則躲在後甲板的角落往下偷看。她用披肩遮住面孔，躲在欄杆遮蔽處偷窺福瑞迪踏下邊梯，登上印度號。

他的身形削瘦，高度中等，穿著破舊歐式服飾：磨損的亞麻布西裝、寬邊帽。陽光照射的角度讓詩凌百無法好好看清他被帽子遮蓋的臉孔，但當查狄格帶他通過甲板時，他們無意間撞見賽克利。查狄格和賽克利在這趟旅程中變得熟稔，於是停下腳步為兩人介紹：「瑞德先生，這位是我的教子——福瑞迪．李先生。」

「很榮幸認識你，李先生。」賽克利伸出手，詩凌百聽見他的聲音。

「我也是，瑞德先生。」福瑞迪回道。他略微手忙腳亂，脫帽後擺在胸前，這下正好讓詩凌百看清他的容貌。

他骨瘦如柴，臉頰凹陷，眼窩深邃，鬍子不修邊幅——但這些都不令詩凌百驚訝。真正讓她詫異的是他的面容輪廓是百分之百的中國人，乍看之下不可能聯想到他是巴蘭吉的兒子。

但隨著詩凌百繼續從上方偷窺，對他的第一印象也逐漸改觀：她越是凝望福瑞迪的臉孔，就越覺得他具有巴蘭吉的影子——深沉濃黑的眉毛、飽滿雙脣、最重要的是那漂亮的鷹鉤鼻。這時福瑞迪正好露出微笑——「瑞德先生，這是你第一次來新加坡，欸？我很樂意帶你到處走走啦！」——在那瞬間，她覺得自己彷彿正瞅著年輕版的巴蘭吉，深感不可思議，剛剛她怎會懷疑眼前這男孩是她丈夫的兒子。

查狄格的眼光往她的方向迅速一瞟，她朝他點了下頭，匆匆趕去下甲板的乘客會客室。發現客廳空無一人時她鬆了一口氣，詩凌百坐在長沙發椅上，摘掉臉上的面紗。

福瑞迪早查狄格一步踏進會客室，四目相接時，他朝她點頭微笑的模樣，像是他早已認出她，對於她的身分再清楚不過，這讓詩凌百相當驚訝。

「福瑞迪，」查狄格說：「容我向你介紹——」

福瑞迪打斷他的話：「沒必要啦，我知道她是誰。」

詩凌百擠出一個笑臉，拍拍她身旁的長沙發椅。

「來吧……你何不坐下？」

他手裡提著帽子坐下時，她試探地喊出他的名字——「福瑞迪」——並朝他伸出一隻手。要是他這時也伸出手，他們兩人恐怕就只是握握手，可是福瑞迪並沒有這麼做，於是她的手漫無目的地摸上他的臉孔，指尖輕輕拂過他的眉毛，輕觸他的鼻子和下巴——那瞬間彷彿巴蘭吉復活了，正坐在她身旁。淚水湧上她的眼睛，她將福瑞迪一把拉向自己，讓他的額頭埋入她的肩頭：詩凌百感覺到他跟她一樣，也正在輕輕啜泣。

當她再次望向他，他的眼睛紅腫，雙眼狂亂：彷彿揭開了那面叫作成年的帷幕，好讓她能夠一瞥帷幕後方那口深井，看清他小時候嘗盡的苦頭。

「我一直在等妳耶，」他說，語氣裡幾乎帶著一絲控訴：「我心裡一直在想，妳究竟什麼時候才會來找我，欸？」

「但你是怎麼知道我會來的？」

他輕輕笑了：「當然是父親告訴我的，不然呢？他老說妳會在鬼月前來。」

聞言後詩凌百臉色蒼白，查狄格暗示福瑞迪別再說下去，詩凌百卻追問：「請繼續說，你父親還說了些什麼？」

福瑞迪頓了好幾分鐘才又開口。「他說我得跟妳走，要我到他香港的墳上燒香祭拜他和媽媽。」

＊

新加坡的第一印象簡直讓賽克利失望透頂：從遠處看，新加坡只不過是叢林裡的一片林地。更近距離一瞧，還是毫無起色：他從印度號搭乘駁船抵達的下船處「駁船碼頭」不過是一灘爛泥，他得踩著搖晃不穩的竹製防波堤，以狼狽之姿上岸。

然而，即便海港看起來比較類近漁村，而不是小鎮，依舊朝氣蓬勃。方才踏下防波堤，他就被熙攘人潮推擠到開闊的十字路口萊佛士坊，琳琅滿目的酒館、船舶供應商、商店、經紀商行、理髮店等林立於馬路兩側。

賽克利瞄見一個寫著「午餐」的招牌，於是走進店內，點了茶和羊肉餡餅，等候餐點時，賽克利拾起前一位客人留下的報紙《新加坡紀事報》。賽克利的眼睛直接瞟向一個以鴉片開場的專欄：「在本城某些地區，品質最優異的孟加拉鴉片，每箱的零售價已上漲至八百五十西班牙幣。」

賽克利驚愕地往後一坐，之前他都聽說，要是一箱鴉片能賣到七百元就算好運：相較之下這簡直是天上掉下來的意外之財！

他狼吞虎嚥吃下餡餅、一仰而盡茶飲，踏出餐廳，站在外頭的普照陽光之下，以全新眼光環視廣場。這種鳥不生蛋的地方怎麼可能付得起這等高價？簡直有違常理。

這時有人碰了下他的手肘，讓他從美夢中驚醒。

「日安，瑞德先生！」

賽克利訝異地轉過頭，發現站在眼前的正是他昨天才在印度號甲板上打過照面的男人——但他沒能馬上想起他的名字，這位先生還穿著昨天那套薄料亞麻西裝。

「福瑞迪．李，」男人伸出手。

「哈囉，李先生！」賽克利使勁握了下他的手。「能在這裡碰到你可真驚喜。」

「何來驚喜？」福瑞迪粗啞地說。「新加坡小得不得了，可不是？你逛過了嗎？」

友了。」

「不，」賽克利說：「這是我第一次上岸。」

「那麼來吧——我帶你四處逛逛，」福瑞迪說：「地方很小，很快就逛完了。」

賽克利內心升起的直覺令他裹足不前，福瑞迪又補充了句：「別擔心啦——你和我很快就會是船友了。」

「真的？你也要搭印度號？」

「是啊，我教父卡拉比典先生邀我住進他的艙房，我會跟你們一起去中國。」

賽克利卸下戒心，說：「那好，李先生，我不介意到處逛逛。」

賽克利落後一步跟著他的嚮導，行經一條又一條街道巷弄，福瑞迪如數家珍般對賽克利一一介紹，他將街景盡收眼底：這棟建築是加斯頓．杜特隆奎先生最近蓋好的倫敦飯店；那邊是聖安德烈教堂的柱廊；遠處那棟是總督宅邸。

「瑞德先生，你環顧一下四周，」福瑞迪說：「好好看一下這座城鎮新加坡，還有美麗煥新的建築，再瞧瞧海港停泊的船隻。你知道為何這些船要來嗎？因為這裡是『自由港口』——不需要付關稅，也不用納稅。那麼這座城市是靠什麼致富的？」

「你說呢，李先生。」

「當然是英國政府的壟斷企業——鴉片。鴉片負擔得起所有建設經費——飯店、教堂、總督宅邸，這一切全是鴉片堆砌出來的。」

過了一會兒，街道越來越狹窄，塵土瀰漫，賽克利感覺他們已經離開城市的歐洲區，來到一條馬路。說是馬路，充其量只是一條蜿蜒爬上山腰的泥土路，地面滿是手推車的車轍，兩側林立簡陋小屋和木屋。附近聚集人群眾多，但全是印度人或中國人，外表看上去並非什麼出身尊貴的人。

賽克利赫然發現情況不妙，他放慢腳步。「謝謝，李先生——不過天色越來越暗，我還是回船上得好。」

福瑞迪並未搭腔，只是點了一下頭，彷彿在示意背後某個人。賽克利越過肩頭，發現他們背後跟著兩名壯漢，而這兩人也跟著放慢腳步。

賽克利這下才驚覺，他卸下防備讓自己步入陷阱，於是徒然止步。「聽著，李先生。」他說：「我不曉得你玩什麼花招，但你可要知道，我身上沒有貴重物品。」

福瑞迪微笑：「你幹麼汙衊我，欸？我不想要你的錢，瑞德先生。」

「那你想要什麼？」

「只是想要帶你去見我朋友啦！」他指向前方幾碼外的一扇門。

「為什麼？」

「我朋友想要見你一面，沒什麼。」福瑞迪簡明扼要地說。

他們這下已經走到門前，福瑞迪頂開大門，讓賽克利率先進去，「請進，瑞德先生——別客氣。」

賽克利踏進一個光線昏暗的房間，起初伸手不見五指。他站在門檻猛眨眼，嗅到一股濃烈厭膩的味道——那是香甜油膩的鴉片臭氣。等到雙眼適應幽暗光線後，他瞥見一個猶如洞窟的偌大房間，牆邊擺放了好幾張沙發椅，窗扉緊閉，唯一光源是自屋頂磁磚縫隙灑下的微弱光線。

其中一個角落，有鍋生鴉片正在一圈發光炭火上滾滾沸騰著，兩個男孩正在旁邊仔細看顧鍋爐，一人負責攪拌，另一人對著鍋子搧風。賽克利與福瑞迪一踏入室內，其中一個男孩遂上前替他們脫掉鞋子。地板是泥土紮實鋪成的平地，踩在腳下實感沁涼。

「來啊，瑞德先生！」福瑞迪領著他走向遙遠那側，那裡擺放著兩張高度及腰的沙發椅，沙發椅則環繞著一張大理石八角桌。

福瑞迪伸長四肢，靠在其中一張沙發上，並指向另一張，要賽克利也坐下。「瑞德先生，當自己家吧！」

賽克利在沙發邊緣正襟危坐。

「要喝茶嗎，瑞德先生？」

一個小男孩帶著托盤現身，徬徨不安的賽克利卻不予理睬。

福瑞迪伸手端起一杯茶，主動獻給他：「請喝吧，瑞德先生，只是茶而已。你今天一定要賞我這個臉，讓我好好招待你，兩年前我可沒想過我們能像這樣再次見面。」

賽克利一時半刻反應不過來，等到他會意福瑞迪說的話，手裡的茶杯差點沒摔到地上：「你這是什麼鬼意思，『兩年前』？」

「瑞德先生，你還是想不起我嗎？」

光線昏黑，賽克利實在看不清他的表情，只聽出他聲音裡的笑意。

「我不懂你的意思，李先生，」他幽幽說道：「我只知道我們昨天在印度號甲板上碰過面。」

「不，不，瑞德先生，我們好久以前就曾在另一艘船上見過面啦！要是我叫你『西克利馬浪』，你回想得起來嗎？」

賽克利背部打得筆直，全身緊繃，努力想望穿一片黢黑。「我不知道你鬼話連篇什麼，李先生。」

「用點心思你就想得起來的，西克利馬浪，」福瑞迪哈哈大笑：「是朱鷺號吧？你應該還記得柯羅先生？在大副船艙啊？你記得他的刀嗎？他本來想對你做某件事——八成是刺殺你，甚至是更可怕的事？但後來發生一件事——你記得嗎？有個人介入了啊！」

在那瞬間，記憶猶如鮮明惡夢般湧上賽克利心頭：他又回到朱鷺號的大副艙房裡，倚在左搖右晃的艙壁上，努力平衡重心。柯羅先生高高聳立於他之上，手裡握著一張船員名單的頁紙：「聽著，瑞德，我想都不用想。你來自哪種血統都沒啥不同……你是什麼樣的人，對我並無差別……我們是一對，咱倆……你只要三不五時走到艙室對面就好……」接著刀鋒閃爍，爆出一陣嘶吼：「讓我告訴你，小矮子，要比黑，你還不夠格用錨桅不正威脅我傑克．柯羅……」

「想起來了嗎，西克利馬浪？」

福瑞迪起身點燃一盞燈，高舉在自己面前：「現在你看出我是誰了嗎？」

賽克利之所以能一眼確定福瑞迪就是朱鷺號的囚犯，不是因為福瑞迪的臉，而是他的動作與姿態，快速精簡而準確。他當晚就是用這樣精準的姿態出現在艙口，帶著木挺打算跟柯羅先生算總帳。事情一了結，他又形同一道影子般消失無蹤——最後一眼看見他，是他和另外四名逃犯在暴風雨肆虐之中搭乘朱鷺號大艇離去的畫面。

賽克利的指關節緊緊扣在眼窩上，努力想要磨滅掉這些畫面，堅守他深信不疑的事實：那就是自他最後一眼看到逃犯後，他們就全員覆滅。像是大艇這樣的船絕不可能挺得過狂風巨浪，這點他很篤定——此外他不是也親眼看見他們溺斃的證據？船隻傾覆，底部鑿出孔洞？

他驚覺可能是鴉片沸騰的煙霧導致他思緒紊亂：周遭一切像是詭譎陌生的幻覺。他朝主人伸出一隻手，彷彿想確認他是真人，不是鬼魅。

沙發上的人影動也不動。「是的，瑞德先生，真的是我——不是鬼啦！」

賽克利轉過頭，靠在頭枕上。既然已經逃走，現在還想要他怎樣？沒人問他，他為何主動揭露自己的身分？他想必心知肚明，賽克利一旦知情就得向當局舉報吧？要是他知道是這種結局，想當然就不可能讓賽克利活著離開這個洞窟？畢竟他可是身手矯捷的殺手。

賽克利的雙眼游移瞟向房門，眼前不見安心定神的跡象：先前兩名尾隨在後的男人正在門前站崗。

福瑞迪似乎猜到他在想什麼。

「聽著，瑞德先生——你可別想趁這時偷跑，懂了沒？你可要想清楚，別做出錯誤決定。或許你現在想要衝去找警察，說：『快瞧，我逮到逃離朱鷺號的囚犯了』——接下來呢？你以為會怎樣，欸？你證明得了嗎？我和朱鷺號根本沒有瓜葛，我可以告訴他們，當初是你協助我逃跑的，也可以說是你一手殺死柯羅，畢竟一開始他想傷害的人是你啊！」

賽克利聳聳肩：「不會有人相信你說的話——你覺得是白人的舉報還是你的供詞比較有利？」

福瑞迪微笑，瞇起眼，「欸，也許我甚至可以告訴他們，西克利馬浪其實沒有表面上那麼白，怎樣啊？也許你日後在白人先生之間做事會變得綁手綁腳？」

這句話讓賽克利喘不過氣來，他的手指交纏，試圖冷靜下來。「請告訴我，李先生——你究竟想要什麼？為何帶我來這裡？」

「我不是已經說過了嗎？朋友求見啊，他想和你聊聊天，或許可以談成一筆小生意，嗄？」

「那你朋友人在哪裡？」

「不遠，」福瑞迪對其中一個男孩打出信號，男孩遂衝去房間另一端的房門前。一會兒後大門敞開，一個身穿中國長袍禮帽的男人現身。

他的面孔削瘦嶙峋、飽經風霜，眼睛藏在久經太陽曝晒而縮小的皮膚皺摺內，一綹垂墜的八字鬍圈繞起他的嘴，牙齒上則沾滿檳榔的血紅汙漬。

「你好，西克利馬浪！」

這一回賽克利沒有認錯人：「阿里水手長？是你嗎？」

「是的，西克利馬浪，是我，阿里水手長。」

「怪怪我的媽！」賽克利說：「我早該猜到的……你們五人逃離朱鷺號後就一直待在一塊兒，對吧？」

「不，西克利馬浪，」水手長說：「我們沒一起行動——這樣太容易出差錯了，不是嗎？」

「那其他三人在哪？」

阿里水手長逕自往福瑞迪旁邊一坐，露出淺笑：「時候到了，西克利馬浪自然會見到他們。」

他瞥入水手長那無法解讀的謎樣眼神，一股詭異感受貫穿賽克利全身：彷彿他正注視著某樣猶如命運撲朔迷離的東西。他還記得第一個讓他起心動念，想要成為馬浪和白人老爺的人，正是阿里水手長，他也記得逃離朱鷺號不久前，阿里水手長最後對他說的那句話：「西克利馬浪真是聰明過人的雜種，對吧？」就連這句話都令賽克利提心吊膽，因為他懷疑水手長是在奚落他。他每一個感官都豎起神經，說：「阿里水手長，你想從我這裡得到什麼？」

「我只想問你一、兩個問題。」

「什麼問題？」

「西克利馬浪怎麼會來到新加坡？」

「我以為你已經知道答案了，」賽克利謹慎應答：「我是印度號的貨物管理員。」

「你的船上也有士兵？」

「是的——有一連印度兵。」

「總共多少人？」

賽克利瞇起眼：「阿里水手長，你問這幹麼？」

「我多金的中國朋友想要知道。」

那個剎那間賽克利明白了：「喔，所以這就是你們在耍的花樣？間諜遊戲？」

阿里水手長本來咀嚼著包葉檳榔，這會兒卻停下來，往黃銅製痰盂吐出滿嘴檳榔汁液。

「西克利馬浪何必如此拘謹？我們不是朋友嗎？我只是想要請你幫一點小忙。」阿里水手長微微欠身，「你瞧瞧——西克利馬浪有很多箱鴉片對吧？只要回答我的問題，你就能拿到漂亮價格。一千元。」他停頓下來，讓這句話有時間沉澱。「要還是不要，你自個兒說？」

「你的意思是每箱一千元？」

「是的，」阿里手水長說：「一千銀元。」

賽克利咬著嘴唇，他開的價格簡直美好到不真實。若真是這個價錢，賣出十箱以上都是淨賺利潤。

「那你想要我怎麼做，阿里水手長？」

「沒做什麼，西克利馬浪，」阿里水手長說：「只是想問你一、兩個問題。來吧，咱們握手成交。」

阿里水手長伸出手，賽克利視而不見。

「不，阿里水手長，還沒談定呢，除非我以你承諾的售價賣出十箱鴉片，否則我們還不能握手成交。一箱一千銀元，如果你需要談，就等交易完成後再談。」

阿里水手長的眼睛一亮，他拍了下賽克利的後背，說：「很好！西克利馬浪還是沒變，是聰明過人的雜種！那我們只好先談生意了。廢話不多說，錢先上。」

*

一八四〇年五月三十日

湖南島

今早我抵達印刷廠時，發現鍾老師已經坐在那裡。這個情況前所未見，所以我知道發生了不尋常的事。

鍾老師和康普頓正在翻尋一疊紙。他們臉色鐵青，滿面狐疑，似乎是接獲某個他們不大買帳的消息。

Mat liu aa? 我對康普頓說，他沮喪地搖搖頭。Maa maa fu fu Ah Neel（馬馬虎虎，阿尼珥）——情況不太妙。

發生什麼事了？

阿尼珥，我們接獲來自新加坡的消息，他說。從加爾各答出發的英國艦隊已經抵達新加坡。共有六艘軍艦，其中一艘是裝備七十四門炮的龐然大物。另外還有運送士兵和備貨的兩艘汽船、二十艘運輸船。許多士兵都是印度人，其中不乏來自孟加拉和印度南部的曼德拉邦士兵。運輸船則是由印度商提供。

你是怎麼知道的？我問。康普頓解釋，鍾老師派了一位間諜前往新加坡關注動向。據說這男人是商船船長，曾經是海盜，據說他消息靈通。

那船艦目的地是哪裡？我問。康普頓告訴我目的地是中國。為了證明，他給我看一份間諜轉寄給鍾老師的《新加坡紀事報》：報紙明確指出艦隊即將前往中國南方，接著往北航行，在沿岸對北京直接施壓。

顯然這在新加坡已是人盡皆知的事。

消息讓康普頓和鍾老師震懾不已。儘管警笛大作，他們內心深處還是不相信英國人當真會攻打中國。據說林欽差大臣亦不認為會走到開戰的地步，他一直都以為英國鴉片商都是群沒有政府當靠山的惡劣商人，想必他應該很難想像會有一個國家竟會為了脅迫另一國購買鴉片，飄洋過海派兵攻打。

我問他們是否知道目前抵達新加坡的士兵人數，他們答道，根據間諜的估測，大致上有三千人，其中一半是印度人。鍾老師聽到軍隊規模時鬆了一口氣，他覺得英國人若當真有意開戰，絕對會徵召比這龐大的士兵，他不認為他們會派出勢單力薄的軍隊，攻打中國這種幅員廣闊、人口稠密的國家。

他覺得英國人只是想要威脅恐嚇，就像前兩次，一八一六年和一八二三年，他們派印度兵前往澳門的情況。

鍾老師說，若他們是來真的，主要派出的自然都會是英國士兵吧？

他很難想像英國會將重責大任託付給印度兵。畢竟同理，同樣情況下中國也絕不會派出蠻夷部隊。

不過我跟之前一樣，再次向他指出過去英國人在亞洲的征戰，例如阿拉干、緬甸、波斯灣等的戰爭，都十分信賴印度兵。我另外亦告訴他們，軍隊人數並不代表什麼：攻擊主力還是他們的軍艦，不是步兵部隊，他們主要還是靠海軍部隊殲滅中國艦隊。

鍾老師承認，要是碰到海上作戰，中國軍力確實難以抵禦英國艦隊，不過他旋即補充，英國人最終勢必也不得不登陸作戰，到時他們就會發現自己寡不敵眾，敵不過中國的千軍萬馬。要是他們鑄下大錯，發動地面攻勢，那時吃到苦頭的就是他們自個兒了。

不過英國士兵似乎真有這種意圖。根據間諜從新加坡網羅到的情報，士兵進行了不少演習，海陸皆沒漏掉。他們的武器令鎮民讚嘆不已，天空變得跟中國新春過年時一樣燦爛熱鬧。間諜從一位線人那兒得知，這種武器叫作「康格里夫火箭」（無疑是線人在信件邊緣用英語寫下這個名字）。

鍾老師問我對這種武器是否有所認識，我否認了。他接著又問我能否找出相關情報。

起初我驚呆傻眼：我要上哪兒去找火箭的情報？

不過後來我想到一個方法：我記得廣州英國行館有一間大型圖書館，書籍主題包羅萬象。當然英國行館目前人去樓空，現在是由中國僕役看管這棟建築，其中不少都是公行行會商人的員工，我突然想到要是鍾老師出面，搞不好他們願意安排我和鍾老師進入圖書館。

我將這個想法轉達鍾老師，他覺得很有看頭：幾個鐘頭不到，我們已收到消息，一切妥當安排。

太陽下山沒多久，我和康普頓前往英國行館，穿越空蕩無人的行館，前往位於行館最高樓層、門扉緊閉的圖書館。

圖書館比我想像中來得寬廣遼闊，有好幾張舒適的皮革扶手椅、偌大書桌、幾列數不清的玻璃書櫃。圖書館藏令人眼花繚亂，我們洩氣地想，一個個書櫃慢慢查看，勢必要花上好幾天。

幸好書桌上正巧擺了一本目錄冊。查閱目錄冊後，我很快就找到一本書名為《校級軍官的火炮概論》的專著：內文必定提及康格里夫火箭。

翻到這一部分時，我愕然得知這種火箭其實是印度發明的改良武器。當然中國人數個世紀以來也使用火箭，但顯然只把火箭當煙火施放，而不是用於軍事目的：最早在四十年前，邁索爾王國與東印度公司戰爭時，海達爾．阿里蘇丹及其子提普首次將火箭當作軍事武器使用。而火箭則是在印度南方的班加羅爾堡壘，改良成可以裝載炸藥的武器。海達爾．阿里利用火箭散播恐慌，致使敵方迷惘不清，當時的威靈頓公爵慘敗連連。雖然最後邁索爾蘇丹依舊不敵英軍攻勢，英國人卻忍不住讚嘆他們的新穎發明，於是將好幾組沒收的火箭送至位於伍利奇的皇家兵工廠，由威廉．康格里夫先生（不用懷疑，他正是劇作家威廉．康格里夫的後代子嗣）精進改良成火箭炮。自那時起，英國人曾在拿破崙戰爭和一八一二年戰爭運用康格里夫火箭，現在亦準備在中國派上用場。

我和康普頓在圖書館逗留了數個鐘頭，找到幾本「實用」書籍——例如一本講述築壘的著作，另一本則是航海專書——但事後卻失望發現內容並未提及汽船或蒸汽引擎。

離開圖書館時，我順手帶走幾本個人想讀的書。不論是言情小說或戲劇著作，我已經好久沒讀小說，於是從書架取下幾本，塞進袋子裡——《帕梅拉》、《過度的愛》、《魯賓遜漂流記》、《維克斐牧師傳》、《項狄傳》、伏爾泰《札第格》的翻譯本，此外還有大約六本。

正準備離開時，我的目光不由得落在一本書上。由於書脊的浮凸文字閃亮顯眼，這本書在圖書館樸實厚重的書堆中格外顯眼：威廉．羅斯可的《蝴蝶的舞會與蚱蜢的盛宴》。

這正是我好幾年前教拉袞英語時，在加爾各答買給他的版本。我記得當初這本書可花了我好幾基尼，但美國版已經算便宜。我無法抗拒——便順手從書架取下這本，塞進我的書袋。

回到住處後，我從書袋裡掏出的第一本就是《蝴蝶的舞會與蚱蜢的盛宴》。我曾對拉袞朗讀過無數次，已經滾瓜爛熟。我的目光掃過熟悉的插畫時，拉袞的聲音盈滿我的耳朵，聽得見他口齒不清地唸著：

快快戴上你們的帽子，我們馬上出發，參加蝴蝶的舞會吧……

我感覺得到兒子壓坐在我膝上的重量，聽得見我糾正他的發音：「不是，拉袞——跟我唸一遍……」

回憶鮮明到書本從我手裡滑落，我的眼眶盈滿淚水。

沉浸在回憶裡沒有用——這就是為何我從不眷戀往昔，也是為何我盡可能不去想拉袞和凱瑪拉。可是《蝴蝶的舞會與蚱蜢的盛宴》卻讓我猝不及防，攻破我的防線。彷彿大水潰堤、摧毀堤岸，而我則在洪水裡奮力掙扎，努力不被傷悲淹沒。

*

隨著一週週過去，東方遠征隊的艦隊開始穩健擴增。馬德拉斯船艦徐徐湧進，不只帶來第三十七團的印度兵，還有兩連工兵和礦工，以及一組大陣仗工程師兵團。不過日後還會有更多船從馬德拉斯抵達，其中最重要的是替總部運送軍團指揮官、設備、補給品、人員的戈爾孔達號。船隻姍姍來遲，遠征隊持續滯留新加坡，士兵漸漸耗盡耐心，心急如焚只想快點出航。

五月邁向尾聲之時，梅上尉傳喚克斯里前往他的艙房，告訴他戈爾孔達號和另一艘船特蒂斯號無限延期，稍後才到中國海岸與遠征隊會合。由於遠征隊艦隊沒理由繼續逗留新加坡，海軍准將伯麥下令大半船艦明早出發。他們會從新加坡一路直駛至珠江口。

「從這裡出發要多久才會抵達目的地，長官？」

「我猜大概十至十五天。」

翌日清晨，韋爾斯利號率領出發船艦離開海港。這艘戰艦祭出驚艷絕倫的演出，船員全直挺挺站在桅頂橫桿和鐙索上，在強風吹得鼓鼓的風帆前留下剪影。巡防艦船頭迎向微風，以兩列隊形隆隆前進，緊接在後則是蹼輪翻攪出水花的汽船。部隊運輸船跟在背後，揚起船帆，三兩成隊。

印度號上，樂隊男孩在主甲板上演奏著振奮士氣的旋律曲調，風兒注滿並撐起船帆。查狄格、詩凌百、福瑞迪佇立於上觀看表演，這群身著白色制服、十一、十二歲的小傢伙令他們驚艷不已。拉裘搞不清楚該轉往哪個方向，應該要面對樂隊，還是韋爾斯利號？或者是汽船？抑或正前方的蔚藍海水？他在內心暗自決定，和父親見面後他第一件要說的事情，就是全世界最壯闊的景象非船隻揚帆出航的盛況莫屬。

第十三章

印度號最後一段東方旅程和剛出發時大相逕庭。從加爾各答前往新加坡的路上，遠征隊船艦大多獨立行動，即使偶爾遇上另一艘船，抑或兩船並肩逼近，每艘船還是喜歡按照自己的步調前進。離開新加坡後，它們集體行動，由韋爾斯利號高聳參天的天帆帶頭，結隊前進。

印度號的位置就在最密集的艦隊區域，距離旗艦末端遙遠。四周水面熱鬧非凡，滿滿皆是風帆、雙體船、上桅帆、後桅縱帆、頂桅：海洋彷彿變成天空，一片片雲朵朝同一方向飛掠，點綴著蔚藍穹蒼。白色淺灘上，三艘遠征隊汽船的煙囪吐出積雨雲般的烏黑煙霧，汽船蛇行穿梭繞過結隊行進的船艦，發送訊息，並且集攏掉隊船隻，對需要船隻伸出一臂之力。

皇家海軍軍艦卓越的航海技術和整齊劃一的陣仗令商人振奮不已：「井然有序的布里斯托作風」成了每日準則，船長史無前例地熱血驅策船員。他們偶爾會來場競賽，出現某艘船拚命迎頭趕上前方船隻的情況。就連乘客都深受競賽氣氛感染，對水手搖旗吶喊，並在超越另一艘船時激動喝彩。

隨著旅途進入第二週，原本風和日麗的天象出現大轉變。風勢強勁猛烈，沒多久西南勁風便開始襲擊印度號。然而天空依舊清朗無雲，於是船員繼續按照原定行程，乘客也一如往常在甲板上呼吸新鮮空氣。

日常慣例當中，有項活動必定吸引大量觀眾圍觀：軍官午餐之前的雞隻屠宰秀。印度號的雞舍就在主桅尾端位置，每逢將近正午、船長和大副「射日」之時，充當印度號屠夫的廚子便會揮舞一把亮晃晃的鋒利屠刀，邁向主甲板。這名廚子是個魁梧高大的男人，猶如銷售員般賣弄炫耀：砍斷一、兩隻雞頭之後，廚子又大搖大擺、若無其事，一手拎著瘋狂扭動的雞隻屍首走回廚房。

儘管那天狂風大作，廚子仍照慣例在午餐鐘響後出現。當時拉裘正好在甲板上，跟其他觀眾湊到雞舍前看熱鬧。

屠刀嘩啦兩下，兩隻雞頭應聲落地，這時廚子對著圍觀群眾露齒而笑。一如既往，接下來他右手拎著無頭雞隻，左手握著屠刀，大搖大擺著離去。

海水泡沫濺上通往廚房的樓梯井，導致地面濕滑不已：就在廚子一踏上樓梯井那刻，印度號船身猛然往前傾斜，廚子腳步一個踉蹌不穩，便狠狠以正面著地。他發出一陣錐心痛喊，然後才腳步掙扎、蹣跚爬起轉過身。

拉裘正站在樓梯井前方，眼睜睜見證這整件事情發生：眼見廚子右手仍拎著無頭雞隻，可是另一手卻已空——屠刀不見了。接下來拉裘才定睛看見那把刀：刀柄露出廚子的胸口。

廚子不可置信地徐徐垂下眼，望向自己的軀幹，然後恍惚出神似的鬆手，讓雞隻掉落地上。接下來他兩手牢牢握住刀柄，將刀鋒猛力拽出胸口。滴著鮮血的刀子仍在他手裡，廚子則驚愕望著從體內不可思議瘋狂噴發的血柱。他抬起眼，直勾勾望著拉裘，用遭到扼住般的哽咽聲音喃喃求救：Bachao mujhe! 救我！

最後一個音節還沒離開脣畔，他已經正面倒下。

拉裘久久無法呼吸，也無法移動：他僵在原地，視線抽離不了死亡場景——那毫無生氣的軀體、沾滿鮮血的屠刀、樓梯井上旋轉踢爪的無頭雞。瞬間他的膝蓋一軟，甲板彷彿朝他正面飛來。

他倒下的最後一刻，忽然有兩隻手接住了他：「沒事了，家噗，你沒事的。」

賽克利拽起拉袞，將他一把甩上肩頭，扛回小隔間。

等到震驚退去，拉袞鉅細靡遺告訴迪奇他的所見所聞，沒想到橫笛手見怪不怪：他一副這沒什麼大不了的樣子，直說之前他已見過很多人死去的場面，其中也不乏小男孩，而且死狀淒慘：「欸，我在第一場戰爭上就碰到了，有個強盜騎兵射殺我身旁的橫笛手，那雜種的頭立刻被轟爆：後來我在我的衣領上發現他的耳朵。」

*

當晚風勢轉強，黎明破曉之際積雨雲壓頂，天空黑黢黢。這時艦隊四散，舉目只見海平面上風帆一、兩面。偶爾一艘汽船悠悠現身，想方設法前進，在上漲水面載浮載沉，波浪則將船身拋甩得老高。

上午前幾個鐘頭依舊狂風肆虐，然而將近正午卻始終無雨，於是印度兵照常在甲板上吃早餐。用餐時尚未降雨，於是餐後他們安然無事回到艙房。

隨營人員零零散散來吃早餐時，賽克利正和竇提先生在後甲板上。他留意到遠方劈下一道閃電，於是通知竇提先生暴風雨恐怕即將襲擊：最好清空甲板，讓大家到底下躲避風暴。

不巧的是，賽克利的一番好意正巧被梅上尉聽見。「喲，這不就是對船尾舷部哼唱讚美詩嗎！」上尉毫不遮掩嘲諷輕蔑的語氣。「我已經很久沒看過這麼厚臉皮的人了：一個販售廉價鴉片的老美居然敢教英國船長怎麼開船！究竟是誰負責這艘船？竇提先生？是你？還是這個小雜種？」

他的副官哄堂大笑，賽克利面紅耳赤：他聲音含糊地對竇提先生道了句失陪，就走下主甲板。

暴風雨襲擊之時，賽克利很少沒事船離去。傾盆大雨倏然猛烈打在隨營人員身上：幾十個大人小孩推推搡搡，擠著想要走回艙口。強風驟雨襲擊，他們踩著紛沓腳步，這時赫然雲朵竄出一道閃電，擊中印度號主桅的上半段，將它一分為二。上半部乾脆地應聲斷裂，由勁風吹走，桅杆瞭望臺、帆桁、桁端亦是被吹得一個也不留。但主帆帆桁——最沉重碩大的橫梁——仍頑強地留在殘樁上，不過也僅維持了幾秒鐘。接著兩根圓杆便隨著轟然咯吱聲響，在剩餘桅杆上折斷。

帆桁在桅杆兩側應聲倒塌時，隨營人員仍瘋狂推擠著彼此前進。帆桁的左舷部位重重墜落在甲板上，壓死了一名炮彈手，另一名則是重傷，後來船桁連滾帶翻跌出舷牆，消失在視線範圍內。另一半橫梁則促成更慘烈傷害：繩索梁腹糾纏，十碼長的橫梁開始猶如連枷般，瘋狂拍擊甲板，傷及倉皇失措的隨營人員。

賽克利在這場混亂場景中也不慎遭人撞倒，但很快又站了起來，並且立刻發現問題癥結。他朝甲板跨出幾個大步，利用剩餘索具，整個人壓住殘柱。賽克利從口袋裡抽出他習慣隨身攜帶的大摺刀：彈開大摺刀後，賽克利朝糾結繩索猛力劈了下去，直到橫梁如脫韁野馬般掙脫，被強風吹落下船。

賽克利從殘柱爬起來後，第一個念頭就是查看拉裘。他在右舷的甲板排水孔發現拉裘俯臥在地，嚇到不能呼吸，但所幸毫髮無傷。

「你還好嗎，家僕？」

「我沒事，先生。」

「好孩子。」

四周一片雜沓混亂，死的死，傷的傷，全倒臥在甲板上。強風咆哮，男孩們不住尖叫，男人則爭先恐後衝進艙口。

梅上尉和他的副官正在後甲板，努力保持平衡，但身上的制服早已濕透。眼見他們這副模樣，賽克利頓時滿腔怒火，他一手圈起嘴，朝梅上尉嘶吼：「長官！我可是警告在先了！」

上尉朝賽克利瞟了一眼，瞇起眼睛，卻旋即轉過頭，佯裝他啥都沒聽見。

＊

暴風雨肆虐了數個鐘頭，但閃電襲擊後的短短幾分鐘，卻造成印度號驚人的傷亡：幾十人受傷、五人死亡——死者包括兩名炮手、一名藥劑師助理、一名「本土敷裹員」、一名技工。日落之際，罹難者遺體已被拋入大海。

樂隊男孩的受傷情況最為慘重，迪奇是少數逃過一劫的橫笛手，許多人都在艙口的混亂推擠中受了重傷。有個男孩跌落升降梯，髖部骨折。另一人則被慌張的腳步踩傷，身上骨折連連。

就連連上學者都難逃一劫：脫韁野馬般的帆桁正面擊中他的胸廓，致使多處骨折。傷者多到印度號的醫務室容納不下所有人，滿溢出來的傷者只好擠在後甲板的舷梯和艙房裡。

暴風雨驟降時，由於印度兵已經安穩躲在艙房內，因此未受絲毫波及。最淒慘的是隨營人員和水手——儘管傷亡慘重，他們曉得若非賽克利反應快速、思緒清晰，後果絕對更慘重。眾人對他感激涕零，崇拜甚至傳染到拉袞。拉袞成為樂隊男孩間的矚目焦點，這對他可說是全新體驗，令他有些輕飄飄。他誇耀著主子的英勇行徑，口若懸河講著賽克利的朱鷺號冒險故事。

樂隊男孩們聽得欽佩不已，「真的假的，欸？」迪奇說：「那雜種真的參與過叛亂？」

「你想呢？他們還在法庭舉行過『朱鷺號事件』公聽會。白紙黑字，真的假不了。」

＊

一八四〇年六月二十三日
廣州

今天我從康普頓那兒聽說一組英國軍艦已經現身珠江口。他們前來的消息已傳了一陣子，久到我們都以為不會來了。既然這下真的來了，接下來呢？

事實上船艦幾天前已經抵達，但我渾然不知是有理由的，過去十天我臥病在床，情況偶爾嚴重到我以為再也好不起來。我猜測這毛病跟熱暑有關，過去幾週來天氣悶熱，令人窒息。

多虧米舒照顧我，每天都帶吃的來——熱騰騰的湯、類似孟加拉發酵米粥的稀粥。她很清楚我們孟加拉人愛吃奶油和酥油，還特別幫我從西藏寺廟弄來這些好料！好運更是接二連三降臨：正因她去了一趟西藏寺廟，塔拉納西吉才得知我病了，於是帶著一名擅長西藏醫學的喇嘛前來探病。把過脈後，他說我的情況很嚴重，然後幫我開了各式難聞補藥和茶飲的藥方——我不知我喝下的是什麼，卻奇蹟見效。米舒在固定時間為我送藥：要是沒有她，真不知現在的我會變成怎樣。

幾天後我開始痊癒，米舒告訴我外國內飛地出了「大事」：她說廣場上搭起一個「朝廷命官帳篷」，幾百人蜂擁而至。

今天在前往康普頓印刷廠的路上，我也停下腳步，湊個熱鬧：所謂帳篷是一個猶如展示館的大型建物，裝飾點綴著官方旗幟和三角旗。六名位高權重的朝廷命官，正在裡頭主持一場類似比武大會的賽事——參賽者必須高高舉起碩大鐵塊。聚集廣場的年輕人被一一帶進帳篷小試身手，成功舉起鐵塊的人則被領至帳篷另一側登記姓名。

這些年輕人的裝扮簡直像是準備去健身，有的人抬著木柱，有的人則在額頭綁上寫著中文字體的布條。即使天氣炎熱，等待之餘仍有人不得閒地伸展筋骨，向對手擺出挑戰姿勢，有人徒手比劃，有人扛著木柱，並在作勢閃躲、擋開攻擊，或是虛擊時踮著腳尖輕輕彈跳。

後來是康普頓向我解釋情況：林欽差大臣下令在廣東省各處召集本地民兵部隊，這則公告引來成千上萬名青年湧進諸如此類的召募中心。有些人來自傳統武藝團和社團，有些則是「chau fei」——想找點小差、賺點小錢的年輕小混混。

那背後用意是？我問。康普頓告訴我，英國艦隊已經抵達，目前就停泊在珠江口，數十艘船隻就停泊在香港和澳門之間的海岸。船隻運來幾千名士兵，有英國人，也有印度人。部隊登陸珠江口的數座小島——伶仃島、金星門、香港等島嶼，引發當地人恐慌，但這則消息尚未傳遍廣州——官方政府還不急著散播消息。

此事在林欽差大臣的圈子掀起軒然大波，這也是為何他們開始採取不尋常對策。他們心知肚明中國戰船抵禦不了海面上的英軍，於是決定在陸上備戰。但這任務並不簡單，康普頓說林欽差大臣的可用兵力不多——僅有幾千人。

聽到時我深感不可思議：我以為像中國這種人口稠密的國家，每個省分都備有大型軍隊。但現在看來恐怕不是這麼一回事，大多帝國部隊都部署於距離廣東千里之遙的西部邊疆。

不管真相如何，我懷疑其實是林欽差大臣不信賴他的軍隊指揮官。這或許也是他為何決定要自己召募百姓加入：聽說他囑咐在全廣東省發放矛、劍等兵器，此外亦召集幾千名船伕擔任「水上勇士」。我聽說一、兩週前他們成功放火焚燒虎門周遭停泊的幾艘英國船。

欽差大臣對平民百姓抱持莫大信心，深信他們將挺身而出，驅逐英國人。

我忍不住心想，雖說林欽差大臣是大官，某些方面卻很像雅各賓。

康普頓說近來政府起草一份敵船、軍官、士兵的懸賞宣告，若是活捉英國軍官，便懸賞五千銀元，死捉則是三分之一。軍階每降一級就減少五百銀元，依此類推，往下遞減，公告總數是活捉的價錢，死捉則是總數的三分之一。至於英商和帕西商人，活捉可領一百銀元，死捉則領五分之一。至於「黑種外邦人」——換句話說，就是印度兵和印度船工——懸賞價則是白人士兵和水手的一半。

聽到這裡，我不知道該感到難過抑或憤怒。

那我呢？我問。我是否該做好心理準備，百姓會為了賞金追捕我？

康普頓要我無須擔心，畢竟我既不是印度兵，也不是印度船工。無論如何，我都被視為南洋人，而不是印度人。

可是喬都和其他劍橋號的船工呢？我問。他們安全嗎？

康普頓安撫我，政府已為此做足萬全準備，保護他們的安全。在鍾老師的堅持下，省政府單位已派出特殊警衛保護他們。

*

暴風雨過境後隔天，打從太陽升起那一刻，賽克利便趕緊和印度號工匠搭起應急桅杆，並在烈日豔陽下工作好幾個鐘頭。正午時分，賽克利回到小隔間，換掉汗濕襯衫，發現拉裘正在那裡等他。

「先生，克斯里．辛中士要我傳話給你。」

賽克利抬起一邊眉毛：「你是說那位印度中士？」

「是的，先生。他說想私下和你見面，今晚八點半，第一次守夜鐘響時，他會過來找你。先生，他要我保密，這件事只能告訴你，他不要其他人知道。」

「他想要幹麼？」

「好像是跟朱鷺號有關，先生。」

「朱鷺號？」賽克利狐疑地皺起額頭。「朱鷺號跟他有什麼關係？」

「我也不知道，先生，」拉裘說：「昨天我告訴槳手你的朱鷺號故事，他肯定是那時偷聽到了。」

這句話更是讓賽克利滿頭問號：他不記得曾對拉裘提過他在朱鷺號的經歷，他們倆從未講過此事，他也不認為拉裘會對這個話題感興趣。

「你從哪裡聽說朱鷺號的事，家噗？」

「是你說的啊，先生，」拉裘脫口而出：「你在法庭上的供詞。」

話一出口，拉裘立刻知道是他多嘴，很可能暴露他和父親的真實身分。罪惡感油然而生的他驚慌失措，急欲扭轉局勢。

「先生，我的意思是……我聽過巴布．諾伯．開新講過這件事。」

這下賽克利的眉頭鎖得更深了：「巴布幹麼告訴你朱鷺號的事？朱鷺號和你有啥鬼關係？」

拉裘心煩意亂到說不出話：他悶不吭聲盯著賽克利，嘴唇顫抖。

賽克利對他的反應一頭霧水，他不明白這孩子為何愁眉苦臉。「怎麼了，家噗？」他輕聲細語地問：「沒什麼好怕的，我不會傷害你，這你是知道的，對吧？」

他的溫柔語調反而讓拉裘更為困惑惶恐，雖然他們認識的時間不長，但賽克利已經完全贏得他的信任，他願意告訴賽克利事實真相——那就是他的父親當時也在朱鷺號上，而他現在正要去澳門與他會合。可是巴布．諾伯．開新卻耳提面命，要他無論如何都不許說出真相：要是賽克利得知拉裘的真實身分，發現他的父親還活著，天曉得賽克利可能做出什麼事，他也許會覺得有義務稟報政府當局。

賽克利光是看見男孩憋得發紅的臉蛋，就知道他正極力隱瞞某個祕密。他語帶暗示地說：「家噗，什麼事？你有沒有想告訴我的話？」

拉裘奮力搖頭，緊閉雙脣。

他的笨拙虛飾讓賽克利輕輕笑了出來：「你知道嗎，家僕，」他低聲說：「你很多說詞根本兜不攏：你的英語腔調、你的禮貌優雅。隨便你怎麼說，但我曉得你並非一直是僕人。」

拉裘並沒有應聲，只是瞠目結舌回望他。

賽克利坐在他的行李箱上，望進拉裘的眼睛。「家僕，告訴我吧，」他說：「巴布．諾伯．開新帶你來見我之前，我們是否已經見過面？你跟著他來到平底帆船的時候，我是否應該認出你來？」

拉裘默不作聲搖頭，僅以口形默默說出：「沒有，先生。」

賽克利知道他無法從小男孩嘴裡套出任何真相，只能帶著遺憾微笑道：「你究竟是誰呢，家僕？真希望我曉得。」

剎那間淚水從拉裘的眼角撲簌滾下，他像是嚥下啜泣般吞口水。

賽克利見狀慌了手腳，「喂，家僕！我沒有要惹你哭的意思啊！我不是在兇你耶……」

賽克利感到一陣悔恨心痛，他將一隻手搭在拉裘肩頭，手的重量正好將拉裘順勢拉向他，雖然賽克利起初並沒有這個意思，這時卻突然攫住拉裘胳膊，將他一把擁入懷裡。

這個舉動讓拉裘卸除防備，他的淚水開始宛如水庫潰堤，汩汩滑落。

自兩年半前父親遭到逮捕那天起，拉裘就努力壓抑自己的情緒，由於不希望加重母親的負擔，他努力克制自己。彷彿過去兩年來的心慌焦慮在這一瞬間全湧上他的雙眼，淚水止不住地淌落賽克利的肩頭。

賽克利感覺到皮膚一陣淚濕，倏然驚慌失措起來：他從未將一個小孩擁入懷裡，也不曾安撫過像他這樣無助流淚的小動物。他伸出一隻手，這不是反射，而是下意識的動作：彷彿有了自己的生命般，手自動輕撫起小男孩的頭，一開始有些不知所措，卻慢慢加強安撫力道。

「沒事的，家僕，」賽克利喃喃道：「無論你內心有什麼煩惱，都不用擔心，你需要的時候，我都會在這裡，我會照顧你的。」

這幾句意想不到的話語脫口而出，就連他自己也震驚不已，他從未對任何人承諾會照顧對方；除了母親之外，也沒人對他說過這些話。躺在他懷裡的似乎正是小賽克利，一個他如今再也尋不回來，失去後令人感慨萬千的孩子。

*

印度號的鐘聲一響，身著樸實白色長袍及腰布的克斯里就踏出艙房。第八下鐘聲逐漸消逝時，他已經來到賽克利的小隔間。敲了幾下門後，門敞開，克斯里便和身穿馬褲及條紋水手袍的賽克利面對面。

小隔間的光線來源只有一盞油燈；燈光照耀下，克斯里看見一側堆疊著幾口當作座椅的鴉片箱。正對面，狹窄空間的另一側擺放著行李箱。

「請進，中士。」

賽克利對克斯里指出行李箱，然後逕自坐在鴉片箱上。

先是打量彼此一會兒，克斯里才說：「晚安，瑞德大爺。」

「晚安。」

克斯里清了清喉嚨，努力想找開題的字句卻無奈詞窮，最後只好開門見山地說：「瑞德大爺，你當初真的也在朱鷺號上嗎？」

「是的，」賽克利說：「我在航向模里西斯的旅程中擔任二副。」

「是不是有名比洛．辛士官長也在船上？」

「是的，他確實在場。」

「比洛．辛士官長發生了什麼事？」

賽克利以簡單的幾句話概括解釋。比洛．辛士官長跟某位苦力發生爭執，他堅持鞭打這名苦力。苦力是個孔武有力、高大魁梧的男人，挨了十幾下打後，他赫然掙脫束縛，轉而抽打懲罰他的比洛．辛，將對方鞭打到頸部斷裂，意外發生過程僅有幾秒。事後我們才得知，這兩人之間早就有嫌隙，起於士官長攻擊這名苦力的妻子。

「那個女人，」克斯里迅速接口：「苦力的太太——她叫什麼名字？」

賽克利抓了好幾次頭才想起她的名字：「我記得好像是『娣娣』之類的。」

克斯里屏息等待回答，聽到答案後，他嘆了長長一口氣，下巴低垂至胸前，默默消化賽克利說的話。

所以都是真的？狄蒂確實和另一個男人私奔了：他那連巴特那都不曾踏出一步的親妹妹，居然會逃到一座遙望黑水的小島。

克斯里逐漸接受這個事實，他緩緩抬起頭。賽克利注視著中士的灰色眼瞳，總覺得似曾相識，一股說不出的奇異能量貫穿他全身。過了半晌後，克斯里說：「那個女人——是我妹妹狄蒂。」賽克利才發現，原來那是認出他的震撼。

「那是當然，」他說：「我看得出你們的血緣關係。」

「狄蒂現在人在哪裡？」克斯里粗啞著嗓音問：「你知道嗎？」

「我很確定她人在模里西斯，」賽克利說：「我聽說她被分配給一個法國人——某個在西南方有土地的農夫。」

克斯里在那一剎那感到難以置信，他驚嘆地搖搖頭。有誰想像得到竟然是這個娃娃臉的白人老爺告訴他狄蒂的下落？誰想得到這陣子以來，他們兩人之間只隔了肋材，僅僅距離數碼之遙？

「狄蒂好嗎？」克斯里生硬地問：「她身體還好嗎？」

「很好，」賽克利說：「據我所知，她安然無恙。」

克斯里有太多想問他的事，偏偏這時聽見舷梯上有人正在呼喊他的名字。

「我得先走一步了。」

克斯里站起身，說：「瑞德老爺，可以請你別向任何人提起這件事嗎？」

「那是當然。」

克斯里的手握著門把，腳步躊躇，再次轉頭面對賽克利。

「瑞德老爺，」他說：「我很抱歉梅上尉對你出言不遜。他其實是個好人，是很盡職的長官……」

克斯里突然張口結舌，於是改口說：「梅上尉大人——我跟他認識很久了。十七年前我曾擔任他的勤務兵——他是個好人，只是內心有走不出的傷痛……」

賽克利並沒有答腔，於是克斯里說：「我很抱歉。」

「沒事的，中士，」賽克利說：「這又不是你的錯。」

克斯里往額頭邊舉起一手：「容我向你致敬，瑞德大爺。有什麼需要，儘管向我開口。」

「謝謝，中士。」

克斯里正要踏出小隔間時，賽克利想起一件事：「喔，中士，請留步，有件事我忘記告訴你。」

「什麼事？」

「有關你妹妹的事，我覺得應該讓你知道。」

「哦？」

「我們抵達模里西斯時，她已大腹便便。孩子目前應該已經一歲多了。」

*

翌日，一縷輕煙漂向北方海平面：汽船皇后號正在外海搜尋遇難船隻。印度號從主甲板發射康格里夫火箭，不多久這艘汽船就在熱烈歡呼下停泊在側。

拖曳印度號前，這艘汽船的船長過來和竇提先生調整錨桅。他們花了一點時間交換情報，分享幾杯香醇雪莉酒，等到印度號準備好拖行，航向北方，竇提先生告訴賽克利他和船長同事促膝長談後得知的消息。

英國艦隊五天前已經抵達中國海岸，義律上將已在萊德隆群島附近與伯麥指揮官會面。幾經深思熟慮，全權大使和指揮官已經同意戰略，遠征隊將分成兩大聯隊行動。第一聯隊包括一小組軍艦和運輸船，這組聯隊將繼續留在南方，防禦圍堵珠江；另一聯隊規模則大上許多，主要目標是前進北方，占領一座戰略位置關鍵、名叫舟山的小島，該島座落於好幾條海路的半途，亦通往中國心臟地帶的幾座重要海港，例如杭州、寧波、上海。為了讓北京當局明瞭英方占領該島的用意，遠征隊領導人會想辦法將一封巴麥尊子爵條列出英國要求與不滿的信交給皇帝。

等到舟山島攻陷，中國東方海岸線就得看遠征隊的臉色做事。英國艦隊會將舟山島當作前線行動基地，並且沿著海岸線前進，持續威脅主要海港，並且繪製地圖圖表、確定北京滿州統治者毫不質疑地相信國家局勢岌岌可危。舟山的地理位置接近首都，所以舟山島一旦淪陷，朝廷命官必瞞不過皇帝：他很快就會發現自己別無選擇，只得退讓，接受英方要求，重啟鴉片貿易，並且賠償先前損失。

由於恢復鴉片貿易是遠征隊的主要目標之一，好幾艘商船也將跟著艦隊行動，其中不少是鴉片船。海軍會確保英商自由進出主要海港，隨心所欲卸貨。

對自由貿易商而言，這項威廉・渣甸用心起草的計畫政策值得大肆慶祝。他們等待未來在先前不得其門而入的市場販售鴉片，並且一夜致富，中國心臟地帶的需求增加，可以想見正如黃河氾濫前夕的景象：可望衝向前所未聞的售價新高。

「我們會及時抵達目的地，瑞德，」竇提先生說：「艦隊兩天後將航向北方，我敢說齊林沃斯先生絕對有意願跟著去。一下錨，我們就將勃南先生的鴉片從印度號運上朱鷺號。」

*

次日，印度號乘客醒來時，發現他們來到一片彷彿不屬於地球的海域。海水色澤已從蔚藍轉為光輝燦爛的土耳其綠，水面上冒出幾百座嶙峋小島，模樣宛若從海底深處探出的巨龍尖齒。露出海面的諸多岩石色彩枯槁如灰，具有燧石山脊。多數小島邊緣都是懸崖，表面攀附著奇形怪狀的矮樹。偶然在一座小島的背風面下，會忽地冒出一艘模樣古怪的船隻，有時是船尾高聳的漁船，有時是船帆盤結的戎克船，抑或彷彿來自另一個年代、狀似加利恩帆船的老閘船。

周遭的詭譎氣氛讓飽經暴風雨驚嚇的印度號陷入恍惚，直到宣布主要大陸出現的嚷嚷劃破空氣——kinara agil hai!——咒語才總算破解。聽見瞭望臺傳出的呼喊聲，乘客爭先恐後衝上主甲板，就連站立都有困難的傷患也顧不得傷口，一拐一拐上前，爭睹大清國陸地的第一眼。

起初海岸只是遙遠海平面上的一塊小汙漬，但隨著輪廓逐漸顯影清晰，他們使出地圖和望遠鏡，開始分辨顯著特徵。竇提先生站在羅經座旁，抬起一隻指尖指向東北方：「那座小島就是香港島！」

詩凌百在後甲板上的右舷向前彎腰，想要看清眼前風景，用力到扣在舷緣上的指關節都發白了。

「喏，」福瑞迪輕輕推了推詩凌百的手肘，遞出望遠鏡：「拿去吧，用這個看得比較清楚啦！那座島是香港——所有島嶼中最高聳龐大的那一座。就在那裡。」

遙遠山峰深陷雲霧繚繞之中，底下山坡卻不見一棵樹，詭異地光禿貧瘠。小島似乎杳無人煙，唯一幾區住家全集中在海岸邊。

詩凌百凝望著飽受強風侵襲的山巒，喉頭突然一緊：巴蘭吉就是在這裡找到他的安息地嗎？這裡就是他旅途的終點——這座猶如險惡老鷹巢穴、距離古吉拉特老家千里之遙的小島？這個飽經風吹雨淋的荒蕪所在，燃起她的心痛愁思：她試著想像巴蘭吉的墳墓就在眼前的山坡地，卻始終無法在內心勾勒出畫面。

她轉頭，詢問站在身旁的查狄格：「你覺得今天我們有機會去探望我丈夫的墳墓嗎？」

查狄格搔了搔下巴：「今天的話，我還不敢說，夫人。」他說：「我得先去找我朋友羅賓・錢納利，確定妳在澳門的住處已經安排妥當。但我們會盡快前往香港，這點我可以向妳保證。」

*

「你看見橫在左舷船頭中央的那座海角嗎？」賨提先生指向西北方：「澳門就在那邊！」

拉裘在下方的主甲板上舉起一隻手，擺在眼睛上方：他的旅程將在澳門結束，這就是他將與父親重逢的地點！

興奮期待的情緒高漲，拉裘再也藏不住，「你看！」他對迪奇說：「我就是要去那裡——澳門！我姨丈人就在那裡！」

迪奇垮下臉：「走狗屎運的渾球，欸！」他語帶嫉妒地說：「你們這些平民雜種怎麼有那麼多要命的叔伯姑姨老爸老媽？」

這名橫笛手向船外泡沫點綴的海面上吐出唾液：「我們這些低階孤兒連個天殺的親人都沒有。」

雖然迪奇的語氣聽起來是半開玩笑，卻遮掩不住一絲惆悵，這讓拉袞心情跟著低落起來：本來萬分期待可以快點下船的雀躍心情，這下卻由拋棄朋友的不安罪惡感取而代之。拉袞若有所失地轉身下樓，走回小隔間，開始整理他少得可憐的行李。正當他把東西塞進小袋子時，賽克利進門了。

「旅途走到終點了，是吧，家僕？我們即將分道揚鑣了？」

「是的，先生，」拉袞怯生生伸出一隻手：「謝謝你帶上我，先生。要不是你，我不可能順利來到這裡。」

賽克利握了握他的手，面露笑容道：「家僕，你是個好孩子，我祝你一切順利。」

一分鐘後，印度號的號角再度響起，宣布艦隊出現。

他們衝上甲板，目睹前方海面上，珠江口的西側，米字旗海飄揚。

在這般壯闊景致的陪襯下，艦隊比在新加坡時出色奪目：桅杆、旗幟、三角旗密密麻麻簇擁著，彷彿一座從海面升起的偌大堡壘。

海面上停泊了二十艘軍艦，包括三艘七十四門炮彈的戰艦：韋爾斯利號、梅爾維爾號、伯蘭漢號，兩艘四十四門炮巡防艦：都魯壹號和布朗德號，以及至少四艘以上的汽船。他們四周圍繞著二十六艘運輸船和供應船，包括法提薩朗號、胡格利號、拉瑪尼號、蘇利馬尼號、魯斯坦吉柯瓦斯吉號、納扎雷斯沙號。航道上到處可見貪婪環繞著艦隊船隻的販船——總共好幾百艘，裝載著五花八門的商品：蔬菜、肉類、水果、紀念品。

守衛著艦隊南側的正是二十八門炮的巡防艦鱷魚號。印度號駛到與巡防艦齊平的位置時，就立刻拋下船纜：就目前狀態看來，它是不可能穿梭擠過熱鬧壅塞的水道，和它停泊遙遠的姊妹船朱鷺號碰頭。

印度號還來不及拋錨，單桅快速帆船、駁船、販船已從四面八方簇擁而來。

＊

印度號的鴉片貨物量龐大，他們花了好幾個鐘頭才全數裝上大艇。等到賽克利踏上這艘小船，帶著貨物前往朱鷺號，時間早已過正午。

空氣猶如熱敷袋般濃厚：午後懶洋洋的停滯空氣形成一層蒸氣薄霧，使得停泊巡防艦的陡立桅杆彷若迷霧中蒸騰繚繞的樹木。

賽克利坐在大艇船尾，面對著正前方航行：繞行經過一艘小型風帆戰船的船首時，他瞥見輕便快艇的船頭棲息著一團橘色模糊的龐大身形。

幾分鐘後，那團模糊不清的橘色化為某個他熟悉的人影。

「巴布．諾伯．開新？」

「西克利少爺！」帳房大喊：「是你嗎？」

帳房激動雀躍地站起身，卻差點沒害整艘輕便快艇翻覆。他趕緊坐回長椅，嚷嚷：「西克利少爺，你會長命百歲呀！我才正要去找你而已——事出突然！」

「發生什麼事了，巴布？」

「齊林沃斯船長健康欠安，病倒了，某天他排便如粥，隔天又像凝乳。舌頭也發黑、變得毛茸茸，簡直就是袋貍尾巴。他目前已經被驅離至馬尼拉，在此我很樂意頂替他，為你捎來吉祥的好消息：齊林沃斯船長指派你，擔任朱鷺號的代班船長！」

「我？船長？」賽克利瞇起眼：「你這是在諷刺我嗎，巴布？」

「Hai, Hai!」巴布．諾伯．開新嚴肅地搖了搖頭，咬了他的嘴唇：「這種事，我是不可能輕浮以待的。你瞧——我可以證明我絕對沒有嘲弄竊笑。」巴布．諾伯．開新抽出一封已經封印的信件，遞給賽克利：「這是齊林沃斯船長親筆手寫的信，你今天抵達真是太好運了，你現在就得報到，船隻提前出發——我們明天就出航。」

賽克利閱讀信件時，巴布．諾伯．開新放低音量，稍微傾身靠近他：「有個祕密我非告訴你不可：這其實都是我一個人的主意——我只是告訴齊林沃斯船長你適合擔任船長職務，瞧瞧現在這樣多好？你可以盡情出售你和勃南先生的鴉片，日後很快就能掙錢，一轉眼就日進斗金。」

第二個意想不到的情勢逆轉令他驚愕不已，賽克利仍然盯著信：「媽媽咪呀，巴布！我真不知道該說什麼了。」

這時帳房的注意力轉向他處：「小男孩拉袞呢？我希望他沒有造成你太大困擾？」

「不，一點也不。他在印度號上等待——現在已經收拾好行李，準備去找姨丈。」

巴布皺起眉頭：「關於這件事，實在很不巧。拉袞的姨丈潛逃離開澳門了——目前去了內陸，尋不到人。不過無所謂，這我等等再和拉袞解釋。」

「我讓他待在印度號上——你到那裡就找得到他。」

兩艘小船漸漸分開時，賽克利突然想起一件事。他轉過頭，兩手圈住嘴：「巴布，我交給你的信呢？我是說我麻煩你轉交給寶麗．蘭柏小姐的信？」

「她收到了，西克利少爺！」帳房喊了回去：「別擔心——信件已經成功交到她手裡了！」

＊

印度號一抵達，梅上尉遂和副官前往韋爾斯利號，與布爾利上校和伯麥指揮官會面。軍官不在家，克斯里一點也不介意：他們的離開讓他總算有機會認真關心印度兵和隨營人員。過去幾天發生的事——閃電襲擊、桅杆斷裂、慘重死傷，讓許多人的心理狀態深陷難以承受的震驚悲傷，心神不寧。到岸後，他們尚未從麻木難過的情緒中甦醒：很多人失魂落魄地在甲板上悠晃，盯著不熟悉的陌生環境，愣愣聆聽周遭小販船的喧鬧聲。

克斯里心知肚明他們需要看顧照料，但他還來不及行動，一組外科醫師和醫生已率先來到船上，監督撤離。人多手雜，亂了陣腳，克斯里也忘了命令士兵先下甲板。這個疏忽實在不妙，事後他怪自己反應太慢，讓眾人旁觀撤離過程。

需要撤離的傷患沒幾個能運用平時慣用的登陸設施，舷梯和起重機不適合重傷傷患，於是他們架起特殊吊車，使用絞盤將懸掛擔架的他們送上等候小船。

自貨板運上擔架的過程中，受傷橫笛手發出錐心刺痛的尖叫聲，光是聽見這陣叫喊就夠折磨人了。撤離受傷學者時情況甚至更慘，他面朝下、固定不動躺在貨板上，然後搬出醫務室。自甲板上抬起擔架時，這名學者忽地坐直，宛如被絲線猛然扯一把的木偶。他雙眼充血，目光瘋癲地掃視甲板，接著發出令人背脊發涼的尖叫，淒厲喚了死神閻羅的名字。

等到擔架送上小船，學者已經沒了氣息。

*

印度號一下錨，查狄格就雇了一艘舢舨，前去尋覓羅賓·錢納利。對詩凌百來說，感覺他已離開許久，就在她當真擔心起來前，他心情雀躍地回來了。

一切都安排妥當，他告訴詩凌百。羅賓替詩凌百在澳門找好的租房已經準備就緒，現在只等她入住。

詩凌百鬆了口氣：「那可真是好消息，查狄格大哥。我希望你已經替我向羅賓好好致謝。我還以為出了什麼狀況呢！」

查狄格連忙道歉：他花了點功夫才找到雷路思號，找上羅賓的時機很湊巧，因為他也正準備陪同英國艦隊航向北方。

「為什麼？」詩凌百吃驚地問：「他打算加入海軍嗎？」

她的猜疑令查狄格啞然失笑：「不，夫人，羅賓是最不可能參戰的人，他其實是以藝術家身分跟著去的。他告訴我，現在軍隊流行找畫家同行，記錄英勇事蹟和勝利場景，好讓後代子孫認識戰爭過程。有名上校邀請他，他抗拒不了這種難能可貴的機會，明天就會出發。」

「可惜了，」詩凌百失望地說：「我本來還希望見上他一面。」

「他也很想見妳，夫人。廣州爆發鴉片危機時，他常去巴蘭吉大哥的家裡，所以本來想親自致上哀悼之意，只是不巧今天沒空前來。但他要我代為轉達心意，還說等到他回來後，會親自來見妳一面。他朋友寶麗也會一起來。」

「她也在那裡？」

「是的，夫人，而且她改天想過來看妳。妳知道，巴蘭吉的遺體尋獲時，她人也在香港。」

「哦？」詩凌百說：「這件事我並不知情，還真是意想不到的巧合。」

「不，夫人，其實算不上巧合，寶麗時常待在島上。」

查狄格轉過身，朝香港的方向指了過去。「妳看見那座高山了嗎？寶麗的監護人潘洛思先生為了植物收藏，在那裡蓋了一座苗圃。由於潘洛思先生長年臥病，所以苗圃都是由寶麗親自照料：她每天都去。」

「自己去？」

「對，夫人。她常自己去，身著馬褲夾克，也沒人找她麻煩。巴蘭吉過世那天，她正好也上山了，苗圃正好可以清楚眺望海灣和岸邊：寶麗注意到山腳下的騷動，便匆匆趕往苗圃下方的海灘，然後在那裡看見維可、巴蘭吉的祕書、阿拿西塔號的幾位印度船工，全圍繞在巴蘭吉的遺體旁。」

詩淩百默默不語，雙眼凝望逐漸逼近的小島。「我想見她一面，查狄格大哥。」

「我相信很快就有機會的，夫人。她也很想見妳。」

*

光線昏暗的小隔間陰影裡，拉裘麻木聽著巴布．諾伯．開新報告壞消息：他父親人不在澳門，目前已經去廣州工作，由於珠江暫時封鎖，故聯絡不上他，即便是捎出消息都可能有風險，害他蒙受懷疑，儘管如此，他們還是應該試一試……

聽巴布說了一會兒後，拉裘打斷他：Apni chithi likhechhilen na? 你有寫信給他吧？你通知他我要來了嗎？

有，當然通知了，巴布．諾伯．開新說。但那封信肯定沒送到他手裡，他一定是在收到信之前就離開澳門，等到我抵達岸邊他已離開，自那時起我就聯絡不上他了。

拉裘聽不進他的解釋，他轉身面對巴布．諾伯．開新，彷彿一切都是他的錯：可是為什麼？他為什麼要走？他為什麼不等我？

因為他不知情啊，巴布．諾伯．開新說。這不是你爸爸的錯，他怎麼可能想到你會親自來找他？

要是他知情，肯定會留著等你的。我們現在只需要傳遞消息給他，我敢說他一定會回來找你。

可是那之前我該怎麼辦？拉袞愕然大喊。我要待在哪裡？跟著誰？

男孩的語調越來越焦慮，讓巴布．諾伯．開新不由得跟著慌張起來。

聽我說，拉袞，他說。明天我會搭朱鷺號前往北方，瑞德先生是船長，如果你願意，可以在船上當小廝，跟我們一塊兒去。

不！拉袞喊道，他的眼睛閃閃發亮。我才不想上另一艘船！我在印度號上明明有朋友，為何要棄他們而去？我父親已經不在我身邊，難道這樣還不夠嗎？你希望我連朋友都沒有嗎？

充滿指控的聲調令巴布．諾伯．開新只能抬頭乞求上蒼垂憐——He Gobindo, he Gopal! 他低聲咒罵這全是他自找麻煩的下場：要是當初在加爾各答時，他沒去找這男孩和他的母親，今天就不會擔下這種爛攤子。

這一生中，精神導師塔拉蒙尼媽都替他下許多決定。她一直用充滿母愛光輝的眼神看待尼珥，於是從中國回到加爾各答的路上，她決定派巴布．諾伯．開新去找他妻子。她對他說，你的責任就是通風報信，去告訴這個可憐女人，她丈夫目前還活著、將來勢必返家，帶她和拉袞離開加爾各答，遠走高飛。

雖然巴布．諾伯．開新不太確定，卻還是乖乖遵從塔拉蒙尼媽的指示，以為他的責任會就此告一段落，卻從未想過自己居然會深陷危機，沒想過任性倔強的小男孩聽到消息後，竟會對他苦苦哀求、連哄帶騙、提出頑固要求，巴布．諾伯．開新本來是區區一名信差，這下卻得幫他尋找父親。

巴布．諾伯．開新已經盡自己所能抗議、駁回，但反抗無效，都怪他那可怕古怪的弱點：對小孩天生沒轍的恐懼。雖說這名帳房面對詭計多端的白人老爺和冷酷無情的地主很有一套，卻對小孩的任性要求一籌莫展，不是因為他容易心軟，而是他深深懼怕小孩，對他們的可怕力量無能為力。當孩子的靈動大眼轉為憤怒或失望，對他可說是天大的折磨。他願意無所不用其極避免這種詛咒，偏偏拉裘似乎看穿他的弱點，開始以有利攻勢進攻，乞求、懇請、哄騙、威脅，樣樣都來。

男孩的母親倒也無意阻止這孩子，反而加入兒子的行列，幫忙央求：拉裘留在加爾各答也沒用，她說。他焦躁不安，連我也管不了他。要是繼續留下來，我只怕他學壞，所以最好還是順他的意，讓他去找父親吧！

於是巴布·諾伯·開新強迫賽克利接手，帶這孩子去中國，還信心滿滿尼珥仍在澳門，可以接回他兒子。

怎料這下事與願違……

你聽我說，拉裘，巴布·諾伯·開新說。打從一開始我就警告過你，這趟過程不輕鬆，可是你無論如何都堅持要來。所以現在請你耐住性子：我會幫你安排的，這我可以向你保證，但你得耐心等候。

聽到這番話，小男孩閃著巴布·諾伯·開新最害怕的眼神——受傷失望的無辜大眼：等候？我還要等多久？

帳房慌亂心煩地起身：我不知道，總之我得先走一步，我得去找竇提先生。在我離開這段時間，你好好思考接下來該怎麼做。

巴布·諾伯·開新就這麼消失，獨留拉裘蜷縮在角落。

小男孩淚眼婆娑，眼前彷彿又再度浮現兩年前父親在加爾各答自家遭逮的畫面。他們本來在屋頂上放風箏，管家上來通知他，警察局長率領一組武裝警察抵達。拉裘還記得父親要他在屋頂等著，十分鐘後他就會回來。於是即使父親已被馬車載走，拉裘仍傻傻待在原地等他。

他現在再度感受到遭人拋棄的冰冷絕望，這感覺跟當初似曾相識，只是現在他已經長了兩歲，不再相信承諾。他知道他不能空等巴布·諾伯·開新或誰為他決定命運：為了和父親重逢，他得自己掌握命運，但這個想法只讓情況雪上加霜，畢竟他壓根沒有頭緒，不曉得該何去何從、從何下手。

這時區隔隨營人員艙房和小隔間的木板上傳來一陣熟悉的敲門聲，然後他聽見迪奇的聲音：

「Arre，拉袞？你還在嗎？」

「還在。」

「怎麼了嗎？我以為你去了那個叫作澳毛的地方。」

「不，我去不了了，姨丈已經不在那裡。」

「那你現在怎麼辦？」

「我不知道，欸。」

兩人陷入沉默，然後迪奇說：「Arre，你知道嗎？你可以加入我們樂隊啊！我們需要更多橫笛手，欸。今天橫笛總隊長才在說呢！」

＊

軍官們從韋爾斯利號開會回來後，日光已逐漸消逝。生氣勃勃的短號手帶隊，副官腳步雀躍登上印度號舷梯，抑制不住興奮地你一言我一語。

「錯過這次行動是我們運氣不好啊……！」

「喔，我真希望有大開殺戒的機會……」

梅上尉走在最後面，嗓門卻硬生生壓過其他人：「你們可以打包票這群愛爾蘭佬離開後，絕對不會胡扯他們在北方小征戰的豐功偉業……」

克斯里聽著他們交談，立刻明白孟加拉志願軍不需要立刻部署。這可是好消息：經過近來的事件，部隊目前的狀況並不適合出航，更別談出任務。他只希望他們盡快上岸，在陸地紮營。

當天稍晚，克斯里被召喚到梅上尉的艙房聽取報告，並得知他猜測正確無誤：大多遠征隊士兵隔日將挺進北方，到舟山部署，B連則留守印度號，他們將在香港周圍，跟皇家海軍的另一組分遣隊共同保衛商船和所有該區的英國人。

「不能參與這次行動實在可惜，」梅上尉說：「但統帥部已經下了決定，經過這番飄洋過海的折騰，我們需要時間恢復。」

「多一點時間是好事，上尉。」克斯里低聲說。

梅上尉面帶狐疑瞥了他一眼：「怎麼了，中士？你在想什麼？」

對克斯里而言，最值得擔心的莫過於隨營人員短缺的情況：他很清楚要是炮彈手人手不足，他們的迫擊炮和榴彈炮就難以發揮實力。

「我們失去很多隨營人員，上尉。尤其是炮彈手，我們需要更多人手。」

「關於這件事，我也不曉得能怎麼辦，」梅上尉說：「只怕我們在這裡是召集不到炮彈手了。」

「長官，或許我們可以召募水手？」

「若真有必要，或許吧，」上尉說：「遇見適合人選就通知我一聲吧！」

「好的，長官，」克斯里說：「那我們何時上岸，長官？這你知道嗎？」

梅上尉的答覆令人失望透頂。

「中士，我們暫且留在印度號上，決定權落在窩拉疑號的史密斯上尉手裡，現在整體南防區由他負責掌管。」

梅上尉攤開一張航海圖，指出他們的方位。克斯里看見珠江口形狀猶如一只反轉漏斗，杯腳指向北方。香港島和澳門海角分別處於漏斗邊緣的兩端，間距四十英里。印度號的目前位置較接近澳門，但梅上尉告訴他，他們很快就會移師香港灣，大多英國商船都停泊在那裡。上尉的指尖徐徐沿著航海圖往上走，穿過好幾堆島嶼，來到漏斗碗狀和杯腳的銜接部位。

「這就是虎門，中士，」上尉說：「有人稱之為虎頭門。」

克斯里曾聽印度船工提過這個地名：他們管這裡叫 Sher-ki-mooh，「虎口」。

「戒備森嚴的地理位置，」梅上尉說：「要是這個防區當真爆發戰爭，虎門絕對首當其衝。」

＊

巴蘭吉的墳墓位於碗狀山谷的遙遠邊際，四周環繞著陡峭山脊。他們搭乘抵達香港的船隻停靠在名為上環的村莊，然後他們在上環租了幾匹馬和一名嚮導。嚮導向福瑞迪解釋，墳墓所在地是一個名叫黃泥涌的地區，或稱「跑馬地」。他們沿著海岸路線前往海灣東邊，然後一個左拐攀上山脊，來到低矮山谷。

山谷地遍地覆蓋著稻米田，其中一些田地使用竹製渡槽灌溉。山谷另一側是飽經風霜、陡峭垂直的大理石縱截面，頂端欹著一呈橢圓形的巨大卵石，卵石底端有一堆紅紙旗幟和線香。嚮導告訴福瑞迪，這塊岩石的名字是「妓女石」，是婦女的求子聖地。

巴蘭吉的墓就位在山谷另一側：碑石十分簡單樸實，並無任何裝飾。墓碑僅僅刻上幾個碑文文字：巴蘭吉・納魯茲・摩迪。

「我們決定不刻上多餘文字，」查狄格滿懷歉意地說：「畢竟不確定家人想要刻寫什麼。」

詩凌百頷首。「當然，這麼做是正確的。待時機成熟，我們就加上拜火教經文。」

福瑞迪供奉他帶來的鮮花素果，詩凌百則低聲唸著拜火教保佑禱文。福瑞迪這天話很少，回到上環才又開口。

「別生我的氣啊，夫人，」他說：「但我不打算跟妳一塊兒去澳門。」

「那你要去哪裡？」詩凌百驚訝地問。

「我會留在這裡，上環村。嚮導已經告訴我了，這裡有出租房間，對吧？」

「你為什麼想留下來？」

福瑞迪壓低嗓門，說話的聲音化為喃喃細語：「我父親在這裡，我感覺得到。他希望我留下來。」

第十四章

英國軍隊一抵達，中國政府提供賞金捉拿滅除外邦人的謠言四起，珠江口附近多處傳出外邦人與當地村民發生衝突的消息。

香港島始終是世外桃源：這裡是外國人難得不用擔心受怕、尚可自由走動的中國領地。好幾個世代以來都有陌生人造訪小島，經年累月下來村民已經很習慣他們的存在，不少人甚至從中受益，把島上最高山坡地租給菲奇・潘洛思當作苗圃的上環村老人就是一例。

菲奇選擇這個地點不是為了便利：通往山上時會先經過一片與世隔絕的沙灘，隨著地勢陡峭而上，路徑繞著幾條支脈和峽谷蜿蜒曲折，形成髮夾彎。這段山路費力難行，菲奇的老骨頭常常受風濕發作折磨，好幾度曾連續數週無法爬山。

某些方面來說，位處高山也有好處：菲奇很早就發現小島的低窪地皆為沼澤濕地，飽受蚊蟲肆虐，相較之下，高山山坡倒沒這種煩惱。此外，高山土壤也較肥沃，加上溪水沿著小島的高聳陵地汩汩流淌，水源豐沛。由於在窪地半隱半現，這裡也遠離暴風雨侵襲。

從這個地勢可一覽香港灣和九龍的絕美風光，雖然對於長久以來都是近視眼的菲奇來說，景色無關緊要，對寶麗來說卻彌足珍貴：通往苗圃的小徑景致無比動人，對她而言，即使坡道陡斜，爬山都是一大享受。

島上居民稱這座高山「太平山」，意思是「和平之山」，就寶麗看來，這名字取得再適合不過。山坡靜謐安寧，在山上她從不擔心個人安危。她在苗圃時覺得安全無虞，尤其因為苗圃聘用的兩位園丁是一對上環村的和善中年夫婦，和他們在一起時，寶麗感到很安心，從不覺需要攜帶武器。

但是英國艦隊抵達後，島上氣氛詭譎驟變：襲擊異邦人的謠言四起，於是菲奇堅持寶麗要隨身攜帶幾把手槍，而她為了讓菲奇安心，也照他的意思做了，但她仍從沒想過有天她會慶幸自己隨身攜帶武器。但是這天卻當真降臨了。

某天工作結束，寶麗從苗圃返家，走到沙灘時，她看見來迎接她的雷路思號大艇，並瞥見一位樣貌詭異的陌生人，兩手環抱膝蓋，坐在沙灘上。

這片沙灘很少引來遊客，前來的寥寥數人往往都是當地漁民，可是這男人看著明顯是外地人：一身長褲、破舊夾克、帽子。

他也同時注意到寶麗到來，於是立刻起身。寶麗這下看得一清二楚，即使對方穿著歐式服飾，卻不是她起初以為的白人，面容輪廓明顯是中國人，年紀不輕，卻未達中年，雙頰眼窩凹陷，蓄著一綹鬍髭。他凌亂邋遢的外表教人惴惴不安，寶麗心生警戒，掀開小背包蓋子，準備隨時掏出手槍。

接著這男人露出令她渾身一顫的眼神，她忽然想起去年在同一片沙灘的偶然奇遇，當時也是對方先認出她，並在她眼底燃起似曾相識的閃光。

「寶麗小姐？」

男人摘下帽子鞠躬，打招呼的姿態既如歐洲人，也像中國人。

「不好意思，」寶麗說：「請問我們認識嗎？」

「我的名字是以法蓮．李，」他將帽子擺在胸前，一臉嚴肅回答，「大家都叫我福瑞迪。但妳可能記得我另一個名字？阿發，之前也在朱鷺號上。」

Ciel（天啊）！寶麗的手蓋住她驚訝張開的嘴，「你是怎麼認出我的啊？」

他微笑：「朱鷺號離奇牽起我們大家的命運，是吧？」

她之前只從遠方看過他，對於他的樣貌，她唯一記得的是他整個人散發出微弱的危險氣息，並非來自他那有稜有角、不帶笑意的臉孔，而是他渾身鼓脹勃發的肌肉線條。然而她現在卻感受不到那股危險氣息，無論是臉孔抑或他的架勢，他反而像是遭受欺凌威脅的人。

「你怎麼會來這裡，李先生？」

「欸，我一直都在找這個地方，寶麗小姐。」

「哦？你以前來過這裡嗎？」

他搖搖頭：「不，不過應該算是看過這裡吧？」他說得理所當然。

「你看過這裡？什麼時候的事？」

「夢裡。所以我今天看到時，就認出這個地點了。我知道這裡就是巴蘭吉・摩迪先生遺體尋獲的地點。妳當天也在場吧？這是我教父卡拉比典先生說的。」

寶麗赫然想起，他是摩迪先生的私生子：遺體發現那天上午，尼珥曾向她提及此事。

「我很遺憾你父親過世了，李先生。」

他輕點了一下帽子，表示收到她的心意。寶麗注意到他做這動作時手不住顫抖，而他似乎也有察覺，於是兩手交握，似乎想要手安定下來。接著他朝突出的岩石陰暗處輕點了一下頭。「寶麗小姐，我們可以坐下來談幾分鐘嗎？也許妳可以告訴我當天妳的所見所聞？說一說我父親遺體尋獲那天發生的事？」

她想不到拒絕的理由：「好，只要是我記得的事都告訴你。」

找了一塊野草地坐下後，寶麗款款描述起那天的狀況。當時她一走到沙灘，便目睹一群印度男人正圍繞著一具赤裸遺體，出乎意料的是，其中一人竟主動走向她，眼底閃著認出她的光芒。

「尼珥？」

「沒錯，正是尼珥，但他要我別這樣稱呼他。」

他頷首不語。過了一會兒，福瑞迪用緊繃憂慮的聲音問道：「寶麗小姐，有件事我想要問妳。那天上午妳是否看見我爸船上懸掛著一把梯子？」

寶麗這才驚覺她遺漏了這個重要環節——當天上午，懸掛於阿拿西塔號的繩梯，的確吸引了她的目光。這個景象令她困惑不解：為何水面上掛著一把梯子？梯子是誰要用的？用意為何？

「是的，確實有一把梯子，」她說：「我看見梯子懸掛在摩迪先生的船上。你是怎麼知道的？」

「我偶爾也看見那把梯子，」他說：「我是說在我夢裡啦！」

他轉頭望向她，問道：「寶麗小姐，妳介意我哈一管嗎？」

「不介意。」她以為福瑞迪會掏出一包菸草，沒想到他手探進夾克口袋，摸出一條長煙槍和一小只銅盒。

兩手顫抖、抽搐、消瘦臉龐，這下全說得通了。她發現他有癮頭及輕微戒斷反應，目光卻忍不住帶著新穎的好奇猛盯著他瞧。

收到賽克利來信的這幾週，寶麗不斷思索著鴉片和鴉片的療效。這封信的到來宛如一顆震撼彈：她深受傷害，甚至不得不自問，她最深刻的企盼和信念是否不過是一場幻覺，猶如鴉片煙產生的白日夢。寶麗記得甫抵達模里西斯時，她曾去旁波慕斯的植物園等待賽克利。她猶記得植物園內荒蕪無人、草木叢生，對她來說這裡正是她內心的伊甸園，而她則心甘情願在那裡盼望著她的亞當。她以為他們的愛情更勝保羅與維珍妮[20]，這對愛侶的命運常令她感動涕零，因為他們會自由自在、你情我願實現愛情。她願意在這座植物園忘情將賽克利擁入懷裡，兩人在閃爍星空下身心結合，這是他們想像的小島，而不是禁錮的現實世界，命運全憑自由意志決定，他們兩人的身體則在純粹真實的生命本質驅使、狂喜渴迫下結合。

她在前任館長的廢棄植物園屋裡悠忽晃蕩，撞見一間適合兩人初夜的房間，並在地上搭出一個小窩，而不是一張床，畢竟想當然伊甸園不會有床吧？接著再將花瓣灑上床單，並把青蒿[21]花環掛在窗上。她還記得日日夜夜等不到賽克利時，她暗自垂淚，然而這些夜晚並未隨著淚水流逝。她無數次在內心重現這無數夜晚，想像著她再次見到賽克利的畫面，每每都發生在小島上，穿著襯衫和及膝褲的兩人，思念渴望地奔向彼此。

而她欣喜珍藏的這些回憶，卻在收到賽克利的信後驟然消逝，他毫無解釋便斷然切割兩人關係，她試著理解，卻老是想不透他是為何突然改變心意。寶麗只覺得滿心羞愧，憎怨著自己天真愚傻，恨意是如此強烈，她只想找尋一個出口。她恍神著迷地凝望福瑞迪烤好一小滴鴉片，接著開始吸食，效果立竿見影：他不再抽搐，兩手也穩定多了。他闔上眼皮，深吸幾口氣，然後才慢慢開口。

「寶麗小姐，為何有梯子啊？要做什麼用的？」

「我不知道，」她說：「我也一直想不透。」

他露出如夢似幻的淺笑：「等阿拿西塔號回來後，我們也許就能找出真相，欸？」

「阿拿西塔號會回來嗎？」

「會的，」他說：「會回來的——我已經在夢裡預見這個畫面了。」

他們兩人陷入一陣沉默不語，只是靜靜坐著，陪伴彼此：自從寶麗收到賽克利的信之後，這是她

20《保羅和維珍妮》（*Paul et Virginie*），雅克・亨利・伯納丁・德・聖皮耶爾（Jacques-Henri Bernardin de Saint-Pierre）於一七八八年出版的小說，故事背景是法國殖民時期的模里西斯，描述兩個青梅竹馬的愛情。

21 Arttemisia abrotanum，別名Southernwood，也稱鹼蒿，花語是「害羞」。

第一次感受到心靈的平靜。她感覺福瑞迪內心的空洞，超過那封信帶給她的傷害。他們兩人之間除了朱鷺號的羈絆，現在又多出她對福瑞迪產生的強烈惺惺相惜之情。

要是時間充裕，她很想借他的鴉片煙槍哈上一口，無奈下一秒卻瞥見前來接她回家的雷路思號大艇已經抵達小島。

＊

艦隊挺進北方後一週，克斯里得知南防區的軍士史密斯上尉下令印度兵離開印度號，他準備讓印度兵在一座名叫沙洲的小島紮營。

克斯里如釋重負，由於好幾個月來只能待在印度號上，當真沒有比移駕陸地更令人開心的安排。但和梅上尉登島巡視之後，他的興致一掃而空。

沙洲距離香港不遠：位在通往珠江口的半途，外國人稱為塘沽灣的小海灣。南邊是伶仃島峭壁，北邊是塘沽海角，可見一組中國兵分遣隊正在塘沽海角操練。沙洲本身是景色荒涼、強風侵襲的小島：三座低矮山丘上不見樹木，寸草不生，很難想像比這裡更鳥不生蛋的地方，無奈命令就是命令，他們只得苦中作樂。

他們挑了兩座山丘之間的窪地，區劃出印度兵和軍官帳篷的分隔線。翌日一組船伕、旗手、杆手、帳篷手登島協助紮營，幾天後整組分隊人馬便移師島上，印度兵、隨營人員全背著行囊、設備和武器登陸。

等到安頓好營地，分隊很快就進入早晨操演和日常檢查的規律節奏：其他時候他們則躲在毫無用武之地的帆布帳篷內，等待暑氣消散。

每隔幾天，軍官就會跑到澳門或香港灣，但印度兵和隨營人員沒得逃：對他們來說，小島就像一座監獄營地，一個惱人不適又無聊至極的鬼地方，除了偶爾幾艘販船來訪，生活毫無樂子可尋。

有天，克斯里絞盡腦汁思考要怎麼排遣無聊時，靈機一動，想到挖掘一個摔角場，梅上尉說樂見其成，克斯里遂即刻動工：在幾名印度兵和隨營人員協助下，他在某個可以遙望粼粼蔚藍江口的地點，掘了一個坑。多日來混合薑黃、油、酥油，確實準備土壤，等到摔角場準備就緒，克斯里朗誦哈努曼禱文，親自啟動場地。

摔角場的效果正如克斯里預期，成為眾人抒發宣洩鬱悶心情的管道，奠定同袍之間的情感，讓他們每天都有值得期待的事。若真要說，摔角場的效果比之前在加爾各答來得強大，克斯里也沒漏掉隨營人員，掃地工、洗衣工、理髮師等人皆可參與，小試身手。某些印度兵對此頗有微詞，但克斯里卻引述修道場不可褻瀆的原則，世俗階級並不重要，所有人皆生而平等。至於隨營人員的力氣不及印度兵的異議，旋即就證明大錯特錯：好幾個炮彈手、炮兵、水伕都是體型碩大、肌肉結實的男子漢，在摔角場裡絕對可以獨當一面。

不多久，摔角場的消息傳遍小島，有天來了幾位皇家海軍，探問是否可以參加摔角。後來才發現他們對英國白人的拳擊較有興致：也就是以拳擊為主的運動，是克斯里厭惡的格鬥形式，對他來說這種格鬥只不過是幹架動粗。於是克斯里警告海軍，要是真有意踏入摔角場，就得遵守規則，他們欣然接受，成為日漸擴大的摔角圈一分子。

有天，梅上尉從香港灣回來後，宣布一位年輕帕西商人甫從馬尼拉搭私船抵達香港，據傳他有個印度船工是武藝高超的摔角手。這名年輕帕西人熱愛運動，迫不及待想要見識他的船工在摔角場上的表現。

再過幾天就是對摔角手意義非凡的日子：蛇節慶典。克斯里特別為這一天規畫錦標賽：唯有出色摔角手有資格參與這場特殊賽事。他告訴梅上尉，歡迎這名印度船工來小試身手。

摔角比賽即將開始時，有艘載著十幾名槳手的單桅快速帆船慢慢逼近。一位下巴寬厚、肩膀寬闊的年輕人率先下船，和梅上尉握手。他穿著一身西式服裝，克斯里左看右瞧，覺得他每個角度都像是英國白人。但梅上尉帶他上前時，克斯里才赫然發現他就是那名帕西商人，他的名字是丁雅爾・菲多恩杰，而他的印度船工則受邀參與摔角比賽。

跟克斯里寒暄幾句後，年輕商人手指向他的單桅快速帆船：他說摔角手是其中一名槳手。其實他無需特別指出，即便是坐著，印度船工也比其他槳手高大威武。緩緩起身時，他的身體猶如一把折疊梯子，徐徐延展打開。等到他完全站直，可以看出他的肩膀幾乎與船身同寬，手裡握著的槳則猶如一根火柴。跟其他船工不同的是，他並未穿著寬鬆便褲，而是灰色長褲及白上衣，跟他的黝黑肌膚形成鮮明對比。他的頭型與身形相符，寬闊方正，碩大結實，但彷彿有意彌補他那令人望之膽怯的外型般，這名船工的臉部表情極度謙和溫吞。望著他搖搖欲墜的步態，克斯里心想，搞不好他行動遲緩，在摔角場上，他的高大體格和體重反而可能成為不利因子。

但就在他褪下衣褲，僅著摔角褲時，印度船工的態度迥然巨變。他一掌拍向胳膊和胸口，克斯里謹慎注視著他稍微暖身的姿態：他的暖身操表現出乎意料地流暢敏捷，當他踏進摔角場，姿態也一如克斯里之前見過的優秀選手：完美平衡，頭部擱在前腳上方，下巴精準對齊膝蓋。

這名船工遇上的第一個對手是一位肌肉發達的年輕印度兵，也是克斯里的得意門生。印度兵最近精通了一種叫作sakhi的格鬥技，比武一開始就使出大招，直直撲上船工右臂，並試圖用腳箝制對方膝蓋，給他一記重摔。

船工卻不費吹灰之力擋下這一記攻擊，扣住對方的腳，流暢反轉局勢，轉為主導地位，克斯里看得出這一記是施展完美的dhak，不消幾秒印度兵就被壓制在地，較量結束。

下一個登場的是體型歸屬於重量級的海軍：他最擅長的絕招是稱作kalajangh的拋摔，先是俯衝至對方胸口下方，再擒住大腿、翻摔對手。其實這個技法很普遍，克斯里也已經料到這名水手知道該如何擋下這一招。果不其然，衝上前的海軍卻在半空中扭打，過一會兒他以腹部著地，努力不讓對手翻過他的身體，卻徒勞無功。

奇怪的是即使這名船工贏了，卻未露出一絲開心神情：他沒有做出印度摔角手得勝時的慣用手勢，反而低垂下頭，一副尷尬模樣。其他兩個人躍躍欲試，但下場都沒比前面幾個人好：船工將兩人壓制在地，展現幾套bhakuri及bagal dabba等複雜招式。

就在此刻，克斯里感覺到他的選手轉過頭望著他，彷彿好奇他是否準備親自上陣，拯救他們的名譽。當然他沒令眾人失望，再說就連他自己也好奇，要是跟這名水手較量，結局會是如何。他喃喃唸完哈努曼禱文，踏上摔角場。

足足好幾分鐘，克斯里只是跟這名船工試探般地周旋，佯裝出手，兩人都試圖逼對方草率出手。最後克斯里以multani發動攻勢，旋轉後腳跟，試著從後方襲擊船工，卻不料反而被船工繞到他背後，逼他使出防衛性蹲伏。

過去克斯里會使用dhoti-pat逆轉局勢，也就是對敵手使出過肩摔的絕招，這動作很類似拍打衣服的洗衣工，但沒想到船工居然也知道該怎麼破解攻勢。剎那間，克斯里已經仰躺在地，掙扎著努力不讓肩膀碰觸地面。

船工感覺他只差一點就可將克斯里壓抵在地，便以肩膀猛力壓制住克斯里的胸部，並準備使上全身力量。這時兩人的面孔差距不到一尺，四目相接。船工本來打算使出最後一擊，卻在這時發生一件不可思議的事：他震驚猛然鬆開手，彷彿望進克斯里的眼睛時，發現某樣難以置信的東西。那一瞬間，他渾然忘我到忘記自己正在比武，鬆懈了原本的緊迫壓制。克斯里逮住這一良機，迅速將他反轉過來：一秒後就將對手壓制在地。

這場命運扭轉令人費解，但是克斯里對船工莫名感激：他不希望在自己隊友面前輸掉比賽，於是很高興逃過這場命運。不過他心知肚明，船工的摔角技術比他優秀，所以事後下了摔角場，他問船工：剛才發生什麼事了？Kya hua?

克斯里說著印度斯坦語，船工卻以克斯里的母語回答：Hammar saans ruk goel ——我只是突然耗盡氣力。

克斯里詫異地說：tu Bhojpuri kaha se sikhala? 你的博杰普爾語是在哪學的？你是哪裡人？

船工告訴他，他是在加齊普爾一間基督教孤兒院長大的，而他的名字是由兩名牧師的姓氏組成的：馬杜．科弗。

加齊普爾？克斯里說。每次只要提到這座小鎮，他就想到妹妹狄蒂。你是說有鴉片工廠的小鎮？對，就是了。

這男人與他的相似之處令克斯里感到奇異，久久說不出話：兩人都是摔角手，因為蛇節而結緣，兩人都跟加齊普爾有所淵源，這一切似乎都在暗示，他倆命運似乎糾葛交纏。

在那一瞬間，克斯里內心油然冒出一個想法：Sunn ——你聽我說，我的分隊需要強壯的人手幫忙扛沉重槍炮。你願意加入嗎？只有這段期間而已，而且酬勞很可觀喔！

水手從容不迫，眺望大海，抓了抓頭，最後才轉頭答覆克斯里。

好，他最後開口道，接著若有所思、慢悠悠地頷首，要是你安排妥當，而我目前的老闆也不反對，我就加入。

*

重返朱鷺號對賽克利而言就像回到老家。

這是他以菜鳥水手、木匠身分離開巴爾的摩後，首次登上的船。如今時光飛逝，三年過去，他以船長的身分再度回到朱鷺號！他所經歷的改變劇烈非凡，暗示肯定有另一個世界的力量介入：身為水手，賽克利曉得有些船擁有自我意志，甚至靈魂。他毫不懷疑他是多虧朱鷺號的計謀，才能經歷這等轉變。

朱鷺號彷彿認出他，熱情歡迎似的上下輕點著船首斜桅，對此賽克利一點也不吃驚。可是卻沒有一個船員是熟悉面孔，前幾趟的印度船工已不復在，全新船員都是在新加坡招聘的人手，主要是馬來西亞和馬尼拉人。大副也是陌生面孔：一位是人高馬大、沉默寡言的芬蘭人，另一個是來自巴達維亞的陰鬱荷蘭人。除了操縱縱帆船的溝通，他們無法交談。後來賽克利卻發現，這反倒不失是件好事，無話可說就不易起衝突，可以和睦相處。

賽克利接受的指令是和另外兩艘航向北方的鴉片運輸船同行：一艘三桅船，一艘雙桅帆船，兩艘都是自由貿易商的船，其中較年長的貿易商是名為菲利浦・弗瑞瑟的蘇格蘭人。年輕圓滑，總是打扮講究的弗瑞瑟先生較像醫師，而不是船長。後來賽克利才得知，弗瑞瑟果真本來在愛丁堡讀醫，後來才東往，加入在中國從事貿易、事業有成的叔叔。由於他是三名船長中經驗最老到的一人，於是大家默認他就是這趟同行船隊的領導人。弗瑞瑟先生帶領週日禱告，也傾囊相授中國海岸鴉片販商近期開始使用的特殊密語，要是海關官員沒收帳本，仍可瞞天過海。

頭兩天，這三艘船都跟著遠征艦隊往北航行。到了第四天，弗瑞瑟先生發出事先說定的暗號，他們就轉向前往東方。他們航向福州港口，行駛到遙遠海平面，弗瑞瑟先生說，他們可以在這裡安穩等待買家上門，不用怕官方騷擾，中國官船很少大老遠跑到這片海域。海盜反倒是比較可能的威脅，但弗瑞瑟先生信心滿滿，海盜其實也深怕英國艦隊，所以會避而遠之。但為了商品的安全著想，他們夜裡還是要謹慎戒備，持續觀望，隨時備好槍炮。

夜裡，三名船長在弗瑞瑟先生的雙桅帆船上碰面晚餐，每個人都帶來幾箱鴉片，說定了要是有船隻趨前，便交由弗瑞瑟先生觀察，並決定是否是為誠意十足的買家，若是的話，他可以代表三名船長議價，其他兩名船長則留在船上瞄準槍炮，以防東窗事發。

但交易過程完全用不到槍炮，當晚交易進行得格外順利輕鬆。約莫午夜時分，西北方閃現一道光，趨前而來。燈籠光線來自「快蟹船」，也是中國內陸交易商最喜歡的船種。弗瑞瑟先生的翻譯員朝小船招了招手，兩方很快談定交易。三十六箱鴉片的交貨過程，只耗費不到一個鐘頭。

事後賽克利去領取他的交易所得，驚覺鴉片售價比想像中來得豐沃：每箱一千四百西班牙銀元。他洋洋得意到飄飄然，頓時發現他現在的身價財產足以買下一艘像是朱鷺號的船，「鴉片買家是誰？」弗瑞瑟先生解釋，買家是中國海岸一名主要鴉片批發商的中間人，番鬼都叫這名批發商林聰或陳良。

「他是個不得了的狠角色，」弗瑞瑟先生哈哈大笑，說：「我們的陳良啊，要是光看外表，你可能以為他是偉大的朝廷命官，模樣多了不起又浮誇，但說起英語來，他卻跟個英國佬沒兩樣，而且是標準倫敦腔。」

陳良的故事特別到你想像不到，弗瑞瑟先生繼續道。他小時候在廣州為一位名叫克爾的英國花草收藏家當小廝。幾年後，克爾先生派遣他去倫敦當植物採集員，他在裘園這一待就是好幾年，後來回到廣州，開始種植自己的苗圃，接下來擴展事業，一腳踏進「黑泥」產業，目前在中國南方成功打造出最大規模的零售網絡。

但去年林欽差大臣空降廣州，陳良的生意急轉直下：由於欽差大臣全力掃蕩鴉片，他不得不逃離廣州，營業場所亦遭到查抄，政府甚至提供大筆懸賞獎金，索取他的首級。可是咱的陳良足智多謀，早已潛逃外島，重新創建近海網絡。

分配完利潤收益，弗瑞瑟先生派人開了瓶白蘭地，三個船長就這樣天南地北地聊了起來。多半是弗瑞瑟先生一個人在講，用他一貫的安靜講理口氣滔滔不絕。他說的話引人入勝，說服力十足，讓賽克利聽得出神。

將鴉片貿易危害的大帽子扣在英國人頭上，實在是一種誤導，弗瑞瑟先生說。中國買家有鴉片需求，就算英國人不賣鴉片，也會有其他人替補這空缺。需求如此龐大，阻礙鴉片流通只是徒勞。不管是個人或國家都控制不了這件商品的流通，就好比沒人擋得下滔滔的海洋巨浪：這根本是一種天然現象，彷如洪水。而主宰洪流的正是抽象定律，一如牛頓先生的運動定律。這些法則定律能確保供需關係平衡，一如海水會自動尋找水準面。

中國政府自稱是為了公共利益，才反對鴉片的自由流通，實在是誤導行徑，罪不可赦，弗瑞瑟先生說。真相是，維護公共利益最適切也是唯一可行的方法，就是讓所有人依照個人判斷，決定自身利益。這就是為何上帝賦予人類理性思考的能力：唯獨人類自由公正斟酌自身精進，公共利益或是物質進步，或說是社會和諧，才可能降臨。確實，真正且唯一的美德是理性自愛，唯有讓它自由開花結果，才可能培養出公正與利益，甚至遠遠超越政府所能帶給人民的好處。

弗瑞瑟先生又道，若說有哪個國家違抗這項原理，絕對非中國莫屬。中國人對政府奉承卑屈，日常大小事政府樣樣都要掌控。唯有破壞現有制度，唯有擯棄傳統習俗及做法，愚昧昏黑的國度子民才可望獲得和諧與幸福。這就是歷史上自由貿易商的命運，鴉片不過是一種貿易商品，只要確保鴉片自由流通，就形同促進中國的美好將來。

弗瑞瑟先生說，有一天，中國人會跟進，效法他們的模範榜樣，展開自由貿易：中國人勤奮不倦，興盛繁榮指日可待。在所有西方傳授中國的課題中，這無疑是最重要的一課，而像是他們這樣的貿易商則協助中國人學會這一課。他們是友不是敵，他們越是堅持熱情販賣鴉片，表現就越值得鼓勵讚美，而他們的友誼也能變得越堅定。

「總歸一句話，全是為了他們自個兒好——中國哪裡找得到比我們更好的朋友！」

賽克利舉杯：「說得好，弗瑞瑟先生！我敬你一杯！」

＊

羅賓・錢納利幫詩凌百找到的租屋，位處澳門市中心的斜坡，一條名叫鵝眉街的陡斜小巷，而這棟房子就在兩側夾道的商店街行列。

這間房屋讓詩凌百想起古吉拉特納瓦沙里的帕西老房：縱長狹窄，屋頂鋪有磁磚，屋後還有一個開放式的小天井。雖然房間只有零星家具，卻相當適居宜人，詩凌百和蘿莎很快就安頓妥當。

後來她才知道蘿莎對城裡這一帶十分熟絡：她參拜的聖老楞佐堂就在附近，白天工作地點仁慈堂也距離不遠。這裡也是果阿士兵與公務人員和家人落腳的地區，蘿莎在街坊廣為人知，她的朋友和熟人亦愛屋及烏，熱情款待詩凌百，詩凌百壓根想像不到她竟然這麼快就適應了澳門生活。

午茶時刻，查狄格經常前來拜訪，他和一位亞美尼亞商人同住在幾條街外，於是他偶爾會和詩凌百一起散步，穿過城裡蜿蜒曲折的羊腸小巷，來到南灣——占地遼闊、點綴著奢華別墅的海灣濱海大道。

兩人散步時，查狄格會與她分享最新消息。

北向的英國艦隊在前往舟山的途中停靠廈門和寧波港口，每次停靠，他們都試著將巴麥尊子爵條列出英國要求與不滿的信件交給皇帝，可是這任務卻不可置信地艱難：沒人願意收下。英國特使受到海港的朝廷命官百般刁難，甚至數度爆發戰爭衝突。

艦隊進入舟山港口時，他們發現一小組停泊的中國戰船，全權大臣嘗試說服當地防禦部隊棄械投降，卻勸說無用。中國指揮官已經宣明，無論如何他們必會反抗到底，於是英國軍艦只好組成戰鬥隊形，朝對方開火。才短短九分鐘，他們就摧毀中國艦隊，攻破小島上的所有沿岸防禦。遠征隊士兵在無人反擊的情況下登陸，次日又占領小島都心定海城。英國米字旗飄揚，升上城市高空，一名英國陸軍上校獲得指令，擔起該島民政事務。

一切發展皆按照伯麥准將和義律上將的計畫進行。

*

一八四〇年七月中，事件持續升溫之故，尼珥的日記變成倉促潦草的文字紀錄，主要以孟加拉語書寫，偶爾也使用英語。

約莫就在此刻，廣州官員接獲英軍占領舟山、攻陷定海的消息。同一時間，廣州官員亦聽說，大批英國商船隨著遠征艦隊抵達，目前正在岸邊大剌剌販賣鴉片。

眼下發展對林欽差大臣而言無疑是一大打擊，他本來還指望協議達成後能持續進行貿易，如今眼見英方發動戰爭攻勢，他深信遏止鴉片貿易的唯一方法，只剩下全面驅離中國的外來者。對此他發布公告，懸賞捉拿外敵。然而並非所有外國人都落入外敵範疇：葡萄牙人、美國人和其他國籍者得以赦免。公告主要鎖定目標是英國人，亦包括帕西商人及印度軍官士兵。

澳門是唯一仍可見到眾多英國人的所在，而這則公告主要的目標就是在澳門奏效。沒多久，一名情報員趕來廣州，報告有名英國人連同兩位印度僕役在澳門遭逮，目前已被帶回內陸，由省政府官員監管。

情報員被派遣火速回澳門。林欽差大臣寫道，務必以最優先考量的規格對待俘虜，並立刻送往廣州。

接下來幾天，廣州謠言流竄，據傳這名遭捕英國人是名地位顯赫的大人物，可能正是伯麥准將，臆測引起激烈騷動，因為到了這時准將已成為神話般人物，經過妖魔化描繪、加油添醋：據說他高頭大馬，眼神冒火，紅髮衝冠。

但是這名英國人一送達廣州，眾人卻失望發現，他不過是個矮短瘦弱的年輕人，動作習慣誇大，時而需要蹲馬桶般將兩腿捲成麻花，時而又猶如農夫祈雨、朝蒼天翻白眼。一經詢問，才得知他的名字是喬治・史丹頓，是名二十三歲的基督新教徒，為了拯救人類心靈，中斷了他的劍橋學業。由於澳門沒有委任牧師，於是他自告奮勇，自稱傳道教士的他便開始對仍留守澳門的英國人講道。

身為嚴以律己的男人，史丹頓先生每天都會在拂曉之刻到大海沐浴，通常會隨身帶著幾名他認為需要精進成長的年輕人。結果居然是自己的勤勉不懈害他遭逮：有天上午，史丹頓先生和僕人來到澳門的剷狗環海灘，眼見四下無人，史丹頓先生按照往常，沒事般地游起泳，就在這時一群內陸間諜衝上前逮捕他，擄走仍穿著濕漉漉及膝褲和袍子的他以及兩名僕人。

尼珥審訊兩名僕人，逮捕奴僕的人報告他們的名字分別是常利和齊圖：後來尼珥才發現他們其實叫作齊納斯瓦米和喬圖米安，分別是馬德拉斯和孟加拉居民，兩人都近成年，原本是屬於該薩布[22]階級的印度船工。他們和前任水手長起了爭執，之後受困新加坡，然後當起史丹頓先生的員工。

證實史丹頓先生證詞的同時，兩名水手也極力撇清，說明與他毫無瓜葛，並形容他是史上最惡劣愚蠢的主子，貨真價實的蠢豬垃圾。他逼他們每天早晨在破曉前起床，陪他走到海邊，並敦促他們洗冷水澡，還信誓旦旦這是唯一阻擋衰弱惡疾誘惑的方法。

他們過了好一陣子才明白他所指何物，恍然大悟後，只覺得史丹頓徹底瘋了。他們本來打算離職，卻苦無機會，現在在廣州莫名淪落為俘虜！

Bas! 喬圖米安語氣尖酸地說，至少史丹頓老爺會受到懲罰，沒了冷水澡他就死定了，可不是？他那兩隻手絕不會輕饒他。

可是船工洋洋得意的期望落空：在林欽差大臣的一聲令下，史丹頓先生入住廣州公行一棟好房，也取得聖經、文房四寶、以及他所需要的設施。

至於齊納斯瓦米和喬圖米安，尼珥建議送他們加入喬都的行列，登上劍橋號。

他們的結論是史丹頓並無過失，沒理由將他扣留在廣州。要是情況沒有急轉直下，他們打算直接釋放他了：偏偏澳門的葡萄牙總督捎來一封信，顯然是英國官員對他施壓，要求中國政府即刻釋放史丹頓先生，理由是他們非法在葡萄牙領地逮捕史丹頓（尼珥發現，對於印度船工的命運，這封信隻字未提）。

這封信讓林欽差大臣震怒不已，這已經不是他第一次提醒總督，澳門不是外國領地，而是中國獨立主權的一部分，葡萄牙人全是受惠於特殊條件，才得以定居澳門。於是他當下決定，現在正是他落實國家原則的成熟時機。為了這件事，他派遣一大批中國戰船，避開英國封鎖、穿越珠江三角洲的內海峽，進入澳門，亦派出五千士兵前往澳門，在北邊分界線的綿延屏障邊上設兵防禦。

事情發生得猝不及防，廣東的緊張氣氛節節攀升，空氣中瀰漫著不定性。尼珥朦朧知道大事即將發生，卻摸不清是何事。八月十四日上午，康普頓告訴他，鍾老師將親自去一趟澳門，並決定帶上尼珥。由於澳門的小西洋（果阿）人為數眾多，心想可能需要尼珥幫忙翻譯。

鍾老師和他的隨團人員當日午後離開廣州，他們的小船穿越珠江三角洲的內海峽，駛向南方，隔日抵達目的地。登陸點就在區隔澳門和中國大陸的邊界不遠處。

22 Qassab，農夫勞工階級。

邊界是一座防禦森嚴的城牆，聳立在連接大陸和澳門的狹隘嶙峋地峽之上。大陸那頭的地峽峭拔而立，隆起成為一座瞭望葡萄牙居地全景的山峰：從山上望出，可見那逐漸縮窄的彎曲半島宛若龐大的鱷魚尾巴，消失隱遁於海水之中。

尼珥很熟悉這一帶，先前到訪澳門時，他常悠閒散步到這條邊界，甚至好幾回穿越通道，走上好一段路，進入廣東省。當時設在通道的海關局還只是一座昏昏欲睡的小前哨站，只消付個幾枚硬幣，警衛就會敞開大門，准許觀光客通行。

現在尼珥從大陸那側漸漸逼近邊界，發現邊界已經嚴密加強防禦工事：垛口擺放一組沉重大炮，上方斜坡部署浩瀚的軍隊營地，好幾排帳篷在飄揚旗幟後方綿延。

儘管尼珥並未開口多問，但就他看來，情況很明顯了：軍事行動已勢在必發。

*

克斯里聽說一艘汽船已帶領一組軍官前往澳門偵察，梅上尉也在內，他猜測戰爭迫在眉睫。企業號划著槳輪回到沙洲時，他的猜測獲得證實：幾分鐘不到，梅上尉就召喚克斯里。

「明天清晨士兵就得整裝出發，」梅上尉告訴克斯里：「天亮後運輸船納扎雷斯沙號會來載我們。」

在澳門時，軍官親眼目睹中國正在備戰，梅上尉說。他們在邊界上方大規模部署軍力，另外亦有一組戰船現身內港，在在顯示葡萄牙殖民地即將成為攻擊對象，南部戰區軍士史密斯上尉勢必得預防這個可能。他決定先發制人、驅散中國軍隊，巡防艦都魯壹號的九十名武裝水手將支援一百一十位皇家海軍分遣隊，展開陸面攻勢。孟加拉印度兵則跟著攻擊部隊，視需要而定提供支援。明天出發時，他們只會帶領一小組重要的隨營人員——槍炮手、扛水伕、醫療隊，印度兵必須依據輕便行軍準則打包行囊。

克斯里刻不容緩召集連上的下士和準下士：他們已經演練過無數次登船預演，大家都很清楚該怎麼做。

隔天一大早就響起起床號，企業號卻姍姍來遲，印度兵只好在熾熱烈陽下漫長等候。然而等到正式登船的時間，他們仍準確無差錯。企業號拖曳印度兵的運輸船，傍晚逼近澳門海峽一角，好幾艘英國船艦已在那裡集合：兩艘十八門炮小型護衛艦，風信子號和拉恩號；以及一艘單桅快速帆船路易莎號；幾艘大艇和四十四門炮巡防艦都魯壹號。

英國船艦繞過海角尖端，停靠在城市西側、面向南灣的內港，有十幾艘中國戰船和一批小船部署在他們正對面的北方、接壤內陸的半島上。就克斯里看來，這幾艘造型難看的船絕非現代軍艦的對手，可是它們樣子詭異，棲息在船首船尾的碉堡式建築，散發出一股不祥氣息，甲板上偶爾出現莫名的忙碌景象，伴隨著鑼鼓鐘聲，一團團煙霧在空氣中瀰漫，發出合唱般的集體叫囂，各種稀奇古怪的情景看在印度兵眼底，讓人不由得惴惴不安。

遠方，澳門邊界的壁壘上擺放著陣仗浩大、約六至十四英尺長的三腳旋轉炮和大炮。邊界外的陡坡上，數百面三角旗和旗幟正隨著微風飄揚飛舞。克斯里猜測約有幾千人在那裡紮營，夜幕低垂後，烹煮明火在坡地上微微閃爍，營造出一股詭譎閃爍的特效，彷彿螢火蟲點燃一棵樹。營地窗格裡來回折返的光線可以看出，傳令兵正舉著火把、馬不停蹄傳遞最新指令。

中國船艦也透露出徹夜備戰的跡象：吶喊指令和銅鑼聲響不時劃破輕柔拍打的浪聲。

天光破曉，中國戰船的位置已經接近岸邊，停靠在邊界突出的護牆周遭，組成防禦隊形。城垛炮臺也已連夜增設，而今胸牆上排列了二十幾組槍炮。

梅上尉和其他高級軍官整個上午都在視察防禦工事，在停靠岸邊的企業號來回奔波，並於正午時分發出攻擊信號。

路易莎號、企業號和兩艘十八門炮的小型護衛艦往邊界聚攏，面對中國船艦，預備好作戰位置，戰爭就此開打。企業號持續前進，近到船鼻嵌入沙灘泥土，接著又發出另一個信號，各艘軍艦自六百至八百碼的射程開火。

炮火咆哮，隆隆響徹海港，嚇得一群水鳥驚慌失措地展翅高飛，頓時天空一黑。幾分鐘不到，炮彈便擊中周圍城垛，但中國槍手不畏戰，回擊開火。有那麼一會兒，中國齊發猛烈的炮火，但飄忽不定的炮火僅僅飛越目標物上方。等到小型護衛艦的三十二磅大炮調整好射程，中國兵即在一一炸碎的磚石之中身首異處，再也發不出聲。

在炮擊掩護下，都魯壹號的海軍和輕兵器士兵順利溜到幾艘大艇上。巡防艦往前桅上空發出信號，呼叫企業號。這時企業號的汽船槳輪瘋狂攪動，倒退出泥濘，轉過船頭，接下來逼近都魯壹號，企業號拖曳著大艇，噴著蒸氣越過邊界，來到登陸地點——位於海岸線另一端的大陸沙灘，他們可從後方襲擊中國軍隊。

成功登陸的部隊突然消逝無蹤，隱遁入海岸線的岩層後方。下一秒克斯里再看見身著紅裝的士兵時，他們以兩縱隊隊形爬到支脈頂端，海軍則站在外側。從上方高處和邊界炮臺上俯視，他們的位置毫無遮掩，一目瞭然。士兵衝上山脊時，正好碰上一陣猛烈的火繩槍和大炮攻擊，接著中國兵分遣隊開始由兩側進攻。

英國在那一刻瞬間停下攻勢，都魯壹號的輕兵器士兵備有一組野戰炮，可是還沒組裝好之前，登陸兵團率先下令撤退至沙灘。

撤退當下，另一面旗幟在都魯壹號上空升起。梅上尉瞟了一眼，轉過頭對克斯里說：「這是信號，我們要出動人力，支援海軍。」

克斯里舉起手敬禮：「是的，上尉大爺。」

印度兵和他們的支援分遣隊已在甲板等候，每組重達數百磅的榴彈炮和迫擊炮先前已搬上單桅快速帆船，而其他分隊如今也跟進，加快腳步。

由水伕率領的隨營人員率先出發，滿滿是水的皮水袋將肩頭壓得下陷，後面是帶著折疊擔架的醫護員，緊跟在後的則是另一面本土槍炮手，扛著尚未組裝的榴彈炮和炮車。新進槍炮手馬杜一肩各一個，彷彿扛著玩具般扛起一對重達百磅的輪子。

輪到印度兵登船時，克斯里站在側梯前端，觀察魚貫經過的士兵臉色：畢竟他們至今尚未流過一滴血，這可是他們首度以分隊形式出兵。發現他們緊張與心不在焉的神色時，克斯里並不意外，但卻絲毫不見怯懦慌亂的閃爍眼神。印度兵走下梯子時也沒有瞟向他，他們目光專注盯著前方士兵的行囊。克斯里心滿意足看著他們腳步流暢，猶如輪軸，內心想的不是自己，而是整體分隊：意思是過去數個月來的努力沒有白費，他們亦百分之百信賴他，即使不搜尋他的蹤跡，他們也清楚克斯里就在身邊，他的存在猶如扶手欄杆般堅實可靠，引領他們走下梯子，踏上正在底下等候的大艇。

小船拖纜早已繫上企業號：梅上尉和副官一登船，船就倏地向前衝刺。汽船槳輪的聲音壓過遠方的隆隆炮火，幾分鐘後已經渡海，接著眾人俯衝上岸，加入正在灘頭的海軍。

印度兵組成隊形時，水伕衝上前往他們的銅製水壺內注滿水。他們身邊的海軍縱隊正為了進攻做足準備，在站立定點撒尿。他們心知肚明，等到攻勢展開，就不會有時間解放，見狀後印度兵也照做。

在梅上尉的指揮下，海軍站在右側，縱隊展開進攻。他們踩著穩健小步上坡，抵達制高點時，開火命令響起。儘管子彈倏然飛越頭頂，印度兵和海軍卻不為所動，這次總算轟出炮火彈幕。炮彈連連齊發，彈藥炭火形成濃厚黑煙，能見度降低至一、兩碼。印度兵又是咳嗽又是噴濺口水，嗆辣的煙霧讓他們差點睜不開眼，滑膛槍的齊聲怒吼亦淹沒耳朵，但是他們毫不瑟縮：幾百個鐘頭的日常操練發揮了作用，他們機械似的向前邁進。

克斯里站在「掩護」位置，和第一排印度兵並肩而立。戰役揭開序幕後，他的注意力迅速從對手陣營轉回自家士兵，雖然他曾好幾次對印度兵提過戰場上充滿驚喜，地勢、噪音、煙霧都是不可預測的要素，不過他深知，即便士兵準備萬無一失，實際上場時仍然難免震懾。

除了大炮的隆隆巨響和滑膛槍的穩定發射，克斯里還聽見子彈擊中刺刀時迴盪的詭異叮噹聲。他望向煙霧，目光搜尋武器遭到擊中、鬼魅般的印度兵輪廓：他正伸長手握著滑膛槍，愣愣望著棕管槍，彷彿這把槍在他手裡活了過來，正準備像一把烤肉串般刺穿他。克斯里一個箭步奔到他身旁，示範用平坦手掌壓在金屬上消音。下一刻他背後又驟然傳來響亮金屬聲響，是滑膛槍子彈打中印度兵的銅製陽盔的聲音。克斯里清楚被擊中的士兵可能會被聲音震聾：他的頭顱裡迴盪著巨響，彷彿一隻木槌敲打在他的鼓膜上。想當然這名年僅十七的印度兵立刻雙膝跪地，兩手摀著耳朵，劇痛搖頭。克斯里一躍而上，扶起男孩，並將他不慎掉到地上的滑膛槍塞回他手中，推著他向前。

這時槍炮手已經完成炮車組裝，榴彈炮連袂海軍的野戰炮一併發射，榴彈炮炮彈射擊築壘時，矮胖槍管發出重擊悶響。野戰炮朝對手步兵列隊正面拋出葡萄彈和霰彈時，則發出來自喉嚨深處般的嘶吼。

眼見中國戰線動搖，帶頭的梅上尉高舉起劍，示意眾兵衝刺。印度兵俯衝而上，喉嚨不住發出Har, har, Mahadev! 的咆哮，他們手裡舉著刺刀從煙幕後現形時，中國戰線猶疑地轉身逃跑，那一瞬間對手陣營立刻作鳥獸散，遁入草木蔥鬱的山腰。

這時克斯里唯一該做的就是壓制士兵：現在他們陷入戰勝後的狂喜，展現動物獵殺的原始嗜血本能。這可是最危險的時刻，先前所受的訓練操守正處於搖搖欲墜的邊緣：所以克斯里連忙追上前，揮舞著劍，嘴裡嘶吼著嚇人的威脅話語，臭罵他們，讓他們乖乖重整隊形。儘管如此，克斯里卻竊喜他們的第一場戰役只是小規模戰鬥，而不是對陣戰。克斯里盯著士兵一臉不情願，重整排好隊形時，內心不由得感到驕傲：他明白沒有哪一種感情，能比得上他與這組分隊的羈絆。這組分隊是他一手打造出來的，也是他人生事業的巔峰。

＊

尼珥佇立於鄰近山丘頂端，和鍾老師及隨團人員一同觀戰。就尼珥看來，相信其他人也深有同感，對戰過程印證了中國與英國軍力強弱的固有觀點。其中一點就是英國固然具備海上優勢，然而一旦到了陸地，碰上中國軍力也沒轍。防衛軍的人海戰術擁有龐大優勢，可以嚇退採取陸地侵襲的敵人。

鍾老師的隨團人員之中，沒人對英國舷炮齊射的破壞力感到意外，對於英國汽船、護衛艦和其他西式戰艦的致命威力，他們已有耳聞，防衛軍亦早已接獲警告，做足萬全應戰準備，等待炮擊結束。他們曉得真正的測試是陸地攻擊，正式發動攻勢後，他們心滿意足發現英國第一批派出的登陸隊伍規模微小，總數竟不超過三百人！目睹幾千名中國兵衝出來迎戰，逼得海軍和輕兵器士兵不得不撤退的情景時，他們忍不住歡欣鼓舞。那一刻康普頓和他的同僚感覺自己的信念終獲證實，並且信心滿滿這場贏定了。

正因如此，接踵而來的潰敗才為尼珥和康普頓帶來驚天動地的雙重打擊。足足幾千士兵居然被不到五百人的軍隊逼到逃之夭夭！這不但有違他們秉持的信念，甚至挑戰原本斬釘截鐵卻錯得離譜的分歧觀點，其中亦包括印度士兵戰鬥力的分析。

雖然沒人對尼珥提及印度兵的事，但他不小心偷聽到康普頓對某人說：要是這些黑鬼士兵沒上岸，這場戰役的結局就會截然不同。

康普頓的這句話令尼珥內心不由得幸災樂禍，雖然尼珥經常試著改變他朋友對於印度士兵戰鬥力的不屑態度，卻徒勞無功。儘管尼珥不遺餘力投入中國滅煙行動，戰爭那天卻不由得對同胞的表現感到驕傲。在那一刻，他已經顧不了印度兵效命的對象。他很清楚，要是印度兵無法證明自己的實力，會讓他感到多麼羞愧。

從其他方面來看，那天也帶給尼珥一大啟發。他從未親眼目睹戰役，而那天看見的畫面深深打動了他。事後他幾經沉思，驚覺一場戰役其實就是時間的濃縮：多年來的預備及數十載的革新與進步，全部壓縮於一場短暫的短兵相接。即使戰爭落幕，影響力仍然可以穿越時光，一方面不僅決定未來走向，某層面來看亦改變歷史，或多或少改寫人們的歷史認知。他驚覺之前他居然從未發現，藏在時光皺紋內的驚人力量竟能夠形塑無數後代。他記得之前讀到古老的帕尼帕特和普拉西戰役時，只覺得它們是古雅制服和老舊武器、與他人生無關痛癢的歷史事件。此時此刻他才發現，諸如此類的沙場征戰決定了他在這世界的定位。他這下總算明白為何什葉派每年都要紀念卡爾巴拉戰役：一如承認地殼變動分裂確實導致永久性的地理改變，藉由紀念戰爭，他們也承認了時間和歷史擁有同樣能耐。

寥寥無幾的一群人，是怎麼可能只用數個鐘頭、甚至數分鐘的時間，決定往後千百萬尚未誕生的人類命運？在這一時半刻得出的後果，又怎能決定日後由誰當王？未來幾個世紀誰能富有？誰又貧窮？誰是主子？誰是僕役？

沒有比這更不公不義的事了，但這卻是自人類踏上地球表面起，一個不可逆變的現實。

第十五章

詩凌百聽取查狄格的建議，戰爭發生期間足不出戶。無奈澳門面積狹小，要不去聽見驚悚連連的炮火是不可能的：詩凌百在昏黑室內來回踱步，腦海中浮現各種可怕景象。傍晚查狄格大哥火速趕往她的租屋處，她才得知中國撤兵離去。

「查狄格大哥，你確定？」

「是的，夫人，相信我吧，從此刻起林欽差大臣將不再插手澳門的事，我們在這裡很安全。」

詩凌百本來以為查狄格太過樂觀，但他的預測很快就證實無誤。不到一、兩天，所有中國兵已經撤離澳門，那之後澳門和香港等於成了英國遠征軍的保護領地，兩地的外國人再也不用活在恐懼之中。

局勢逆轉導致許多外國人決定搬遷至澳門，帕西船東丁雅爾・菲多恩杰即是其中一人。在菲律賓和摩鹿加群島出售鴉片致富的丁雅爾，有能力租下一間眺望南灣海濱大道的偌大房子——諾瓦別墅。

丁雅爾・菲多恩杰正好是詩凌百的親戚，聽聞她住在租屋處，便跑去找她，央求她搬去他那兒。當初正是巴蘭吉帶他入行做生意，丁雅爾告訴詩凌百，所以照顧她只是歸還巴蘭吉的人情債。再說要是她搬進來，也等於幫了他一個大忙，他已經請摩爾號的廚子和管家來別墅工作，可是年方二十五歲的他不諳家務管理，要是詩凌百願意擔下這個責任，他感激不盡。

儘管條件誘人，詩凌百不免遲疑，主要擔心蘿莎找不到新住所。可是蘿莎卻要她切莫擔心，有個她熟識的果阿家族也邀她搬去同住。

這下子她再也沒有其他拒絕理由，不到一週時間，詩凌百已經搬進丁雅爾的舒適別墅，也不後悔做出這個決定：她個人新居足足占了別墅一間廂房，而能夠再次管理一個家，令她非常開心，更遑論諾瓦別墅地理位置優異，蜿蜒繞過總督皇宮的入口，可以眺望海濱大道和內港，房子正面還有一座狹長蔭涼的陽臺——詩凌百夜裡可以坐在搖椅上，從南灣觀賞整座城鎮的脈動。查狄格時常行經陽臺，她也常跟他一塊兒外出散步。

丁雅爾是個貼心又好相處的主人：詩凌百本來擔心自己一身歐式服飾，又不戴頭巾四處走動，是否會引起不贊同的眼光。沒想到丁雅爾的思想卻出奇自由，不但誇她服裝品味出眾，甚至讚她是先驅：「詩凌百嬸嬸，妳等著瞧吧，有天全孟買的女孩都會學妳這一身打扮。」

同時，丁雅爾亦以他的帕西身分為傲，謹守宗教禮俗，熱愛古老習俗。當詩凌百製作蕾絲門掛，垂掛於諾瓦別墅的門口時，他非常開心。

說到丁雅爾的好客，詩凌百絕非唯一受惠的人：他時常宴請客人，能端出一桌美食佳餚讓他自豪不已，他常說這是效法巴蘭吉。巴蘭吉慷慨大方、懂得享受生活，已經成為中國海岸的代名詞。也正因為如此，跟丁雅爾住，詩凌百便能一瞥不為她所知的巴蘭吉人生。

隨著幾週過去，其他帕西商人漸漸來到澳門，諾瓦別墅亦成了帕西人的聚會場所：假日眾老爺會在客廳聚集祈禱，之後在滿是蒸魚、燉豬腳、香滑烤雞絲（marghi na mai vahala）的午宴上交換各種來自孟買的消息。

但對話每每都會繞回他們最關心的議題：英國人是否真能從中國人手中奪回遭到沒收的鴉片賠償金？這筆錢是否夠大家分？他們的損失真能獲得補償？

詩凌百是在場唯一不操煩這些問題的人：畢竟在諾瓦別墅的愜意自在，可是她這輩子從不曾有過的享受。

＊

短短幾週，賽克利已經是近海銷售鴉片的高手，甚至自立門戶，在偏遠的大小海灣拓展嶄新市場。他的買家主要是內陸的走私販子，亦即與幫派及兄弟會掛勾的販毒集團。一旦熟悉他們的暗號手勢，賽克利就能輕鬆辨識可靠買家。語言不是障礙，協商通常以洋涇浜完成，賽克利跟阿里水手長來往時，學了一口好洋涇浜，因此講價不假手他人。

賽克利的買家絕大多數來自某個販毒集團：集團首腦是陳良大佬，但每次交易都是透過陳良的手下進行，賽克利心知肚明他們的老闆是個行蹤成謎的人，於是沒想過能在這趟中國行中遇見他本尊。

可是他錯了。酷熱的八月夜，停靠在福建離岸時，有艘外觀俐落的小型戎克船緩緩接近朱鷺號。這艘船與多數戎克船截然不同，斜掛著一塊大三角帆，主甲板後方還有間大「房子」，燈籠在房子前方上下擺頭。

一如既往，賽克利透過前往朱鷺號的翻譯員議價，等到交易底定，戎克船上傳來一陣中文叫嚷。接著翻譯員轉頭對賽克利說：「是陳先生，他想和瑞德先生說話。」

「哎呀！」賽克利驚呼：「這可當真？陳先生人在船上？」

翻譯員再一次哈腰：「陳先生要瑞德先生上船，可不可以啊？」

「可以，可以！」賽克利急切喊道。

朱鷺號的大艇已經裝載完畢，準備帶著數十箱堆疊整齊的鴉片出發：通常都是由巴布．諾伯．開新交貨，可是這次卻由賽克利親自出馬。

等到小船抵達戎克船，幽黑空間裡迴盪著意想不到的招呼：「瑞德先生，你還好嗎？」

那聲音操著英式腔調，可是賽克利踏上戎克船主甲板時，聲音主人的容貌卻完全不像英國人，他的樣貌反倒像是雍容華貴的朝廷命官，身形高大福態，罩著一件灰色絲綢袍子，頭上戴著一頂樸實無華的黑帽，髮辮盤成一個髻，固定於後腦勺。臉部凹陷下垂的弧度猶如一只鼓脹的小背包，卻無柔軟之色：鼻子猶如鷹喙，厚重的雙眼皮散發出食肉動物的光芒。就連他的手也是。和他握手時，賽克利發現他的手意外地硬實多繭，猶如一隻攫取獵物的利爪。

「歡迎登船，瑞德先生，在下陳良。」

「幸會了，先生。」

「彼此彼此，瑞德先生。彼此彼此。」他一手輕按著賽克利肩頭，領他走到船尾：「我希望你願意跟我喝杯茶，瑞德先生？」

「那是當然。」

一名水手拉開戎克船「房屋」的大門時，一股香氣撲鼻而來：賽克利發現映入眼簾的是一間華燈璀璨、裝潢豪奢的艙房，裡頭擺設精雕細琢的桌子、沙發和三腳茶几。

賽克利看見主人脫下鞋便，於是照做，陳先生卻在他來得及解開鞋帶前出手制止：「等等！」他拍了拍手，一會兒後有個年輕女人趨前。這女子身穿長及腳踝的猩紅色亮面絲綢袍子，一眼都沒看向賽克利，便直接彎膝低頭，替他輕解鞋帶。為他脫下鞋後，她又靜靜遁回船內。

「來吧，瑞德先生！」

陳先生帶賽克利走到一張方正的大扶手椅之前，幫他倒了杯茶。

「我們合作了不少筆生意，是吧，瑞德先生？」陳先生往賽克利對面坐下時說。

「確實，陳先生。我看我出售的鴉片當中，一半以上都是你手下買的。」

陳先生側著頭，幾乎完全闔上雙眼——但是賽克利很清楚他正在上下打量他。

「你販賣的貨，」陳先生說：「我希望有一部分是你自己的？」

「很遺憾，只有十箱。」賽克利說。

「沒什麼好羞愧的吧！」陳先生說：「我敢說你現在比以前富有多了？」

「這倒是無可否認。」

「不過大概沒有勃南先生富有？」

「當然沒有。」

「但我敢說，不久的將來你指日可待啊！」陳先生似笑非笑說：「大家都誇你是前途光明的男人，瑞德先生。」

「有人這麼說？」這下反倒讓賽克利略微焦躁不安。

「沒錯，我希望將來我們繼續維持合作關係，瑞德先生。」

「我也希望，陳先生。」

「很好，很好，」陳先生若有所思地說：「不說生意了，今天你是我的客人，我想邀你哈一管。你知道啊，這可是習俗，非得一起抽過煙，才信得過彼此。」

賽克里心頭一驚，沒有立刻答應。

可是他的猶豫並未逃過陳先生的鷹眼：「你不抽鴉片，對吧，瑞德先生？」

「我抽過一次，」賽克利說：「但那是很久以前的事了。」

「是不合你口味嗎？」

「是的，」賽克利說：「我不大喜歡。」

「容我問問你，」陳先生說：「可能是你抽的狀態不對？請問當時你是坐著或是躺著抽呢？」

「坐著。」

「這就對了嘛！」陳先生說：「鴉片不是這麼抽的，追龍可是一門藝術，你曉得——每個細節都要一分不差。」

陳先生從椅子上站了起來，走到不遠的架子前，取下煙具遞給賽克利。這是枝裝飾精緻的煙槍，煙桿長如一隻男人前臂，材質是類似白鑞的銀合金，煙嘴卻是古老泛黃的象牙，煙槍另一頭的煙鍋亦是。

「這枝是我最上等的煙槍，瑞德先生，人稱『黃龍』，有人出幾千銀兩的高價想要跟我買，你試過就曉得原因了。」

賽克利的手指撫過長金屬煙桿時，不禁渾身抖了下。「好，」他說：「我試試，就這麼一次。」

「很好——商人是該親自嘗嘗自己出售的貨品，」陳先生說：「可是瑞德先生，要是你真想嘗試，就要好好嘗——穿著外套長褲可不是好方法，最好是換上中國袍子。」

他手掌拍了拍，剛才幫忙脫鞋的女子再次現身，和陳先生交換了三、兩句話後，她帶著賽克利穿越一扇門，來到一間狀似大型更衣室的房間，然後遞給他一件鴿灰色長袍，點頭哈腰後默默離開。

賽克利更衣時，聽見外頭傳出家具搬挪的聲響，等到他步出更衣室，發現艙房燈光已調暗，兩張沙發並肩擺設於角落。沙發之間有一張大理石面的茶几，上頭陳列著琳琅滿目的物品：一只漆面盒子、兩枝尾端帶鉤的煙籤、幾個淺盤、當然少不了幾乎與桌面等長的「黃龍」。女子跪在茶几旁，端著一小盞燈。

陳先生示意要賽克利挑張沙發坐，「躺下吧！瑞德先生，別跟我客氣。」

賽克利伸長四肢，陳先生拾起茶几上的漆面盒子，交給賽克利：「你瞧——這是剛煮好的鴉片，我們稱之為『纏毒』。是煮滾生鴉片製成的，這正是你鴉片箱裡裝的貨。」

盒裡靜躺著一小塊暗褐色膏塊。「你嗅嗅，瑞德先生。」

氣味香甜，帶有煙燻味，跟生鴉片膏的味道迥異。

陳先生從賽克利手裡取過小盒子，遞給女子，這時她已經跪在兩張沙發中間，面前拎著一盞燈。她從茶几上拾起一枝煙籤，沾了下鴉片，然後熟練地轉了轉：煙籤挖起一小顆鴉片膏，大小不足一顆豌豆，接著她把這顆小鴉片膏塞進油燈火焰裡，這時鴉片膏開始起泡，嘶嘶作響，然後她將鐵籤遞給陳先生。陳先生將「黃龍」煙嘴抵在胸前，於煙具的象牙煙鍋裡轉動輕拍已經烤炊的煙籤，並重複兩次，直到這時都尚未吸食煙嘴。

接下來陳先生說：「差不多要好了，瑞德先生。再烤一次鴉片就會著火，煙霧會持續一、兩秒，你得做好準備——記得吐光胸腔裡的空氣，再一口氣吸入所有煙。等到鴉片開始烤焦，我會塞入龍眼，」——他指了指八角形煙鍋的小孔——「接著你只需要猛吸氣就行了。」

他把煙槍遞給賽克利，再次將一小球鴉片膏對準火苗，鴉片倏然著火，他大喊：「準備好了嗎？」

「準備好了。」

賽克利已經吐光肺部空氣：當著火的鴉片膏擺上「龍眼」，他猛力深吸一口氣，讓肺部注滿鴉片煙。鴉片煙的質地是油滑濃稠的水狀，香氣濃郁，猶如洪水般直接灌入他體內，貫穿血管、淹沒大腦。

「你瞧，瑞德先生？轉動世界的力量就在你體內流竄。往後躺好，好讓它貫穿你全身。」

賽克利仰躺在靠枕上，瞬間察覺到他的脈搏，只不過脈搏不僅在手腕或頸部跳動，彷彿全身都在悸動，他的心臟激烈跳動，他感覺到血液衝上毛細孔。感受是如此濃烈，他低頭凝望自己的前臂，發現皮膚已經變色，如今充血紅潤，彷彿每一個毛孔都甦醒，擴張著。

他抬頭望向天花板，視覺猛然加倍敏感，視線強化清晰，他看得見木頭之間的微小裂縫，聽覺也變得更為敏銳，浪花彷彿近在耳邊拍打，他閉上眼，盡情享受那股無重力感受，任由潮水一般的煙霧將他推送他方。

現在輪到陳先生取過煙槍享受，結束後他把煙槍往茶几一擺，倚在長枕上。「你知道我為何對鴉片煙如此著迷嗎，瑞德先生？我本業是園丁，熱愛花草——而鴉片煙就是花草界的精髓。」

他的聲音逐漸飄逝遠去。

過一會兒，賽克利才發現陳先生已經離開艙房，留下他和那名女子獨處。這時她第一次抬起頭，直勾勾望向他，唇畔帶著一抹笑意。賽克利緊緊瞅著她的臉，久久無法移開視線：她給人一種似曾相識的感覺——他也說不上來。賽克利伸出一隻手，指尖輕輕撫摸她的臉龐，倏然發現答案：她跟勃南太太不可思議地神似，就連她在他袍子底下的身體來回游移的雙手觸摸都極其相似，她的四肢交疊著他時，相似的感受更是強烈。

他雙臂環抱著她時，似曾相識的感覺深刻顯著，他的渴望越來越強烈，彷彿他正在和勃南太太做愛——感受強烈到最後他情不自禁，喃喃呼喊出她的名字，但才一出口，罪惡感就令他震驚愕然地窘迫轉過身體，此舉教女子心頭一驚，以為自己做錯什麼。

「不，不，」他連忙安撫她：「不是妳，是我的錯。」

不過他看得出她並不明白方才發生什麼事，賽克利啞然握住她的手，假意要她拍打他，當作對他的懲罰。雖然她的拍打極為輕盈，但是他仍因鴉片煙而擴張的皮膚卻開始震顫，整張臉龐也散發著光暈。這感覺既令人滿足又詭異——因為這種滿足來自懲罰、一種贖罪的感受。

他又重複了一次動作，這次刻意加重力道，感覺更加美妙了。這會兒她似乎弄懂了賽克利想要什麼，於是開始淘氣地拍打他，不僅打在他臉上，還打在他光裸的背部和臀部上——愉悅的感受太強烈，他知道要是不停止，他就不得不再吸上一管，重來一回。

這想法使賽克利神智瞬間清醒過來，他微笑著對她說：「我得走了——是時候離開了。」

她為他帶來衣服後，他伸進長褲口袋，撈出一把硬幣，她卻婉拒不收，只是輕輕搖頭，欠身哈腰著離開。

他正在穿外套時門敞開了，陳先生步入艙房，賽克利腦海瞬間浮起一股不安感受：他是否可能一直在旁偷看？

但賽克利無法從陳先生的態度看出端倪，陳先生又回到講求效率的快活態度。「好了，瑞德先生，」他說：「我猜你這次來我這兒作客，應該玩得很開心吧！希望這是我們長期合作的開始。」

「謝謝，先生，」賽克利含糊回道：「我也希望。」

「喔，我敢說日後一定會合作愉快的，」陳先生說，使勁握了握賽克利的手。「我和勃南先生也是長期合作的關係。我實在不得不說，你讓我想起他，你倆真的非常相似。」

「謝謝你這麼說，陳先生，你人真好。」

*

對鍾老師和他的圈子而言，邊界之役從許多方面來看都是場慘敗。即便他們親眼見證戰爭過程，卻始終說服不了林欽差大臣他們親眼目睹的真相。一名陸軍指揮官先行向欽差大臣稟報中國大勝——英國人逃之夭夭，死傷嚴重。澳門邊陲地區亦證實這些誤導情報，某些軍官亦然。至於像鍾老師這種想方設法向欽差大臣報告真相的人，卻相對寡少，勢單力薄。

後來欽差大臣接受了軍隊指揮官虛構的澳門戰役說詞，於是他發給皇帝的快信也是虛構不實的內容。

若是連林則徐都如此黑白不分，康普頓喪氣地說，那麼傳到紫禁城的消息又有幾分真實？但事情過沒多久，很明顯中國沿岸發生的事實紙包不住火，皇帝終究是知道了。

澳門戰役依然記憶猶新，廣州就已接獲情報，一組英國船艦已航向白水河口，位置十分接近北京。眼見首都威脅在即，資深朝廷命官兼該省省長的琦善便屈服，答應代為收下義律上將幾週來試著呈交皇帝的信。

信件內容令人震撼，教誰都意想不到：英方除了向中國索賠去年林欽差大臣沒收鴉片的六百萬西班牙銀元，亦額外要求割讓一座小島，作為貿易據點。

最令人匪夷所思的是英方從不承認自己的過錯：既不承認他們行走私之實，亦不承認他們不斷挑釁、拒絕在中國領土遵守中國律法，甚至將過錯全推到林欽差大臣頭上，控訴他的罪行和非法扣押，彷彿有船艦的戰火威力撐腰，他們就有權把黑夜說成白天。

欽差大臣承受莫大壓力，他寫了一封冗長的陳情書，試著承擔自己失策犯錯，雖然承認自己確實有錯在先，卻指出所有決定都是遵照皇帝下達的聖旨，另外亦責怪廣州商人與英國人密切串通，勾結共謀。

至於皇帝對這封信的看法，目前尚不為人知，但有謠言指出欽差大臣的說詞並未說服皇帝，甚至傳言皇帝已同意將欽差大臣交付英方，讓英方自行決定如何懲治。

對於鍾老師和他的圈子來說，這些消息宛如地震：此後便不可能冷眼旁觀官方穹蒼裡出現的絲毫動盪。每天報導和謠言都像是全新的地震和餘震降臨，在在提醒他們腳下的地殼正在挪移。

尼珥自康普頓的報告得知，廣州官員圈子爆發鬥爭，各個不同派系爭逐勢力。對於鍾老師這種異端分子，情勢不妙，目前占優勢的都是傳統派，隨著他們地位水漲船高，質疑的毒氣開始擴散，遍及倡導實踐外交事務研究的人，一如鍾老師和他的人馬。

深受近期發展影響的不只有公職人員，英方封鎖珠江構成的影響，就連庶民百姓也漸漸有感。定海、澳門和其他城市被攻陷的謠言漫天飛舞，至於在廣東跟外邦人有所來往的人——這種人廣東省特別多——也備受質疑。到處都聽得見漢奸、番鬼仔、奸商、叛國賊、反叛者、間諜、英方勾結的變節商人等難聽字眼。

對於巴布羅和家人來說，問題尤其嚴重：如今民眾都知道是印度黑鬼士兵和水手跟英國番鬼輪流侵襲海岸。而濱水區的人都清楚巴布羅和孟加拉人交情匪淺，他們也知道阿沙蒂蒂的廚船主要接待印度阿差，這件事後來衍生諸多不快，以致阿沙蒂蒂別無選擇，只好關閉廚船。

澳門戰役結束後兩個月，某個秋高氣爽的晚上，有人來敲尼珥的門。是康普頓，他一臉心煩意亂。

我有壞消息，阿尼珥……

康普頓宣布，林欽差大臣慘遭革職，而且蒙受嚴重羞辱。皇帝發信給欽差大臣的副手，指派他擔任林則徐的接班人。

偉大的林欽差大臣就這麼以備受屈辱的方式遭到廢黜：沒有預先警告，也沒有一聲通知——全憑一封直接交予下屬的信，通知他遭到換角！這就是欽差大臣為皇帝掏心掏肺效命、忠心耿耿的報酬！

尼珥不曾見過康普頓如此意志消沉。

幾天後，官方證言送達：林則徐被恥辱地召回北京，代職上任的是南方兩廣總督琦善。

由於欽差大臣在廣東省備受歡迎，因此這則消息在廣東省引起公憤，老百姓全站出來表達對他的同情：無論欽差大臣走到哪裡，皆遭遇群眾包圍，大家圍繞在他的轎子周圍，扔出禮物——鞋子、雨傘、袍子、線香座等。

林則徐失寵，對鍾老師周遭的人來說也是一大挫敗，包括康普頓在內。他倆心知肚明，全新的統治管理象徵鍾老師的影響力將會銳減：換句話說，過去兩年的努力全付諸流水。

尼珥有天下午在康普頓的印刷廠時，鍾老師突然來訪，尼珥總覺得鍾老師在過去兩個月蒼老了許多，他步伐沉重地拄著拐杖，一臉認命憔悴，最後鬱鬱寡歡告別。

在那之後，尼珥再也沒見過鍾老師。

次日康普頓前往林則徐的住處，想要趁他離開前好好致意一番。抵達後方知前任欽差大臣終究是不走了，皇帝下達聖旨，要他繼續留守廣州，協助新任總督琦善熟悉新職位。

林則徐彷彿變成一面祖先牌位，需視所需情況決定是否移除。

廣州正在等待總督抵達時，全城受到飄忽不定的氛圍感染，瀰漫著動盪不安的氣息。

有天夜晚，尼珥從康普頓的印刷廠回巴布羅船屋，剛步下郵輪，一群小鬼就包圍住他，開始朝他咒罵，髒話連篇。

……Yun gwai, faan uk-kei laan hai!（滾回去！）

……laahn gwai, diu neih louh mei!（肏你妹！）

……jihn hai, haahng lan toi!

諸如此類針對外國人的嘲諷並非罕見，至少其他省分的中國人，甚至是隔壁村莊鄰居都不陌生，但這幾個小男孩的語調卻帶著尼珥從未聽過的怒氣。奇怪的是他們不是喊他「黑鬼」，而是「叛徒」：要是他們知道他其實是黑鬼，不知作何反應？還是不知道比較好。不過尼珥也很清楚，這會兒他是回不去巴布羅的船屋了：要是這群小鬼尾隨他回去，可能會為這家人添麻煩，於是尼珥決定前往幾百碼外的海幢寺。

尼珥步向寺廟時，小鬼頭的怒罵也越來越響亮。當他穿過大門時，一顆石頭忽地擊中他的背部，所幸他們沒有跟著進門。

塔拉納西吉一如既往地熱情歡迎尼珥，聽尼珥描述時一臉陰鬱地頻頻點頭。如今廣州的氛圍變得詭譎黑暗，他說。不只是外國人遭受攻擊，當地民眾也會攻擊來自其他省分的中國人，正因如此，海幢寺的西藏僧侶現在已不再踏出寺廟一步。

塔拉納西吉很歡迎尼珥留在寺院，尼珥也欣然接受邀請。他捎出一則給巴布羅的訊息，沒多久巴布羅就帶著尼珥的行囊來到寺院。

尼珥遭到當地人攻擊，巴布羅並不意外，畢竟他也從親朋好友那兒聽說類似故事，船家也背負著叛國賊和間諜的臭名，省政府怪罪船家無法擊沉英國軍艦，他們以為船伕「勇士」能夠利用他們的特殊功能，破壞外國船艦，對於他們辦不到這件事，政府十分惱怒。

Kintu amraki korbo? 巴布羅以孟加拉語問。我們能怎麼辦？陸地上的同胞以為我們有特異功能，偏偏我們沒有啊——我們不過是普通人。

翌日清早，尼珥捎出消息，告訴康普頓他目前在寺院躲著，康普頓前來拜訪他，建議尼珥暫且緩著，耐心等待日後的長遠安排。

數日後，康普頓又來見尼珥，說他已和鍾老師討論過，他們都認為尼珥最好搬到目前仍停泊黃埔的劍橋號上，由於劍橋號有省政府的特殊庇護，所以尼珥在那兒絕對安全，船員無疑也會很開心有他在場，幫忙翻譯。

*

十二月初，賽克利在滿州海岸售出最後一批鴉片。朱鷺號的貨艙空蕩蕩，他一刻也不得閒，立刻將縱帆船調頭，返回南方。

距離香港灣尚有兩天路程時，他在瞭望臺上瞥見菲利浦．弗瑞瑟的雙桅帆船，於是兩艘船便並肩停靠，賽克利過去與他用餐。

弗瑞瑟先生知道許多可以跟賽克利分享的消息：英國艦隊已經回到珠江口，等著與廣東新任總督琦善展開協商調停。其中一位全權大使喬治・懿律海軍少將病倒，於是將指揮棒交給海軍軍官伯麥，而義律上將成為唯一的全權大使，許多遠征隊的人深感苦惱。在同為軍官的同袍眼底，義律上將素有對中國人太心軟的惡名，眾人普遍認為他光說不練的策略恐怕得不出結論，軍人都打賭中國人只是趁此良機建立防線。許多軍官都深信不疑，除非打得北京鼻青臉腫，否則北京絕不會輕言讓步。他們譏諷全權大使幻想力豐富，不少人覺得他只是躊躇不定的笨蛋，更毫不遲疑替他冠上各式各樣的嘲弄綽號——全權大屎、大屎蛋、大屎尿壺等。

同時英國也沒閒著，增添了幾艘軍艦，擴大艦隊勢力，包括革命性的嶄新船艦：復仇女神號，這是一艘鐵殼汽船，也是第一艘出沒印度洋的鐵殼汽船。弗瑞瑟先生曾有機會上去參觀這艘氣宇非凡的船艦，他滔滔不絕講著這艘船的事蹟。復仇女神號幾乎全船使用金屬打造，全身上下都是鐵打的，因此羅盤需要裝置一種特殊設備，以利矯正磁偏轉。一百二十馬力引擎每日得狼吞虎嚥十一噸煤塊，才能驅動這艘船的兩顆碩大槳輪。話雖如此，這艘龐然大物的吃水卻很淺，能在五英尺不到的水面運轉！原因是它有兩支升降龍骨。說到裝備武器，也讓人不由得敬畏三分：包括兩組發射炮彈和霰彈的三十二磅旋轉炮、五組銅製六磅炮、十組鐵製迴旋炮，槳輪間還接有一根炮管，可以發射康格里夫火箭。

弗瑞瑟先生說，許多人都篤定復仇女神號將永遠改寫海洋戰爭的本質：它會是引發中國人惶恐害怕的祕密武器。

所有消息之中，最讓賽克利感到興致高昂的，莫過於勃南先生與太太已經搭乘阿拿西塔號抵達中國海岸。弗瑞瑟先生已在香港灣和他們碰過面，他倆都很開心聽說賽克利的自由貿易生意一帆風順。

這消息令賽克利立刻揚起立於朱鷺號桅杆上的風帆，縱帆船三兩下已經乘風破浪出發。

＊

舟山和北方戰役的進展成了沙洲印度兵帳篷內炙手可熱的話題，前幾週消息寥寥無幾，但一般人認為應該是因為戰役規模小，而且是在幾乎無人傷亡的情況拿下舟山。

但就在八月轉入九月之際，疾病爆發的不祥謠傳開始漫天紛飛，克斯里聽說重病瀕死的士兵已從舟山送回南防區，據說他們被送到澳門，不是待在仁慈堂，就是一間改建成醫院的宅邸。

某天又傳來消息，據聞他們的兄弟分隊，也就是另一連孟加拉志願軍營的印度兵病倒，目前已自舟山遣返，於仁慈堂養病。克斯里向梅上尉打探情報的真實性，上尉不僅證實傳言，還允許克斯里帶一組軍士前往澳門，探望生病的印度兵。

自從抵達中國後，印度兵就不曾踏上澳門一步，雖然這次下船並非愉快的郊遊，他們還是很高興有這個機會，可以參觀城鎮。而他們果真也沒失望：澳門在他們心底留下了深刻印象，克斯里更是驚艷不已。士兵的上岸處正好就在海上守護女神媽祖廟附近，克斯里禁不住好奇，遂進入廟宇參觀。許多物品都十分眼熟——線香、佛像、聖樹、門神雕刻。克斯里當然早就知道不少中國人都是佛教徒，但直到那刻他才明白，中國佛教的教規與他們極其接近。

參訪寺廟後，前往仁慈堂的路上，印度兵在澳門的曲折巷弄內迷了路，但是每拐一個彎，都遇得上一個可以問路的人，不只英文通，連印度斯坦語也能通——舉目皆是果阿人，店主也好，逛街路人也罷，甚至是守門人。一組果阿印度兵甚至帶他們參觀營房、送水果給他們。

仁慈堂是一棟外觀樸素的灰色建物，空間擁擠，無人搭理他們，所幸克斯里運氣不錯，撞見一眼就認出他是印度號乘客的蘿莎。蘿莎帶領他們走進建築角落處的昏黑小房間，生病的印度兵就在那裡休養。

克斯里在一問之下得知，島嶼攻陷確實如他想像，順利無礙，是等到戰爭結束，情況才急轉直下。島上爆發高燒流行病和其他疾病，失控的慢性痢疾讓幾百名印度兵及英國士兵不支病倒。病倒的士兵人數眾多，戰地醫院的床墊緊密並排，醫護員走動時無可避免，必會踩到生病瀕死的士兵。問題追根究柢就出在統帥部對小島環境輕忽大意，這是生病印度兵的說法。他們並未審慎考慮地勢就選了營地：事實上舟山低窪地區多為沼澤濕地，到處皆是，可是他們卻沒有將此納入考量。結果士兵長期暴露於有毒氣體和致命沼氣，加上沼澤水上漲，帳篷時常淹沒。一組印度兵分遣隊在山坡地紮營，卻臭氣沖天，深受其害，氣味濃烈到他們決定掘土，希望找出問題癥結。才挖了幾寸，他們就挖出頭骨、人骨、腐敗骨肉：原來這塊「山坡地」是亂葬崗。軍官堅信這片亂葬崗就是汙染源頭，於是下令炸毀，結果炸出一個埋葬棺材和骨骸的巨坑。

印度兵還說，舟山新鮮水源得來不易，他們有時得從稻米田的灌溉水源撈水喝。加爾各答採買的軍糧，多半不是短缺，就是已經腐壞，長滿象鼻蟲和黴菌：印度兵心裡有數，肯定有人藉由供應品質粗劣的糧食大撈一筆，但是短缺情況嚴重，糧食不足，軍需部只得繼續以不合理價格向跟隨占領軍一路北征的商船購買糧食。

再者是就連印度兵都招架不住的暑氣，對白人士兵來說，簡直無法忍受。除此之外，占領軍還得面對充滿敵意的島民，中國政府祭出高額獎賞，因此士兵一刻都不得馬虎鬆懈，深怕遭到謀殺或綁架。幾個卸下防備的人更為此付出慘痛代價，其中一位是馬德拉斯炮兵隊的上尉，他遭逢匪徒襲擊，後來被帶到內陸，他的印度僕人則在這場騷亂中死亡。

抵達舟山前，英國統帥部宣稱島民非常歡迎士兵，還說當地人對滿州政府早已懷恨在心，所以遠征隊士兵絕對將以解放軍之姿來臨，備受禮遇。

可是真到了舟山，他們才知道這一切只是痴心妄想。

聽著這些故事時，克斯里才明白駐紮南方的B連有多幸運，雖說沙洲島上生活沉悶，至少糧食充裕，販船不斷送上補給品。雖然他們也遭受病痛纏身，戰地醫院的床位與空間卻充足無虞，整體來說他們不能否認，相較之下自己的運氣已算不錯。

十月下旬，最後幾營第三十七馬德拉斯軍團從印度姍姍來遲，駐紮沙洲島，與他們分享旅途的悲慘故事。為了節省經費，馬德拉斯轄區承租老爺船充當運輸船，而這幾艘船弱不禁風，就連小風雨都抵擋不了。結果好巧不巧，他們在南中國海上遭遇猛烈颱風，四艘結伴出發的船艦全軍覆沒，被暴風雨吹得殘破不堪、支離破碎。其中一艘船還遭到海盜圍困，要不是一艘英國汽船前來解救，實在難以想像今日的下場。另一艘船則在颱風中失蹤。那艘船正是戈爾孔達號：也是第三十七馬德拉斯軍團的「總部船」，船上載著軍團的辦公員工、三百名印度兵、包括軍士在內的多數軍官，恐怕凶多吉少。

幾天後，梅上尉向克斯里證實，戈爾孔達號已經翻覆，船上人員已全軍覆沒。他還證實該船的確禁不起風吹雨打，一開始就不該借來當運輸船使用。用肚臍眼想也知道，這之中肯定許多人中飽私囊，有些軍官也遭賄賂，睜一隻眼閉一隻眼，其中一個可能已跟著船身覆沒，軍隊極有可能為此展開官方調查。

「要怪就怪那些見錢眼開的老百姓，」梅上尉咬牙切齒地說：「若要說有哪件我看不慣的事，那就是為了私利拿士兵生命開玩笑的商人，這些王八羔子比盜墓者還要惡劣。」

當晚，克斯里躺在小床上，思緒飄到加爾各答那兩個試圖逃兵的男孩，他想起當初在盤問之下，他們坦承害怕軍糧腐敗、船隻禁不起風浪，當時克斯里還駁斥，那只是謊言與謠傳。他也仍然記得當初他命令執行處決的劊子手，以及兩個男孩臉部蒙著遮眼布、正面倒下的死狀。

如今這兩個去世的男孩現身他的夢境，咒罵他是鸚鵡般重複英國白人軍官說詞的傻瓜，嘲諷他是 nakli gora ——黑皮白骨的假貨。

克斯里每隔兩週就固定去一趟仁慈堂探視士兵，並為生病的印度兵帶來麵粉和其他糧食。他常和梅上尉去澳門，每當上尉去探望朋友和熟人，克斯里就會帶著一列腳伕，在他如今已經熟稔的澳門巷弄穿梭自如。

他前來探病對於臥病在床的印度兵來說是一股動力，悶壞的士兵都渴望情報、迫切想知道何時回得了家。克斯里與他們分享他所聽說的消息：全權大使仍在北方，要求中國朝廷命官認可英方提出的要求。

返鄉之日遙遙無期，關於這點，他卻沒能說出口。

每次探病時，他發現生病的印度兵持續增加，直到仁慈堂再也接濟不了病患：後來送達的士兵都轉往馬尼拉了。

可是士兵仍陸續湧入醫院：十一月上旬，克斯里聽說兩個月前占領舟山的兩千五百名士兵，只剩八百人平安無事。

月中，仁慈堂總算接獲大好消息。

多數遠征隊士兵將回到南方！英方要求將舟山歸還中國，爭取其他適合當作基地的島嶼，而在此之前，為求擔保，一小組英國駐軍會繼續駐守舟山。

其他士兵已踏上返回南方的歸途，再過幾天就會抵達珠江口。

*

賽克利一抵達香港灣，便發現勃南先生和太太已經搭乘阿拿西塔號前往澳門。他半刻都不浪費，直接登上一艘通往澳門的渡輪。

賽克利踏上阿拿西塔號時已是傍晚：他詫異發現，除了幾名在支索帆下打盹兒的印度船工，主甲板上毫無人煙。他好奇勃南太太是否正在船上，內心明白其實並非不可能，這念頭令他不禁心跳加速。

他的目光掃向船尾，發現阿拿西塔號後甲板上搭起一面遮陽用的帆布天篷，他猜想那八成是為了不想晒太陽的勃南太太搭起的。想到她現在可能就在那裡，他的腦海突然閃過一絲罪惡感。賽克利試著對罪惡感視而不見：只是提醒自己，感到罪惡也不會有好處。但當他的雙腳開始朝後甲板移動，他卻毫不費力就停下腳步。他自問身為船長的他有何好理由，可以自然不做作地走上後甲板？畢竟這是高級船員的職務。

他慢條斯理爬上升降梯，與甲板齊高時，小心翼翼地左右查看。發現左瞧右看都不見勃南太太或任何人的身影後，他深深嘆了一口氣——究竟是失望，還是鬆了一口氣，就連他也說不上來。他步上甲板，發現後桅尾端擺了一張雕刻圓形長椅，於是決定到那兒坐著等待。

穿過甲板時，有扇門赫然敞開，賽克利旋過腳跟，看見一個猶如穿戴盔甲般全身包緊緊、頭戴面紗的人影。

「瑞德先生！」

「勃南太太？」

即便這天冷冽，勃南太太還是不遺餘力地躲避陽光荼毒：一件蕾絲邊綴飾的白棉布裝從頸部一路包裹到腳趾，胳膊則覆蓋著長至手肘的棉質手套，頭臉則以一頂圓帽遮蔽，帽簷上懸掛著宛若帽舌的白色網紗，一手舉著精緻白亞麻布製成的蕾絲鑲邊陽傘。

賽克利怔怔立在甲板上，她那頂掛著網紗的帽子開始左搖右晃，緊接著勃南太太手腕一轉，將面紗朝帽簷上一掀。

「看來現在只有你和我了，瑞德先生。我丈夫去韋爾斯利號拜訪義律上將了。」

賽克利想不出該答什麼，也不知該做何反應。他這身分的男人該怎麼向雇主太太打招呼？想不出解答的他緩步走向右舷舷牆，手扣住舷緣，穩住重心。儘管聽得見身後傳來衣服的沙沙聲響，賽克利並未回頭張望，只是盯著停在前方四分之一英里外的韋爾斯利號。他的感官敏銳到不需要轉頭，就察覺得到勃南太太的一舉一動：他很清楚她就站在他的身旁，刻意保持一段安全距離，旁觀者一看，會以為他們是兩個巧遇的熟人，只不過恰好同時站在舷牆邊，飽覽美景風光。

「瑞德先生，我真的很高興，」她說：「我們有這個機會獨處。」

那瞬間，逐步解凍的欲望猶如浪潮襲上賽克利，他口是心非，酸溜溜回道：「妳真教人意想不到啊，勃南太太。上次我們告別時，我明明清楚感受到妳恨不得擺脫我。」

在輕輕轉動的陽傘遮掩下，勃南太太迅速拋給他一個哀求眼神：「喔，拜託，瑞德先生，你明明知道狀況。就算我上次表現冷淡，也是因為要我割捨我們的……我們的親密關係，對我來說是那麼困難。不管怎麼樣都是往事了：我現在有件重要的事要說——我不曉得之後還有沒有機會，勃南先生很快就會折返，我們時間不多。」

她急迫的強烈語氣令賽克利為之震驚，他說：「什麼事，勃南太太？妳說。」

「是關於寶麗的事：我知道你寫信給她，斷絕兩人的關係。她已經告訴我那封信的事了。」

「她是怎麼說的？」

「她沒多說什麼，但我看得出她非常、非常受傷。」

「哦，這我也很抱歉，勃南太太，」賽克利說：「我已經盡可能客氣了，但實際情況是，她的話語也傷我很重。」

「但那只是一場誤會！」勃南太太哽咽地說不出話：「寶麗並不是我想像的那樣，她不是故意的！全是我個人嚴重的誤解。」

「我不懂妳的意思，勃南太太，」賽克利的聲音壓低，輕聲細語：「妳的意思是她從沒說過自己『懷孕』嗎？」

「對，這不是她當初的意思。」

「但是她和妳先生是什麼關係？想必並非完全單純吧？」

「哦，瑞德先生，我覺得他們清清白白，至少寶麗是無辜的。我確定打屁股是真的，也確定她是在不清楚的狀況下這麼做的——可是一旦發現這麼做的意思後，她就趁情況惡化前，藉機逃離我們家。」

過去幾個月以來，寶麗在他心目中是一個任性妄為的惡女，故意欺瞞他和勃南太太，於是賽克利很難接受自己的猜忌毫無根據：「妳是怎麼知道的？」他逼問：「妳親自問她的嗎？」

「不，」勃南太太說：「我沒有直接問她，但有天我和先生在澳門時巧遇她，從他們兩人近距離的互動，你大可信我一句，她的表現坦蕩蕩，自然不造作，完全推翻你我的猜想——反而是我先生表現出心虛有鬼，一臉難為情。我敢斷言，有關他們之間發生的事，她對你說的全是事實，就是這樣。」

賽克利依舊不買帳，他堅持：「我不懂妳怎敢說得如此斬釘截鐵。」

「但我就是確定啊，瑞德先生，」她說：「現在我才驚覺，當初一定是我的想像力太豐富。我想不透寶麗為何逃離我們家，心想肯定是你勾引她、害她懷孕，這是唯一的解釋。所以你來應徵工作時，我心起疑竇。當時我天真以為，要是你落入我的手掌心，我就能逼你為自己的淫欲懺悔，一勞永逸醫好你的病。誰知道發展出乎意料，我深深受你吸引，無力抵擋。這或許也是為何我情願相信一切都是寶麗的錯——但她其實是無辜的，錯的人是我。」

這下賽克利總算讓步：「勃南太太，不是妳而已，真要說的話，我也難辭其咎，」他不情不願地說：「妳覺得是自己的錯，但其實我們兩人都有錯。我也先入為主認定是寶麗不對，或許是我以為這樣就能減輕我們的罪惡感。」

「是的，我們兩人都有錯——」

她話說到一半，陡然停下。一艘小艇正從遠方的韋爾斯利號駛向阿拿西塔號。

「喔，那是我先生的船！」勃南太太屏息，說：「他不到幾分鐘就會回到船上了，那之後我得進城一趟，拜訪幾個人，我們沒時間了。所以算我拜託你，瑞德先生，你得聽我說，jaldee（快點）。」

「好，勃南太太妳說。」

「我們——或者應該說是我，對寶麗做出太不公平的事。瑞德先生，我很想親自彌補她，矯正這個錯誤，可是我不敢，我怕透露太多你我之間的事。」

「所以寶麗不知道我們的事？」

「不，她當然不知道。」勃南太太說：「我對她隻字未提，深怕這會毀了你和她共創未來的可能性。」

賽克里拱起眉毛：「什麼『未來』，勃南太太？」

「當然是指你的幸福啊，瑞德先生，」勃南太太抬起一隻手抹掉淚水，「你們注定要在一起的，你跟寶麗——我現在已經認清了。要不是因為我，你們早就在一起了。」

她凝望著他的臉龐，眼底淚光閃爍：「我是個自私軟弱又壞心眼的女人，瑞德先生。我屈服於你的誘惑，造成你和寶麗的不愉快，而我明明是這麼喜歡這個女孩。我太清楚感情遭人破壞干涉的感受，卻成了破壞你倆感情的始作俑者，這個念頭讓我內疚煎熬，你千萬不能讓我的靈魂帶著沉重負擔踏進墳墓。除非我知道你跟她重修舊好，否則我死不瞑目。」

「勃南太太，問題是我們的關係無法修補了，」賽克利抗議道：「寶麗手裡還有我給她的那封信，我覆水難收啊！」

「你可以的，瑞德先生。你可以向她道歉，解釋你是被某個下流八卦誤導了。你可以請求她原諒，就算不是為了自己，也一定要為我這麼做——要是我對你具有意義，你一定要為我這麼做。」

她的聲音急迫，賽克利無法斷然拒絕。「可是勃南太太，我要怎麼和她見面？我懷疑她還肯再見我。」

「喔，這你不用煩惱，瑞德先生，我已經想到方法，可以安排你們兩人碰面。」

眼見小艇逐漸逼近阿拿西塔號，勃南太太的聲音也變得越來越急促。

「你很快就有機會見到她了。元旦這天，我們會在阿拿西塔號舉辦夕照午宴，到時勃南先生會邀請並招待幾個遠征隊軍官，也會邀請女士小姐，我已經問過寶麗，她也答應出席——八成是因為她不知道你也在場吧，不過你一定要來——到時你就能向她解釋了。」

語畢，勃南太太轉身走上主甲板，陽傘撐在肩頭。賽克利跟在她背後走了幾步，隨著分分秒秒過去，她的背部也漸漸挺直，越來越像一根竹竿，等到勃南先生踏上甲板，她又回到原本慵懶隨興的老樣子。賽克利望著這對夫妻輕啄彼此嘴脣，交換幾句話語的模樣，內心不由得艷羨，不只是仰慕她，還有她那冷靜大男人之姿的丈夫。

「親愛的，現在可以換我借這艘小艇嗎？」勃南太太說：「我想去澳門拜訪幾個朋友。」

「親愛的，當然沒問題，」勃南先生說：「如果可以的話，我想請妳幫個忙。」

「可以啊，」勃南太太說：「是什麼事？」

「妳還記得摩迪太太吧？我們曾在孟買見過她一次面，之前我跟妳提過吧？她會搭乘印度號來澳門，她的亡夫是我特殊委員會的同僚，一個傑出非凡的男人。要不是摩迪先生，遠征隊今天就不可能成行，全是因為摩迪先生在某場關鍵委員會會議上堅定不移、捍衛自由，才有今日的成就。」

「是的，我記得，親愛的，」勃南太太說：「我記得你提過這件事。」

「事情是這樣的，據我所知，摩迪太太目前住在諾瓦別墅，也就是她姪子座落於南灣的房子，我想或許可以邀請她參加元旦午宴。」

「那是當然，我們怎麼能不邀請她呢，親愛的，」勃南太太說：「我一定會去登門拜訪。」

「謝謝妳了，親愛的。」勃南先生說，俯身親吻妻子的臉頰。

＊

小艇離開後，勃南先生才轉過頭，對賽克利說：「來吧，瑞德，」他說，率先走向後甲板。「你肯定有很多想對我說的話吧！」

「是的，先生。」

接下來這半個鐘頭，他們一邊在甲板散步，賽克利一邊聊著他搭乘印度號和朱鷺號的經過，又說到他在新加坡和中國沿海販賣鴉片的事蹟。勃南先生仔細聆聽，除了偶爾點頭，表示贊同，他幾乎沒有開口，唯獨聽見賽克利提到陳良，勃南先生才打破沉默。

「陳良真是一個值得結識的男人，瑞德，太值得了！」

賽克利拿出帳目，讓勃南先生仔細端看，並解釋他單趟就淨賺近一百萬元，這時勃南先生的讚許更加熱情：光從這些數字就看得出儘管中國政府百般阻撓，中國人民對鴉片的渴望卻越來越強烈，年輕人更尤其如此。

「幹得好，瑞德！太出色了！」勃南先生大呼：「價格攀漲就是市場力量的鐵證，顯示那些想要撲滅大自然法則的人有多愚昧。攻暴君個措手不及，就是為上帝伸張正義——而像你這樣的年輕自由貿易商，有天就會成為實踐自由的使徒。」

「謝謝先生，」賽克利滿懷感激地說：「我很榮幸能為你服務，如果有其他需要，請你儘管開口。」

聞言，勃南先生陷入沉思，難得語氣不確定地說：「這個嘛，瑞德，」最後他總算開口：「雖然你目前幹得不錯，但畢竟年紀尚輕，我不確定你是否準備好迎接其他挑戰。」

「喔，拜託，先生，」賽克利誠懇地說：「我希望你給我證明自己的機會！」

勃南先生轉向一側，彷彿在心裡斟酌各種衝突的利弊考量，接著下定決心似的，一隻手臂繞過賽克利肩頭，帶他穿過甲板。

「你想要自我精進的渴望，當真令人刮目相看，瑞德。但你曉得，有些事需要嚴格保密吧？」

「喔，那是當然，先生。我不會四處放話的。」

勃南先生帶著賽克利步向舷牆，接著伸出一隻手，指向停靠在不遠處的韋爾斯利號和都魯壹號。

「來自大英帝國各地的數千名士兵水手全在那片水域，每個人一天需要根據個人口味和偏好，吃上好幾餐。一樣米養百種人，其中最難養的，就非印度兵莫屬，尤其是孟加拉印度兵，因為他們得遵從五花八門的飲食規則，除了熟悉的糧食，例如穀類、扁豆、脫水蔬菜、香料等，他們什麼都不吃。幸好這些食物不貴，而且在他們的祖國得來容易，只不過出了海外往往不易取得，有時這會形成對商業第一法則有利的情況。」

「我不確定我懂你的意思，先生。」

「買低賣高啊！」勃南先生說：「這就是商業第一法則，不是嗎？」

「喔，我懂了，先生！」賽克利說：「你的意思是，這些食物在印度很便宜，但是在中國很貴？」

「沒錯！要是有個人正好有一艘船，乘載著諸如此類的糧食，那豐厚利潤的契機豈不就近在眼前──實不相瞞，阿拿西塔號正是這一艘船。可是要出售這類貨物，通常需要一、兩名官員介入，而這就是難處──要軍人配合不是那麼簡單的事，畢竟很多軍官性格倔強頑固，對貿易抱持狐疑態度。硬要說的話，軍人的愚昧無知並不輸故意與上帝批准的市場法則作對的中國天朝。」

「先生，你說真的？」

「是的──很遺憾，千真萬確。但幸好總會有幾個通情達理的人，明白要不是為了他們好，上帝才不會賦予人類對追逐利益的熱愛。要是擔保可分得到一杯羹，他們通常非常願意配合，許多人會對軍需部採購官員施壓。」

「但要上哪兒找這種人，先生？」

「勤勉不懈，謹慎觀察啊，瑞德。最重要的莫過於搜集情報：你一定要揪出哪個軍官入不敷出，特別欠錢，需要還債。在諸如此類的遠征隊裡，我可以向你保證，這種人肯定不少——畢竟他們加入志願軍的意圖，無非是希望掙到足以還清債務的賞金。」

勃南先生開始用指甲輕敲甲板欄杆。

「我就直接告訴你吧，瑞德。其實我已經鎖定一名軍官，他正好就是我們需要的人。我幾天前才在韋爾斯利號認識這號人物，並且趁打牌時暗中觀察他。他就屬於揮霍無度、剛愎自用、深陷債務泥沼的傢伙。但我猜他的個性剛烈，恐怕不好說服，必定是一大挑戰。」

勃南先生頓了頓，眼神不確定地瞟向賽克利：「瑞德，我在思考是否該讓你去接近這號人物，你有意願嗎？」

賽克利想都沒想就衝動答應：「當然有，先生！你可以託付給我。」

「很好，」勃南先生說：「那我就把他交給你了。元旦午宴那天他也會到場——他的名字是奈威爾・梅。」

賽克利始料未及，勃南先生竟然會說出這個差點與他拳腳相向的人名：他的驚叫呼之欲出，但到了脣邊卻硬生生吞了下去。

幸好勃南先生沒注意到他內心的崩潰。「你不會剛好認識梅上尉吧？」

「打過照面，」賽克利躊躇猶豫說：「他也是印度號的乘客。」

「喔，當然了，」勃南先生說：「我都忘了這回事。既然你和他已有些許交情，可說是如虎添翼。

你覺得你可能說服他配合嗎？」

賄賂梅上尉不是件容易的事，賽克利內心有數，但既然他已信誓旦旦，答應勃南先生，現在就得全力以赴，否則只怕在勃南先生內心扣分。「先生，我絕對會放手一搏，全力以赴。」

*

丁雅爾．菲多恩杰別墅的大門外，有一張面向南灣的長椅：每當梅上尉受邀在別墅吃中飯或參加午餐會時，克斯里常常在那裡等他，餐後兩人便一起返回沙洲島。

克斯里正坐在長椅上，等待梅上尉結束午餐會後步出別墅。這時克斯里驀然發現一位白人太太步伐輕快地朝他走來，她的裙子猶如一只大鐘左右擺動。她戴著一頂帽簷垂掛紗網的寬帽，肩上撐著一把蕾絲鑲邊的白色陽傘。

這名白人太太往別墅的方向走來，克斯里尊重地站了起來，主動幫她開門。他本來以為她會直接穿過大門，只稍微對他點頭示意，沒想到她卻戛然止步，歪斜著頭，這角度正好可讓克斯里直視遮住容顏的紗網帽舌。接著克斯里錯愕聽見遮蔽面紗後方發出一個低沉喉音，用印度斯坦語喊出他的名字：克斯里．辛？Mujhe pehchana nahi? 你沒認出我來嗎？

他愣愣搖頭，瞇起眼想要望進她的面紗：這時她才發現面紗遮住自己的臉，於是手腕一轉，揭開紗網。

Ahb? 現在認得了嗎？

克斯里的眼睛來回掃了她的臉一、兩回，才用不可置信的粗啞嗓音喃喃：「凱西小姐？Aap hai kya? 是妳嗎？」

她笑了出來，繼續以印度斯坦語回道：「Hai，克斯里．辛！正是我。」

這下克斯里總算看見，那猶如破繭蝶蛹的面容輪廓背後，藏著那位二十年前曾請他擔任上膛手的女孩，他想起當初她那令人印象深刻的直言不諱和隨心所欲。而今她停下腳步和他說話的作風，也跟當時如出一轍。但即使他對得上她的臉，仍然注意到她的臉龐透著一抹傷感。

Maaf karna——請原諒我，凱西小姐，他說，原諒我沒認出妳來。但妳現在不大一樣了。

她大笑出聲。Aap bhi——你也變了啊，克斯里．辛，只有眼睛沒變。所以儘管過了這麼多年，我還是認得出你。

肯定超過二十年了吧，克斯里說。

那倒是，我現在都成了「勃南太太」了——而你，我看應該是中士，沒錯吧？

是的，凱西小姐。妳父親賈內爾大爺還好嗎？

他很好，我母親也是，他們已經回英格蘭了，我女兒也跟他們一塊兒去了。

只有一個女兒嗎？

對，勃南太太說，我只有一個女兒。你呢，克斯里．辛？你有幾個孩子？

四個，克斯里說。兩個兒子，兩個女兒。他們現在和我太太和家人住在村裡。

你的妹妹呢，克斯里．辛？你曾經告訴我的那位？她叫什麼名字？

這個問題令克斯里心頭一顫：彷彿狄蒂又從遙遠往日回過頭找上他，這感覺詭異到他驚呼出聲：Kammal hai! 妳居然還記得我妹妹，真不可思議！她叫作狄蒂。

哦，那是當然，她微笑地說。你呢，克斯里．辛——什麼風把你吹來中國？

遠征隊，凱西小姐。我決定當志願軍。

她垂下眼皮，克斯里看得出她想到其他事。等到她再次抬眼，聲音已經變成躊躇低喃。

其他十字棋軍團的人呢？她說。軍官呢？他們都好嗎？

克斯里可從她的語氣聽出這個問題只是故布疑陣，她真正想要問的其實只有一名軍官——除了梅上尉，還能有誰？畢竟克斯里是唯一對她和梅上尉的歷史一清二楚的人。

想到這裡，克斯里內心警報大響：要是梅上尉又像上次那樣陷入狂戀——Junoon，愛到魂不守舍，肯定不會有好處，凱西小姐已經不再是小姐，現在已婚的她丈夫不用多想，肯定是有頭有臉的大人物，可以易如反掌毀掉梅先生這種階級的軍官。

克斯里壓低嗓門，不帶情緒、略微警告地說：「梅先生也跟我們在一起，凱西小姐，他是我的連長。」

喔！

克斯里看見她臉色慘白，迅速補了句：梅先生正在屋裡，凱西小姐，他來這裡午餐。

Yaha hai? 他正在裡面？

勃南太太渾身僵住，克斯里感覺得出，她準備下一秒就轉身逃跑，但說時遲那時快，裡頭傳來一聲呼喊：「是妳嗎，勃南太太？」

是詩凌百。「真開心看見妳，勃南太太！」她急忙衝出來迎接訪客：「快請進吧！」

「喔，哈囉，摩迪太太。」

兩人握手時，詩凌百注意到勃南太太的手指輕微顫抖，瞥了一眼她的臉色後，詩凌百發現勃南太太臉色慘白。

「怎麼了，勃南太太？妳不舒服嗎？」

陽傘剎那間自勃南太太的手心滑落，她腳步搖晃踉蹌，一手壓著胸口。詩凌百擔心她重心不穩摔倒，便趕緊伸手攙扶勃南太太的手肘，帶她步向走廊。

「勃南太太！妳這是怎麼了？」

「只是一時暈眩，」勃南太太一手壓住太陽穴，氣若游絲地說，「我很抱歉我像個笨蛋，沒什麼大礙的。」

「喔，那麼妳得躺下！」

詩凌百扶她來到走廊，讓她坐上一張椅子，「要不要喝點水，勃南太太？」

勃南太太頷首，正準備再開口時，她聽見丁雅爾和他朋友的聲音在前廳迴盪。一會兒後，前門豁然敞開，丁雅爾步出前門，背後跟著梅上尉和幾名軍官。

梅上尉在羽毛裝飾的軍帽前端舉起手行禮：「再見了，摩迪太太——感謝妳美味的印度菜。」

「再見，梅上尉。」

詩凌百注意到上尉的眼睛飄向她的訪客，於是轉頭望向勃南太太，本來想要為她介紹梅上尉——但就在那個當下，她發現勃南太太木然坐著，遮起面紗，故意轉頭迴避：從她的姿勢明顯看得出她不希望被介紹給梅上尉認識。

詩凌百揮了揮手要男士先行離開，再走到勃南太太旁邊坐下。她還來不及開口，勃南太太就喃喃說道：「要是我剛才表現無禮，請原諒我，摩迪太太——只不過我現在不太舒服，不想見人。」

「我完全能理解，」詩凌百說：「妳想不想稍微躺著休息？」

「也好，謝謝。」

詩凌百牽起她的手，帶著訪客進門，來到自己的房間，協助她脫帽躺下。

勃南太太卸下面紗，露出她滿頭大汗的臉，狀似發高燒的模樣嚇壞了詩凌百。「勃南太太，需不需要我幫妳找醫生來？」

「不了，麻煩妳別費心！」勃南太太在床鋪上伸展四肢，「我只是一時頭暈不適，休息一會兒就沒事了。」

「妳確定？」

「我確定。」

勃南太太拍拍床鋪：「摩迪太太，可以坐在我旁邊嗎？」

「別見外，叫我詩凌百就好。」

「沒問題，那妳也叫我凱西吧！」

勃南太太的眼睛瞄到一個擺在床頭的相框：「那是妳已故的丈夫，對嗎，詩凌百？」

「是的。」詩凌百拿起照片，遞給她。

勃南太太默默不語，仔細打量照片幾分鐘，最後聲音輕柔地說：「他很英俊。」

詩凌百不發一語，只是露出算是贊同的微笑。

「其實啊，」勃南太太繼續道：「我聽說不少妳先生的故事，勃南先生非常重視他這個朋友——這也是為何今天他吩咐我來見妳。」

聽到這句話，詩凌百的嘴唇不禁顫抖，她別過臉，頭低垂至肩膀。

「妳一定很愛他。」勃南太太低聲道。

詩凌百說不出一個字，只能虛弱地笑。

勃南太太繼續說：「不過妳知道，詩凌百，即使妳失去他，還是要相信自己很幸運——不是每個女人都能和自己心愛的男人共度一生。」

說這句話時她忍不住哽咽，詩凌百的目光掃向她，驚愕發現她正在拭淚。

「凱西？妳這是怎麼啦？」

勃南太太忽然激動到不能自已，拚命想擠出一絲笑容，卻反而顯得更心力交瘁。她為何突然悲從中來，詩凌百摸不著頭緒，不過不重要——即便她們對彼此認識不深，卻似乎相知相惜。

兩人交心的親密時刻似乎讓勃南太太為之動容，她握住詩凌百的手，喃喃低聲道：「我想我們可以成為好朋友，對吧，詩凌百？」

「對，凱西，我也這麼覺得。」

「那好，我希望妳下週可以來阿拿西塔號——元旦當天，我和勃南先生會舉辦一場夕照午宴，我們非常希望妳能參加。」

「喔，你們實在太貼心了，可是……」

詩凌百登時無言以對：她該怎麼向她解釋，對她而言阿拿西塔號不是一艘普通的船？每次巴蘭吉從孟買出航，她都會親自到碼頭送行，祈禱阿拿西塔號保佑他平安無事，卻徒勞無功，最後他還是在這艘船上喪命。

勃南太太輕輕握緊她的手：「噢，拜託，請告訴我妳會來。」

「我是很想去，凱西，」詩凌百說：「只不過我有點掙扎，畢竟這會讓我想起丈夫的意外……」她停下來：「不過如果我帶上丈夫的朋友卡拉比典先生和他的教子同行，或許會好一點……？」

她話還沒說完，勃南太太已經打斷她：「當然，請務必帶朋友一起來。我們很歡迎他們。」

*

這一天畫下句點後，克斯里和軍官返回沙洲島的營地，有位傳令兵前來傳達指令，要克斯里立刻前往梅上尉的帳篷聽取報告。

雖然時候已經不早，梅上尉仍未換下一身制服。「中士，伯麥准將下達指令，要我們準備好迎戰。

前幾天義律上將已對朝廷命官下了最後通牒，警告他們要是不立刻答應英方要求，就準備迎戰。最後通牒期限已經截止，我們隨時可能出動。」

「我們何時會收到消息，上尉？」

「可能還得等上一陣子，」上尉打了個呵欠：「要是可以，我敢說他們會持續廢話，我只是覺得應該先通知你一聲。」

Ji（了解），上尉。

過去幾個鐘頭，克斯里內心一直盼望有機會和梅上尉私下說幾句話，他感覺到上尉準備差他回去時，開口道：「上尉大爺，還有一件事。」

「什麼事，中士？有話快說吧！」

「上尉——今天在澳門，我在帕西商人的宅邸外頭等你時……」

「怎麼了？」

「……有位白人太太認出我來。」

「然後呢？」上尉抬起一邊眉毛：「她怎麼了？」

「是凱西小姐，上尉。」

上尉的頭猛然一轉，黝黑臉色漸漸發白。

「你的意思是……？」

「**Ji**，上尉：我說的是賈內爾．布萊蕭的千金。」

上尉隨手拾起一枚紙鎮，當作陀螺般把玩旋轉起來。他的眼睛並未望向克斯里，逕自說：「她就是那位戴著面紗的女士？」

是的，上尉。

「你確定那是凱西？」

「我確定，上尉。是她先看見我並上前搭話的，她還向我問起你。」

「你怎麼告訴她的？」

「我說你也跟著遠征隊來了——在那之前她毫不知情。」

這下子上尉的面孔冒出一抹不解，從桌面抬眼：「凱西在中國做什麼，中士？」

「她是跟著丈夫來的，上尉。他的名字好像是巴南先生吧！」

「勃南？」

「對，上尉。她說她現在的身分是勃南太太。」

「喔，我的天！」

上尉從椅子起身，開始在帳篷內來回踱步。「我早該猜到的……我居然沒想到……」

「猜到什麼，上尉？」

梅上尉從眼角瞟了他一眼。

「有天我在韋爾斯利號遇見她丈夫，只是當初沒想到他就是……他可能是……總之，他邀請我們連上的軍官在元旦這天登船，他想要正式慶祝，展示武器、行國旗禮之類的，我答應他屆時會帶上一組印度兵和幾個橫笛手、鼓手。」

上尉頓時停下，眺望河口：「我猜凱西也會在場吧？」

「Ji，上尉。」克斯里清了清喉嚨，猶豫不決地朝他的拳頭咳了一聲：「上尉，我在想，也許……」

「中士，也許什麼？」

「也許你不該去。」

上尉的反應出乎克斯里意料：他居然沒有如預期般對他大聲咆哮，面對命運擺布捉弄，他無能為力去改變，只能認命無奈地嘆了口氣：「這全是託惡魔的福，中士，」他說：「但我無法不去見她——我非去不可——」

他頓了頓，轉過頭面對克斯里：「不過要是你也能在場，我會很開心的，中士。我希望由你負責率領同行出席的印度兵。」

「這是命令嗎，長官？」

「不是，」上尉說：「不是命令——但不管怎樣，我都希望由你擔任這個角色。」

那一刻，上尉的威嚴霸氣蕩然無存，眼底出現宛如孩子般的迷惘脆弱，彷彿多年來日積月累的鐵石心腸全部消逝無蹤，現在又變回多年前克斯里擔任他勤務兵時，那個魯莽直率的小男孩——然而即使是那段歲月，他都不曾像這樣央求克斯里，也不曾如此露骨展現感情。即使他的外表變得強悍堅硬，但他收藏悲傷的那個坑洞，卻彷彿經年累月越擴越深：如今傷痛衝破了他的表面，而他似乎無能為力，全由情感擺布。

克斯里沒有再試圖說服上尉別去，明顯他亦無可奈何，保護不了往日的那個孩子。

「**Ji**，上尉，由我帶隊。」

第十六章

喬都為尼珥指出劍橋號的位置時，這艘船正停泊在遙遠的黃埔。尼珥從來沒見過劍橋號這種船，東西合璧，外觀輪廓無異於設備完善的英國商船，船身裝飾卻宛如行偽裝術的中國戰船：陰陽標誌的三角旗、桅杆上飄揚著中國字體「勇」的旗子、各個甲板皆可見張燈結綵的紙燈籠、標寫中文字的長型橫幅垂墜於舷牆，猶如一幅巨大捲軸，只差沒碰到水面。跟其他戎克船一樣，劍橋號的船頭也有兩顆巨眼，這特徵帶給它一股既熟悉又滑稽的氣息：孟加拉當地，各式各樣、大大小小的船首通常也會漆上眼睛，但不可否認，這個設計在一艘利物浦建造的三桅船上顯得相當突兀。

踏上船後，尼珥發現更多驚喜：內部結構雖為歐式，空間運用卻南轅北轍。這艘船的中國高級船員選擇落腳艄樓，可是在西式船上，這個區域往往是一般船員使用；船尾甲板室是印度船工過夜的所在，然而在英國船上，這裡通常是專門保留給高級船員的區域。

劍橋號的運作也與西方船迥然不同，沒有「船長」，只有戎克船常見的「老大」等職位，較類似協調人，而不是西方認知的指揮官。由於船員可以自行決定大小事務，這種安排十分適合他們：一般都是以不成文的共識決定，意思是船上氣氛比大多船來得輕鬆愜意。

船員背景五花八門——不只有印度船工，還有來自爪哇、蘇門答臘、摩鹿加群島、菲律賓、當然亦不乏廣東的水手，但他們普遍處得不錯，船上同胞感情深厚。

話雖如此，劍橋號的氣氛仍有些許不真實。四周總是有巡邏艇，若無武裝護衛陪同，船員不得隨意上岸：至於這是為了保護他們的安危，抑或防止他們棄船逃跑，不得而知。喬都常嘲弄劍橋號猶如漂浮監獄，其他船員也深有同感。

對尼珥而言，最令人坐立難安的莫過於劍橋號上無消無息：由於在海上漂泊，船員只知道周遭發生的事。

所幸康普頓擔任廣州政府的傳令員，為劍橋號船員傳達指令，而他向來是情報來源，大家都引領企盼他的來訪，尤其是尼珥。

和康普頓密切合作一年後，尼珥對他朋友的情緒起伏已變得十分敏銳。隨著一週週過去，他注意到康普頓原本活潑愉快的態度出現顯著轉變：每次來訪，他的意志都越顯消沉。除了捎來訊息，幾乎無事可做，他說。新任總督琦善自備翻譯，對方是一個名叫鮑鵬的男人，問題是這人只是二流譯者，稱不上正派翻譯官，英語造詣只有洋涇浜的程度：他多年來專幫惡名昭彰的英國鴉片走私商顛地效命。這個鮑鵬是個 hou gao，下等人，「就連禱告都在撒謊」。誰知道他怎麼獲得總督信賴，要是遇上他，就連林欽差大臣的顧問和翻譯都得靠邊站。原本的翻譯局已差不多解散，鍾老師不再代表任何重要事務出面商議。

十一月初，康普頓透露一則令尼珥大吃一驚的消息：他正準備舉家遷離廣州，並決定帶家人回到老家村莊，也就是距離穿鼻不遠的沿岸。

聽到這消息時尼珥震驚不已，因為他知道康普頓有多眷戀廣州，他家人也是。

為什麼？發生什麼事了嗎？

康普頓的臉色一沉。廣州局勢瞬息萬變，他說。諸如「叛國賊」和「間諜」等汙辱字眼到處可聞，曾經和外邦人接觸的人不得不害怕。這裡已經成了「鱷魚池」，情況要是惡化，誰曉得會發生什麼事：為了自身安全，他決定舉家搬遷。

即使只待在劍橋號，船員都清楚周遭緊張局勢節節攀升，但船上的穆斯林船工還是天不怕地不怕，每月繼續前往廣州懷聖寺。為了保險起見，他們現在不搭乘來往黃埔和廣州的公共運輸渡輪，而是帶上全副武裝的護衛，雇用小船，通常選在週四下午出發，當晚在清真寺過夜，隔天正午禱告參拜後再回劍橋號。

逃離劍橋號的機率微乎其微，於是尼珥每月會親自陪船工去清真寺。喬都和朋友前往懷聖寺後，尼珥會前往河對岸，拜訪海幢寺，每每都受到塔拉納西吉的熱情款待，康普頓也常去那裡跟他碰面。

隆冬某日造訪海幢寺時，尼珥、塔拉納西吉、康普頓三人促膝長談。康普頓透露，根據可靠消息來源，新任總督琦善不希望與英方再度發生武裝對峙局面，要是可以由他作主，他便會應允英方要求，偏偏皇帝嚴禁讓步，北京的立場堅決不變：不計代價逐出所有「造反外邦人」。

話說到這裡，塔拉納西吉插話，他認為最好的方法，就是接受廓爾喀人的忠告：發動一組遠征軍聯合部隊，從後方攻打英方，偷襲位在孟加拉的東印度公司領土。英國人若被迫防守印度，就別無選擇，只好從中國撤退。

聞言後，康普頓露出悔恨神情，他透露，他從鍾老師那裡聽說，現任廓爾喀國王拉金德拉．比克拉姆．沙阿近期再次提供武力干預，並力勸北京支持他，攜手攻打孟加拉的英國軍隊。

聽到這裡，尼珥打直背脊，內心重燃希望。你們覺得廓爾喀人的邀約怎樣？中國可能加入廓爾喀人，橫越大陸攻打英屬印度嗎？

康普頓搖搖頭：不，他說，因為這有違北京與其他結盟王國的政策，再說清朝無法百分之百信賴廓爾喀人。

聞言，尼珥氣到大腦理智線斷裂。

喔，你們這群漢人實在蠢斃了！他嚷嚷。儘管你們聰明絕頂，卻腦袋不清楚！你們難道看不出這是唯一可能奏效的計畫？廓爾喀人一直都沒錯！

康普頓做出無奈的投降手勢。阿尼珥，現在講這個又有何差別？為時已晚。

當晚尼珥清醒地躺在床上思考，要是清朝聽從尼泊爾進貢國的忠言，現在的印度斯坦和中國會是怎樣？廓爾喀人或許成功打造出一個橫跨德干高原的帝國，一個足以抵禦歐洲霸權的強國。

只因為北京幾個短視近利的人，世界版圖就截然不同……

尼珥逐漸墜入夢鄉，河對岸的外國內飛地忽地熱鬧沸騰，他衝出去查看，發現原來是一票還留在美國行館的外國商人，正在門前施放煙火秀。

原來他們正在慶祝西方新年：一八四一年已經揭開序幕。

*

詩凌百原先計畫穿上她最美豔動人的晚禮服，出席勃南家的元旦午宴，但隨著一天天過去，穿著歐式服飾踏上阿拿西塔號的想法，卻莫名困擾著她：她無法擺脫阿拿西塔號第一位主人巴蘭吉恐怕難以苟同她這身打扮的想法。到了這天，她決定穿上紗麗——巴蘭吉在廣州買來送她的淡紫色絲綢刺繡紗麗。

為了配合詩凌百當日的打扮，福瑞迪和查狄格也決定換下平時慣穿的夾克和長褲。午宴當天下午，查迪格以鄂圖曼帝國顯貴姿態抵達別墅，身著一襲土耳其綢紗製成的卡佛坦長袍，以及一頂挺拔黑氈帽。福瑞迪跟在他背後，穿著一襲簡約優雅的中國袍子，衣領裝飾華美精緻，刮得乾淨俐落的臉龐，顯露出詩凌百所不曾見過、期待又緊張的神色：很明顯再度踏上阿拿西塔號，讓福瑞迪內心百感交集。

勃南家安排阿拿西塔號的大艇前往澳門海角對側的碼頭，在面對外港的海岸迎接他們。詩凌百搭乘轎子抵達碼頭，一踏上大艇就有人認出她來，嚇了她一跳。水手長急匆匆上前，在額邊拱起手，行問候禮：Salaam, Bibiji Khem chho?

詩凌百很訝異對方居然以古吉拉特語問候她，就連他打招呼的口吻都像認識她很久了。定睛仔細一瞧，她才驚覺他是阿拿西塔號的第一批船員。跟多數船員一樣，他早在這艘船造好前就跟著密斯垂家族，年紀輕輕就在喀奇受聘，到她父親的快艇上工作。

尤蘇夫？詩凌百說。是你嗎？

水手長很開心被她認出，蓄著落腮鬍、飽經風霜的臉龐眉開眼笑。

你還在阿拿西塔號上工作嗎？

水手長證實她的猜測，頷首道：勃南先生讓阿拿西塔號的全體船員重新受訓。阿拿西塔號的每個員工都曾為巴蘭吉老爺效命，所以對所有人來說，她就是「夫人」，她當天將踏上阿拿西塔號的消息也引起眾人的熱情騷動。

夫人啊，水手長說，或許阿拿西塔號這艘船已經易手，可是精神仍屬於妳和妳的家人。夫人，船很像馬，它們會記得養育栽培自己的人。

隨著小艇前進，惺惺相惜的心情也越來越濃郁。詩凌百毫無障礙，一眼就能從停泊水道的船之中認出阿拿西塔號。阿拿西塔號既非商船，也不是軍艦，擁有遊艇慣有的優雅俐落。

小艇漸漸逼近時，阿拿西塔號彷彿認出她般興奮騷動：不少船員都衝到舷牆邊，在甲板欄杆上伸長脖子，想要一瞥回來的夫人。他們的熱情讓詩凌百相當難為情，彷彿她回來是為了從篡位者手中奪回繼承權，詩凌百忍不住好奇她備受禮遇，是否讓現任主人感到被冒犯。

但是就算勃南太太覺得被冒犯，也深藏不露，她誠摯地跟他們三人打招呼，對詩凌百更是展現熱情。她勾起詩凌百的手臂，說：「妳肯定很熟這艘船吧，親愛的詩凌百？」

「對啊，熟透囉！」詩凌百很高興勃南太太的健康已完全復原：她穿著一襲亮麗動人的淡黃色晚禮服，搭配緊身馬甲、埃及奴隸兵燈籠袖。

「妳和妳的朋友想不想到後甲板走走瞧瞧，回味一下？」

「那當然好。謝謝！」

「來吧，」勃南太太說：「趁其他人到達前，我帶你們去兜一圈。」

詩凌百心想阿拿西塔號的內部肯定變化不少，果不其然。通往巴蘭吉艙房的艙梯上之前曾經掛滿拜火教和亞述主題的畫作、木雕板藝術作品，現在畫作和木雕藝術品已不復存，舉頭不見一幅圖像畫作。

位居舷梯遙遠底端的「船東套房」裡，還有一個意想不到的回憶正等著她。這是阿拿西塔號最豪奢的區域，特別預留給巴蘭吉，當作私人房間使用，他向來都在這裡過夜。偌大艙房裝潢華麗，裝有一扇可眺望阿拿西塔號船尾的窗戶。

詩凌百以為新船主勃南一家會住進這間套房，怎料當門一旋開，她卻意外發現這間房被當作行李艙使用，裡頭堆疊著雜七雜八的家具——椅子、茶几、拆解的床架、靠背長沙發、躺椅、甚至豎直的鋼琴，艙房有兩面窗子，其中一面敞開。

「這間套房恐怕出了些問題，」勃南太太說。「接近中國海岸時暴風襲擊，這間艙房的窗戶霍然大開，整間套房都泡水了，現在只得送往船塢全面翻修。在那之前，我們決定先把這艙房當作閣樓使用。」

她舉起一手，指向船尾。「瞧瞧那扇窗，我幾分鐘前才吩咐一名僕人關起來，他恐怕是忘了。」

福瑞迪朝窗子邁出一步，「要我幫忙關上嗎？」

「可以麻煩你嗎？」

關上窗後，福瑞迪後退一步，目光穿透玻璃，瞭望渲染得一片豔紅的海平面。

「巴蘭吉大哥很喜歡這幾面窗，」查狄格說：「我還清楚記得他躺在床上，眺望遠方的模樣。」

這句話語喚醒詩凌百的回憶，眼前清晰浮現巴蘭吉的畫面，彷彿他本人從昏暗陰影中現形，正好端端地欣賞日落。在孟買家裡，她也常見他這副模樣，若有所思、面帶愁容地怔怔眺望大海。有時她好奇他在想什麼，現在她突然驚覺，那時的他肯定是在思念廣州：想念他的情婦和兒子福瑞迪，而在這個頃刻，福瑞迪望出窗子的模樣，詭異地讓人想起他的父親。

也可能是這間艙房盛滿巴蘭吉的回憶，好似他本人也在場？

詩凌百不禁全身震顫。「凱西，好了，」她說：「我需要新鮮空氣。」

「好啊，那當然，」勃南太太說：「這裡太潮濕了，對吧？我們上甲板去吧！」

她的手臂勾起詩凌百，走回舷梯，前往甲板時，巴布．諾伯．開新攔下他們。梅上尉和印度兵已經抵達，他說。老爺請勃南太太上來主甲板接待客人。

「謝謝你的通知，巴布。」

勃南太太的聲音慵懶，彷彿不帶感情——但胳膊與她交錯纏繞的詩凌百卻感覺到她全身震了一下，接下來呼吸開始急促。

「凱西？發生什麼事了？」

「什麼？沒有啊，」勃南太太的聲音略顯喘不過氣，說：「我好得不得了。」

她嘴巴上這麼說，繞著詩凌百的手卻越勾越緊，並且全身倚向她，像在尋求依靠。「妳已經認識梅上尉了，對吧，詩凌百？不妨咱們一起去接待他？」

「當然好。」詩凌百說。

他們走上甲板，發現一列橫笛手和鼓手縱隊站在邊梯。踏上甲板後，男孩們俐落地橫越甲板，走到另一側，亦即船頭中央、印度兵集合的位置。

梅上尉是最後一位爬上階梯的軍官：他的身形奪目挺拔，一身完整軍裝制服，身側佩帶著劍，肩上掛著猩紅色披肩。他走上甲板時，勃南太太又猛力拉了下她一路依偎的詩凌百手臂，勃南先生歡迎梅上尉時，她似乎更焦慮不安。他們站著聊了一會兒後，勃南先生就被另一個客人拉走，於是得由詩凌百向勃南太太介紹上尉。介紹到一半時，詩凌百注意到勃南太太的臉色慘白，於是目光轉向梅上尉，發現他也臉色驟變，滿臉通紅。他握住勃南太太的手時，本來夾在腋下的軍帽帽徽開始猶如風中殘葉，輕微顫抖。有那麼一會兒，兩人只是呆立原地，瞠目結舌凝望彼此，接著梅上尉扯了下衣領，彷彿他快要窒息。

看在詩凌百眼底，這一幕百思不得其解，她的目光瞥向他方，好奇是否只是她的想像力作祟。但就在這時，她注意到克斯里．辛中士也正興味盎然觀察梅上尉和勃南太太的互動。詩凌百的眼神與他交會時，他似乎把這當成信號，於是迅速趨前來到上尉身旁：「長官——有事發生了……」

克斯里帶著上尉離去時，詩凌百對勃南太太說：「剛才發生什麼事了，凱西？」

「沒事——什麼事也沒有！」勃南太太嘴巴是這麼說，詩凌百卻發現，她的眼神依舊緊緊追著梅上尉和克斯里．辛。

「那天我在諾瓦別墅，」詩凌百說：「看見妳和這名中士交談，妳和他可認識？」

「是的，」勃南太太淡淡地說：「克斯里．辛之前在我父親的軍團服務，我好多年前就認識他了。」

「真的嗎？」詩凌百忽然靈光乍現，說：「那妳肯定也認識梅上尉囉？他曾提過，他將近二十載都跟這位中士待在同一個軍團。」

勃南太太的反應令詩凌百感到驚愕，她的嘴唇顫抖，閉上眼半晌：「對，妳說的沒錯，親愛的詩凌百，」她喃喃道：「事實上我的確認識梅先生，有天我會告訴妳，我們是怎麼相遇的……」

說時遲那時快，巴布・諾伯・開新再次出現宣布：「寶麗小姐的船到了。」

詩凌百往後一站，望著勃南太太往前去接待抵達的客人。

寶麗穿著一件款式復古的高領黑色拖地洋裝，頭上戴著一頂猶如寡婦繫帶帽的頭飾。這套服裝穿在她身上顯得尷尬突兀，她的臉孔也並非傳統認定的標緻，可是詩凌百發現，寶麗渾身上下散發一股吸引人的氣息，像是某種光彩。

賽克利也站在主甲板另一側觀望，當勃南太太和寶麗彼此擁抱，攤盪奇特的忌妒感在他心底油然而生，他的目光先是望著寶麗，接著飄向勃南太太，然後在兩人身上來回。彷彿這兩個女人就是他兩極欲望的象徵，其中一人品味直率、隨興簡單；另一人神祕複雜，交錯奢華。兩人站在一塊兒的畫面令他頓時覺醒：他將永遠是這兩個南轅北轍的女人的奴隸——但無論如何都無所謂，因為他曉得她們永遠不可能成為他的。

＊

寶麗也從眼角餘光注意到賽克利，心裡立刻發酸：他的信帶來的創傷依舊隱隱作痛，想到還得和他說話，她就忍無可忍。要是早知道他會來參加午宴，她就不來了——可是現在才發現已經來不及了。

她轉過腳跟，不分青紅皂白，直接往反方向的升降梯走去。走到頂端，她發現後甲板滿滿是人：主要都是身穿制服的年輕軍官，侍者端著盛有飲料茶點的托盤，穿梭於人群之間。雖然太陽還沒下山，鮮豔絢麗的中國燈籠已經點亮，高高掛於阿拿西塔號的橫梁和索具上。

竇提先生幾乎在那個頃刻來到她身邊。「喔，哎喲喂呀！寶麗小姐！」他嚷嚷：「我都不曉得妳會來——看見妳我實在太開心啦！我聽說妳在這一帶，所以這一陣子都在找妳呢！」

看見熟面孔讓寶麗雀躍不已：「竇提先生！能在這裡再次碰到你，可真是天大的驚喜——我們又在勃南家碰面了！」

他們深陷一連串回憶，滔滔說著在加爾各答勃南家時的宴客活動。「喔，真是美好的畫面，可不是，勃南家的大餐啊？妳還記得秧雞嗎，蘭柏小姐？還有炒蔬菜？光是想到勃南家的餐桌，就興奮到全身打顫。」

「你說得對，竇提先生……」

這時寶麗察覺有個人影走進她的視線範圍：就算不轉過頭，她都猜得到是賽克利。當賽克利從她的眼角餘光移到視線中心時，一股震顫竄過她全身，但她還是憑藉意志力，成功將目光聚焦在竇提先生的臉上，堅定仔細地盯著每個細節——肉墩墩臉頰的毛孔、猶如羊排般扭動著的鬍髭。接著她聽見不祥的清喉嚨聲，她知道賽克利想要加入對話，於是先發制人，快速高談闊論起來，延長她和竇提先生的對話，藉此擺脫掉賽克利：「你還記得嗎？勃南太太老是用培根裹起鵪鶉，她老愛說就像穿著斗篷外套的公雞？」

「喔，對，怎麼可能忘得了呢？光是想到我的舌頭就不禁抽搐啊！」

「還有她餐桌上那美味升天的燉菜，竇提先生記得嗎？我敢說我吃過的蒸鍋，沒有一個能比勃南家的好吃。」

竇提先生依舊對背後緩緩接近的賽克利一無所察，於是熱情回應：「也別漏掉佐料跟調味品啊，蘭柏小姐！妳記得嗎？要是我說哪種甜酸醬值得讚許，絕對是勃南家，這點妳可同意？」

這時寶麗鬆了口氣地發現，她的策略奏效了：賽克利已經稍微後退，垂頭喪氣的模樣狀似十分羞慚。雖然他的挫敗莫名其妙，卻激勵了她，寶麗並不反對繼續進攻——但看來是不可能了，因為聊到食物，竇提先生的食欲大開。他看見一名侍者端著滿是食物的托盤時，唐突說了句「失陪了！」遂快步離開，徒留寶麗處於她最不想面對的情況：跟賽克利獨處。

賽克利清了下喉嚨，寶麗神色驚慌地掃向周遭，但苦無援兵。她唯一能做的，就是望向他處，希望打消他對她說話的念頭。

可是結果不盡如意，她迴避的臉孔不僅沒有打消賽克利的念頭，反而讓他重溫當初與她拌嘴，才可以哄她步出陰影、擁她入懷的日子。彷彿他又重回當初那個企圖心單純的自己，寶麗就是他真正想要的對象。他沒有依照勃南太太指示，謹慎編造的道歉字句全拋在腦後，唯一想到要說的就是：「蘭柏小姐，有些話我不得不對妳說。」

賽克利全寫在臉上的不自在，反倒給了寶麗勇氣，她斷然反脣回道：「瑞德先生，你的不得不跟我無關。我並不想知道。」

賽克利一根手指摸索著頸子，想要鬆開衣領。「拜託，蘭柏小姐——」

就在寶麗最感困擾的關鍵時刻，一聲鑼響解救她脫離險境。

「各位女士先生！」

勃南先生的聲音揚起，充分給了寶麗逃避賽克利的理由。

＊

「各位女士先生，」勃南先生開口：「在我們為組織的遠征隊任務祈福之前，我要先說幾句話。」

勃南先生的姿態猶如站在講道壇的牧師，一手扶著尖塔，一手放在夾克翻領上。

「你們大概已經知道，」勃南先生聲如洪鐘，「兩週前，義律上將向廣東省新任總督琦善下了最後通牒，要是不採納接受我們的要求，廣州唯恐被攻陷。最後通牒的期限已過多時，我們大概是得不到答覆了。皇帝勒令朝廷命官『殲滅蠻夷』的公告，這點人盡皆知。」

說到這裡，勃南先生停下，審視默默聆聽的觀眾表情。他抬高音量，繼續說下去：「關於這件事，滿州暴君將有大好機會！我敢保證，戰爭即將繼續進行，可能這週內就會展開。無庸置疑，戰爭結局將對歷史造成深遠意義。」

這時，勃南先生別過頭，面對站在他身邊的梅上尉。他舉起一隻手，擱在上尉的肩章上。

「解救四分之一人類遠離暴政的重責大任，就落在諸如此類的肩頭，而他的任務，就是將大英帝國征服占領後、帶給世界各地的自由，也賜予中國子民。」

勃南先生停下來，指向所有佇立於甲板的年輕軍官。

「而你們，諸位先生，英國曾經賦予上百萬人民的贈禮，也會透過你們的雙手獻給中國人民，讓他們也榮耀我們的慈愛君主。我們深知成為大英帝國子民，就是世上最美好的自由、最值得驕傲的事。這也是上帝賦予英國種族與國家的神聖任務，我半刻都不曾質疑。諸位先生，你們將會再一次證明自我價值。」

「千萬別說這是政府自找衝突，相反地，我們是耐心的模範，堅忍不拔，吞忍屈辱、輕蔑、壓迫。我們一而再、再而三派出傳教團，跟自詡天子的無神論暴君賭上全部——可是我們在外交上所做的努力卻無功而返。我們的使者——世界最強國的代表——不是遭到汙辱，就是被拒於門外，並且被冠上『夷目』等稱謂，被迫在自稱天子的暴君跟前五體投地。而我們調解妥協全付諸流水，全被滿州暴君斷然拒絕。他的自負無知，即將為他和他的同夥帶來報應。林欽差大臣對我們公然汙辱，不可容許，最後甚至犯下史上最大宗竊盜案——沒收我們的貨物，為此暴君必須擔起責任後果。可是千萬別說我們的聖戰是起於收復財產，這場衝突其實早已注定，正如同該隱與亞伯的紛爭般不可避免。一方是深陷墮落暴政、自負邪惡的種族，另一方則是史上最真誠茁壯的自由、文明、進步代表。」

話語至此，如雷掌聲打斷勃南先生，他高舉一隻手表示收到，才又繼續說下去。

「各位切莫忘記，這場戰爭的核心重點，就是捍衛兩大不可侵犯的可貴價值：自由和尊嚴。這場戰爭不只是解放屈服於滿州暴政淫威的漢人，更要保衛我們的尊嚴。我們在這塊土地所承受的惡行，遠遠超越其他國家對英國的虧待。」

這時席間此起彼落傳來合唱般的吶喊：「可恥啊！可恥！」

勃南先生讓呼喊悄然沉澱，又繼續道：「你們可以想像我們繼續忍氣吞聲，讓這塊土地的白人永遠默默承受屈辱嗎？我們真要一輩子遭到毀謗，乖乖被稱為『蠻夷』、『外國鬼子』、『紅髮惡魔』？」

咆哮般的回應響起：「不！想都別想！」

「你們能夠想像，」勃南先生說：「我們站在世上最驕傲、軍事戰力最強的國旗下，卻不為了我們飽受公然汙辱的仁慈君主採取行動嗎？」

他再度停下談話，群眾咆哮著回覆他：「不能！」

「就這麼辦！」勃南先生說：「讓天朝嘗嘗他們應得的報應吧，我們期許這能帶領他們走上救贖之路——聖經不也說了：『你們所承受的是神對你們的管教，既然待你們如同兒子，焉有兒子不受父親管教的道理？』我羨慕中國人的好運，因為這些人將會親自出馬，好好揮舞鞭子、管教他們。」

勃南先生攫住梅上尉的手腕，抬高他的手臂，引起觀眾的熱烈歡呼。

西沉太陽的最後一道光灑在勃南先生身上，他臉龐緋紅，得意洋洋：「諸位先生，我一點也不懷疑上帝將保佑協助你們成功，因為這是在替天行道。等到任務圓滿，中國將塑造成我們認不出的全新樣貌：而這將是你們留給歷史的遺產。未來世代將會讀到你們一手打造的奇蹟。他們會說，世上從來沒有一段歷史上的巨大轉變，是由這般為數寡少的小眾促成的！」

歡呼聲在勃南先生的周遭四起，他舉起一隻手：「諸位先生，現在就讓我們一起禱告吧！」

＊

寶麗正低頭小聲唸著禱文，眼角餘光瞥見賽克利仍不死心地在附近徘徊。她決定了，等到祈禱一結束，她就要立刻逃離現場——可是還來不及開溜，勃南先生又開口，分散了她的注意力：「各位先生與女士，我們精良的孟加拉印度兵即將要向我們的國旗致上國旗禮。」

克斯里喊出第一聲命令時，賽克利在寶麗耳邊細語：「有件事我必須告訴妳……」

寶麗知道這下子她是逃不掉了，於是走向位於甲板遙遠端頭的船尾，這樣就不必擔心別人偷聽到他們的對話。每踩一步，她都覺得快要超過自己的忍耐極限。寶麗走到舷牆，轉過臉怒目瞪視賽克利：「不，瑞德先生！」她透過齒縫嘶吼道：「你沒有什麼還必須告訴我的事。你寫的那封信難道還不夠？我現在總算明白你的為人了——你是騙子和叛徒。你的話一文不值，我對你想說什麼完全不感興趣。」

這些話語和她的憤恨語氣深深刺傷了賽克利，他謹慎準備的道歉詞本來已經呼之欲出，這時卻在脣邊枯槁萎縮。他不懂他怎會相信勃南太太的想像，以為他們真可能重修舊好：明明是勃南太太一手促成的誤會，為何由他接下主動和好的任務？他之前幫寶麗奉獻的可多了，而且痛苦哀傷全是他一人承擔。現在賽克利有一股衝動，恨不得讓寶麗吞下她剛剛脫口說出的狠話，即使只有一點也罷——就在這時，另一聲指令吶喊又傳來，賽克利的目光飄向在主甲板遙遠那端稍息立正的克斯里，他正遵從禮儀高舉起劍。

在那一瞬間，賽克利明白該怎麼說了。

「蘭柏小姐，敢問妳剛才是認真的？」他問：「妳說妳對我要說的話，完全不感興趣？」

「是的，我是認真的。」

「那好——我就來向妳證明妳大錯特錯。」

賽克利轉過頭，指向現在正對著印度兵部隊呼喊的克斯里。

「妳看見那位中士了嗎？」賽克利說：「那個高個兒的印度兵？告訴妳，我敢賭妳很有興趣知道他是誰，寶麗小姐。」

「為什麼？他是誰？」

賽克利頓了一會兒，以強化接下來的爆料效果：「他是妳朱鷺號的朋友狄蒂的哥哥。」

寶麗驚愕地往後縮了一步。「我不相信你說的話，瑞德先生，」她的聲音顫巍巍：「你之前誤導過我那麼多次，憑什麼要我再信你說的話？」

「因為這是實情，蘭柏小姐。我和中士同搭印度號抵達中國，他發現我之前也在朱鷺號上，便前來詢問有關他妹妹的事，所以我如實告訴他我知道的內幕。他要我千萬別對任何人提起這件事，直到這一刻以前，我都順著他的指示，幫忙保守祕密。可是至少妳應該知道他是誰——或許這能讓妳想起，那晚妳為了狄蒂，特別前來朱鷺號艙房向我求情，縱放她丈夫和其他逃犯逃逸。我遵照妳的意思，後來自個兒吃上好幾個月的牢飯、睡在冰冷石地板上，而妳——」往昔的忿忿記憶一時湧上心頭，賽克利的語氣倏然變得尖銳強硬——「而妳卻睡在玫瑰花卉鋪成的軟床上，讓有錢人收留照顧。」

寶麗震驚到想不出反駁話語。

「沒錯，蘭柏小姐，」賽克利繼續說：「朱鷺號留給我們太多祕密，一直以來我都好好保密，沒有透露一絲口風。或許我並沒有妳想得那麼可怕，不是妳所謂的叛徒騙子。」

寶麗愣愣聽著他的話，猛然察覺他話中含義：她發現無論她多想切割她和賽克利的關係，都再也無法擺脫他——朱鷺號的羈絆就像一個生命體，總有辦法回過頭重新找到你，不顧那些命運受到朱鷺號牽扯的人意願，彷彿在嘲笑她，天真沉浸於自由決定自我命運的幻想。

寶麗還沒想到要對他說什麼，賽克利已經點了下帽簷，朝她低頭鞠躬：「祝妳有美好的一天，蘭柏小姐。我不曉得我們日後是否還會再次見面，但要是再相見，請妳務必明白，這絕非出自我個人意願。」

＊

印度兵的國旗典禮最後以如雷掌聲收尾。掌聲逐漸七零八落時，原本人在後甲板、坐在詩凌百身邊的勃南太太起身：「印度兵表現太傑出了，我得親自感謝中士一番。」

她丈夫熱烈支持這個提議：「那是一定的，親愛的，」他說：「還要記得確定他們都有享受到茶點。」

克斯里習慣性在主甲板上，追蹤阿拿西塔號甲板上來來往往的人潮，彷彿他們都是沙場上的士兵。他主要留意的對象是梅上尉和勃南太太：他們宛若掌旗手，在戰場的沙塵硝煙之中標出座標位置，克斯里幾乎是下意識地追逐他們的動態去向。他們在邊梯旁第一次碰面時，幸好他及時出手干涉，幫了上尉一忙，否則他可能出盡洋相——而自那之後，他倆一直保持一段安全距離。這時克斯里眼見勃南太太筆直朝他走來，便立即稍息站好，雙眼定格在兩人中間距離的某個點，她說——Salaam（你好），克斯里．辛！——時，他的手勢切換成行禮，眼睛未望向她。

Salaam，夫人。

你和士兵表現得很好，克斯里．辛。

Aap ki meherbani hai. 妳過獎了，凱西夫人。

經過半晌沉默，她再次開口時，語氣已經截然不同，平淡卻急迫。克斯里．辛。她說，我們的時間不多，我一分一秒都不想浪費。

Ji（是），夫人。

有件事我想問你，克斯里．辛。是有關梅上尉的事。

Ji，凱西夫人。

他結婚了嗎？

沒有，凱西夫人，他至今未婚。

喔。

她停了半刻，然後壓低音量：那他是不是有……一個……kali-bibi，「黑老婆」？

無可奉告，凱西夫人，他是我的上尉，我們不談私事。

這句話才出口，克斯里就猜到她不會買帳，身為軍官女兒，她肯定很清楚，一有消息，軍營裡向來紙包不住火。

克斯里沒有猜錯，他從她的表情看得出，她只把他的回應當作拒絕回答。

所以你不想告訴我，是這樣嗎？克斯里．辛？

我沒什麼事可以告訴妳，凱西夫人。梅先生未婚，也沒有長期交往的女人。

他有提過我嗎？

對我，他是沒有提過，夫人。

就這樣嗎？你真的無可奉告？

她聲音裡的絕望激起克斯里的憐憫之心。

有件事我倒是可以告訴妳，凱西夫人，克斯里說。

什麼事？

Ek baar，克斯里說，那年冬天在蘭契發生那件事後的第十二年，某次梅先生戰傷，我在旁邊幫他脫下外套時，在他靠近胸前的口袋裡——克斯里舉起手摸向自己的心臟——發現幾張紙。

她倒抽一口氣：什麼紙？

我猜那是妳寫給他的信。

我寫的信？

是的，凱西夫人。應該是好幾年前妳在蘭契時拿給我，要我轉交給他的那封信。

他的視線下緣冒出兩顆微光閃爍的小圓點，克斯里知道她的眼睛閃著淚光。就在那一刻，他看見梅上尉走下升降梯，朝他們而來。他快速朝勃南太太掃了一眼，算是警告。她越過肩頭，看見上尉正往他們走來，於是迅速轉頭，假裝整理手提袋。

「啊，勃南太太，」梅上尉語氣刻意佯裝出嬉皮笑臉，「我希望我的中士沒有對妳洩露所有軍營祕辛？他似乎有太多話想對妳說。」

「梅上尉，」勃南太太也學他，裝出嬉皮笑臉的語氣：「我希望你不是在跟你的中士爭風吃醋吧？」

她肺部的空氣倏然抽空。

「喔，得了吧，奈威爾，」她聲音輕柔卻顫抖地說：「我們還要裝多久？」

梅上尉對她的直率毫無防備，小心維持的沉著穩重在那一瞬間崩塌。二十載來的心痛、渴望、失望宛如一池春水，漣漪般地在他臉上蕩漾開來。當他再度開口，聲音又變回幾天前克斯里在帳篷裡聽到，那個受傷迷惘的十八歲少年。

「凱西，我不知道該說什麼，我等了這麼久——可是現在……」

勃南太太在帽簷下向克斯里投以感激目光，然後兩人緩步離去。

＊

「你在這兒啊，瑞德！」

勃南先生一隻胳臂搭上賽克利的肩膀，拉他到一旁。「你找到機會跟梅上尉說上話了嗎？」

「還沒，先生，」賽克利說：「這裡可能有點困難，到處都是人，但我會試試。」

「事不宜遲，」勃南先生說：「要是我們動作不夠快，肯定會被別人搶先一步。」

語畢，勃南先生又去找其他客人聊天。賽克利在人滿為患的後甲板上兜圈，尋覓梅上尉，卻四下不見他的人影，於是他的目光飄至主甲板上的勃南太太：意外發現在這麼多人之中，她居然正和孟加拉印度兵的中士深談。

賽克利曾在不少宴會和午餐會上，從遠方觀察過勃南太太：就他看來，她當下的動作舉止有些古怪，姿勢不像是她平時交際應酬的狀態，頭部歪斜的角度似在說明，她正仔細聆聽印度兵中士的一言一語。

可是一名中士能說出什麼令她感興趣的話？

正陷入沉思時，賽克利注意到一位身穿制服的人影邁向這兩人。一會兒後，他發現這個人影別無他者，正是梅上尉。

賽克利全身僵住，他饒富興味站在甲板上，望著勃南太太和梅上尉你一言我一語，當他們從克斯里身邊撤退時，他整個人往前俯身，緊握著甲板欄杆的指關節發白，那時勃南太太正好轉過頭，紙燈籠的光輝打在她的臉龐。賽克利克制下倒抽一口氣的衝動——她轉頭望向梅上尉的表情，絕對不是她平時會在公開場合擺出的神色，而是賽克利在她閨房裡見過的模樣。據他所知，截至目前只有另一個男人看過勃南太太這一面——她說那個男人是士兵，一名少尉，是她今生唯一的愛人。

這會兒賽克利也注意到，梅上尉披著紅色披肩的肩頭向她傾斜的姿態，顯示出他倆關係匪淺。剎那間他不禁起疑，並被接踵而來的濃烈嫉妒淹沒，強烈到他得緊抓住欄杆，才不至於踉蹌。

他們親密凝望著彼此，都聊了些什麼？

賽克利非知道不可，濃烈的好奇心升起，令他無力招架。還來不及反應，他的腳已經率先動起來，帶他走下主甲板的升降梯。他一頭栽進熙攘賓客之中，鑽過人群，朝兩人的方向前進。然而就只剩幾步距離時，他突然冷靜下來：要是勃南太太發現他，大概會猜出他的意圖。

於是他止步，思索著下一步該怎麼走。就在這時，他瞄到一個穿著白色橫笛手制服的人形：不一會兒他發現那個人正是拉袞——這孩子猶如迷途小狗，四處亂晃。

「嘿，家僕！」

「哈囉，先生。」拉袞小聲恐懼地回道。

「你最近過得如何？」

「還好，先生。」

「橫笛手當得開心嗎？」

「開心，先生，大多時候是。」

「現在不開心嗎？所以你才像隻迷路小狗亂晃，是這樣嗎？」

「先生，鼓手要我去找摻水烈酒，這往往是菜鳥橫笛手的任務。偏偏我不曉得要上哪兒弄來一桶摻水烈酒，先生，我怕他們生氣。」

賽克利蹲下來，靠近拉袞耳邊，說：「聽好了，家僕——我答應你，我幫你弄來一桶摻水烈酒，可是這桶酒要靠你自己的實力贏得。」

「要怎麼贏得，先生？」

「玩一場遊戲。」

「什麼遊戲，先生？」

賽克利的頭撇向梅上尉和勃南太太。「你看見那兩個人了嗎？」

「看見了，先生。」

「很好，這個遊戲就是——你得溜到他們背後，偷聽他們說什麼。但不能被他們發現，因為這是祕密遊戲，懂了嗎？只有你我兩人玩的遊戲。」

「懂了，先生。」

「你覺得你辦得到嗎？」

「我辦得到，先生。」

賽克利讓拉袤跨越甲板，自己則攔下一名侍者，塞給他一西班牙銀元：「你可以幫我拿一桶摻水烈酒過來嗎？Jaldee edkum（越快越好）？」

「好的，先生，馬上來。」

等待侍者回來當下，賽克利看見拉袤已經繞過甲板，在不被發現的情況下，偷聽梅上尉和勃南太太交談。接著一桶蘭姆酒送達，賽克利便招手要拉袤回來。

他再次蹲低姿態，問：「你有聽見什麼嗎，家僕？」

「有，先生。勃南太太提到一間女帽店，位置在澳門的旺德聖母堂附近。她說她常去那裡。」

「哦？那他回她什麼？」

「他說會去那裡和她會合。」

「還有呢？」

「我只聽到這些，先生。」

賽克利拍了拍拉裘的背，將酒交給他。「幹得好，家僕，你靠自己的實力贏來這桶酒了。不過你要切記，這是祕密——誰都不許說喔！」

「不會說的，先生。謝謝！」

*

自從踏上阿拿西塔號的後甲板，巴蘭吉在此發生意外的念頭，便在詩凌百的腦袋裡盤旋，揮之不去。她丈夫就是在這甲板上失足死亡的。勃南先生演說時，以及緊接在後的典禮當中，她都心不在焉，忍不住思忖，究竟他是從左舷抑或右舷落海，又或者是從船尾摔落？諸如此類的想法縈繞心頭，詭異不安的感受油然而生，福瑞迪帶著寶麗走向她時，惴惴不安的感受更是強烈。但介紹一結束，詩凌百就喜歡上這個新朋友，她邀寶麗一塊兒坐在長椅上，有那麼一下詩凌百只是靜靜坐著，聆聽查狄格和寶麗討論園藝。

最後詩凌百小心翼翼展開盤踞她心頭的話題：「蘭柏小姐，我先生過世那天，妳真的在島上？」

「是的，摩迪太太，」寶麗說：「那天我正好在山上的苗圃，由高處往下瞥見阿拿西塔號，雖說那天上午海灣停了不少船，但唯獨阿拿西塔號引起我的注意。」

「怎麼說呢？」詩凌百說。

「有一把梯子——那是一把繩梯——就掛在後面一扇敞開的窗前。」

「妳是說我先生的套房？船尾那間？」

「正是，」寶麗說：「我看見那裡掛著一把梯子。」

詩凌百錯愕驚叫：「但他窗前為何會有梯子？」

「我也無從解釋，」寶麗說：「這一點我也覺得詭異，因為底下除了海水，空無一物。」

詩凌百轉頭，望向福瑞迪和查狄格：「你們知道梯子的事嗎？」

查狄格搖頭：「這是我第一次聽說梯子的事，夫人。」

「我從沒對人提過這件事，」寶麗說：「老實講，我也是等福瑞迪問起才想起這件事。」

「可是福瑞迪怎麼知道梯子的事？」詩凌百提高嗓門，轉過頭面向他：「有人告訴你那裡有把梯子嗎，福瑞迪？」

「沒有，」福瑞迪說：「沒人告訴我，不過我在夢裡看見啦。我看到那把梯子懸掛在窗邊，所以才會問寶麗小姐，對吧？事後她證實那天早上確實看見梯子，只是一個鐘頭後，梯子就消失不見。」

「肯定是維可收進來的，」查狄格說：「但是他對此事隻字未提。」

詩凌百百思不得其解：「可是為何會有梯子？你覺得是謀殺嗎？」

「不，」查狄格搖頭道：「若真是謀殺案，梯子就不會留在原地。再說艙房內也沒有打鬥痕跡，巴蘭吉大哥身上也沒有外傷。」

「可是究竟發生什麼事了？」詩凌百說。「那把梯子是做什麼用的？他是打算爬上或者爬下？」

眾人啞口無言，詩凌百再次轉過頭，逼問福瑞迪：「你是知道答案的，對吧，福瑞迪？拜託你告訴我那把梯子的目的。」

福瑞迪並未立刻回答，他閉起眼睛，似乎陷入恍惚。再次開口時，他的聲音十分輕柔。

「我認為父親想要爬下梯子，是因為有人在呼叫他。」

「誰？」

「我母親。」

「你母親？」詩凌百大驚失色：「不可能啊，她不是過世好幾年了嗎？」

福瑞迪搖頭：「我母親不是過世啦，」他說：「她是被謀殺的，對吧？是那群找我尋仇的人動手的，她協助我跑路，絕口不提我去哪裡，於是他們拿刀捅她，事後將她扔進河裡——也就是珠江。我們沒有幫她舉辦喪禮，什麼都沒有，所以她目前還在河裡，就在我們現在浮浮沉沉的這條河裡。我有時可以看見她，她沒有安息，才會回來找我。那天晚上，父親搭乘阿拿西塔號從廣州抵達這裡時，我猜她也來找父親了。她召喚他，於是他才放下梯子，過去與她會合。這就是我在夢裡看見的景象啦！」

「不！」詩凌百感到一陣天旋地轉，她左右擺頭，這下頭更加暈眩了。「不！我不相信！我才不相信！」

接下來詩凌百眼前倏然一片漆黑。

＊

後甲板的喧鬧嘈雜引起克斯里的注意，他警戒觀察狀況，後來發現有一個人面朝下被扛了出去，當下就明白並未發生值得大驚小怪的事：只是某位女士昏厥，被帶入室內。

不久後，他看見一位穿著黑洋裝、頭戴繫帶女帽的小姐走向他。他並未多做他想，已經有好幾位白人先生和小姐上前來，對他連上印度兵的表現美言幾句：他以為這位小姐也只是想來誇獎幾句而已。

但他們面對面時，她卻不發一語，只是不吭一聲站在面前猛盯著他。

他心想她可能不確定他是否聽得懂英文，便主動開口：「小姐，晚安。」

這時她開口了——但她說的不是英語，而是印度斯坦語。

這是真的，對吧？你是狄蒂的哥哥？我從你的五官、眼睛就看得出端倪。她曾畫過你的畫像，我看過一次，她畫你拿著步槍的樣子。

這下換成克斯里啞口無言，等到他回過神來，只能問她：妳是怎麼知道的？妳怎麼知道狄蒂——是我妹妹？

瑞德先生都告訴我了，寶麗說。當初我也在船上，你知道，就是朱鷺號。你妹妹是我朋友，我們經常聊天，尤其是抵達模里西斯前的那段日子。

妳跟她在一起？克斯里不可置信地搖頭。狄蒂是否告訴妳，丈夫過世後她逃離村莊的原因？

有的，她有告訴我來龍去脈。

克斯里這下心慌意亂，心想他恐怕沒時間聽完整個故事。

拜託告訴我，請告訴我狄蒂是怎麼說的。我一直都在等這一刻，請一字不漏告訴我。

*

由於黃昏薄暮已經化為黝黑夜色，所以身著藏紅花袍子的巴布．諾伯．開新身影逼近，快要站在他頭頂時，拉裘才發現他的存在。

你在這兒啊，小子！快過來——我有話對你說。

巴布．諾伯．開新將拉裘領到舷牆邊，跪在他耳邊，對他輕聲細語：拉裘，你聽好，這件事事關重要。這場宴會的賓客之中，有幾個人是你父親的朋友。或許他們能幫你找到他。

你在說誰？拉裘問。

你有看見一個身穿黑色洋裝、戴著繫帶女帽的小姐嗎？剛才和中士聊天的那位，她的名字是寶麗・蘭柏——她認識你父親，當初她也在朱鷺號上，後來在中國這兒又跟他重逢。你大概也有看見一個穿中式長袍的男人？他也是你父親的朋友。若說有誰能幫你帶話給父親，絕對非他莫屬，你應該找他談談。

拉裘在主甲板上左顧右盼，卻遍尋不著這兩人。

他們在哪裡？

我想他們應該進去了，巴布・諾伯・開新說。他們應該是去查看摩迪太太的狀況。帳房舉起一根手指，指向通往船尾的舷梯：去吧，你去那裡找找，他們人在那裡。

拉裘不發一語，蛇行穿過人群，繞到通往船尾艙房的舷梯。

這裡荒涼寂靜，舷梯燈光昏暗，僅有幾盞閃爍搖曳的油燈。

拉裘靠著一側走著，徐徐走向前，舷梯左右兩側都是艙房，但大門全部緊閉，唯獨最尾端的一扇門敞開，上面掛著一面標示「船東套房」的招牌。

拉裘躡手躡腳走到入口，眼睛對準門口縫隙瞥了進去，發現裡頭擺著不少陳舊家具。這時一陣風穿了進來，把門吹得更開了，彷彿邀請拉裘入內。猶豫片刻後，他踏進門口。

其中一面窗正大剌剌敞開，月光穿透窗子，灑溢整室。接著拉裘詫異發現窗邊有個人正坐在椅子上：他只看見對方纏繞著頭巾的頭，朦朧月色描繪出剪影。

對方似乎毫無察覺拉裘走了進來，這讓拉裘鬆了一口氣。他思量著最好趁還沒被發現前趕快開溜，於是屏住呼吸，往後退一步。

就在他正準備開溜時，那個綁著頭巾的腦袋開始朝他的方向轉了過來：銀白月光下，拉裘清楚看見他有一張寬闊方正的臉龐，以及修剪乾淨的鬍髭。

「對不起，先生，」拉裘連忙道歉：「我不知道你在裡面。」

幸好對方沒有如他預期暴跳如雷：男人只露出一抹幽幽微笑。

拉裘又含糊說了句「對不起，先生」，接下來便趕緊溜出艙房。他離開房間關上門，正要轉過頭時，他發現兩個人影：一男一女，正好步出舷梯通道上的另一間艙房。男人一身中式馬褂，發現拉裘時，他喊道：「哈囉？請問你哪位啊？在這裡做什麼？」

拉裘陡然發覺這兩個人正是巴布．諾伯．開新先前提到的人。

「我正在找你，先生。」他不加思索脫口而出：「還有妳，女士。」

「你在找我們？」寶麗錯愕地說。「為什麼？」

拉裘快步走向前，「因為你們兩人認識我父親，」他壓低嗓門：「這是巴布．諾伯．開新告訴我的。」

「你父親是誰？」

「我父親叫作尼珥。」

＊

克斯里尚未從剛剛與寶麗的會面回過神，賽克利便出現在他面前。

「中士，你好。可以借一步說話嗎？」

「可以，瑞德先生，請問有何貴幹？」

「中士，你還記得那天在印度號的事吧？你來我艙房，問我有關你妹妹的事？」

「我記得，瑞德先生。」

「中士，我需要你現在回我這個人情。有些問題，恐怕要麻煩你回答一下。」

「你有問題？」克斯里訝異地說：「想要問我？」

「沒錯，中士。你說你十七年前，曾經擔任梅上尉的勤務兵——是這樣對嗎？」

「是的，先生。」

「你是否曾跟他待過一個叫作蘭契的地方？」

「是的，瑞德先生。」

「請問當時的他身分是少尉嗎？」

「沒錯。」

「那勃南太太當時也在嗎？」

克斯里的臉孔一僵，下顎肌肉不禁抽搐。「請問你為何要問，瑞德先生？」

「聽著，中士，」賽克利以嚴厲口吻說：「你前來詢問有關你妹妹的事，當時我有問必答，然後你承諾我，要是未來需要你幫忙，大可儘管開口，而我現在有一個想要知道答案的問題，這問題非常簡單，若你是一言九鼎的男人，就會照實回答我。請讓我再問你一遍：勃南太太在蘭契的時間點是否與梅上尉重疊？」

克斯里不情不願地點頭：「是的，瑞德先生，」他說：「當時她也在。」

「謝謝你，中士。知道這麼多就夠了。」

獲悉實情後，賽克利覺得比起一開始只是疑神疑鬼，現在的他冷靜多了。彷彿勃南太太又給了他一份禮物，而他可以利用她的祕密，達成個人目的。

＊

Tu kahan jaich? Kai? 你要去哪裡？為什麼？

眼睛一睜開，詩凌百頓時陷入惶恐：她不知道自己身在何處，也不曉得自己是怎麼來的。

接著她聽見查狄格的聲音在耳邊響起：「沒事的，夫人——我在這裡陪妳。」

她倉皇坐直身子，一條冰涼毛巾滑落額頭。「這裡是什麼地方？」

查狄格提起一盞油燈，舉高燈芯：「妳現在在勃南太太的艙房，夫人，這是她的床。妳昏倒了，她建議我們帶妳來這裡休息。我一直都坐在妳身旁，寶麗和福瑞迪剛才來看過妳，看妳還沒清醒，就先出去了。」

詩凌百眼睛掃向牆壁鑲嵌著木板的艙房，又倒回枕頭。她的心跳不規律地劇烈狂跳，一隻手壓在胸前，彷彿想讓心跳慢下來。

「怎麼了，夫人？」

查狄格握住她另一手，將她炙熱的掌心壓在他冰涼的手指上。「發生什麼事了，夫人？告訴我吧！」

詩凌百闔上眼：「我做了一場夢，查狄格大哥。夢境非常詭譎——很像福瑞迪描述的那種夢。」

「什麼意思，夫人？」

「我看見我丈夫：他就站在我身邊，他來找我，說有些話想對我說。」

她說到一半開始咳嗽，查狄格遞上一杯水。「妳繼續說，夫人。」

「他要我原諒他，還說我應該忘了這段過去。他要我展望未來，好好利用餘生這幾年歲月。然後他說了聲jaunch就走了，就這樣消失不見，接著我就醒了。」

詩凌百攫住紗麗衣襬，輕點她的眼睛。

「妳為什麼哭呢，夫人？」查狄格說：「他對妳說的不是壞事啊！」

詩凌百嚥下啜泣哽咽著，「我只是不明白——他為何要求我原諒，查狄格大哥？為什麼？」

他沒有答腔，於是她轉頭，直視他的雙眼：「告訴我真相啊！查狄格——巴蘭吉是不是……是不是自殺的？」

查狄格噘起嘴脣：「我覺得事情沒有這麼單純，夫人。」他說：「若真要說，可能正如福瑞迪描述：他肯定以為自己聽見芝美的聲音。巴蘭吉大哥曾經告訴我，他在阿拿西塔號上見到她。」

「見到她？」詩凌百輕蔑笑道：「不可能的！巴蘭吉才不相信這種事！」

「但他確實是這麼告訴我，夫人：事情就發生在他的最後一趟遠行，那時芝美已經過世很久。阿拿西塔號在孟加拉灣遭遇風暴襲擊，巴蘭吉大哥的鴉片貨物被撞得東倒西歪，於是他下去貨艙，加強固定箱子。而就在那時，巴蘭吉聽見她的聲音、看見她的臉孔。他說貨艙瀰漫著濃烈的生鴉片氣味——那股香氣恐怕讓他產生奇奇怪怪的幻覺，也許他過世那天也一樣，只是鴉片的效果。」

「我不懂你的意思，」詩凌百說：「你是說我丈夫會抽鴉片？」

查狄格侷促不安地在椅子上蠕動：「我真希望不是由我來告訴妳這件事，夫人，可是巴蘭吉過世前那陣子，確實抽了不少鴉片。廣州危機爆發後，他的情緒嚴重低迷。」

「因為財務損失嗎？」

「對，但不盡然如此，夫人。他還有其他心事。」

「什麼心事？請告訴我，查狄格大哥。」

「太太，鴉片危機對巴蘭吉大哥來說是人生一大考驗——他在兩個家庭之間擺盪，卡在廣州和孟買、中國和印度斯坦之間，左右為難。當時他隻身在廣州，運送大批貨物，失去這批貨等於世界末日，不只他自己前途渺茫，妳和妳女兒的將來也備受影響。另一方面，他非常清楚鴉片對福瑞迪造成的後果，也知道鴉片對中國帶來的影響，他不是不曉得鴉片會慢慢腐蝕家庭、宗族、僧侶、軍隊，每賣出一箱鴉片，就養出越來越多癮君子……」

查狄格說到一半停下來，搔了搔下巴。

「夫人，巴蘭吉大哥從來不是將道德規範掛在嘴邊的人，他不是會對宗教善惡大發議論的人。他的情感，他的思想，全跟著他的身體、他的血液、他的心意走。更重要的是，他是個重視家庭的男人——無奈命運捉弄，給了他兩個家庭，一個在中國，一個在印度。他知道他在廣州當鴉片商，勢必會影響他的兩個家庭，而且會陰魂不散，延續好幾代，這是他所不能承受的。我想這就是為何他開始瘋狂抽鴉片：不只是尋求解脫的出口，也是贖罪，為了自己的所作所為，奉獻自己的性命。」

詩凌百兩手弄皺淚濕的紗麗衣襬。「這些都是他親口告訴你的嗎，查狄格大哥？他有談到芝美？他說他愛她嗎？」

「不，夫人！」查狄格鏗鏘有力地說：「巴蘭吉不是浪漫的男人。他認為愛情和戀愛不適合他這種講求實際的男人。」

查狄格停頓半晌，清了下喉嚨：「太太，這方面，他跟我是南轅北轍。」

「你這話是什麼意思，查狄格大哥？」

「我年輕時第一次陷入情網，就知道了，一旦我愛上就絕對沒轍：無可救藥了。」

他嚥下幾次口水，喉結上下跳動，最後用低沉嘶啞的聲音說：「對妳也是一樣，從那天在教堂碰面後，我就知道了。」

這幾句話讓詩凌百渾身一顫，他把手放在她的手上時，她也沒有抽開。

＊

聽見遠方傳來擂鼓聲時，寶麗將拉裘抱進懷裡，親吻他的臉頰。Onek katha holo，她說。「我們已經講了好一陣子，你樂隊的朋友肯定開始好奇你上哪兒去了。」

「對，我最好先走一步，」拉裘說：「再見了，寶麗小姐。」

「再見。」

福瑞迪的手壓在他肩頭：「幸好你遇見我們，欸！就你從那間艙房走出來的那個時候啊！」

「你說的沒錯，李先生。」

「你為何在那間艙房啊？進去裡面做什麼？」

「我看見門開著，很自然就走進去了，」拉裘說：「但我不曉得裡面已經有人。」

「裡面有人？」

「對，一位先生。」

「先生，欸？」福瑞迪蹲下來，凝視著他的臉：「是誰？」

「我不知道他是誰，」拉裘說：「之前沒見過。」

「他長怎樣？」

「他有留鬍子，戴著白色頭巾。」

「哦？」

福瑞迪將拉裘一把拉進懷裡，擁抱他：「別擔心啦，一切都會沒事的，我會將消息轉達給你父親，可能需要一點時間，但他會知道你在這裡的。」

「謝謝你，先生，」拉裘說：「再見了。」

「再見，你小心喔！」

拉裘奔跑著離開，福瑞迪似乎陷入恍惚。接下來一句話都沒說，便逕自走向位於通道尾端的艙門，寶麗默默跟在他身後。福瑞迪手觸碰門把，輕輕推開，寶麗的目光越過他的肩頭望進室內。

室內堆疊著家具，家具則在灑下月光的兩扇窗戶邊，透出剪影。其中一扇窗敞開，百葉窗在微風中輕輕搖曳，窗旁擺放著一張空椅。

彷彿害怕自己會發現什麼似的，福瑞迪步調緩慢慎重走到窗邊。他望出窗櫺時，寶麗聽見他重重嘆了一口氣。

「妳來看。」

她走到窗邊，發現一把繩梯掛在窗邊，在微風之中輕輕晃蕩。

「這是妳那天看見的那把梯子嗎？」福瑞迪說：「當初也像這樣掛著？」

「也許吧，我不確定。」寶麗說：「不管怎樣，梯子怎會出現在這兒？」

福瑞迪沒有答腔，他俯身將頭探出窗外，凝望水面閃著波光的月亮。

有那麼一會兒，他只是閉著雙眼，聆聽浪潮呢喃。然後她聽見他說：「我可以聽見他們的聲音——他們兩個正在呼喚我。我是說我爸媽啦！」

寶麗下意識出手壓住他肩頭，拉他回室內。他有稜有角的顴骨在銀白月光下分外醒目，使他消瘦憂煩的臉龐透出詭譎的美。

「你不能去，」寶麗說：「我不會讓你去的。」

「為什麼？」

「你自己不也說了？朱鷺號的羈絆難分難捨啊？我們需要彼此。」

第十七章

英國過完新年後兩天，康普頓帶著剛發布的命令，突如其來光臨黃埔：劍橋號要換址，政府官方下令劍橋號前往下游處，正對著虎門、位處虎門江心的上橫檔。那天劍橋號起錨時康普頓也在船上：他接獲指令，必須全程陪伴船員完成任務，至於遷移原因他隻字未提，尼珥也識相，知道最好別多問。

這是劍橋號第一次出航，但尼珥卻驚訝發現船員表現異常出色，也不拖泥帶水。抵達下游後，無論是採取進攻或防衛，尼珥和喬都清楚軍事行動迫在眉睫。河面上正在進行預備工作，加強泥土築防禦工事和築壘，亦新增了具有偽裝作用的火炮掩體，戰船艦隊正在水道上巡邏。劍橋號曾二度停下，迎接好幾組「水上勇將」：特地來到上游，在關天培上將的麾下（他正是十五個月前，尼珥和康普頓親眼目睹指揮虎門戰役的上將）部署虎門的海軍部隊增兵。

步步逼近虎門時，他們發現一艘飄揚著美國國旗的船隻停靠在海關局旁。康普頓告訴尼珥，國旗只是陷阱。事實上，這艘船攜有知出英商顛地的一批茶葉貨運。而這場交易則由顛地的老買辦鮑鵬居中安排，鮑鵬則是琦善總督的現任翻譯。

鮑鵬這等身分的男人居然和顛地這種臭名遠揚的鴉片商公然進行官商勾結，令尼珥震驚不已。但他很快就得知，這還不是最不可思議的事：康普頓告訴他，自從林欽差大臣罷黜後，許多廣東省高官故態復萌，中飽私囊。

劍橋號停靠在上橫檔島的海角旁，巍然矗立於一英里水道中央的大石塊旁。上橫檔一樣建蓋了難以攻破的堡壘，設置諸多槍炮。堡壘不遠處架設全新防禦障礙：一組橫跨主要海路，探入虎門的龐大鐵鍊網。

當日稍晚，關上將親臨劍橋號視察。

船上的中國軍官帶著上將四處查看，尼珥和印度船工則禮貌遠觀：關上將是六旬出頭、樣貌堂堂的男人，衣著樸實無華，披著一件深色冬季披肩，帽子上有顆紅色鈕釦。康普頓事後解釋，只有高級官員才配得上那顆鈕釦。

關上將回到自己的戰船之前，對印度船工信心喊話，他說英方隨時可能發出攻勢，要是他們成功攻下一艘英國軍艦，必有重賞：攻破一艘七十四門炮巡防艦的價碼已漲至一萬五千西班牙銀元。

尼珥對他的印象莫過於和藹可親、能力卓越、智慧過人。喬都也贊同他的看法，他說上將似乎比其他參觀劍橋號的高官深謀遠慮、實事求是。

翌日上午，尼珥、喬都、康普頓和其他幾個人搭乘小帆船，參觀虎口。江面巡禮時，尼珥明白了為何這條水道叫作虎口：兩端細窄，流域四周構成強而有力的下顎。其中一端彷彿河水流經咽喉，就是防禦最紮實牢靠的區域——虎門和上橫檔的城垛和火炮掩體就設在這兒。另一端，江水逐漸流入寬廣河口的地方，還設有兩組兩築壘：東側是沙角島，也就是外國人熟知的穿鼻。水道另一端遙遙相望的，則是另一座要塞，也就是位於陸岬的大角。

江面巡禮完畢，眾人上岸，在穿鼻四處溜達。尼珥發現，跟十五個月前和康普頓參觀小島時相比，穿鼻現在面貌已然不同。他們曾留宿的小屋如今已荒廢，人去樓空後成了棄屋。當時小島有兩座堡壘：一座位在山頂，另一座則是岸邊加強的火炮掩體。而今這兩座合而為一，形成一座浩瀚無際的要塞。漫漫蜿蜒上山丘的城牆繞著要塞豎起，城牆外則是圍繞著一條乾涸護城河及矮防護牆。

從穿鼻城牆往外望出去，虎口的模樣猶如一座加強防禦的偌大據點，正中央是一座湖：每個制高點和海角都設有城垛和炮臺，水道各角皆設有炮門，總共多達幾百座，每一座都配有五彩繽紛的裝置：一顆虎頭。

起先喬都還表態懷疑防禦是否夠力，但如今築壘就足以讓他心服口服。英方絕對休想攻破，他自信滿滿地說。虎口是一個陷阱，虎視眈眈包圍英軍的艦隊。

他們士氣高昂地回到劍橋號，深信要是英軍有勇無謀地闖進這頭巨獸嘴裡，肯定是自討苦吃。

＊

英國新年過後不久，時令就進入天寒地凍的隆冬，冷冽冬風吹拂過珠江口，沙洲島上幾乎無遮蔽物，更是嚴寒難耐：印度兵和隨營人員進入半冬眠狀態，若非必要，寸步不離帳篷。除了填飽肚皮、瑟縮在棉被底下，所有人都懶洋洋不想動。

印度兵運氣好，他們在冰寒冬季正式降臨前及時收到長大衣，橫笛手和鼓手也很幸運，分配到羊毛披肩，雖然羊毛披肩不比印度兵的大衣暖和，卻有一大好處，夜裡睡覺時可以披在身上。跟隨營人員一比，樂隊男孩的日子已算舒適，沒得抱怨。許多隨營人員連一件保暖冬衣都沒有。照理說，每組高級軍官應該供應毛料服飾，偏偏唯有正直誠實的軍官願意負擔這筆費用，而這一類軍官屈指可數，而且就連他們都僅願意提供一、兩條毯子，白天當作服裝、黑夜當作棉被使用。大多軍官都是一毛不拔、中飽私囊的吝嗇鬼：頂多發給隨營人員幾條被蛀蟲啃噬破洞的廉價棉布毯子——別無選擇之下，隨營人員只好自掏腰包，用微薄收入來買當地製造的補丁夾克。

但是風刀霜劍的疾風侵襲光禿無樹的小島，這時即便是最上等的衣料，都保護不了他們。毫不意外，幾十個人病倒，戰地醫院很快就人滿為患。

一月初，最冰寒嚴峻的時刻，梅上尉大多時間都待在澳門，直到一月六日才回到沙洲。他回來不到幾分鐘，克斯里就接到前往帳篷聽取報告的消息。

上尉並未解釋為何他人不在沙洲，克斯里也未踰矩過問：於是他們單刀直入進入正題。

遠征隊的統帥總算決定，上尉說：他們打算攻打虎口要塞，這場攻勢將是非常複雜的水陸雙棲戰，會動用到船艦、士兵、海軍陸戰隊、戰艦的輕兵器士兵。

上尉攤開一張航海圖，指出環繞虎口的要塞和火炮掩體。武力配置得先攻破兩個最外圍的堡壘——分別位於水道左右岸的穿鼻及大角，展開面海攻勢。因此這場攻勢會同時朝兩側進擊，拉開序幕：孟加拉志願軍將加入穿鼻的進攻軍隊行列，次日早晨由企業號送至穿鼻的登陸點，也就是距離火炮掩體東側兩英里的沙灘。

上尉說，他們一大早就會吹起床號，印度兵清晨七點鐘就得出發。這次他們會實施完整行軍命令，鼓手、橫笛手、槍炮手、傳令兵、炮手、水伕，當然還有醫護人員，都得全員戒備，也將按照這個規格打包行囊。

「事不宜遲，中士。」

Ji（收到），上尉。

*

短短幾分鐘，兵營上下就得知B連隔日要率領整組隨營人員出戰的事。

橫笛手帳篷內，男孩們顧不得天候，開始檢查裝備，盤點行囊物品。這將是拉衮第一場部署，他在迪奇的帶領下，謹慎做好各方準備，包括把幾顆糖收進口袋等小動作：「你會懂的，我的天——戰爭展開時嘴裡含了顆糖好處多多，更有意思。」

迪奇早有出戰經驗，於是擺出逞兇鬥狠的姿態——然而拉裘感覺得到他的情緒轉變。那天夜裡，他們窩在同一張毯子下睡覺，迪奇卻不得安寧，在睡夢中翻來覆去，嘴裡頻發囈語。他不只吵醒拉裘，也吵醒了其他幾個人，為自己招來連番臭罵、拳腳相向。

「閉上你的狗嘴，畜生，讓我們好好睡覺行嗎——明天要打仗，欸。到時你想怎麼叫，都不會有人管你。」

翌日，克斯里早在黎明破曉以前起床，在兩名準下士陪同下，提著燈籠，隨機挑選帳篷，一一檢查，確保印度兵按照重裝行軍規定打包行囊：包括要多帶一套制服、第二件外套、第二雙鞋，第二張睡覺使用的毯子，以及一張「坎布勒」絨毯。絨毯必須好好捲起、繫綁在行囊上方的銅製水壺下。

橫笛手和鼓手也很早就起床了，他們是最早到沙灘集合的人，準備陪印度兵行軍。這天清晨天凝地閉，濃濃霧氣從水面冉冉升起，太陽黯淡無光。

企業號抵達前，漲潮至最高點，由於海水漲潮，分隊登船便省下使用駁船的機會：汽船將船首靠向沙岸，降下梯板即可登船。

隨營人員率先出發，登船同時，響起召集印度兵點名的鐘聲：由於不少印度兵住院，全連到齊人數只達四分之三。

點名過後，印度兵在梯板前排成一列，高聳的黑色陽盔在濃霧裡模糊朦朧。接著鼓聲隆隆，笛音婉轉，印度兵肩上扛著棕管槍，踏著正步走向汽船。緊接在印度兵身後的是樂隊男孩，軍官則是依照軍階等級，由低至高排序上船，梅上尉最後登船，梯板一收起，汽船槳輪便開始攪打海水。隨著船身周遭打出水花，船頭徐徐轉向北方。

橫笛手和鼓手坐在船頭，汽船一加速，勁風迎面吹向他們，眾人蜷縮成一團，齒列不住顫抖，拉袤將臉埋在膝蓋中間，睏倦到打起盹兒。等到他再度抬起頭，意外發現霧氣已經消散，天空澄澈清朗，汽船在一英里寬的楔形水道航行，河水呈現光輝燦爛的蔚藍色澤，灰灰綠綠的幽靜山脈在左右兩側隱約現身。

穿鼻的兩座山陵赫然現身於正前方：其中較大的那座山部署著驚人的壁壘和城樓，幾百張色彩鮮明的三角旗和旗幟旗海在城垛上飄揚：其中一些是印有表意符號的紅底長布條，有一些則是狀如兩團火焰、框有黃綠邊框的旗幟，還有一些是印有巨龍的龐大長旗，隨風鼓動起伏的巨龍，彷彿隨時準備逃之夭夭。

隨著寸寸逼近，他們發現城垛上到處豎起槍炮炮門，小島山頂只有一個區域沒有炮臺：那就是第二座山的遮蔽部位，也是他們的登陸點。

登陸點周遭的水面上擠滿形形色色的船隻。三艘汽船：馬達加斯加號、皇后號、復仇女神號已經靠岸，讓特遣艦隊紛紛登陸。大型軍艦停泊在深水水面：包括兩艘巡防艦——四十四門炮的都魯壹號和二十八門炮的加略普號，以及四艘小型軍艦。這幾艘船的分遣隊正搭乘單桅快速帆船和大艇，陸續上岸。

由於人潮壅塞，企業號得稍微延後登陸，這給拉袤一個好機會，觀望登陸場面，彷彿這是專為他一人演出的操練。景象令他目眩神迷：好幾組士兵水手以精準的順時鐘次序，執行錯綜複雜的部隊調動，一艘接著一艘單桅快速帆船抵達沙灘，卸下士兵和軍火，整齊劃一協調運作。

B連抵達沙岸時，士兵已經幾乎全員登陸：沙灘上集合的士兵大約有一千四百名，還有約兩百名隨營人員和援軍，隨營人員幾乎全是印度人。出戰士兵約有一半是印度兵：六百〇七名來自第三十七營馬德拉斯軍團，七十六名來自B連。英國士兵中，最大規模的分遣隊為人數為五百大兵的皇家海軍軍營，其他則是炮兵和一組從舟山撤離、已經康復的派遣隊。

指揮官是皇家愛爾蘭兵團的普瑞特少校。在他的指揮下，由重炮團負責帶隊，槍炮手拖曳兩組六磅炮、一組二十四磅大型榴彈炮，步上小島第二座山頂的山路。之後是海軍陸戰隊，緊接在後則是馬德拉斯步兵團的印度兵。孟加拉分遣隊則是後衛位置，橫笛手和鼓手站在縱隊中央，左右兩側是印度兵。

當他們步上山陵，印度兵踏著步伐的腳下揚起一團團沙塵，直接吹上橫笛手的臉。拉裘起初慌了手腳，不慎漏掉幾個音符，唯獨迪奇注意到拉裘的異狀，他朝拉裘點頭眨眼，拉裘這才不再焦慮。

拉裘很快就聚精會神，讓手指和腳步保持整齊劃一的動作，胃部的翻攪總算平息，他定睛望著前面橫笛手的背部，確保自己保持不近不遠的距離，專注到毫無察覺遠方的隆隆炮火聲響，最後還是迪奇用手肘推了推他，拉裘這才注意到。

克斯里和梅上尉帶頭，站在孟加拉分遣隊的前沿，他們抵達山頂時，對面山陵炮火齊開。所幸子彈射程太短，他們無需找掩護。

克斯里趁此良機，仔細掃視島上的防禦工事，他立刻發現，從許多方面看來，嶄新蓋好的築壘其實不堪一擊：雖然城牆高聳堅實，搭建方法卻十分古老，猶如一面帷幕牆排成一直線，沒有可以左右開弓的隆起物，也沒有提供加固的角度或扶壁。綿延於城牆上的矮防護牆也屬於舊型，印度兵稱之為bas-ke-zanjeer——「竹鏈」。也就是將削尖木樁釘在一起，形成連綿不斷的堡壘：軍官取名為「弗利然馬」。

克斯里和梅上尉站在山峰掃視防禦線時，堡壘發出的槍炮和子彈的火力密集增強，但炮火依舊無效，大多子彈角度偏斜，射中山坡，噴濺出一小坨土壤。於是登陸小分隊的炮兵好整以暇，組裝野戰炮和榴彈炮。

梅上尉下達信號，B連的槍炮手和炮手遂往前踏出一步，開始組裝大炮。馬杜一如既往，扛著兩顆炮車輪子。從肩膀卸下輪子後，他動作流暢地加入其他裝填手行列，人人手裡都抱著炮彈，準備裝填。

槍炮組等待著開火指令時，空氣裡鴉雀無聲，接著隊伍之中迴盪著咆哮聲，槍手遂擺低冒著煙的輕型燧發槍，瞄準武器火門。赫然之間發出一聲轟然巨響，槍炮爆炸，山坡籠罩在黑色煙霧裡。

與此同時，兩艘汽船皇后號及復仇女神號也轉向，瞄準另一座山陵城垛上的炮擊範圍。皇后號碩大的六十八磅炮炮口噴出一柱火焰，復仇女神號的兩座旋轉炮也開始開火，射出霰彈。這幾種都是威猛有力、深具殺傷力的武器——裝滿滑膛槍子彈的霰彈，一旦發射，霰彈會在炮筒裡爆裂，形成子彈雹雷。

火藥鋼鐵般的槍林彈雨打在山陵上，短短幾分鐘不到，煙柱開始從堡壘冉冉升起。

＊

詩凌百正在早餐桌上享用一盤印度炒蛋時，第一聲大炮悶響傳至澳門。丁雅爾坐在她正對面，一臉吃驚地抬眼。

喔！Seroo thie gayo——所以還是開戰了！我還以為不會發生呢！

發生什麼事？

進攻啊！我還跟大家打賭全權大使又會找藉口推託規避呢！

詩凌百無言以對，她的雙手輕顫，摸向洋裝褶子裡的腰布，尋求心靈慰藉。

妳應該要開心才是啊，詩凌百嬸嬸！丁雅爾雀躍地說。這對大家是好消息，可以加快我們取得賠償金的時間。

雖然詩凌百喜歡丁雅爾這孩子，卻無法當作沒聽到他這番言論。

可是丁雅爾，你要想想其他人啊！戰場上還有小孩。

喔，他們不會有事的啦！丁雅爾豪爽一笑。他們不會怎樣的——有復仇女神號的庇護，不會出事的。

丁雅爾按了下鈴，請下人送來帽子和手杖。戰爭正式開打，猜輸的他得去支付賭金。步出屋子時，他在門口停下腳步。別擔心，詩凌百孀孀，他說。我們這裡安全得很，妳看！

詩凌百順著他指著內港的手望了過去，一艘英國小型風帆戰船正炮火隆隆。

丁雅爾出門後，炮火聲似乎越來越震耳欲聾，詩凌百早餐吃到一半終於受不了，衝回臥房，坐在角落擺設的小祭壇前，面對底下擺著一盞油燈的瑣羅亞斯德圖片。詩凌百翻開《侯爾打阿維斯托》祈禱書，開始誦經：**Pa name yazdan Hormazd**……祈求創造者阿胡拉．馬茲達，宇宙之主……

這是她每逢困境必會求助的禱告，每每都能減輕她內心的重擔——可是當下炮火不絕於耳，她很難專心唸完禱文。她在印度號結識的面孔一一浮現腦海：梅上尉、橫笛手、克斯里．辛。

唸到最後幾句禱文時，詩凌百聽見前門咿嘎作響，她以為是查狄格，遂放下手中的祈禱書，走到起居廳。

然而當管家打開門，走進室內的卻不是查狄格，而是一個蒙著面紗的女人。

「勃南太太！凱西！真是驚喜。」

「我希望妳不介意，詩凌百……」

原來勃南太太搬進她丈夫在澳門租借的房屋，就位在這條街尾，但他人正在買辦的船上，所以她目前單獨一人。

「我想找人閒聊會比較好，親愛的詩凌百，除了妳這兒，我想不到可以上哪兒。」

「當然歡迎，我很開心妳來了。」

勃南太太揭下面紗後，詩凌百發現她面色蒼白，就跟她第一次來這棟別墅時如出一轍。

「妳又不舒服了嗎，凱西？」

「不是，只是……」勃南太太闔眼。

「是槍炮聲，對吧？」

勃南太太頷首：「炮聲四起當下，我的腦袋就一片渾沌。」

「很難受，對吧？」

「哎，其實我不該有這種感覺，」勃南太太說：「妳也知道，我是在炮火聲中長大的孩子，炮火聲一直都是我父親駐紮兵營的背景音，炮兵老是得實地演習，所以這聲音我是再熟悉不過了，可是今日局面不同，對吧？這可是真槍實彈的戰役，而站在沙場上的，全是妳認識的人。」

「我也是。」

詩凌百點頭。「自從炮火開始，我的腦海就不停閃過他們的面孔——尤其是中士和梅上尉。」

勃南太太雙手交疊，擱在膝上，垂下眼皮。「只不過我對他們的感受，停留在多年前的初次見面。」

「他們當時跟現在很不同嗎？」

「也許克斯里．辛沒太大差別，」勃南太太說：「但奈威爾——梅上尉——跟當時截然不同。」

詩凌百感覺勃南太太似乎需要吐吐苦水，於是溫柔地問：「妳當時跟梅上尉很熟嗎？」

「是的，」勃南太太頓了下，聲音壓低為細語：「實話實說吧，詩凌百，他是我最熟悉的人。」

「哦？」

「詩凌百，是真的，」勃南太太滔滔不絕起來：「我曾經和奈威爾親近到不想與其他男人有任何瓜葛。」

「後來發生什麼事了？」詩凌百問道。

勃南太太比出一個無奈手勢：「是我父母……」

她已無須多言。

詩凌百同情地頷首：「那之後妳就再也沒見過他了嗎？」

「是啊，渺無音訊，直到我前來這棟宅邸，邀請妳參加午宴的那一天。那之後，元旦當天我們又在阿拿西塔號上見到面，彷彿命運真空抽走了這些年年歲歲，現在又將他還給我，感覺起來彷彿一天都沒過。」

她停頓，朝河口的方向扭過頭。「現在他人在那裡——身陷槍林彈雨，過去這幾天他都在澳門，這是我人生中最寶貴的時光，我覺得我不能夠再失去他。」

勃南太太打開手提包，取出一條手帕，點了下她的眼睛。「詩凌百，妳一定覺得我是壞女人。但請不要誤會我有那麼可惡，要是我也跟妳一樣幸運，這種事就不會發生了。」

「什麼意思，凱西？」

「我的意思是，要是我的婚姻跟妳的一樣幸福美滿，就不是今日這種局面。」

「幸福美滿？」

詩凌百的嘴唇不由自主動起來，話一出口，現在換她需要一吐苦水：「喔，凱西——我的婚姻跟妳想的不一樣。」

「是嗎？」

「我丈夫過世後，」詩凌百輕聲說：「我發現他在這兒，中國廣州，有情婦和另一個家庭。」

「不可能吧！」

「是真的，凱西，剛開始我也相當震驚，不敢相信向來信仰堅定、為家庭奉獻一切的他，居然會和其他國家的女人發生感情糾葛，而且對方信仰還跟我們不同。」

如今換詩凌百停下來，擦拭眼淚：「現在我才明白，人生居然可以如此峰迴路轉。」

勃南太太用意味深長的眼神望著她，接著在她身旁坐下：「可是卡拉比典先生進入妳的人生後，」她輕聲細語道：「現在命運出現轉折了，妳說是吧，詩凌百？」

詩凌百哽咽失聲，只能默默點頭。

「可是詩凌百，」勃南太太喃喃道：「妳真的很幸運，妳知道嗎？因為妳是寡婦，還可以改嫁。」

「不可能的，」詩凌百固執地說：「我的女兒、我的家人、我的族人——他們絕不會原諒我的，我對他們背負責任義務。」

勃南太太的手包覆著詩凌百的手，輕輕壓了一下。

「我們盡的責任難道還不夠嗎，詩凌百？我們難道不應該對自己負責嗎？」

這問題令詩凌百猝不及防，她驚訝到說不出話來。還在思考該怎麼回答時，管家進門稟報，卡拉比典大爺正在前門。

*

等到轟炸展開，樂隊男孩終於能夠暫緩一口氣，坐在遮蔽安全的地面休息。火力逐漸增強，他們感覺到衝擊波貫穿地面，直衝他們體內，噪音巨大到拉裘得用兩手摀住耳朵。

這時迪奇推了一下他的手肘：「你看——那裡。」

拉裘瞄了一眼戰線，發現有個男人正朝他們走來，他的背上扛著彷彿死透的山羊。

「是水伕，專門扛水的人，」迪奇低聲道：「現在就是時候了——他們馬上就要開始攻擊了，因為攻擊前一定會先派出水伕。」

水伕走到他面前時，拉裘從皮囊嘴一口灌下水，再讓他往水壺裡添水。接著他按照迪奇的做法，也往嘴裡塞了顆糖。

火力突如其來展開，也突如其來結束，詭異寂靜襲來，穿插零星爆裂聲和迴盪於中國戰線的尖叫聲。接著梅上尉吶喊：「備好刺刀！」橫笛總隊長迅速連續喊出指令，剎那間樂隊男孩全站起身，排成列隊，印度兵則站在他們左右兩側。

即便拉裘曾經經歷無數次演習，還是差點喘不過氣、頭暈腦脹。演練時沒人警告你，戰爭現場塵土飛揚，也可能硝煙瀰漫；更沒人告訴你，身旁的印度兵可能踩空炮彈彈坑，腳步踉蹌，一個不小心就倒在你身上，他的刺刀可能只距離你的臉幾寸。轟天巨響隆隆四起：腳下震顫，鼓聲喧天，印度兵嘶吼著「Har-har-Mahadev」，最響亮的莫過於炮彈飛越頭頂的呼嘯。而當子彈擊中刺刀，毛骨悚然的反彈聲會劃破各種聲響。

拉裘抬眼，發現他們十分接近堡壘城牆：他看得見戴著錐形帽的防衛兵頭頂，拚了老命瞄準他們的老式火繩槍。這種槍不是扣下扳機擊發，而是要慢慢點燃導火線、在火門上舉起槍才能發射。

接著他們倏然止步。

「準備開火！」梅上尉吶喊，印度兵全膝蓋著地，準備好手中的滑膛槍。下一個指令一出，士兵和印度兵火力全開，形成一片火幕，掩護這下正往前衝、準備在矮防護牆下裝置炸藥的工兵。

短暫停火對拉裘來說猶如一場及時雨，他的喉嚨乾涸，鼻腔裡滿是塵土，眼睛被煙燻得刺痛。短短幾秒鐘不到，他的水壺已空，水伕再度出現時，他感覺像是上帝回應了他的祈禱。拉裘緊偎著壺嘴，將水倒在臉上和嘴裡，要不是迪奇用肩膀推了一下制止他，他恐怕一口氣灌完皮囊裡的水。

遠方，山腳下的海水邊，皇后號和復仇女神號展開第二輪炮火轟擊，又陷入一陣爆破火焰。這次他們不是瞄準防禦工事，而是沿著沙岸的火炮掩體。接下來傳來一陣讓萬物陷入死寂的爆炸：方才工兵在山陵矮防護牆下埋的炸藥引爆了。等到硝煙瓦礫淨空，拉裘瞥見普瑞特少校抽出軍刀，朝城牆的沙灘俯衝而去，背後跟著一批海軍陸戰隊。

樂隊男孩跳起來，他們以為B連即將衝上沙灘，橫笛總隊長卻立刻跳到他們面前：他說指令變更，現在他們不打進攻信號，而是吹笛子，帶領印度兵縱隊以雙排隊形往左前進。

發生什麼事了？這下是要進攻還是撤退？拉裘摸不著頭緒，也不在乎，腦袋瓜裡唯一的想法，是和其他樂隊男孩待在一塊兒就對了。

他們開始下山，步調穩健加速，直到整個分遣隊如同一頭栽向前方。橫笛手肺裡的空氣幾乎掏空，一個個都放棄，不再吹奏。拉裘掃視正前方的湛藍海水，發現他們就快抵達山腳。

然後山路一個拐彎，他們又登上另一座堡壘後方的小路。他們看見被兩艘汽船轟炸的壁壘坍塌，還看見兩艘汽船仍與炮臺並排，它們與沙岸之間的海水屍橫遍野，滿滿都是防禦兵的屍首：其中一些還活著，無能為力地掙扎。汽船甲板上的水手將他們一一扛上去。

堡壘的後方景象映入眼簾當下，克斯里正好站在最前排。他看見幾百名中國兵湧出城門，估測八成是海軍陸戰隊衝下山頂堡壘，攻破岸邊炮臺，將他們驅趕出城牆。還活著的防禦兵俯衝而來，正面迎擊印度兵：承受連續不絕的炮轟後，他們現在似乎很樂意來場短兵相接的肉搏戰。

可是印度兵早已做好準備，他們膝蓋一跪，以連發子彈迎擊對手。夷平剷除前鋒後，後排的中國士兵心生恐慌。中國前線瀕臨崩潰後，印度兵高高舉起劍與刺刀，近距離肉搏對決腳步慌亂的倖存者。

兩軍短兵相接時，迎面撞上的衝擊力道彈回縱隊。腳步陡然停止，來不及停下來的拉裘便硬生生撞上前方的橫笛手。接著拉裘和迪奇驟然止步，呆若木雞佇立原地，手中橫笛無用武之地。他們周遭刀光劍影，發出金革之聲，淹沒了臨死士兵的慘叫哀號。

大屠殺正如火如荼展開之時，拉袠和迪奇的背後感受到一股抵擋不了的重量，下一秒就被推向前方。才踏出幾步，他們就發現自己踩上雜亂堆疊的防衛兵屍首，中國兵的服裝皆烤焦燒毀，幾乎無一倖免——即使是仍在英勇抗敵的中國兵，遭到子彈或是刺刀擊中時，衣料也會燃起火焰，整個人化為一顆火球。

橫笛總隊長忽地在瀰漫煙霧之中冒了出來，要拉袠和迪奇別愣著發呆，趕快把屍體移到旁邊。於是他們將橫笛塞進腰帶，拖曳著一雙毫無生氣的腳踝，扔到距離海水僅幾碼之遙的斜坡山路。屍體沿著山坡滾落時，他們發現山路和水道中央的狹窄沙岸上，已經堆滿防衛兵的屍體。許多具屍體滾入海水，在水道裡猶如木塊般載浮載沉，其中一些人的衣料仍在燃燒。

男孩陡然轉過身，走回山路，正捉起另一具屍體時，聽見附近傳來嘀咕聲，很自然地抬頭一瞧。前面幾碼外，有一名倒下的中國兵正掙扎著站起身：他的衣服燒焦，炸到差點分離的左臂毫無作用地懸掛身側，在肩上搖搖欲墜。他的視線落在拉袠和迪奇身上，右手高舉一把軍刀。男人揮舞著劍，步履蹣跚朝他們走來時，拉袠和迪奇緊緊相偎，驚嚇到全身僵直。

接著迪奇找回聲音，尖聲大喊：「Bachao!」——這時彷彿奇蹟似的，一名印度兵從繚繞煙霧之中冒出，將刺刀捅入對方肚子。印度兵完全沒有停下看兩個男孩一眼，只是一腳踩向屍體，拽出刺刀，又連忙回頭衝入戰場。

拉袠找到呼吸後，發現他的褲子濕了一片，於是盯著深色的褲子部位，這時迪奇說：「任誰都會嚇到尿褲子的，沒事的，過一會兒就乾了。」

拉袠低下頭，瞟向他的朋友，發現迪奇的褲子上也有一樣的尿漬。

*

不到一百碼外，克斯里正徒勞阻擋他的人馬。

他站在孟加拉分遣隊的前鋒位置，眼睜睜看著大屠殺在眼前展開，防衛軍劈頭便直接衝向印度兵的硝雲彈雨。起初梅上尉和幾名軍官力勸倖存的中國兵投降，但他們不聽勸，兵荒馬亂又語言不通之下，中國兵開始恣意揮舞手中的武器，於是軍官不得不殺了對方。隨著戰線逼近，海軍陸戰隊和印度兵已經失去理智，陷入嗜血的瘋狂砍殺之中。

眼前的畫面教克斯里反胃：多年來的軍旅生涯裡，他還沒見識過諸如眼前的屠殺場面。屍橫遍野，許多人的上衣燒得焦黑，其中一些人的衣料依然著火：再定睛一瞧，克斯里發現，是防衛兵設備出錯，才導致火焰點燃。中國防衛兵的武器火藥跟英國士兵不同，並非放在彈藥筒裡，而是放在捲紙管之中，而這些捲紙管都收在斜背於胸前的火藥袋裡。戰爭過程中，火藥袋不知不覺打開，在士兵的緊身短上衣上灑出火藥，接著就遭到火繩槍的導火線和燧石引燃起火。

克斯里轉過一側，繞過山路，來到水邊炮臺的粉碎壁壘。穿鼻壁壘和海峽對岸的大角堡壘也遭受另一組英國上陸部隊轟炸，如今上空飄揚著英國米字旗。

克斯里爬過城牆缺口，一路來到鄰近炮臺。這裡滿目瘡痍，大屠殺的跡象歷歷在目：沉重炮彈轟出的巨坑周圍堆疊著屍體，壁壘底端處處可見遭到坍方磚石壓死的中國兵遺體。鮮紅色血漬噴灑、骨頭和人體組織附著在城牆的淡色磚石上，可以看見噴濺腦漿猶如粉碎蛋黃般四處淌下。

戰死的防衛兵制服幾乎全數燒焦，只留下燒灼後的火藥痕跡。不難想見火焰在一件件緊身短上衣蔓延時，防衛兵的驚恐。

英國海軍陸戰隊和炮兵也沒閒著，將大釘子釘入某些火炮掩體的火門，敲毀炮耳，讓大炮無用武之地。其中一名海軍陸戰隊士兵是在沙洲島時經常上摔角場的士兵。

「他們的槍炮還真他媽的不得了，」海軍陸戰隊士兵對克斯里說，手掌輕拍閃著光芒的巨型八磅炮銅製炮筒。「這個可以交給中國佬約翰——他學得很快。有些槍炮還是精製模仿英國長炮管製成的，我們甚至還找到了三十二磅炮。全新鑄造而成——幸好他們還沒學會使用，算我們走了狗運。你瞧。」他踢了下楔於槍管炮筒下方的木塊。「這些木塊讓他們無法降下炮筒——這也是為何他們發射的子彈會高高飛過頭頂。」

角落堆堆疊疊的屍首上方，掛著一張字跡潦草的英語招牌。

「上面寫了什麼？」克斯里問。

海軍陸戰隊士兵露齒而笑，用手背抹了下臉：「這是其中一名中士掛起來的，上面寫著：『這即是通往榮耀之路。』」

克斯里轉過身，邁步前往反方向。前方角落有一個急轉彎，繞過去後，他發現自己正站在一條狹窄陰暗的通道。等到眼睛慢慢適應光線，他發現有名中國兵正站在通道尾端，克斯里從他的羽飾高帽和高筒靴看得出，他八成是名軍官。很明顯這名軍官受了重傷，保護他軀幹的盔甲上出現一道裂痕，鮮血正汩汩滲出。

一瞥見克斯里，這名軍官便舉起他沉甸甸的雙手劍，克斯里從他蹲伏的姿態看得出，他正為了最後一擊喚醒全身力氣。

克斯里放低手中的劍，劍尖刺入地面，手掌朝外舉起。

「投降！請投降吧！」他嚷嚷：「只要投降就不會有更多傷亡……」

說話同時，克斯里已經心裡有數，他的勸說徒勞無功。他可以從這男人的表情看出，即使他聽得懂克斯里說的話，也會抵死不從，寧死也不投降。想當然耳，過了半晌，這男人便朝克斯里俯衝而上，彷彿乞求克斯里殺了他，而克斯里也圓了他的心願。

克斯里將淌著鮮血的劍抽出他的軀體，看見男人的雙眼仍死不瞑目張著。他在生命最後的短短幾秒，目光凝止在克斯里身上。克斯里曾在阿拉干和東印度山間戰役看過這號表情——他知道這是為了保家衛國、為了自己家人與傳統，以及他所珍視的一切而戰的表情。

看見那號表情後克斯里才驚覺，他當了一輩子的兵，竟不曉得為了某樣東西而戰的感受。他那出征阿瑟耶戰役的父親就為了自己重視的價值而戰，那些都是緊緊牽繫你與父母祖先以及渾沌年代先人的價值。

無以名狀的悲傷油然而生，他雙膝一跪，伸手闔起死者眼皮。

*

香港島雖然隔了一小段距離，烽火炮彈的聲音不至於響亮，卻已經夠嚇人，讓園丁不敢靠近苗圃。整個上午寶麗都忙著幹活兒，盡量讓自己不得閒，一下子澆水、一下子修剪、一下又挖土——但要充耳不聞遙遠的炮火聲是不可能的。

去年寶麗已經適應遠方偶爾零星傳來的滑膛槍和炮火聲響——但是這次不同。這次非但連續不斷，還帶有集中猛烈、誓死方休的決心，這種兇殘令人很難像平常一樣冷靜做事，很難不去聯想到生與死、鮮血噴濺、身首異處的畫面。在這些發生當下，照顧植物實在是微不足道的行為。

即將正午之時，炮火聲逐漸趨緩，北邊海平面升起煙霧，寶麗坐在樹蔭下休息。

究竟發生什麼事？這團煙霧暗示什麼？她不禁納悶，雖然她並非真想知道答案。

過了一會兒，她發現通往苗圃的小徑上出現一個人影，於是拿起望遠鏡掃向山坡。得知訪客是福瑞迪後她放鬆地嘆了口氣：來的人是福瑞迪，至少她不必裝模作樣，她不必佯裝雀躍，也不必裝出勇敢。他自己一人、沒人煩他，他也比較輕鬆自得。

她的直覺沒有錯。福瑞迪在遠方跟她打招呼，點了一下頭後，便逕自坐在苗圃的低矮露臺上，背靠著鬱鬱蔥蔥的熱帶榕屬植物。

他動也不動背對著她，眺望北方，就這樣坐了好一陣子。寶麗也正注視著遙遠的煙霧硝雲，當她的目光瞟回他身上，發現福瑞迪正掏出鴉片煙槍，內心蠢蠢欲動的她走了過去，默默坐在他身旁，觀看他將煙器擺在草地上。

「妳想抽嗎，寶麗小姐？」

她頷首：「我想試試看。」

「妳以前沒抽過？」

「沒有，從來沒有。」

他轉過頭，瞇眼凝視著她：「為什麼不抽？」

「我怕啊！」她說。

「怕？怕什麼？」

「我怕一旦上癮，就成了鴉片的俘虜。」

「俘虜，欸？」他對她露出難能可貴的笑容：「鴉片不會將妳變成俘虜，寶麗小姐。絕對不會，鴉片只會給妳自由。」

他的頭部朝遠方硝煙偏了一下：「那些人才是俘虜吧？金錢利益的俘虜？他們不抽鴉片，卻成為鴉片的俘虜。對他們來說，鴉片只是線香啦，用來祭祀他們神明的線香，而他們的神明就是金錢和利益。他們想要利用鴉片，把全世界變成偉大神明的俘虜，而且他們一定會贏，畢竟他們的神明太厲害了，跟惡魔一樣厲害，對吧？等到他們贏了這場戰爭，就會發現逃避惡魔的唯一方法，就是鴉片。唯有鴉片煙能將他們藏得好好的，不被壞主人發現。」

說話同時福瑞迪也沒閒著，他用燧石點燃一根有著硫磺頭的長火柴，然後在火焰上炙烤一小球鴉片。鴉片確實燒烤後，他把煙槍遞給寶麗。

「等到鴉片著火，我會把它放進龍眼」——他指了指煙鍋上的小洞孔——「然後妳要大口吸食，鴉片煙很珍貴，欸，所以千萬別浪費。」

他再次把鴉片球放在火焰上炙烤，一等到著火，就擱在煙鍋上。「就是現在！」

寶麗嘴巴湊上煙桿，使勁吸了一口，將鴉片煙全吸入體內。鴉片煙猶如洪水，猛然灌入她的肺部，等到潮汐退去，伴隨而來的是不可思議的靜謐。正如煙霧能夠驅逐昆蟲，這些煙似乎也能驅逐所有帶來刺痛的情緒：恐懼、焦慮、悲傷、難過、失望、欲望。取而代之的，是寂靜平和的空無，一種無痛的真空。

寶麗倚在山坡上，頭靠著草地歇息。一會兒後，福瑞迪也抽了鴉片，躺在她身旁，他的頭枕在兩手上，望入樹木的幽黑陰影。

「告訴我吧，」一會兒後寶麗說：「你是怎麼學會抽鴉片的？」

「有個女人教我的。」

「女人！誰啊？」

「她跟我一樣啦——是印度和中國混血，美若天仙——可能美過頭了。」

「怎麼說？」

「有時美麗是一種詛咒，妳不覺得嗎？為了她，男人心甘情願砍砍殺殺，無惡不作。她需要保鏢——而我就是其中一人。那時我幫她送鴉片，然後有天她要我陪她一起抽，她教我抽鴉片，傳授祕技。其實我之前已經抽過鴉片，但也是她教我，我才知道有祕技。」

寶麗覺得這一切好不真實：彷彿是一個在鴉片煙霧之中出現雛型的故事。而在這夢境般的情境，提出這問題，似乎一點也不唐突失禮：「那麼你——愛她嗎？」

福瑞迪彷彿過了許久才回答這個問題，寶麗分不清時間是否真的分分秒秒過去了：彷如她腦海中的時鐘指針停擺，時間也幻化成其他東西。

等到福瑞迪再次開口，她幾乎已忘了剛才的問題了。

「我也不知道啦，」他說：「那是不是愛，我也說不上來。也許就像現在在我們體內流竄的煙吧？比感情還強烈——好比瘋癲或死亡。」

「為何？為何是死亡？」

「因為這女人是我老闆的人，她是他的小妾，他是大人物耶！他是『老大哥』，有很多像我這種小老弟：他叫作陳良，只有瘋子才會愛上大哥的女人，終有一天會被他逮到，不是嗎？」

「後來你被他逮到了嗎？」

「沒錯，我被逮到了，然後他派人出馬殺了她——把她丟進河裡。他們也很想殺我，可是我逃了。我母親窩藏我，他們發現後，殺不了我，就殺了她。」

他笑了：「要是陳良知道我人在這裡，我就來日不多了。可是他以為我翹辮子啦——他不知道我以福瑞迪．李的身分重生了。就讓我們希望我不會被抓到吧！」

＊

當天一早，喬都和尼珥一得知英國戰艦正步步逼近虎口，遂立刻攀上劍橋號的前桅，用望遠鏡觀望戰況。

中國的穿鼻炮臺開火時，他們熱烈歡呼，自信滿滿英國絕對會挫敗連連，怎料英方以迅雷不及掩耳的速度，開始炮轟海峽兩側的防禦工事，他們的信心化為泡影，不可置信地望著炮彈炸毀穿鼻和大角的城牆。更難以置信的是，接下來他們眼睜睜看見登陸部隊從英國汽船出發，搭乘大艇或單桅快速帆船，朝火炮掩體展開正面攻擊。他們站在制高點，全程目睹登陸部隊越過城垛，卻直到最後才看見印度兵繞過山陵，從後方攻打火炮掩體——一直到印度兵繞過山坡，這組分遣隊才出現眼前。

隨後上演大屠殺時，大量煙霧灰塵遮蔽了視線，但尼珥和喬都很清楚知道發生了什麼事，因為水面上的浮屍越來越多，等到成群焦黑屍體開始漂進海峽，他們才完整目擊恐怖場景。

就他們觀察，沒有一艘英國船受到輕微創傷。

不只是單方面的毀滅破壞讓人為之錯愕，戰爭發展的速度之快也令人震驚不已。開戰時尼珥的手表顯示是上午九點，到了上午十一點，海峽兩岸的穿鼻和大角頂端已經陷入一片英國旗海。英國所要面對的威脅，就只剩關天培上將率領的一組中國戰船。

戰爭開始不久，中國戰船已在逐漸退去的火海底下聚集。眼見鼓衰力盡，戰船撤退至防線位置，也就是分隔穿鼻和虎門的海灣邊緣。他們和海峽之間隔了一座沙洲——這對於大型英國船艦來說，是不可跨越的障礙，但對於吃水較淺的船來說倒無大礙。

在穿鼻和大角展開激戰時，英國船艦對這幾艘中國戰船視而不見，唯獨堡壘遭到轟炸後，軍艦才將目標轉向關上將的船：一群武裝單桅快速帆船蜂擁而上，準備展開一場廝殺。

但在單桅快速帆船逼近之前，復仇女神號閃亮的鐵殼船身及時擠過帆船身側。這艘汽船加速超越幾艘小船，一股腦兒衝向淺灘，直到艏柱分水處撞上沙洲。接著復仇女神號的前甲板射彈齊發，發出尖銳刺耳的恐怖聲音——尼珥發現那正是鍾老師詢問他的武器：在班加羅爾發明的火箭原型，康格里夫火箭。火箭呈拋物線飛越天空，射擊毀滅中國戰船。其中一枚火箭擊中彈藥倉，中國戰船遂隨著震耳欲聾的聲響引爆。接下來火海浪潮像是吞噬整座小灣：整組中國分遣艦隊都起火燃燒。

劍橋號開始鑼鼓喧天，召喚船員來到備戰位置。虎口外防線已經全軍覆沒，落入英國手中，看來勝利軍艦接下來會連番攻擊防禦工事——亦即虎門和上橫檔的炮臺，也就是劍橋號的所在位置。

沒想到又是一個始料未及的發展。英方決定不再進攻，先退回穿鼻，撤離幾個鐘頭前上岸的士兵。看來攻擊延後至明日再續。

＊

當夜，克斯里確認印度兵和隨營人員都在甲板下安頓好了，便和梅上尉碰面，檢討這天的作戰行動。上尉受了點皮肉傷：滑膛槍子彈擦傷上臂，目前已敷上藥膏，手肘綁著吊帶，艦褸夾克則披在肩頭。

「很遺憾看見你受傷，長官。」克斯里說。

「你覺得遺憾嗎？」上尉露出笑容：「我倒不會，大可待在澳門養病休假好幾週。」

上尉報告，英方的統計是三十八名傷兵，無人死亡。中國方面估計大約六百人死亡，傷兵數量更是超越死者。他們在穿鼻找到並破壞的重炮共計三十八組，大角則為二十五組。加上中國戰船和其他地方找到的槍炮，大炮破壞總數高達一百七十三組。

「中士，我們的人馬表現良好——普瑞特少校對他們讚譽有加。」

「真的嗎，長官？」

克斯里知道梅上尉一直希望自己的名字出現在官方快訊。「長官，指揮官大爺可有提到你？」

上尉搖搖頭：「沒有，中士——隻字未提。」

「或許明天的事會提吧？」克斯里說：「還會展開行動，不是嗎？」

「我不抱任何期望，中士，」梅上尉說：「我聽說全權大使目前飽受壓力，必須終止攻勢。我想中國指揮官應該已經收到一封解釋投降程序的快訊。要是我們被召回營地，好讓上級軍官繼續和他們廢話，我也不意外。」

克斯里失望透頂，既然已經展開大規模的攻擊，他只希望戰役早日畫下句點。但可想而知，隔天早上有艘白旗飄揚的小船從虎門出發，前往全權大使的旗艦。沒多久，克斯里就聽見攻勢取消，孟加拉志願軍準備回到沙洲的消息。

*

劍橋號徹夜傳來各方消息及謠言，得知慘劇的規模後，眾人憤慨激昂，中國軍官和水手五味雜陳，既忿忿不平，又麻木絕望。

當「黑膚外邦人」參與穿鼻大屠殺的消息一傳開來，中國水手的態度丕變：他們和印度船工培養的同袍士氣，在那一瞬間化為烏有，轉為冷冰冰。彷彿尼珥、喬都和其他人都得為印度兵參戰的事負起全責。

對此事避而不談反倒讓情況惡化，所以康普頓情緒爆發、直言不諱時，尼珥鬆了一口氣：「為什麼，尼珥？明明無冤無仇，你的同胞為何要殺我們的人？」

「可是，康普頓，」尼珥說：「你為何要將我們跟印度兵畫上等號？我們不一樣。我和喬都就算想當印度兵也當不成。再說我們怎麼可能想當印度兵？事實上他們在印度砍殺的人數，比他們在世界其他角落要來得多。」

當晚唯一的好消息，就是關上將還活著——中國戰船遭到攻擊時，大家都擔心他已經遇難，後來才得知他成功逃到虎門。

凌晨時分，上將從司令部發出命令，指示劍橋號盡快移至新駐紮地。天空漸白之際，劍橋號從上橫檔緩緩動身，前往尚有火炮掩體的海峽岸邊，接著便開始為迫在眉睫的攻擊做準備。

黎明時分，有人發現英國巡防艦正朝海峽的方向移動，劍橋號的船員皆上崗準備，可是最後巡防艦卻莫名其妙折返。

當天稍晚他們才得知重啟協商，一組朝廷命官和英國全權大使重新展開談判。

沒多久，他們就懂了英方另一個終結攻勢的理由：談判開始沒多久，一艘載著顛地貨物的船開始移動，跨過虎口，朝香港方向前進。

這下眾人恍然大悟，阻止巡防艦的人正是顛地：他是mohk hau haak sau——幕後黑手。很明顯他提供英國指揮官一大筆感謝金，確保他的貨物安全無虞。

康普頓酸溜溜地說，你瞧，只要商人和貿易商介入戰爭，就會變成這副德性——上百條人命全要看他們怎麼行賄。

當晚，康普頓穿越海峽，前往虎門，最後帶著重大消息回來：總督琦善已經投降，答應入侵者提出的諸多條件，包括交出補償沒收鴉片的六百萬銀元，也承諾給予英方力求爭取的基地：中國官方文件上名為「紅香爐峰」的香港。

正式協議將於接下來幾週擬定。

＊

穿鼻戰役的低迷氣氛幾乎立刻就感染到香港。眾多來自穿鼻的小船猶如被遙遠暴風雨沖上岸的海洋漂流物，搖搖晃晃漂進港灣。這些不是每天固定從九龍前來，裝載糧食、小裝飾品、農產品的商船，而是荒廢骯髒、高高堆疊著器皿、墊子、爐灶、衣物等家用品的舢舨。環形的竹製屋頂上棲息著貓狗家禽，幾窩孩子坐在船首，腰間繫著浮木，要是一個不當心墜落水裡，也不至於溺斃。

漂浮人口彷彿隨著浪潮席捲而來，每晚都有船家湧入，每天上午，寶麗都發現雷路思號周遭多出好幾艘舢舨。

近來福瑞迪每天固定拜訪苗圃，面對湧入香港的水上人家，他倒是輕鬆愜意。「都是自己人嘛，」他對寶麗說。「我母親也是船女——我是在蜑民堆中長大的。」

但他們為何成群結隊過來？什麼風把他們吹來香港？

「現在待在廣東省對他們來說問題很多，」福瑞迪說：「陸上人家會騷擾他們，他們恐怕是待不下去了吧？大家都謠傳香港會割讓給英國，所以船家認為在這裡會比較安全。」

沒隔多久，越來越多船湧入香港，上岸後蓋起了小屋和棚屋，只要找得到空地，就定居下來。寶麗每天上山走的沙灘已不再空蕩，某天開始棚屋在沙灘後側如雨後春筍冒出，一週內就自成一座小村莊。雖然居民似乎很和氣，但寶麗還是很慶幸福瑞迪自告奮勇，提議每天陪她前往山上的苗圃，她毫不猶豫就接受他的提議。

與此同時，英國人也在擴增部署香港。單桅快速帆船和大艇每天往返小島和海灣，運送停泊小島四周的商船和軍艦士兵、水手、船主、觀光客。好幾批考察員在沙灘和山坡間徘徊，測量、拆除標樁及標識物。

某天，一組考察員甚至來到苗圃——約六名帶著三角腳架、捲尺的男人，在現場指手畫腳，問了幾個關於土地和所有權的問題。寶麗解釋，這塊地是她雇主潘洛思先生租來的，他們似乎對這答案心滿意足，便安然離開。

但他們後腳一離開，福瑞迪就說：「他們何必問東問西？妳覺得他們是不是想要這塊地？」這想法猶如一記重拳，猛力擊上寶麗腹部。「不！」她大喊：「他們不能這麼做！這是不可能的吧？」

「大家不都這麼說嗎？等到小島變成他們的，他們想要什麼，大可自由掠奪。」

福瑞迪解釋，原本香港僅有四千位島民，近期的變化讓他們相當緊張。好幾個世紀以來，紅香爐峰都被視為不幸與悲劇之地——疾病肆虐，汙穢殘破，飽經強大颱風肆虐。過去內陸人民對香港敬而遠之，更是同情香港居民僅能在頹廢荒涼的小島上苦撐度日。

而今，這座小島彷彿搖身一變，成為一顆閃耀的北極星。香港的長期居民開始恐懼土地和老家會被英國人徵用沒收，有些人害怕到主動出售土地，決定搬到內陸。

「或許我可以和地主談談？或許他想賣地欸？」

幾天後，菲奇告知苗圃地主來過雷路思號，想要出售這塊地及周邊一大塊土地——總面積為兩英畝，價值三十西班牙銀元。菲奇見機不可失，立刻繳交五美元預付額。

手續完成那天，菲奇難得搭乘轎子，親自去了一趟苗圃。巡視一圈後，他說：「妳做得很好，寶麗，妳值得擁有。」

「什麼意思，先生？」

「妳不想要嗎？」菲奇笑盈盈地說：「我是為妳買下這塊地的，當作妳的嫁妝。」

＊

正月整整一個月來，澳門的帕西老爺每逢週日都到訪丁雅爾的別墅，一起祈禱用膳，印度砂鍋菜向來是餐桌上的主角。但隨著一週週過去，聚會氣氛也迥然驟變。穿鼻戰役後首個週日，老爺們氣氛熱烈，歡欣鼓舞，沒人質疑天朝受的教訓還不夠。痛心疾首的慘敗之後，想必他們會力挽頹勢，答應英方提出的所有要求吧？他們自然心裡有數，曉得已經別無選擇，否則只會招致更慘烈的悲劇？

若是形單影隻在路上撞見一幫土匪，冒著損失一、兩根指頭的風險，保住財物，也不為過吧——可是哪個理智清晰的人會拿自己的胳膊或首級開玩笑？中國人也有這種保全自身的直覺：想當然會甘願吞下敗果吧？畢竟事實擺在眼前，中國軍隊不過是bherem bhol ne mae pol——虛有其表。再者，對於中國這麼幅員遼闊的大國，失去香港這樣一座貧脊荒蕪的小島嶼，根本不痛不癢。六百萬西班牙銀元的賠償金只是小意思——光是廣州就有好幾個商人付得出這筆錢。

這就是那個週日午宴的討論內容，印度砂鍋菜從餐桌撤下後，人人信心滿滿，戰爭已經畫下句點，丁雅爾甚至拿出細頸大瓶香檳，大肆慶祝。

然而進入下一週後，局勢卻不再樂觀：看來朝廷命官又成功拐騙全權大屎，進行永無止境的交涉。一週又過去了，除了持續令人心灰意冷的談判，毫無進展。

那個週日之後，絕望灰心的情緒轉為野蠻廝殺，老爺們開始討論，為了加快進展，他們應該用什麼手段對義律上將施壓。氣昏頭的丁雅爾建議眾人搭乘摩爾號，前往香港，要求親自和全權大使談話。大家都很賞臉這個提議，最後決定隔日動身。

每次商議時，詩凌百都是默不吭聲的旁觀者：當這群男人討論時，她只負責從別墅廚房裡，端出一盤盤菜式、飲品。唯獨等到賓客離去，她才詢問丁雅爾，她是否也能搭乘摩爾號前去香港。熱心的丁雅爾表示當然歡迎。

他們次日正午離開，夜色籠罩之時抵達香港。隔天上午他們才發現來訪的時機太湊巧，那天香港剛好安排了一場盛大活動：義律上將會在穿鼻附近與琦善會面。他們將簽署一份協定，中國人即將把香港割讓給英國，並且賠償六百萬西班牙銀元！

摩爾號的乘客聚集於甲板上，觀賞汽船和戰艦的分遣艦隊浩浩蕩蕩抵達。沒人相信這場會面將會得出結論：近期延遲和失望的狀況頻傳，教人很難相信終點近在眼前。可是從大張旗鼓的場面、義律上將親臨現場來判斷，就算是疑神疑鬼的旁觀者都不難看出，大事即將發生。

分遣艦隊一出發，老爺這才發現過去幾週香港改變不少：他們注意到有一群民眾上岸，在小島岸邊落地生根，也發現了海灣東邊有好幾棟正在施工的建築。

一夕之間出現這麼多變化，老爺知道這絕非無足輕重的小事，於是摩爾號的單桅快速帆船一降下，他們便匆匆忙忙趕去查看小島。在當地停留好幾個鐘頭後，最後他們情緒激動地折返摩爾號。顯然英國軍隊掌權者已經決定，無論是否簽署條約，都將占領香港一段時間，此外也默許了部分英國商人掠奪島上最優秀土地。海灣東側有塊突出礁岩，是十分理想的防波堤基地，該海角名為東角，某幾間大型英國鴉片貿易公司已在該區蓋起貨棧和辦公室。

當然，要是沒有遠征隊指揮官從旁協助，這一切是不可能發生的，肯定是那幾個最富有的英國商人買通他們。至於在檯面下暗自敲定、不為人知的交易，又有哪些？難不成所有位置最優異的土地都已經私下勾結，出售成交？

其中一位老爺對詩凌百說：夫人，要是妳的丈夫依舊健在，今天就不會走到這步局面。我們帕西人才不會被蒙在鼓裡，平白讓英國白人中飽私囊，私吞香港最優秀土地。身為特殊委員之一的巴蘭吉大哥絕對會發現事有蹊蹺，前來警告我們。

老爺說話時，海平面那端傳來一聲大炮悶響。

Hai! 詩凌百戒備緊張呼喊。是不是又要開戰啦？

丁雅爾歪著腦袋，仔細聆聽。不，他說。他們似乎正在發射禮炮，肯定是在慶祝條約簽署！

這讓老爺們再度議論紛紛，情緒沸騰起來，他們開始討論，該如何說服英國人向其他買家開放島嶼，不論是直接銷售或拍賣都好。有的人提出建議，要是情況惡化，他們大不了停止供應英國商人孟買鴉片。這算是一張致勝王牌，畢竟孟買外國商人的麻窪鴉片採購，全要仰賴印度供應。

可是丁雅爾和其他幾人卻出言反對，認為這麼做賭注太大：若他們對英國政府施壓，英方為了奪回鴉片供應，絕對會不擇手段、不惜動武。這是藏在渣甸、馬地臣、顛地等商人暗袖裡的一張王牌，儘管他們老把自由貿易掛在嘴邊，事實上商業利益無關乎市場、貿易、抑或進步的商業活動——而是仰賴大英帝國的槍炮彈藥及炮艦的威猛火力。

老爺們仍在爭執不休，一艘汽船已經從珠江口出發，朝香港的方向疾駛而去。丁雅爾舉起望遠鏡，宣布那艘船是載著伯麥准將的復仇女神號。

看來這艘汽船正駛向香港灣的西角，丁雅爾深信不疑，肯定是發生什麼不尋常的事，於是刻不容緩呼叫船員，迅速預備一艘單桅快速帆船：無論發生什麼事，他決定不要再被蒙在鼓裡。

妳應該跟我們一起來，他對詩凌百說。

我為什麼要去？

妳至少該看一看這座小島，奪回賠償金後，妳會擁有一大筆財產，或許會想參加土地拍賣會。

你在說什麼啊，丁雅爾？詩凌百反駁。我為何會想在這裡買土地？能做什麼呀？

有何不可，詩凌百嬸嬸？有天妳的孫子或許會想要這塊地啊！也許未來土地會價值連城：也絕非不可能。想當初我祖父買下孟買的某塊地時，大家都在嘲笑他，可是看看現在那塊地值多少錢。

詩凌百左思右想，最後決定跟著去，但她內心想的不是買地，夕陽微風吹拂過海灣，很適合來一趟短程風帆之旅。她取了帽子和面紗，由摩爾號旋梯降下單桅快速帆船。

與此同時，一艘大艇已自復仇女神號出發：一組軍官坐在船上，前往小島，短短幾分鐘已經到岸。摩爾號的單桅快速帆船抵達時，典禮正在小島邊陲的上環村進行。一面米字旗豎立在水面附近，伯麥准將站在國旗前面，對其他軍官演說。

「我以仁慈女王之名，於今日一八四一年一月二十五日，宣布接收香港島。」

「說得好，說得好！」

軍官全舉起香檳杯乾杯。

「謹以此紀念這一天，」准將莊重緩慢地吐出每個字：「我們就將今日佇立的地點，取名為屬領角。」

「說得好，說得好！」

丁雅爾和其他老爺趕上前去聽演講，詩凌百意興闌珊站在後頭。

過了一會兒，她聽見一聲咳嗽，隨後飄來一個熟悉的聲音：「夫人……？」

「喔，查狄格大哥！真高興見到你。」

「我也很開心見到妳，夫人。要不要去散個步？」

「查狄格大哥，散步？」詩凌百啞然失笑：「該不會你也跟大家一樣，想在這兒買塊地吧？」

「正是，夫人，」查狄格表情嚴肅地說：「我確實一直在考慮這件事。」接著他停了下來清嗓門：「但不只是為我自己而買。」

「什麼意思，查狄格大哥？」

查狄格搔了搔下巴：「夫人，有件事我一直想問妳，也許現在時機成熟了。」

「你想問我什麼，查狄格大哥？」

他轉過臉面對她，臉孔泛起潮紅。

「夫……」

查狄格戛然而止，再度開口時，改口說：「詩凌百……妳願意嫁給我嗎？」

第十八章

完成健康檢查後，梅上尉獲准休假三週，讓他在穿鼻戰役後好好養傷。他選擇在澳門度過這三週，並且馬不停蹄，即刻出發。克斯里心想，他肯定非到最後一秒才會回到沙洲，卻意外發現梅上尉提前幾天回來。

「上尉看起來真是神清氣爽！」克斯里面帶微笑說。

「有嗎？」

克斯里不記得上一次梅上尉如此精神奕奕，是多久以前的事了。

「Ji（當然），上尉，你看起來好極了。」

梅上尉微笑：「放假還是有好處的，中士。」

「但是你怎麼提前歸隊了，上尉？」

「命令啊，中士——是全權大使親自下達的指令。」

上尉解釋，明日香港將舉行閱兵大典和軍旗敬禮分列式。義律上將和伯麥准將要頒布公告，於是要求派出一組孟加拉志願軍，參加儀式。志願軍會帶著一組野戰炮和炮手執行禮炮。

「高級軍官會在場，中士，所以由你負責我們的人馬，以免出亂子。」

Ji（是），上尉。

翌日上午，分遣隊搭乘汽船前往香港。從香港灣東岸下船後，他們攀爬小山，來到一寬敞平地。

一根頂端飄揚著米字旗的高聳旗杆豎立，好幾小組已在空地集合，正為典禮準備：克斯里瞥見皇家愛爾蘭軍團、蘇格蘭步兵團、第四十九、第三十七馬德拉斯軍團的軍旗。

孟加拉志願軍被分配到馬德拉斯印度兵旁邊的位置，就在英國軍隊後方。克斯里在軍隊前方就定位後，環視四周：瞥見一群民眾聚集在遙遠的空地邊緣，多為英國人，陣仗浩大的當地人則聚集在高聳山坡上。

兩刻鐘過去了，義律上將和伯麥准將才姍姍來遲：全權大使穿著平民便服，准將則一身完整軍裝。他們肅穆莊嚴邁向旗杆，然後轉頭面對空地。接下來義律上將開始宣讀一份文件。

「大英帝國大臣和總督琦善已蓋章同意，將香港島割予英國，日後英國女王將樂意協助及供應香港政府。由於英國女王全權授我行使她的權利、王權、各種特權，我在此公告聲明香港島所有土地、海港、財產、私人服務，皆保留予英國女王……」

經過多年來的特訓，克斯里已練就一身好功夫，稍息立正時，他的眼神仍可四處飄移。他的眼睛飄向空地對面的百姓觀眾，並在人群當中瞥見幾張熟面孔：詩凌百、丁雅爾、以及聳然立於他們身旁的查狄格，勃南先生的左右兩側分別是他的太太和賽克利。

「……在一八四一年一月二十九日，」全權大使繼續唸道：「我高舉起手，並以英國國章，特此宣布。」

義律上將把文件擱置一旁，抬眼望向聚集士兵及群眾。

「天佑女王！」

眾人的聲音猶如合聲般回應他的呼喊，接著伯麥准將上前，宣讀另一份文件。

「我，海軍司令伯麥，連袂全權公使大臣義律，向香港島民宣讀聲明，本島已在天朝官員及英國法院公開達成的協議下，成為英女王領地：所有當地居民必須知道，他們現在已成為英國女王的子民，必得為她及她的官員盡忠職守。」

克斯里的眼神又飄向站在對面山坡上、身分較不顯赫的群眾。他認出一張臉孔：是福瑞迪，站在他身旁穿著夾克、及膝褲的年輕人，樣子有些眼熟，但克斯里一時半刻想不起之前在哪兒見過他。

＊

第八下禮炮發射後，一名體格高壯、肩膀厚實的炮手引起寶麗注意，他正站在孟加拉志願軍野戰炮後方。瞅了一會兒後，她從口袋掏出望遠鏡。

「妳在看什麼？」

「那個男人，站在大炮後面那個。」

「誰？」

「你覺得他是誰？」

「你先看就是了。」

寶麗把望遠鏡遞給福瑞迪：「拿去，你自己瞧。看看你是否認得出來。」

福瑞迪高舉望遠鏡，仔細端詳好幾分鐘，接下來臉上蕩漾一抹笑意。「妳覺得可能是他，對吧？朱鷺號上的卡魯瓦？」

「對，可能是他，」寶麗說：「但我還不確定。」

典禮正式結束，閱兵廣場沒兩下就湧入人潮。觀眾從山坡俯衝而下，爭睹士兵和印度兵。

「來，」寶麗拍了下福瑞迪的手臂，說：「我們靠近一點看。」

他們走下山坡，混進鼎沸雜沓的人群之中，距離炮手僅有五十碼時，寶麗忽地停下腳步。「沒錯，」她說：「我現在很確定是他了。」

說時遲那時快，馬杜正好朝他們的方向瞥了過來。他的眼睛先落在寶麗身上，接下來瞟向福瑞迪，最後又回到原點，惺忪睡眼瞬間為之一亮，嘴角閃現一絲笑意。馬杜的目光迅速左右張望，發現克斯里就在附近時，馬杜對他們輕微搖頭，動作輕到幾乎難以察覺，彷彿在警告他們別再靠近。

寶麗猛然想起一件事，喃喃道：「我很好奇卡魯瓦知不知道克斯里．辛中士就是狄蒂的哥哥？」五十碼的距離外，馬杜似乎讀懂她的心思，他輕輕頷首，算是回答。

寶麗露出微笑。「知道，」她說：「他知道。」

＊

空地的另一端，勃南先生面帶嫌惡，掃視著熙攘人海：「我不太喜歡閒雜人等，」他對太太說：「我們最好離開——但在那之前，我得先和准將說句話。」

「好的，當然，親愛的。」勃南太太說：「那我在這裡等你。」

勃南先生轉過頭，對賽克利說：「瑞德，我可以委託你代勞照顧，別讓鴉片癮君子搶走我太太的手提包嗎？」

「當然可以，先生。」

勃南先生快步離去，在賽克利和他太太之間留下尷尬的空隙，他們緩緩挪動腳步，直到兩人幾乎肩並肩。

沉默幾分鐘後，勃南太太說：「自從上次見你，已經過了一段時間了，瑞德先生。我想你應該過得不錯吧？」

「是不錯，謝謝關心。」

這是午宴後賽克利第一次跟勃南太太碰面。除了在澳門兩天外，他這幾週都在香港，協助勃南先生準備島上的開業事宜。

「妳呢，勃南太太？」賽克利問：「妳過得如何？」

「恐怕沒那麼好，」她說：「這就是為何我先生去香港時，我繼續留在澳門。我的外科醫生告訴我，香港島的空氣不大健康，我最好別跟著去。」

她的聲音慵懶，態度冰冷，正是賽克利熟悉的勃南太太會在社交場合擺出的姿態。過去他倆攜手瞞騙全世界時，他大可冷眼旁觀她在公共場合的冰冷姿態。而今他卻心知肚明，自己也成了她戴上面具、假意瞞騙的對象，這種感覺就像在傷口灑鹽。

不過賽克利仍小心翼翼，維持平穩音調：「想必妳在澳門，日子過得很愉快吧，」他說：「我聽說澳門的養傷軍人不少。」

雖然勃南太太只沉默半晌，但他知道她肯定內心澎湃。接著她努力鎮定，接口答道：「澳門有很多軍人嗎？我沒看到，不過話說回來，我也鮮少離家。」

「此話當真？」

賽克利一直在等待這一刻降臨，他清楚接下來該說什麼。他裝出她時而有之的柔滑語調，說：「話說回來，我恰巧在澳門待上幾天，我敢發誓某天下午親眼看見妳走進旺德聖母堂街尾的一家女帽店。事實上一、兩個鐘頭後，我看見妳和梅上尉一起步出那間店。我聽說那家女帽店偶爾也出租客房。」

「瑞德先生！」勃南太太臉色蒼白：「你這樣含沙射影，究竟想說什麼？」

賽克利的喉頭咆哮般地爆出大笑：「喔，拜託，勃南太太，妳面對的是我，大可不必裝得那麼辛苦，妳難不成忘了，妳的演技我再熟悉不過？」

「你究竟……你是什麼意思，瑞德先生？」她結結巴巴，說不出話。

賽克利從眼角餘光瞥見勃南太太把臉藏在陽傘下。「那個人就是梅上尉，對吧，勃南太太？妳之前告訴過我的少尉。」

這句話讓勃南太太的洋傘焦慮旋轉起來，於是他放柔語氣：「妳沒必要遮住臉，勃南太太。」

最後她喘不過氣、支吾倉促回答：「喔，拜託，瑞德先生。我們只是聊天而已——你不會告訴別人吧？」

她的投降讓賽克利稍微軟化態度，自午宴起就一直縈繞他心頭的問題不自覺地脫口而出。

「為什麼是他，勃南太太？妳看上那個粗魯蠢蛋哪一點？」

「我也無法解釋，」她輕柔地說：「我沒辦法回答你，我只能說要是可以由我決定，我就不會選擇他。」

「那麼究竟為什麼？」

「因為我跟他天南地北，我們兩人。他這人完全沒有心眼，行事坦蕩蕩，職責就是他的行為準則，雖然這麼說很奇怪，但我認識的人之中，沒有人能像他如此無私。」

賽克利嘴脣揚起一抹笑意：「勃南太太，我想妳不是被騙，就是太天真了。」他反脣相譏：「這些軍人不可能無私，他們都負債累累，光是五十元就能收買他們。妳應該去問問勃南先生——他有很多口袋名單。」

「奈威爾絕對不在名單上，」她冷靜又斬釘截鐵地說：「他不是這種人。」

賽克利發現她的眼睛瞟到閱兵場對面，看見梅上尉就在那裡，倚著他的劍柄，和其他軍官閒聊。

「妳就真的這麼相信他？」賽克利說：「妳覺得其他男人會上鉤的誘因，對梅上尉卻是免疫？」

「對，」她說：「我很確定。」

他露出一抹笑：「那好，我們走著瞧。」

賽克利心知肚明要賄賂這名上尉不簡單，但他堅信絕對能夠成功：這是值得一試的挑戰。他越思考就越覺得非成功不可——要是有人可以藐視貪財法則，這個促進世界進步的強大引擎，並且違背利益需求、供需關係，而不是值得回報的人獲得合理獎賞，那不就破壞世界規則了？

＊

在香港島發射禮炮當天，康普頓拜訪了劍橋號。

劍橋號停泊在虎口，禮炮聲響清晰可聞，人盡皆知英國人發射禮炮，歡慶香港成為英國屬地。這影響了船員士氣，然而康普頓卻是最難接受的人，他將臉埋入手心，憤怒不平，咬牙切齒。

不過他非常清楚無計可施：由於局勢使然，英國人已占領香港島，琦善總督陷入兩難，進退維谷，不可能聽從皇帝聖旨——不計一切驅逐侵略者，而要是不平衡火力，就不可能從英國人手裡奪回香港。要是總督拒絕受理英方要求，他們就可能直接攻打廣州，傷亡損失會更慘重。現在他只希望皇帝收到快訊後，能夠理解這個策略是明智之舉，可以降低損傷程度。

可是皇帝深不可測，實在猜不出他可能有什麼反應。北京下達命令前，除了趁英國下一波攻勢前做足準備，還能做什麼？這正是康普頓來劍橋號的原因：他來傳達指令，要劍橋號挪至珠江大蠔。

尼珥對大蠔的特性瞭若指掌：極似激流，僅距離黃埔幾英里。珠江有兩個類似淺灘或是激流的地點，這兩個淺處江水淺，水道戛然而止，變成變化萬千的沙洲和攔門沙，每週可航行路線都會改變，吃水深的船隻必須雇用特別舵手，引導船隻越過障礙。

尼珥之前在黃埔時，就把大蠔地勢摸得一清二楚：地勢平坦蔥綠，江水兩側皆是稻田、果園、零星四散的村莊。平時這景色讓他想起孟加拉鄉下，蒼翠蔥鬱的田園風光，令人昏昏欲睡。

但當劍橋號抵達大蠔，尼珥驚見如今周遭景色大變。上月幾千名士兵和工人在兩岸駐紮，在東岸蓋起聳拔的泥牆堡壘：以龐大木材建造的碩大木筏探出堡壘，自海岸一端綿延至另一側，木筏搭建堅實，模樣猶如大壩。幾百英畝森林砍伐精光，就是為了建造木筏，而這筆費用全由公行商人買單：據說光是木材，就花了他們數千銀兩。

部分木筏可以移動，以便需要之時疏運。劍橋號來到對岸，停泊在木筏後方，也就是堡壘對面的河面。劍橋號算是一種堡壘，一個漂浮的火炮掩體，任務是保護停泊於西河岸的木筏。

試過無數個角度之後，他們決定了劍橋號下錨的位置，讓船首面向敵方戰艦可能進攻的方位。好處是可以縮小船身範圍，減少攻擊方能夠下手的面積。壞處是可以部署在正前方河面的槍炮數量減少：若真發生攻擊，唯獨劍橋號的船首可以施展火力。而為了彌補這個缺點，他們在船鼻甲板上配置更多炮門。前炮十分重要，於是人員配置都押在這個位置。船上十幾名最有能力的水手被選為炮手，並且讓他們自由挑選組員。喬都是第一個受到指派的水手：尼珥喜出望外發現喬都選擇他當炮組人員，指派他當sumbadar，也就是推彈手。

接踵而來的兩週，炮彈組員都絞盡腦汁，設計演練。軍官無法親自上陣指揮，畢竟他們不熟悉西式船艦，於是組員必須自己回想，自擬執行準則。一名澳門的印度船工曾經在葡萄牙軍艦服役，於是由他率領擬制甲板撤空、呼叫組員至戰鬥位置的操演內容。

這段期間，康普頓固定帶消息來劍橋號。英中兩方仍在商談，康普頓常要幫總督特使翻譯。但目前沒有什麼好報告的事，只有穿鼻協定的批准。除非皇帝讓步，答應英方所有要求，否則他們不會心滿意足。

至於康普頓則認為道光皇帝應該會死守立場，寸步不讓。果不其然，有天上午他帶著皇帝斷然批駁條約的消息回到劍橋號。不僅如此，他嚴厲譴責琦善總督自作主張，向英方投降。他堅持之前對廣東朝廷下達的指令：絕不妥協，不計一切代價，驅逐侵略者。但這次皇帝不只下逐客令，亦批准重建加強珠江所有防禦築壘。除此之外，他也將派遣幾千名湖南、四川、雲南的士兵前往廣東，強化廣東省防禦。

接下來幾天，新進士兵大舉湧入大蠔一帶。劍橋號在周遭蓋起防禦營地，增設一組經驗老到又強悍威猛、數量不亞於軍營的湖南士兵。

很明顯，從預備工作看得出，木筏就是守衛廣州的主要要素：事實上，這亦是廣州最後一道防線。一旦越過這道木筏，江水便分支成好幾條水道，多到不可能有效阻攔敵軍。意思是若英國軍艦成功攻破大蠔，那麼黃埔和廣州勢必淪陷。

有天，正在「實火」演練時，尼珥突然爆笑出聲。

你在笑什麼？喬都問他。

我只是突然想到，尼珥說，守衛廣州的重責大任，最後居然是落在不同背景的「黑膚外邦人」肩頭。

*

近二月中，勃南先生陪同遠征隊指揮官參加定期考察隊，並與琦善會面。回程，他告訴賽克利全權大使總算明瞭，皇帝不接受琦善擅自決定的穿鼻條約。在近期會議上，琦善似乎心力交瘁，平時優雅的模樣已不在，而且態度閃爍，遮遮掩掩。義律上將有股預感，先前提議的條約已遭皇帝駁回，不經二度交火，皇帝是不可能輕言讓步的。

至於伯麥准將，他和幾名軍官都相信，義律上將只是白忙一場，朝廷命官明顯只是使出拖延戰術，趁機加強海岸防禦工事。近來他們發現虎口周遭不少加強軍事防禦的跡象。亦有消息指出天朝想出對策，以鎖鏈、標樁、木筏限制江面的可航行水道。

戰爭準備對英國領導人來說是一種冒犯：表示中國背信棄義，亦證實了穿鼻之勝只不過是鞏固廣州攻擊。目前軍官極力敦促展開行動：要是給中國人更多準備時間，之後進攻只會更不容易。不少人都鼓吹盡早展開全新攻勢，一步步攻下廣州。

義律上將最後屈服於龐大壓力，答應向琦善下最後通牒：要是未來四天內收不到先前批准的條約，那麼廣州就等著接招。

勃南先生說，大家已經不寄望和平解決，畢竟中英兩國已經展開下一波戰爭預備工作，英國指揮官亦下達指令，要商船擔任支援船的角色，加入英國攻擊部隊。

聽聞消息後，賽克利浮現一個想法：「先生，遠征隊是否可能徵用朱鷺號？畢竟它現在也只是停靠岸邊，無所事事，我希望能夠支援我方英勇的士兵水手。」

勃南先生露出笑容，拍了下賽克利的背部：「你的熱血我都看在眼底，瑞德！我也想到這個可能性，我會找機會把這想法傳達准將——但當然最後結果如何，我無法擔保。人人都鼓譟著要將船舶出借給艦隊，就連帕西商人也加入，所以不容易啊！」

接下來幾天，賽克利心情焦慮難安，迫不及待想加入遠征隊，很難將心思放在貨棧建設上。義律上將的最後通牒失效後，消息也跟著傳來。當天下午勃南先生笑臉盈盈，邁著大步來到建地宣布好消息：英方將在一、兩天後展開攻勢，而朱鷺號也在六艘支援船的名單之列。它的任務就是裝載軍火，供傷兵休養。

賽克利喜出望外：能第一手見證海上攻勢，可是他最引領企盼的偉大冒險。

「那你呢，先生？你也會隨著艦隊出海嗎？」

「我會的，」勃南先生驕傲地說：「我會加入韋爾斯利號，和伯麥准將一起出征。他邀請我加入他的旗艦，這可是非凡榮耀。」

「確實，先生，這是你應得的。那麼勃南太太呢？她會繼續留在香港嗎？待在阿拿西塔號上？」

「沒錯，」勃南先生說：「我太太決定留在這裡。准將建議請商船移駕沙洲，但我認為謹慎是多餘的。我左思右想，都不覺得這裡能發生什麼危險。」

「我相信你說得對，先生。」

勃南先生瞥了一眼懷表，然後拍了拍賽克利的背：「你最好快點準備，瑞德，朱鷺號想必有許多事得忙。」

等不及開始準備的賽克利匆匆忙忙趕回縱帆船——但前腳才踏上船，他就聽說發生意外。芬蘭大副正在主甲板等候，他的上衣沾滿血跡，臉上敷著一大塊膏布。

大副說他的艙房門不偏不倚打中他，害他摔了一跤，他懷疑自己有內傷，無論如何，他的狀態都不適合出海。

賽克利懷疑大副只是藉口棄船；於是付錢了事，打發他搬離艙房。

現在已經來不及找人頂替芬蘭大副，可是賽克利並不打算讓這件事破壞他的興致：他自信滿滿，他和二副即可肩擔全部職務。

＊

出發前夕，梅上尉召來克斯里，在他的帳篷聽取攻略簡報。上尉在野戰桌上攤開一大幅珠江下游的防禦航海圖。

標記紅色墨水的是近期重建或全新蓋好的築壘，虎口周遭區域一片紅辣辣：近來英方才在穿鼻和大角拆卸的防禦工事，如今已重建完畢，梅上尉說。鎖鏈再次橫在航運水道，某些據點的河床上更是插了標樁，阻擋敵船通行。

防禦嚴守工作最為紮實嚴密的堡壘，就屬座落虎口中央右側的上橫檔島，小島東邊是穿鼻，西邊則是大角。上橫檔島如今大炮林立：其中一組大炮面向東邊主要航道，另一組則俯瞰西邊，島嶼巔峰亦架設第三組大炮。

梅上尉和幾名軍官在復仇女神號甲板，視察上橫檔的防禦工事，他說不用多說，堡壘當真令人折服：目前兩百組大炮環繞著整座小島，而一個月前，這座島上僅有幾十組大炮，光是在這麼短時間內配置好如此龐大的炮彈，已經是不得了的創舉。

但在戒備森嚴的上橫檔南方，還有另一座規模較小的島嶼：下橫檔。很明顯上橫檔位在南方鄰島的大炮射程內——然而不知何故，中國人卻忽略了第二座小島也需要鞏固防禦的事實。從軍事角度出發，這是非常基本的失誤，上尉說：一旦攻下下橫檔，便可利用這座島嶼，逼迫鉗開虎口。這就是英方進攻計畫背後的邏輯，他們打算先攻打這座小島。

這次孟加拉志願軍一樣搭乘納扎雷斯沙號，帶著配備完整的隨營人員和行囊出發。上尉補充，戰爭就算不至於維持數週，恐怕也將長達數日之久，所以士兵要有在船上久待的心理準備。

「這次不會三心二意了，中士，」上尉說：「無論如何，我們準備攻進廣州。」

*

隔天清晨，興奮期待橫掃香港灣，商人船工、帕西船主和中國船民，人盡皆知關鍵時刻近在眼前。軍艦準備出航之時，掛滿三角旗和米字旗的英國商船離開海港，排列於河口水道兩側，甲板上滿滿是乘客，有人歡呼，有人祈禱，桅杆和工作場滿是攀上桅頂、觀賞艦隊通行的船員。

三艘七十四門炮的船艦：梅爾維爾號、伯蘭漢號、韋爾斯利號負責領航，後面跟著四十四門炮的都魯壹號及二十四門炮的木星號。他們莊嚴肅穆出海，圍觀群眾彷彿參加賽船大會般加油吶喊。

朱鷺號和其他供應船及部隊運輸艦最後啟程，在皇后號和馬達加斯加號陪同下出港，背後緊跟著準備移往沙洲島避難的商船，阿拿西塔號是少數幾艘留在香港灣的商船。

這天氣候完美，涼爽卻不冰寒，天空澄澈湛藍，微風穩定吹拂，將艦隊輕快推向珠江口。這是賽克利首次進入河口：即便他在中國海岸見過不少壯闊美景，眼前的遼闊景象依舊令他震懾不已——水道猶如寬闊的天青石壑谷，矗立於玉石般的山巒中央。

集合地點在下橫檔島下方約一英里處，等到支援船抵達時，進攻準備也進入倒數階段。軍隊戰艦排列成寬廣三角隊形，帶頭的是韋爾斯利號及另外兩艘七十四門炮的巡防艦，背後則是七艘較小型的軍艦和一小組單桅快速帆船和火箭快艇。三艘重裝上陣的汽船則負責支援帆船。

隊形猶如一個箭頭，直勾勾指向上橫檔島的堡壘。這座島形如人面獅身像，頭部正對著英國艦隊，頭頂架設著一組雄偉大炮，炮門已經打開，炮口對準軍艦。重重防禦工事無止盡繞著周遭海岸，山坡上下淨是城垛，在虎口海角和山峰綿延不絕。

賽克利站在朱鷺號後甲板上，將進攻準備盡收眼底。艦隊汽船當中，三艘正繞著停泊船舶、拍打船槳。只有一艘汽船靜止不動，也正是準備在接下來的進攻裡擔任前鋒的復仇女神號。約莫六艘大艇環繞著復仇女神號身邊，讓士兵與軍火紛紛下船，一串單桅快速帆船則繫在汽船背後，等著拖曳前進。

上下橫檔中央僅分隔著一狹窄水道，下橫檔規模小到容易忽視：要不是幾座立在峰頂的小山丘，恐怕會讓人誤以為是一座淤泥灘。彷若一隻遭到大貓壓制的小老鼠，與北方聳然而立的鄰島一比，下橫檔相形失色。

復仇女神號出發下橫檔，兩組中國大炮同時開火，一組位於上橫檔的高海拔處，一組則是跨過水面的虎門。前幾枚炮彈射偏，中國炮手找到射程前，復仇女神號已經逐步逼近小島海岸，停靠在小山丘遮蔽掩護的沙灘。

上橫檔的大炮繼續徒勞開火時，一組登陸部隊已經躍上海岸。在那一剎那間，小島的暗褐色小山丘表面布滿炮兵的藍色軍服。

賽克利將望遠鏡集中於小島上：由於曾經接受造船的專業訓練，他對於組裝拆解物品興致盎然。他注視著下橫檔正在他眼皮下上演的畫面，忍不住欽佩起來——兩百人動作整齊劃一，以黃蜂築巢的精準，合力組裝大炮。

馬德拉斯炮兵團的炮手帶來一疊粗麻布袋，然後用河岸沙子填滿布袋，填滿後再一一將布袋傳遞過去，堆在分隔小島山丘的鞍狀山脊上方。一名皇家炮兵軍官在山坡掩護下佇立於山脊上，在他的指揮下，沙袋堆疊成一道具有掩護作用的矮防護牆。

同時好幾組炮兵從復仇女神號降下一批尚未組裝的軍械武器。一組銅製和鐵製炮管先行送上岸，分別重達一噸以上，接下來是炮車車輪和前車。炮兵以驚人速度組裝好大炮的不同部位，太陽下山前沙灘上已經組裝好一小組大炮。

與此同時，中國大炮不斷密集穩定炮轟，小島雖然遭到數發炮彈攻擊，但地勢使然，橫在中央的小山丘掩護炮兵，士兵毫髮無傷。

夜幕低垂，虎口化為一片連天烽火的遼闊全景景致。四周陸岬上，中國兵的炊火在漆黑之中閃著微光，與此同時上橫檔的炮火亦絲毫不減，於是小島高處猶如一座冒著煙的火山口，不斷竄出火舌。

英國與印度炮兵也正在受到庇護遮蔽的小島那側，忙著裝設大炮，微光徹夜搖曳閃爍。等到天光破曉，豁然可見大炮組裝完畢——他們已在島上小山丘之間的鞍狀山脊中央，築好一座大炮小公園，並以厚實沙袋阻擋掩護，陣仗包括三組榴彈炮、兩組八寸野彈炮、一組銅製二十四磅炮，炮車後方則擺著康格里夫火箭的發射平臺。

上午八點左右，天空清澈，河口籠罩於耀眼日光，這時方才組裝好的英國大炮開始開火。第一輪炮彈並未擊中目標，只打中上橫檔懸崖，炸裂數塊土石。接下來攻擊逐漸順沿岩石表面往上攀，爬上一堵部署大炮的牆，射落炮眼和雉堞牆。不多久，野戰炮就發射霰彈和葡萄彈，朝中國火炮掩體射出冰雹般的滑膛槍彈。裝載炸藥的康格里夫火箭射向天際，火箭呈拋物線飛躍天空，在城垛周圍接續引爆。彈藥庫爆炸時，強大後座力將碩大的六十八磅炮推出炮門：六十八磅炮在邊緣蹣跚了一下便順勢旋轉，滾落懸崖，撞上底下的礁岩，發出劇烈的金屬撞擊聲響。六十八磅炮在大石頭上彈跳三兩下後墜入海峽，激起水花炸裂。

與此同時，英國軍隊已經為緊接而來的攻擊做好準備，兵分三路。有一會兒浪潮撤退，導致船隻有陣子不得動彈，空氣裡不見一絲風，以致風帆無法揚起。在等待微風吹來時，上橫檔的攻勢仍持續不絕。空氣凝結無風，煙霧殘骸在小島高處揚起滾滾煙塵，彷彿一座打嗝的火山。

等到空氣裡微風飄動，時間已過了上午十點鐘，這時三組分隊裡最大型的那組撐開船帆，前往位處東邊的虎門，兩艘七十四門炮的戰線巡防艦梅爾維爾號和伯蘭漢號則負責領航。第二組船則前往西方另一座海岸，亦即經過修復的大角堡壘：第二組僅有兩艘船，分別是韋爾斯利號和二十四門炮的莫德斯特號。第三組則衝往遭到連連炮轟、硝煙瀰漫的上橫檔島，而每組攻擊船艦都搭配一組火箭船。

直到這一刻，英國軍艦都還未射發一記炮彈。漸漸接近火炮掩體的側邊時，三組人馬拋下彈簧錨鏈，好停在各自目標的準確範圍，接著他們幾乎同時朝三組防衛線發射舷炮——虎門、大角、上橫檔，震耳欲聾的大炮聲伴隨著康格里夫火箭的尖銳嘶吼。

炮火力道集中猛烈，彷彿金屬和火焰的洪水橫掃海峽，就連水面也著火。一記又一記的舷炮齊發下，虎口周圍形成一朵朵昏黑的雷雨雲：煙霧濃稠到軍艦必須暫停炮擊，先讓煙霧消散，空氣明朗。

當硝煙散去，他們發現許多中國大炮已經陣亡。大角堡壘已無絲毫動靜，虎門和上橫檔只有零星槍炮發射，而這三個據點的城垛和防禦也已破壞殆盡、殘缺不堪。

正在準備地面進擊時，軍艦重新部署：韋爾斯利號和莫德斯特號已成功將大角堡壘化作煙霧瀰漫的廢墟。這下他們調頭跨越海峽，加入上橫檔的攻擊行列。

這時賽克利才總算放下手中的望遠鏡：他興奮屏息地觀望整場戰事，目不轉睛望著海峽右岸，然後轉向左岸，時而又轉向小島中央。

他從未見過如此奇景，策畫如此縝密、行動如此準確的盛況。就他看來，這就是一場現代文明的勝利，紀律和理性足以征服黑暗大陸的完美典範，正如勃南太太說的：這證明了他現在歸屬的人類階級是多麼無所不能。想到一路上扶持他的導師——阿里水手長、巴布・諾伯・開新、勃南太太——賽克利內心充滿感激，感謝命運在這龐大的宇宙機器裡，賦予了他一席之地。

*

克斯里和孟加拉印度兵接受指派，成為襲擊上橫檔的登陸部隊，部隊成員包括皇家愛爾蘭、蘇格蘭步兵團、第三十七馬德拉斯兵團：每組分遣隊都各獲一艘單桅快速帆船，其中兩艘由汽船馬達加斯加號拖曳，另外兩艘則由復仇女神號負責。

單桅快速帆船在登陸上橫檔時遭遇弓箭和火繩槍的連番攻擊。登陸部隊還來不及上岸，守衛軍早已揮舞著劍、長槍、矛，衝出破壞殆盡的防禦工事殘骸。

克斯里那時已經心裡有數，穿鼻事件會再度重演：經過殘酷的炮火摧殘，守衛軍自知武力不如人，尺兵寸鐵，只能寄望近身肉搏戰。他們燃起魯莽勇氣，逼自己放棄城垛掩護，可是一旦來到開放曠野，卻陷入脆弱無助的絕境：還來不及逼近敵軍，就遭到滑膛槍子彈和葡萄彈的無情掃射。正如穿鼻之役，許多守衛軍衣料都被撒得到處都是的火藥引起火焰，情急之下縱身投入江水，試著撲滅火焰，卻半生不死被拖上岸。

等到登陸部隊抵達海岸，陸地已經遍地屍首，滿是垂死守衛軍。其中一些英國軍官嚷嚷：「投降吧！快點投降！」有些人甚至學會中文，大喊著「投降！」可是卻無人理會他們的勸告，許多守衛軍不斷抵抗，主動投入攻擊方的刺刀懷裡。

登陸部隊自備雲梯，卻只用到幾副。畢竟城垛摧毀慘烈，有些人甚至能直接爬過攻破點，登上城牆。

進入防禦工事後，登陸部隊兵分二路，守衛軍則撤退至小島高處。走道上除了中國傷兵和屍首遍地，荒蕪空蕩，克斯里奔馳著，發現許多火炮掩體內，槍手屍體垂掛在布滿葡萄彈孔的炮筒上。克斯里詫異發現，他們居然不尋求掩護，寧可死守崗位至最後一刻。

接近小島制高點時，克斯里碰到一群手無寸鐵的守衛軍，他們在英國兵分遣隊的槍口下，蹲伏於天井，克斯里的朋友瑪格斯中士正負責看管守衛軍。

「這群先生理智尚存，還知道要投降，」中士說：「可是你瞧瞧那邊的人。」

他指向面對海峽的炮眼，克斯里俯瞰，發現腳底下的礁岩屍橫遍野，數十個寧死不從的中國兵，選擇從高處一躍跳下。

克斯里這又想起先前參與阿拉干和對抗山間部落的戰役，守衛軍也與他們相同，眼見走投無路，不惜自尋死路。對印度兵和其他職業士兵來說，沒有什麼比這更可憎：彷彿指控他們只是專業雇用的殺人犯。

為什麼？為何要選擇用這種方式打仗？為何不認命接受戰敗事實，好好活下去？克斯里真希望他能向敵軍解釋，他寧可他們苟活，也不想看他們死：而他只是盡自己的職責，如此而已。

克斯里迴避目光，望向正前方，盯著河水對面的虎門堡壘，英國國旗在焦黑輕煙中旗海飄揚。剎那間發出一道閃光及震耳欲聾的噪音，等到聲音逐漸散去，巨大的堡壘城垛款款墜入海峽。克斯里這才明白，英國工兵正有條不紊地炸毀堡壘城牆。

數不盡的死亡，數不盡的毀滅——這個國家的人從未主動攻擊對手，也不曾傷害對方，對方置他們於死地的心意卻很堅定，恨不得戰火吞噬他們。這一切的意義為何？都是為了什麼？

克斯里突然驚覺，他也參與了眼前的毀滅，不自覺渾身打顫：內心深處，他非常明白未來他必須為更多條人命，為個人行為扛起責任。為了壓下內心的恐懼，克斯里提醒自己，摩訶婆羅多的英雄也是，為了盡忠職守、身不由己，協助邪惡勢力：畢竟不出戰就是不名譽行為。他又提醒自己，德羅納必須對抗比親生兒子還要疼愛的阿周那；又想到正氣凜然的毗濕摩是怎麼做出不義之舉；花釧王只為了幾句思慮不慎的話語，對親姊姊的兒子舉戰，最後為他招致悲慘命運。他自己又何嘗不是，克斯里安慰自己，他也是對英國人立誓在先，要是他違背了自己當初的承諾，就等於自毀榮譽。

他想在這之中找到慰藉，卻徒勞無功。問題不斷回到他腦海：數不盡的死亡，數不盡的毀滅——這一切都是為了什麼？

＊

最令賽克利刮目相看的，莫過於整場戰爭不拖泥帶水的節奏：不到四個鐘頭，所有虎口的防禦工事已落入英國手裡。虎門淪陷不久，本來橫在河面的鎖鏈便遭到拆除，默默沉入水底。

接著出現了與協調進攻一樣令人肅然起敬的景象：摧毀沒收槍炮、炸毀堡壘。

摧毀行動亦是海峽兩岸及位處中央的小島三地同時進行。巨型大炮逐一被推落火炮掩體，滾落底下的海水。有些大炮則在中央炮筒塞滿火藥沙袋引爆，猶如熟透果肉般爆裂。

然而，這些引爆只是小巫見大巫，堡壘拆除工程才真正震撼地表。每次爆破都掀起一陣煙霧殘骸的龍捲風，朝半空扶搖直上。粉碎的斷垣殘壁還來不及墜落地面，就消失在雲朵之中，沒三兩下，虎口周遭的山坡就深陷粉塵雹雷，籠罩在灰濛濛之中。

眼前的景象令賽克利如痴如醉，魂不守舍，巴布．諾伯．開新在他手肘一側說：「先生，我們接獲通知，需要替孟加拉志願軍運輸軍火。」

「巴布，這就交給你處理了，」賽克利草率應付：「我現在沒空。」

巴布前腳一走，賽克利就接到新的任務通報，要他在朱鷺號上預備空間，接收傷兵：聽說有三名軍官及約莫二十位士兵，將分批在醫生、外科醫師、醫護人員的陪同下抵達。

他們已經分隔出縱帆船的中甲板，讓印度兵和騎兵待在不同空間，卻並未特地為軍官預留空間，賽克利猜想，他們不會願意分配到甲板下方的位置。

大副艙房目前沒人住，可是空間狹小，三名軍官一起住恐怕太擠，於是賽克利決定自己搬進大副艙房，把船長包房讓給受傷軍官。船長包房是這艘縱帆船目前最寬闊的房間，所以賽克利知道軍官準會滿意。

大副艙房距離船長包房僅有數步之遙，就在船員用餐的餐廳對面，賽克利沒兩下子就將個人物品全搬了過去。等到第一批傷兵抵達，朱鷺號也準備妥當。

大多數士兵受傷程度輕微，多半可以自行走到床邊，只有寥寥幾人需要動用擔架。還沒安頓妥當，另一批人便抵達，這次是六名馬德拉斯工程兵：原來他們是拆毀堡壘時遭到炸飛的斷垣殘壁擊中受傷。其中一名是來自英國約克郡的軍官。他告訴賽克利，工程兵運用他們沒收的中國火藥，炸毀堡壘：然而築牆堅實，他們硬生生用上一萬磅火藥，才成功炸毀堡壘。

拆除堡壘的目的不只是夷平防線：也是希望驚悚爆破可以對中國人形成正面效應，引起他們的恐懼震驚，深知繼續抵抗，不過是白費力氣。

「幾聲轟然巨響，」這名軍官明智而深有體悟地說：「能夠拯救更多條人命。」

*

孟加拉志願軍在運輸船甲板上集合時，明顯看得出B連這次一樣運氣好，除了挫傷和刀傷，印度兵無人嚴重受傷。唯一傷者是一名軍官，這位年輕少尉在攀爬上橫檔城牆時不慎摔落。少尉脊椎受傷，疼痛難忍，梅上尉親自帶他回到運輸船，待在那裡陪他，會一直陪他到將他送上傷兵船為止。

點名結束後，克斯里前去見上尉，發現他仍穿著濺滿鮮血的制服。

「長官，請問是否會撤離少尉？」

「會的，」梅上尉說：「我會親自送他上傷兵船，明天他將前往沙洲或香港。」

克斯里走回主甲板，加入下巴合不攏、猛盯著虎口爆炸場面的士兵。眾人目眩神迷注視著眼前景象時，忽地傳來一陣呼喊，將恍惚的他們拉回現實：印度船工正使勁拖曳吊架，嚷嚷著支援，而吊架上頭掛著一個異常沉重的東西。

克斯里和幾名印度兵衝向絞盤，奮力拉起繩索，起吊架瞬間向上一蕩，起重機頂端宛若彈弓，彈起裝載物品——這時眾人才發現，重物既非條板箱，亦非沙袋，而是一個體格壯碩的訪客。

有那麼一會兒，起吊架凝止不動，訪客高掛在左搖右晃的架子上。印度兵和船工目瞪口呆，望著突然現身眼前的鬼魂——彷彿某種超自然生物浮出深海，被拉到船上。

這時天空為懸掛吊架的人形打下一道聖潔光輝——在那短短一刻，雲朵忽地冒出裂口，射出一束日光，照耀起吊架。儘管光線耀眼，卻難以辨識訪客性別，鬼魂的相貌令人摸不著頭緒，分不出對方是男是女：鼓脹傲人的胸圍，從頸部到腳趾包裹著一件龐大的番紅花色長袍，唯獨一顆巨頭懸掛在袍子最頂端，頭顱底部掛著厚重的下頷垂肉，頭顱上方則是一頭散發光暈的奔放頭髮。除了這些非凡特徵，兩顆驚慌失措的金魚眼珠亦如射彈，差點沒彈飛出眼窩。

說時遲那時快，懸掛在吊架上的人倏然發出如雷的男性嗓音，開始祈禱：He Radhe, he Shyam!

他的呼喊引起印度兵共鳴，他們也大聲喊了回去：He Radhe, he Shyam!

這聲呼喊似乎鬆開了機器絞盤機關，於是繩索再次轉動，輕輕將訪客放上甲板。

這個景象只維持了短短一、兩分鐘，效果卻激動人心，克斯里發現，他曾在某處見過這名訪客，只是記不得是在哪裡。還來不及反應，他已脫口而出：Aap hai kaun? 你是誰？

我的名字，對方答道，是巴布．諾伯．開新．班達。

一聽見「班達」，克斯里內心立刻了悟：色彩吉祥的長袍、神聖的祈禱文——這下全說得通了，畢竟班達也是一種學者。過去參訪寺廟時，動輒伸手要錢的班達往往讓克斯里厭煩，可是現在，「班達」二字卻像是回應了他的禱告般：藍天大海通力帶來這號人物，就是為了解答他腦海中不斷盤旋的疑問。

克斯里沒有多說一句，直接領著巴布．諾伯．開新走到甲板欄杆，指向堡壘四周冉冉升起的偌大煙柱。

學者先生，他說，這一切的目的是什麼？有意義嗎？你可知道答案？

巴布．諾伯．開新了然於心地頷首。我當然知道，他說。彷彿這是世上最用不著廢話的事。

那請告訴我吧，學者先生，克斯里謙虛地說。我想知道答案。

Zaroor beta，巴布．諾伯．開新語氣快活地說。我當然可以告訴你：你現在看見的是劫滅的開始，也就是世界末日的濫觴。

Arre ye kya baat hai? 克斯里不可置信地大喊。你這句話是什麼意思？

巴布．諾伯．開新臉上露出燦笑：你何必如此驚訝呢，孩子？難道你不曉得我們正處於鬥爭時代嗎？世界末日的年代呀！你應該開心今天你是為英國白人出戰，創造世界末日是英國人的使命，他們只是天神意志的工具罷了。

巴布．諾伯．開新舉起一隻手，指向蒸氣騰騰、黑煙繚繞、正繞行經過火燒堡壘的復仇女神號。

Dekko——你瞧：正在那艘船裡燃燒的熊熊烈火，即將喚醒人心藏匿的貪婪惡魔，這就是為何英國人要來到中國和印度：因為這兩個國家人口稠密，要是貪婪欲念一經喚醒，便可能吞噬全世界。現在這場大規模吞噬已經展開，而唯獨所有人類貪念集結，吞噬大地、空氣、天空，這一切才會終結。

克斯里聽得頭暈腦脹：學者先生，我不是腦袋靈光的人，他說。我不太懂你的意思，我們為何會處於世界末日的開端？你為何在這裡？

難道還不夠明顯嗎？巴布．諾伯．開新的語氣充滿詫異。我們來這裡，是為了協助英國人實現他們的天命，雖然我們可能只是微不足道的小人物，值得慶幸的是我們知道此行的目的，他們卻一無所知。我們必須盡一切所能協助他們，這就是我們的職責，你看不出來嗎？

克斯里搖頭。不，學者先生，我看不出來。

巴布．諾伯．開新彷彿祈福般，將一隻手擱在克斯里頭上。

你不懂嗎，孩子？世界末日越早降臨越好，你我被選上為這場命運盡棉薄之力，是我們的榮幸：

未來人類會感謝我們的，唯有現世結束，更美好的世界才可能誕生。

＊

劍橋號停泊在距離虎口不到二十英里處，眾人站在甲板，鴉雀無聲凝望著遠處幾縷輕煙和灰燼冉冉飄向雲朵。

煙霧規模浩大，只有一個可能，那就是虎口的堡壘起火燃燒了。

隨著通報逐一湧入，他們心知肚明，大蠔遲早會遭到攻陷，唯一不確定的是時間：英國船艦是否當日就挺進？抑或會再等上一陣子？

隨著幾個鐘頭過去，即刻攻勢的可能性也跟著煙消雲散：虎口和大蠔之間的水域詭譎難測，英國軍艦不可能挑在這麼晚的時間進擊。

褪色的夕陽映照之下，遠方煙柱轉為朱紅，劍橋號上一片寂靜：經過數個鐘頭的焦心猜測，這陣沉寂近乎毛骨悚然。喬都喚來船上的穆斯林一起禱告，吟誦經文的聲音令人心情平靜安定，即使不是穆斯林的士兵水手，內心都感覺平靜。

禱告完畢後，幾個人繞著喬都，他誠懇地低聲細語，表情嚴肅，此舉引發尼珥的好奇心，於是他忍不住湊上前偷聽。

事後尼珥問喬都，他是否覺得世界末日就要降臨。喬都聳肩回答：Ke jane？誰曉得？但如果真是，我希望做好準備。

＊

夕陽西下後不久，一名舵工前來通知賽克利，有一艘小船停靠在朱鷺號旁。賽克利在舷牆邊欠身，發現小船上有一把擔架，一名年輕副官躺在擔架上，一名少尉，幾名擔架工和一名軍官陪伴在側——軍官別無他人，正是梅上尉。

賽克利屏息：這正是他一直企盼的機會。他走向前，站在登乘邊界梯旁等待，梅上尉一踏上甲板，賽克利主動伸出手：「晚安，梅上尉。」

梅上尉的制服沾有塵垢血跡：顯然他忙著照顧受傷少尉，連更衣打點自己的時間都沒有。他當下似乎沒認出賽克利：「我猜你是這艘船的船長吧？」

「我是。」

上尉仔細打量他。「喔，你是那個……？」

賽克利鼓起胸膛，等著梅上尉出言不遜，但梅上尉卻沒有這麼做，只是草草握了下他的手。「祝你有美好的一天。」

與此同時，眾人已用絞盤吊拉起受傷的少尉，送上朱鷺號：擔架降落甲板時，他疼痛哀嚎。

「撐著點，厄普強，」梅上尉大喊：「馬上就安頓好了。」

上尉的聲音非比尋常地溫柔，可以聽出他的操心，為年輕軍官傷神軟化了他一貫的尖銳態度，賽克利把這當作好徵兆。

「他傷得很重，是吧？」

「攀爬上橫檔城牆時，他不慎摔落，」上尉粗聲道：「可能跌傷背部了。」

「長官，我很遺憾聽到這消息，」賽克利說：「要是有什麼我幫得上忙的，請儘管告訴我。」

梅上尉的態度似乎稍微鬆懈，對賽克利禮貌性點了點頭：「你人真好，謝謝。」

上尉跟在受傷少尉的擔架後走進包房，賽克利則留在原地，等到上尉再走出來，賽克利正在等他。

「梅上尉，我可以借一步說話嗎？」

上尉猶豫：「我時間不多。」

「喔，不會花你太多時間的。」賽克利撐開大副艙房的房門，「可以請你進來一下嗎？」

艙房十分窄小，唯一光源只有一根蠟燭。賽克利關上門後，兩人的距離不到一隻手臂的長度。

「請問有何貴幹？」

雖然梅上尉已經蜷縮肩膀，頭頂依舊碰得到天花板。唯一能坐的地方是床罩汙穢髒亂的鋪位，賽克利決定，還是站著談比較好。

「上尉，事情很簡單，」賽克利說：「我想跟你談一門生意。」

「生意？」上尉像是吐出沙子般，吐出這兩個字。「我不明白你的意思。」

「上尉，我手邊正好有大批印度兵愛吃的糧食庫存——白米、扁豆、香料等。要是你可以幫忙把這消息轉達給軍隊採購員，我和我的合作夥伴將感激不盡。」賽克利停下來，朝拳頭咳了一下。「當然我們一定會支付你合理報酬。」

上尉的臉龐露出困惑神情：「『合理報酬』是什麼意思？」

賽克利以為他這是在表達興致，難掩興奮。現在梅上尉已經上鉤，唯一要做的就是妥善鋪路。

賽克利小心翼翼挑選用字遣詞，說：「梅上尉，這只是為了感激你願意提供協助。我相信你明白，我們自由貿易商有多感激你和士兵在中國的犧牲奉獻。你工作認真，站上沙場又得面對諸多風險，照理說享受一些甜頭也不為過吧？可是像你這樣的中階軍官，除了幾份額外津貼，絲毫撈不到其他好處，這不是很可惜嗎，」——說到這裡，賽克利停下來，又朝拳頭咳了下——「尤其想想，你上頭的高級軍官早已撈盡油水。」

梅上尉漸漸明白他的意思後，臉色開始轉變。「喔，你找我是為了這件事，是嗎？」他說：「你這是在提供回扣——對我行賄。」

「梅上尉，千萬別急著下結論。」這時賽克利才驚覺他用錯招了——但無所謂，他還有其他法寶。

「少在那裡胡說八道——你把我當笨蛋嗎？我太清楚你的騙術了，你這低劣卑鄙的騙子。」

這下子上尉寬闊厚實的臉龐憤怒扭曲，他掄起並扭動著堅硬拳頭，賽克利往後退了一步，背部平貼在艙壁上：「梅上尉，容我提醒你，你現在在我的船上，請好好控制自己。」

梅上尉的嘴唇扭曲成一抹冷笑：「喔，你不用擔心——要是我沒控制好自己，你早就被我打扁了。但這太便宜你這種卑鄙貨色——我為你預備的懲罰，傷害力道更大。」

「敢問那是什麼？」

「我要去舉報你，」上尉說：「既然我已經捉到你的把柄，就會一路往上呈報，確定你再也無法詐騙任何人。像你這種騙子，造成不計其數的死傷——就是你們這些垃圾廢物害死我們的士兵，中國兵還沒你們來得狠毒！要是我沒親眼看你被繩之以法，我眼睛乾脆瞎了，你這狗娘養的皮條客。」

滔滔不絕的汙辱話語猶如一陣冷水，直接潑在賽克利身上：可是這非但沒嚇退他，反而讓他腦袋清醒，這下他知道該怎麼做，才能逼上尉乖乖就範。

「是這樣嗎，梅上尉，」他臉上浮現似笑非笑的表情：「當然你要這麼做，我也擋不了你。不過或許你應該捫心自問，在世人眼底，究竟是賄賂的罪行重大，還是通姦更難以原諒？」

上尉為之震驚，眼神閃爍：「你在鬼扯什麼？」

賽克利津津有味的笑意更深了：「我的意思是，梅上尉，你的損失會比我多。」他故意停下來，彷彿在強調他接下來準備說的話。

「至於勃南太太，她會是最大輸家，不是嗎？」

上尉動也不動，下一秒一記拳頭倏然劃過空氣，擊中賽克利下顎。賽克利的腳步往一旁踉蹌，大腿後側硬生生撞上鋪位邊緣，導致膝蓋發軟，整個人仰倒在鋪位，接下來嘴裡便嘗到鮮血的鐵鏽味。奇怪的是疼痛來得剛好，反而讓他腦筋轉得更快：他明白只要激怒上尉，讓他失控，他就占足上風，所以他一定要趁現在好好把握機會。

他揉了揉下顎，又擠出一抹笑容，說：「勃南太太在幫你這頭公牛套上保險套時，肯定花了不少時間吧！」

他又沾沾自喜望著上尉重心不穩的模樣，彷彿他才是下顎吃了一拳的人。他龐大厚實的臉上浮出一絲幾乎好笑的不可置信。

「喔，沒錯，」賽克利津津有味地享受著這一刻，眼見上尉徬徨失措的模樣，反而讓下顎的陣陣搏痛更感愉悅。賽克利再次露出笑容：「勃南太太對保險套很有一套，是吧？我永遠忘不了第一次。」

梅上尉的修長四肢瞬間迅速動了起來，他邁出一大步，跨過艙房，掐起賽克利的咽喉。這個舉動只引來賽克利發笑：「怎麼了，梅上尉！」他說：「你看起來很驚訝耶！這麼多年來，你都穿著那身苦行僧的剛毛襯衣——該不會以為她一直守身如玉等著你吧？而你是她的唯一？」

「閉上你的狗嘴，你這雜碎——你在騙人！」

「喔，你不相信我嗎？要是我向你示範她使用保險套的小伎倆，你相不相信？」

上尉逼近他的臉：「你有沒有羞恥心，你這垃圾騙子？」齒縫吐出這幾個字，飛沫噴濺在賽克利臉上。

賽克利的舌尖徐徐滑過嘴唇，這是他私下看見勃南太太做過好幾次的動作。

「梅上尉，怎麼樣呢，」他說：「我相信你嘴巴還記得她的滋味吧——我上哪兒都認得出來。我很確定，要是你把舌頭放進她舌頭碰過的地方，你也能從我身上認出她來。要是我沒記錯，她管這叫『包租』，當然最棒的部位還是睪丸……」

「閉上你的狗嘴！」上尉已經忍無可忍，他搖晃賽克利的頸子：「你知道勒索的人有什麼下場嗎？英年早逝！」

上尉的拇指緊緊扣住賽克利的氣管，讓空氣無法進入他的肺部。賽克利開始掙扎、揮舞手腳，這時拇指正好刷過大摺刀把柄，於是他手伸進口袋、抽出刀子，但正當他準備彈開摺刀時，梅上尉注意到這個動作。他撲向賽克利，一手包裹賽克利握著刀的拳頭，然後整個人壓住賽克利，以全身力量壓制他，令他在鋪位上動彈不得。這段過程中，梅上尉抵著他頸子的拇指略微鬆開，賽克利試著喘氣，鼻子卻正好壓在上尉領口下緣，於是吸入一大口發臭的軍服汗酸血漬味，最後他乾嘔著轉過頭：賽克利的身體完全無力抵抗梅上尉，然而他越是無能為力、越是屈服於體格壯碩的梅上尉壓制，他的思緒就越清晰。他逮住機會，深吸一口氣，對著梅上尉耳邊嘶聲道：「可憐的勃南太太！跟你上床肯定跟榴彈炮打炮沒兩樣。」

上尉咕噥著，猛力握住賽克利的拳頭。「你不應該抽出這把刀對付我的，」他咆哮：「你這是自討苦吃。」

梅上尉緩緩施壓，迫使賽克利的胳膊往上，直到刀刃抵上他的脖子。刀鋒刺進他的皮膚時，賽克利的腦海瞬間閃過某段回憶。他驟然想起這把刀並不是他的：這是柯羅先生的刀，三年前他也在這間艙房，像現在這樣，用這把刀抵著賽克利。

這段回憶令賽克利天不怕地不怕：「快啊，」他說：「動手啊，殺了我吧！你知道接下來會發生什麼事嗎？我告訴你。我死後他們會發現勃南太太寫給我的信，我可是一封都沒丟，這你是知道的吧！難道這就是你想要的結局？害她沒有退路？」

賽克利知道這個恐嚇奏效，因為抵在他喉嚨的壓力減弱了。他身體猛然一拽，便從上尉的壓制鬆脫，然後從鋪位上彈跳起來。他整理自己，拍了拍身體，伸出手：「麻煩把刀還給我。」

上尉的面容透出失魂落魄的迷惘，他呆坐在鋪位上，不發一語遞過刀子。

「謝謝你，上尉，」賽克利說：「要是可以，我會建議你好好考慮一下我剛才的提議。」

「去死，」上尉說：「我不想再看見你的臉。」

賽克利微笑著走到門邊：「喔，要擺脫我恐怕不是那麼容易，上尉，」他拉開門：「我相信我們很快又會見面的——在那之前，我先預祝你晚安。」

第十九章

日光乍現的頭幾個鐘頭，劍橋號茫然失措，沒人知道接下來究竟會發生什麼事。接著一名通訊員帶著快訊上船：五艘英國軍艦和兩艘汽船已經離開虎口，正在前往上游的路上，其中一艘汽船正是復仇女神號，這幾艘船很快就會越過大蠔。

得知長期預備的戰役即將展開並且畫下句點，他們總算放下心中的大石頭。有的人認為珠江的淺水處和沙洲變化無常，肯定會讓軍艦吃足苦頭，後來報告卻說這種事不可能發生：英方已經研擬出一套跨越珠江障礙難關的系統，派出吃水淺的復仇女神號走在艦隊最前方，探測水深、導航安全路徑。

隨著軍艦步步逼近，消息也越傳越快：他們距離約二十五英里遠，現在是二十英里。

馬時近午時分，槍炮手就定位，展現日常演練的成績，司令官個個反覆檢查大炮，預備好第一發射擊，確定火門填滿火藥，以老舊麻繩製成的填絮填塞物，妥善裝置定位第一個彈藥筒和彈藥。

這天赫赫炎炎，正午逐漸逼近，艄樓在曝晒烈日下變得炙熱難耐，就連錐形帽也頂不住豔陽，感受不到一絲清涼的炮手便決定在前方炮門架起帆布天篷。但是日正當中，他們免不了揮汗如雨，許多印度船工索性脫掉長上衣，並將格紋粗棉布毛巾圍在頸部。

正午，微風漸漸消逝，空氣凝結不動，很快又傳來消息，據說英方船艦停在大蠔的九英里外，唯獨復仇女神號繼續挺進上游。

這消息讓槍炮手內心燃起一絲希望：要是堡壘和劍橋號善用交叉火力，合力攻打這艘「惡魔之船」，便有望擊沉它。

槍炮手滿懷期望，目光持續注視前方河水。不必多說，過了半晌，遠方冒出一團團黑色煙霧，接著他們就聽見這艘汽船的引擎發出轟隆巨響，聲音越來越大。

江水對面的泥堡壁壘上，許多人正伸長脖子、尋覓著汽船身影。由於堡壘上方位置可將水道盡收眼底，於是堡壘瞭望臺率先發現復仇女神號。他們發出閃光警示，提醒劍橋號船員，一分鐘過後，喬都指向前方：在那裡！Okhane! 尼珥的視線越過一叢洋槐和竹林，瞥見高聳參天的汽船煙囪。

復仇女神號繞過轉角時刻意放慢速度，劍橋號槍炮手首次瞧見它修長的漆黑船身和兩顆碩大槳輪，這時復仇女神號幾乎已進入射程範圍。槳輪之間有一座猶如橋墩的寬廣平臺：清晰可見上頭整齊排列著一排預備發射的康格里夫火箭。

自從尼珥上一次見到它，這艘汽船的外貌已然改變：船艄粉刷上了兩顆亞洲風格的碩大眼珠。尼珥從來沒想像過這個熟悉的象徵，竟然會帶有如此邪惡的意圖，散發著不祥氣息。

喬都也正仔仔細細打量這艘汽船，他那橫著傷疤的眉毛糾結成一直線，接著只見他舉起一根手指，遙指煙囪底部。蒸汽室就在那裡，他說。如果我們能擊中蒸汽室，這艘船就報銷了。

汽船已開始回轉旋轉炮。一顆大炮指向堡壘，另一顆則轉向劍橋號。炮聲倏然隆隆響起，劃破了原有寧靜，沒人說得準究竟是誰發出第一擊攻勢，但幾秒不到，汽船和堡壘已經展開你來我往的炮火攻擊。

劍橋號等了好一會兒，汽船才確實進入射程。開火指令一響，尼珥和其他槍炮手連忙衝上炮車，動作整齊劃一將炮車推至舷牆，並將炮口推出炮門。喬都瞇眼對準炮筒，瞄準目標，其他人則舉起槓桿和鐵撬，好將炮筒調整至指定位置。

當槍炮角度調整到所欲位置後，喬都在炮口下箝入一只楔子，固定住炮口，他揮手要其他人先行退下，然後壓低正冒著煙的輕型燧發槍，對準火門。

發射前一刻，尼珥才驚覺復仇女神號已經率先開火，他聽見的呼嘯聲正是來自葡萄彈，接著他們發射自己的八磅炮，猛烈後座力令炮車往後一震，直到綁在尾座底部的後膛繩索勒住制止。

經過這一擊，他們已經沒有時間思考，只能盡快重新裝彈：尼珥往一桶海水裡沾了沾裝藥棒，再把裝藥棒頭塞進冒煙炮筒內，熄滅火花灰燼殘渣。接下來他們的炮彈人員——船工喬圖米安——在炮口裡放入一包新火藥，然後是一把填塞物，最後以裝藥棒將彈藥筒推進內膛底部、塞進彈膛，火藥裝載手再往炮口內塞入一顆炮彈，以填塞物填滿。

這一次，喬都謹慎放慢動作，仔細檢查，這時的他已經脫掉長上衣，光裸著上身。他的動作輕巧靈活，熟練地攫起一把鐵橇，開始些微調整起炮筒角度，汗水讓他的古銅色肌膚閃亮發光。

你在瞄準什麼？尼珥問。

蒸汽室，喬都咕噥道。不然呢？

喬都邊嘟囔著禱文，邊放低輕型燧發槍，往後退一步。

過了一會兒，復仇女神號渾身震顫，尼珥看見煙囪底下冒出一個凹凸不平的裂口，大概就是蒸汽室的位置。

擊中了！喬都驚呼。Legechhe! 我們擊中了！

船員大為吃驚，幾乎不敢相信自己辦到了，忍不住高聲歡呼——但開心不了多久，汽船的巨大槳輪又開始轉動，證明了這艘船只是中彈，還不至於癱瘓。

可是逼復仇女神號調頭也並非容易之舉，劍橋號的槍炮手屏息，興奮又飄飄然地享受這一刻。

無奈好景不常。

復仇女神號撤退的當下，他們看見遠方桅杆迅速移動，好幾艘軍艦正駛向他們。艦隊慢慢映入眼簾，汽船馬達加斯加號首當其衝，在堡壘和劍橋號的沉重炮火交叉攻擊下，英國船艦在水道上展開部署。

軍艦調動操縱到正確位置前都未發出攻勢，一艘輕武裝快艦聯手馬達加斯加號，先後逼近木筏，並將舷側轉向劍橋號。接著迸發一聲巨響，軍艦炮門的木製遮板掀了開來。在那一瞬間，尼珥發現他的眼睛正對著英國炮彈的幾十組炮口。

接下來兩艘船舷炮齊射，陣陣爆破使得尼珥腳下的木板為之震動。

壓低身子！喬都的聲音壓過巨響嚷嚷，他們在發射霰彈。

滑膛槍子彈劃過頭頂時，尼珥抬頭一瞧，發現甲板上的天篷已經遭殃，化為碎布，一塊不及手帕大小的帆布落在他腳邊，上頭有好幾十個彈孔。

槍炮手放低身子，又把炮車推至舷牆邊。正準備開火時，手裡握著彈藥筒的喬圖米安不支倒下，尼珥往他的身體瞥了一眼，發現喬圖米安被好幾發葡萄彈擊中，長上衣滿目瘡痍，血液在布料破洞四周擴散成圓點。

動作不要停！喬都大喊。快點裝載彈藥筒。

尼珥攫起一袋火藥往裡頭填塞。等到炮彈裝好，喬都對尼珥大喊，要他再去取另一個彈藥筒，由於炸藥兵喬圖米安已經陣亡，現在得換尼珥接替他的工作。

尼珥衝向升降梯，發現煙霧籠罩著劍橋號主甲板，他的腳才一離開梯子，就踩到傷重水手的失禁穢物。再次起身時，尼珥發現他正站在一片淋漓血泊裡：目光所及之處，淨是癱倒在地的人，葡萄彈的彈孔劃破了他們身上的衣裳。一顆炮彈擊落一根沉重帆桁，帆桁往甲板一倒，壓傷好幾個人，煙霧濃厚到尼珥看不見三十英尺內的甲板。

負責分配火藥的水手頭部擦傷，只見他蹲坐在地，鮮血淌得滿臉都是，身旁有好幾包火藥。

尼珥見狀順勢撈起其中一包，回過頭衝向艏樓甲板，連忙把火藥塞進八磅炮炮口。

他們的火門是劍橋號上僅存幾個尚未遭殃的火門，但復仇女神號的槍炮手正步步逼近，下一發攻勢猛烈到連他們的八磅炮都能感受到後座力，重炮擊中舷牆，打落其中一個固定住槍炮後膛繩索的圓環，導致一片木板崩落，將炮車一併拖下水。炮車從一側落水時，尼珥聽見火箭呼嘯而過的聲音，他抬頭一看：在明耀午後日光下，這顆射彈似乎直接正朝他飛來。

尼珥望著在空中呈拋物線的火箭，直勾勾朝他飛來，驚訝到無法動彈。要不是喬都推他一把，他恐怕反應不及：Lafao! 還不快跳！

*

詩凌百和福瑞迪在香港的海邊小徑散步時，大蠔戰役的煙霧從海平面冉冉升起。

福瑞迪向她指出：「妳看那裡——肯定開戰了。距離我們非常遠，聲音不太清楚，所以可能是在黃埔附近。」

煙霧在天空中形同一塊小汙漬，詩凌百毫不質疑福瑞迪的猜想。

「你覺得英國人會攻進廣州嗎？」詩凌百問。

「會，這一次肯定會的。」

當天上午，詩凌百在摩爾號聽到眾人對這場戰爭大發感想。許多老爺都深信這次攻勢會跟之前一樣臨時取消，他們確信全權大屎這次肯定還是會臨陣退縮，就算沒有臨陣退縮，朝廷命官也肯定會再次成功哄騙他。

這天早上的風平浪靜，讓他們更加確信自己猜的沒錯。昨日天亮之際，虎口堡壘炮擊將他們從鋪位上震醒，令他們興奮不已，他們依舊記得清清楚楚。跟昨天上午的嘈雜相比，今早的鴉雀無聲形成強烈對比。

當他們聽見第一聲禮炮時，氣氛略微出現變化——但就在老爺們得知槍響並非預告全新戰局的開場，而是向某位中國海軍上將致敬時，老爺們的士氣再次陷入低迷。怎麼可能！對所有人來說，老爺們得出一個結論，那就是那聲禮炮絕對象徵，苦命的義律上將這次又被朝廷命官當猴子耍弄。只有丁雅爾樂觀得無可救藥。前一晚，他聽見虎口的隆隆巨響時，就信心滿滿地預言，這一次英方絕對不會輕饒廣州。

他告訴其他老爺，目前軍官熱血沸騰，即使全權大使出面阻擋，也攔不下他們。

詩凌百意興闌珊聽著他們討論，那天上午滿腦子想的都是福瑞迪，除了思考該怎麼做，才不會被人發現她去找他，詩凌百沒有其他想法。

幸好，丁雅爾那天正好有事要去香港一趟。詩凌百聽見他喚人準備摩爾號的單桅快速帆船時，也編出一個故事，說需要去一趟上環村，採買東西。幸好她的腳才剛離開單桅快速帆船沒幾分鐘，就碰巧撞見福瑞迪。

「聽著，福瑞迪，」她對他說：「我今天來見你是有原因的。」

「什麼原因？」

「我有件事想告訴你——這件事很重要。」

福瑞迪點頭：「妳說吧！」她還在躊躇不定時，他又微笑著補充：「放心吧——我不會告訴別人的。」

詩凌百深吸一口氣，鼓起勇氣，接著不自覺連珠炮似的衝口而出：「福瑞迪，有件事你應該要知道，那就是卡拉比典先生向我求婚了。」

她詫異發現福瑞迪聽到這段宣布後居然面不改色，一拍都沒有落下，順著她的話反問：「那妳怎麼回答他，欸？」

「我告訴他，我要先和你談。」

「為什麼要先和我談啊？」

「那是當然的吧，我得先找你談啊，福瑞迪，」詩凌百說。「你自小就認識查狄格大哥——他就像是你第二個父親，我不希望這件事讓你受傷。」

「讓我受傷？」

福瑞迪拱起一邊眉毛，望著她：「妳和查狄格先生結婚，為何我會受傷，欸？我會為他開心——也為妳開心啦！妳用不著為我傷神——也不該為父親傷神。」

詩凌百瞬間放下肩頭的巨石。「謝謝你，福瑞迪。」

他嘟囔了一聲，算是收到，眼角餘光瞥向她：「可是妳的帕西家族呢？妳要是嫁給查狄格先生，他們會怎麼說？他們不是嚴守紀律嗎？」

詩凌百嘆氣：「他們大概會和我斷絕關係吧！就連我女兒也是，至少有一陣子是這樣吧！或許我再也無法踏入拜火廟：這對我來說是最辛苦難熬的，我的信仰誰都無法阻止吧？也許幾年後大家就會忘了這回事。」

他們走著走著，來到一處急轉彎，過彎後詩凌百瞥見丁雅爾：他正腳步輕盈，朝他們走來。

福瑞迪走到她旁邊，停下腳步。「喔，妳看，」他壓低嗓門說：「其中一個帕西家人。」

詩凌百之前從沒想過福瑞迪認識她的姪子，她問：「你認識丁雅爾嗎？」

「只有打過照面啦！」福瑞迪說。「他也知道我，但不和我說話。」

「為什麼？」

福瑞迪的嘴脣噘成一抹扭曲笑容：「因為我是私生子吧？」他說：「他很怕我。」

「丁雅爾為什麼要怕你？」

福瑞迪又對她閃現一抹笑：「因為他也有私生子吧？而且在澳門。他知道我曉得這件事，所以很怕我。」

她震驚地雙眼圓瞠，瞪著福瑞迪時，他又露出微笑：「我得先走一步啦！再見。」

＊

尼珥一頭栽進珠江時，浪潮正好襲捲而來：正因如此他才得以保命——要是海浪流往另一個方向，他就會被浪水捲到木筏，讓英國狙擊兵逮個正著，但潮水反而將他推往黃埔的方向。

尼珥從未深陷如此力所不及的深水裡，他之前只在pukurs和jheels等環境游泳——也就是寧靜無浪的孟加拉鄉下池塘。他從未遇過如珠江的湍急水流，前幾分鐘他完全無法思考，只能下意識浮出水面，深吸幾口氣。

跌入幽暗黑水時，他瞥見四肢附近漂浮著一條漆黑繩線：繩尾似乎附著在他右臂上，他以為是漂浮物體黏上身體，於是扭頭想要看個仔細。但他卻赫然發現，尾隨著他的絲帶其實是一道從他傷口湧出的鮮血，這時他才意識到身側一股尖銳刺痛。他瘋狂揮舞著雙臂，奮力將自己推出水面，對喬都呼喊：**Tui Kothay? Tui Kothay re Jodu?**

二十英尺的距離外，一顆漂浮在水面的頭，朝尼珥的方向轉了過來。幾分鐘後，喬都的雙臂已經繞過尼珥胸膛，將他拉上岸邊的茂密蘆葦和燈心草叢。

尼珥將全身重量撐在喬都身上，蹣跚走出河水，上岸後旋即踉蹌倒地。他的長上衣有道深長裂縫，衣服下的臀部上方有道開放式傷口，是一顆滑膛槍子彈射進他的身體。

子彈肯定是在他準備跳河時擊中他的，他也可能是墜落水裡的那一瞬間中槍。當下他急著逃跑，壓根沒有發現中彈——疼痛似乎蟄伏守候，因為這下疼痛忽地劇烈襲擊，讓他痛到手臂不住扭曲揮打。

躺平！

尼珥咬著牙，讓喬都檢查傷口。

子彈太深了，喬都說。我無法取出子彈，不過或許可以先幫你止血。

喬都解開額頭上綁著的頭巾，撕裂成長條狀，固定傷口。

過程中，英國軍艦的炮轟不間歇。喬都和尼珥距離戰地並不遠，雖然潮水湍急，卻只將他們送到劍橋號幾百碼外的上游。這時猛然發出一陣爆炸，教他們喘不過氣：劍橋號爆炸，炸成一座火焰高塔。火柱迅速攀升至三百英尺的高處，最後化為一朵蕈菇黑雲。幾秒後，殘骸開始猶如雨水紛落，尼珥和喬都得壓低身子，以雙臂保護頭部，閃躲落下的殘骸，就連三十英尺長的劍橋號船桅在附近降落，發出轟然巨響，他們也不敢抬頭。船桅猶如標槍一般從天空降落，深深嵌入幾碼外的河岸。

幾分鐘後，又發出驚天動地的爆炸，這一次是在河水。煙霧消散後，他們發現木筏已經炸毀，沒多久死魚從水底浮出，塞得水面水泄不通。

不久後他們就發現一團團煙霧朝他們飄來。他們的視線穿透燈心草叢，目睹一艘英國汽船衝破碎裂木筏，迅速挺進上游，汽船的旋轉炮抽搐轉動，剎時朝一艘已經癱瘓的中國戰船連續齊發，接著一束火苗擊中岸上某樣東西。

尼珥和喬都全身平趴在岸邊，讓汽船通行，隨機開火，幾分鐘後另一艘汽船出現，在前一艘船後方拍打著槳輪，幾艘輕武裝快艦跟在後面。

幾艘船艦通過後，喬都爬到河岸上方。

附近有幾艘棄置舢舨，喬都四下查看後說。主人可能已經驚嚇棄船了，等到天色一黑，我再弄一艘來。

尼珥頷首：他知道只要他們能到得了海幢寺，就一定安全，至少目前還安全。

天色漸黑後不久，喬都便偷溜出去，不一會兒拖著一艘有頂舢舨回來。他已經換上舢舨裡找到的幾件衣服：短袖束腰外衣、寬鬆褲子，中國蜑民的常見裝束。臉上則包裹緊密，不見五官：上半部以錐形帽遮掩，下半部則以一條頭巾遮蓋，猶如圍巾般繞起口鼻。

這幾件衣服是喬都在甲板木塊下找到的，他攙扶著尼珥走上船後，將手探至木板下方，又摸出幾件可供尼珥換穿的衣服。喬都還找到一罐飲用水和幾塊炸餅。炸餅已經不新鮮，但還可以吃，喬都狼吞虎嚥地吃下兩塊餅，才心甘情願推船離岸。

一路上火光照耀，英國炮艇點燃火焰，熊熊燃燒的戰船船體癱倒斜倚在橫梁上，粉碎的火炮掩體餘燼在河岸上悶燃著。一座小島上，樹林猶如著火火炬般燃燒。喬都盡可能躲在陰影處，謹慎划著船槳，好讓小船無聲無息前進。

黃埔路上，在焚燒屋舍的閃耀火光下看得見一艘英國輕武裝快艦，這艘船停泊在旁，隱約透出的輪廓剪影威嚇逼人，槍炮審慎來回旋轉著。水道邊緣有幾百艘小船經過，駛向廣州。人人草木皆兵，無人多看喬都或舢舨一眼。

即將抵達廣州時，他們發現摧毀破壞的跡象比比皆是。前往城鎮的路上，他們發現兩座小島的要塞皆深陷火海，要塞旁邊各停了一艘英國軍艦，船艦引發眾人恐慌，他們倉皇逃家，將馬路擠得水泄不通。

前往海幢寺的路上，他們發現十三行旁停著一艘汽船，茫茫人海在兩側岸上手足無措，不停困惑地兜來轉去，因此尼珥撐在喬都身上，步履蹣跚、跌跌撞撞走進海幢寺大門時，並無人多瞧一眼。

*

虎口戰役終結已過十天，孟加拉志願軍仍在穿鼻附近留守，寸步不離運輸船。他們謹慎提防，儘管中國兵已經撤離該區，每天還是不斷出現威脅：土匪和村民出其不意突襲；有些英國分隊在岸上巡邏時走散，盛傳隨營人員和印度船工遭到綁架遇難。

最後B連的人迫不及待想回到沙洲，結果卻是相反：稍早前進珠江的士兵，全部撤退送回香港，孟加拉志願軍則收到移師黃埔的指令。

得知B連要前進上游時，連上咒聲不斷。只有拉裘一人開心：他知道黃埔距離廣州很近，心想要是他可以來到黃埔，父親肯定會奇蹟似的出現。

但是一抵達黃埔，拉裘便發現期待落空，黃埔不過是一座江上小站，小鎮和村莊環繞四周：這讓拉裘想起胡格利河的窄道，大小船舶往來加爾各答時，中途都會停靠於這條水路。最糟糕的是四下不見廣州——除了幾間寶塔寺廟，附近也沒有有趣的事物。

男孩第一次上岸郊遊，最終站就選在寺廟。拉裘從未見過這種寺廟，煙霧繚繞的線香，喊不出名號的佛像——神聖氛圍卻令人感到熟悉。

拉裘最後趁隙擺脫其他橫笛手，偷偷潛入幽暗神殿，跪在慈祥微笑的佛尊前，雙手合十祈禱。

「Ya Devi sarvabhuteshu」他祈禱著，嘴裡念念有詞他仍有印象的禱文：「佛母，我父親就在附近，請幫我找到他。請祢幫幫我，佛母。」

*

對賽克利而言，刺激的虎口戰役一結束，接連數週都過著煩悶難耐、索然無趣的日子。他獲令讓朱鷺號停泊在英軍分遣隊占領的虎門附近，除了運送糧食上岸、留意小偷盜匪，生活單調乏味。

由於無所事事，賽克利開始焦躁不安，尤其是關於梅上尉的事。上回的不歡而散讓他非常憂心：他無從得知上尉是否真的重新考慮他的威脅。他知道不能痴等上尉行動，也迫不及待想要突破僵局，可是上尉人正在黃埔，他也一籌莫展。

作為持續談判的條件之一，不暫停廣州貿易的消息一傳出，待在虎門就令賽克利格外煎熬。他每天只能眼巴巴看著英美商船前進上游，採購茶葉、絲綢、瓷器、家具等其他廣州知名商品。其他人都忙著賺錢時，他卻遊手好閒、無事可做，這讓賽克利焦慮沮喪，並且悔不當初，早知道就不要被熱血沖昏頭，主動向遠征隊提供服務。

夜裡，賽克利在後甲板上焦慮踱步時，一艘小船在朱鷺號旁停了下來。「哈囉，瑞德先生！」一個熟悉的聲音喊著：「我可以上船嗎？」

「當然可以，陳先生。」

陳先生受到廣東省新任高官邀請，正在前往廣州的路上。「你瞧，瑞德先生，」他笑著說：「真是風水輪流轉啊！當初將我從廣州驅逐的朝廷命官已經離職，新官需要我的輔佐忠告，所以睽違兩年後，我總算能不用操心遭人騷擾，重返故鄉。」

「你真幸運，陳先生，」賽克利一臉豔羨地說：「我真希望能跟你一塊兒去——我很想見識廣州！」

「你沒去過嗎？」陳先生說。

賽克利搖頭：「沒有——我已經在這裡停泊一個多月，恐怕是撐不下去了。」

「那一定得想個辦法呀！」陳先生說：「勃南先生人在廣州，可不是？」

「是的。」

「我應該有機會和他見上一面，」陳先生說：「一定幫你把話帶到，小事兒好安排！」

「喔，陳先生，謝謝你！我真的感激不盡。」

陳先生搖了搖手指：「可別太早謝我，」他說：「你應該曉得，我還得看看今天特地前來找你的事兒進展如何，才能決定是否幫得上你的忙。」

「那是當然。」

賽克利著實想不到，他能幫上這種大人物什麼忙。陳先生開頭的第一句話說得輕鬆愜意，近乎冷漠而不感興趣，更是加深他的疑惑：「這艘船——朱鷺號——我想應該有段相當有意思的歷史？」

賽克利望著江水前方的淺灘，選擇謹慎回答：「你是指最後一趟前往模里西斯島的路上，朱鷺號上發生的事？」

「正是，」陳先生說：「船上有個一半中國血統的囚犯，一個叫作阿發的男人，我說的沒錯吧？」

「沒錯。」

陳先生頷首，表示收到，繼續道：「之前我受人誤導，以為這人已經死了，近來卻聽說他可能被海水沖上香港。我猜他現在八成改頭換面，可能連名字都換了。」

由於陳先生並非提問，所以賽克利不覺得有必要回應。這陣沉默卻似乎激怒了陳先生，他抽回本來壓在賽克利肩頭的手，將他整個人轉過來面對自己：「或許我應該解釋一下，」他的語氣轉為尖銳：「這男人對我非常重要，瑞德先生。」

「可以容我問一下理由嗎？」

「暫且說我跟他之間還有尚未解決的事吧！一件不重要的小事兒。要是你能證實他人就在這一帶，等於幫上我一個大忙。」

即使陳先生話說得輕描淡寫，但語帶威脅的口吻卻形成強烈對比，賽克利馬上明白，他口中尚未解決的事絕非小事。他想像不到誰敢戲弄陳先生，也想不到誰會去招惹前科囚犯：畢竟這男人可是殺人兇手——賽克利就親眼在朱鷺號上見證，事情就發生在他和柯羅先生解決私人恩怨那晚。正因福瑞迪現身，賽克利才免受皮肉傷——甚至死亡——這也是唯一讓他猶豫是否該背叛福瑞迪，向陳先生供出他的原因。

「好了啦！」陳先生輕輕推了下他：「我們可是生意夥伴，對吧，瑞德先生？我們得坦誠相對——可以確定的是除了我之外，絕對不會有人知道的。」

那一瞬間，賽克利突然想起這名罪犯在新加坡語帶威脅的影射，就在這時，他下定決心了：這人知道太多了，就算擺脫他，這個世界損失也不大。

賽克利回望訪客的眼睛：「沒錯，陳先生——你說的沒錯，我有充分理由相信，他人正在中國沿岸。」

陳先生眼神熱切，緊瞅著他：「你該不會正好知道他現在叫什麼名字吧？」

「他自稱福瑞迪．李。」

笑意緩緩爬上陳先生的臉孔。

「謝謝你，瑞德先生，多謝啊！你真是幫上大忙了，我真開心我們有這等默契！好事會接二連三降臨的——你很快就會收到勃南先生的消息，我答應你一定把話傳到。」

賽克利鞠躬：「陳先生，跟你合作一向愉快。」

「是啊，合作愉快，瑞德先生。」

陳先生一言九鼎，當週邁入尾聲時，勃南先生已捎來一封信，告訴賽克利他可以卸下協助軍方的義務，把朱鷺號留在黃埔，即刻動身前往廣州外國內飛地。

*

從體內取出子彈後幾週，尼珥高燒不斷。他只記得取出子彈時，一群中國和西藏僧侶帶來樣貌嚇人的長針和器具。幸好手術一開始他便失去意識，到了隔天才醒來。

那之後他睡睡醒醒，發現自己在一間天花板低矮的房間，躺在墊子上，角落擺放著他留在海幢寺、麻煩塔拉納西吉幫忙看管的書籍和文房四寶。當他使得上力氣，就可以閱讀寫字。

他時常聽見遠方傳來滑膛槍和大炮炮火聲響，烽火連天的背景音隱約消逝，直到他掉進高燒連連的夢境。熟悉臉孔偶爾會出現在他床畔——塔拉納西吉、康普頓、巴布羅——要是他們來訪時他正好神智清醒，他們就會向他更新現況。

他們告訴尼珥，目前已宣布停戰。英國軍艦部署於廣州濱河沿岸，恣意摧毀中國炮臺和火炮掩體，不錯放所有啟人疑竇的船艦。在外國內飛地，米字旗再度飄揚於英國行館上空，許多商人搬進商行，強制執行貿易。資深官員臥烏古子爵已經接下英國陸軍元帥的職位，他和義律上將下達一連串宣告及最後通牒，要求皇帝正式批准占領香港一事，並立刻繳交六百萬銀元，撤回鴉片貿易禁令。

——諸如此類的條件。

可是皇帝說什麼也不肯放手：他不但拒絕讓步，也讓琦善蒙羞，將他召回京城。目前已由一組新任官員取代總督，其中一人是遠近馳名的將軍。皇帝對他們說：「除了摧毀敵方，我不聽二話。」

但是一抵達廣州，皇帝的新任大使同樣面對讓前任總督不知所措的兩難：英軍勢力龐大，他們根本無法公開挑釁——若真想擊退他們，就需要充分的事前準備。於是他們只好繼續和侵略者周旋，同時雙倍加強防禦軍事。

成千上萬名來自各省城的新兵湧入廣州，而以英國炮艦為模型打造的嶄新船艦，亦正在祕密地點建造，中國在距離不遠的佛山鑄造廠製造槍炮，其中不乏八十磅炮的龐然大物。

人盡皆知，下一場戰爭勢在必行，只是遲早的事。這一回戰場選在廣州，而此消息引起軒然大波，尤其是城牆以外的居民。目前已有幾千人逃離郊區，並有越來越多人打算離去。某些地區法治崩塌，士兵自其他省分湧入之後，局勢愈加動盪，謠言漫天飛舞，據說他省士兵侵犯當地女性，鎮民和新進士兵發生衝突。

自從兩百年前的明朝式微後，廣州就不曾發生這麼大規模的騷動。

沒有多久，尼珥的朋友也一一離去。有天巴布羅特別前來寺院，通知尼珥他將舉家搬遷香港。廣州現況動盪不安，船民的人身安全尤其難保，他的親戚大多已經遠走高飛。

Aar ekhane amra ki korbo? 巴布羅用孟加拉語對他說。我們留在這裡能做什麼？現在廣州容不下我們這種廚船。

到了香港，阿沙蒂蒂還能捲土重來，繼續端出美味的印度炒飯、印度炸脆餅、印度咖哩餃、烤肉串，以及其他阿沙蒂蒂的廚船名菜。再說海灣邊有眾多雇用印度船工的船舶，他們不用怕印度顧客不上門。

巴布羅說，其實搬家的事兒他們已經準備好一陣子，幾週以來他都和兒子將家當暗中運上戎克船，他們預計一、兩天後就出發。

那麼船屋怎麼辦？

目前會先空在那兒擺著，巴布羅說。或許哪天我們會回來帶走。

接著便換康普頓上門道別。他決定回到老家村莊，但不會久待，畢竟他在那裡沒有工作，終歸得搬到一個能夠謀生的所在。

那麼你會去哪裡？尼珥問。

我還能上哪兒去？康普頓絕望地說。若我還想開印刷廠，就只能搬到需要英語印刷廠的地方。例如？

澳門吧，康普頓面有愧色地說，甚至香港。

你？搬去香港？

我還有什麼法子，阿尼珥？世界正在改變，若真想要活下去，我就得跟著變通。

康普頓臉上浮現訕訕笑容：「也許從現在起我們改用英語交談比較好，jik-haih（是吧）？我得好好練習。」

他們握手時，尼珥說：「謝謝你，康普頓。謝謝你為我做的一切——謝謝你的兩肋插刀。」

「快別謝我了，阿尼珥，」康普頓說：「也許之後換我需要你幫忙，haih mh haih aa（你說是不是啊）？」

喬都是唯一沒出現在尼珥病床邊的人。問及喬都時，塔拉納西吉只告訴尼珥，他們兩人抵達之後，喬都只在寺院裡待了幾天。後來有名訪客前來找他，一名外國水手——這男人容貌身形魁梧驚人，嘴巴沾有紅色的檳榔汁液。

喬都已經跟著他離開，之後就再也沒見到人了。

*

抵達黃埔才不到半個鐘頭，賽克利已經坐在朱鷺號的大艇，前往廣州的外國內飛地。他之前已經聽說不少有關廣州的占地規模、稠密人口，可是當這座城市躍入眼簾，他仍然震懾不已，詫異到說不出話：壁壘似乎無窮無盡綿延，直到消失在夕陽天際線以外。他曾聽復仇女神號的霍爾船長說，他這輩子見過最震撼的兩大畫面，一個是尼加拉大瀑布，另一個是廣州城。賽克利這下總算懂他的意思。

朱鷺號的大艇沿著廣州長達數英里的濱水區前進時，更是讓賽克利大開眼界：不見盡頭的房屋住家、繁忙熱鬧的河面交通、教人瞠目結舌的稠密人口。他心有不甘地承認，跟這種規模的大都市相比，他的老家巴爾的摩簡直相形見絀，即使面積有三、四、五倍之大，依舊黯然失色。

他心想，在這密密麻麻的浩瀚都市尋覓勃南先生，應該不會太順利。但小船漸漸接近外國內飛地時，他卻毫無困難就找到正確方向：一根飄揚著米字旗的參天旗杆直接帶領他，來到勃南先生承租公寓所在的英國行。

一踏入英國行，賽克利就被帶到一名鞠躬哈腰、身穿長袍的服務生面前，他率領賽克利穿越無數條裝飾壁板華麗、鋪有鬆軟地毯的走廊。賽克利看見鍍金相框畫像、閃閃光光的壁燈、高聳而立的陶瓷花瓶、象牙門把、粉刷豪奢的壁紙、厚實地毯時，眼珠子差點沒掉出來——這個場所的富麗堂皇深深吸引他，賽克利決定這就是他想要的人生。

勃南先生爭取到一間氣派公寓，豪奢的貝塔宅邸亦顯小巫見大巫。另一名蓄著小辮子、身著黑袍的僕人幫他開門，賽克利穿越護牆板裝飾的前廳，被帶進一間偌大書房。

勃南先生坐在書桌前的紫檀木椅上。「啊，瑞德，你來啦！」他一邊說，一邊起身招呼賽克利：「你總算到了。」

「是的，先生，」賽克利說：「感謝你的專程安排。」

「喔，沒什麼大不了，而且你來的時機正好。」

「是嗎，先生？此話怎講？」

「今晚商行會舉辦晚宴。」

勃南先生頓了頓，彷彿想要特地強調他接下來要說的話。

「大陣仗的軍隊軍官也會蒞臨駕到。」

賽克利心裡響起警報：「先生，你的意思是？」

「我想梅上尉也會來。」

「我懂了，先生。」

「我在想，」勃南先生繼續道：「上回我們談過的那件小事，是否有了進展？」

「這個嘛，先生，」賽克利說：「我前陣子確實和梅上尉提及此事，我應該有說動他，請他認真考慮這件事。他已經考慮一段時日——我猜今天也許可以得到答覆。」

「很好，」勃南先生瞄了眼懷表。「哎呀，我們差不多該走了——宴會即將開始。」

賽克利跟著勃南先生行經一段樓梯，來到一間鑲嵌桃花心木壁板的餐廳。十幾位商人已經在此集合，一瞧見勃南先生踏進室內，全一股腦兒衝向他。

「勃南，你聽說了嗎？朝廷命官調度了四千多名湖北士兵，派來廣州。」

「他們還在荷蘭炮臺蓋了一組新炮臺！」

「絕對沒錯了——中國人正在為下一場進攻做準備！」

「我比較好奇全權大屎打算怎麼做？」

眾人你一言我一語，怨聲載道，賽克利撤退到一旁，挑了一個方便留意門口的角度。

沒多久，梅上尉就率領一批披掛紅色外套的軍官進門：他穿著完整軍裝，身側佩帶一把劍。軍官踏進餐廳時，他倆短暫四目相接，賽克利從上尉臉色漲紅的樣子猜得出，他看見他的那一刻慌了手腳。

站在那兒觀望局勢時，賽克利聽見勃南先生用安撫的語調說：「各位先生，根據可靠情報，臥烏古將軍已經下達指令，命香港士兵前往黃埔，只要有他在場指揮，我們沒什麼好怕的！」

「說得好，說得好！」

賽克利心不在焉聽著，他的注意力全放在梅上尉身上。

上尉似乎也很清楚有人正盯著他，姿態越來越狼狽：時而抹了抹自己的臉，時而把玩衣領。眼見他連續灌下好幾杯葡萄酒，賽克利意識到他最好盡快出手，以防發生醉酒鬧事的場面。上尉踩著悠哉步伐來到窗邊，賽克利決定這時出動：他橫跨過餐廳，伸出一隻手：「梅上尉，晚安。」

上尉稍微轉過頭，下顎剛硬龐大的臉龐透出憤怒潮紅。他太陽穴的青筋暴跳，手指下意識般撩撥著劍柄。

賽克利明白這是決定性的一刻，他的視線毫不退縮、緊瞅著上尉的臉。兩人的目光交會凝結，那個當下，彷彿兩柱強大水流衝撞彼此，意圖逼迫對方退下。接著發生了一件事，賽克利感覺只要他不退縮，把持得住，必能獲勝，他絲毫沒有垂下眼皮，又重複說了一次：「梅上尉，晚安。」又朝他伸出一隻手。

上尉最後總算伸出手，草草掃過賽克利的指尖。「晚安。」

賽克利微笑。「上尉，每次見到你都是我的榮幸。」

上尉咕噥轉身：「你到底想要什麼？」

「我只是想知道，」賽克利平靜地說：「上次的提議你考慮得如何了？」

上尉的下巴一抬，眼底閃著怒火。

賽克利回敬他的目光，鎮定微笑：「梅上尉，有些事我們不得不回想一下，對吧？」他說：「你知道自己和其他人會陷入什麼危機吧——尤其是某位女士？」

話中有話的威脅在兩人之間懸浮一、兩秒，上尉不知該作何反應，最後才以粗啞低沉的嗓音含糊回道：「你要我做什麼？」

賽克利內心壓抑不住歡騰：他知道自己贏了，他成功逼上尉就範。其實他一直懷疑，上尉的粗暴並非力量的象徵，反而是一種無能為力，這下他的猜想終於獲得證實。賽克利明白，一但出了軍旅生活，梅上尉就不懂得與外界來往，除了失敗挫折，他對人生不抱任何期望。為了保護他心愛的女人，他可以對虛張聲勢的威嚇脅迫低頭，隨時隨地準備好委曲求全——這一切看在賽克利眼底，都可笑得不得了：戰士平時耀武揚威，實際上是多麼虛弱無能，徒有天真孩子般的榮譽感和正直誠實，賽克利得努力壓抑下幸災樂禍的心情。

「上尉，細節方面先別操心，」他說：「原則比較重要，我很高興我們達成了共識。」

賽克利再次伸出手，這次他特意用力握了握上尉不情不願伸出的手指。「我相信跟你合作的經驗肯定很愉快，上尉。」

賽克利轉過身時，聽見上尉含糊地說：「去死吧！」害他忍俊不住笑出來。

餐廳另一端，勃南先生正和其他商人討論得如火如荼。賽克利走過去，拍了拍勃南先生的手肘，將他拉至一旁。

「先生，我和梅上尉說上話了。」

「結果如何？他接受了嗎？」

「我很高興通知你，先生，」賽克利驕傲地說：「他接受了。」

「好小子！」勃南先生咧嘴而笑，拍了拍賽克利的背。「這樣就夠了，其他交給我處理就好。你說服他答應已經足夠——我猜應該不容易吧！」

「的確，先生，」賽克利說：「確實不容易。」

「我不會追問你是怎麼辦到的，」勃南先生說：「但我認為你值得一筆酬金。」

要是換作其他情況，勃南先生這番話肯定會讓賽克利開心到飛上天，但成功逼梅上尉就範讓他信心大增，彷彿已經沒什麼他做不到的事。

「先生，我希望你不介意我這麼說，」他說：「但我想要的並非酬金。」

「不然你想要什麼？」勃南先生錯愕地問。

「先生，我真正想要的，」賽克利說：「是成為你公司的合夥人。」

勃南先生聽見這番話時臉色不禁一沉，但接下來嘴角卻笑彎了。「好吧，瑞德，」他撫摸著自己的鬍子：「我總說年輕人心底的創業精神蠢蠢欲動時，誰曉得他會怎麼發展！我們先打完這場仗，再來看看該怎麼進行。」

賽克利伸出手，用力握住勃南先生的手：「謝謝你，先生。謝謝。」

第二場勝利讓賽克利飄飄然。但正當他準備悠哉尋找一杯酒慶祝時，才驚覺這場勝利還沒完成，要等到勃南太太知道了才算數。唯獨消息傳到她耳中，他的勝利才正式成立。剝除了她白馬王子的虛偽假象，他才能嘗到別具滋味的甜頭。

這念頭讓他的欲望隱隱刺痛，渴望再度見到她。他現在明白，要是他謹慎出牌，也許能再逼她乖乖就範。但這不過是他應得的，畢竟當初不守承諾的人是她，可不是？她那時不是自己說了，這場私通關係需要畫下句點時，他們會在說再見前見最後一次面，享受纏綿火熱的最後一夜？

*

尼珥得知拉裘來到中國的消息後，比起筆記本裡雜亂無章的文字內容，他當晚心煩意亂、歪七扭八的字跡，更能充分說明他的心情寫照。

事情經過如下：喬都毫無預警現身海幢寺，告訴尼珥他過去幾週都和阿里水手長在一塊兒，阿里水手長被召來廣州，協助下一波中國進攻事宜。

阿里水手長的任務之一，就是搜集有關英國士兵和船艦行動的情報。幾天前，廣州盛傳大規模英國軍隊將要移師黃埔，阿里水手長則被派來香港調查。他在香港時遇見了朱鷺號的老搭檔阿發，阿發向他證實僅剩一連士兵和一艘船留在香港，其他英國士兵和船艦皆派往黃埔和廣州。

可是消息不只如此……

尼珥驚愕得知，拉裘遠渡重洋來到中國，目前在黃埔的一艘船上，和一連印度兵在一起。

喬都告訴尼珥，讓拉裘下船是不可能的事，唯一讓拉裘脫隊的可能，就是等候印度兵上岸。目前阿里水手長的船員多為當地人，他們可以幫忙。

但是他們何時上岸？

也許很快就能上岸了，喬都神祕兮兮地說。說不準何時會出大事，今晚都有可能。

這天是一八四一年五月十九日。

*

上週廣州英國行門廳裡迴盪著中國即將進攻的傳聞。當時賽克利在外國內飛地和黃埔之間忙碌奔波，將勃南先生的貨品運上朱鷺號。

搭乘大艇往返時，賽克利得以近距離觀察廣州周遭最新一波的軍事準備：一大營士兵出現在城市東岸，嶄新大炮已經蓋好，包括一組沙面島附近、十分接近外國內飛地的龐大大炮。戰船船隊也集結在有如珠江門戶的小港內。

一切盡在眼前——英國軍隊近期也增兵數千名，他們自香港出發，抵達黃埔：帶隊的是七十二門炮、在錨地裡鶴立雞群的伯蘭漢號。

光從這些場景就明顯看得出，兩邊都正在為戰役做準備，正因如此，某天下午勃南先生宣布，中國人當晚可能展開突襲時，賽克利絲毫不感意外：義律上將已經指示英國行的住戶撤離，住在英國行的商人全撤至一艘停在外國內飛地對面的船舶，復仇女神號則負責在附近看守。

「你今晚最好和我們待在一塊兒，瑞德，」勃南先生說。「我得運走行館裡所有商品，但這可能得花點時間，何況局勢所逼，天黑後回黃埔的風險太高。」

他們花了好幾個鐘頭，才將勃南先生最後幾箱貨物搬上大艇，完成時已近黃昏。

英國行館降下米字旗，並在行館前方舉辦簡單儀式：這一刻莊嚴隆重，畢竟國旗已在頭頂桅杆上飄揚長達三個月。接著賽克利及勃南先生隨著其他商人，搭船前往停靠在外國內飛地邊緣的縱帆船極光號，並準備在這裡用膳過夜。

登船後不久，他們就看見滿州旗手在濱水區活動，很明顯攻擊迫在眉睫。

賓客倉促匆忙吃完晚餐，便到前甲板上集合。這夜月黑風高，通常喧鬧熙攘的河濱地異常靜謐，不再有往返岸邊的小圓舟，也不再見到花船在白鵝湖上兜圈子，英國軍艦和單桅快速帆船在河濱沿岸保持間隔部署，船上的燈籠在幽暗之中宛如一串細長的燈火項鍊。

外國內飛地亦是一片漆黑，唯獨仍住著幾名商人的美國行依舊燈火通明。雖然英國行已經淨空，門戶緊閉，尖塔上的時鐘卻照常運作，鐘聲敲了十一下時，沙面島大炮正式開火，發出雷鳴般的巨響，幾秒過後整個濱水區火光四射，暗藏的大炮和火炮掩體連番噴射出明耀火光。

復仇女神號是第一艘回敬對手的船艦，其他軍艦亦逐一跟進，朝廣州大炮和火炮掩體發出舷炮齊射，在霹哩啪啦的巨響下，周遭小港閃著火焰光幕。

「火攻筏！在正後方！」極光號的瞭望臺上傳出一陣呼喊。

賽克利衝至後方，眼見一艘著火小船正朝極光號駛來。這不是唯一一艘——其他火攻筏接二連三出現在河面及白鵝湖上，彷彿火焰浪潮正攪渾著河水。

不過英國指揮官早料到他們會運用火攻筏：這也是為何他們在河邊沿岸部署單桅快速帆船。單桅快速帆船迅速移動，攔截燃燒著烈焰的小船，水手運用魚叉和竿柱推開火攻筏，讓它們在安全距離外燃燒殆盡。

即便是處理火攻筏的當下，英國的武裝直昇機也沒閒著，加強火力轟擊城市。復仇女神號也遭到連續攻擊，短暫發動不了引擎，但她的炮火依舊不間斷，停靠在她旁邊的阿爾吉林號也火速上前協助。這兩艘軍艦朝沙面島大炮展開規模壯大的連續齊射，沒多久就讓沙面島大炮默不吭聲。

然而，儘管炮火隆隆，中國炮隊仍持續開火，每次一有大炮遭到摧毀，某處又會冒出另一組大炮。

與此同時，城鎮各處惡火頻傳，群眾在馬路上慌張竄動。儘管烽火連天，外國內飛地卻毫髮無傷，全是因為英國軍艦特別下令，不得朝外國內飛地開火。鎮民注意到這一點後，這項特殊待遇便維持不下去：外國人不在場，外國內飛地便成了鎮民唯一洩憤的對象。

凌晨夜半，大群鎮民挺進外國內飛地，英方見狀後指派一組皇家海軍分遣隊，前往解救尚待在外國內飛地的美國人，等到群眾湧進外國內飛地，他們已安全撤離。

商人在安全無虞的極光號上，眼睜睜看著大批暴徒踹開行館大門，衝進去搶奪所有找得到的物品，等到掠奪完畢，他們便放了把火燒光行館。

行館的裝潢闊氣奢侈，大火肆虐下，木頭鑲板和拼花地板無一倖免，火焰黑煙鑽出行館走廊和窗戶，往空中飛竄。

極光號上的商人驚愕望著行館遭到烈焰吞噬，這場面實在太教人心酸沉痛，就連對十三行並不熟悉的賽克利等人都覺慘不忍睹。有些商人已在十三行待了數十載，其中有人在那裡囤積不少財產，看見這畫面，不少人開始嚎啕痛哭。

等到太陽再度升起，建築已經燒成焦黑的殘骸骨幹。

早餐結束後，極光號的資深商人在復仇女神號上集合開會。回來後，勃南先生告訴賽克利，英國武裝直昇機徹夜破壞幾十艘戰船和火船，遭到摧毀的大炮數量眾多，尚待釐清。英方損傷微不足道：僅有幾個人受傷，兩人死亡，還有幾艘船遭到輕微破壞。復仇女神號很快就修復完畢，之後即刻積極出任行動，在一場突圍中，這艘汽船共破壞了四十三艘戰船和三十二艘火攻筏。

然而這次中國攻勢尚未散盡彈藥，勃南先生說：他們認為中國還持有許多火攻筏和攻擊艇。掃蕩行動仍將持續一陣子：一旦結束，英軍可能會對廣州市祭出嚴懲，向他們徹底證明所有反抗無效，而英方也無法容許他們繼續虛與委蛇。

這段過程中，朱鷺號會和其他商船停靠黃埔，等到情況底定後，他們派遣一組護航艦隊，護送他們回到岸邊。賽克利則隨著護航艦隊，率領朱鷺號前往下游，來到香港灣。

「那你呢，先生？」賽克利問勃南先生。

「他們要我留在廣州一陣子，」勃南先生說：「等到你抵達香港，是否可以幫忙轉達我太太，等到這荒唐局勢落幕，大約兩週後我就會回到家。」

「當然沒問題，先生，」賽克利說：「一到香港，我會即刻去見勃南太太。」

*

那天清晨香港灣酷熱難耐，寶麗醒來時以為自己發了高燒。她的床單和睡衣汗濕一片——但是一股寒意卻襲上心頭，令她忐忑不安。

她向菲奇提及此事時，他卻告訴她沒什麼好傷神的：只是天氣變化詭異，氣溫驟升，他預測狂風暴雨即將襲擊。

菲奇從他在中國南部的生活經驗中學會辨識颱風的徵兆：猛然襲來的熱氣、令人窒息的濕氣、凝止不動的空氣，對他來說，這些全是氣壓下降的「大風」前兆。對此他十拿九穩，甚至搭小船前往香港灣西側，觀察南方海平面是否出現積雲。通常颱風就是從這個方位襲來，自南方橫掃而至，襲擊海岸，侵襲澳門、香港、九龍後再往北，前進廣州等內陸地區。

但當天上午萬里無雲，天空猶如一面散發熱氣的平坦淨白鏡子。

暴風雨不會那麼早降臨，菲奇告訴寶麗，可能會先來幾場陣雨和大雨，這種狀況司空見慣：沒有什麼值得立刻操心的事兒。

雖然寶麗覺得聽起來有理，內心依舊不得安寧。菲奇明白她應該是為了其他事操煩，於是要她那天先別去苗圃，反正也不必要去，他說，管理員自個兒就能照料得好好的。

可是寶麗還是決定親自去島上一趟——雖然天氣悶熱，與其待在船上心煩意亂，還不如工作得好。

於是雷路思號按照往常，備好快艇——令人百思不得其解的是，那天的河水跟空氣一樣，異常平靜無波：小船漣漪在光滑水面蕩出陣陣溝槽。

寶麗的背部正對著船艄，逼近香港時一位舵手要她回轉。她越過肩頭，瞥見沙灘上大約幾十個人繞成一圈，圍在某樣東西四周。

這個畫面觸動了兩年前的記憶，一具屍體被潮水沖刷上岸的那一天。寶麗內心一沉，下令要舵手划快一點，再快一點。等到快艇停靠上岸，她連忙跳上沙灘，疾步而上。

她使勁推開一群人，才穿越人潮。人群中央躺著一具男人屍體，衣服濕透，無一處不是撕裂破損——但是絕對沒錯，看得出是一件破爛外套和形狀不全的長褲。

一個矮胖老夫蹲在屍體旁，他已經拿一塊布蓋住他的臉，一見到寶麗，他立刻揭開布。

「福瑞迪．李先生。」

原來這老先生是福瑞迪在上環村租屋處的房東，他說前一晚有幾個男人來家裡找福瑞迪，自稱是福瑞迪的朋友，要他到沙灘和他們碰面。

聽到轉告消息時，福瑞迪疲憊不堪地回問：「他們說要找誰啊？」

「福瑞迪．李。」房東說，福瑞迪卸下戒心。

「只有朋友才叫我這個名字，對吧？」

於是他戴上帽子，前往海灘。

這就是他生前最後身影。

第二十章

廣州一帶爆發攻勢和反擊，炮火轟擊整整三日之久，嘈雜喧囂持續不斷：看不見的暴民咆哮、孩子的驚慌哭喊、火焰爆裂的聲響。

英方的軍火攻勢全交由海軍執行，這段期間，運送至上游的步兵營隊全留守黃埔船上。

哪裡都去不了，孟加拉志願軍備感煎熬，畢竟他們已在黃埔待了好幾週。更慘的是進攻次日，天候出現劇烈變化，益發烘熱酷悶。空氣裡無一絲風，船底汙水臭氣穿透船舶角落，待在甲板下方跟站在烈陽下一樣不好受。

對梅上尉來說，這局面更是格外艱辛，自從虎口周遭展開戰役那天，他就心情驟變，急轉直下，克斯里一眼就看出來。剛展開行動時，他還保持澳門返營後的高昂士氣，但自從護送受傷少尉去了朱鷺號，他就變得沉默寡言。克斯里一開始以為上尉是為了年輕少尉的職業生涯無預警結束而難過低迷，可是克斯里很快察覺，肯定是發生其他事，才會讓上尉如此煩躁鬱悶，心情跌落谷底。自從他在蘭契與凱西小姐硬生生被拆散後，克斯里就沒見過他這麼沒勁兒。而今士兵焦急待在停泊黃埔的運輸艦，上尉偶爾陷入絕望情緒：克斯里從未見他像過去這三天陰鬱易怒。

第三天，廣州城的騷動攀至高峰，打從天光破曉，炮火聲響就不絕於耳，迴盪於河濱區。那天下午，伯蘭漢號的日常軍官作戰指揮罕見漫長。梅上尉從旗艦回來後，克斯里就被召到他的艙房。一踏進艙房，克斯里立刻得知他們很快就得上戰場了：這是他連日來首度看見梅上尉沒露出心煩意亂的神情，語氣甚至近乎雀躍：「這天總算來了，中士！全權大使總算想通，除非咱們好好教訓這群馬尾辮子，否則廣州攻勢不會善罷甘休。我們接下來該做的——就是攻下城寨。」

他在桌上攤開一張地圖：克斯里順著上尉的食指，瞥見廣州要塞形狀猶如穹頂，底部座落南方的珠江，頂端則是朝北方綿延的小丘山脊。猶如尖頂飾、棲息在皇冠頂端的，是五層建築鎮海樓。尖塔對面，城牆外頭的山頂有四座小型堡壘，其中三座呈圓形，最大規模、面向鎮海樓的堡壘為長方形。

梅上尉說，這四座堡壘防禦並不堅牢：中國指揮官推測，英方若有意攻打廣州城，應該會從南方進攻，於是他們加強增派珠江沿岸的部隊。可是臥烏古將軍為他們預備一大驚喜：一場雙面夾擊。英國小型分遣隊會從珠江沿岸陸地登陸，前往十三行，攻下並淨空外國內飛地，但主要軍隊不會在此止步，而是繼續沿著珠江，挺進廣州城西側的白鵝湖，接著轉向北方，順沿另一條河前進：最後登陸廣州近郊的青埔村。登陸點和四座堡壘中間隔著一塊綿延數英里的農地：這裡是鄉下地帶，只有幾座零星分散的村莊，估測農民不會反抗。一旦攀登山陵、攻下堡壘，廣州城就只得聽天由命了：只要英軍在北方高山組裝一組大炮，就足以掌控全廣州。

該行動將部署兩千四百名士兵，一般隨營人員和助手也會同行。軍隊分成四大旅：孟加拉志願軍的一百一十二名印度兵分配到第四旅，其中亦包括兩百七十三名蘇格蘭步兵團以及兩百一十五名第三十七馬德拉斯軍團的士兵。

「有問題嗎，中士？」

克斯里唯一擔心的是第四旅的組織架構：他從個人與蘇格蘭步兵團相處的經驗得知，蘇格蘭步兵團不會太開心被分到和印度兵部隊合作——恐怕會產生摩擦。

除去這點不說，他一點也不擔心：計畫精心謀策、地圖縝密繪製、數字精準無誤，以上全令人安神定心，反映之前英國指揮官麾下的成功戰術。要是運氣好，戰役進展順遂，就能為這場遠征畫下句點，眾人就能口袋裡滿滿賞金早日返家。

「長官，請問何時出發？」

「明天午後一點，中士。」

這答案令克斯里大吃一驚，如此大陣仗的行動，竟於午後一點展開，可說是不尋常得晚。「為什麼是午後一點鐘，長官？」

梅上尉微笑道：「你忘了嗎，中士？明天是五月二十四日——維多利亞女王的誕辰。正午將舉行禮炮儀式。」

克斯里把女王誕辰忘得一乾二淨。但他很開心上尉提醒了他，因為這是印度兵難得能享用特別烈酒「薪餉」的場合。

＊

由於無人可以認領福瑞迪的遺體，喪禮事宜便交由查狄格和詩凌百安排。

他們很快就贊成以中式喪禮儀式安葬福瑞迪，查狄格知道福瑞迪一定希望是中式的。至於場地，詩凌百建議將他葬在父親墓地旁。

這建議不免讓查狄格露出疑惑神情，問：「但丁雅爾和其他帕西老爺會說話吧？福瑞迪不是帕西人，要是把他葬在巴蘭吉大哥的墓旁，他們不會有意見嗎？他們如果出言反對呢？」

「我們就別管其他老爺怎麼想了吧！」詩凌百說：「真正重要的是巴蘭吉的想法。既然生前無法帶福瑞迪踏進他的家庭，死後至少願意盡這棉薄之力吧！將福瑞迪葬在他旁邊，是再適合不過的安排。」

對此查狄格沒有異議：「這倒是真的——巴蘭吉大哥一定會希望這麼做的。」

他們亦決定喪禮要當天舉行，遺體浸泡海水一陣時日，加上天氣炙熱，不適合延後埋葬。無論如何，隔天香港島將歡慶女王誕辰日，誰想得到會出什麼差錯？

由於查狄格和詩凌百對中國喪禮一無所知，於是全交由福瑞迪的房東處置。他找來一具棺木，貼上黃白色符紙，雇請了挖墓工、一臺二輪馬車、幾個專業送行者。

花了一點時間才安排完畢，傍晚時分遺體已經妥善安置，闔上棺木。

送行列隊從上環出發時，太陽正悄然下沉至地平線。查狄格在離開村莊時詢問寶麗：「妳可有羅賓．錢納利的消息？」

寶麗頷首：「有，他最近從印度寄了封信給我，他說在舟山病得很重，最後被送到加爾各答——」

話才說一半，她停了下來，一手指向海灣，一艘大艇正朝上環的方向而來。「你看，勃南太太來了。」

他們要二輪馬車先走，寶麗、查狄格、詩凌百折返海岸，迎接客人。

儘管氣候濕熱，勃南太太仍舊全副武裝，一如往常戴著手套面紗，差別在於今天她不是一身雪白，而是黑裝。發現大家都著淺色系服飾時，她大驚失色。

「喔，老天爺！」她說，一手摀住嘴。「我是不是出了洋相？中國人是不是喪禮不穿黑色？我該不該回家換下這一身衣服？」

「喔，不，」詩凌百說：「不重要，妳人來就好。」

勃南太太輕輕緊握詩凌百的手。「那是當然，親愛的詩凌百。要是我知道，就會提早來了。」

二輪馬車的進度已經超前許多，他們加緊腳步趕上去。

上環村的老舊海岸小徑近來拓寬鋪路，工程仍在持續進行：這條路明日將以女王的名字正式命名。目前好幾組勞工忙著豎起里程石，移除路上的瓦礫碎石。

二輪馬車正在通往跑馬地的山脊端頭等候他們，抵達後他們發現有塊雲朵正悄悄穿過跑馬地天空，灑下雨水。

「只是陣雨，」查狄格說：「但最好找個地方躲，等雨停了再走吧！」眼見路邊有幾棵樹，他們便在樹下等雨停。

詩凌百從她站立的位置，俯視漫長綿延的香港灣海岸線。去年第一次去巴蘭吉的墳墓時，海濱地帶空空如也，只有幾座小村莊，現在卻蓋了貨棧、兵營、閱兵場、市集、好幾個棚屋聚落，第一場土地拍賣也正在預備：目前已經圈出好幾塊海岸土地，偶爾看見舢舨和戎克船密密實實在岸邊停靠，彷彿小島土地朝外擴展。

寶麗也正俯視著這條海岸線，她看見今早福瑞迪遺體沖刷上岸的海灘旁，已經正式以樁柱標記出綿長界線。該年稍早，她從苗圃下山時，也是在同樣的地點無預警撞見他。想起這段記憶時，她不禁淚眼婆娑，抬起一隻手拭去淚水。

勃南太太在她身旁，手覆蓋住寶麗的手。

「妳已經在想念他了，是吧，寶麗？」

寶麗雙手掩面，痛哭起來：「我真不敢相信，」她抽泣著說：「居然連他也離開我了。」

*

次日正午英軍慶祝女王誕辰，禮炮響起，爆破聲響似乎凝結熱暑濕氣，讓人差點喘不過氣：這讓克斯里想起家鄉雨季前夕的酷熱天氣。

登船難得耗費多時，因為運輸船加入了前一天沒收併吞、五花八門的戎克船和當地小船，總數不下三十艘，等到護航艦隊開始移動，由復仇女神號拖曳小船，已近下午三點鐘。又由於遭逢火船攻勢拖延，結果護航艦隊抵達指派的登陸點，也就是廣州北部的青埔時，已是再一個鐘頭太陽就要下山了。

小船停靠時，克斯里和上尉站在孟加拉志願軍運輸船的最高甲板上。上尉手裡舉著望遠鏡，掃視眼前地形的顯著特徵：他在地圖上指出的四座堡壘，幾乎位在正南方，在薄霧籠罩之下，堡壘的形體朦朧不清。

登陸地點和堡壘的距離並不遠——誠如上尉所說，僅有三、四英里——可是克斯里瞥了一眼，卻赫然發現橫在中間的地勢不好跨越。這裡的地形特徵跟他老家比哈爾的村莊極其相似：遍布著青綠嫩芽的平坦田地——種植作物為稻米，克斯里猜測稻田多半已經灌溉。在老家，這種田地小徑如同羊腸狹窄，幾乎不出一隻男人的腳寬，表面是濕滑泥土。即便是經驗老到的稻米農夫，走著走著都可能失足，更別說是肩上扛著滑膛槍和五十磅行囊的士兵和印度兵，這條小路肯定難上加難。

居民也不若梅上尉之前向克斯里分析的來得稀少。克斯里猜測，散布於田野的稠密房屋共住了幾千人，可能是為了抵禦盜賊搶匪，住家才蓋得如此密集——這顯然正是青埔居民當下的想法。他們高舉棍棒、桶板、魚叉衝出房舍，與一組已經上岸、正在劃分營地邊界的海軍對峙。

村民的反應克斯里一點也不意外——他老家居民肯定也會這麼反應——可是海軍毫無設防，整整好幾分鐘場面都像全面對抗。接著一名軍官跳出來掌控局面：發出幾聲槍響警告後，海軍立即形成一條警戒線，逼得憤怒村民後退至聚落邊緣的小寺廟後方。

局勢掌控之後，臥烏古將軍步下復仇女神號，登上鄰近制高點查看地勢。結束後，幾名包括梅上尉在內的年輕軍官也前往村莊寺廟探勘，然後高聲歡呼著回來。他們在寺廟找到大量祭品，包括為自己餐桌添菜的新鮮腿肉。

「反正那個中國異教胖佛不吃野味吧？」梅上尉嘲諷大笑著說：「剛好可以用來慶祝女王生日。」

偷竊供品讓村民的怒火火上加油，好幾群男人開始聚集在營地周遭，揮舞鐮刀、丟擲石頭，有些人甚至帶著火繩槍。海軍只好朝天空發射子彈，驅散村民。

種種事件發生延遲了登陸，等到總算開始登陸，人數寡少的孟加拉志願軍是第四旅首批上岸的士兵。

克斯里察覺到機會降臨，便決定先幫B連保留紮營的好位置，他選了一個可以享受微風的河岸地點。他知道印度兵和隨營人員會感激不盡，可以在河裡洗滌一天的汙泥——對他們來說，這是比什麼都來得珍貴的舒適。

克斯里正在對紮營工下令時，蘇格蘭步兵團的護旗士官歐爾殺出來：「誰說你們這些苦力黑屁股可以住在這裡？」他指向第三十七馬德拉斯兵團的帳篷：「你們應該和其他印度黑鬼待在同一個地方。」

克斯里想要堅定守住立場，可惜他軍階不高，又寡不敵眾，加上梅上尉幫腔——「抱歉，中士，但你不能占住這塊地。」——最後他不得不讓步。

行經蘇格蘭步兵身邊時，克斯里聽見他們的訕笑。

「……算是給你一個教訓了，小子……！」

「……最好別讓我們看見你們這群黑鬼跑回來！」

最糟的是，營地只剩下後方位置，這地點空氣凝結不動，肆虐蚊蟲自稻田蜂擁而上，周邊場地又接近營地邊緣，令人難以放鬆——眾多氣憤難消的村民站在警戒哨外圍的樹底下徘徊，可是克斯里愛莫能助：這就是他們今晚的落腳地。

克斯里環顧四周，忍不住嘆氣。他只能暗自希望B連能盡快離開這個地方。

*

由於營地設施短缺，當晚樂隊男孩只能和連上的水伕和槍炮手同住一間帳篷，他們的身體猶如彈殼裡的子彈般，密密實實並列。文風不動的空氣裡飄散著臭酸衣物、汗臭、尿液的氣味，蚊子嗡嗚猶如強風般嘈雜。陸地上昆蟲為患，所有人都穿著衣服睡覺，另外裹上一層被單當作保護——衣服床單很快就濕透了。

拉裘睡不著覺，過了一會兒，他聽見窸窸窣窣的聲音，遂從被單下方探出眼睛，發現有個陰影從帳篷溜了出去。

迪奇也醒了。「你知道那渾球去哪裡嗎？」他低聲問。

「去哪裡？」

「我猜他去游泳了，聽說水伕在附近找到一個水池，我們跟在他背後，欸？可以在水池裡清涼一下。」

「可是要是被碎嘴鮑伯發現呢……？」

拉裘還記得橫笛總隊長曾經警告，要是誰敢偷溜出帳篷，就吊起來痛打一頓。

「去他的碎嘴鮑伯，」迪奇斷聲道：「別怕啦，欸，今晚他們酒喝到不省人事。快來吧，我們走。」

迪奇稍微一個轉身，掀開帳篷掀蓋溜了出去，下一秒拉裘也跟著出去了。

一輪血紅明月珠光薄霧之中散發微光。他們在昏暗光線下看見水伕彎身，閃過距離最近的警哨，走向一處斜坡，水池在黑暗之中波光粼粼。

他們緩步跟在後方，雙眼盯著躡手躡腳走向水池邊緣的水伕，水伕確認過四下沒人之後，卸下衣褲，悄然無聲溜進水池。

「你看，很安全吧！」迪奇說：「快點，我們走吧！」

他們往前踏了幾步，距離水池只剩一小段距離時，發現水伕爬出水池取過衣物。

然後某樣東西吸引迪奇的目光，他閃到一棵樹叢下，一把將拉衮拉下蹲低。

水伕正在穿衣服時，他們透過樹葉瞥見三個模糊人形正鬼鬼祟祟上前，水伕的衣領還來不及套上頭，陰影已經撲了上去，頭還蓋著衣服的水伕雙膝落地，遭到制伏。

這一切發生得太突然，水伕發出——Bachao!——的呼救聲還在空中迴盪，一把利刀已經在銀白月色下閃著光芒，下一秒男人屍首分離的軀幹向前滾落，頭顱則連帶上衣一併揮走。

隨著那捆白色衣料彷彿飄進黑夜，三個人影又再度隱遁至陰影中。

警戒哨傳來一陣呼喊——Kaun hai——誰在那裡？——接著警衛衝了上去。不遠處警鈴大作，營地引起一陣騷動。

「跟我來啊，欸。」迪奇扯了下拉衮的手臂。「蹲低跟緊。」

營地正深陷一陣喧鬧混亂，所以兩個男孩溜回帳篷時沒人發現。

他們溜進被單底下後，拉衮在迪奇耳邊低聲說：「我們應該向他們報告這件事嗎？」

「閉嘴，畜生！」迪奇嘶聲回道：「你瘋了不成？碎嘴鮑伯要是聽見你偷溜出去，肯定會把帳篷桿戳進你屁眼，我也一樣。」

拉衮試著閉上眼，儘管高溫炎熱，他卻渾身發抖。他透過自己碰撞的齒列聲，聽見金屬工具掘入土壤的聲音——附近有人正在為斷頭水伕掘墓。

過了一會兒，迪奇在他耳邊喃喃：「你知道他們為何要取他的人頭嗎，欸？」

「不知道。」

「肯定有賞吧？」

「你怎麼知道的，欸？」

「不然呢？你難道不好奇他們砍下我和你的人頭，可以拿到多少錢嗎？」

＊

黎明時分，起床號響起，空氣依舊濕熱凝重，早餐都還沒吃，不分大人小孩，B連的人已經汗流浹背——運氣不好的是，他們早餐還要吃最討厭的餐點：馬鈴薯。

吃飯時警報大作：他們瞥見遠方來了一批中國兵，自西北城門出發。

克斯里茶都還沒喝完，梅上尉已經大搖大擺走來，告訴克斯里B連和第三十七馬德拉斯軍團會打頭陣，率先離開營地。臥烏古將軍想要研究敵方行動，於是派遣他們陪同走到一英里外的小丘。

印度兵急忙組隊，敲鑼打鼓、笛聲宣揚離開營地。但他們的前腳才剛踏入稻田，立刻秩序大亂：克斯里料得一點也沒錯，田地已經灌溉過，士兵隊形只好解散，沿著堤岸單排行進。

不用多久，行進隊形分崩離析，印度兵只能盡全力跟上腳步，泥水在他們腳下踩得稀爛，化為濕滑泥漿，印度兵甚至得將槍托插入泥濘，方能穩住腳步。即便如此，有的人仍然很難保持平衡，一個不小心就摔進稻田。一旦摔個四腳朝天，沉重行囊就讓他們動彈不得，站不起來，緊身繁重的軍服綁手綁腳，除了無助地揮舞四肢，看哪個同袍幫忙拉一把，什麼辦法也沒有。

軍官甚至更狼狽：他們不像印度兵，腳上穿的可不是涼鞋，而是沉甸甸的靴子，於是只好側著身子、拖著腳步，伸出雙臂平衡身體緩慢前行。

拉特走在克斯里前面不遠處：他是一臉陰鬱的高個兒，蓄著猶如海象的鬍子。臥烏古將軍——軍官常稱呼他臥古——平常背脊打得老直，但這下子他也蹣跚前行，彷彿走鋼索般伸長雙臂，軍帽危險地歪斜一側。他那擔任主要副官的兒子走在他正後方，幫忙攙扶他的胳膊穩住重心，但他本人卻搖搖欲墜，已經無法避免摔跤的窘境。可想而知，軍隊接近小丘時，將軍和他的兒子雙雙跌入稻田。士兵吆喝著暫停，將他們拉出泥濘、整理乾淨。

中場暫停時，鮑伯逮住機會訓斥咯咯竊笑的樂隊男孩：「你們這群畜生覺得好笑是吧？竟敢嘲笑將軍老爺，看我怎麼教訓你們！走著瞧吧，欸，你們等下就變成從另一個洞笑。」

拉裘不覺得將軍跌倒好笑，他也不像其他男孩享受走在稻田的感受。迪奇和其他人沿著小路滑行嬉鬧時，他的思緒早已飄到他方：腦海中從未出現的影像不斷浮現他腦海。脖子或胸口被矛刺中是什麼樣的感覺？刺刀劃過鼠蹊是什麼感覺？要是遭到子彈擊中呢？要是擊中骨頭，是否會裂成碎片？

縱隊再度整隊移動時，拉裘慢慢感到一股噁心，等到抵達小丘，樂隊男孩總算可以放鬆時，他走到一旁，吐出馬鈴薯和膽汁混合的碎泥。

迪奇從水伕那裡要來一點水，急切地在拉裘耳邊輕聲問道：「畜生，你是怎麼了？該不會還在想昨晚發生的事吧？我不是要你當作沒這一回事嗎？」

「只是天氣太熱而已，欸，」拉裘趕緊回道：「我很快就沒事了。」

*

克斯里和梅上尉正在小丘另一端勘查地形。前方四座山頂的要塞在薄霧裡散發微弱光芒，中國分遣隊士兵猶如點點繁星，聚集在腳下的山坡地，要塞後方是綿延數英里的城牆，中間穿插著屋頂層層疊疊的參天城門。

自破曉以來，要塞大炮就間歇發射，而今炮火節奏加快，逐漸演變成大規模的轟擊。大炮距離太遠，對他們並不起作用，然而這次的炮擊卻比先前更精準猛烈。

與此同時，將軍已經擬定完美無瑕的作戰計畫。首先，一組火箭炮、兩組五寸半迫擊炮、兩組十二磅榴彈炮、兩組九磅炮在內的英國野戰炮，會率先攻破要塞，接著四旅士兵將在轟擊掩護下，挺進通往堡壘的斜坡。第四旅會攻擊四座堡壘之中最大那座，也就是面對鎮海樓的長方形堡壘。最後攻勢分梯進行，由士兵攀登上要塞：每一連都會獲得軍需官發放的梯子。

攀登梯既沉重又不便：克斯里馬上就想到馬杜，他是B連唯一扛得動梯子的人。他回頭一瞥，發現肩頭架著兩顆巨輪的馬杜，幾乎已登上小丘。

「長官，我們的梯子需要那位槍炮手協助，」克斯里告訴梅上尉：「所以要請他退出炮手行列。」

梅上尉頷首：「好，我會通知他的組員放人。」

*

將軍計畫的第一步，首批炮轟馬上就遭遇難題：他們將炮彈器具運送過灌溉稻田時，遇上意想不到的挑戰。坍塌堤岸支撐不了碩大藥筒的重量，於是槍炮手只能掙扎著穿越及膝泥濘。要是要塞較接近水路，復仇女神號和其他汽船的大炮就能派上用場——無奈他們深入內陸，距離射程遙遠。

克斯里發現野戰炮兵還要等上一陣子才會抵達，於是率領他的士兵到蔭涼處先行休息。他前一晚幾乎沒有闔眼，所以馬上就睡著了，直到聽見隆隆炮聲才驚醒。

時間雖然只是正午，空氣卻悶熱得教人窒息，在烈陽蒸騰下，稻田散發出濃厚濕氣，前方山坡似乎在氤氳蒸氣的薄暮裡閃耀舞動。

他們決定派出蘇格蘭步兵率領第四旅士兵的攻勢。號角一響起，蘇格蘭步兵便率先出動。眼前的小丘田野幾乎乾涸，於是他們旋即跳上前，推開及膝稻米前行。

下一批出動的是孟加拉志願軍，走到小丘周遭時，中英雙方的炮火瞬間增強，震耳欲聾。炮彈在右側一百碼的稻田中央炸裂，將泥土和蔥綠稻稈炸成一縷煙。

Maatha neeche! 克斯里越過肩頭大喊：低下頭！與此同時，橫笛手和鼓手轉換節奏，變成快步行軍節奏。

克斯里頭部低垂，拉長每一步的間距，並試著阻擋炮彈迎面而來的尖銳呼嘯，他一邊奔跑，一邊感覺到他豎高僵硬的衣領已經濕透，猶如老虎鉗牢牢箝制著他的脖子，背後行囊彷彿有了自己的意志力，東拋西甩著，彷彿想要害他重心不穩摔跤，大腿之間被汗水浸濕的長褲接縫布塊，變成在鼠蹊部來回拉扯的一條破繩。

抵達稻田盡頭後，他們拔腿奔上矮樹叢林立的斜坡，炮彈在四周炸出團團粉塵。克斯里親眼看見一名軍官倒下，接著一顆炮彈直接炸上蘇格蘭步兵團，一口氣殲滅三名士兵。

與此同時，滿州旗手正在拍打盾牌、揮舞長矛，彷彿在嘲笑進擊士兵。接下來鄰近要塞的壁壘連番發出射彈，射彈呈拋物狀飛越山陵，朝印度兵的方向直飛過來。射彈炸裂低矮樹叢時，克斯里在煙霧瀰漫之中瞥了一眼射彈，不可置信地驚覺中國人發射的是火箭。

他們使出新招：改良版的槍炮、火箭——這些王八羔子怎麼學得這麼快？

前方的蘇格蘭步兵團已在突出物下暫緩喘息，梅上尉也命令B連暫停腳步，加入蘇格蘭步兵團。克斯里抖下肩頭行囊，滿懷感恩地倒在滿是碎石的泥土地上。他們正在中國兵的滑膛槍射程，這下葡萄彈齊發，呼嘯飛越半空，克斯里低下頭、摸向水壺，發現水壺幾乎全空，於是他小心啜了口水。還要再一會兒隨營人員才會追上來，他們的水或許也所剩無幾，連上士兵在上一站口渴舌燥，水伕的皮水袋已經不及一半。

等到水伕最終抵達，克斯里示意他們彎下腰，先替印度兵加水。之後他們會從這個位置直接衝上長方形堡壘：只有印度兵單獨進攻，橫笛手、鼓手、傳令兵、水伕都得留在原地。隨營人員當中，唯獨馬杜將扛著梯子跟士兵一起出發。

克斯里回頭張望，看見儘管扛著笨重負擔，馬杜的腳步卻毫不遲緩跟上前線。克斯里朝他招手，說：從現在起，你待在我身旁就好，懂了沒？Samjhelu?

Ji（懂了），中士大爺。

＊

橫笛手仍在後方斜坡拚命趕上印度兵的腳步，嗡嗚的葡萄彈從他們身邊呼嘯而過時，碎嘴鮑伯大喊：「趴下，你們這些娘兒們！難不成想要蛋蛋被削掉？」於是他們全部伏地趴平。

拉裘嘴巴猶如鋸木屑乾渴：他這輩子從來不曾如此口渴。他手指顫抖，攫住水壺扳開蓋子——卻發現蓋子早已鬆脫，水漏得一滴不剩。

一個不可置信的哀嚎從他的喉頭升起：「沒了——我的水全沒了。」

躺在他旁邊的迪奇已經灌完自己的水，直覺反應就是一把搶過拉裘的水壺，跳起來：「你等等，欸——我去向水伕要點水。」

迪奇跑沒兩步就驟然止步，在那一瞬間，他的身體打直，彷彿被點穴般一動也不動，接著腳步往旁傾斜，跌倒在地。

「迪奇？」拉裘尖聲嘶吼。他縱身跳到朋友身旁，捉著他的肩膀左右搖晃。「迪奇，你這畜生是怎麼了？」

拉裘不明白為何迪奇的琥珀眼睛明明睜得老大，卻始終不看向他。

「發生什麼事了，迪奇？」拉裘再度搖晃他：「起來啊，畜生，快點起來！我才沒空被你當笨蛋耍。」

迪奇依舊沒有反應，於是拉裘撲上動也不動的人形，將迪奇的雙臂繞上自己肩膀。

「拜託，迪奇，快點起來。你聽我說，欸，起來呀！」

*

英國逐漸增強炮火威力時，梅上尉踉蹌跑回來通知克斯里，他會先和蘇格蘭步兵團前進。

克斯里一眼就識破上尉的動機，他迫不及待想站上沙場，方才進攻時亦不顧後果，瘋狂掃射，似乎自尋子彈，平時的他也不至於如此莽撞。

「上尉，小心點。」克斯里說。

上尉對他點了一下頭，閃躲劃破空氣的葡萄彈，拔腿狂奔。

克斯里躺在碎石斜坡時，感覺到呼吸急促。他試著握緊棕管槍，槍柄卻從他汗濕的手掌滑落。他的胃部感到一股詭異痛苦的緊繃，讓他摸不著頭緒，後來他才發現這是恐懼到腸胃翻騰。他閉上眼，臉頰平貼在地，感受到卵石推擠著他的牙齒。

他的舊傷開始隱隱作痛，身體就像是一座記憶倉庫，一張傷痛地圖。然而最讓他印象深刻的不是每次受傷時的灼燒疼痛，而是復原時的劇烈悶痛——連續數週躺在病床上無法翻身，把自己弄得一身汙穢，他再也不想重蹈覆轍，他不想死，至少不是現在，他才不要像現在這樣不明不白地死去。

附近傳來痙攣般的吞嚥聲。

克斯里睜開雙眼，發現聲音來自躺在他旁邊的印度兵，對方是一個不比他年輕多少的男人。克斯里記得清清楚楚，他來自山區，有一大窩孩子。他現在正想著他們嗎？他是否想起了霜凍夜裡，山巒陰影蔓延籠罩整座山谷的畫面？克斯里看得出恐懼盤踞這名印度兵的心頭：他的嘴唇發白，雙手打顫，露出眼白。再過一、兩分鐘，他就會蜷曲著身體，因恐懼而全身癱瘓。等到真正該站起來時，他會腳軟到站不起來。到時克斯里就得向梅上尉告發他，而他事後得上軍事法庭，因為一時的懦弱而遭到槍決——而他，克斯里．辛中士，跟他一樣有罪，畢竟說到底，盡自己力量保護士兵，都是他的職責、義務、命運，即便是保護他不傷害自己也罷。

克斯里探出手肘，戳了戳印度兵的肋骨：Chal! 差不多該走了。

這句話卡在他的喉頭，他像是嘔吐般擠出這幾個字。

接著炮火轟擊戛然停止，英國炮擊進入尾聲。

「備好刺刀！」

克斯里正準備爬過陡坡時，子彈朝他的臉上噴射煙塵，他的雙腳在碎石子上打滑，但他即時穩住雙腳站直，笨重地低頭駝背，邁出大步上坡。背著五十磅行囊、手持滑膛槍時，也只能用這種方法奔上斜坡。他跨出步伐，吸入一大口空氣，嘴裡嚷著——Har har Mahadev!——這句殺聲又朝他咆哮回來，推動著他繼續前進。

又跑了兩百碼後，克斯里發現蘇格蘭步兵團停止進攻，在山坡頂端上碰到滿州旗手的沉重炮火攻擊。

克斯里往右側望去，瞥見樹叢，於是舉起手，示意印度兵跟著他過去。

一如克斯里預期，他們可以從這個地點毫無阻礙朝滿州旗手開火，他只花了幾分鐘就安排好印度兵的位置，接著子彈連發齊射，滿州旗手總算撤退。

等到硝煙退去，克斯里衝上前對蘇格蘭步兵團大喊：「他們走了！他們走了！」

蘇格蘭步兵團似乎對方才身後發生的小插曲毫無察覺。

他們一一滿臉空白轉過頭面對他，接著就聽見掌旗軍士歐爾衝著他耳朵怒吼咆哮：「你們這些黑皮膚的雜碎死去哪裡了？該不會躲在下面納涼，以為這裡沒你們的事？一群該死的懦夫。」

剎那間，克斯里的滑膛槍開始在手心裡扭動，努力壓抑下把刺刀插進掌旗軍士歐爾肚子的衝動：比起對抗不知名的中國兵，把這狗娘養的串成烤肉，似乎才是當務之急。

但他來得及行動前，梅上尉的聲音打斷他們——「中士？」克斯里的習慣使然，立刻稍息行禮：「Ji（是），上尉。」

「我們的梯子帶來了嗎？」

克斯里的目光掃下山坡，看見馬杜正蹲在B連印度兵的旁邊。

「梯子到了，長官。」

「很好，咱們速戰速決吧！蘇格蘭步兵團朝右側進攻——我們走左側。」

梅上尉一聲令下，士兵立刻分散成參差不齊的順序，以歪斜梯狀隊形進攻。他們衝鋒時，要塞停止炮火攻擊，抵達城牆後，B連在馬杜周遭組成保護的哨兵線，好讓他組接並豎起梯子。

第一個爬上牆的人環顧四周，宣布要塞已經無人看守，駐防已經撤回廣州市，接著克斯里跟著爬了上去，發現他站在通往一座炮眼角塔的胸牆上。

克斯里走進角塔，爬到炮眼制高點，腳底下是一望無際的廣州市景，大街小巷、高樓佛塔、房舍棚屋連綿至視線所及的東南方。有些城寨的城門敞開，冗長人龍正流竄出城門：似乎往各個方向作鳥獸散。

克斯里還來不及飽覽眼前景致，城牆大炮遭到轟炸，發出劇烈嘶吼。一顆炮彈炸毀了角塔下方的壁壘，克斯里火速低頭俯衝，衝至要塞內尋找掩護。

長方形要塞結構簡單，中央是一個具有屋頂的大型室內空間，四面設有幾間房間和前廳。第四旅士兵從後門蜂擁而至，室內馬上人滿為患。

同時，另外三座堡壘已遭到英國兵攻破，雖然城牆炮火持續毫不間斷，卻無法阻止他們的行動。正午時分，臥烏古將軍接獲消息，四座要塞皆已占領，其中一座將當作他個人的將軍總部，他想要時皆可使用。

*

登上要塞時，將軍驚險逃過一劫：一顆子彈劃過他耳邊，擊中身後的軍官。

抵達後不久，將軍就在總部召開會議。梅上尉也是會議座上賓，回來後，克斯里得知當天上午的戰役死傷慘重，令人出乎意料。英國軍隊的死傷人數超越之前戰役，所幸孟加拉志願軍全員平安。

軍官的士氣高昂熱烈，上尉說。性急的軍官還提到要好好教訓天朝，給他們血淋淋的教訓，預計攻陷廣州的寺廟、佛塔、市集：據說這些地點都蘊藏大量金銀珠寶——戰利品多到不計其數。

無論如何，他們都下定決心，次日要血洗廣州城寨。工程兵仔細研究北門，最終結論是闖進絕非難事。他們已經擬定攻略計畫：一大清早，四旅軍隊將於北邊城牆集合。

下午隨營人員零星湧入，卻始終不見B連的隨營人員。他們無影無蹤不僅不便，也令克斯里忐忑擔憂。天黑前幾個鐘頭，他派出一組小隊去尋覓他們，等到他們黃昏折返，克斯里才了解具體死傷狀況：傷者包括一名傳令兵、一名廚子、一名水伕，死者則有一名橫笛手。這也是他們延後抵達的主因，他們花了不少時間才將傷患和死者撤離至後方。

迪奇的死訊讓克斯里深感沮喪：他記得迪奇是他親手挑選的，因為他相信迪奇會成為連上的吉祥物，而迪奇也不負所望：臉上隨時掛著笑容、反應機靈、步伐輕快，這些都深得印度兵的心：他安葬時B連不在場，無法給予他應得的榮耀，是件非常殘酷的事。

克斯里也想起迪奇和拉裘是十分要好的朋友：他的眼睛四處搜尋小男孩，發現拉裘正紅著眼眶、蹲伏在蚊蟲肆虐的要塞泥濘角落。克斯里相當同情他，要是他可以壓抑下自己內心的激動情緒，就會親自上前安慰幾句，偏偏他自己也很失落。克斯里瞥見馬杜就在附近，於是對他說：可以麻煩你幫我盯住這孩子嗎？痛失好友對他肯定是莫大打擊。

＊

丁雅爾聽聞暴風雨即將襲擊，就當機立斷將摩爾號從香港灣開至澳門內港，據說天氣惡劣時躲在澳門較安全。他提議帶其他老爺一塊兒去，但無人接受他的好意。很多人都早在香港租屋：戰爭尾聲在即，他們一天都不想離開小島。眾所皆知拍賣會很快就會舉行，他們不想冒著一丁點錯過大好機會的風險。

老爺們相信他們已經成功說服小島的現任輔政司馬儒翰，搶在香港正式割讓給英國君主政體前，舉辦一場拍賣會。但先前馬儒翰先生百般拖遲的行為引人疑竇，印度老爺們深信，他只要一逮到機會就會想方設法不讓他們競標，為了避免這種情況發生，他們每天追蹤土地測量員的行進路線，爭論著要競標哪塊土地。

詩凌百決定聽從查狄格的忠告，隨著丁雅爾回到澳門。查狄格告訴她，南中國的颱風可不像她之前見識過的暴風雨，待在諾瓦別墅的堅實牆壁內，等待風暴過境才安全。

「等到暴風雨過境，」查狄格雙眼閃爍著光芒說：「我們差不多就可以宣布了。」

「宣布什麼？」

「我們訂婚的事。」

詩凌百倒抽一口氣：「喔，查狄格大哥——太快了！我需要一點時間，拜託。我和丁雅爾談過之前請先別對外宣布——我還沒找到時間和他談。」

「這又是一個妳應該跟他回去澳門的好理由，」查狄格說：「暴風雨襲擊時，你們就會有促膝長談的時間。」

近來丁雅爾對詩凌百擺出冷淡臉色，其他老爺也是。她不禁好奇他們是否聽說了她和查狄格的緋聞，或是哪裡出錯了。她一直想要刺探丁雅爾，無奈他刻意迴避，她苦無機會對質。

但是摩爾號一出航，詩凌百就逮到她最需要的機會。她指示廚子準備aleti-paleti——綜合香料炸雞胗——丁雅爾最喜歡的一道帕西菜。等到菜式上桌，詩凌百打發侍者離開，由她親自為丁雅爾盛盤上菜。

Majhanu che? 好吃嗎，孩子？

他不回話，一臉陰沉，坐在桌前把玩手裡的叉子。

過了一會兒，詩凌百又問：Su thayu deekra——孩子，你是怎麼回事？一切還好嗎？

這下丁雅爾總算直視她，這是他坐下後第一次正眼看她。「詩凌百嬸嬸，」他一開口就是英語，這麼做顯然是在劃清界線，畢竟他平常都是用古吉拉特語跟她說話。「卡拉比典先生的教子埋葬在巴蘭吉叔叔的墳墓旁，這件事是真的嗎？」

原來這就是主因：她安排的墳墓位置讓老爺們充滿罪惡感，為自己深藏的祕密焦慮不已。

詩凌百冷靜頷首，答道：「是的，孩子，是真的。」

「可是，詩凌百嬸嬸！」他高聲抗議：「為何卡拉比典先生的教子要埋在那裡？事情不該如此啊！」

「不該如此？」

「是的，嬸嬸——不該如此。」

詩凌百雙手交疊，擺在餐桌上。她直率望入丁雅爾的眼睛，說：「我以為你知道這件事，丁雅爾，難道你不知道福瑞迪不僅是卡拉比典先生的教子嗎？他也是我丈夫的親生兒子。」

對於她如此公開承認這段不正當關係，丁雅爾毫無防備，他的反應像是挨了一巴掌。Su kaoch thame? 妳在胡說什麼，詩凌百嬸嬸？妳怎能說出這種話？

詩凌百說，丁雅爾，你以為不去談論這件事，問題就不存在？你明明知道不會——因為孩子不會無聲無息降臨在這個世界，他們也有自己的聲音，總有一天會學會說話。

詩凌百用力敲了一下桌面，強調她接下來要說的話。

你應該記住我說的話，丁雅爾。她說，尤其是跟你自己孩子有關係的事。

餐桌對面傳來尖銳的吸氣聲，丁雅爾一度想要開口，最後卻改變主意。他盯著自己的餐盤，一根指頭摸索著頸子，想要鬆開領口。

詩凌百嬸嬸，不久後他聲音顫抖不穩地說：請妳記得一件事，像巴蘭吉叔叔和我這種男人為了工作，每次一離家就是好幾年，這種感覺真的很寂寞——我想妳不會明白這種寂寞的感受。

Kharekhar? 這是你的真心話？詩凌百說。你以為我們女人不知道寂寞的感受？

聽到這句話，他轉過臉凝望她，這時她看見他的表情寫滿真切的困惑。

妳怎麼可能知道，詩凌百嬸嬸？他說。像妳這樣的女人，跟我母親和姊妹一樣，一直住在孟買的家裡，身旁圍繞著家人、孩子、親戚，想要什麼都唾手可得，我們之所以到海外工作，還不是為了讓妳們過上舒適享樂的生活。妳怎麼可能知道我們為了妳們，需要犧牲什麼？妳怎麼可能知道我們有多難受？我們有多寂寞？

這下詩凌百的嘴唇開始顫抖，她得深呼吸，才能讓自己冷靜下來。「是這樣的嗎，丁雅爾？」她說：「如果你真懂寂寞的感受，那你就會聽得懂我接下來要說的話。」

「什麼事？」

「丁雅爾──查狄格大哥已經向我求婚，而我也答應他了。」

丁雅爾的嘴巴驚訝大張，音量降至不可置信的喃喃低語：「妳在說什麼，詩凌百嬸嬸？妳不能跟他結婚！想都別想，大家會切斷與妳的連繫，也不會有人願意再和妳說話。」

詩凌百搖搖頭：「不，丁雅爾，」她微笑著說：「你錯了。你會接受這件婚事，不僅如此，你還會去說服其他老爺接受這件事。你會去告訴他們，我和查狄格大哥結婚、留在香港，才是對我最好的安排。」

詩凌百暫停一拍，接著深吸一口氣：「因為你得知道一件事，丁雅爾：如果你和其他老爺為了這件事大驚小怪，到處說三道四，又或者如果我被逐出中國，被迫回到孟買──那麼你就會發現，許多帕西家庭將會得知他們在中國有連自己都不知道存在的親人，而第一個遭殃的人就是你。」

*

四座要塞的炮火徹夜不停歇，雖然只是零散傳來的聲響，卻遠比節奏穩定的炮擊嚇人，令人神經緊繃。就算背景沒有炮火聲，幾百個灰頭土臉、發出汗臭的男人全擠在一個狹小空間，悶熱空氣還是讓人難以入眠。

封閉空間內沒有對外窗，臭氣薰天，無處可逃。那晚痢疾迅速在軍隊裡擴散，許多人來不及去廁所，就直接拉在褲子上。帶血的液狀糞便傳出酸臭味，猶如沼氣般在室內盤旋。

蘇格蘭步兵團尤其深受「血便」之害——印度兵卻不斷遭受「臭黑鬼」和「黑屎」等汙衊怒罵，要是換作在印度，他們早就上演全武行，馬德拉斯軍團和孟加拉印度兵可能甚至聯手對付蘇格蘭步兵團。可是在這裡，一邊是中國人，一邊是英國人，他們無能為力，只得默默隱忍所有汙衊羞辱。跟掌旗軍士歐爾同一掛的男人都十分明白這一點，於是明目張膽地咒罵他們。

拂曉之際，克斯里和梅上尉再次登上要塞角塔巡視廣州城，這時克斯里發現，一夜過後，原先逃難的一小批民眾已經變成洪水，城鎮周遭的道路車水馬龍，人民、馬車、轎子、推車擠得水泄不通，眾人湧出城門，朝四面八方流竄奔逃，大馬路壅塞不堪，最後行人必須分散，改走稻田小路。

「我猜他們八成是想趁城市淪陷前離開吧！」梅上尉說。

Ji（是吧），上尉。

目前一切準備就緒，克斯里對即將展開攻勢焦躁不已，無論有多危險，出戰總比在骯髒狹小的要塞多待上一夜來得好。

世事難料，第四旅集合時，城市北門上空升起一面白旗。

「該死！」梅上尉說：「不要告訴我又是另一場協議。」

他們吩咐士兵按兵不動，軍官整個上午都在要塞和司令總部間來回奔波。

稍後梅上尉通知克斯里，朝廷命官要求和平停戰，全權大使答應對方，只要即刻繳交六百萬銀元的賠償金，並命令所有中國兵撤離廣州城，英方便立刻停戰。

由於朝廷命官過去也常隨口答應條件，軍官深信這次不會有結果，而他們為了攻下要塞所流下的血汗，這下都只是白費力氣。臥烏古將軍急著展開進攻，卻無計可施：義律上將堅持給中國朝廷一點時間，好讓他們完成停戰條件，因此軍隊可能得在要塞多待一會兒，可能長達數日。

隨著一分一秒過去，暑氣持續加溫，汗酸和漫溢廁所臭氣引來一窩蜂蚊蠅蟲蚋，最後蟲子軍團攻入要塞。沒多久，供應糧食配額縮減，飲用水和食物都得小心分配。唯一的好消息是天空總算冒出幾朵雲，從南方掠過天空。

下午，梅上尉又被召集去了趟司令總部：他事後解釋，他們又舉辦了一場會議，討論糧食和飲用水的問題。司令官已經決議通過，應允四旅軍隊派遣糧草徵集隊，糧草徵集隊會在嚴格規定下展開行動：不得以暴力取得糧食，應挨家挨戶上門請求居民捐贈米糧、蔬菜、家畜。已經捐贈的居民門前將掛上一張公告，表示徵集隊不得再向同一戶徵求糧食。無論是何種情況，都不得侵擾傷害市民，不分男女老少。若是違反以上規定，必得重罰。

「聽懂了嗎，中士？」

Ji（懂了），上尉。

梅上尉掏出一張地圖，指向通往三元里村莊的路徑。克斯里必須組織一組糧草徵集隊，朝那個方向前進。至於上尉，他則計畫加入一組軍官組成的團隊，探索鄰近的寶塔寺廟。

「聽著，中士，」上尉的嚴厲目光掃向克斯里，說：「我不想聽見誰在外頭惹是生非的破事。絕對不許掠奪侵犯當地女子，聽懂了嗎？」

克斯里連忙收緊手臂，行禮回答：Ji（聽懂了），上尉。

＊

組織糧草徵集隊絕非簡單的任務：在這種時候要讓印度兵認分扛重物很難，只要暗示工作內容需要勞動，印度兵都會猶豫不決。更別說現在沒多少隨營人員可挑選，他們目前的人數已經縮減至不及二十人。克斯里別無選擇，只好將橫笛手和鼓手納入考量——他們也討厭當腳伕，但要忽視他們的抗議比較容易。

等到收集完畢所有皮製水袋、山羊皮水袋、麻袋、其他容器，糧草徵集隊就在印度兵夾道保護下出發，克斯里則在前方帶路。

前往三元里的路徑下傾成為陡峭斜坡，抵達平原時，小徑連接一條通往北方的道路。持續往這條路走，他們遇到一票正準備逃離廣州的人。全是些容易受驚的普通人家，看見印度兵便倉皇失措地竄逃田野。

無情熱暑曝晒下，糧草徵集隊很快就感到疲累。克斯里很慶幸他在寶塔入口遇見一群馬德拉斯印度兵：他們正在遼闊紅瓦屋頂下納涼休息。克斯里決定也歇歇腿，於是帶徵集隊的人在樹蔭下坐著乘涼，自己再走去和馬德拉斯印度兵聊天。印度兵告訴克斯里，他們是跟著梅上尉及幾名軍官來寶塔的，院落後方有一座墓園，軍官已經前去查看，他們則負責留守門口。

他們在墓地裡做什麼？克斯里問。

聽到這問題時，印度兵面面相覷，其中一個人的頭朝大門撇了下：你自己去瞧瞧。

克斯里踏進大門，穿過好幾座天井及線香繚繞的走廊，來到一條通往室外的狹長通道。他從門口瞥見軍官正在毗鄰的墓園內，對著一組印度兵指手畫腳。克斯里稍微靠近，發現一組印度兵正在緋紅雙頰的年輕中尉指揮下挖掘墳墓，有好幾座墳已經撬開，中尉檢查著墳墓物件，並在筆記本上潦草記錄。

遠方有群當地人聚集，一排印度兵拿槍指著他們，不讓他們靠近。

克斯里嗅到一絲腐敗氣味：很明顯某些掘出的墳墓入土不久。克斯里渾身打顫，那種感覺既是厭惡也是恐懼，打擾死者讓他內心紛擾不寧，直覺告訴他盡快離開。

克斯里一手掩著鼻子，旋過腳跟，就撞見梅上尉正踏上狹長通道、朝他的方向走來。上尉的眼睛從克斯里跳到墓園，又移回克斯里身上。

「你可別會錯意，中士，」上尉說：「我們不是在盜墓，哈德里中尉，」——他朝手裡拿著筆記本的軍官點了下頭——「是一名學者，他在研究中國傳統習俗，就是這麼簡單。」

Ji（了解），上尉。

「你最好快點動身出發。」上尉頷首，示意放他離開。

*

糧草徵集隊甫踏出寶塔，克斯里就注意到一團夾帶雨水的烏雲飄了過來。他猜測這不是他們久候光臨的暴風雨，只是暴風雨前的小陣雨，八成很快就會結束。

前方不遠處有一個院落，樣子像是某戶農耕家庭的房屋：鋪有磚石的庭院和一口井，周遭有一間小住宅，還有幾間倉庫。門口沒有公告說這棟房子已經捐贈糧食，就克斯里看來應該是個好起點。

克斯里沒看見附近有人，便派出幾名隨營人員去井邊打水，填滿皮製水袋和羊皮水袋。主要門口位在左側，克斯里用力敲了幾下門，始終沒有聽見答覆，但他看見躲在窗戶縫隙後方的住戶眼睛閃爍。

克斯里正苦思該怎麼辦時，一名隨營人員上前告訴他，他們在其中一間倉庫碰見兩個男人。克斯里跨過庭院，打開倉庫門，發現兩個嚇壞的中國雇農瑟縮在角落，身旁有幾袋米和幾籃新鮮摘下的香蕉、青豆、狀似karela的蔬菜，亦即表皮較平滑豐滿、印度兵愛吃的苦瓜。

這兩個男人衣衫襤褸，克斯里一踏進倉庫，他們就開始恐懼抽噎，腳踝前後搖晃。他們顯然已經嚇到魂飛魄散，臉孔扭曲成一張猶如滑稽面具的恐慌表情。

克斯里隨便對他們比劃了幾個手勢，示意他是來找食物的。但這兩人不敢瞥向他，所以壓根沒看見他啞劇般的笨拙手勢，甚至刻意迴避眼神，彷彿他是可怕到他們不敢正眼瞧的鬼魂。

現在該怎麼辦？

克斯里惱怒地朝地面吐口水。

跟這些人要求捐贈有何意義？倉庫糧食能不能給，可能不是他們說了算數——就算是吧，他們為什麼要將辛苦耕耘得來的農作物拱手送人？克斯里知道沒有農夫會這麼做，中國農夫不會，他老家納亞恩浦的農夫也不會——除非是碰上以槍脅迫的士兵或匪徒，掏槍其實也是為了救人一命。沒錯，這麼做就是強盜搶奪，他只是區區中士，憑什麼要他裝模作樣？只因為梅上尉要他這麼做？克斯里決定了，速戰速決就是最體貼這些農夫的做法。

克斯里示意隨營人員扛走五袋米和兩籃蔬菜。

他囑咐他們蓋上防水布，以免下雨淋濕。

克斯里回到庭院後，愕然發現一群身著普通廣州村民服飾的男人，一身長上衣、寬褲、錐形帽，聚集在院落入口。這畫面並不令人驚訝，真正意外的是馬杜似乎正在和其中一人交談。

克斯里的喉嚨爆出斷吼——Eh aka hota? 現在是什麼情況？——他跨出大步，穿過庭院。

男人們看見克斯里走上前，紛紛作鳥獸散，他本來要追上去，可是他一走到庭院入口，他們早已不見蹤影。

克斯里轉頭面對馬杜，劈頭就嚷道：Wu log kaun rahlen? 他們是誰？你認識這些人？

馬杜一貫的惺忪表情絲毫未變。

他們都是船工，中士，他說。中國船工，我和其中一人出過海，他是我的水手長，就這樣而已。

克斯里瞪著他：Saach bolat hwa? 你說的可是實話？

Ji（是的），中士，馬杜說。這是實話——我可以對天發誓。

克斯里總覺得事情沒有馬杜說的那麼單純，可是當下沒時間追究，天空已經開始飄雨。

「排隊集合！」

糧草徵集隊才走幾百碼，一道閃電就劃裂天空，盲風澀雨。

這時天色已暗，視線蒼茫。克斯里的頭撇過肩膀，看到兩頂錐形帽跟在糧草徵集隊略微殿後的位置。他突然好奇剛才跟馬杜說話的男人，是否正跟在後頭。但當他的目光搜尋徵集隊時，卻發現馬杜沒跟他們走在一塊兒，而是緊跟在列隊前方，肩膀上扛著一只碩大麻袋，空下來的那隻手則幫拉袞扛一袋水。

克斯里放心之後，目光又轉回前方。

＊

拉袞沒多久就留意到馬杜放慢腳步，他並不意外馬杜放緩步調，畢竟他扛著的東西看起來格外沉重。

Thak gaye ho? 拉袞低聲問。你累了嗎？

馬杜搖搖頭，不發一語——這也不讓拉袞意外，畢竟馬杜本來就是惜字如金的人。前一晚，幾個較年長的男孩跑來找拉袞麻煩，威脅要挫挫他的銳氣，馬杜突然冒出來站在他身邊，光是他這模樣就足以嚇跑幾個小鬼頭——然而即使這名槍炮手整晚都陪在他身邊，卻幾乎沒對拉袞說上一句話。拉袞知道，要不是有他在，他的日子一定不好受：迪奇才剛過世幾個鐘頭，他就發現迪奇不只是朋友，還是他的守護神。沒有他在身邊，拉袞就成了掠奪者和惡霸眼中的大肥羊。就連今天他們也趁馬杜不在身旁時霸凌他——所以他很感激現在能走在馬杜旁邊。

拉裘和馬杜緩緩落後隊伍時，拉裘並未多做他想。

天空依然大雨滂沱，馬杜彎腰對他耳語：孩子，你聽我說，這裡有個人是特別來接你的，你轉頭看看後面。

拉裘的目光越過大雨，瞥見一個戴著錐形帽的人影。他是誰？他畏懼地低聲問道。

別怕，馬杜說。他是一個朋友，他會帶你去見你父親。

我父親？

即使拉裘一直夢寐以求聽見父親的消息，卻想像不到會是這種情況。

你必須跟他走，馬杜低聲道。很安全的，別擔心。

可是他是誰？拉裘說。他叫什麼名字？

阿里水手長。

聽到這個名字，拉裘的心臟猛然跳了一下，因為他很熟悉這個人名，巴布．諾伯．開新的故事裡老提到這號人物。

那我該怎麼做？他問馬杜。

你只需要停下腳步，這樣就夠。

接下來馬杜沒再多說一句話，逕自取走拉裘環抱著的山羊皮水袋，往旁邊退下。

馬杜和糧草徵集隊消失在眼界，狂風驟雨依舊，沒幾分鐘後站在拉裘身邊的人就換成頭戴錐形帽的男人，一個樣貌兇惡、蓄著一綹垂墜鬍子的男人——要不是這張臉孔正好符合巴布．諾伯．開新的描述，拉裘恐怕早已嚇壞了。

拉裘反應過來後，發現一件稻草編織的簑衣已經披上他的肩頭，蓋住他的制服，他的陽盔也被換成錐形帽。接著阿里水手長牽起拉裘的手，帶他走進一條小巷。

跟緊我，水手長說，什麼話都別說。要是有人對你說話，就假裝你是啞巴。

*

在停泊於距離三元里數英里的舢舨裡默默等候，對尼珥來說恐怕是最漫長煎熬的幾個鐘頭。要是他能跟著阿里水手長和他的人手，至少還能找點事做——但關於這件事水手長十分頑固，堅不退讓：無論是什麼情況，尼珥都不得步下這艘舢舨。鄉間的情緒高張熾熱，要是村民懷疑附近有黑鬼出沒，他肯定活不過今天。

水手長的命令不容藐視，何況他還特地將喬都留在舢舨上，確保尼珥沒有踰矩。喬都也恪盡職責，確認尼珥不把頭伸出舢舨的遮蔽範圍。

幸好尼珥在離開海幢寺前，順手攫起一本書——他和拉裘過去常讀的《蝴蝶的舞會》。他覺得手邊要是有個熟悉的東西，拉裘也許會比較有安全感，但現在反倒是尼珥從中獲得慰藉。大雨傾盆之時，他在舢舨上重複翻讀了好幾遍。

他再次翻著書頁時，喬都喃喃道：你瞧——他們回來了。

尼珥瞥向河岸，發現在薄暮裡有一團模糊人影，他的心跳差點停拍——因為全是大人的陰影。他幾乎篤定是哪裡出差錯，正準備放聲大哭時，喬都已料事如神猜到：他手連忙摀住尼珥的嘴，堵住任何可能從他嘴裡發出的聲音。

接下來隨著人影慢慢逼近，他看見一個先前被其他人遮住的影子脫離隊伍：身高約是一個小男孩的身高——心緒紊亂的尼珥憂慮到無法確認看見的究竟是誰，他開始奮力掙脫喬都的掌握。

等到小男孩踏上舢舨，喬都才鬆手——尼珥即時張開雙臂。

拉裘？是你嗎？

他唯一想得到的，就是重複唸著這個名字，一而再再而三喊著，直到拉裘打破沉默，低沉鎮定地說：Ha Baba ——是的，是我。

尼珥將臉孔埋進男孩的瘦小肩膀，啜泣起來，最後反倒要拉裘安慰他：好了，爸爸——已經沒事了。

尼珥的手指輕拂過他帶來的那本書，然後遞給拉裘：你看這個，瞧我幫你帶了什麼來。

拉裘瞥見書脊上的文字時，不禁皺起眉頭，然後用小小堅定的聲音說：爸爸，我已經不是小孩子啦，這你是知道的吧？

第二十一章

第一場陣雨之後，緊接而來的幾天淫雨霏霏。但這場雨並未讓留守四座要塞的士兵獲得解脫：陣雨結束，窒息悶熱隨後又會回來，彷彿預告暴風雨正虎視眈眈。

連日陣雨更讓克斯里憂心忡忡，年幼橫笛手突如其來的消失無蹤令他擔心不已。究竟小男孩是逃走抑或遭人綁架，他無從得知——兩者都有可能，但他已下定決心不再縱容這種事發生。現在只要巡邏時碰到陣雨，他就會立刻找個地方遮風蔽雨，行進時走在縱隊最末端，確保沒人脫隊。

雨勢也帶來各種麻煩：士兵露宿的封閉空間已經臭氣薰天，這會兒又飄散一股霉味，冒出成群跳蚤，加入其他侵擾士兵的昆蟲陣容：他們飽受叮咬搔癢所苦，即使行軍都很難忍住不扭動身體或抓癢。

由於濕氣濃重，一天須例行檢查槍枝兩次，以確保印度兵的槍枝火藥乾燥。儘管如此，克斯里非常清楚，只要遭遇陣雨，火藥就無用武之地。他最煩惱的就是這件事：他擔心到時棕管槍無法開火，只能祈禱士兵在暴風雨襲擊前撤離這四座要塞。

但談判進度拖延，情勢不看好，儘管朝廷命官已經完成某些停戰條件（例如撤離城裡士兵），卻持續拖欠賠償金。他們抗議，六百萬銀元可不是小數字，還需要多幾天籌款。他們籌措集資，英國軍隊則繼續留在他們目前的位置，亦即城鎮的制高點，準備隨時開火，就像是一把抵在朝廷命官脖子上的刀。

但只要他們還留在這裡，就得四處搜刮糧食才能存活下去——隨著一天天過去，也越來越不容易向村民索討糧食，當地人再也不怕外國士兵：經常對他們吐口水、丟石頭，小鬼頭口出惡言，村民更是堵住道路，不讓糧草徵集隊進入村莊。更惡劣的發展是，年輕男人開始手持長矛樁柱、正面對峙糧草徵集隊，偶爾還得開槍才能驅散他們。

隨著一天天過去，士兵也變得越來越暴力：雖然克斯里管得住自己人，但他看得出不少分隊紀律大亂，毆打、搶劫、破壞、攻擊女性的謠言頻傳。有天梅上尉告訴克斯里，有人指控某位第三十七馬德拉斯軍團的中士和幾位步兵強暴當地婦女：據傳他們擅闖民宅，侵擾女性。

但當克斯里質問馬德拉斯印度兵時，聽到的故事卻是截然不同的版本：中士說，當時他帶著一組印度兵行經三元里，看見一群憤怒村民圍繞在一座高牆聳立的院落四周。他以為一組糧草徵集隊困在裡頭，於是吩咐印度兵朝天空開槍，疏散群眾，再親自走入院落，看看發生什麼事。狀況完全不如他預期：映入眼簾的不是糧草徵集隊，而是一群喧囂吵鬧的英國士兵，空氣裡酒氣瀰漫，屋裡迴盪著清晰可聞的女人聲音：無庸置疑，那是驚悚害怕的尖叫。

中士認出其中一位是英國下士，還來不及提問，他就被踢出院落，對方還警告他別多管閒事，回去後少亂傳話。但等到折返營地，他還是決定要向連上指揮官稟報他的所見所聞。此舉實在是大錯特錯。下士被召去審訊時，反將矛頭指向印度兵。於是最後變成印度兵遭到審訊調查。

克斯里不曉得該相信哪個故事版本，但還是盡自己所能，向梅上尉轉達馬德拉斯印度兵的版本。

聽完他的故事後，梅上尉聳聳肩：「哎，我想應該不用再多說了吧！中士，」他說：「碰到這種狀況，印度兵向來是代罪羔羊。」

Ji（我懂），上尉。

「這次的情況來說，馬德拉斯中士的證詞絕對敵不過英國下士說的話。」

至於結果，已不用多說。

＊

朱鷺號距離香港仍有一段距離時，一團烏雲出現在海平面，賽克利並不感到訝異：畢竟在黃埔等候商船護航艦隊離開的這週，他已看見惡劣天氣的徵兆不斷。等到朱鷺號航向河口，氣壓穩定下降，先前的猜疑更是得到證實。

但是賽克利估測還得等上一陣子，暴風雨才會襲擊海岸——或許是隔天一早，意思是若他的運氣好，等到朱鷺號抵達香港，他還可以趁日光消逝前，登上阿拿西塔號拜訪勃南太太。

但是當護航艦隊停靠在小島旁，雖然港灣難得只看見稀稀落落的幾艘船，他卻沒有一眼就在稀疏船舶之間瞥見阿拿西塔號。看來大多船長預測暴風即將降臨，遂將船舶移往他處。當然這麼做比較安穩，可以減少船隻碰撞的可能性——但賽克利卻不感到寬慰，畢竟他本來很期待見到勃南太太。

後來他才得知，其實阿拿西塔號並未離開香港灣，只是躲在都魯壹號後方，停靠在海灣東岸，並排停在勃南先生最近在東角蓋好的貨棧旁。

賽克利將朱鷺號轉往同樣方向，開到距離阿拿西塔號僅有一條錨鏈的距離。等到他安穩停妥這艘縱帆船，就吩咐放下大艇。

不到十五分鐘，賽克利已經在阿拿西塔號不遠處。他掃視甲板，瞥見一個熟悉的藏紅花色身影，正在主甲板上來回晃動。「是你嗎，巴布？」他圈起兩手呼喊。

「是我，西克利馬浪，你好嗎？我希望你健康無恙？」

「很好，巴布，我好得不得了。勃南太太在船上嗎？」

「她在，西克利馬浪——夫人在。」

「我有個要給她的訊息，是勃南先生吩咐的，請轉達她我馬上就來。」

「好的，西克利馬浪，edkum jaldee（我這就去）。」

賽克利攀上阿拿西塔號的邊梯時，巴布．諾伯．開新已經回到主甲板等待迎接他。

「巴布，你知道暴風雨即將來襲吧？」賽克利說。

「知道，西克利馬浪——為了安全起見，今晚我會上岸，夫人也會一塊兒。我們會在勃南先生的貨棧歇著——我們有一間特地為夫人預留的房間，只有水手會留在阿拿西塔號上。」

「這真是好消息，」賽克利說：「勃南太太現在在哪裡？你有轉達我的訊息嗎？」

「有的，西克利馬浪——夫人正在後甲板等你。」

「謝了，巴布。」

賽克利踏上升降梯，發現勃南太太獨自一人站在舷牆邊，凝望著夕陽：她的拖地白色洋裝籠罩在天空灑下的瑰色光輝裡，髮絲在消褪日光下閃耀。

賽克利陡然停下腳步：她從不曾像現在如此誘人，他內心忽然隱隱作痛——像是某個舊傷的刺痛，不但提醒他傷口的存在，更讓他想起當初受傷的原因。聽到勃南太太向他打招呼，說：「真開心看見你，瑞德先生。」他的疙瘩彷彿剝落，但賽克利提醒自己，就算她開心見到他，只是因為她急著想知道梅上尉的消息——腦袋裡一冒出這個念頭，本來內心沸騰的嫉妒便洶湧溢出，像在傷口上灑鹽。

「我也很開心見到妳，勃南太太，」他僵硬地說，竭盡所能保持冷靜。「我來是因為妳丈夫要我幫他轉達一則訊息。」

「什麼訊息？」

「目前他滯留廣州，事情穩定後會盡快回來，大概要兩週時間。」

勃南太太臉上的笑意頓時退去，取而代之的是一抹憂慮神色。「我聽說廣州近來局勢混亂，」她說：「我非常擔心——擔心勃南先生，擔心你……還有其他朋友。」

這下子賽克利再也按捺不住，喉嚨發出一聲嘲諷冷笑：「喔，拜託，勃南太太！少在那裡故作忸怩，就算妳當真擔心，我敢說擔心的不是你丈夫或是我。」

「你這話就不對了，瑞德先生！」她抗議道：「我敢跟你保證，你一直都在我心裡，沒有走遠。」

「但我敢打賭，我也沒走得多近吧！」——他內心的積怨深到再也藏不住——「至少不會有梅上尉來得近。拜託，妳就承認吧，勃南太太。妳真正擔心的人是他，對吧？」

「我擔心的人很多，他當然是其中一人，這點我不會否認。」

「那我敢說妳會很開心聽說，」賽克利說：「我和他上一回交談時，他身體安然無恙。」

「哦？」

他想來個攻其不防，所以見到她這個反應時，不禁洋洋得意自己成功了。

勃南太太說：「我不曉得你和梅上尉有交情。」

「當然有，勃南太太。而且還是你丈夫建議，我才和他交好的。」

這句話也令她大吃一驚，完全是賽克利想要的效果。勃南太太說：「可是我丈夫想要梅上尉做什麼？」

「勃南太太，」賽克利說：「我應該不需要再回答這個問題吧？我以為妳跟我一樣，非常清楚你丈夫喜歡保留士兵口袋名單——妳也曾經親口告訴過我，不是嗎？幹我們這一行利潤豐碩，而你丈夫也傳授我一些祕技，這就是為何他建議我，主動向梅上尉提出要求。」

勃南太太瞠大雙眼：「你是說你嘗試塞佣金給他？」

「正是如此。」

「那他怎麼說？」

「喔，他斷然回絕了，」賽克利說：「甚至威脅要通報上級。」

很明顯她一直屏息等待答案，因為聽到賽克利的回答後，她吐出長長一口氣。

「我就知道他會拒絕，」她暗自驕傲著，說：「他根本不在乎金錢，他從來不是追名逐利的人。」

賽克利先讓她自得其樂幾秒，才又對她投以笑容：「哎呀，勃南太太，我希望妳聽到我又讓梅上尉回心轉意，不會太失望。」

她驚愕轉頭望著他，握住舷緣的指關節發白。「『回心轉意』是什麼意思？」

「我成功改變他的心意啦！」

「你是怎麼做的？」

「我告訴他，」賽克利說：「要是他向上級通報我，他就可能變成通姦犯。」

勃南太太倒抽一口氣，一手掩住嘴：「不！你才沒這膽子！」

「妳錯了，勃南太太，」賽克利說：「我不但有這膽子，甚至告訴他，他不是唯一享受妳溫柔對待的男人。」

「不！」她驚叫：「我真不敢相信！」

「妳應該相信的，」賽克利說：「因為我說的是真的。」

「那他怎麼回你？」

賽克利捧腹大笑：「妳也知道，他這人性情魯莽，所以就算聽到我說他氣昏頭，也不值得詫異吧——他差點沒殺了我，但我再次逮住他的小辮子。」

「你又說了什麼？」

「我對他說，妳寫給我的信我全收得好好的，我死後會有人從我的遺物裡翻出那些信——換言之，到時妳就死定了。這句話的效果真感人，可以說這全有賴於他對妳的用情至深。」

勃南太太的手抹了下眼睛：「怎麼說？發生了什麼事？」

「喔，他就像一顆洩了氣的皮球，聽到妳可能受到傷害，一臉深受打擊，就在那時我發現他其實很好控制，於是我告訴他，為了保護妳，他最好接受我的條件，把這當作為愛情祭壇奉獻的自我犧牲。」

「然後呢？」這時日光已經消逝，她的臉孔化為灰燼的顏色。

「我給了他幾週時間，讓他好好思考這件事——畢竟大腦恐怕不是他全身上下最靈活的器官，所以我猜他八成需要多一點時間。實不相瞞，我本來還很懷疑他能做出明智決定。可是我得坦白說他真的令我大吃一驚，事實上我最後一次看見他時，他甚至變得順從乖巧，我還記得他問：『你要我怎麼做？』」

「喔，不！」勃南太太雙手拍上臉頰：「瑞德先生，我真不敢相信你居然這麼殘酷無情。」

「喔，全是託妳的福啊，勃南太太，」他立刻反擊：「教我殘酷的人可是妳——妳也知道，我這人學得很快。」

她一隻手撐著舷緣穩住身子，用乞求的眼神望著他：「拜託，瑞德先生，」她說：「你一定不能讓他進行這麼可怕的交易。」

「我很抱歉，勃南太太，」賽克利說：「這件事恐怕已經不在我掌握之中。現在梅上尉已經交由妳先生掌管，我只負責釣他上鉤。」

勃南太太強忍住哽咽：「可憐的奈威爾，他最珍視的就是榮耀，對他而言，沒有比這更慘的命運。」

「喔，但是有比這更慘的事，勃南太太，」賽克利說：「要是妳丈夫意識到你們曾經調情的紀錄，我想他的命運——還有妳的——恐怕會更悲慘，」他刻意停頓，搔了下臉頰。「妳知道，他只需要和梅上尉的中士稍微聊個天就夠了——我就是這樣發現的。我敢說安排妳先生和他見上一面不會太難。」

「你才沒膽這麼做！」

「勃南太太，這個嘛，我可要看情況，」賽克利研究著他的指甲，說：「全要看妳。」

「你這是什麼意思？」

「我在想，」賽克利輕聲說：「妳曾經答應過我一件事，但妳八成已經忘得精光了——你答應我分道揚鑣前，我們會再共度一夜，我想現在是妳實現承諾的時候。」

「可是，瑞德先生，」——她一個字一個字喃喃唸出他的名字，彷彿這是某個她不認識的人的名字——「你怎麼可能在你說出這麼可怕的話之後，跟我提出這種要求？我簡直無法想像，太不可思議了。我辦不到。」

「喔，妳可以的，勃南太太！而且妳應該這麼做。要是梅上尉可以為了愛的祭壇，犧牲奉獻自己，難道妳不應該回饋？」

勃南太太兩手牢牢握住舷緣，似乎想預防自己跌倒。「喔，瑞德先生，」她低聲呢喃：「你怎麼變成這樣？你怎會變成今天這副模樣？」

他一拍都沒落掉地回嘴：「我今天這副模樣都是妳一手促成的，勃南太太，」他說：「你希望我當一個跟得上時代的男人，不是嗎？這就是我現在的模樣，我變成一個貪得無厭的男人，一個不懂得適可而止的男人。凡是阻撓我欲望的人，都是干預我自由的敵人，我會以眼還眼。」

勃南太太開始低聲啜泣：「瑞德先生——賽克利——你不能這麼做。你現在對我提出的要求根本慘無人道，只有禽獸惡魔才想像得到，我不敢相信你是這種人。」

「妳真要謝就謝妳自己，勃南太太，」賽克利說：「這全是妳一手促成的，不是嗎？是妳說我應該啟蒙開導，自立自強。要是妳在我們最初相遇的時候拋下我，讓我自生自滅，對妳我還比較好。可是妳卻選擇將我從無以名狀的黑暗幽谷裡拉起來——現在為時已晚。」

賽克利戛然停下，抬頭仰望漸漸昏暗的天空，天空依舊無雲，風勢卻略微轉強。

「妳應該知道吧，暴風雨即將降臨。等到暴風過境，我會安排我們的私會。妳不用擔心，勃南太太，一切都會嚴謹進行，但在那之前，我建議妳還是小心為妙——看來狂風暴雨即將襲擊，我很慶幸妳決定上岸，暴風發生時航海的外行人不應該留在船上：妳在貨棧會安全點。」

「瑞德先生，你不必為我的安危傷神，」她轉身背向他。「我敢說你十分清楚，我非常懂得照顧自己。」

＊

那晚，據說中國朝廷總算繳交六百萬銀元，這筆錢目前已經移交伯蘭漢號保管。四座要塞裡的士兵全鬆了一口氣：經過數日折騰，克斯里這晚總算能沉沉入睡。

但沒多久就有人對著他的耳朵大吼：中士，utho! 起床了！

天剛破曉，有名勤務兵就被派來送消息：梅上尉要克斯里立刻爬上要塞角塔。

克斯里迅速更衣，穿上剛洗乾淨的背心，再套上他的紅色外套。但這天天氣一樣悶熱：他一邊爬上角塔樓梯，汗水一邊涔涔滑落，來到梅上尉面前時，他的背心已經濕透，緊緊貼在皮膚上。

梅上尉也是汗涔涔。「今天天氣又像是蒸騰茶壺了，」他邊說邊抹了下臉——但克斯里感覺這天的熱氣不同以往，空氣凝止沉重，就連飛禽昆蟲都悶不吭聲。南方海平面上懸掛著一大片藍黑色積雲。克斯里望著那塊積雲，內心升起一股不祥預感。「長官，我想暴風雨八成今天就會來臨。」

「真的嗎？」

「是的，長官——感覺颱風真的要來了。」

「這樣的話，那時機太不湊巧了。」

上尉指向山腳下的稻田，「你看那裡。」

克斯里俯視一瞧，發現稻田又是人山人海，但這回不再是過去幾天尋求庇護的難民，而是全副武裝的男人，他們不是往北方逃命，而是朝這四座要塞前進。

田裡怎會一夕之間聚集這麼多人？

「你覺得他們是士兵嗎，長官？」

「不，中士——他們可能是非正規兵，但絕對不是士兵。」

克斯里用上尉的望遠鏡仔細觀看：這群人似乎多為過去幾天聚集村莊的年輕人——只不過人數瞬間暴增至百倍以上。

梅上尉很快就被召集開會，回來後告知克斯里，將軍和副官注意到朝要塞蜂擁而上的人潮，於是決定採取行動，驅散人群。第一步就是派出翻譯員湯姆先生去見朝廷命官，要求他們採取手段、驅逐群眾。

無奈他們空無作為：朝廷命官出言抗議，這場起義與他們無關，事實上他們也相當錯愕，並堅稱人民是自發聚眾，連朝廷命官都擔心是窩裡反。

「這些全是暴民，」梅上尉對克斯里說：「既然朝廷命官束手無策，不能讓他們乖乖回家，我們可能得自己來了。」

*

天亮時香港上空烏雲翻騰，東方僅閃現微弱光線。不多久，狂暴的驟雨海水迎頭打上朱鷺號，從頭到尾橫掃甲板。與此同時，巨浪從後方打上船身，淹沒船尾。

暴風前夕賽克利已經做足防禦措施，他放下備用大錨，並收進船帆和桅橫杆，反覆檢查錨纜，最後封住艙口。他也確認過朱鷺號與鄰近船隻保持安全距離，最靠近的是有一條錨鏈之遙的阿拿西塔號，就賽克利所見，阿拿西塔號也頑強抵抗驟雨狂風。

接下來幾個鐘頭仍不見暴風肆虐，然而淡淡微光款款現身天際，所以朱鷺號被浪水激起時，視線可捕捉到暴風雨肆虐後小島的破壞情況。賽克利看見幾十艘戎克船及舢舨已經被風浪推上陸地，摧殘成片，大多剛蓋好不久的棚屋和小木屋也被強風吹垮，許多建築也已遭摧毀。但賽克利慶幸發現東角貨棧毫髮無傷，只要勃南太太好好待在堅固石牆內，必定妥當安全。

上午過了一半，天光仍然只透出一縷灰色微光，朱鷺號的船首忽地隆起，開始劇烈地左右搖晃，十之八九是主錨錨鏈斷裂了。

賽克利已經預料到可能發生這種情況，所以早就備好對策，他從泵浦處找來十幾名船員，要他們將朱鷺號最沉重的大炮往前滾動，等滾到了船首，再把錨鍊扣上大炮，往側邊拉起，效果立竿見影：朱鷺號的船首不再激烈晃蕩。

賽克利準備走回室內時，眼睛正好瞟向阿拿西塔號。他愕然發現這艘船的船尾窗子大開，上一眼看見時，窗子還牢實緊閉。正當他愣愣望著時，船後激起一波大浪、俯衝打進窗子，淹沒了船東套房。

賽克利知道除非盡快關上這扇窗，否則阿拿西塔號肯定沉沒。船員非常可能對這件事一無所知，還待在船腹裡修理泵浦。

該怎麼警告他們？

使用信號和光線可能過於耗時，賽克利只想得到對空鳴槍。他衝進船長艙房，順手從武器櫃裡撈起一把滑膛槍，帶到船身上部。正當他嘗試裝上火藥時，他發現這是把燧發槍，火藥潮濕，燧石無法點燃，他無法開火。

阿拿西塔號的船尾已經開始下沉，船東套房的窗戶已消失在浪潮裡，艏斜帆桁與水面呈現尖銳斜角。賽克利心知肚明，阿拿西塔號恐怕已經無望，但要他袖手旁觀是不可能的，於是他又衝回去拿了把手槍，回來時發現為時已晚：阿拿西塔號只剩前半部露出水面，她優雅的船首筆直翹起，直指狂怒天空。

整整好幾分鐘，阿拿西塔號似乎懸在水面上，頭部朝上，彷彿最後一次仰望天空。賽克利在傾盆大雨中望見一艘大艇，努力從阿拿西塔號划行離開，駛向附近的突碼頭：他開始祈禱槳手划快一點，再快一點，千萬不要跟著下沉的船一併捲入水底。

接著阿拿西塔號突然快速旋轉，被海水拖入水底，沉沒船舶周遭形成一個漩渦。阿拿西塔號消逝在水裡時，打轉的漩渦似乎疾速衝向大艇，說時遲那時快，忽然出現一個浪潮托住大艇，將它推離漩渦，送往東角方向。

「謝天謝地！」

二副站在賽克利身旁，手指在頸部附近比劃出一個十字架，低聲自言自語。「至少船員安全了。」

「是啊！」賽克利說：「感謝老天，剛伐好的木材全事先送上岸了。」

*

八十英里外的廣州，天空依然澄澈清朗，人潮不斷湧入稻田，沒多久就聚集並占領多處，看來在四座要塞紮營的英國兵很可能遭到包圍。

這時要塞內展開正式準備。點名時克斯里發現，高燒痢疾之故，B連少了將近五分之一士兵，隨營人員數字也大量虧減，這會兒身強體壯的人都得加入服務行列，連廚子和軍需品管理員都要。最後一刻梅上尉下令檢查設備，確保每個印度兵都有雨衣。

號角響起，四旅士兵行軍來到長方形要塞周遭。第一、三、四旅接到下山指令，即將前往稻田的站點。至於多為海軍和武裝水手的第二旅，則留守四座要塞。

由於山腰小徑狹窄，下坡花了點時間，等到三旅在站點集合，時間已至正午。大約一英里外，共有四、五千名群眾，手握長槍、長矛、鐮刀、棍棒、軍刀，甚至火繩槍，有些人攜帶尾端裝配尖鉤的長桶板。

軍官研究群眾時，士兵只能繼續等待。當時正值一日最炙熱的時刻，隨著自南方匍匐而來的暴風雲，太陽似乎更加毒辣。士兵頭頂毫無涼蔭遮蔽，軍帽和陽盔的金屬邊緣被烤得熾熱不堪，彷彿頭上戴著烤爐。士兵熱到暈厥，被挑伕一一抬走後，列隊空隙逐漸擴大。

與此同時，臥烏古將軍和他的隨員決定再往前走，來到一處有遮蔽物的圓丘。途中兩名軍官身體搖晃、步履蹣跚，其中一名就是將軍本人，但他馬上恢復，一整路都無需攙扶，自行走完。另一名軍官卻不得不攙扶，等到抵達圓丘，他便正臉朝下、不支倒地。

原來那位是軍需將軍，短短幾分鐘不到，就被熱暑晒到中風身亡。

狀況使然，出軍進度不得不延遲，過了好一會兒，臥烏古將軍總算下達命令。三旅士兵必須朝不同方向移動，驅散暴民。第四旅負責站點正前方的群眾，蘇格蘭步兵團從左側進攻，馬德拉斯軍團和孟加拉印度兵則從右側進攻。

由於前方的稻田經過灌溉，梅上尉下令進攻時，印度兵一腳便踩進泥巴，只得以緩慢謹慎的步調涉水前進，滑膛槍準備在側，槍管擺在臀部旁。

印度兵進擊時，群眾開始往後撤退，但即使撤退，聚眾人數卻持續增加。退到一個隆起築堤時，他們突然停止撤退的腳步。幾千人的輪廓剪影襯在壓得低矮的天空裡，轉過身面對印度兵。

現在已是傍晚時分，蘇格蘭步兵已經消失在左側林立的屋舍後方，三百名印度兵獨自面對為數六、七千的群眾。

在泥濘長途跋涉過後，印度兵已經精疲力竭，需要好好歇息。休息時間並不長，只足以讓隨營人員跟上來、水伕幫印度兵倒水。接著群眾忽地揮舞武器、發射火繩槍，全體朝他們走來。

與此同時，一組炮兵已經在印度兵身後就定位。一組康格里夫火箭飛越士兵頭頂，炮彈在人群間爆炸，拖曳鑽過隊伍，坍倒遺體留下溝痕。

現在印度兵開始撤退，可是背負著沉重負擔，以致他們移動的步伐無法像敵人那樣快速。與暴民的間隙只剩下一小段距離時，軍官命令印度兵停下腳步，站好開火位置。

印度兵的第一輪火力齊發，轟炸了前排暴民，這場攻擊讓他們赫然止步。這時天空已是一片漆黑，狂風驟起，一道閃電劃破雲朵，伴隨隆隆雷聲，飄風暴雨，猶如銀河倒瀉，彷彿整片鄉間都遭水柱轟擊，印度兵還來不及套上雨衣，已經全身濕透。

現在想要發射燧發槍是不可能了：劍和刺刀是印度兵唯一可用的武器——兩種都比敵人手裡的長矛和長槍來得短。現在暴風雨是印度兵唯一的盟友，狂暴風雨則是暴民唯一的阻礙。

克斯里在狂風蕭蕭之中，聽見梅上尉在他耳邊大喊：軍士要他聯繫蘇格蘭步兵團，他會帶一組印度兵出發搜尋他們，克斯里要陪他一起去。

「中士，我們還需要帶一名通訊兵。」

Ji（收到），上尉。

克斯里用手擋下紛落臉龐的雨水，衝去查看幾名仍成功跟上的隨營人員。他的眼睛立刻看見馬杜，於是向他招手：Chal——你跟在我身邊。

＊

即使暴風雨已過境海灣，撲襲位在北方的廣州，香港依舊大雨如注。但大風怒吼很快平緩下來，山尖般的巨浪消退，化為膨脹深沉的海浪。情況安定後，賽克利要求降下朱鷺號大艇，他逕自登上大艇，命令船員划槳前往突堤防，查看剛建好的勃南貨棧。

建築毫髮無傷，但四周損傷慘重，賽克利花了些許時間才走到貨棧。他在門上敲了好幾次後，總算有人應門。

貨棧的室內寬敞，僅點燃幾盞閃爍微光的油燈：幾位阿拿西塔號船員跪成幾排，嘴裡唸著伊斯蘭禱文，其中一些蜷縮在角落，手臂環繞著膝蓋，身體顫抖。

「西克利馬浪！」

賽克利轉過右側，發現巴布．諾伯．開新急匆匆上前。

當下賽克利的腦海裡只有一件事：「勃南太太在哪裡？」他說：「她人在你們為她準備的房裡嗎？」

巴布．諾伯．開新往前跨了幾步，徐徐左右搖晃他碩大的腦袋。「西克利馬浪——我很抱歉。」

「有什麼好抱歉？」賽克利怒斥：「她在哪裡？快回答我。」

巴布．諾伯．開新再次搖頭：「我很抱歉……」

賽克利兩手捉住帳房的肩膀，用力搖晃：「巴布，現在不是胡言亂語的時候：告訴我她人在哪裡。」

「對，西克利馬浪——我就是想告訴你……」

勃南太太臨時改變心意，巴布．諾伯．開新說。她決定待在阿拿西塔號，等待風暴過境。她自稱對船員充滿信心，一點小風小浪嚇不了她。巴布．諾伯．開新試圖說服她下船，但她以一貫的專橫作風，讓他不得不閉上嘴，眼見最後再也爭不下去，巴布只好在勃南太太的命令下，和幾個人按照原定計畫，到貨棧躲風遮雨。

至於其他事則是巴布．諾伯．開新從沉船後平安上岸的阿拿西塔號船員口中聽來的。

那天清早，暴風雨襲擊海岸前，勃南太太喚來侍者，要了一杯茶。侍者回來時，發現她坐在船東套房的窗邊，當時已經風強雨驟：太太說她在那裡應該很安全，想要親眼看著暴風雨過境。

等到暴風雨襲擊，船員沒時間查看勃南太太。船體開始下沉、水灌進船內時，一名水手長衝去船東套房，發現套房房門可能被某樣家具卡住：他用力拍打門卻沒有回音，於是他又衝去找斧頭。可是等到他折返，船尾已經浸入水面下，通道也淹水了——要是他踏進去，肯定也會溺斃，於是他也無計可施。

「可是西克利馬浪……」

雖然巴布．諾伯．開新朝他欠身，兩人距離非常近，他的聲音卻似乎遙遠恍惚。

「西克利馬浪，昨晚我離開阿拿西塔號前，夫人交給我一封信，指名要給你的，她說要我保證你親手收到這封信。」

「信在哪裡？」

「在這裡——我收得好好的。」

賽克利退至角落，拆開封印，讀了起來。

＊

士兵前進時梅上尉負責帶隊，克斯里則走在隊伍後端。他們往左拐時，克斯里把已經毫無用武之地的滑膛槍交給馬杜，手裡握著劍。

周遭田野已經化為一片遼闊大水，堤岸消失不見，唯一路標只剩下幾堆住屋，大雨中隱隱可見房舍，雖然天還沒黑，天空卻黝黑昏暗，彷彿太陽早已下山。

克斯里聽見背後傳來聲響，遂轉頭查看。他朝模糊不清的光線瞥了一眼，只看得見移動人形的迷濛輪廓，他以為是蘇格蘭步兵團，於是在那個當下鬆懈警戒，可是接著一顆飛越大雨而來的石頭砸中他肩膀，他才驚覺是暴民在跟蹤他們。

「停！停！」克斯里嚷嚷，幾秒不到，手裡持劍的梅上尉已經來到他身邊。

「他們全跟在背後，長官。」克斯里說——但話一出口，克斯里就發現他話說得太早。手持武器的暴民不僅跟在背後，他們現在的處境簡直四面楚歌，滂沱大雨籠罩著蜂擁而上的暴民輪廓，那瞬間一根尖頭射過雨幕，要是梅上尉沒有及時出劍擋掉，就會刺穿克斯里的脊椎。

大小石頭飛出暴雨時，克斯里感覺到腳踝一陣拉扯，低頭一瞧，他發現一隻銜接著棒棍的巨大鉤子，於是揮劍劈向鉤子，將它與棒棍一分為二。但後方又出現一把鉤子，成功絆倒一名印度兵，在泥濘上拖走他。

兩名隊友抓住這名印度兵的手臂，把他拉了回來。他站起身後，梅上尉大吼：「方陣隊形！快組成方陣隊形！」

士兵行動遲緩，擋掉攻擊，逐漸組成方形。他們肩並肩，朝每個移動上前的人形揮舞刺刀。

幾分鐘過後，梅上尉的聲音再次在克斯里耳邊響起：「這裡毫無遮蔽，我們得盡速離開。左邊有幾間房舍，要是可以走到那裡，我們的背就能靠著牆。」

Ji（收到），上尉。

「我來帶隊，」上尉說，舉起袖子抹了下他濕透的臉：「你殿後。」

能見度不超過幾英尺，克斯里趁著閃電透過雲層灑下光線的時刻，掃視更寬闊的四周範圍。隊伍開始移動時，他定睛凝視著一片黑暗，倒退著前進，劍準備在側。

部隊涉水走過泥濘時，武器猶如槍林彈雨拋向士兵，最後總算可以稍微加快腳步，克斯里感覺他們已經離開稻田來到平地，他往回一瞥，發現他和部隊之間空出一小段距離：他們已經退出他的視線範圍，他得加緊腳步跟上去。

正當克斯里準備加快步伐時，右側擲來一把長矛尖頭，他用劍擋下矛柄，心滿意足看見矛頭墜落。接著克斯里左大腿卻莫名一軟，整個人背部落地，沉沉仰倒而下，他沒有察覺自己受傷了。閃光撕裂天空，照亮了幾張對著他高舉矛劍、步步逼近的面孔。

克斯里的劍還在手裡，他牢牢捉緊劍：他知道這可能就是他人生的終點了，卻絲毫不恐懼，只是哀傷他最後居然是以這種方式離開，死在無冤無仇的人手中，他們甚至不是士兵，只不過是想要保護村莊的居民。易地而處，換作他在自己老家肯定也會這樣做。

他看見一道陰影朝他逼近，連忙舉劍一擋，正當他的刀刃插入對方骨肉時，他感覺得到腹側一股衝擊。他試圖轉身，這時一把長槍刺入他的手腕，導致劍從他手中鬆脫。克斯里手無寸鐵躺在地上時，突然聽見一個低沉嗓音，大聲呼喊他的名字——克斯里．辛大爺？——他喊回去：Ha! Yaha! 這裡，我在這裡！

過了一會兒，一把刺刀成弧線狀劃過他的正上空，驅散逼近他的臉孔。

中士大爺？

是馬杜的聲音。

克斯里咕噥一聲當作回應，馬杜立刻在他身旁蹲下，高舉著刺刀瞄準一片漆黑。

勾住我的脖子，中士大爺，馬杜說。我背你。

克斯里雙臂環繞著馬杜的脖子，感覺到自己被他背起，接著馬杜警戒地左右移動棕管槍、瞄準人群，一步步往後退，在黑暗之中揮舞他的刺刀。

全身倚在馬杜背上時，克斯里感覺到大腿一陣錐心刺痛，這才發覺自己的腿筋斷裂——察覺自己受傷後，疼痛才如同潮水般澎湃淹沒他。接著他認出梅上尉彷彿穿過雲霧傳來的聲音：「中士？這是怎麼搞的……？」——他發現原來他已經回到部隊方陣圍起的正中心，印度兵站滿他四周，出手阻擋攻擊。

「你流了很多血。」

克斯里強咬著牙，說：「上尉，你快回去帶隊，馬杜會照顧我。」

上尉頷首，他的臉孔忽地消逝，這時馬杜也已經撕開克斯里的長褲。

Bahu khoon ba，馬杜說。你失血過多，傷口最好包紮。

馬杜撕開他的長上衣，扯下幾塊布料，紮緊克斯里的傷口，接著手伸進口袋，將某樣東西一把塞進克斯里嘴裡，一秒後克斯里的鼻腔內就充滿鴉片的甜膩青草氣味。

這感覺就像禱告獲得回應：一嗅到鴉片氣味，疼痛立即消退，克斯里又能呼吸了。

幾分鐘後，克斯里又聽見梅上尉的聲音：「你還好嗎，中士？」

「好多了，上尉。士兵呢？」

「他們已經盡力了——但要是我們的槍枝無法開火，我也不曉得還能抵擋這群烏合之眾多久，到處都是他們的人。」

詭異的平靜瞬間降臨克斯里心頭，他忽然想起年輕印度兵時代曾見識的某件事。

「給我一件雨衣，上尉，」他說：「讓我姑且一試。」

克斯里在馬杜的協助下，將幾件雨衣紮成一個猶如帳篷的罩子，然後他撣開棕管槍，掘出槍管中濕透的彈殼，請馬杜幫他找來幾塊乾燥布料。

馬杜解開他的頭巾，撕下幾條內裡仍然乾燥的長形布料，克斯里從他手裡接過布料後，扭曲布料塞進導火線，擦乾槍管內側。接著他呼喚梅上尉，要他試著在雨衣下開滑膛槍。

一、兩分鐘後，他聽見滑膛槍子彈的爆裂聲，緊接著遠方傳來驚叫聲。

「這應該可以嚇退他們，」梅上尉閃進雨衣紮成的帳篷內：「你可以再試一把槍嗎，中士？」

「已經完成了，上尉。」

克斯里遞過另一把滑膛槍，遠處傳來槍響，緊接在後又是一聲。

「雷管槍！」克斯里說。

「沒錯，」上尉喜滋滋地說：「我猜是蘇格蘭步兵團，他們肯定聽見我們的槍聲。」

克斯里知道救兵就快來臨，遂安心地一頭倒向地面。等到蘇格蘭步兵團抵達，他已經失去意識。

*

我親愛的賽克利：

我沒多少時間，匆匆寫下這封信……

我不知道該怎麼說服你，我絕不是故意讓你受苦。要是我對你殘忍或是顯得善變，只是因為除了放你自由，讓你在這世界找尋屬於自己的出路，我再也想不到更適合表達愛意的方法。你知道我是個愚蠢、虛榮、不幸的人，我不希望你也像我所愛過的人一樣，過著悲慘與羞辱的生活，但我就連這方面也表現得虛榮愚蠢：現在我明白了，要讓你解脫，只剩下最後一種方法——

最後我只請求你一件事——請好好照顧寶麗，是我一手毀了她的幸福。你現在已經有了很好的起點，未來無庸置疑會事業有成，她的人生恐怕比較辛苦。要是我對你具有任何意義，那你一定要為了我做這件我辦不到的事：彌補。

我也希望有天你能原諒自己，以及那個命運乖舛的女人

誠摯的凱西敬上

一八四一年五月二十九日

第二十二章

暴風雨一過境，英國軍隊馬上重整：走失分隊已經尋回歸隊，三旅盡快撤退至安全的四座要塞。但對峙還沒結束：敵營的武裝示威又延續兩天，反抗入侵者的村民多達兩萬五千名，遊行隊伍跟在不同村莊旗幟的後方，只聽從自選領袖的指令。

英國指揮官反擊，再度對朝廷命官祭出最後通牒，他們警告，要是暴民再不撤離，就等著接受下一波攻擊。這回威脅總算奏效，中國官方出面調解，村民總算回家，這時英國士兵才得以從廣州高地撤退。

事發當下克斯里幾乎一無所知，事後才得知情況：當他腿傷腐敗潰爛時，軍隊仍受困要塞，而他也是在那裡截斷左腿。

克斯里施打大量嗎啡，對當下情況朦朧迷茫。但在短暫清醒期間，他發現梅上尉站在床邊，俯視著他。

上尉看見克斯里睜開眼，顫抖著嗓音問：「中士——你還好嗎？」

「還活著，上尉。」克斯里低聲回道。

「我很抱歉，中士……」

「你不該感到抱歉，上尉。我還活著啊——我本來以為活不到今天了。」

「要不是有你，」上尉說：「我現在也不會活著了。要不是你修好槍，蘇格蘭步兵團可能無法及時找到我們，誰曉得可能發生什麼事？」

「我們很幸運，上尉。」

「這不只是幸運，」上尉說：「是你修好滑膛槍，救了大家，你應該要知道，軍士提議表揚你在戰場上的英勇表現。」

「謝謝，上尉。」

「明天我們會返回黃埔的運輸船，」梅上尉說：「之後將你撤離至香港，在那裡接受妥善照顧——我特地幫你申請一間個人房，槍炮手馬杜特別要求陪在你身邊，所以他也會在。」

「謝謝上尉，我感激不盡。」

「這是你應得的。」

上尉拍了拍克斯里的肩膀：「我一回到香港就會盡快去看你，應該不會太久。」

「好的，上尉，謝謝你。」

那天之後克斯里不省人事，只知道馬杜始終陪在他身邊，幫忙更衣、清理他的殘肢、清潔便盆、給他嗎啡。

有天克斯里清醒時，問他：Batavela——告訴我，你為何要照顧我？我遭到襲擊那天，你為何回頭救我？這不是你的職責——你不是士兵。你難道不曉得你可能也會因此死去嗎？

沉默好幾分鐘後，馬杜回答了。

克斯里．辛大爺，他總算說了出口：我這麼做是為了你妹妹。我知道要是我沒這麼做，今後就無顏面對她。

我妹妹？你是指狄蒂？

是的，狄蒂。

當下克斯里才恍然大悟，陷入恍惚昏迷的那一刻，狄蒂的臉孔出現在他眼前，他曉得她又一次改變了他的命運。

＊

起初大家以為勃南太太的遺體受困於阿拿西塔號，再也找不回來。但暴風雨過境後兩天，勃南先生回到香港的那個午後，她的遺體卻出現在海灣東邊。

勃南先生傷心欲絕，於是由賽克利和竇提先生安排後事，最後決定將她葬在澳門的新教墓園。棺木很快就買好，遺體隔日運送至墓園，傍晚舉行埋葬儀式，許多人都出席了。

賽克利整場喪禮都特別搜尋寶麗的身影，但他直到喪禮儀式最後才看見她：她躲藏在墓園後方，坐在一座爬滿青苔的墳墓上，整張臉埋在手帕裡。他悄聲走到她身旁，讓她來不及偷溜。

「寶麗小姐？」

寶麗從手帕抬起臉，望向他：「有事嗎？」

「我可以坐下嗎，寶麗小姐？」他說。

她不置可否地聳聳肩，看得出她已經不在乎。接著又將臉埋在手帕裡痛哭，賽克利等候半晌，才清喉嚨，說：「寶麗小姐，勃南太太的遺願是——這是她親自告訴我的——妳和我能夠重修舊好。」

「你在說什麼？」她挪開手帕，對他投以疑惑神情。

「沒錯，寶麗小姐，」賽克利堅持道：「她特別交代我要好好照顧妳。」

「你說的是真的嗎，瑞德先生？」她反駁道：「但她對我說的不是這麼一回事。」

「什麼？」

「她說我是你唯一的希望，我應該好好照顧你。」

兩人陷入片刻沉默，賽克利說：「我至少可以去妳的花園看妳吧？」

「如果你想要的話，」她說：「我不會阻止你。」

「謝謝，寶麗小姐，」賽克利說：「我相信勃南太太會很高興的。」

＊

孟加拉志願軍遣返香港前，克斯里沒再見到梅上尉。

當時克斯里已在島上的嶄新軍營待了一週，某天夜裡床畔燭光微微閃爍時，他正在打盹，接著房門豁然大開。起初克斯里以為是出門跑腿的馬杜回來了，但是卻看見門口的剪影是梅上尉：他沒有戴著軍帽，腳步稍微踉蹌不穩，兩手托著一只皮革背包。

這天天氣炎熱，所以克斯里踢掉被子，但他可不想讓上尉看見他暴露的殘肢，於是開始摸尋被子，想要蓋住下肢，被子卻一個不穩，從他手掌滑落，後來是梅上尉幫他找回被子，為他披上。

「我很抱歉這麼莽撞衝進來，中士。」

他說話含糊不清，克斯里聞得到他渾身散發酒味。

「沒事的，上尉，」克斯里說：「我很開心見到你。」

梅上尉頷首，接下來整個人癱坐在床畔的椅子上。蠟燭距離他十分接近，光線照耀著他的臉，克斯里看得出上尉神色憔悴，雙眼布滿血絲，掛著黑眼圈。克斯里在枕頭上稍微撐起身子，說：「你還好嗎，上尉？」

出乎意料的是梅上尉沒有回話，只是在椅子上往前一癱，臉埋入手心，手肘撐在雙膝上。過了

一、兩分鐘，克斯里才發現他在啜泣。他坐直身子，沒有打斷上尉。

等到上尉的肩膀不再起伏，克斯里關心問道：「上尉，你怎麼了？發生什麼事了？」

梅上尉聞言後抬頭，雙眼比剛來的時候紅腫。「中士，我猜你八成還沒聽說——凱西的事……勃南太太……」

「她怎麼了，長官？」

「她死了。」

「不！」克斯里大喊，震驚地往後彈跳。「怎麼會？」

「暴風雨襲擊的時候——她人正在一艘下沉的船裡，我就只知道這麼多。」

克斯里震驚到說不出話，最後開口：「上尉——我不……我不知道——」

梅上尉一個手勢打斷他的話：「沒關係——你什麼都不用說。」

接著梅上尉唐突地轉到一側，舉起他帶來的背包。「我有東西要給你，中士。」

「給我？」

「對。」他把背包扔進克斯里手裡：「打開吧。」

就尺寸來看，這背包顯得格外地沉，克斯里解開搭鉤時，聽見金屬的摩擦碰撞聲。梅上尉舉起蠟燭，讓克斯里端詳背包的內容物。

克斯里第一眼還以為是自己眼花，於是不可置信地轉過臉。他再看一眼，這次一樣看見光芒四射的黃金飾物和白花花的銀幣。

「這是什麼，上尉？」

「其中一些是戰利品——是我的份兒。昨天我們收到拖欠薪資和津貼薪餉——全都在這裡了。至於其他的，你就別過問了。」

「可是上尉——我不能收。」

「可以的，這是我欠你的。」

「不，上尉——這遠遠超過你欠我的錢。比我這輩子賺過的錢還要多，我不能收。」

上尉已經起身。「全是你的了，」他粗魯地說：「我要你收下你就收。」

「可是——」

梅上尉一手拍拍他的肩膀打斷他的話，「再會了，中士。」

「為什麼說『再會』……？」克斯里問，但房門已經闔上。

梅上尉突兀離去，讓克斯里六神無主，上尉的話語在他腦海中盤旋，他越想越擔心。

克斯里無助躺在床上，思考是否有辦法預防他猜測可能發生的事。他想到或許可以去找另一名軍官，但除非透露梅上尉和勃南太太的事，否則恐怕不會有人相信他的話——可是要他說出這件事，他辦不到。無論如何，他們都可能認為是他在撒謊：區區一個中士，怎麼可能知道這麼多事？

馬杜回來後，克斯里說：你知道勃南夫人過世的事嗎？

知道，馬杜說。我聽說了。

那你怎麼沒告訴我？

我想晚點再告訴你，克斯里。你是怎麼發現的？

上尉來告訴我了……

要不是疼痛難耐，克斯里那晚打算不服藥，畢竟他不祥的預感無比強烈，他寧願醒著不睡，但是時間到了他還是耐不住疼，服用嗎啡，昏昏沉沉墜入深眠。幾個小時過去後，馬杜搖晃著他的肩膀，將他從睡夢中搖醒。

克斯里！克斯里！

Kaa horahelba? 什麼事？

你聽我說，克斯里——梅先生出事了。

克斯里坐直身子，用指關節揉著眼睛，試著讓大腦清醒：怎麼了？

克斯里——發生意外了，上尉清槍時槍枝走火。

這是什麼狀況？他傷得很重嗎？

不，克斯里——他死了。

克斯里捉住馬杜的臂膀，試著轉過他的身體：扶我起來，我要去找他，我想見他。

克斯里還沒學會使用拐杖，他一手勾住馬杜的脖子，在他身旁一拐一拐，走向軍官宿舍，許多警衛和勤務兵正在忙進忙出。

走到半途，一名皇家愛爾蘭軍團的中尉攔下他們：「請止步！」

「拜託讓我過去，」克斯里說：「梅先生是我連上的指揮官。」

「抱歉——這是命令。誰都不許再往前一步。」

克斯里看得出這名中尉說什麼都不會讓步，於是嘆氣轉過身：Abh tot who unke hain. 比較像是自言自語，而不是對馬杜說——現在他落入他們手裡，我們沒資格見他。

在馬杜的攙扶下，他跛著腳走回房間，倒回床上。

儘管藥效依然強烈，克斯里卻再也睡不著：他想到他和梅上尉相識的歲歲年年，他們共同並肩參與的戰役：想到他居然以這種方式離開人世，克斯里就忍不住感到厭惡，他值得帶著士兵的榮耀死去。真是浪費，梅上尉的生命全成了一場空——他自己也是。這一切是為了什麼？退休金？褒揚？

克斯里一手撈起梅上尉留給他的背包，手指把玩著銀幣：他心知肚明，背包裡的東西價值遠遠超過他的退休金。

接著他腦袋裡冒出另一個想法：其他軍官想必知道梅上尉最近收到一筆欠薪和津貼，他們應該會在他房裡搜尋這筆錢，要是找不到便可能展開偵查。

要是軍官發現這袋裝滿金銀財寶的背包落入克斯里手中，會發生什麼事？他們真的會相信梅上尉親手將這筆財富當作禮物，送給他的中士嗎？

他們是否可能找藉口拿走這筆錢？

克斯里無法忍受這個想法：將背包扔進水裡都比被軍官沒收好。

克斯里轉過身，悄聲對馬杜說：聽我說——你醒著嗎？

Ji，克斯里。你要止痛藥嗎？

不，我想問你一件事。

Ji，克斯里。

小男孩消失不見那天……

怎麼了？

你有介入，對吧？你和那天交談的人安排，協助他逃跑——是這樣嗎？

為何要問？馬杜輕聲問。

我在想，克斯里說，要是你和那些人商量，或許我們也可以逃跑——我是說我跟你？你覺得可能安排嗎？

*

英屬香港的第一場土地拍賣會於一八四一年六月十四日舉辦，這時暴風雨已經離境兩週。

土地拍賣範圍比預期來得小：總共只有五十塊小型土地，每塊土地的面海長度為一百英尺，沿著小島上唯一一條大道「皇后大道」的海岸延伸。政府事先宣布採用英鎊先令為拍賣貨幣，但由於西班牙銀元仍廣泛使用，於是必須決定轉換匯率——最後得出一銀元比四先令四便士的匯率。拍賣規定十英鎊為起標價，每次以十先令差額往上喊價，每位買家必須在購置土地後六個月內建蓋一棟價值一千元以上的建築，並需繳交總額五百元的押金，當作「保證金」，以確保買家執行義務。

雖然符合拍賣條件的人屈指可數，但是拍賣會依舊吸引洶湧人潮，不少人離開數十艘停泊香港灣的船舶，特地前來旁觀。路人、貨物管理員、船員、掌帆長，甚至侍者，全都簇擁至拍賣會的舉行場地，也就是顛地先生位於東角的新貨棧。即使無法參與競標，至少可以嗅到一絲財富的味道。

拍賣會主持人是貿易主管的總監祕書馬儒翰先生，現場只擺放幾十張椅子，畢竟預計不會有太多人出席。當貨棧開始擁擠時，馬儒翰先生下令唯獨競標者可以入座，旁觀者必須站在後排的繩纜區。

競標一展開，進行節奏明快，有些商人已從中國支付的六百萬元賠償金中取回自己的份兒，因此拍賣會上不少人都荷包滿滿。

其中一塊占地三萬〇六百平方英尺的土地以兩百六十五英鎊出售，另一塊地點較不炙手可熱、卻更寬敞的土地，約三萬五千平方英尺，最後以兩百五十英鎊成交。極少塊地以不到二十五英鎊的價格得標，大多土地總額都超過兩倍，只有一塊地沒有出售。

帕西老爺們是最熱血沸騰的競標者，得標土地至少共十塊。孟買的魯斯坦吉家族得標土地範圍超越其他買家，總共是五萬七千六百平方英尺。光是霍姆斯吉．魯斯坦吉就以兩百六十四英鎊買下六塊地，總占地為三萬六千平方英尺。

第二大買家是怡和洋行，總共購入三塊比鄰而立的土地，得標價為五百六十五英鎊，土地面積為五萬七千一百五十平方英尺。拍賣商原本預期顛地先生會購入等值土地，最後卻教人失望地只花了一百四十四英鎊，買下兩塊僅占一萬四千八百平方英尺的地。

經過特別考量，拍賣會為了幾位日後可能購買土地的買家保留權利，其中一位是因病無法參與競標的菲奇．潘洛思。另一位是正在為教子悼念的查狄格先生，雖然他和詩凌百攜手參加拍賣會，兩人都沒有出價。

這是查狄格和詩凌百首度連袂公開露面，很多人都把這當作兩人公布結婚的宣言。他們走進貨棧時，有些人屏息以待，以為即將看到一場詩凌百遭到同宗教信徒切割的好戲。

但他們卻失望了：她的帕西同胞非但沒有驅逐她，甚至熱情歡迎她，彼此相談甚歡，旁觀者這下一目瞭然，老爺們已經接受她改嫁外族人的事。

詩凌百也收到了亡夫兩年前鴉片危機的賠償金，大多已經匯至孟買，清償亡夫留下的債務，此外她也將大筆金額寄給兩個女兒。但即使已經支付一筆錢，剩下的金額依舊十分可觀，多達幾萬銀元。

知情的人都曉得詩凌百現在是有錢富婆了，不少人詫異她沒有參與競標。事後她前去恭賀霍姆斯吉．魯斯坦吉時，魯斯坦吉追問她為何不出價。詩凌百回答他，她還在等太平山山坡地開放買家競標。

為什麼？

那裡空氣比較清新，詩凌百解釋，她有意資助一間公立醫院，並以亡夫的名字巴蘭吉．摩迪命名該醫院。

＊

競標尾聲，他們發現十六號至二十號的土地，專門保留給一名不知名買家：可說是當日最大買家之一，引發眾人議論紛紛。

事後看好戲的人都離開後，顛地先生的僕人為成功得標者端出香檳慶賀，而馬儒翰先生也遭到眾人質問，要他供出最大買家的身分。對此他回應，這不是他能決定公開的事，可惜抗議無效。喧譁持續加溫，他只好舉雙手求饒：「各位先生，我最多只能透露買主就在我們之中，要是他願意透露身分，就讓他自己站出來承認吧！」

語畢，現場陷入一片靜默，最後一身喪服的勃南先生向前跨出一步，轉身面對群眾。「各位佳賓，」他說：「我非常感謝馬儒翰先生信守承諾，尊重我不透露身分的要求，我不是為了故弄玄虛才要求他別公開買主，而是這件事還牽涉另一件尚待宣布的消息，我本來認為這件事不便在喪妻期間公開，但現在我想通了，恐怕不會有人比我摯愛的亡妻更滿意這個發展，所以想想也沒必要延後公布。」

說到這裡，勃南先生停下來，指向走到他身邊的賽克利。他一手歇在賽克利肩頭，繼續道：「各位先生與女士，我很開心向你們宣布，十六至二十號土地的買主是一間新興公司，也正是本週剛剛創建的公司——勃南瑞德公司。」

席間爆出如雷掌聲，勃南先生停下來，等待掌聲漸趨稀落，繼續道：「要是我漏掉另一名今天剛加入的合作方，就是一大疏忽。我敢說我們攜手合作，必定能鞏固並壯大嶄新公司的實力。」

這時勃南先生再次對踏向前加入他和賽克利的男人，比出一個歡迎手勢。這在觀眾之間引起小騷動——雖然穿著剪裁完美的西裝，轉頭面對群眾的那張臉孔卻是中國人。

「各位先生和女士，」勃南先生說：「我在此驕傲地宣布，從這一刻起，勃南瑞德公司將與我們的好友陳良先生展開密切合作。」

勃南先生右手捉住賽克利的手腕，左手握著陳先生的手，以勝利之姿高高舉起兩人手臂。

＊

巴布．諾伯．開新是少數留在貨棧的觀眾之一，他站在後方的陰暗角落，將這一幕盡收眼底。三個男人勝利般舉起手臂時，他看見順應天意、強而有力的結盟，內心充滿喜悅。

這位帳房憶起他初次在朱鷺號上見到賽克利的畫面，不禁熱淚盈眶：他居然可以在這麼短的時間內，從一個單純敦厚的男孩，搖身一變成為鬥爭時的最佳表率，看在巴布．諾伯．開新眼裡，真的只有奇蹟二字可以形容。想到像他這麼謙遜的人，竟然也可以創造出如此轉變，不禁令他深感驚訝。他知道雖然促成這勝利三人組，他個人的功勞不大——但他很篤定一旦審判日降臨，迦樂季化身降臨人間，劫滅的發生將至少提前十年二十載，到時他必將功不可沒。而這樣已經足夠，他不需要世俗的獎勵或認可，能夠在同胞之間第一位發現他們指派的命運，並成為迦樂季的神選先驅，擔任加速地球毀滅的忠誠帳房已足矣。

他也想起帶他走上這條命運之路的，正是創造轉變、不可思議的朱鷺號，他壓抑不了自己，想要再次凝望那艘充滿美好回憶的船，藏紅花色袍子一個旋轉，他奔出貨棧——卻看見另一個奇蹟：過去幾天一直停靠在東角的朱鷺號，已不見蹤影。

*

模里西斯西南角高聳參天的莫納山坡上，狄蒂的神龕裡有一間特別記錄馬杜．科弗人生歷險的神堂，而後來這個人生篇章取名為「解脫」。這一部分的「回憶聖殿」深受科弗家族鍾愛，尤其是小孩，少男少女、男孩女孩：每年適逢重要節慶，家族就會舉辦一年一度的「回憶聖殿」朝聖之旅——他們屏氣凝神，等候狄蒂指著風格化的舢舨圖案，以及船上六個人形：分別為血紅大口的阿里水手長、三道眉毛的喬都、手抱日誌的尼珥、戴著橫笛手帽子的拉袞，老習慣掏出步槍備戰的克斯里——當然還有族長本尊，馬杜．科弗。

「Ekut, ekut!」狄蒂嚷嚷，成群結隊的子姪甥婿和所有姻親，目光全追著她的手指，隨著喬都的舢舨路徑，從九龍一側穿梭海灣，停靠在無人看管的朱鷺號旁。二副正在土地拍賣會，至於水手不是在岸上，就是沉浸夢鄉。

那裡，你們瞧！

她的手指歇在阿里水手長身上：瞧瞧他，這個滿腦子詭計的gran-koko! 這老江湖再一次策畫出脫逃計畫。

你們快看，他跳上甲板，喬都和馬杜緊跟在後。沒三兩下，船員全被關在艄樓，接著克斯里、拉裘、尼珥也上船了。

用力一拉，帆翼揚起，注滿海風，等到拍賣會結束，這艘雙桅縱帆船也早就不見蹤影……

後記

在描述朱鷺號人物背景的歷史時，作者的原意是納入故事論述的主要素材來源：也就是尼珥的紀錄，不只是他的筆記、備忘錄、「小紙條」，亦有他在上海和康普頓（梁奎川）經營印刷廠時，經年累月堆積的大量藏書、圖片、文件。

對這位作者而言，這段歷史最重要的還是紀錄的保存：確實，他曾經渴望這起事件能讓紀事更高潮迭起。但若要以確實時間順序講述故事，就得快轉至差不多一個世紀後——也就是二次世界大戰前的那幾年，尼珥的曾曾孫將最重要紀錄偷渡出中國的時候。

不幸的是，勤奮記錄十載卻只成功得出四年論述：一八三八年至一八四一年。情勢所逼，關於未來將近一世紀的事件，作者不得不承認他恐怕無法在餘生幾年內，提供完整保存紀錄。但倉促草率說故事，不顧事件發生順序，對他來說是一種訴說故事的背叛：他寧可故事永遠塵封，也不希望用這種方式述說。

以目前的卷宗來說，直得一提的是，尼珥於一八四一年六月搭乘朱鷺號逃走後，這場中國戰爭又延續了十五個月。當時尼珥謹慎追蹤英國遠征隊（後來大幅擴增）的行動，英方繼續朝位於北方的北京進攻，接二連三攻打廈門、舟山、寧波、上海，造成嚴重破壞和人命損失，道光帝最終束手無策，只得授權他的代表答應侵華者的索求。

中國所做讓步包括：正式割讓香港、開放五大港口作為外國貿易基地、交付總值兩千一百萬銀元的巨額賠償，而投降簽署的正式條約，正是一八四二年八月二十九日於英軍旗艦康沃利斯號簽定的南京條約（關於這艘船，尼珥挖苦地筆記道：在孟買的瓦迪亞造船廠所建，船名是以永遠有著「屠夫」稱號的男人為名——他的骨灰永遠葬在加齊普爾，距離鴉片工廠僅有一石之遙，可說是適得其所。）

條約內文以英文、中文、其他語言廣泛流傳：一位名為亨利．庫倫的藝術家甚至製作出攝影版本。尼珥花了一大筆錢取得這張照片，他的熱血沸騰，在邊緣潦草筆記下評語，並在某些段落下方畫線，例如廢除舊公行貿易制度的條款，汙損了這張照片。特別引起尼珥不滿的一項條款，就是他們要求中英政府今後以「平等立場」交涉，由指派代表直接對談。尼珥冷嘲熱諷筆記，西方人開口閉口要求「平等」，但這則條款意思明顯恰恰相反：英方才是決定條件的人。他在要求中國賠償英方侵華的開銷及傷亡條款旁筆記道：「所以中國還得為他國侵略自己國家的災難付出賠償金！」

說來古怪，該條約日後最著名的段落——正式移交香港——尼珥反倒覺得不值一提，只簡單筆記道：「但他們不是早就侵占香港了嗎！」

接下來十載，尼珥不遺餘力、不計開銷，取得簽訂南京條約事件的相關素材——也就是第一次鴉片戰爭的衝突（不用多說，第二次鴉片戰爭爆發後尼珥的資料庫亦跟著暴增）。之後拉裘也全力貢獻記載：完全熟悉理解成長過程中發生事件的欲望越來越強烈，最後讓拉裘踏上漫長的軍事素材搜尋之旅——歷史書籍、手冊、快件、回憶錄、地圖、尤其是他曾親眼見證的第一手戰役紀錄。

將資料庫搬遷離開中國時，為了挽救保留尼珥的文字書寫，許多厚重藏書不得不留下或摧毀。幸好尼珥和拉裘都是錙銖必較的記錄者：他們保留鉅細靡遺的目錄，不只是收藏素材，還有他們希望取得的資料（他們也沒忘了列出某些資料文件，像是當時嚴禁流傳的政府祕密報告）。

雖然目錄尚存，光陰卻毫不留情：有些頁紙遭到撕毀，有些已經缺頁，許多紀錄遭到潮濕黴菌汙毀，其他則是遭遇蛀蟲、螞蟻、象鼻蟲侵蝕。然而還是可以從斷簡殘篇重新組合出「虛擬圖書館」，要是尼珥可以親自描述事件經過，尚可善加利用。以上編列帶領作者找到以下書目：《歷史和一八四一年政治觀點年鑑》（倫敦，1842）；Sir Edward Belcher上尉，《一八三六至一八四二年間，英女王船艦硫磺號環遊世界論述，包括中國海軍任務等細節》（Henry Colburn出版社，倫敦，1843）；William Dallas Bernard及Sir William Hutcheon Hall，《身在中國的復仇女神號：該國近期戰爭史，完整香港殖民紀錄》（Henry Colburn出版社，倫敦，1846）；John Elliot Bingham，《從戰爭展開至一八四二年結束的中國遠征論述》卷一、卷二（Henry Colburn出版社，倫敦，1843）；Elijah C. Bridgman，《廣州城敘述》（廣州，1834）；《中國廣州英國行之圖書館目錄》（行館印製，東印度公司出版，澳門，1819）；《中國寶典》卷七至十；《上議院一八四〇年議會之印刷文件》，卷八，《中國相關通訊》（女王命令上呈兩國會議院，1840，T. R. Harrison印刷，倫敦，1840）；James Cuninghame，《細說英國軍隊戰略，戰爭科學與原則之反思》（倫敦，1804）；Arthur Cunynghame上尉，《鴉片戰爭：中國服役回憶錄》（費城，1845）；Sir John F. Davis，《中國速寫》（Charles Knight出版社，1836）；F.B.Doveton，〈追憶緬甸戰爭〉，《亞洲日誌及每月文集》，卷六十五，全新系列，一至四月（W.H. Allen出版社，倫敦，1843）；C. Toogood Downing，〈一八三六至一八三七年的中國番鬼〉，卷三（Henry Coburn出版社，倫敦，1838）；Emile D. Forgues，《開放的中國：老尼克的大清番鬼歷險記，奧古斯都伯傑插畫》（H. Fournier出版，巴黎，1845）；F.A. 葛里菲斯上尉，《炮術手冊概略》（伍利奇，1839）；A. Haussmann，〈中國戰爭的法國紀事〉，《聯合服務雜誌》，卷一，卷七十一，（1853，pp.50-63, 212-20, 571-80）；William C. Hunter，《一八二五至一八四四年條約簽訂以前的廣州番鬼》；《信德邦的孟加拉步兵團行軍路線（全景）》（Ackermann出版，倫敦，1830）；Lord Jocelyn，《中國遠征六個月，士兵筆記本的一頁》（John Murray出版，倫敦，1841）；Sir Andrew Ljungstedt，《中國的葡萄牙殖民地及中國羅馬天主教布道團的歷史速寫》（波士頓，1836）；Granville G. Loch上尉，《中國戰役尾聲事件簿：長江行動及南京條約》（John Murray出版，倫敦，1843）；D. McPherson，《中國之戰：中國遠征隊敘事》（倫敦，第三版，1843）；Alexander Murray，《人在中國：後期中國遠征隊的軍官敘事，從一八四一年舟山再度淪陷至一八四二年的南京條約》（倫敦，1843）；Gideon Nye，《我在中國的人生之初：東印度公司統治末年一八三三年，乃至一八三九年外族囚禁的歷史綱要外國論述》（廣州，1873）；《目標論——和平的唯一希望：探索中國自稱普遍至高主權的來源，第一次戰爭的起源，一八四一年首場廣州戰役期間外國人拘捕事件》（廣州，1873）；〈中國後期海陸軍隊行動之官方紀錄〉，《加爾各答公報》，番外篇，一八四一年八月七日，重新刊登於《航海雜誌與海軍紀實》（1841）；John Ouchterlony中尉，《中國戰爭：英國戰爭行動之完整紀實》（1844）；《中國貿易的特殊委員會報告》（議會公文，1840）；John Phipps，《中國和東方貿易的實用專著：大英帝國與印度商業，尤其是孟加拉、新加坡、中國和東方島嶼的商業情況》（W. Thacker出版，加爾各答，1836）；《孟加拉軍隊的服裝儀容準則評論》，孟加拉軍官所著（加爾各答，1798）；John Lee Scott，《凱特號船難後拘禁於中國之近期紀錄》（倫敦，1842）；Samuel Shaw，《廣州首位美國領事山謬蕭少校的日誌，包括喬西亞京西的作者人生紀錄》（波士頓，1847）；J. Lewis Shuck，《中國卷宗：抑或現代中國事務現況史之中國國家報告》（澳門，1840）；John Slade，《廣州港口的英國貿易公告及中國官方報告的翻譯》（Smith, Elder，倫敦，1830）；John Slade，《中國後期行動和事件論述》（廣州紀錄報出版，澳門，1840）；《孟加拉本土步兵團的作戰命令》，第二版（加爾各答，1840）；Seetaram士官長，《從印度兵走到士官長之路》，翻譯：James Tthomas Norgate（倫敦，1873）；《意將交給義律上校之鴉片當作公共服務的英國人民宣言》（倫敦，1840）；Thayer Thatcher，《奧立芬的一生速寫：一八五一年六月十日卒於開羅，僅以此著悼念》（Edward O. Jenkins，1852）；Henry Meredith Vibart，《馬德拉斯工程兵和先鋒的軍隊史，自一七四三年至現代》，卷二（W.H. Allen出版，倫敦，1883）；John Williams上尉，《孟加拉本土步兵團的興衰，一七五七年初步成軍乃至一七九六年組成現代法規的歷史紀錄》（John Murray出版，倫敦，

1817）；William John Wilson，《馬德拉斯軍隊史》，卷二（Govt. Press 出版，1882）。

尼珥的目錄對於作者來說猶如守護神：從昔日伸手推了一把作者，帶他踏進圖書館和研究機構，包括加爾各答的印度國家圖書館、倫敦的大英圖書館和國家航海博物館、美國康乃狄克州紐哈芬市的耶魯大學英國藝術中心、麻薩諸塞州賽倫市的皮博迪埃塞克斯博物館、伊利諾伊州埃文斯頓的西北大學圖書館。作者在此也欲向各機構的善意及體貼致上感謝，在各方協助下作者成功找到了尼珥知曉卻未能取得的資料，亦找到當代並未公開、尼珥和拉裘不曉得存在的資料。其中包括：P. Anstruther 上尉，《信件》，一八四一年三月十二日，馬德拉斯炮兵團 P. Anstruther 上尉於中國至印度的廣州河上，魯斯坦吉柯瓦斯吉號船艦所著；Mark S. Bell 少校，《中國：河北省及山東省東北部的軍事報告，南京及其路線，廣州及其路線，中國海陸民政紀錄，以及大英帝國與中國戰爭敘事》，印度軍局部門情報單位預備，情報來源各異，筆記來自一八八二年在北京、南京、廣州進行探勘的偵查行動，共兩卷：卷一，機密檔案；卷二，祕密檔案（Government Central Branch Press 出版，西姆拉，1882）；Rick Bowers，〈鴉片戰爭筆記：一八四〇至一八四一年，查爾斯．卡麥隆中尉日記摘要〉，《陸軍歷史研究社會期刊》，二〇〇八年秋季，第八十六卷，347，pp. 190-203；Colin Campbell，《日誌》（1816）；Edward H. Cree，《柯里日誌：外科註冊護理師愛德華．柯里的旅程，一八三〇至一八五六年的私人日誌》（Webb & Bower 出版，艾希特，1981）；John C. Dann，《奈戈日誌：水手雅各．奈戈一七七五至一八四一年的人生日記》（Weidenfeld & Nicolson，紐約，1988）；Henry Dundas 中尉，《追溯英國船艦卡利俄佩號、康沃利斯號、史詩女神號的中國海岸歲月之日記》（一八四一年一月至一八四四年十月）；M.L.Ferrar，《第十九步兵團衛護營旗士官喬治．卡拉登一七九三至一八三七年的日記》（倫敦，1922）；《印度邊境和海外遠征》，第六卷（匿名，印度陸軍總部情報單位，約一九一三年，Mital Publications 再版印刷，德里）；Thomas Gardiner，《一八二九至一八三〇年，三趟搭乘不列顛東印度公司船艦前往孟加拉和中國的日誌》；H. Giffard 上尉，《事件日記》，英國船艦倭勒基號和巡洋艦，《孟加拉軍隊收到的郵件》（1840）；《孟加拉軍隊收到的郵件》（1841）；《一八四一年五月二十五日，臥烏古將軍麾下，進攻廣州城鎮附近高地堡壘的作戰計畫》，W.S. Birdwood士官長（一八六九年布勞頓男爵遺贈）；《廣州作戰行動地圖，一八四一年一至三月》；《馬德拉斯快件，一八四二年一月十二日至六月二十九日》；《馬德拉斯快件，一八三九年一月四日至八月二十八日》；《馬德拉斯急件，一八四一年一月一日至七月二日》；《中國外交辦公室指令和通信，祕密部門，1841》；《印度和孟加拉快件，一八四二年一月十二日至三月三十日》；《印度和孟加拉快件，一八四一年七月十三日至九月一日》；《馬德拉斯快件，一八一八年十一月四日至一八一九年四月二十一日》；《馬德拉斯快件，一八二六年五月三日至一八二七年三月二十一日》；《理事會收藏集8675至8750》，卷三五九；《理事會收藏集19297至19375》；Richard Glasspoole，《成為盜賊俘虜和遭受待遇的概述》（倫敦，1935）；William C. Hunter，《一八三九年廣州事件日誌》（《皇家亞洲學會學報香港日誌》再刷，第4卷，1964）；Phyllis Forbes Kerr，《來自中國的信件：一八三八年至一八四〇年，羅伯特．畢內．福比斯的廣州波士頓通信》（米斯蒂克海港博物館，米斯蒂克，康乃狄克州，1996）；Daneil Irving Larkin (ed.)，《親愛的威爾：一八三三至一八三六年的中國貿易郵件》（阿默斯特〔個人出版〕，1987）；Pamela Masefield (ed.)，《綠茶國度：馬德拉斯炮兵團上校C.L.貝克一八三四年至一八五〇年的信件和歷險記》（Unicorn Press出版，1995）；Ian Nish (ed.)，《英國外交文件：外國辦公室機密印刷報告文件》，第1部，東亞系列，第16卷，中國戰爭和其後果，一八三九至一八四九年（Univ. Publications of America出版，弗雷德里克縣，馬里蘭州，1994）；E.H. 帕克，《鴉片戰爭的中國紀錄》（上海，1888〔魏袁翻譯〕）；Sylvia Parmham，「我親愛的母親……切勿出賣我！」：一八三九至一九四四年，〈槍炮手約翰．盧克來自印度的郵件〉（倫敦，1983）；Sylvia Parmham和Duncan Phillips (ed.)，〈一八三九至一八四一年威廉．亨利．羅的廣州郵件〉，《阿希特學院歷史學集》，LXXXIV（1948）。

以某個重要層面來說，作者具備尼珥和拉裘的優勢，正好在觸及朱鷺號人物背景題材的學術全盛期執筆寫作，因此可引用大量學者專家的作品，其中包括：Ravi Ahuja、Robert Antony、Patricia Barton、Pradeep Barua、Alan Baumler、Chris Bayla、Jack Beeching、David Bello、N. Benjamin、Gregory Blue、Timothy Brook、B.R. Burg、Antoinette Burton、W.Y. Carman、Annping Chin、Lorenzo M. Crowell、John C.Dann、Santanu Das、Mary Des Chene、David Deterding、Frank Dikotter、Stephen Dobbs、Jacques M. Downs、Hal Empson、Peter Ward Fay、H.G. Gelber、Durba Ghosh、L. Gibbs、Jos J.L. Gommans、Nile Green、Raffi Gregorian、D.A. Griffiths、Amalendu Guha、Deyan Guo、David Harris、James Hevia、Susan Hoe、Edgar Holt、James W. Hoover、Laura Hostetler、Paul Howard、Toni Huber、Ronald Hyam、Raphael Israeli、Hunt Janin、Graham E. Johnson、John Keegan、David Killingray、B.B. Kling、Elizabeth Kolsky、P.C. Kuo、Haiyan Lee、Peter Lee、Philippa Levine、Heike Liebau、Elma Loines、D.N. Lorenzen、Julia Lovell、Joyce Madancy、Rachel P. Maines、Keith McMahon、Glenn Paul Melancon、Steven B. Miles、James H. Mills、Yong Sang Ng、David Omissi、C.J. Peers、Roger Perkins、Glen D. Peterson、William R. Pinch、Rajesh Rai、John L. Rawlinson、Stuart Reid、J.F. Richards、Derek Roebuck、Franziska Roy、Kaushik Roy、Geoffrey Sayer、Narayan Prasad Singh、Jonathan Spence、Peter Stanley、Heather Streets、Paul A. Van Dyke、Bob Tadashi Wakabayashi、Frederick Wakeman Jr.、Erica Wald、Arthur Waley、Betty Peh-T” i Wei、Channa Wickremesekera、Lawrence Wang-chi Wong、Don J. Wyatt、Anand Yang、Tan Tai Yong、Yangwen Zheng。

作者想要對上列人士表達感恩之情，他們為這本書的世界打開一扇窗。下列人士的特別付出，亦不容忽略：Seema Alavi、Joseph S. Alter、Amiya Barat、Dilip Basu、Kingsley Bolton、Hsin-Pao Chang、Tan Chung、Amar Farooqui、D.H.A. Kolff、Thomas W. Laqueur、Lydia Liu、Matthew W. Mosca、Jean Stengers、Carl A. Trocki、Madhukar Upadhyaya、Anne van Neck。

作者很幸運獲得其他幾位學者、學生、獨立研究員的協助與指導，特別希望藉此機會感謝以下人士：Shahid Amin、Clare Anderson、Prasenjit Duara、J. Daneil Elam、Dilip Gaonkar、Shernaz Italia、Ashuttosh Kumar、Rajat Mazumder、Robert McCabe、Ashim Mukherjee、Dinyar Patel、Tansen Sen、Rahul Srivastava、Mihoko Suzuki、J. Peter Thilly。

作者在此敬上額手禮，請各位受他一拜。內容若有不妥或引人不快之處，絕非他們的過錯，責任全由作者本人承擔。

至於作者的近親遠房，說感謝是多餘的，畢竟這部作品的誕生來自他們的共同往事（不用多說，故事才剛開始……）。

小說精選
朱鷺號三部曲之三：烽火劫

2020年12月初版 定價：新臺幣580元
有著作權・翻印必究
Printed in Taiwan.

著者 Amitav Ghosh
譯者 張家綺
叢書編輯 黃榮慶
校對 蘇暉筠
內文排版 極翔企業
封面設計 兒日

出版者 聯經出版事業股份有限公司
地址 新北市汐止區大同路一段369號1樓
叢書編輯電話 (02)86925588轉5307
台北聯經書房 台北市新生南路三段94號
電話 (02)23620308
台中分公司 台中市北區崇德路一段198號
暨門市電話 (04)22312023
台中電子信箱 e-mail：linking2@ms42.hinet.net
郵政劃撥帳戶第0100559-3號
郵撥電話 (02)23620308
印刷者 文聯彩色製版印刷有限公司
總經銷 聯合發行股份有限公司
發行所 新北市新店區寶橋路235巷6弄6號2樓
電話 (02)29178022

副總編輯 陳逸華
總編輯 涂豐恩
總經理 陳芝宇
社長 羅國俊
發行人 林載爵

行政院新聞局出版事業登記證局版臺業字第0130號

本書如有缺頁，破損，倒裝請寄回台北聯經書房更換。 ISBN 978-957-08-5646-0 (平裝)
聯經網址：www.linkingbooks.com.tw
電子信箱：linking@udngroup.com

國家圖書館出版品預行編目資料

朱鷺號三部曲之三：烽火劫/ Amitav Ghosh著．
張家綺譯．初版．新北市．聯經．2020年12月．
608面．14.8×21公分（小說精選）
譯自：Ibis trilogy. 3, flood of fire

ISBN 978-957-08-5646-0（平裝）

867.57 109016958